HEYNE <

JESSICA
AMANKONA

Das VERMÄCHTNIS von MURANO

ROMAN

WILHELM HEYNE VERLAG
MÜNCHEN

MIX
Papier | Fördert gute Waldnutzung
FSC® C014496

Penguin Random House Verlagsgruppe FSC® N001967

Originalausgabe 06/2024

Redaktion: Tamara Rapp
Umschlaggestaltung: t.mutzenbach design
unter Verwendung von © Akg-images (akg-images),
Bridgeman (Alinari Archives, Florence), Shutterstock.com
(kzww, Tama2u, OlgaBegak)
Satz: satz-bau Leingärtner, Nabburg
Druck und Bindung: GGP Media GmbH, Pößneck
Printed in Germany
ISBN: 978-3-453-42732-7

www.heyne.de

Für meine Mama Gabriele,
von der ich mein kreatives Talent geerbt habe

Kapitel 1

Mein Liebster …
O du mein Geliebter …
Verehrter Francesco …

Sie wusste nicht einmal, wie sie beginnen sollte. Enerviert ließ Orietta den Kopf auf die Tischplatte sinken. Mit fünf kleinen Schubladenkästchen, einem verschließbaren Rollo und vier schlanken Holzbeinen sah ihr Sekretär aus wie ein kleines Klavier aus Nussbaumholz, und das dumpfe Pochen, das bei der Berührung mit Oriettas Stirn entstand, erfüllte sie beinahe mit demselben Unmut, wie es der Zusammenklang vieler gleichzeitig falsch angeschlagener Tasten getan hätte. Die Angst, den Brief nicht mehr rechtzeitig fertig zu bekommen, ließ ihre Ohren heiß werden.

Doch sie war ja selbst schuld.

Tagsüber hatte die Arbeit in der Glaswerkstatt Vorrang. Heute etwa hatte sie den Transport eines Kronleuchters aus changierendem Muranoglas von der Glashütte der Familie Volpato zum Palazzo eines noblen Kunden im Sestiere San Polo, Calle del Paradiso, begleitet. Eine halbe Stunde lang hatte sie zitternd neben der Fracht auf der kalten Bank eines Vaporettos gekauert, doch das Verfahren, das dem Leuchter in einem riesigen, mit Wasser gefüllten Fass die risikoarme Fahrt durch das enge innerstädtische Kanalgeflecht ermöglichte – und das ihrem Einfall zu verdanken war –, hatte sich auch dieses Mal wieder bewährt. Anders als in einem mit Watte gepolsterten Karton konnte der achtarmige Leuchter auf diese Weise weich in seiner Verpackung treiben, statt auf einem sperrigen Lastenwagen über das Pflaster zu holpern. Abends wiederum wanderte sie – manchmal sogar noch in ihren Träumen – die deckenhohen Regale und Vitrinen ab, die beim kleinsten Lichteinfall eine funkelnde Schatzhöhle aus dem Warenlager machten. Wann sollte sie also Zeit haben, irgendwelche Gefühle zu Papier zu bringen?

Zur Unterstützung rief sich Orietta nun ihre Schilderungen aus den vorherigen Briefen ins Gedächtnis, und schon bald kratzte die Feder wieder über das Papier. Zunächst zaghaft, dann immer entschlossener füllte sie zwei Seiten mit ihrer verschnörkelten Handschrift. Gerade hatte sie den Abschiedsgruß unter das Ende gesetzt, als ein kurzer Blick auf die Wanduhr sie daran erinnerte, endlich zusammenzupacken und nach unten zu gehen. Sie fixierte die eingerollten Seiten mit einer rosafarbenen Satinschleife, dann gab sie einen Pumpstoß Rosenduft in die Luft und schwang den Brief hindurch. Bereits aus dem Zimmer geeilt, kehrte sie noch einmal zu ihrem Schreibtisch zurück und parfümierte auch ihr geflochtenes dunkles Haar, das wenigstens duften sollte, wenn es schon so zerrauft von ihrem Kopf abstand. Ihr letzter Griff ging zum Wintermantel, den sie sich auf der Treppe überzerrte, während sie nach unten lief und aus der Ladentür schlüpfte. Die eine Hand noch am Knauf, schoss die andere bereits hoch an das dort schaukelnde Windspiel. Kein Geräusch der Welt war für Orietta so sehr verknüpft mit ihrem Leben und ihrer Familie, denn seit sie sich erinnern konnte, erklang tagsüber die sanfte Melodie der mundgeblasenen Glastropfen, wenn Kunden eintraten. Jetzt in der Nacht jedoch hätte der glockenhelle Klang der gesamten Nachbarschaft ihren heimlichen Ausflug verkündet, also hielt Orietta das kühle, bunt schillernde Glas behutsam fest. Während das Windspiel längst zur Ruhe gekommen war, hämmerte Oriettas Herz noch immer in ihrer Brust.

Sie betrat die schmale Gasse zwischen dem Nebengebäude und dem Glaswarenladen ihrer Eltern, wo sich in den oberen beiden Geschossen die Wohnung und unten die Ladenfläche befand. Schnellen Schrittes ließ sie das Schaufenster mit der Markise und dem »Geschlossen«-Schild hinter sich, den Schriftzug, der in großen Lettern über dem Eingang auf der rot getünchten Wand angebracht war und allen Passanten und Besuchern mitteilte, wer hier Unikate aus Glas zum Verkauf anbot: die Vetreria Volpato.

Vom Ufer des Hauptkanals aus, der wie eine Lebensader die Insel durchzog, fiel ihr schwaches Licht vor die Füße. Es begleitete sie ein paar Schritte weit, doch dann endete der Kegel, und Orietta tauchte in die Dunkelheit. Wie heranwallenden Rauch, den man erst wahrnahm, wenn er einen bereits von allen Seiten umhüllte, bemerkte Orietta die Gestalt vor sich nicht, bis ihr deren Parfüm in die Nase stieg. Das Treffen fand auf Oriettas eigenen Vorschlag hin nachts in einer Gasse und nicht auf einem öffentlichen Platz oder in der Vetreria statt, zum einen, um Gerüchte zu vermeiden, zum anderen aus Scham vor ihren Brüdern Jacopo und Giovanni.

»Ich habe den Brief«, sagte sie schließlich. Nicht sehen zu können, mit wem sie sprach, schickte ein aufregendes Kribbeln durch ihren Körper. »In jeder Zeile steckt Herzblut. Darauf haben Sie mein Wort.« Wie aus dem Nichts schlossen sich Finger um die verschnürte Papierrolle, die Orietta nach vorne hielt und die sie so schnell nicht hatte loslassen wollen – jedenfalls noch nicht. Auffordernd streckte sie die andere Hand aus. »Für meine Mühen.«

Es raschelte geheimnisvoll in der angespannten Stille, und kurz darauf entfachte ein Streichholz fauchend eine kleine Flamme, die, in eine Laterne gesperrt, den Bereich um Orietta und ihr Gegenüber erhellte. Die beliebteste Damenmaske im venezianischen Karneval, die Colombina, starrte ihr entgegen, und während sie die obere Gesichtshälfte der Unbekannten bedeckte, ließ sie einen feinen rosigen Mund und ein spitzes Kinn frei. Die Kapuze eines Überwurfes aus dunkelblauen Seidentaft verbarg das Haar seiner Trägerin und wies sie durch den modischen Schnitt und neuartigen Zustand als Dame der oberen Schicht aus. Vielleicht war es eine Diplomatentochter, die sich am Hafen in einen Arbeiter verguckt hatte. »Erst möchte ich mich von der Qualität Ihrer Fähigkeiten überzeugen«, sagte die Unbekannte auf jene freundliche, aber gebieterische Weise, mit der eine Hausherrin ihre Untergebenen anweist. Ihr Blick huschte ängstlich durch das Gässchen, doch da sich offenbar niemand zum Lauschen angepirscht hatte, kehrte er rasch zu Orietta und dem Liebesbrief zurück; die vornehme Stimme war nun von Sehnsucht und Hoffnung durchdrungen. »Wird er bald nach mir suchen?«

Orietta lächelte. »Er ist Ihnen bestimmt bereits mit Haut und Haaren verfallen.« Sie löste die Satinschleife, glättete das Papier und hielt es ihrer Kundin gerade so nah vor Augen, dass diese davon ablesen konnte. »Trifft der Ton Ihren Geschmack?« Obwohl sie sich für eloquent hielt, blieb doch immer ein Rest Unsicherheit. Aber vielleicht war es gerade ihre eigene Verletzlichkeit, die sie so empfänglich für die Zerrissenheit ihrer Kundinnen machte.

»Signorina Lettrista, ich bin Ihnen zu tiefem Dank verpflichtet. Sie sind ein wahrer Geheimtipp! Hier, nehmen Sie!« Die Kundin schüttete ein paar Münzen aus der kleinen Beuteltasche, die von ihrem Handgelenk baumelte, in Oriettas Hand. Plötzlich konnte sie nicht schnell genug die vereinbarten dreißig Centesimi loswerden und den Brief an ihre Brust pressen. Es war ohnehin ein geringer Betrag und nur die Hälfte von dem, was die Dame für eine Rundfahrt mit der Gondel durch den Canal Grande zahlen würde. Kurz spielte Orietta mit dem Gedanken, eine nachträgliche Gebühr zu erheben, doch die Preise für Glaswaren richteten sich ja auch nicht nach den Bankkonten der Käufer. Diese waren beständig und ehrlich, genauso, wie Orietta auch selbst sein wollte. Sie würde sich nicht an unerwiderter Liebe bereichern. Das Gefühl, übersehen zu werden, war, wie sie aus eigener Erfahrung wusste, schon Qual genug. Nur leider überstieg aufgrund ihrer großen Leidenschaft, des Verfassens von Essays, ihr Papierverbrauch das ohnehin schon großzügige Budget, das ihre Eltern für ihre Bildung angesetzt hatten. Also musste sie für die Auftragsbriefe eine kleine Entschädigung nehmen, zumindest so viel, dass es ihre Materialkosten deckte.

»Ich habe zu danken«, sagte sie und deutete eine Verbeugung an. »Vielleicht geben Sie mir für den nächsten Auftrag etwas mehr Zeit? Und was die Geheimhaltungspflicht betrifft: Sie dürfen mich gern an eine Freundin weiterempfehlen. Arrivederci!«

»A presto!«

Orietta folgte der Kundin mit den Augen, bis die Laterne

nur noch ein winziges Glimmen in der Ferne war, dann trat sie an ihrem Ende der Gasse wieder auf die beleuchtete Fondamenta, jenen Gehweg vor der Vetreria, der dank einer der Hauptanlegestellen tagsüber von Touristen überschwemmt wurde. Wie ein steinerner Silberstreif führte er am Wasser entlang, wurde hier von ausladenden Markisen überdacht, mündete dort in schmale Arkadengänge. Plötzlich und ohne dass sie ihn bemerkt hätte, hakte sich Jacopo an ihrem linken Arm unter, Giovanni ergriff ihren rechten. Beide wirkten sehr zufrieden mit sich, und so zwischen ihnen eingekeilt, wurde Orietta klar, dass ihre Brüder vielleicht doch am Ende der Gasse gestanden und das ganze Gespräch mit angehört hatten.

»Solltet ihr nicht in euren Betten liegen? Der Schmelzofen nimmt keine Rücksicht auf Müdigkeit.«

»Und solltest du nicht deinen Verstand darauf verwenden, einen Ehemann zu finden?«, konterte Giovanni, und Jaco fügte hinzu: »Und zwar für dich selbst, anstatt schlecht gekleideten Adelstöchtern das Geld aus der Tasche zu ziehen?«

»Immer noch besser, als es zum Fenster rauszuschmeißen.« Sie versuchte sich aus dem brüderlichen Schraubstock zu winden, doch natürlich war sie machtlos gegen die stählernen Muskeln ihrer Brüder, die sie beide dem stundenlangen Hantieren unter mühsamen Bedingungen verdankten. Ihnen erklären zu wollen, dass das Verfassen von Briefen eine Dienstleistung wie jede andere war, schien aussichtslos. »Unterhalten wir uns drinnen weiter. Oder wollt ihr die ganze Nachbarschaft aufwecken?«

Jaco schien die Verlockungen eines solchen Spektakels kurz in Erwägung zu ziehen, doch Giovanni wandte sich bereits wortlos zum Eingang und hielt Orietta die Tür auf.

Er und seine heuchlerischen Manieren!

Sie strafte ihn mit einem giftigen Blick, dann marschierte sie in den Laden. Als beide Brüder ihr unmittelbar folgten, stieß sie einen leisen Seufzer aus. Im Schutz ihres Zuhauses würde sich keiner von ihnen zurückhalten – auch Orietta nicht. Am besten, sie ergriff gleich die Initiative. »Na und, ich verfasse also Liebesbriefe für verzweifelte Damen.«

Doch wo Jaco sie nur ein wenig triezen wollte, ging es Giovanni um etwas viel Ernsteres: um ihre Abneigung gegenüber der Ehe und den Verzicht auf Selbstentfaltung, den dieses Resultat erfordern würde.

»Von einer jungen Frau in deinem Alter wird erwartet, dass sie sich einen würdigen Mann sucht und ihren eigenen Hausstand gründet.« Er musterte sie abwartend, die Hände hinter dem Kopf verschränkt.

Orietta setzte eine ungerührte Miene auf. Dass sie dem Titel der ältesten Tochter nicht gerecht würde, hatte sie mit Flavias aufblühender Schönheit erkannt. Und spätestens seit allen klar war, dass ihre jüngere Schwester irgendwann über ihrem Stand heiraten und der Familie Status verleihen würde, hatte sie ihre eigenen Defizite auch akzeptiert. Mit ihren Brüdern konnte sich Orietta allein schon deshalb nicht messen, weil die beiden das Glasblasen erlernen durften und sie nicht. Ihnen wohnte im Hinblick auf das Geschäft ein unersetzlicher Mehrwert inne. Sie dagegen war austauschbar, auch wenn sie sich bemühte, die Geschäfte auf ihre Weise zu unterstützen. Doch das hätte sie bestenfalls in einem ruhigen Moment zugegeben. In Streitsituationen wie dieser war sie froh, Giovanni in die Augen schauen zu können, ohne sich den Hals verrenken zu müssen. Bei den vielen Punkten, in denen sie konkurrierten, war ihre hochgewachsene Statur wenigstens die eine Sache, in der er sie nicht ausstechen konnte.

»Wer erwartet, dass ich das Handtuch werfe? Mamma? Papà?« Sie verzog das Gesicht. »Zu heiraten würde bedeuten, meine Stellung im Betrieb aufzugeben.« Und diesen Traum, irgendwann ihren Platz in diesem Familienbetrieb einzunehmen, und zwar als Teil der Geschäftsführung – jemand, der entschied und lenkte und nicht nur freundlich nickte und folgte –, konnte sie nicht aufgeben. Auch wenn ihr eine leise Stimme zuraunte, dass solche Positionen nicht für Töchter, Mütter oder Schwestern vorgesehen waren. »Das letzte Mal, als unsere Eltern mit mir über meine ausbleibenden Verehrer sprachen, haben sie tags darauf die Zahl meiner Unterrichtsstunden erhöht. Ich habe den Eindruck, sie möchten, dass ich meine Anstrengungen lieber in gute Bildung investiere, statt mir einen Mann anzulachen.«

»Ja, kein Zweifel, dürftest du offiziell an einer Universität studieren, hättest du schon ein ganzes Studium abgeschlossen. Wie viel Wissen möchtest du denn noch anhäufen? Vor allem: wozu? Mathematik, Geschichte, Fremdsprachen – du bist schlauer als jeder andere Mensch, den ich kenne.« Giovanni löste die Hände aus seinem Nacken, und kurz wusste sie nicht, ob er vorhatte, ihr tröstlich die Schulter zu drücken – und falls ja, ob sie es zulassen oder sogar willkommen heißen würde. Sie folgte der Bewegung seiner Hände mit den Augen, sah dabei seinen Siegelring mit dem Volpato-Emblem aufblitzen und verspürte sofort wieder den altbekannten Stich der Unzulänglichkeit.

Mit seinem attraktiven Äußeren *konnte* ihr Bruder sich gar nicht in ihre Lage versetzen. Die ledigen Töchter Muranos hielten ihn mit seinen sechsundzwanzig Jahren für einen hervorragenden Fang. Und wo die sichtbaren Attribute ihrer Vorfahren, inklusive der dominanten Nase, in Oriettas schmalem

Gesicht unangenehm auffielen, verliehen sie ihren Brüdern Männlichkeit. Einzig Flavia, die blond, klein und weich war, schlug von den Geschwistern nach ihrer Mutter. Ihr Körper erinnerte an die kindliche Fülle von Raffaels Engel, während Orietta in die Höhe ragte wie ungekochte Spaghetti in einem Kochtopf.

»Unsere Eltern haben dich vielleicht aufgegeben.« Giovanni drückte ihr Handgelenk. »Aber ich werde das nie.«

Mit einer wütenden Bewegung machte sie sich von ihm los. »Ich brauche keinen Versorger. Und wenn ich jemals doch heiraten sollte, dann aus Liebe.«

Sein Gesichtsausdruck wurde sanft. »Du weißt doch, es verkaufen sich nicht alle Glasunikate gleich schnell … vielleicht sind die Ladenhüter sogar die wertvollsten Artikel aus unserem Sortiment. Mit ihnen dürfen wir die meiste Zeit verbringen, und an ihrer Einzigartigkeit erfreuen wir uns am längsten. Kopf hoch!«

Oriettas Nasenspitze begann zu kribbeln, hinter ihren Augen baute sich ein lästiger Druck auf. Doch von Giovannis tröstenden Worten ließ sie sich nicht täuschen. Was er nämlich nicht auszusprechen wagte, offenbarte sich in seinem mahlenden Kiefer und seiner Unfähigkeit, ihr noch länger in die Augen zu schauen: Er hielt einen baldigen Heiratsantrag für genauso unwahrscheinlich wie der Rest der Familie. Dennoch würde er erst ruhen, wenn sie ihrer Pflicht nachgekommen war. Dass er glaubte, dabei ginge es allein um Heirat, traf sie tief und machte sie wütend.

»Gut zu wissen, wie sehr du meine Gesellschaft genießt. Dann bemühe ich mich, dir und dem Unternehmen möglichst lange erhalten zu bleiben.« Mit einem Anheben ihres Kinns forderte sie ihren anderen Bruder heraus. Wenn Jaco sie ebenfalls zur Ehe drängen wollte, dann sollte er jetzt sprechen oder sich ein für alle Mal aus dem Streit heraushalten.

Doch Jaco, der eben noch grinsend dem Disput gelauscht hatte, hob die Hände und wich vor ihr zurück, als hätte sie nach einer Kristallvase gegriffen. Tatsächlich schillerten ein paar ausgewählte Stücke auf hüfthohen Säulen und Pilastern inmitten der Ladenfläche wie die bunten Blumenkästen auf Venedigs Dachgärten. Die meisten der Vasen hatte Jaco geschaffen, kein Wunder, dass er fürchtete, sie könnte ihm eines seiner Meisterstücke an den Kopf werfen. »Eine starke Frau, die mit Worten umzugehen weiß wie keine zweite.« Er pfiff anerkennend durch die Zähne. »Hör bloß nicht auf zu schreiben, Ori. Und lass dich nicht von uns ärgern.«

Giovanni knurrte zustimmend, denn obwohl ihre Unangepasstheit immer wieder zu Reibereien zwischen ihnen führte, schien ihr Bruder sie auch zu einem gewissen Grad für ihre Freiheitsliebe zu bewundern. Leider reichte diese Bewunderung nicht aus, um sie ein für alle Mal mit dem Thema Ehe in Ruhe zu lassen. Orietta schnaubte. »Ihr besitzt überhaupt nicht die Macht, mich zu ärgern.«

»Gut, denn die Diskussion ist noch nicht beendet. Ich hoffe, mit deinen bald einundzwanzig Jahren bist du reif genug, in aller Ernsthaftigkeit über deine Zukunft nachzudenken.«

»Oh, glaub mir, ich habe nachgedacht.«

»Für wen war eigentlich der Brief, den du verfassen solltest?«, ging Jaco plötzlich dazwischen. Er schien die Anspannung zwischen ihnen nicht länger zu ertragen und schob sich vor Giovanni.

Der stieß einen Seufzer aus und wandte sich ab.

Orietta straffte die Schultern. »Gute Nacht.« Damit drehte

sie sich um und schritt so würdevoll zur Treppe, wie sie es fertigbrachte.

»War der Brief etwa für mich?«, rief Jaco ihr nach.

Giovanni entfuhr ein unterdrücktes Lachen, und Orietta blieb wie angewurzelt stehen. Als sie sich umsah, zuckte ihr kleiner Bruder die Achsel. »Ich habe schon welche bekommen. Der letzte ist eine Weile her, aber sie ähneln sich alle in ihrem schwülstigen Ton. *Ohne dich bin ich eine unfertige Vase, die sich nach Vollendung sehnt. Innerlich verglühe ich. O Geliebter, nimm meine Liebe, verschmelze sie mit deiner, und lass uns Muranos schönstes Meisterwerk sein* …« Trotz seines spöttischen Tons rieb er sich anschließend verlegen den Nacken. »Es wäre schon seltsam, wenn das von dir stammen würde.«

Orietta funkelte ihn an. »Ich beschreibe nur, was meine *Kundinnen* empfinden. Wenn du keine Liebesgeständnisse lesen möchtest, solltest du vielleicht seltener den Röcken der Nachbarschaft hinterherjagen.«

»Wie? Du gibst es zu?« Giovanni schloss ungläubig zu ihr auf. Wenn sie ihm nicht ausgewichen wäre, hätte er sie sicher an den Schultern gepackt und geschüttelt.

»Kümmert euch um eure Angelegenheiten!« Ihre Wangen prickelten auf einmal vor Hitze, als stünde sie zu nah am Brennofen.

»Und wer ist X?« Nun war auch Jaco in Fahrt. »Du unterzeichnest immer mit X!«

»Das X steht für unbekannt …«, warf Giovanni ein, aber Jaco fuhr bereits fort: »Erwarten die Damen denn keine Antwort von mir? Dafür müssten sie nämlich ihre Identität preisgeben.«

»Ich fürchte, so interessant bist du dann doch nicht«, schnaubte Orietta.

Doch daran lag es natürlich nicht. Vielmehr galt wohl die alte Regel, dass ein verschlossenes Herz zwar nicht erhört, aber auch nicht verletzt werden konnte, und so groß die Schwärmerei auch war: die Arbeitertöchter Muranos konnten es sich nicht leisten, sich eine derartige Blöße zu geben und vom einem der begehrtesten Junggesellen der Insel offen zurückgewiesen zu werden.

Endlich ließ Orietta ihre beiden Brüder im Laden stehen und nahm wortlos die Treppe.

In der folgenden Nacht war sie vorsichtiger und wartete, bis das ganze Haus schlief. Dann erst schlich sie wieder hinaus und zog die schwere Holztür hinter sich zu. Heute musste sie keinen Liebesbrief überbringen.

Ihr Ziel war vielmehr der Schaukasten am Campo San Bernardo. Vergleichbar den Boche de Leon, den sogenannten Löwenmäulern, die sich seit dem Bau des Dogenpalasts um 1400 als Beschwerdebriefkästen um die Piazza tummelten, sammelte der Schaukasten am Campo schon immer die brisantesten Nachrichten Muranos: Verlobungen, Trennungen, Skandale – der neueste Tratsch, auf Blättchen gekritzelt, wurde hier den neugierigen Augen der Gesellschaft preisgegeben, auch wenn nicht alle reißerischen Gerüchte der Wahrheit entsprachen. Manche zielten nur darauf ab, den Ruf eines verhassten Nachbarn zu zerstören. Ein kalter Wind zog um Oriettas nackte Waden, und sie blickte sich misstrauisch um. Ihre Brüder würden sie bloß wieder auslachen, wenn sie sie noch einmal auf der Straße erwischten und hinter den Grund für ihren heimlichen Ausflug kämen. Und ihre Eltern? Sie konnte sich ausmalen, wie Angelica und Emilio Volpato die Nachricht von ihrer Tochter aufnehmen würden, die in Nachthemd und Stiefeln, nur mit einer Laterne bewaffnet, einem Hirngespinst nachjagte. Ohne Zweifel mit Tadel und Spott. Vielleicht hätten sie es auch auf den bevorstehenden Karneval geschoben, der seit einigen Jahren wieder in Venedig gefeiert werden durfte, sich jedoch längst noch nicht wieder zu dem Spektakel aufgeschwungen hatte, das er vor Napoleons Herrschaft gewesen war. Und ganz unrecht hätten ihre Eltern mit dieser Vermutung auch gar nicht gehabt.

Wie nicht anders zu erwarten, hatte das Ereignis die Gespräche und Zeitungen bereits seit Wochen fest im Griff. So lange war der Markusplatz nicht mehr von der altbekannten Vergnügungslust erfasst worden, und jetzt rief man sich in den Gassen von Fenster zu Fenster und über die vollen Wäscheleinen hinweg Kostümvorschläge zu. Endlich würden mit dem bunten Treiben, das damals zu Zeiten der Dogen unglaubliche sechs Monate angedauert hatte, auch wieder Gäste in die Stadt finden, die ihr sonst fernblieben: Künstler, Intellektuelle, internationale Berühmtheiten. Eine von ihnen war Sibilla Veridiani, der Grund für Oriettas Aufregung. Die römische Adelige führte einen weltweit bekannten Salon, wo sie fortschrittlich denkende Köpfe zusammenbrachte und heikle Themen wie den Einfluss der französischen Frauenbewegung besprach. Um sie versammelten sich Menschen, die sich normalerweise außerhalb von Oriettas Reichweite bewegten und deren Essays sie las und liebte. Obwohl Sibilla Veridiani verwitwet war, übte sie nun mehr Einfluss auf die Gesellschaft aus als noch zu Lebzeiten ihres Mannes. Es war ihr Salon, der als Erster auf dem Austausch mit anerkannten Schriftstellerinnen, Mathematikerinnen, Astronominnen oder auch Opernsängerinnen geradezu bestand. Und waren die Soireen der Veridiani in den Zeitungen zunächst als groteske Neuheit betitelt worden, so räumten mittlerweile selbst die hartnäckigsten Kritiker ein, dass die Frau wohl doch auf dem gleichen geistigen Niveau stand wie der Mann.

Sie war das Idol vieler junger Frauen. Doch was Orietta am meisten an der Salondame imponierte: Sie redete nicht nur hinter den sicheren Wänden ihrer Palazzi, sondern setzte ihre Überzeugungen auch in die Tat um. Ihr gegenwärtiges Projekt, der geplante Bau eines Kinderhauses – eine Schule für schlechter gestellte Jungen und Mädchen, wo nach den Methoden einer für Furore sorgenden Reformpädagogin gelehrt werden sollte –, war schon jetzt in aller Munde, auch wenn man mit der Eröffnung frühestens nach der Jahrhundertwende rechnen durfte. Mit ihren vierzig Jahren stand Sibilla Veridiani für freie Entfaltung und Gleichberechtigung, eine Zukunft, die Orietta bis vor Kurzem unzugänglich und fern erschienen war. Doch mit dem Karneval war ihr Ziel glücklicherweise nun ein ganzes Stück näher gerückt.

Während Orietta stramm am Ufer entlang marschierte, schlängelte sich neben ihr das tiefschwarze Wasser in sanfter Biegung auf den Horizont zu, nur um dort mit den letzten Wohnhäusern zu verschmelzen. Dicht aneinandergedrängte rötliche, manchmal auch rosa verputzte Backsteinfassaden schienen auf dem Meer zu schweben, die breiten Steinfundamente davor dienten als Bürgersteige für Spaziergänger sowie als Anlegestelle für Vaporetti und Traghetti. Um die vereinzelt aus dem Wasser ragenden Holzpfähle wippten angebundene Gondeln auf den Wellen. Die spiegelnde Oberfläche brach sich im Wind und schillerte wie tausend Glasperlen. Wie hätte Murano je etwas anderes werden können als die Insel der Glasbläserei?

Nebel stieg vom kalten Meerwasser in den Himmel und drückte der Atemluft seinen salzigen Stempel auf. Er brachte Oriettas Glieder in dem dünnen Nachtkleid noch stärker zum Zittern, aber nun hatte sie ihr Ziel schon fast erreicht. Ihre Absätze klapperten auf dem Pflaster, der eigene Puls pochte ihr in den Ohren, und der Geruch von Salz, Algen und Brackwasser, der Duft Venedigs, geleitete sie durch die Gassen. Hin und wieder blickte sie sich um, vergewisserte sich, dass ihr niemand folgte, doch stets war es nur ihr eigener Schatten, der sie im Licht der spärlichen Straßenlaternen überholte. Auf Murano war das Stadtbild, anders als rings um den Markusdom, nicht von Diebstählen und Überfällen geprägt, aber eine Frau durfte sich trotzdem keine Unachtsamkeit leisten, besonders wenn sie ohne Begleitung unterwegs war. Orietta hatte zur Verteidigung ihren Stiefelabsatz, die gusseiserne Laterne und – falls das nicht reichte – ihr lautes Mundwerk. Vor allem mit Letzterem hatte sie bisher noch jeden Mann in die Flucht geschlagen, wenn auch nicht immer mit Absicht.

Wie ein zu dichtes Gewebe lag eine unheimliche Stille über dem Campo San Bernardo. Eigentlich hatte Orietta damit gerechnet, um diese Uhrzeit niemanden anzutreffen, schließlich mussten die Handwerker schlafen, wenn sie am nächsten Morgen wieder Glanzleistungen vollbringen wollten, doch der Hauptplatz von Murano schien wie die Brennöfen in der Glashütte ihrer Familie zu sein: nie ganz leer. Hier und dort lungerten vereinzelte Gestalten in Kneipeneingängen herum oder schlurften über das Pflaster. Manche schauten in ihre Richtung, prosteten ihr aus der Ferne zu. Fröstelnd zog sie die Schultern hoch und gab sich möglichst unbeteiligt. In der geschützten Ecke einer Hauswand entdeckte sie den unscheinbaren Schaukasten, der verantwortlich war für so viele Tränen und schamrote Wangen. Befestigt werden konnte hier, neben den offiziellen Schreiben der Stadt, im Grunde jede Skandalschrift, und wer im Schutz der Nacht oder im Gedränge handelte, konnte leicht einen solchen Zettel anbringen und unerkannt bleiben. Da sich in der Regel also niemand dabei beobachten ließ, hatte sich um die Identität der prominentesten Gerüchtetreiber selbst mittlerweile ein Netz aus Gerüchten gesponnen. Orietta musste aufpassen, dass sie nicht den Eindruck vermittelte, etwas in den Kasten zu hängen – und durfte sich, insbesondere nicht in ihrem Aufzug, davor erwischen lassen. Eilig hob sie ihre Laterne an die Scheibe, suchte nach dem neuesten Aushang und wurde beinahe augenblicklich fündig. Hinter kleineren Zetteln mit Botschaften wie: »Im Casino Venier spielen sie diesen Donnerstag mit besonderen Karten« und »Bekannte Klosterschülerin bringt Kutte zur Änderungsschneiderei – zehn Zentimeter breite Stoffeinsätze in der Taille!«, entdeckte sie die maschinell gedruckte Ankündigung, auf die sie so lange gewartet hatte:

Carnevale della Veridiani?

Alle unverheirateten Töchter Muranos aufgepasst!

Vertreterinnen der feinen Gesellschaft haben bestätigt: Die berühmte Salondame Sibilla Veridiani wird am Donnerstag vor Aschermittwoch, den 9. Februar 1893, um 16 Uhr, mit ihrem literarischen Zirkel und unter Darbietung eines wahren Spektakels in die Stadt einziehen. Man munkelt, dass eine glückliche Zuschauerin eine der heiß begehrten Einladungskarten zum ersten Maskenball am Canal Grande erhalten soll.

Orietta stieß einen unterdrückten Schrei aus. Sie hatte sich eigentlich nur vergewissern wollen, dass die Gerüchte um die Ankunft der Salondame stimmten, und sehen wollen, ob es endlich Hinweise auf den genauen Zeitpunkt gab. Aber das? Das war mehr, als sie zu hoffen gewagt hatte! *Eine glückliche Zuschauerin.* Aus einem Impuls heraus blickte sie über die Schulter und drehte dann mit zittrigen Fingern den kleinen Schlüssel an der Seite des Kastens. Noch immer zitternd vor Aufregung öffnete sie die Scheibe und nahm das Blättchen heraus. Ihre Chancen, die Auserwählte zu sein, standen weit besser, wenn sie die Einzige blieb, die von der Einladungskarte wusste. Schnell sperrte sie wieder ab und wandte sich zum Gehen. Fünf Schritte legte sie zurück, dann packte sie das schlechte Gewissen.

Wirklich, Ori? Hatte der Wunsch, Sibilla zu treffen, sie so überwältigt, dass sie dafür jegliche Moral vergaß? Sie zögerte, das Blatt in der Hand. Wer immer diese Botschaft verfasst hatte, hatte sie für die Augen der Öffentlichkeit ausgehängt, nicht für Orietta persönlich. Und überhaupt, was war nur in sie gefahren? Sie war nicht auf Tricks angewiesen, um sich einen Vorteil zu verschaffen. Besaß sie nicht genug Köpfchen, um auch so an die begehrte Karte zu gelangen?

»Ach, verflucht«, murmelte sie und arrangierte den Zettel an dem Schaukasten wieder so, wie sie ihn vorgefunden hatte. Kurz wandte sie sich nach rechts, weil sie etwas gehört hatte, entdeckte aber niemanden und drehte eilig den kleinen silbernen Schlüssel wieder zurück. Dann würde sie morgen auf dem Markusplatz einfach ihr Bestes geben müssen.

»He, junge Dame!« Orietta fuhr zusammen.

Einer der Kneipenkerle torkelte auf sie zu. Ein Glasfacharbeiter. In seiner schwarzen Knopfjacke, der Schirmmütze und mit seinem vor Dreck starrenden Gesicht verschwamm er praktisch mit der Dunkelheit. Hoffentlich arbeitete er nicht für ihre Familie. Auf den ersten Blick zumindest erkannte sie ihn nicht.

»Was hast'n du da reingetan?«

»Nichts. Gar nichts.« Sie manövrierte in großem Bogen um ihn herum.

»Stimmt nicht, ich hab doch gesehen, dass du einen Zettel reingetan hast!«

»Du?« Sie lachte, um ihre Angst zu überspielen. »Du bist so besoffen, du siehst keinen braccio weit!«

»He, kein Grund, so unfreundlich zu sein. Hätte ja sein können, dass du ein Gesuch reingestellt hast. Vielleicht für'n Ehemann?« Er wankte ihr ein paar Schritte hinterher. »Siehst nämlich aus, als könntest du dabei Hilfe gebrauchen, nachlaufen werden sie dir wohl kaum, die Herren!«

Orietta blieb abrupt stehen, fassungslos. Dann packte sie die Laterne mit beiden Händen, so fest, dass diese ihr nicht entgleiten würde, wenn sie sie nach dem Widerling schwingen musste. Hatten die Menschen heutzutage nichts Besseres zu tun, als anderen ihre Meinung vor die Füße zu spucken? Sie war schon oft ausgelacht oder gehänselt worden – früher, von Kindern, als sie selbst noch eines gewesen war –, aber noch nie hatte ein Erwachsener die Dreistigkeit besessen, sie so offen als unansehnlich zu bezeichnen.

»Und du? Wer bist du, dass du nachts betrunken über den Campo schleichst und Frauen belästigst?« Sie wusste, dass sie sich damit eventuell in noch größere Gefahr begab, aber sie war zu wütend, um die Beleidigung einfach einzustecken. »Deinen Namen will ich wissen! Entschuldige dich, oder ich werde die Angelegenheit melden.« Sie marschierte, die Laterne voraus, drohend auf ihn zu.

Er hob die Hände und wich vor ihr zurück. »Verzeihung, Verehrteste! War doch nur'n Scherz. So schlecht siehste bei Licht gar nicht aus.« Er grinste und entblößte dabei eine Reihe unregelmäßiger bräunlicher Zähne.

Am liebsten hätte sie ihm die Laterne rechts und links um die Ohren gehauen. Für seine dreiste Frage, und mehr noch für den Spott, den er in seine halbherzige Entschuldigung legte. Aber sie riss sich zusammen und tat das Richtige. Mit ausgestrecktem Arm deutete sie in die Ferne. »Sieh zu, dass du wegkommst!«

Er zögerte nicht. Ein gemurmelter Fluch flog noch in ihre Richtung, dann machte der Mann kehrt und wankte davon.

Orietta bebte auf dem ganzen Weg zurück. Diese Wut war auch etwas Neues. Früher hatten solche Momente immer nur Tränen hervorgerufen, doch seit den Verkupplungsversuchen ihrer Familie und den damit einhergehenden Zurückweisungen mischte sich immer öfter ein brodelnder Zorn in ihre Empfindungen, der die altbekannte Traurigkeit allmählich vollständig verdrängte.

Mit jedem Schritt, den Orietta in Richtung ihres Elternhauses zurücklegte, schob sich wieder Sibilla Veridianis Ankunft in den Vordergrund ihrer Gedanken, und nach und nach wich ihr Ärger einer aufgeregten Vorfreude. Kurzerhand entschied sie sich, einen Schlenker zu machen und die Gasse zu nehmen, die an der Glasfabrik ihrer Familie vorbeiführte. Doch kaum hatte sie das von Wetter und Hochwasser gezeichnete, längliche Gebäude erreicht, das eng an die anderen auf der Straße anschloss, da bemerkte sie eine Gestalt. Mit gesenktem Kopf kam ihr ein Mann entgegen, die Mütze tief ins Gesicht gezogen.

Nicht schon wieder!

Orietta straffte die Schultern, bereit für die nächste Auseinandersetzung, doch im nächsten Moment erstarb ihr Kampfgeist. In Hosen und Mantel gekleidet, die langen gewellten Haare unter eine Schiebermütze gestopft, war die Gestalt zwar kaum zu erkennen, aber für Orietta bestand kein Zweifel: Es handelte sich um ihre Schwester.

»*Flavia?* Was tust du hier?«

»Dasselbe könnte ich *dich* fragen«, erwiderte Flavia, das ovale Gesicht vor Nervosität rot glänzend und der Blick eher ertappt als angriffslustig. In ihren blauen Augen glomm noch ein Funke, den sie Mühe hatte zu verbergen und den Orietta nicht ganz einordnen konnte.

»Ich hab zuerst gefragt.« Orietta verschränkte die Arme vor der Brust, und offensichtlich hatte sie die richtige Strategie gewählt, denn fast augenblicklich geriet Flavia in Erklärungsnot.

»Ach, du weißt schon. Das Übliche«, sagte sie und trat von einem Fuß auf den anderen. Als keine Erwiderung folgte und Orietta sie nur weiter prüfend musterte, gestand sie: »Gut, ich … habe eine Verabredung.«

»Was? Wer ist es?« In Oriettas Kopf begann es zu rattern. Es musste jemand sein, dessen Name verpönt war, ansonsten hätte Flavia sich schließlich untertags mit ihm blicken lassen können. Sie machte normalerweise kein großes Geheimnis um die wachsende Anzahl ihrer Verehrer.

»Ach, du weißt schon!«

Nein, sie wusste es nicht. Woher auch? »Du hast nie einen Favoriten erwähnt!« Oder auch nur irgendetwas, das einen nächtlichen Ausflug nötig machte. Und dabei vertraute ihr Flavia sonst alles an; mehr, als Orietta lieb war.

Nachdem sie alle Glasbläsersöhne im richtigen Alter aufgezählt hatte, und Flavia immer noch schwieg, kapitulierte sie. »Ich habe keinen blassen Schimmer, mit wem du dich rumtreibst.« Kaum hatte sie es ausgesprochen, fiel ihr etwas ein. »Santa Maria, ist es ein *Adeliger*?«

Flavia reckte ihre Stupsnase höher und lächelte. »Danke, dass du mir eine derartige Partie zutraust. Aber nein, leider nicht.«

»Jemanden aus der Zunft müsstest du doch nicht verstecken.«

Je länger Orietta ihre Schwester betrachtete, desto merkwürdiger erschien ihr plötzlich der jungenhafte Aufzug. Hätte sie sich für eine Verabredung nicht mehr herausputzen müssen? Ein ungewöhnlicher Gedanke kam ihr. Sie senkte die Stimme zu einem Raunen. »Ist es denn überhaupt ein … Er?«

Flavia prustete los, als hätte sie ihr ein Verhältnis mit einem längst verstorbenen Dogen angedichtet. Dabei war Oriettas Annahme gar nicht so lachhaft, fand sie.

Sie seufzte. »Fein, dann verrate es mir nicht. Ich habe auch ein Geheimnis. Eines, das dich brennend interessieren dürfte.« Sie schlenderte provokant an ihrer Schwester vorüber, so nah, dass der Größenunterschied zwischen ihnen deutlich zutage trat.

Flavia schluckte den Köder und folgte Orietta. »Sag schon! Nur ein weiterer Liebesbrief – oder hattest du etwa selbst gerade eine Verabredung?« Und nach einer kurzen Musterung von Nachthemd, Laterne und Schnürstiefeln ergänzte sie: »Er muss ja wahnsinnig begehrenswert sein, wenn du es so eilig hattest, zu ihm zu kommen.«

»Das sagt die Richtige! Ist das nicht Vaters Mantel? Und was soll die grässliche Herrenmütze? Neue Pariser Mode?«

Mit großer Genugtuung schlenderte Orietta weiter. Es tat gut, auch einmal ein spannendes Geheimnis zu haben und ihre Schwester ein wenig zu necken.

»Gib mir einen Hinweis, und ich errate es!« Unerschrocken stellte sich Flavia ihr in den Weg. Geduld war noch nie ihre Stärke gewesen. Orietta ließ sie noch ein wenig zappeln, fütterte sie mit nichtssagenden Hinweisen und trieb das Spiel so lange auf die Spitze, bis Flavia ihr ungeduldig in die Seite boxte.

»Au! Schon gut, es hat etwas mit dem Karneval zu tun. Mit Maskenbällen und …« Weiter kam sie nicht, denn das hohe Quietschen ihrer Schwester unterbrach sie.

»Du warst am Kasten? Ohne mich? Wie lauten die neuesten Gerüchte?«

Orietta lachte leise. »Ich würde ja sagen, geh und sieh selbst nach. Oder … verrate mir, wer dein Verehrer ist.«

Flavia schnaubte und verdrehte die Augen. »Na schön! Er ist Deutscher. Also niemand, den ich regelmäßig sehen sollte. Zufrieden?«

Ihre Enthüllung verschlug Orietta die Sprache. Ihr Vater hatte bezüglich der infrage kommenden Junggesellen klare Regeln aufgestellt: Ein Glasbläsersohn musste es sein, vorzugsweise aus Murano stammend und mit langer Familientradition. Doch ebenso schnell, wie der Schock Orietta gepackt hatte, so rasch freundete sie sich mit dem Gedanken an, nicht die einzige Tochter der Familie zu sein, die auf neuen Pfaden wandeln wollte.

»Ist er denn anständig? Respektiert er dich?«

Flavia nickte. Das war die Hauptsache.

»Dann kann ich dich guten Gewissens mit ihm allein lassen?«

»Ich lege meine Hand für ihn ins Feuer.« Ihre Schwester tippte gegen den Schirm ihrer Herrenmütze, sie wirkte erleichtert. »Und jetzt du! Welches skandalöse Gerücht macht die Runde?«

»Kein Skandal. Viel besser!« Und dann berichtete Orietta ihrer kleinen Schwester alles über Sibilla Veridianis Ankunft und den Maskenball. Davon erzählen zu können, verschaffte ihr gleich einen neuen Schub Aufregung. Nur dass sie ihrem tugendhaften Impuls nachgegeben und den Zettel wieder zurückgehängt hatte, brachte ihr Vorwürfe ein.

»Winzig kleine Schnipsel«, sagte Flavia. »*Das* hätte ich daraus gemacht.«

»Und genau deshalb bin ich die Ältere von uns beiden – und die Klügere.«

»Du meinst, die Langweiligere?!«

»Die Vernünftigere.«

Sie warfen sich den Ball vor den Toren der Glashütte noch ein paarmal zu, bis sie beide lachen mussten und nach einer kurzen Umarmung jede wieder ihren eigenen Geschäften nachging.

»Wir müssen Mamma beim Frühstück davon erzählen. Sie wird mit zum Markusplatz wollen und …«, rief Flavia ihr nach.

Ohne sich umzudrehen, schlug Orietta über dem Kopf mit der Handkante in ihre Handfläche – das allgemein verständliche Zeichen, dass ihre Schwester endlich verschwinden sollte, statt noch die ganze Nachbarschaft zu wecken.

Natürlich würde ihre Mutter mit ihnen zum Markusplatz wollen. *Alle* Frauen Venedigs würde es dorthin ziehen, allein schon wegen des Karnevals, der nun unmittelbar am Wochenende vor der Fastnacht seinen Startschuss erleben würde, spätestens aber, wenn die Ankündigung des Schaukastens die Runde gemacht hatte.

Alle würden sie kommen.

Doch nur eine würde am Ende des Tages die Einladungskarte besitzen.

Orietta.

Kapitel 2

Ein Scheppern drang unsanft bis in Oriettas Träume.

Eben noch war sie in einer Gondel an den Palästen der alten Patrizierfamilien vorbeigeglitten, nun riss das laute Geräusch sie zurück in die Realität. Auf einen Schlag hellwach, versuchte sie sich im Raum zu orientieren, während sie im Rücken plötzlich schmerzhaft die Schreibfeder spürte, auf der sie wohl eingeschlafen war. Sie tastete danach und fragte sich, was wohl kaputtgegangen war. Hatte sie etwa Glas brechen gehört?

Mit dem Glas der Insel Murano verhielt es sich nämlich wie mit Träumen: schön anzusehen, jedoch schnell in tausend Splitter zersprungen. Doch Oriettas Traum war immerhin schon in greifbarer Nähe. Denn wie ihr nächtlicher Ausflug bestätigt hatte, stand Venedig an diesem Donnerstagmorgen das Ereignis des Jahres bevor.

Müde schlug sie die mit Seide bezogene, pelzgefütterte Decke zurück und schlüpfte in ihre Filzpantoffel. Aus der Küche drang bereits der verräterische Lärm einer frühstückenden Familie nach oben, während sich Orietta noch den restlichen Schlaf aus den Augen rieb. Schranktüren schlugen lautstark auf und zu, Stuhlbeine schabten über Fliesen, und in der Pfanne brutzelte der Speck. Ihre Mutter musste bereits von Flavia über Sibilla Veridianis Ankunft unterrichtet worden sein. Das würde erklären, warum sie mit den Töpfen klapperte, als wollte sie die ganze Nachbarschaft über das Spektakel informieren. Denn auch wenn sie die Salonkultur eigentlich als Wichtigtuerei abtat, konnte sie das so kurz vor Veridianis Ankunft nicht mehr zugeben. Eine Gelegenheit, sich der feinen Gesellschaft zu präsentieren, musste genutzt werden, ganz gleich, wie oberflächlich der Anlass war.

Ihre Mutter ging dabei mit Raffinesse vor. Wenn sie es nicht schon getan hatte, würde sie nach dem Frühstück Stunden mit der Kleiderauswahl verplempern und anschließend die Nachbarinnen einladen, von denen sie wusste, dass sie nur so auf Angelica Volpatos Neuigkeiten brannten, da der immer gleiche Alltag sie zwar anödete, aber auch so sehr einspannte, dass sie es selbst nicht oft genug zum Schaukasten auf den Campo schafften. Die Damen würden zum zunächst ganz unverfänglichen Geplauder ihrer Mutter kichern und zwischen jedem »Ach nein« und »Sag bloß« grübeln, was der angelegte Schmuck und das besonders eng geschnürte Korsett ihrer Freundin zu bedeuten haben mochten. Und dann, wenn sich die Wangen vor Anspannung bereits röteten und Schweißperlen über der Oberlippe glänzten, würde ihre Mutter die Katze aus dem Sack lassen: *Sagt bloß, ihr wusstet nicht, dass die Veridiani heute um 16 Uhr auf dem Markusplatz eintrifft? Ich denke seit einer Woche an nichts anderes.* Ihre Mutter flunkerte stets so beiläufig, wie sie scheinbar zufällig die Hausecken beim Staubkehren übersah. Aber ganz gleich, was sie erzählte, die Leute hingen an ihren Lippen.

Orietta richtete vergnügt ihr Bett, bis ihr die losen Blätter ins Auge fielen, die unter die Kissen gerutscht waren. Ihr

Antrag! Sie hatte ihn direkt begonnen, nachdem sie gestern von ihrem Nachtausflug zurückgekehrt und in ihr Zimmer geschlichen war. Der Gedanke, die Stadtverwaltung aufzusuchen, geisterte schon länger durch ihren Kopf, aber erst beflügelt durch Sibilla Veridianis bevorstehende Ankunft hatte Orietta den Mut gefasst, ihre Forderungen endlich schriftlich zu formulieren und einzureichen. Eine Frau wie Sibilla Veridiani war schließlich auch nicht dadurch berühmt geworden, dass sie ihre Ängste und Zweifel regieren ließ. Außerdem stellte der Karnevalsbeginn die perfekte Gelegenheit dar. Der Großteil der Stadt würde seinem eigenen Vergnügen nachjagen und es kaum registrieren, wenn eine unbedeutende Frau zwischen den Säulen umherstrich. Nur leider war sie, wie es schien, über dem Antrag eingeschlafen, und nun hatte das Papier Knicke, zeigte tintenblaue Schmierflecken und hässliche Knitterfalten.

»Orietta!«, schallte es die Treppen herauf. »Frühstück!« Noch war die Stimme ihrer Mutter ein Trällern, doch es würde schnell zu einem Grollen werden, wenn Orietta sich nicht innerhalb der nächsten fünf Minuten zu Tisch begab.

Wie gerne hätte sie ihre Kaffeesuppe an ihrem Schreibtisch eingenommen und den Antrag neu aufgesetzt. Es war sicher ein schlechtes Omen, wenn sie die Blätter verknittert mit in die Stadt nahm.

»Orietta Maria Belisa Volpato!«

Orietta seufzte, ließ den Gedanken fallen und eilte stattdessen zum Kleiderschrank, wo sie in ein leichtes Alltagskleid schlüpfte. Den Antrag faltete sie klein und verstaute ihn vorsichtig in ihrem Ärmel. Ihr eigentliches Versteck für Briefe, Dokumente und andere Dinge, die nicht entdeckt werden sollten, konnte sie jetzt nicht ansteuern. Im Vorbeigehen warf sie einen flüchtigen Blick in den Standspiegel. *Eindeutig nicht vorzeigbar.* Normalerweise erschienen die Volpato-Frauen ordentlich gekleidet zum Frühstück. Doch für ihr Korsett hätte Orietta Flavias zupackende Hände gebraucht. Abgesehen davon, dass sie gut noch eine Weile auf das unbequeme Teil verzichten konnte, wollte sie ihre Schwester nicht beim Essen stören.

Fein gekleidet, mit aufgestecktem Haar, das unter dem Kronleuchter golden schimmerte, bildete Flavia wieder einmal den glänzenden Mittelpunkt der Zusammenkunft. Ihr Anblick entsprach so sehr dem gängigen Schönheitsideal, dass man sie ohne Weiteres als Vorführdame in die Pariser Modehäuser hätte stellen können. Sie war die Vorzeigetochter, die Mütter mit Vergnügen beim Tee präsentierten. Orietta hingegen wurde höchstens auf Nachfrage erwähnt, wenn das Gespräch auf Flavias lückenhafte Bildung zu kommen drohte und Donna Angelica einfiel, dass es ja noch eine zweite Tochter gab – eine, die mit Deutsch, Französisch, Englisch und Griechisch immerhin vier Fremdsprachen beherrschte.

Der Gedanke, dass allein die Kleidung darüber bestimmte, wie viel Respekt man verdiente, war beklemmend. Doch mehr als der Protest im Privaten oder im Geiste blieb Orietta nicht. Nur sehr gebildete Frauen konnten es sich leisten, den Normen öffentlich abzuschwören – bekannte Schriftstellerinnen etwa, wie es George Sand zu ihrer Zeit gewesen war. Alle anderen würden sich mit der Nichtbeachtung der Kleiderordnung bloß ins gesellschaftliche Abseits stellen.

Der gesellschaftliche Tod. Er war das wahre Korsett, das alle einschnürte.

»Guten Morgen allerseits.« Orietta löste sich vom Türrahmen, trat an dem halb fertigen Familienporträt vorbei, das an der Wand lehnte, solange der Maler nicht daran arbeitete, und bemühte sich um einen möglichst beiläufigen Ton. Zum ersten Mal seit zwanzig Jahren erschien sie als Letzte zum Frühstück. Selbst Jacopo, der notorisch zu spät kam, lümmelte bereits auf seinem Stuhl. Besser gesagt, er hing quer über dem Tisch und pickte in Flavias voll beladenem Teller herum, den sie nur unter Einsatz von Riechsalz und mit vielen kleinen Pausen würde leer essen können, was sie allerdings gar nicht beabsichtigte – sie liebte es lediglich, den Luxus der Auswahl zu haben. Warum sich für nur eine Speise entscheiden? »An deiner Stelle würde ich mir nicht die Oliven wegessen. Das könnte unangenehme Folgen für dich haben«, warnte sie ihn.

»Du meinst …?«

»O ja!«

Er blickte sie scheinbar zerknirscht an und schob die Zunge vor. Doch anstatt die Olive auszuspucken, wie Orietta schon befürchtete, verschlang er sie im nächsten Moment mit einem: »Ottima!« Exzellent. Die angedrohten Konsequenzen, die niemand am Tisch außer ihm zu verstehen schien, schreckten ihn wohl nicht ab.

Flavia aß weiter, deutete nach ihrem nächsten Bissen mit der Gabel jedoch auf ihn – ein leises Versprechen, dass er schon sehen würde, was er davon hatte, ihr die Lieblingsspeise wegzuessen. Obwohl ihre Mutter bei Streitigkeiten mit Jaco sonst sofort vermittelte, hantierte sie nun bloß amüsiert mit der Kaffeekanne und schenkte ihm ein. Flavia reichte ihr unaufgefordert die leere Suppentasse, die an Oriettas Platz bereitstand, dann wandten sich alle wieder ihren Tellern und Gesprächen zu.

Erleichtert, dass ihre Verspätung nicht an die große Glocke gehängt wurde, glitt Orietta auf den Stuhl links von ihrer

Schwester und schloss damit die Lücke zu Giovanni, der, genau wie ihr Vater, an einem Tischende thronte. Der Tadel für ihre schlampige Garderobe blieb ebenfalls aus. Lag es am Karnevalsbeginn? An der fast greifbaren Aufregung, die in der Luft knisterte? Jacopo und Flavia schnatterten jedenfalls so wild durcheinander, als hätten sie die Neuigkeit von Veridianis Ankunft schon vor ihrem Geplänkel mit der Olive zur Sprache gebracht und wollten nun daran anknüpfen.

»Hier unten hat es ja ganz schön gescheppert«, sagte Orietta. Den zusammengekehrten Scherbenhaufen hatte sie schon beim Hereinkommen in der Ecke bemerkt, nun fragte sie sich, welches Porzellanstück es getroffen hatte. Sie griff nach einer Scheibe Weißbrot und bestrich sie mit einem Pesto aus getrockneten Tomaten, Basilikum und Öl. »Was ist denn zerbrochen?«

»Mein Herz – bei deinem Anblick.« Ihre Mutter legte den Kopf schief. »Ich dachte, du brauchst so lange, weil du dich in Schale wirfst! Was soll dieses Kleid? Nonna ist unterwegs zu uns.« Ohne auf eine Antwort zu warten, fuhr sie fort: »Gott sei Dank habe ich mich bereits um eine angemessene Garderobe für die Stadt gekümmert.«

»Vielleicht soll das da Oris Kostüm sein«, sagte Jacopo grinsend und handelte sich unter dem Tisch einen Tritt von Flavia ein.

Noch bevor er seinerseits ausholen konnte, knurrte Giovanni: »Lasst das.«

In einen Teil des *Corriere della Sera*, der auflagenstärksten Tageszeitung Italiens, vertieft, hörte er wie immer nur mit halbem Ohr zu, sprach aber stets ein Machtwort, wenn es ihm notwendig erschien. Darin kopierte er ihren Vater. Doch während dieser sich tatsächlich die meiste Zeit aus allen

Gesprächen heraushielt, schützte ihr Bruder die Gleichgültigkeit bloß vor. In Wirklichkeit hatte er zu jedem Thema einen ungebetenen Ratschlag oder eine uninspirierte Meinung, dachte Orietta, als sie ihren Bruder beim Lesen betrachtete. Wahrscheinlich wiederholte er im Geiste gerade minutenlang denselben Satz, während er nur auf den richtigen Moment lauerte, seinen Geschwistern ins Wort zu fallen. Nicht einmal vor ihrer Mutter machte er halt. Auch ihr fuhr er wie selbstverständlich über den Mund. Solche Einmischungen endeten für gewöhnlich in Geschrei, weil beide versuchten, den anderen zu übertönen.

Doch glücklicherweise schien dieser Moment noch nicht gekommen.

»Das ist nicht mein Kostüm.« Orietta bedachte Jaco mit einem nachsichtigen Blick. »Ich hatte es bloß eilig.« Sie wandte sich an ihren Vater: »Brauchst du mich länger als bis zum Mittag? Ansonsten würde ich heute nur die nötigsten Arbeiten erledigen und anschließend mit Mamma und Flavia zum Markusplatz fahren.«

Der Vater schüttelte nur abwesend den Kopf. Natürlich brauchte er sie nicht länger. Das tat er nie, Giovanni und ihr Onkel wickelten schließlich alle Aufträge des Familienbetriebs ab. Aber sicher schadete es nicht, ihren Vater daran zu erinnern, dass er noch ein weiteres fleißiges Kind hatte, das sich um das Wohlergehen des Betriebs sorgte.

»Ich könnte natürlich alle Bestellungen durchgehen und …«

»Was gibt es denn auf dem Markusplatz?« Unter Geraschel schlug ihr Vater umständlich die nächste Seite seines Teils der Zeitung auf. Seine Augen hüpften mechanisch von Zeile zu Zeile, wie um sie beschäftigt zu halten, damit sie Oriettas Blick nicht begegnen mussten.

»Der Karneval beginnt«, erwiderte sie schnell. »Ich möchte mir das Spektakel ansehen.« *Und hinterher beim Stadtrat einen Antrag einreichen, der dir schwer missfallen wird,* fügte sie im Stillen hinzu. Ihr Vater würde außer sich sein, so sehr wichen die darin enthaltenen Forderungen von seiner Weltanschauung ab.

Die zusammengefalteten Blätter in ihrem Ärmel schienen plötzlich zu glühen, und kurz überlegte sie, ihr Vorhaben zu verschieben, doch die Gelegenheit war einfach zu gut. Je weniger Menschen von ihr Notiz nahmen, und je geringer die Wahrscheinlichkeit, dass ihr Vater davon erfuhr, desto besser. Es war zwar nicht so, dass er anderen die Meinung diktierte, aber er hielt sich für einen Mann im Dienste der Tradition, und er war ein strenger Vater. Seine linke Augenbraue schnellte hoch, sobald jemand ihn enttäuschte, und das war genau die eine Reaktion, die Orietta nicht ertrug. Sie begriff nicht, wie sich die Facharbeiter an den Brennöfen tagtäglich seiner stillen Verachtung aussetzen konnten, ohne daran zu zerbrechen.

Kurz und mit einer Spur Wehmut musterte Orietta ihren älteren Bruder. Sie alle hatten unterschiedliche Strategien entwickelt, um ihrem Vater standzuhalten. Es war kein Wunder, dass Giovanni über die Jahre so ein aufbrausendes Gemüt entwickelt hatte. Bereits als Kind war er sehr ernst gewesen, aber stets flankiert von einer großen Sanftheit, die er allen entgegenbrachte. Heute jedoch, wenn er auch nur die leiseste Kritik erahnte, kam er seinem Gegenüber zuvor, indem er direkt zum Angriff überging. Jacopo verfuhr ähnlich. Nur dass er nicht mit spitzen Scherben um sich warf wie sein älterer Bruder, er feuerte stattdessen runde Glasperlen auf sein Ziel ab. Die taten nicht unmittelbar weh, sondern erst nach einiger Zeit, wenn sie lange genug auf die gleiche Stelle eingeprasselt waren.

»Die Veridiani kommt!«, weihte nun ihre Mutter den Vater ein und blickte strahlend in die Runde, als wäre die gute Nachricht nur ihr zu verdanken. »Sie wirft eine Einladungskarte für ihren Maskenball in die Menge! Und du weißt, was das bedeutet!«

»Leere Geldbörsen?« Ihr Vater hielt mit dem Lesen inne und musterte sie über den Rand der Zeitung hinweg.

Sie lachte. »Potenzielle Ehemänner natürlich!«

Ein vielsagender väterlicher Blick streifte Orietta, bevor er an Giovanni hängen blieb. »Nun, was sagst du dazu? Hältst du es für eine gute Idee, unsere drei Grazien dorthin gehen zu lassen?«

»Als ob wir uns bremsen lassen würden«, murmelte Flavia und knuffte Orietta mit dem Ellbogen in die Seite. Giovanni klappte seinen Teil der Zeitung zusammen, den Wirtschaftsteil, in den er eben noch vertieft gewesen war, und reichte ihn an Jaco weiter, obwohl er selbst noch nicht alles durchgeblättert hatte.

»Das erste Mal seit fast hundert Jahren soll wieder ein Engelsflug veranstaltet werden«, sagte er. »Wenn die drei versprechen, nicht zu viel Geld zu verjubeln, sollen sie ruhig zuschauen. Dann haben sie ihren Spaß und wir unsere Ruhe. Später können sie uns alles erzählen. In der Werkstatt steht so viel an, unter anderem eine Besichtigungstour … selbst werden wir es nicht zur Piazza schaffen.« Er zwinkerte Orietta verschmitzt zu, doch was er für gutmütig hielt, empfand sie bloß als anmaßend. Er tat so, als hätte er bereits das Sagen in der Familie und könnte darüber bestimmen, wer wo hinging.

»Definiere, was du mit *zu viel* meinst«, erwiderte sie spitz, warf einen Brocken Weißbrot in ihre Kaffeesuppe und begann zu rühren. »Welche Summe trennt uns denn vom finanziellen

Ruin?« Als er nicht sofort antwortete, schlug sie sich die Hand vor den Mund. »Nein, sag bloß, du kennst die Bücher nicht auswendig? Macht nichts, Bruderherz, ich kann dir gerne auf die Sprünge helfen.«

Kurz starrte er sie überrascht an, als glaubte er wirklich, sie hätte ihm sein unmögliches Verhalten in der Nacht, da sie sich mit ihrer Kundin getroffen hatte, schon verziehen. Dann fing er sich und begann zu grinsen. »Wie kommt's eigentlich, dass du dich zum Frühstück verspätet hast? Letzte Nacht zu lange gelesen? Was kann denn bloß so Spannendes in einem Mädchenroman stehen?« Natürlich meinte er das Briefeschreiben, wenn er von »Lesen« sprach, und wie auf Kommando nahm Coriettas Puls Fahrt auf.

»Wenigstens beschert mir *meine* Beschäftigung am nächsten Tag keinen dicken Kopf!«

Giovanni zog einen Mundwinkel hoch. »Die Ringe unter deinen Augen sagen etwas anderes.«

Jaco, der sich erstaunlich lange herausgehalten hatte, stieg nun prompt darauf ein: »Das hat nichts damit zu tun, wie viel sie schläft. Es ist ihr *Gesicht.* Kann ja nicht jede so schön sein wie Flavia.«

»Das sagst du nur, weil wir Zwillinge sind«, entgegnete diese und versicherte Orietta im gleichen Atemzug, dass sie sich auf keinen Fall für schöner hielt.

Eine Geste, die Orietta mindestens so rührte, wie sie das darin mitschwingende Mitleid nur umso wütender machte.

Ihre Mutter stöhnte. »Jaco, hör auf, deine ältere Schwester zu ärgern. Und du, Flavia: Iss auf! Heute wird nicht gezankt. Wir feiern Karneval!«

»Aber ich habe sie doch nur verteidigt!« Während sich Jacopos Wangen zu einem unschuldigen Lächeln hoben, wurde Oriettas Gesicht heiß. Die Erinnerung an den unverschämten Kerl von ihrem nächtlichen Ausflug drang an die Oberfläche, und es ärgerte sie, dass ihre angeblich mangelnde Schönheit wieder einmal der allgemeinen Belustigung diente. Wie waren sie überhaupt vom Karnevalstreiben auf ihr Äußeres gekommen?

»Geh lieber ein paar schöne Unikate anfertigen, statt hier das Unschuldslamm zu mimen«, sagte ihre Mutter. Ihr liebevoller Blick verriet, dass ihm sein gemeiner Kommentar längst wieder verziehen war. Wie so häufig, ließ sie bei ihrem *Wunderknaben* Nachsicht walten. »Treib schön die Verkäufe an, ja? Dann kriege ich vielleicht endlich mein Dienstmädchen …«

»Erst muss der Betrieb weiterwachsen, Angelica.« Ihr Gatte lächelte sie milde an, während er mit einem Seitenblick Giovannis Zustimmung einholte. Der nickte kurz. Ein stilles Einverständnis unter Männern.

Dabei waren sie eine Handwerkerfamilie mit gutem Auskommen, die sich durchaus ein Dienstmädchen hätte leisten können. Vielleicht ahnte Emilio Volpato nicht, dass seine Söhne regelmäßig den Gegenwert eines neuen Brennofens im Casino verschleuderten. Kundenakquise nannten sie die Abende, aber Orietta wusste es besser.

»Giovanni hat ein paar Ideen, wie wir expandieren können«, sagte ihr Vater und langte nach der Hand seiner Frau. »Dann kriegst du deine Haushaltshilfe, ich verspreche es.« Ihre Finger verschränkten sich ineinander.

»Wie viele dieser sogenannten Ideen beinhalten denn Trunkenheit und Kartenspiele?«, fragte Orietta in Giovannis Richtung.

Kurz hielt er ihren Blick, dann wischte er mit einer lässigen Geste das Messer mit dem Handrücken von der Tischkante.

»Nun schaut euch das an, ihr wisst ja, was es heißt, wenn ein Messer zu Boden fällt – unerwarteter Männerbesuch!«

Ihre Mutter klatschte in die Hände, Jacopo johlte, und Flavia beschuldigte Giovanni, das Besteck absichtlich fallen gelassen zu haben. Niemand erkannte, was die Worte in Orietta auslösten, nämlich pure Demütigung.

Nie wieder wollte sie erleben, wie sich das Interesse eines Mannes bei ihrem Anblick in Widerwillen verwandelte. Wie die Augen unangenehm berührt zu ihrer schönen Schwester wanderten und plötzlich Interesse versprühten. Solange Flavia nicht verheiratet war, würde die Wahl nicht auf Orietta fallen – und zwar nie. Wenn ihre Mutter schlau war, ließ sie einfach von dem Irrsinn ab, die Älteste zuerst verheiraten zu wollen, und konzentrierte sich ganz auf Flavia. Giovanni lud seine Junggesellenschar doch nur ein, um Orietta zu quälen oder aber weil ihre Qual ihn nicht berührte – oder noch schlimmer: weil er sie nicht einmal bemerkte. Die Wut, die sie erneut überkam, überraschte sie selbst.

»Wage es ja nicht!« Sie schoss von ihrem Stuhl hoch. Am Rande spürte sie, wie Flavia an ihrem Ärmel zupfte, doch sie streifte ihre Hand ab. »Wenn du noch *einen* jämmerlichen Heiratskandidaten hier anschleppst – ich sage dir, dann stecke ich deine geliebte Glashütte in Brand.«

Giovanni schaute sie für einen Augenblick irritiert an, dann brach er in schallendes Gelächter aus. Er hielt das Ganze immer noch für einen völlig üblichen Schlagabtausch. Alle fielen in das Lachen mit ein, sogar ihr Vater, bevor er sie für ihre derbe Ausdrucksweise tadelte. Erst als Oriettas Augen einen glasigen Schimmer annahmen, prasselten die Beschwichtigungen von allen Seiten auf sie ein, aber sie hörte kaum zu. Ihre Brust bebte. In ihrer Kehle formte sich ein Kloß, der sie am

Sprechen hinderte. *Nicht weinen! Selbst wenn es nur Zornestränen sind.*

»Ach, würdest du doch bloß dieselbe Leidenschaft, die du in unsere Streitereien legst, in andere Dinge investieren …«, sagte Giovanni, während er sie mit einem mitleidigen Blick bedachte.

»In was zum Beispiel? Mein Äußeres?« Mit einem Schwung ihres Arms schlug sie die Pfeffermühle um. Ihre Finger zuckten zu der mit Dahlien bestückten Kristallvase, sie konnte sich aber gerade noch beherrschen.

Am Tisch wurde es still.

»Hör zu, ich kann nichts dafür, dass ich eher aussehe wie er …«, sie deutete auf Jacopo, »… oder er …«, ihren Vater, »… oder du – anstatt wie *sie*!«

Giovanni blieb kurz der Mund offen stehen, dann schien er sich zu besinnen. »Ich habe von deinen Ambitionen im Betrieb gesprochen, nicht von deinem Aussehen«, sagte er ruhig. »Warum beaufsichtigst du nicht unsere Arbeiterinnen beim Auffädeln der Glasperlen? Mutter könnte dir zeigen, wie es geht …«

Der Rest seiner kleinen Rede verlor sich in dem Rauschen, das plötzlich in ihren Ohren aufbrandete. Soeben war ihr bewusst geworden, was sie gesagt hatte. *Deine* Glashütte. Vielleicht hatte ihr Kopf ja längst akzeptiert, was ihr störrisches Herz nicht konnte. Das Rauschen in ihren Ohren wurde immer lauter.

Flavias Arme schlossen sich um ihre Mitte, doch Orietta spürte sie nicht. Als wäre ihr Körper taub, ließ sie sich zurück auf den Stuhl ziehen und umarmen. Ohne zu verstehen, warum, saß sie nun wieder am Tisch und starrte vor sich hin.

Im nächsten Moment fuhr ihre Mutter auf. »Nonna! Na endlich!«

Ihre Großmutter kam am Stock und ohne eine Begrüßung in die Küche spaziert. Ihrem Sohn, Oriettas Vater, bedeutete sie sitzen zu bleiben. Seine Ermahnung, dass sie sich doch darauf geeinigt hatten, sie solle die Fahrt von Burano nach Murano nicht mehr allein antreten, wischte sie mit einem brüsken Kopfschütteln beiseite, dann schloss sie auch schon Flavia in die Arme, die bei ihrem Anblick aufgesprungen und zu ihr geeilt war. Eine Handvoll Kekse, in ein besticktes Spitzentuch eingeschlagen, wechselte die Besitzerin. Drei weitere Beutel flogen Orietta, Jaco und Giovanni entgegen.

»Danke Nonna!« Jaco verschlang einen Zitronenkeks und küsste zum Zeichen, wie köstlich es schmeckte, seine Fingerspitzen, während Giovanni sich erhob und seinen Stuhl frei machte, obwohl auf der Längsseite des Tisches, an der Jaco und die Mutter saßen, immer ein Platz für Nonna reserviert war. Es war eine Geste des Respekts, die aus Sicht ihrer Großmutter unnötig war, Orietta aber daran erinnerte, dass es doch Eigenschaften gab, die sie an ihrem Bruder schätzte, wenngleich er sie eindeutig zu selten zeigte.

»Setz dich, Giovanni.« Im Vorbeigehen legte Nonna Orietta die Hand auf den Kopf, dann begrüßte sie die Eltern mit einem Küsschen rechts und links, bevor sie sich auf der Ecke zwischen ihnen am Tisch niederließ. »Entschuldigt die Verspätung, ich wurde aufgehalten.«

Oriettas Mutter belud einen Teller mit Brot und ignorierte den sanften Griff an ihren Arm, der ausdrücken sollte, dass Nonna nicht hungrig war. Nach ihrem siebzigsten Geburtstag hatte ihr Appetit nachgelassen, und wo sie einst ein Abendessen, das aus weniger als vier Gängen bestand, mitleidig belächelt hatte, pickte sie nun in allem, was ihr serviert wurde, nur noch herum. Allerdings führte sie ein Fläschchen aus Edelstahl mit sich, von dem sie hin und wieder nippte und dessen Inhalt angeblich dafür verantwortlich war, dass ihr Haarknoten über all die Jahre, bis auf zwei schlohweiße Strähnen an den Schläfen, seine braune Farbe behalten hatte.

»Warst du bei Nonno?«, fragte Orietta mitfühlend. Das war in der Regel das Einzige, was bei ihrer Großmutter für Verspätungen sorgen konnte: ein Besuch am Grab ihres verstorbenen Mannes, Oriettas Großvater. Auf der Friedhofsinsel San Michele, die zwischen Murano und Venedig lag, erneuerte sie seit zwanzig Jahren alle zwei Wochen die Blumensträuße. Nicht einmal in der Glaswerkstatt schaute sie so zuverlässig vorbei, und obwohl Orietta zunächst vermutet hatte, der Qualm würde ihr zusetzen, hatte sie mit der Zeit Nonnas heimliche Abneigung gegen das Handwerk erkannt.

»Nonno ist nächste Woche dran. Vielleicht möchte mich jemand begleiten?« Sie blickte Giovanni an, und ihre missbilligende Miene, als er die Arbeit vorschob, verschaffte Orietta mehr Genugtuung, als sie empfinden sollte. Dabei konnte sie ihren Bruder verstehen. Das Geschäft lief mehr als gut, und Freizeit war ein Luxus, auf den er an den meisten Tagen verzichtete.

»Ich muss schon bitten. Dass du mich so leicht austauschst, beleidigt mich«, sagte Flavia in gespieltem Ernst zu Nonna, vermutlich um die Wogen zu glätten, während Giovanni und der Vater schon in ein Nebengespräch über die heutigen Glasarbeiten verstrickt waren.

»Bist du denn nicht mit dem Karneval beschäftigt? Alle reden nur noch davon und von dieser Frau. Zugegeben, sie versteht es, Wirbel um ihre Person zu machen.«

»Deine Gesellschaft ist mir wichtiger.«

Nach einem innigen Blickwechsel, den Orietta und ihre Mutter lächelnd mit ansahen, kam Nonna auf den wirklichen Grund für ihre Verspätung zu sprechen: »Bei Balbi & Gabbiani hat es in den frühen Morgenstunden gebrannt. Eine regelrechte Explosion!«

»Was? Wer sagt das?« Ihr Vater fuhr vom Tisch auf, bereit, selbst zu den Wassereimern zu greifen, falls nötig.

»Wer sagt es nicht? Ich wurde mit der Nachricht und der Bitte, wieder umzukehren, an der Anlegestelle empfangen. Sie befürchten weitere Brände.«

»Und das sagst du erst jetzt?« Nun hielt auch Giovanni nichts mehr auf seinem Platz. »Ich muss sofort in die Werkstatt!«

»Ich begleite dich.« Jaco erhob sich ebenfalls.

Flavia, die mit ihm hochgeschnellt war, ließ sich auf einen irritierten Blick der Mutter hin zögerlich wieder nieder. An ihrem Plan, dem Karnevalstreiben auf dem Markusplatz beizuwohnen, hatte sich wohl nichts geändert.

»Erst einmal beruhigen wir uns alle wieder. Emilio, hast du nicht selbst gesagt, Balbis neue Mitarbeiter nehmen es mit der Temperaturkontrolle nicht so genau? Seine günstigeren Hilfskräfte können die erfahrenen Glasmacher nicht ersetzen. Natürlich kommt es da irgendwann zu einem Unfall.«

»Ja, bei uns gibt es keine solchen Sicherheitslücken«, bekräftigte Orietta. Das mulmige Gefühl in ihrem Magen rührte allein von der Frage her, ob sie den Brand nicht hätte bemerken müssen? Den Rauch riechen, einen Knall hören? Hätte sie womöglich das Schlimmste verhindern können, wenn sie nachts nicht so sehr mit dem Gerüchteschaukasten und später mit dem Antrag für die Stadtverwaltung beschäftigt gewesen wäre? »Natürlich begleite ich euch gern in die Werkstatt, um nach dem Rechten zu schauen.«

»Und was ist mit der Ankunft von Sibilla Veridiani?« Ihre Mutter hob ungläubig die Brauen. »Ich habe meine Freundinnen hierher eingeladen, damit wir uns gemeinsam für die Stadt zurechtmachen. Sie bringen kleine Aufmerksamkeiten und das Personal ihrer Ehemänner mit.« Wie auf ein Zeichen erklang die Türglocke. Da waren sie, die Frau des Schneiders, des Friseurs und des Apothekers, die das Haus innerhalb der nächsten Minuten in einen summenden Schönheitssalon verwandeln würden.

Orietta dachte rasch darüber nach. Um keinen Preis würde sie heute die Ankunft von Sibilla Veridiani verpassen und auf die gute Gelegenheit verzichten, ihren Antrag bei der Stadt einzureichen. Aber genauso wenig konnte sie sich jetzt von der Glaswerkstatt fernhalten, an der ihr ganzes Herz hing. Es gab nur einen Weg, wie sie zeitlich nicht ins Straucheln geriet: Sie musste auf das stundenlange Zurechtmachen verzichten und statt der aufwendigen Steckfrisur notfalls das Haar einfach unter ihren Hut stopfen.

»Fangt mit dem Herrichten schon ohne mich an. Zur Abfahrt des Vaporetto bin ich allemal wieder da!«

»Kommt nicht infrage!«

Während Jacopo die Tür öffnete, Flavia eilig den Tisch abräumte und Giovanni seinen Mantel holen ging, sank Orietta im Angesicht der Entschlossenheit ihrer Mutter niedergeschlagen in ihren Stuhl zurück. Ihr Vater zuckte zusammen, als eine weibliche Stimme durch den Treppenaufgang tönte, die der Familie nur allzu vertraut war.

»Donna Clarissima und ihre Brut«, verkündete er in etwa so unheilvoll, wie man einem Patienten eine tödliche Krankheit mitteilte. Seine Hand fand Oriettas Schulter und drückte sie tröstend. »Man weiß erst, wie hochwertig ein Glas ist, wenn es unter starker Hitze nicht bricht, ganz gleich, wie sehr man es auch in eine fremde Form zerrt. *Das* unterscheidet billige Massenware von echter Muranoglaskunst. Und du, meine liebe Tochter, bist ein Volpato-Original.« Dann gab er ihr einen Kuss auf die Stirn und verschwand aus der Küche.

Seine Worte blieben zurück, knüpften an die Bewertung ihrer Schönheit an, die Orietta schon wieder beiseitegeschoben hatte. »Ich werde nicht hierbleiben«, stieß sie durch die Zähne aus.

»Ich ebenfalls nicht.« Nonna griff beherzt nach ihrem Gehstock und trat um den Tisch. Bei Orietta angelangt, winkelte sie den Arm an. »Heute fühle ich mich seltsam schwach. Den Weg zur Anlegestelle könnt ihr mir allein unmöglich zumuten.« Und mit einem triumphierenden Lächeln und dem Wissen, ihre Schwiegertochter mit den eigenen Argumenten geschlagen zu haben, trat sie grüßend an den Damen der Nachbarschaft vorbei und zog Orietta mit sich.

Kapitel 3

Nonna hatte sich für den kurzen Weg zur Werkstatt untergehakt, und gemeinsam schlenderten sie los, als würden sie bloß einen Spaziergang unternehmen. Bei jedem Schritt spannte sich Oriettas Körper mehr an, denn auch wenn mit den Öfen und ihren Angestellten wahrscheinlich alles in bester Ordnung war, musste sie sich wenigstens einmal kurz mit ihren eigenen Augen davon überzeugen, bevor sie zum Karneval aufbrach.

Von dem Platz um die Anlegestelle Colonna – der ersten Station, die von den Vaporetti auf ihrer Fahrt nach Murano angelaufen wurde und die sich in unmittelbarer Nähe der Vetreria Volpato befand – schallten mit dem Möwengeschrei auch die Rufe der Souvenirhändler durch die Luft, als neue Besucher aus der Stadt an Land gingen. Die Stände mit der überteuerten Massenware ließen, was ihre Originalität betraf, zwar zu wünschen übrigen, gaben den Ankommenden jedoch einen Vorgeschmack auf die schillernden Glaswaren, die sie in den Schaufenstern der Fondamenta dei Vetrai erwarteten. In der belebten Straße, die den Rio dei Vetrai entlanglief, reihten sich links und rechts die Namen aller großen, über Venedig hinaus bekannten Glasbläser aneinander. Sie war die

Hauptschlagader der Insel und auch der Ort, wo Oriettas Familie seit Generationen im untersten Geschoss ihres rot getünchten Wohnhauses mit den für Murano charakteristischen grünen Fensterläden und einer abgegriffenen Markise Meisterstücke aus Glas verkaufte. Durch die gute Lage stellten sich die Touristen fast von selbst ein – die größere Schwierigkeit bestand im geschickten Verhandeln, wenn die Kunden vor der Höhe der Preise zurückschreckten und statt eines Kronleuchters doch lieber einen Briefbeschwerer wählten. Und manchmal half nur die Aussicht auf eine hautnahe Vorführung in der Werkstatt, das anfängliche Interesse wieder zu schüren.

»Da wären wir«, sagte Orietta, als sie nach fünf Gehminuten vor der Calle Dietro gli Orti 12 standen und auf den vertrauten roten Backsteinschlauch blickten, der sich zwischen umstehenden, kleineren Glasfabriken und in Sichtweite zur fast einzigen Adelsvilla auf Murano, dem Palazzo da Mula, in die Länge zog: ihre Werkstatt. Auf der Rückseite schloss die Fornace Volpato an einen Garten mit Rasenfläche an und besaß eine Anlegestelle für zwei eigene Ruderboote und für die Frachtschiffe, die ihnen das Material zum Glasblasen lieferten. Die Werkstattwände bildeten zusammen mit denen der Nachbargebäude enge Schluchten, in die sich manchmal Zuschauer drückten, in der Hoffnung, einen Blick auf das Treiben im Inneren zu ergattern. Und während des Sommers, wenn das doppelseitige Portal weit offen stand, gelang es ihnen auch tatsächlich ab und zu, durch den niedrigen Eingang zu huschen und bis zur zweiten Tür vorzudringen, hinter der sich die Werkshalle mit der hohen Decke befand. Doch spätestens dort fing der aufmerksame Garzonetto, der an diesem Tag die Hallenaufsicht hatte, sie ab und komplimentierte sie wieder hinaus. An einem kühlen Februartag wie diesem waren die Tore allerdings genauso verschlossen wie das Gemüt der meisten Volpato-Glasfacharbeiter.

Orietta atmete erleichtert auf. Der einzige Rauch um das Gebäude bestand in den üblichen weißen Wölkchen, die aus dem Schornstein traten. Kein Brand, der wie bei Balbi & Gabbiani über Nacht ausgebrochen war. Beruhigt schob sie das Eingangsportal auf und ging nach Nonna hindurch; als sie jedoch die Halle durch eine weitere Tür betreten wollte, hielt ein plötzlicher Griff um ihren Oberarm sie zurück.

»Das Bild eines gebückten Mannes mit seiner Hose auf halbmast möchte ich dir ersparen«, sagte ihre Großmutter. »Zu meiner Zeit habe ich vieles gesehen, das mich noch immer bis in den Schlaf verfolgt. Manche nennen es Albtraum, ich nenne es den Alltag einer unfreiwilligen Glasbläserfrau.« Sie lachte und schlug mit ihrem Gehstock einmal brüsk gegen die Tür. Während sie auf Einlass warteten, tätschelte sie Oriettas Hand, als würde sie die Mischung aus Neugier und Unglauben spüren, die das kleine Wort »unfreiwillig« in ihrer Enkelin ausgelöst hatte. »Keine Angst, ich habe Nonno geliebt. Aber was an Glas so besonders sein soll, begreife ich bis heute nicht.« Sie zog ihr Tuch aus Burano-Spitze enger um die Schultern und begrüßte den Jungen, der ihnen geöffnet hatte, mit einem: »Beniaminos Sohn?« Sie winkte ihn näher. »Oder Enkel?«

»Neffe! Simone Ferro.« Der Garzonetto lüpfte seine Schiebermütze zum Gruß und starrte Nonna einen Augenblick zu lange an, bevor er sein Grinsen wiederfand und Orietta den üblichen Klaps gegen die Schulter gab.

Sie zuckte zusammen, sich der bohrenden Aufmerksamkeit ihrer Großmutter nur allzu bewusst.

Die alte Frau, bei deren Anblick sich Schultern strafften und Rücken durchdrückten, wenn sie einen Raum betrat, sollte nicht denken, dass die Lehrlinge keinen Respekt vor Orietta hatten.

»Vielen Dank für den herzlichen Empfang. Nun aber hopp, zurück an die Arbeit. Du bist heute der Springer.« Beiläufig staubte sie sich die Schulter ab. »Schau, wo du helfen kannst.«

»Jawohl.« Er salutierte im Scherz, was vielleicht noch schlimmer war als der Klaps gegen ihre Schulter. Mit gesenkter Stimme fügte er hinzu: »Nonna ist ja noch beeindruckender, als alle sagen. Woher wusste sie, dass Beniamino mit mir verwandt ist?«

Orietta bedeutete ihm mit einem beredten Blick, dass es nichts gab, was Nonna nicht wusste, und dass es dringend für ihn an der Zeit war, sich in die Halle zurückzuziehen.

»Bietet er uns keine Führung an?« Nonna blickte Simone nach.

»Wahrscheinlich ahnt er, dass du dich nicht nur an jeden Mitarbeiter hier, sondern auch an jedes Staubkorn erinnerst. Aber wenn du darauf bestehst, ich führe dich gerne etwas herum.«

Die Oberlichter und die riesigen, vergitterten Fenster, die in den Wänden eingelassen waren, fluteten die Werkshalle mit hellem Licht und ließen keine Ecke im Dunkeln. Orietta empfand für einen Moment wieder das Staunen, das sie wie seit Kindertagen immer wieder befiel, wenn sie das Gesamtbild der vollgestopften Werkstatt und der dennoch harmonischen Arbeitsatmosphäre in sich aufnahm. Die Glasarbeiter und ihre Helfer verrichteten in Grüppchen zu sechst, manchmal zu zehnt, an den verschiedenen Stationen der Halle ihre Tagesaufgaben. Dort holte Marcello, einer der erfahrenen Angestellten, mit der Glaspfeife einen leuchtenden Tropfen Glasmasse aus dem Brennofen und übergab die Fracht an seinen Kollegen, der von einem Treppchen aus die Schmelze kopfüber in die gezackte Eisenform drückte; diese stand auf dem Boden und wurde von einem Dritten mit einer großen Zange an Ort und Stelle gehalten. Wo das Glas auf Eisen traf, schossen Rauchschwaden auf, und kleine Flammen züngelten empor, bis die Masse in ihrer neuen Form – einer Honigwabe – wiederauftauchte. Es war ein Schauspiel, dem Orietta ewig hätte zusehen können, doch Nonna zog sie weiter.

»Na, siehst du, alles in bester Ordnung«, sagte sie und deutete auf einen Bereich weiter hinten an der Wand, wo am zweiten der insgesamt fünf Öfen Giovannis übliche Mannschaft eine Überprüfung durchführte. Einer las die Temperatur ab, während ein anderer auf den Schürhaken gestützt darauf wartete, das lodernde Feuer noch stärker anfachen zu können. Da offenbar keine Gefahr drohte, stieß der Nächste die Ofenklappe mit einem Eisenstab auf und zu, um sicherzustellen, dass sie noch geschmeidig lief und nicht hängen blieb. Die jüngeren Garzonetti, die Giovanni zuarbeiteten, waren keine Glasbläsersöhne, sondern Waisenkinder, andere auch Verweigerer ihrer eigenen Zunft, die sich von der Gießerei oder dem Fischereibetrieb ihres Vaters abgewandt hatten, um in der Glaswerkstatt Volpato ein verlässliches Einkommen zu finden. Sie stiegen als Tagewerker in das Unternehmen ein und wurden über einen Zeitraum von sieben Jahren zu Glasfacharbeitern geschult, was den höchsten Abschluss für sie darstellte, da sie ohne entsprechende Abstammung ohnehin niemals Maestro werden konnten. Nun huschten sie um die älteren Gesellen herum, wechselten das Kühlwasser in den Eimern, ordneten die Scheren, Zangen und Schöpfkellen auf den Arbeitsbänken oder machten sich auf andere Weise nützlich. Zwischen Rauch, glühender Hitze und derben Sprüchen fiel immer wieder ein Befehl, den sie auszuführen hatten.

»Buongiorno!« Orietta nickte denjenigen, die im passenden Moment den Kopf hoben, freundlich zu und erhielt einen Gruß oder ein herzliches Lächeln zurück. In dem Moment, als sie Nonna erkannten, pfiffen die Männer überrascht durch die Zähne und überschütteten sie mit Glückwünschen zu ihrer immer noch guten Verfassung. Einer sprang sogar vor und küsste ihr ehrerbietig die Hand.

»Jetzt weißt du, warum ich immer Spitzenhandschuhe trage, wenn ich ausgehe«, raunte sie Orietta aus dem Mundwinkel zu. Orietta lachte, schon eine passende Bemerkung auf den Lippen, doch da wurde sie von Damasio zu den Kühlöfen gerufen, wo alle Modellagen hineinwanderten, bis sie die gewünschte Festigkeit erreicht hatten – und wo von allen Bereichen in der Werkstatt eindeutig am lautesten geflucht wurde.

Hier nämlich mussten die Glasarbeiter der Wahrheit ins Auge blicken, wenn Vasen, die mit Perfektion geblasen worden waren, nach dem Abkühlen plötzlich Risse zeigten und Flossen mit einem Klirren von gläsernen Schildkröten abfielen. Doch dies war auch der magische Ort, wo Feuer und Sand Träume erschufen und in schillernden Farben festhielten.

In diesem Umfeld zwischen Jubel und Tränen, Hoffnung und Misserfolg war Orietta groß geworden, und immer noch konnte sie sich kein schöneres Zuhause vorstellen. Und doch … Je älter sie wurde, desto häufiger fragte sie sich, ob die Welt nicht noch mehr zu bieten hatte als das kleine Ladengeschäft an der Fondamenta dei Vetrai. Zugegeben, »klein« war das letzte Wort, das auf den Betrieb der Volpatos zutraf. Mit ihren fünfzig Glasfacharbeitern, zwanzig Tagwerkern und zwei Verkäufern galten sie in der Glaskunstindustrie bereits als mittelgroßes Unternehmen. Doch Orietta zog es in ihrer Fantasie immer öfter weit über den Canal Grande hinaus und an ferne Orte. Sie stellte sich vor, wie sie dort, wo die Leute es am wenigsten erwarteten – zwischen Bordsteinkanten und Pflastersteinen, Waldstücken und Bachläufen, in den heruntergekommensten Gasthäusern und miesesten Spelunken die kleinen kristallenen Glasfigürchen ihrer Familie hinterließ. Und wer sie fand, sollte die gleiche Mischung aus Ehrfurcht und Wunder empfinden, die sie im Kindesalter gespürt hatte, als ihr Vater vor ihren Augen zum ersten Mal Glas skulpturierte, um ihr schließlich das winzige rot-violette Herz nach dem Abkühlen auf die ausgestreckte Handfläche zu legen.

»Was gibt es, Damasio?« Orietta lächelte aufmerksam, dabei konnte sie sich die Frage nach nur einem Blick auf das Objekt in seinen Händen selbst beantworten. »Wieder nicht geklappt?«

»Und das wird es auch nicht bis morgen!« Schweiß stand ihm auf der Stirn, den er sich ärgerlich mit dem Unterarm fortwischte, was unfreiwillig komisch aussah, da er dicke feuerresistente Backhandschuhe trug. Als Glasfacharbeiter im letzten Lehrjahr war er mit dem Anfertigen von anspruchsvollen Auftragsarbeiten vertraut, doch ihm fehlte das gewisse Händchen, und nicht immer glückten ihm auf Anhieb die verschiedenen Arbeitsschritte ohne Giovannis Anleitung.

Bei der aus dem 16. Jahrhundert stammenden Reticello-Technik, an der er sich für eine Kundin versuchte, ging es darum, ein zartes Netzmuster auf dem Glasobjekt zu erschaffen, indem man zwei Lagen von Fadenstäben nacheinander aufrollte und ineinander verdrehte, bis sich ein Gitter aus Rauten bildete, in dessen Zwischenräumen Luftblasen entstanden. Das Resultat war ein filigraner Überzug, der wie feinste Spitze oder eine hauchdünne weiße Gravur wirkte. Doch oft brach das Glas im Herstellungsprozess, oder das Muster legte sich nicht gleichmäßig über den Glaskörper.

Orietta dachte rasch nach. »Wie wäre es mit einer Umverteilung der Aufgaben? Lassen wir Jaco die schon wirklich gute Vase fertigstellen, und du kümmerst dich stattdessen um seine Spiegelapplikationen. Er liebt die alten Techniken.« Als Damasio ein frustriertes Ächzen ausstieß und seinen Griff um das Glasobjekt verstärkte, deutete sie mit dem Zeigefinger streng auf einen nahen Tisch. »Abstellen.«

Damasio fluchte, murmelte jedoch einen leisen Dank, als ihm selbst klar wurde, dass er sich beinahe vergessen und die Vase zerstört hätte. Anschließend entfernte er sich mit schnellen Schritten und schlüpfte zu Oriettas Erleichterung in den Raum mit der Schneide- und Schleifmaschine, wo Jaco sicher schon die ersten Blütenblattapplikationen schliff.

Sie entließ einen Seufzer und ging zu ihrem zweitliebsten Ort in der ganzen Werkstatt: dem Arbeitsbereich ihres Vaters. Vom Eingang aus betrachtet, saß seine Nische wie das Herz einer Artischocke in der Hallenmitte und war mit einem großen Schmelzofen sowie kleineren Feuerstellen und einem eigenen Kühlofen ausgestattet. Sein scagno, die besondere Werkbank mit den Metallstützen, über die er die canna, seine Glaspfeife, rollte, hatte sich an einem Ende schwarz verfärbt: dort, wo seine Garzonetti die Werkzeuge ablegten, die er nach einem getanen Arbeitsschritt sofort fallen ließ, um zum nächsten überzugehen, und die sie so hastig aufsammelten, als wären es Süßigkeiten. Ein zerfressener, vor Ruß starrender Lappen lag ebenfalls allzeit griffbereit und kam immer dann zum Einsatz, wenn ihr Vater mit einer Hand die canna in rollender Bewegung hielt, damit der Glastropfen nicht vom

Eisen rutschte, während er ihn mit der anderen, in der er den Lappen hielt, in Form strich.

Orietta trat näher, um an den sechs älteren Männern, die ihrem Vater assistierten, vorbeizuspähen und das Glaswunder in Aktion zu erleben. Hier herrschte ein stilles Einvernehmen, ein aufeinander abgestimmter Tanz, der in seinem ureigenen Takt ablief. Zeitweise war nur das Kling-Klong der Zangen und Messer zu hören, das Kratzen und Schaben des Glaskörpers, wenn dieser zwischen zwei Platten gerieben oder über einen Tisch gerollt wurde und an der Spitze der Glaspfeife bedrohlich waberte, wo er noch keine feste Form angenommen hatte. Hin und wieder fauchte die Lötlampe, wenn punktuell wieder erhitzt und Luftblasen aufgelöst werden mussten, bis schließlich ein Knirschen ertönte, sobald ihr Vater im großen Finale die Glasskulptur mit seinem Messer ein letztes Mal von der canna abschlug. Orietta applaudierte der perfekten saphirblauen Vase in Murrine-Verarbeitung mit den charakteristischen dunklen, weiß umrandeten Flecken, die wie Ölaugen auf einer Pfütze geheimnisvoll glänzten, und strahlte noch mehr, als ihr Vater sie mit einem Augenzwinkern zur Kenntnis nahm, bevor er die drei Schritte zum Ofen ging, um sich dem nächsten Objekt zu widmen.

Sie wandte sich ab und suchte mit ihren Augen die Halle nach Nonna ab, die ihre Runde wohl allein fortgesetzt hatte, und nicht lange ohne Gesellschaft geblieben war: Orietta entdeckte sie im Gespräch mit Onkel Agostino, Nonnas zweitem Sohn. Da er der körperlichen Belastung an den Öfen nicht mehr standhielt, leitete er die Geschäfte in der Vetreria und verbrachte die meiste Zeit hinter dem Tresen, wo er Aufträge annahm und die Kunden beriet. An Liefertagen wie heute erschien er persönlich in der Werkstatt und koordinierte den

Transport der fertigen Glaswaren in den Laden, was sich meistens bis über den ganzen Vormittag hinzog, jedoch kein Problem darstellte, solange Ottavio, ihr zweiter Verkäufer, nicht ausfiel – und selbst dann gab es immer noch Orietta, die mit Freuden die Arbeit übernahm.

Wie gern hätte sie ihre Faszination für die Glaskunst offen in die Welt hinausgetragen! Leider war es für Maestri und deren Angehörige vollkommen undenkbar, die Insel zu verlassen. Zu tief saß die Angst der Regierung, Murano könnte sein Monopol auf die Glaskunst verlieren, wenn die Herstellungsgeheimnisse mit ihren Trägern ins Ausland wanderten. Dabei verdiente ihr Vater internationale Anerkennung, fand Orietta. Er arbeitete unglaublich hart, genau wie schon der Großvater und der Urgroßvater vor ihm, wie ihr Onkel und, ja, auch Giovanni. Seit sie sich erinnern konnte, stand Emilio Volpato von morgens bis abends an den Öfen, um in schweißtreibender Anstrengung aus dem profitablen Familienbetrieb ein noch profitableres Unternehmen für die Ewigkeit zu machen. Ein Traum, der wie ein unwiderruflicher Fluch seit dem 15. Jahrhundert von Sohn zu Sohn weitergegeben worden war. Nicht nur ihre Brüder, auch sie, die älteste Tochter, träumte diesen Traum. Doch neben ihrem Fernweh war es vor allem ihr Ehrgeiz, der in den letzten Jahren immer stärker geworden war. Was hätte Orietta nicht dafür gegeben, Königin Margherita von Italien mit ihren schlanken Fingern im Warenkatalog der Familie blättern zu sehen! Allein die Vorstellung, die Königin könnte einen der kostspieligen Kristallkronleuchter erwählen, ließ ihre Wangen erröten. Irgendwann, das wusste sie, würde sie ihr Ziel erreichen. Doch für den Moment hatte sie andere, ebenso wichtige Dinge zu tun.

Kurz war sie versucht, ins Büro zu schlüpfen und wie üblich

den Rechnungseingang zu prüfen sowie die zweifellos überall verstreuten Stundenzettel abzuheften, einen kleinen Abstecher nach nebenan zu unternehmen, wo eine Handvoll Glasbläsergattinnen und -töchter die in Übersee beliebten Muranoglasperlen zu Armbändern auffädelten, doch dann fiel ihr wieder siedend heiß Sibilla Veridianis Ankunft ein.

»Ich mache mich auf den Weg. Möchtest du noch bleiben, Nonna?«, fragte sie, nachdem sie ihren Onkel mit einer Umarmung begrüßt hatte. »Oder begleitest du mich in die Stadt?«

»Weder noch. Ich habe einen Haufen frittelle zu backen. Und die Spitze stickt sich auch nicht von allein.« Sie tippte mit ihrem Gehstock auf den Boden, als wäre es ein Zepter. »Abmarsch.«

Onkel Agostino schickte ihr ein mildes Lächeln hinterher und wandte sich an Orietta, bevor auch sie verschwand: »Ein Schwanenpaar in Lebensgröße, battuto, zwei Wochen Bearbeitungszeit?«

Sie brauchte nicht lange zu überlegen, wer der Richtige für diese einzigartige Schlifftechnik war, die Glas wie gehämmert erscheinen ließ, und wer von ihnen unter Zeitdruck Glanzleistungen vollbrachte. Mit einem Lächeln sagte sie: »Ich passe Vaters Arbeitsplan an.«

Wieder zu Hause zog sie, ohne zu murren, das Ungetüm von einem Kleid an, auf dem ihre Mutter bestand, und ließ sich gemeinsam mit Flavia von den Nachbarsfrauen pudern. Das Haar raffte sie schnell selbst zu einer Frisur zusammen. Dann hieß es auch schon auf das nächste Vaporetto warten. Den Antrag für die Stadtverwaltung sicher in ihrem Pompadour verstaut, stieg Orietta mit Flavia und ihrer Mutter in Begleitung von Signora Dal Corso und ihren drei Töchtern an Bord, wo sie pro Kopf die günstigen zwanzig Centesimi zahlten und sich einen Platz im hinteren Bereich suchten. Sobald sie Murano mit dem sogenannten Dampfschiffchen verlassen hatten, einem öffentlichen Wasserbus, begann Orietta wie von selbst zu strahlen. Auf dem überdachten Deck, das bei Vollbesetzung Platz für hundert Passagiere bot, und heute tatsächlich bis zum Anschlag gefüllt war, zwickte ihr eine steife Meeresbrise in die Wangen. Trotz der ungewohnten Nähe zu den teils flüchtig bekannten, teils fremden Leuten genoss sie es, Schulter an Schulter mit anderen Karnevalsbegeisterten über das Meer zu schaukeln, die Hüfte gegen die Reling gelehnt mit Flavia zu plaudern und sich vorzustellen, wie der Markusplatz vom Trommelschlag der Marschkapellen bebte. Bereits nach wenigen Minuten hatte die Vorfreude auf das Karnevalsfest über die vergangene Auseinandersetzung mit Giovanni und ihre trüben Gedanken zum Thema Ehe gesiegt.

Als das Vaporetto in den Canal Grande einbog, konnte sich Orietta schon wieder ganz auf die Pracht einlassen, die ihr der Anblick der schwimmenden Stadt jedes Mal aufs Neue bot. Heute schien sie regelrecht zu vibrieren. Mit Fahnen und Wimpeln geschmückte Hauswände verkündeten, welches Spektakel einen erwartete. Orchestermusik drang bis zu ihnen durch, umso deutlicher, je mehr sie sich der Anlegestelle an der Piazzetta näherten. Noch waren die wenigsten verkleidet, nur hier und da lugte ein Harlekin aus einem Fenster oder verschwand eine Colombina um die Ecke. Die Venezianer schienen sich den Höhepunkt der Maskerade für Rosenmontag aufheben zu wollen. Noch lag nur so etwas wie eine ahnungsvoll surrende Vorfreude über der Stadt.

Vermutlich war sich Sibilla Veridiani dieses Umstands nur allzu bewusst – so würde sie heute deutlich aus der Masse hervorstechen. Es war perfekt. Am Fastnachtsdienstag, wenn jede einzelne Gasse vor weißen Masken und langen schwarzen Umhängen nur so wimmelte, würden auch Orietta und der Rest ihrer Familie in die Kostüme schlüpfen, die Donna Teodora für sie gegen eine ordentliche Bezahlung geschneidert hatte. Bis dahin bestand ihre Mutter darauf, dass Flavia und Orietta in bodenlange Ballkleider stiegen, die dermaßen mit Tüll und Taft ausstaffiert waren, dass sie beim Gehen rauschten. Sie hatte die Stücke aus zweiter Hand von einer Adeligen erworben, deren Namen sie aus Gründen der Diskretion verschwieg. Natürlich ging es ihr dabei um den eigenen Ruf. Niemand sollte denken, die Volpatos könnten sich keine neue Garderobe leisten. Mit den Änderungen, die Schneiderin Teodora vorgenommen hatte, hatten die Kleider in der Tat ein neues Gesicht erhalten. Nur die Farbe – Schwarz – deutete noch darauf hin, dass sie einst in den Kleiderschrank einer nobili gehört hatten. Oriettas lange, zu Locken gedrehten Haare waren von der Friseursgattin, Donna Marina, aufgesteckt und mit einem teuren Hutgebilde verziert worden. Hüte entsprangen den Boutiquen zwar so vielfältig wie die Kanäle dem Straßennetz von Venedig, doch erinnerte das Zusammenspiel aus Federn, Schleifen und Blüten Orietta eher an die Lampenschirme eines prunkvollen Palazzos als an eine Moderichtung. Wäre sie allein unterwegs gewesen, hätte sie sich des Ungetüms längst entledigt und sich stattdessen die herrliche Sonne auf den Scheitel scheinen lassen, die empörten Blicke der Passanten einfach ignorierend. Doch in Gesellschaft der eigenen Mutter und deren sogenannter bester Freundin musste sie sich leider anpassen. Dass das hoch aufragende Machwerk trotz eines leichten Windes nicht verrutschte, verdankte sich dem Seidenband, das sich mit festem Würgegriff um Oriettas Kinn schmiegte.

»Donna Teodora und Donna Marina werden sich ärgern, nicht mit uns gefahren zu sein!«, rief ihre Mutter über die Schulter, während sie sich bereits zum Ausgang durchdrängelte. Ihre beiden Freundinnen hatten ihnen nach dem gemeinsamen Auftakeln viel Vergnügen gewünscht und versprochen, selbst ein späteres Vaporetto zu nehmen. Dahinter steckte wahrscheinlich der Gedanke, zusammen mit der Gattin des Apothekers zu einem geeigneten Zeitpunkt als Trio den Markusplatz zu stürmen. Neben Oriettas Mutter, Flavia sowie Donna Clarissima und den Dal-Corso-Töchtern – Prudentia, Amalia und Natalina – fürchteten sie wohl, im direkten Schönheitsvergleich zu verblassen. Orietta war das alles nur recht. Sie hätte das oberflächliche Geplauder der Freundinnen jedenfalls keine weitere Stunde ertragen.

Nach einer insgesamt halbstündigen Fahrt legte das Vaporetto endlich am Molo an, wie alle eintreffenden Boote, die den Sestiere San Marco ansteuerten. Als eines der sechs Stadtviertel, in die Venedig sich unterteilte – zu denen auch Dorsoduro, San Polo, Cannaregio, Castello und Santa Croce gehörten –, galt der Bereich um den Markusplatz mit der Markuskirche und dem Dogenpalast seit Jahrhunderten als politisches Machtzentrum der Stadt. Fast einhundert Jahre nach dem Niedergang der Republik besaß er immer noch seine in den Geschichtsbüchern gepriesene Anziehungskraft. An einem Ort, wo sich die Büros und Wohnungen der Regierungsbeamten aneinandergereiht und Lesende in der Biblioteca Marciana ihr Zuhause gefunden hatten, nur wenige Meter entfernt von dem steinernen Bogen zwischen Dogenpalast und Gefängnis, der sogenannten Ponte dei Sospiri, atmete jeder Straßenzug Geschichte und jede Mauer Bedeutung. Leider fand man hier inzwischen nur noch Grandhotels und Edeljuweliere, während historisch bedeutungsvolle Schauplätze wie die Seufzerbrücke immer mehr zu bloßen Besucherattraktionen verkamen. Bloße Anekdoten, die man Fremden bei einem Ombra, dem winzigen Gläschen Wein, erzählte. Jeder Einheimische kannte die Geschichte über die Verurteilten, die kläglich geseufzt hatten bei ihrem letzten Blick durch die kleinen Fenster der Brücke, bevor das Tageslicht ihnen für viele Jahre genommen worden war. Donna Clarissima sah sich dennoch in der Pflicht, das Wissen des sie umringenden Frauentrupps wortreich aufzufrischen.

Während die füllige Glasbläsergattin mit über die Schulter gelegtem Flanierschirmchen vor sich hin schwadronierte und ihre Zuhörerinnen sich zum langsamen Gehen zwangen, um brav der unnötigen Besserwisserei zu lauschen, hielt Orietta sich abseits. Sie wollte die Eindrücke der Stadt und die besondere Stimmung der Karnevalszeit in sich aufsaugen, statt ihren Kopf mit dem Geschwätz der Nachbarin zu füllen; wollte die Sonnenstrahlen auf ihren Wangen spüren, die Flügelschläge der Tauben hören, das Stimmengewirr der Passanten an sich vorbeiflirren lassen. Als sie mit geschlossenen Augen in der Atmosphäre der Stadt badete, ließ der schlammige Geruch des Wassers, verbunden mit Donna Clarissimas Erzählung über die zwei berüchtigten am Ufer stehenden Säulen Colonna di San Marco und Colonna di Todaro Venedigs Geschichte ein Stück weit lebendig werden.

Der Aberglaube um jene Säulen ging auf ein historisches Ereignis zurück und war wie eine Schale warmer Suppe, die die Leute unablässig und bis zum heutigen Tag untereinander weiterreichten, nicht ohne dass jeder, der sie in die Finger bekam, eine Messerspitze der eigenen Würze hinzugab. Der Legende nach hatte der Doge Marino Falier im

14. Jahrhundert, der während seiner Abwesenheit ins Amt des Dogen erhoben worden war, bei seiner Rückkehr nach Venedig einen Fehler begangen, indem er sich entschied, zwischen den beiden Säulen hindurch an Land zu gehen, statt wie üblich links oder rechts daran vorbei. Beistehende hatten gemutmaßt, dass sein unbedachtes Handeln böse Folgen nach sich ziehen würde, und sie sollten recht behalten: Der Doge entpuppte sich als Verräter, der mit zwei Vertretern des einfachen Volkes eine Verschwörung gegen die Regierung geplant hatte. Er wurde am Ufer der Lagune zwischen eben jenen beiden Säulen geköpft, wie fortan jeder Staatsverbrecher.

Diese Geschichte, die Orietta ihre gesamte Kindheit über Furcht eingeflößt hatte, kam ihr mittlerweile wie ein Märchen vor, und besonders in der exaltierten Sprechweise Donna Clarissimas erzählt, schrumpfte sie zusammen auf ein bloßes Hirngespinst. Ein falscher Schritt sollte die Macht besitzen, einen ins Verderben zu stürzen? Da machte sie sich mehr Sorgen um andere Dinge.

Während ihre Mutter und Donna Clarissima wie selbstverständlich außen an den Säulen vorbeitraten, schubsten Natalina und Amalia sich gegenseitig auf den verbotenen Pfad zu. Es brauchte einen beherzten Pfiff ihrer älteren Schwester Prudentia, bis die fünfzehnjährigen Quälgeister von ihren Albernheiten abließen, und zwar immer noch voraus-, aber mit deutlichem Abstand an den Säulen vorbeiliefen. Prudentia stöhnte, verdrehte die Augen und beklagte, dass die gesamte Erziehung ihrer Schwestern an ihr hängen bliebe.

Sie war eine kleine junge Frau mit zierlicher Statur und sprödem brünettem Haar, was den Verdacht nahelegte, dass sie nicht genug aß. Unter ihrer hellen Haut zeichneten sich im Tageslicht feine blaue Adern an den Schläfen ab, und von außen betrachtet wirkte sie wie ein Laubblatt, das zerbröselte, wenn man versehentlich drauftrat. Wer sie dagegen oft genug im Alltag erlebt hatte, kam nicht umhin, ihr ein gewisses Stehvermögen zu bescheinigen. Sie war wie robustes Segeltuchleinen, praktisch und immer von Nutzen, während Flavia – hätte man ihnen allen dreien eine Textilie zugeordnet – mit ihrem anziehenden Charakter glänzender Seide entsprach und Orietta am ehesten kratzigem Mohair.

»Trödelt nicht so«, mahnte Prudentia nun und marschierte an den Säulen vorbei, nur um keine zwei Meter davon entfernt innezuhalten und auf Flavia zu warten. Die beiden verband eine Freundschaft, die Orietta außen vorließ, obwohl sie nur ein Lebensjahr voneinander trennte. Sie hätten wie die drei Musketiere von Dumas sein können, doch der Funke, der aus Bekannten Vertraute machte, war zwischen Prudentia und ihr nie übergesprungen. Während Flavia mit ihrer ansteckenden Lebensfreude mühelos Kontakte knüpfte, war Orietta außerhalb der Familie immer ein wenig auf der Hut. Zu oft hatte sie die Erfahrung gemacht, dass die Zuneigung, die sie verschenkte, nicht im selben Maß wieder zu ihr zurückkehrte. Den meisten erschien sie zu ernst, zu fest in ihrer Meinung und zu unangepasst. Orietta tröstete sich damit, dass sie die Geselligkeit, die sie brauchte, auch zwischen zwei Buchdeckeln in ihren geliebten Romanen finden konnte.

»Was meint ihr, soll ich es wagen?« Flavia überhörte Prudentias Mahnung und positionierte sich vor den Säulen, die Hand kokett in die Hüfte gestemmt, auf den Lippen ein unbekümmertes Lächeln.

»Tu es, und ich ziehe dir eigenhändig das Korsett über die Ohren«, erwiderte Prudentia. Sie warf einen Blick hinter sich, offenbar in Erwartung von Oriettas Unterstützung. Doch

Orietta hatte wenig Interesse daran, ihrer Schwester Vernunft einzubläuen. Ihr selbst kam es lächerlich vor, dass zwei Steingebilde einer ganzen Stadt den Weg verstellten, nur weil vor Ewigkeiten ein Doge sein Amt missbraucht hatte. Mit dieser Legende verhielt es sich wie mit den Männern ihrer Familie. Auch sie reklamierten für sich diese Art von Macht und schufen so Verhältnisse, die bei genauerer Betrachtung keinen rechten Sinn ergaben und einfach nur bestanden, weil es schon immer so gewesen war.

»Ach, in der Karnevalszeit gelten andere Regeln! Wir sollten es zusammen tun«, entschied Orietta, trat auf ihre Schwester zu und hakte sich bei ihr unter. An den Säulen verpasste sie der Colonna di San Marco mit der Spitze ihres zusammengefalteten Schirms einen Klaps und schritt mit Flavia im Gleichschritt innen daran vorbei.

Prudentias Aufschrei gellte durch die Luft. »Den Schirm musst du verbrennen!«

Ihr aufgeregtes Gehabe sorgte nicht nur dafür, dass die jüngeren Dal-Corso-Schwestern in lautstarkes Kichern ausbrachen und Passanten sich schockiert nach ihnen umdrehten, sondern rief auch ihre Mütter auf den Plan.

»Was ist da hinten los?«, verlangte Donna Clarissima zu wissen.

»Nichts, liebe Mamma, ich bin gestolpert und habe den Halt verloren.« Prudentia log so geschmeidig, dass Orietta kurz daran zweifelte, ob sie und Flavia wirklich durch die Säulen geschritten waren, oder das Ganze nur in Gedanken geschehen war.

»Setzt ja nicht unser Glück aufs Spiel!«

Prudentia straffte sich. »Ich weiß, was ich zu tun habe.«

Sobald sich die Gemüter beruhigt hatten und die Piazzetta weit hinter ihnen lag, dankte Orietta ihr für die Notlüge.

»Ich würde es eher Geistesgegenwart nennen«, erwiderte Prudentia immer noch etwas empört und fädelte sich in den Strom aus Passanten ein, der, aus allen Richtungen gespeist, über den Markusplatz trieb. »Wenn meine Mutter erfährt, dass die Volpato-Töchter absichtlich einen Fluch auf sich geladen haben, könnte das ihre Meinung über eure Familie trüben. Was wir ja nicht wollen, oder?« Welche Überlegung Prudentia darüber hinaus nicht laut aussprach, stand nur allzu deutlich in ihren braunen Augen. Allein beim Gedanken an Oriettas Bruder schienen sie sich mit Tränen zu füllen. Tränen, die aus großer Bewunderung, unbeugsamer Hoffnung und einem winzigen Funken Resignation herrührten. Eines musste Orietta ihr lassen: Die Frau hatte Biss. Mit welchem Eifer sie einen Mann liebte, der sich mehr für seine Schnürsenkel interessierte als für ihren Augenaufschlag, ließ Orietta immer wieder ins Grübeln geraten. Ihr fragiles, durchaus annehmbares Erscheinungsbild hätte den meisten Junggesellen gefallen, und vielleicht gefiel es auch Giovanni, doch ihr allzu hartnäckiges Bestreben, ihn für sich zu gewinnen, das unaufhörliche Buhlen um seine Gunst und um die seiner Eltern, schreckte ihn ab.

Orietta fragte sich, ob sie zu solch einer Hingabe imstande wäre. Konnte sie auch nur eine Sache in ihrem Leben nennen, für die sie eine vergleichbare Begeisterung aufbrachte? Ganz sicher wäre es kein Mann … Sie dachte an das zusammengefaltete Schreiben in ihrem Pompadour, das danach verlangte, endlich eingereicht zu werden.

»Du hast recht. Unsere Mütter pflegen einen vielversprechenden Kontakt«, pflichtete sie Prudentia bei und setzte damit dem Gespräch über zukünftiges Unglück ein Ende. »Wir sollten ihnen keinen Anlass zum Streit geben. Gut gemacht!«

Prudentia richtete ihren Hut und schlüpfte mit gewohnter Wendigkeit in die allgegenwärtige Festtagsstimmung zurück. Ihr ausgestreckter Zeigefinger deutete auf den Campanile, den Glockenturm, von dem sich ein doppeltes Seil schräg über den Platz bis nach unten spannte. »Seht nur, der Engelsflug beginnt! Nichts wie hin!« Nach kurzem Suchen entdeckte sie die Mütter im Getümmel und eilte zu ihnen. »Donna Angelica, könnten Sie mich wohl dorthin begleiten?«, flötete sie. Bevor Oriettas Mutter dankend ablehnen konnte, hatte Prudentia schon ihren Arm gepackt und sie mit sich gezogen.

Flavia gab grinsend eine Imitation ihrer Freundin zum Besten: »Donna Angelica, wären Sie so gnädig, einer bescheidenen Jungfrau Ihre Begleitung angedeihen zu lassen?« Obwohl an den meisten Tagen kein Blatt zwischen die beiden passte, schwang in Bezug auf Prudentias Interesse an Giovanni stets eine leichte Missgunst von Flavias Seite aus mit. Oder war es eher Belustigung? Orietta hatte es noch nicht ganz ergründet, aber sie ahnte, dass Flavia in der Verbindung zwischen ihrer besten Freundin und dem älteren Bruder eine Bedrohung erkannte. Fast als fürchtete sie, Prudentias Freundschaft oder die etablierte Nähe zwischen ihnen zu verlieren, wenn sie erst einmal Giovannis Gattin war.

»Wenn sie sich für ein bisschen Wohlwollen derart bemühen muss, liegt die lang ersehnte Hochzeit wohl noch in weiter Ferne«, sagte Orietta, einerseits weil sie das wirklich glaubte, andererseits um Flavias mögliche Befürchtung zu zerstreuen.

»Meinst du, er hat schon einen Ring gekauft?«

»Niemals. Er hätte doch sofort vor uns damit angegeben.«

Giovanni konnte keine Geheimnisse vor der Familie bewahren, vielmehr hätte er sie alle in die Auswahl des richtigen Schmuckstücks mit einbezogen. Und wäre es eine Frau, die ihm wirklich etwas bedeutete, hätte er vermutlich sogar nach dem Verlobungsring ihrer Mutter gefragt. Wie vieles im Hause Volpato wanderte der Rubin seit Jahrzehnten von Generation zu Generation, und niemand konnte sich daran erinnern, welcher Vorfahrin er ursprünglich an den Finger gesteckt worden war. Eines, nämlich dass die Dal Corsos – wenn nicht sogar ganz Murano – auf einen Antrag spekulierten, war gewiss. Prudentia und Giovanni kannten sich seit der Kindheit, sie befanden sich im passenden Alter, und ihre Familien produzierten mit vergleichbarem Erfolg Glas. Eine solche Vermählung würde ihnen in kürzester Zeit das Monopol auf die Glasmacherkunst verschaffen. Doch so sehr Donna Angelica ihrem Ehemann auch gut zuredete, Oriettas Vater billigte diese Verbindung nicht – nicht die der Betriebe und erst recht nicht die ihrer Familienstammbäume. Denn als ehemaliger Jurist, der keiner langen Tradition von Glasbläsern entsprang, sondern bloß in einem günstigen Moment einen zugrunde gegangenen Betrieb aufgekauft hatte, übte Benvenuto Dal Corso das Handwerk seiner Meinung nach zu Unrecht aus. Und Giovanni würde sich nie über den Willen seines Vaters hinwegsetzen und sich mit der Tochter eines »falschen« Glasbläsers einlassen, erst recht nicht, wenn es eine Frau war, die er gar nicht liebte.

»Vergessen wir Giovanni und den Ring«, sagte Orietta. Sie wollte nicht länger darüber nachdenken, ob bald eine Hochzeit stattfinden würde. Außerdem stand der Engelsflug kurz bevor. »Sollen wir nicht näher an das Seil heran? Nur kurz.« In Anbetracht ihres Vorhabens hatte sie nicht die Zeit, lange zu verweilen, aber auch sie konnte sich nicht dem Bann entziehen, der sich um die ganze Piazza gesponnen hatte. Wie alle anderen Besucher fieberte sie der Vorstellung entgegen.

»Ich möchte sehen, welcher Todesmutige sein Leben für eine Runde Applaus aufs Spiel setzt.«

»Hoffentlich nicht Jacopo!« Flavia tauschte einen entsetzten Blick mit Orietta, dann brachen sie beide in Lachen aus. Der Wunderknabe von einem Zwillingsbruder war zwar in ganz Murano für seine Impulsivität und seinen Wagemut bekannt, aber er würde sich nie in leibhaftige Gefahr begeben – dafür liebte er sein Leben und das Vergnügen, welches es ihm täglich bescherte, viel zu sehr. Gemeinsam schoben sich Orietta und Flavia näher ans Geschehen heran.

Die jüngeren Dal-Corso-Töchter, Natalina und Amalia, hatten einen guten Platz in der ersten Reihe ergattert. Knapp dahinter war zwischen Donna Clarissima und Prudentia Oriettas Mutter eingekeilt. Sie klatschte in die Hände, als könnte sie so den Start des Engelfluges beschleunigen. Als das nicht fruchtete, rief sie dem Akrobaten aufmunternde Worte zu, und das ganze Publikum stimmte mit ein. Der Seiltänzer kauerte auf einem Floß in der Bucht vor dem Markusplatz. Orietta erhaschte einen raschen Blick auf ihn, doch bald schon versperrten ihr Damenhüte wieder die Sicht, große, sperrige Kunstwerke wie ihr eigenes. Sie würde warten müssen, bis er ein Stück in Richtung des Campaniles geklettert war.

Um sie drängte sich mittlerweile eine beträchtliche Menschenmenge. Die Leute verrenkten sich die Hälse nach der Fahne, die zum Start geschwungen wurde, horchten auf ein Läuten, das doch sicher in Kürze erklingen würde, oder auf bald einsetzende feierliche Fanfaren, doch abgesehen vom Brummen und Gemurmel der Zuschauer, blieb es still.

»Er wird wirklich da raufklettern«, hauchte Flavia erwartungsvoll. Sie zupfte die Handschuhe aus Knittersamt von ihren Fingern, nur um sie sich gleich wieder hastig überzustreifen. »Geht das denn mit rechten Dingen zu? Er trägt kein Geschirr für ein Sicherheitsseil. Und wo ist das Auffangnetz? Sollten für einen Akt in dieser Höhe nicht entsprechende Vorkehrungen getroffen werden?«

Ihre Mutter, die mit dem Rücken dicht vor ihnen stand, winkte ab. »Der Engel fliegt seit Jahrhunderten, und nie ist etwas schiefgegangen.« Dabei traute sie sich nicht einmal über die Schulter zu schauen, aus Angst, auch nur eine Sekunde zu verpassen.

»Das stimmt nicht ganz, meine Liebe«, mischte sich Donna Clarissima ein. »1759 stürzte ein junger Artist zu Tode. Ich weiß das, weil der Urgroßvater meines Urgroßvaters damals einen Schritt zur Seite machen musste, um nicht von dem fallenden Engel erschlagen zu werden. Seitdem wurde nie wieder ein Engelsflug durchgeführt.« Während sie sprach, nahm ihre Stimme stetig an Lautstärke zu, sodass am Ende ihrer Anekdote angelangt mindestens der halbe Markusplatz in den Genuss dieser unheilvollen Familienerinnerung kam. Ihre Tochter sog scharf die Luft ein, Oriettas Mutter drückte ihr Bedauern aus, doch Orietta selbst verschränkte bloß die Arme vor der Brust. Sie brauchte nicht lange nachzurechnen, um die Geschichte von dem beinahe erschlagenen Vorfahren als die leere Behauptung zu durchschauen, die sie war. Der Tod eines jungen Artisten während des Engelfluges, der die Abschaffung des Brauchs zur Folge gehabt hatte, galt zwar als gesicherter historischer Fakt, doch gewiss war nie ein einziger Vorfahre der Dal Corsos dabei um Haaresbreite erschlagen worden. »Tragische Geschichte«, sagte sie, während Donna Clarissima ihr Taschentuch zückte. Für mehr Heuchelei konnte sie nicht die Kraft aufbringen, denn wenn sie eines verabscheute, dann waren es Unwahrheiten, die nur einem einzigen Zweck dienten, nämlich der Selbstdarstellung.

Prompt erntete sie einen scharfen Blick von ihrer Mutter, der ihr Tonfall mitnichten entgangen war. Die darin enthaltene Warnung war Orietta so bekannt wie das Abendgebet. *Verprelle niemanden, der dir noch nützlich sein könnte.*

Ihre Mutter war davon überzeugt, der Einfluss der Dal Corsos könnte ihnen irgendwann entsetzlich schaden oder gehörig nützen, und nur deshalb führte sie in Gegenwart dieser Familie stets so einen Eiertanz auf. Wahrscheinlich hegten die beiden Glasbläsergattinnen bei all den Nachmittagen, die sie gemeinsam Tee trinkend verbrachten, tatsächlich eine gewisse Sympathie füreinander, doch es war die Konkurrenz ihrer Ehemänner, die sie offiziell zu Freundinnen machte. Solange sich Donna Angelica und Donna Clarissima die Hände reichten, durfte es keinen öffentlichen Zwist zwischen den Glasereien geben. Höchstens hinter verschlossenen Türen ließ ihre Mutter Orietta gegenüber durchklingen, dass sie bloß aus Kalkül handelte.

Ihr Vater ertrug den engen Kontakt ebenfalls nur, weil er ihm vertrauliche Informationen über das Geschäft des Rivalen einbrachte. Zu seinem Leidwesen gab es jeden Tag etwas Positives über den Absatz der Dal-Corso-Glaswaren zu berichten, und Oriettas Vater ging mit seinem Neid um wie jeder gekränkte Mann Muranos, der etwas auf sich hielt: Er arbeitete noch unermüdlicher. Irgendwann würde ihm vor lauter Anstrengung noch das Herz stehen bleiben, und dann würde Oriettas Mutter ihre teure Freundin Donna Clarissima verfluchen.

Flavia, die stets das richtige Gespür für die Bedürfnisse ihrer Mitmenschen hatte, setzte ein mitleidiges Gesicht auf und tätschelte Prudentias Mutter die Schulter. »Wenn das Zuschauen schmerzhafte Erinnerungen weckt, können wir in eine Seitengasse schlendern und eine Schokolade trinken. Was meinen Sie?«

Donna Clarissima erstrahlte wie ein frisch geputzter Spiegel, dennoch verneinte sie. So gern sie auch im Mittelpunkt stand, dieses Schauspiel hier würde sie sich garantiert nicht entgehen lassen. Aber sie hatte ja auch schon erreicht, was sie brauchte – eine ausreichende Dosis Aufmerksamkeit –, nun galt es eher ihre Sensationslust zu stillen. Zufrieden wandte sie sich wieder der Vorführung zu und stieß Oriettas Mutter unter Komplimenten für ihre wohlerzogene Tochter in die Seite. »Wenn ich doch nur selbst einen Sohn hätte«, murmelte sie. »Flavia wäre die perfekte …«

»Evviva, du hast sie erfolgreich um den Finger gewickelt«, stieß Orietta hinter ihr lauter als beabsichtigt aus und übertönte so die Lobeshymne, der sie gar nicht hatte lauschen wollen. Lieber zog sie Flavia ein bisschen mit Donna Clarissimas Gunst auf und gab selbst die unantastbare Colonna di San Marco.

»Niemand kann mir widerstehen«, verkündete Flavia ironisch. »Das ist wohl mein Geschenk Gottes …« Weiter kam sie nicht, denn ein einsetzender Trommelwirbel brachte die ganze Piazza, einschließlich Flavia, auf einen Schlag zum Schweigen. Es ging los.

Sobald sich der Akrobat auf das Seil geschwungen hatte, verstummte auch das Trommeln. Plötzlich war es so leise, dass man das Kratzen der Ballettschuhe hörte, die sich an das raue Seil klammerten wie Meeressand an nasse Finger. Die Beinmuskulatur des Artisten arbeitete unter der weißen Strumpfhose. Dabei bewegte sich sein Körper, der in einem auf den

Leib geschneiderten Anzug steckte, grazil aufwärts. Es war der schwarze, weit aufklaffende Umhang, der Orietta die größte Sorge bereitete. Was, wenn der Wind ungünstig wehte und der Artist sich auf den Saum trat? Konnte er überhaupt ausreichend sehen? Die weiße Maske, die sein komplettes Gesicht verhüllte, die larva, gehörte mit dem Dreispitz zur traditionellen männlichen Verkleidung. Es war das Kostüm, für das Giovanni sich entschieden hatte, während Jacopo als gnaga verkleidet die Venezianer in die Irre führen würde. Mit Katzenmaske, einem langen Rock und dem Korb, in dem ein echtes Kätzchen lag, gaben sich Männer zur Karnevalszeit traditionsgemäß als Frauen aus und machten sich einen Spaß daraus, das zu imitieren, was sie für weibliches Gehabe hielten. Doch selbst in diesem Aufzug würden sich die Frauen ihrem kleinen Bruder noch reihenweise an den Hals werfen, dafür brauchte er kein niedliches Jungtier.

Mit angehaltenem Atem beobachteten alle den Aufstieg des Seiltänzers, und erst als dieser einen Fuß falsch setzte und abrutschte, brach plötzlich der Bann. Ein spitzer Aufschrei ging durch die Menge. Orietta war sich nicht sicher, ob sie nicht selbst mitgekreischt hatte. Während sich die Damen im Umkreis die Augen zuhielten, vergrub Prudentia das Gesicht an der Schulter ihrer Mutter, und Flavia blinzelte ängstlich und gleichzeitig neugierig durch ihre Finger. Ein alter Mann schräg gegenüber riss sich den Zylinder herunter und versperrte seinem Enkelsohn damit die Sicht, und auch andere Männer hatten instinktiv ihre Hüte von den Köpfen gerissen und zerknautschten sie nun beinahe zwischen den Händen. Orietta selbst konnte den Blick nicht abwenden. Sie starrte und starrte empor, als hielte allein ihr Glaube ihn oben. Wenn er zu Tode stürzte, war sie als Teil der staunenden Meute mitverantwortlich für seinen Tod. Was für ein furchtbarer Brauch! Einige qualvolle Momente hing das Leben des Artisten wortwörtlich am seidenen Faden, und er kämpfte gegen die Kraft, die ihn nach unten zog, doch er fiel nicht. Endlich gelang es ihm, sich am Seil hochzustemmen, der ganze Körper kerzengerade, die Beine geschlossen von sich gestreckt. Jede Faser seiner drahtigen Muskeln stand unter Spannung, und Orietta glaubte seine Todesangst auf der Zunge zu schmecken. Ihr Herz hämmerte schneller als die Hölzer des Trommelschlägers vorhin.

Dann hatte er es zurück in den Stand geschafft und blickte auf die Menschenschar hinab, die sich seinetwegen so zahlreich auf dem Platz versammelt hatte und nun jubelte, als hätten sie nie ein größeres Wunder gesehen. Er schenkte ihnen einen kühlen Blick und die Andeutung eines Lächelns.

Als seine Hände in den Falten des Umhangs verschwanden und mit Bonbons gefüllt wiederauftauchten, gab es kein Halten mehr. Erwachsene hüpften wie Kinder auf der Stelle und schnappten nach den Süßigkeiten, die auf sie herabregneten. Und da verstand Orietta: Es war eine Täuschung gewesen. Der Artist hatte nie in Lebensgefahr geschwebt, sondern war ein kalkuliertes Risiko eingegangen, um die Gunst des Publikums zu gewinnen.

Sie betrachtete ihn, bewundernd, abgestoßen, beides zugleich. Was musste das für ein Gefühl sein, von allen bestaunt und verehrt zu werden? Die Herzen der Venezianer in einem Moment zum Stocken zu bringen und im nächsten Moment schneller schlagen zu lassen? Sie alle waren die Tauben auf dem Markusplatz und er der Besucher, der ihnen seine Brotkrumen hinwarf.

So vieles im Leben hing vom richtigen Auftritt ab, erkannte sie, und begriff, was ihre Schwester und die Mutter schon lange perfektioniert hatten. Wo Orietta zu stolz war, spielten sie willentlich nach den gesellschaftlichen Regeln, wenn es ihnen zu ihrem Vorteil gereichte. Ähnlich verhielt es sich mit Sibilla Veridiani. Sie hatte ihre Ankunft wochenlang in den Zeitungen inszeniert und die Vorfreude der Venezianer durch wohlplatzierte Gerüchte genährt, sodass ihr Einzug in die Stadt gar nicht mehr misslingen *konnte*. Wenn Orietta eines von diesem Engelsflug gelernt hatte, dann, dass nicht nur der richtige Zeitpunkt, sondern auch der Eindruck, den man hinterließ, für den Ausgang eines Vorhabens entscheidend war. Diese Erkenntnis würde sie mit zur Stadtverwaltung nehmen.

Während um sie herum hektisch nach Bonbons gehascht wurde, spürte Orietta immer noch ihren Puls von dem Schreck rasen. Hinzu kam der Druck, sich nicht noch länger aufhalten zu lassen. »Ich muss gehen!«

»Wo willst du denn hin?«, fragte Flavia, ohne den Seiltänzer aus den Augen zu lassen.

Sie konnte lügen und behaupten, dass ihr vor lauter Aufregung übel geworden war, aber dann wäre sie genauso schäbig gewesen wie die Mitleid heischende Nachbarin, die die Wahrheit auch nur zu ihrem Zweck verbog. Außerdem hatte Flavia ihre kläglichen Versuche, die Unwahrheit zu sagen, schon immer durchschaut. »Ich muss zum Amt. Bitte hilf mir, dass Mamma nichts mitbekommt.«

Flavia zog überrascht die Augenbrauen hoch, und für einen Augenblick kämpfte sie sichtlich mit sich. Einerseits wollte sie wohl nichts lieber, als in den Augen ihrer Schwester weiter nach der Wahrheit zu forschen, andererseits durfte sie auch nicht das Finale des Kunststücks verpassen. Sorge zeigte sich auf ihrem Gesicht. »Was ist los? Steckt Papà in Schwierigkeiten?«

»Dann würde er nicht mich schicken.«

»Bin … bin ich es?«

Orietta war bereits im Begriff gewesen zu gehen, doch nun hielt sie inne. »Aus welchem Grund solltest *du* denn in Schwierigkeiten sein?«, fragte sie, während ihr in derselben Sekunde das nächtliche Gespräch in den Sinn kam. »Etwa … der Deutsche?«

Flavia erstarrte kurz, doch sie fing sich wieder. Nach kurzer Bedenkzeit sagte sie sanft: »Vergiss es, abwegiger Gedanke. Du bist von uns beiden die ungehorsame Tochter. Also, was führst du im Schilde?«

»Ach, ich will bloß ein paar überholte Gesetze auf den neuesten Stand bringen.«

Flavia lachte. »Na dann, viel Erfolg!« Und damit hatte das Schicksal des Engels ihre Aufmerksamkeit wieder. Als der zu einem Überschlag auf dem Seil ansetzte, öffnete sie entgeistert den Mund, und Orietta nutzte den Moment, um zwischen den vielen Herren zu verschwinden, die, den Kopf in den Nacken gelegt, mit einer Hand ihre Hüte festhielten und mit der anderen ihre weibliche Begleitung an der Wespentaille enger zu sich heranzogen.

Kapitel 4

Der Wunsch, es allen zu beweisen, trieb Orietta durch das dichte Getümmel weiter vorwärts, am Ufer in Richtung Rialtobrücke entlang. Auf dem Kanal schwebte ein Gondelzug vorüber, der mit Kostümierten gefüllt war. Stehend und ohne die geringste Regung präsentierten sie sich den winkenden Stadtbesuchern. Fünfzehn schmale Boote und kein Ende in Sicht. Die Szenerie wirkte wie aus einem Märchenbuch, und Orietta musste schmunzeln bei dem Gedanken, dass den Touristen weisgemacht wurde, die Gondel wäre das alltägliche Fortbewegungsmittel der Venezianer. In Wahrheit erkannte man Einheimische daran, dass sie eher hundertmal die Fußwege nutzten, als sich für teures Geld eine Spazierfahrt zu leisten. Stand eine Hochzeit bevor oder gab es einen anderen Grund zur Feier, dann mieteten besser gestellte Familien die kleinen Wahrzeichen der Stadt. Und dann ließen sie die Gondeln auch wie damals von zwei Gondolieri steuern, statt bloß von einem, wie es heute Usus war.

Der Rialto schien unter den Menschenmassen förmlich zu vibrieren, und Orietta kam deutlich langsamer voran, als sie erwartet hatte. Ihr Tempo so drosseln zu müssen, widerstrebte ihr, doch dem Karnevalstreiben hatte sie nichts entgegenzusetzen. Sie würde sich später einfach beeilen, um pünktlich zur Ankunft der Veridiani zurück zu sein. Erst recht, wenn sie sich günstig positionieren wollte, um ihre Chancen auf die Karte zu verbessern. Ihren Plan mit dem Amt verfluchte sie mittlerweile, doch allein schon die Erinnerung an den Streit am Frühstückstisch trieb sie mit entschlossenem Blick weiter durch die Menge. Dort, wo sich Wege zwischen den Passanten öffneten, schlossen Schaulustige sie sogleich wieder, um hier und da unvermittelt stehen zu bleiben und sich ausgiebig umzublicken. Geschickt tauchte Orietta in die Lücken und setzte gelegentlich beherzt ihre Ellbogen ein. Ihr ausladendes Kleid schwang dabei um sie her wie ein breiter Besen, der ihr den Weg freifegte, ohne dass sie mit einem »Scusi« darum bitten musste. Und wenn ihr trotzdem ein unachtsamer Passant den Reifrock eindrückte, war dies kein großes Unglück, denn solche Begegnungen hielt das Gittergestell aus.

»Na, die muss es ja eilig haben«, hörte sie eine Männerstimme in ihrem Rücken, nachdem sie einen Herrn unsanft mit der Schulter gestreift hatte. »Trabt hier entlang wie ein Ackergaul.«

Um sie herum tobte immer noch ohrenbetäubend das Karnevalsgeschehen, und sie fürchtete, dass sie der Mut verlassen könnte, wenn sie auch nur eine Sekunde schwach wurde und sich dem Trubel hingab. Hier, wo Kurtisanen zur Renaissancezeit in den Gassen ihrem Geschäft nachgegangen waren und heute die Hausfassaden der Adelsvillen aufs Wasser blickten, tönten die Jubelschreie lauter als auf dem Markusplatz, leuchteten der Taft, der Musselin und der Samt in kräftigeren Farben. Kostümierte sprangen, eine Rassel in jeder Hand schwingend, an ihr vorbei. Der Duft von Geschmortem und süß Ausgebackenem sickerte in jede Ritze, und Orietta schwor sich, die Ausgelassenheit zu genießen, sobald ihr Antrag abgegeben und die Karte zum Maskenball in ihrem Besitz war. Und nun gab es ohnehin kein Zurück mehr, sie war da.

Leicht außer Atem und mit geröteten Wangen stand sie vor dem Prachtbau des Ca'Loredan, in dem sich genau wie im benachbarten Ca'Farsetti seit 25 Jahren die Stadtverwaltung befand. Einst der Sitz einer mächtigen Adelslinie, regelte man in den prunkvollen Räumen nun das Geschick der Serenissima. Orietta blickte an der Fassade hinauf, die mit ihren Dreifach- und Siebenfachfenstern, den Säulen und Rundbögen, einem Erdgeschoss und zwei Hauptgeschossen vorbildlich die charakteristische venezianische Bauweise demonstrierte. An der rechten Hausfassade versteckte sich das Eingangsportal. Orietta stellte sich mutig davor, und doch fühlte sie sich zwischen den Säulen plötzlich ganz klein. Statt selbst hineinzugehen, beobachtete sie die Menschen, die in das Gebäude spazierten oder es gerade verließen, natürlich allesamt Männer. Wer würde ihr dort drinnen schon zuhören? In deren Augen war sie ein Niemand, schlimmer noch: eine *Frau.*

Orietta atmete tief durch. So durfte sie nicht denken. Vor ihr hatte es andere gegeben, ambitionierte Frauen wie die Adelige Elena Lucrecia Corner Piscopia. Voller Ehrfurcht berührte Orietta die in der Wand eingelassene Marmorplatte und fuhr mit ihrem Finger die Inschrift nach.

Im Ca'Loredan geboren, welcher damals noch im Besitz der Familie Corner Piscopia gewesen war, hatte Elena Lucrecia im Juni 1678 als erste Frau im Fach Philosophie an der Universität von Padua promoviert und war damit in ganz Europa zur Vorreiterin geworden. Ihr Werdegang stellte eine Ausnahme dar, eine absolut inspirierende, und Orietta wollte um jeden Preis in Piscopias Fußstapfen treten, ganz gleich, wie lange es dauerte, bis sie auf ihrer Stufe ankam. Jede große Reise begann doch mit dem ersten Schritt.

Gut möglich, dass die Eltern sich nicht genau *diese* Zukunft für sie ausgemalt hatten, als sie sich entschlossen, ihr das Privatstudium zu finanzieren – sie hatten wohl eher eine Laufbahn als Gouvernante im Sinn, für den Fall, dass es mit einer Vermählung nichts werden sollte –, aber Orietta würde nutzen, was sie ihr mitgegeben hatten, und zwar nach ihren eigenen Vorstellungen.

Als sie nun ein wenig zuversichtlicher am Empfang erschien, erkundigte sich der zuständige Beamte verwundert nach ihrem Begehr. Sie nannte die Sprechstunde für bürgerliche Angelegenheiten.

Ein spöttischer Blick, dann händigte er ihr ein Anmeldeformular aus und schickte sie ins Wartezimmer. Unter den wenigen Männern, die dort saßen, war sie die einzige Frau, doch immerhin befand sich unter den Wartenden wie erhofft niemand, den sie kannte. Bei ihrer Ankunft räumte eine Handvoll Venezianer die Stühle, um ihr einen Sitz freizumachen, doch die meisten senkten sofort wieder den Kopf, nachdem sie verstanden hatten, dass niemand von Belang eingetreten war. Orietta grüßte, nahm Platz und machte sich daran, ihre Adresse sowie das Thema ihres Anliegens mit Bleistift einzutragen. Es dauerte nur ein paar Minuten, bis sie das Formular wieder abgab. Die restliche Zeit schmorte sie in einem überfüllten Raum mit diskutierenden Männern, die sie wie Luft behandelten, und je länger Orietta dort saß, desto mehr musste sie sich auf die Zunge beißen, um sich nicht einzumischen.

Zwei Herren im Anzug, einer mit ergrauten Schläfen und eingegrabenen Stirnfalten, der andere kaum älter als Giovanni und mit überheblichem Grinsen im Gesicht, mokierten sich über die seit diesem Jahr in Frankreich eingeführte Fahrradsteuer, die dort auch Automobile und Motorräder betraf. Sie klopften sich gegenseitig auf die Schulter und gratulierten sich dazu, Venezianer zu sein, die zur Fortbewegung nicht auf Pedale oder Sprit angewiesen waren.

»Die Gondeln sollten wir besteuern«, meinte ein kränklich aussehender Mann in überfeinem Zwirn.

Unwillkürlich rollte Orietta mit den Augen, denn das würde allein dem Fremdenverkehr schaden, und den brauchte Venetien mehr als alles andere. Nicht nur Gastwirtschaften profitierten von hohen Besucherzahlen, auch die Glasindustrie verzeichnete höhere Gewinne, wenn Neugierige nach Murano kamen, um zu erfahren, wie eine Glasflasche aus Sand und Soda erschaffen wurde.

»Vergessen wir die Steuern!« Ein rotwangiger Herr, der eben noch verstohlen von seinem Flachmann genippt hatte, schlug sich mit der Hand auf den Schenkel. »Was ist mit den hohen Mieten in San Polo und San Marco? Sollen wir alle in die himmelhohen Klötze von Cannaregio ziehen? Den Gestank hält doch niemand aus!« Obwohl ihr nicht gefiel, wie er sich aufplusterte, musste sie dem Schenkelklopfer zustimmen. Die beengten Wohnverhältnisse und hohen Mieten der belebteren Viertel stellten tatsächlich eine dringliche Angelegenheit dar, denn mit ihnen war die Abwanderung der jungen Leute aufs Festland verbunden. Doch damit brauchte Orietta sich nun wirklich nicht zu befassen, also presste sie weiter tapfer die Lippen aufeinander und hielt sich zurück.

»Am besten siedeln wir alle nach Murano um.« Das steuerte nun wieder der Überhebliche bei. »Warum soll die Insel allein den Glasbläsern und ihren Werkstätten vorbehalten sein? Es hat schon ewig nirgends mehr gebrannt. Und dann machen sie aus ihrer Arbeit ein solches Geheimnis. Wetten, die faulenzen bloß den lieben langen Tag in der Sonne?« Er lachte laut und hohl, und blickte Beifall heischend in die Runde, um sich der Zustimmung seiner Kumpane zu vergewissern, doch das einzige Geräusch kam von Orietta, die nicht länger an sich halten konnte und deren Empörung sich in einem lauten Schnauben Luft machte. Prompt wandten sich alle ihr zu. Sie wusste, was man nun von ihr verlangte, nämlich damenhaft die Lider zu senken, doch stattdessen straffte sie sich und hob das Kinn.

»Fehlt Ihnen etwas?«, fragte das Großmaul selbstgefällig. »Vielleicht ein Taschentuch? Sie schauen mich an, als bräuchten Sie etwas.«

Orietta musterte ihn von oben bis unten, doch so gepflegt, wie seine Erscheinung war, bot sie keinerlei Angriffsfläche. Jedenfalls so lange, bis er seine Sitzhaltung veränderte und ein Bein lässig überschlug. Einen Knöchel auf den Oberschenkel gelegt, lehnte er sich vor, bereit, die nächste stupide Bemerkung von sich zu geben, doch da kam Orietta ihm zuvor.

»Nein danke. Ich möchte Sie nicht bemühen. Sie sind, wie es scheint, bereits mit der Handhabung Ihres eigenen Hosenstalls überfordert.«

Ein kollektives Gebrüll fegte über sie hinweg, als hätte sie eine Horde Hunde von der Leine gelassen. Ihre Zuhörer wussten sich gar nicht mehr zu halten vor lachen, während der Belächelte tomatenrot anlief und die Sache verstohlen behob. Oriettas Mutter wäre stolz auf sie gewesen, schließlich stammte die Schlagfertigkeit von ihr. Wann immer der Vater eine seiner Weisheiten zum Besten gab, Phrasen à la: *Frauen sind wie Musik – Dekoration für die Sinne, für harte Arbeit jedoch gänzlich unbrauchbar*, erwiderte ihre Mutter daraufhin stets: »Trag du einmal den ganzen Tag ein Kind mit vierzehn Kilo auf der Hüfte und schrubbe dabei die Böden, während auf dem Herd ein Fünf-Gänge-Menü kocht!«, und schleuderte ihre Schürze auf den Boden, um anschließend die Teezeit bei Donna Clarissima zu verbringen. Am Tag nach so einer Auseinandersetzung standen frische Blumen auf dem Tisch, und niemand durfte das Essen nachsalzen. Die Brüder räumten ihre Teller selbst in die Spüle, und Flavia fegte die Räume, statt sich nach dem Frühstück zur Nonna nach Burano zu verziehen.

Orietta hielt ihre Mutter für eine starke Frau, doch die Geschwindigkeit, mit der diese dem Vater verzieh, hatte sie schon immer verblüfft, und je älter sie wurde, desto weniger Verständnis konnte sie dafür aufbringen. Wie sollten sie je das Wahlrecht erlangen, wenn sich sogar starke Vertreterinnen ihres Geschlechts wie Angelica Volpato von gesäuselten Worten und ein bisschen Gestrüpp besänftigen ließen? Orietta sah in ihrer Mutter nicht grundsätzlich das passive Heimchen am Herd, doch ihr fiel auf, dass diese nur jene Kämpfe ausfocht, von denen sie überzeugt war, sie auch gewinnen zu können – den Platz, der ihr in diesem Leben zugewiesen worden war, stellte sie nicht infrage.

Oriettas Name wurde aufgerufen. Mit der Absicht, den beiden Männern von vorhin einen bösen Blick zuzuwerfen, stand sie auf – und merkte in diesem Moment, dass sie sich wohl in ihren Gedanken verloren haben musste, denn das Wartezimmer hatte sich vollständig geleert. Sogar der Mann, der deutlich nach Orietta die Behörde betreten hatte, war offenbar vor ihr an die Reihe gekommen. Natürlich. Man ließ ihr auf dem Gehweg den Vortritt, hielt ihr eine Eingangstür auf und bot ihr sogar den eigenen Sitzplatz an, aber sobald sie den echten Austausch suchte und dabei auch nur andeutete, bei Männerthemen mitreden zu wollen, wurde sie einfach ignoriert. Wahrscheinlich war es Piscopia zu Lebzeiten ähnlich ergangen, doch diese Frau hatte sich davon nicht entmutigen lassen. Das tröstete Orietta ein wenig. Sie schüttelte ihre Hände aus und betrat, ihr Vorbild fest vor dem inneren Auge, schwungvoll das Büro.

An einem Holzsekretär vor den Fenstern saß ein schnauzbärtiger Beamter in seine Arbeit versunken und blickte nicht einmal auf. Stattdessen blätterte er mit einer Hand in seinen Unterlagen. In der anderen hielt er locker eine Zigarre, an deren Spitze sich die Asche türmte. Qualm tanzte in Säulen durch den Raum und mischte sich mit dem Kaffeearoma, das noch in der Luft hing, obwohl das Geschirr offenbar bereits abgeräumt worden war. Während der kleinen Ewigkeit, die der Mann sie geflissentlich übersah, wanderten Oriettas Augen das Zimmer ab, als wäre es ein Gemälde. Als Erstes fiel ihr Blick auf die Vliestapete mit goldenen Ornamenten, dann wanderte er weiter zu einem mächtigen, ebenfalls in Gold gefassten Wandspiegel über dem Kamin sowie zu dem sämtliche Decken überspannenden Fresko, das sich mit Engelsreplik und nachempfundenen Wolken hoch über ihrem Kopf öffnete wie der wahrhaftige Himmel. Dann entdeckte sie den gläsernen Kronleuchter und verrenkte sich den Hals in dem Versuch zu erkennen, ob die funkelnden Plättchen und Tropfen original von Muraner Meistern hergestellt worden waren, oder bloß à la façon de Venise waren. Obwohl sie es auf die Entfernung nicht beschwören konnte, hätte sie gewettet, dass die Innenarchitekten des Ca'Loredan keiner Kopie zum Opfer gefallen wären, anders als es bei Privatleuten oft der Fall war.

Unzählige Sammler hatten in den vergangenen Jahren die Vetreria Volpato an der Fondamenta dei Vetrai aufgesucht, um ihre Kostbarkeiten auf Echtheit prüfen zu lassen, und waren oft genug wutentbrannt und ohne für die Expertise zu bezahlen, davongestürmt. Mittlerweile überließ ihr Vater Giovanni die leidigen Prüfungen, denn er flößte den Kunden auf eine körperliche Weise Respekt ein, mit der ihr alternder Vater nicht mehr mithalten konnte. Giovannis nicht vorhandener Bauchansatz und die gestählten Muskeln versprachen Schmerzen, die kein Mann freiwillig erleben wollte. Und so zahlten sie unter dem ruhigen, festen Blick von Giovanni auch dann, wenn das Urteil »unecht« lautete.

»Ist der Herr bald so weit?«, schleuderte ihr der Beamte plötzlich entgegen. Die Höckernase immer noch über den Papieren schwebend, würde er wohl erst an ihrer Stimme erkennen, dass es sich bei dem Herrn um eine junge Dame handelte. Ein Teil von ihr freute sich diebisch auf sein Gesicht.

»Guten Tag, Signor Bruno.« Orietta trat näher, unschlüssig, ob sie sich ihm gegenübersetzen durfte. »Es geht um die Erlaubnis für arbeitswillige Frauen, auch ohne Zustimmung des Ehemannes oder eines anderen männlichen Familienmitglieds einer wirtschaftlichen Beschäftigung nachzugehen. Die Ausübung traditionsreicher Handwerke darf nicht länger vom Geschlecht abhängig gemacht werden.«

Signor Bruno sah irritiert auf, doch statt auf ihre Worte einzugehen oder sich zumindest für seinen barschen Umgangston zu entschuldigen, fragte er bloß: »Wo ist Ihr Gatte?«

Eilig nahm sie nun auf dem freien, barocken Stuhl Platz und rückte damit vor bis an die Tischkante. »Ich fürchte, Sie missverstehen mich. Es geht um *mein* Anliegen.« Als die Nachfrage zur Beschaffenheit ihres Anliegens ausblieb, unternahm Orietta einen zweiten Anlauf. Wenn der Beamte nicht ohnehin schwer von Begriff war, hatte sie sich vielleicht falsch ausgedrückt. Seine sich verfinsternde Miene verkündete, dass weder das eine noch das andere zutraf, also schloss Orietta den Mund. Sie ahnte, dass auch ein dritter Versuch nichts bringen würde. Er musterte sie wie einen alten Tintenfisch – zu gut, um ihn gleich wegzuwerfen, zu schlecht, um ihn noch zu essen.

»Nun, für den Fall, dass Ihr Ehemann verhindert ist oder der italienischen Sprache nicht mächtig, haben wir einen Briefkasten.« Sein Blick schweifte zur Tür. »Draußen am Eingang des Gebäudes. Nicht zu verfehlen, wenn Sie gehen.«

Damit gab er ihr genau die Art von Antwort, die sie erwartet und gefürchtet hatte. Sie musste die Hände im Schoß falten, um nicht nach dem einsamen Wasserglas zu greifen, das in Reichweite stand, so trocken fühlte sich ihre Kehle an. Sie durfte sich ihre Verunsicherung nicht anmerken lassen. Zu viel hing von einer kraftvollen Stimme und festen Knien ab.

Wie würde sich Giovanni an ihrer Stelle verhalten? Ganz sicher würde er sich nicht bei der ersten Gelegenheit abweisen lassen. Er war stur wie ein Ochse.

Orietta entschied, den Hinauswurf gekonnt zu übergehen.

»Sie sagten, draußen gebe es einen Briefkasten für verhinderte Ehemänner … Wo befindet sich der für ledige Frauen?« Bevor ihr Gegenüber eine Erklärung anbringen konnte, schloss sie selbst mit der richtigen Antwort: »Es gibt keinen. Deshalb bin ich persönlich zu Ihnen gekommen, Signor Bruno. Entschuldigen Sie, aber ich habe lange in Ihrem stickigen Wartezimmer gesessen. Ich erwarte, mit allem Respekt angehört zu werden.« Sie holte den Antrag aus ihrem Pompadour und entfaltete ihn. Natürlich hatte sie die Worte längst verinnerlicht und benötigte keinen Spickzettel, aber der Beamte würde ihre Argumente in schriftlicher Form ernster nehmen als in mündlicher.

Er spreizte die Hände zu einem Dreieck. »Nun, wenn das so ist, schießen Sie bitte los.« Kaum hatte sie begonnen, packte er die Unterlagen, in denen er zuvor geblättert hatte, mit einem leisen Lachen in die Schublade. Sie machte couragiert weiter. Doch als sie am Beispiel des eigenen Familienbetriebs erläuterte, welchen Mehrwert der Einsatz einer weiblichen Führungskraft bieten würde, war seine Geduld aufgebraucht, und er unterbrach sie. »Sie möchten Glas blasen?«, fragte er, und diesmal lachte er schallend, als wäre sie ein besonders amüsanter Possenreißer.

»Ich möchte es nicht selbst herstellen«, erwiderte sie zornig. »Ich will es *vertreiben*.«

Sein Mund schrumpelte zu einer verdorrten Rosine zusammen, und sogleich erkannte Orietta ihren Fehler: die Wortwahl. Frauen hatten nicht zu *wollen*. Sie nahmen stillschweigend hin oder dankbar an. Nun, wenn das der Anspruch an sie als Frau war, blieb Orietta nur allzu gern hinter den Erwartungen zurück. Innerlich kochte sie bereits, und je länger Signor Bruno vor sich hin gluckste, desto wütender wurde sie. *Nichts* würde sie hinnehmen. Gar nichts. Und sie würde auch nicht aufhören zu wollen.

Mit leicht bebender Stimme wiederholte sie: »Hier geht es lediglich um ein längst überholtes Gesetz, dessen Anpassung die Lebensrealität so vieler Menschen verbessern könnte. Frauen sind zu gleichen Leistungen fähig wie …«

Doch noch ehe sie ihren Satz beendet hatte, ergriff er ihre gestikulierenden Hände und kappte damit ihren Redefluss: »Beruhigen Sie sich, Signorina. Es besteht kein Anlass zur Hysterie. Sehen Sie, deswegen haben Frauen auch nicht ohne eine besonnene Begleitperson irgendetwas Geschäftliches zu wollen, das endet nur in Geplärr und Gezänk.«

Sie entzog ihm ruckartig die Hände. »Ich bin nicht hysterisch. Sie begreifen offenbar nicht …«

Aber schon wieder unterbrach er sie, nun fast triumphierend. »Befürworten Ihre Eltern denn Ihre Träumereien? Ich kenne Don Emilio vom Kartenspiel. Ich kann mir weder vorstellen, dass er über Ihren dramatischen Auftritt Bescheid weiß, noch dass er darüber sonderlich begeistert wäre.«

Sie blinzelte. Eben noch waren sie bei handfesten Argumenten gewesen, und nun drehte sich das Gespräch plötzlich um ihre Eltern. Tapfer versuchte sie aus diesem Themenwechsel einen Vorteil zu ziehen. »Die Arbeiten meines Vaters sind gefragt. Er besitzt wohl kaum die Zeit, jeden Schritt seiner Kinder zu überwachen, geschweige denn anstehende Neuerungen im Detail durchzukauen.«

»Sie haben zwei Brüder?«

Signor Bruno tarnte es wie eine Frage, dabei handelte es sich ganz klar um eine Feststellung, und was für gewöhnlich auf solche Feststellungen folgte, gefiel Orietta nicht. Entweder durfte sie sich dann eine Lobeshymne auf den Wunderknaben Jacopo anhören, oder sie wurde Zeugin, wie man Giovanni zum Inbegriff des venezianischen Mannes erklärte.

Doch sie hatte Signor Bruno unterschätzt. Ihm ging es allein um ihre Kränkung. »Schicken Sie lieber die her!«

Nun konnte sie nicht mehr verhindern, dass das Notizblatt unter ihren gekrümmten Fingern knitterte. »Ich bitte Sie nur um die Revision längst ausgedienter Vorschriften.«

Signor Bruno erhob sich. »Die Mittagspause ruft. Vielen Dank für Ihren Besuch, Signorina, doch ich fürchte, ich kann Ihnen nicht helfen. Die offene Sprechstunde ist hiermit beendet.«

Orietta weigerte sich, das Büro zu verlassen. Was, wenn sie auf dem Stuhl sitzen blieb? Sich so lange nicht rührte, bis er ihren Forderungen zugestimmt hatte?

»Ich muss Sie nun bitten, zu gehen. Ausnahmsweise werde ich so nachsichtig sein und Ihren seltsamen Auftritt dem Karneval zuschreiben.« Er öffnete demonstrativ die Tür und verschränkte die Arme vor der Brust.

Doch sie war schon zu weit gekommen, um jetzt kampflos aufzugeben. »Sie denken viel zu kurzfristig, Signor Bruno. Wenn Sie nur ein wenig weiterdenken würden, dann müssten Sie doch sehen, dass alle davon profitieren, wenn Sie meinem Antrag stattgeben.«

»Versuchen Sie etwa, mich zu bestechen?«

»Würde das denn fruchten?« Sie lächelte gequält, doch selbstverständlich war von ihrem Gegenüber kein Humor zu erwarten.

Seine Augen verengten sich zu kleinen Schweinsäuglein.

»Signor Bruno, bitte, so habe ich das nicht gemeint!«

»Halten Sie mich für käuflich?«

Sie schluckte und konnte geradezu spüren, wie hektische Flecken aus ihrem Kragen krochen und auf ihre Wangen kletterten. »Nein, ich spreche ganz allgemein von mit der Zeit zunehmendem Wachstum. Wenn wir Frauen nur …«

»Still!« Seine erhobene Hand ließ sie verstummen. »Kein Wort mehr, und ich bin gewillt, die leidige Angelegenheit zu vergessen.«

»Aber …«

Auch Signor Brunos Gesicht hatte sich nun verfärbt. »Hören Sie auf! Sie machen sich ja lächerlich. Sich und Ihre Brüder und vor allem den armen Vater! Wie viel Vertrauen wird man in die Anfertigungen eines Glasbläsers setzen, der nicht einmal seine eigene Tochter im Griff hat?« Er wedelte mit der Hand. »Stehen Sie auf! Nun machen Sie schon.«

Orietta erhob sich. Ein nur allzu vertrautes Gefühl schlang sich um ihren Hals wie ein zu eng gebundenes Seidentuch. Der Drang zu weinen, drohte sie zu überwältigen. Sie wusste nicht, wie sie es bewerkstelligte, doch sie gelangte bis zur Tür ohne zu stolpern, und unterdrückte erfolgreich den Tränenausbruch, der sich durch ein Kribbeln in ihrer Nasenspitze ankündigte. Immerhin verschaffte ihr, jetzt, da sie direkt vor dem Beamten stand, der unübersehbare Größenunterschied zwischen ihnen eine bittere Befriedigung. Sie konnte nicht nur die verbliebenen Haare auf seiner überkämmten Glatze zählen, sie hätte sogar darauf spucken können, und sein Gesichtsausdruck verriet ihr, dass er zumindest kurz über die Gefahr nachgedacht hatte.

»Ich komme wieder«, sagte sie schließlich so kühl wie möglich. »Warten Sie ab, eines Tages werden Sie sich noch wünschen, Sie hätten mir gleich den nötigen Respekt gezollt. Unterschätzen Sie nie eine Frau, die ihr Leben lang unterschätzt wurde.«

Signor Bruno lachte ungerührt. Mit einem Mal war sein Gesicht dicht vor ihrem, fast als hätte er sich eigens dazu auf die Zehenspitzen gestellt. »Wissen Sie, wie man Frauen Ihres Schlages nennt? Einen Trampel. Am liebsten würden Sie neben all den Männern in der Armee marschieren, um Gleichheit unter den Geschlechtern herzustellen, was? Lassen Sie sich eines gesagt sein: Selbst das hässlichste Gesicht macht aus einer Frau noch keinen Mann.« Und damit schob er sie hinaus und knallte die Tür hinter ihr zu. Binnen eines halben Atemzugs schloss sich das Portal zu der Welt, in die sie so sehnlichst gehören wollte, aber nicht gehören durfte.

Orietta verharrte etliche Sekunden ungläubig im Flur. Als sie begriff, dass sich die Tür nicht wieder öffnen und Signor Bruno mit einer Entschuldigung heraustreten würde, atmete sie zittrig aus. Wenigstens musste sie so nicht noch mehr Spott und Häme ertragen. Sie legte den Kopf in den Nacken, um abermals die sich ankündigenden Tränen zurückzudrängen, doch diesmal funktionierte es nicht.

Es war nicht einmal die Enttäuschung, die sie so hart traf, denn sie hatte nicht wirklich mit einem Erfolg gerechnet, sondern diese Verachtung, diese Chancenlosigkeit – die hatte sie kalt erwischt. Und jetzt weinte sie stille, brennende Tränen, die sie bloß noch wütender machten. Nicht nur weil ihr die Möglichkeit zur Berufstätigkeit eine Alternative zum Eheleben geboten hätte, sondern vor allem wegen des Ungleichgewichts, das es geistlosen Männern wie Signor Bruno erlaubte, sie derart zu demütigen. Wegen Männern wie Giovanni und ihrem Vater, die zwar immerzu beteuerten, sie zu lieben, aber ihr dennoch den Zugang zu den Familiengeschäften verwehrten, einfach weil sie es *konnten* – und weil es schon immer so gewesen war. Oriettas Traum von Glas und Gloria hatte schon oft Risse bekommen, doch noch nie war er mit einer derartigen Herablassung zertrümmert worden.

Für einen kurzen Moment lehnte sie sich von außen an die Tür und schloss die Augen, dann straffte sie die Schultern und ging. Sie würde Signor Bruno nicht die Genugtuung gönnen, ihre Tränen zu sehen, aber er durfte sehr wohl die Entschlossenheit ihrer Schritte hören. Als sie unten aus der Stadtverwaltung stürmte, hallten ihre Absätze wie Warnschüsse durch den Flur.

Kapitel 5

Nachdem der Palazzo Loredan sie ausgespien hatte wie ein verschimmeltes Stück Brot, erschien ihr das Karnevalstreiben um die Rialtobrücke plötzlich aufgesetzt – wie leuchtende Lackfarbe, die man über einen Zaunpfahl pinselte, um von seinem morschen Holz abzulenken. Solange das Vergnügen nicht zu kurz kam, störten sich die Leute nicht an den Missständen und Ungerechtigkeiten, die im Land herrschten. Für kurze Zeit bestimmte jeder selbst sein Glück, konnte sein wie der Engel, der den Campanile mit eigenem Geschick erklomm, oder wie der unglückliche Trottel, der bei dem Versuch umkam. Orietta hatte sich zum günstigsten Moment an den Aufstieg gewagt, dennoch war sie schon bei der ersten Stolperfalle gestrauchelt und abgestürzt wie die Amateurin, die sie war. Nun blieb ihr keine ganze Stunde mehr, um sich zusammenzuflicken und ein vergnügtes Gesicht aufzusetzen. Ihr Tag ging bereits in den nächsten Höhepunkt über, doch dort wo sie zuvor beim bloßen Gedanken, die Salonlöwin aus nächster Nähe zu sehen, die Aufregung nicht hatte im Zaum halten können, befiel sie nun eine tiefe Schwermut. Warum sollte der zweite Teil ihres Tages anders ausgehen als der erste?

Sie war einer Illusion aufgesessen, hatte sich überschätzt. Und nun war sie unterwegs zur nächsten Enttäuschung.

Denn wieso um alles in der Welt sollte ausgerechnet sie, Orietta, die Einladungskarte für den Maskenball ergattern? Tatsächlich war es wohl besser, wenn sie es gar nicht erst versuchte und stattdessen in einem der Kaffeehäuser auf Flavia wartete. Ihre Schwester, die nicht nur mit einem strahlenden Äußeren, sondern vor allem als ewiges Glückskind geboren worden war, würde sie vermutlich finden und ihr mit triumphierendem Blick die Einladungskarte unter die Nase halten. Mit etwas Überredungskunst konnte Orietta sie vielleicht wenigstens davon überzeugen, sie anstelle von Prudentia mit zum Ball zu nehmen. Allerdings würde sie nicht betteln – höchstens verhandeln.

Während Orietta mit deutlich weniger Schwung zurück zur Anlegestelle Rialto trottete, hing sie in Gedanken wie so oft dem Rätsel nach, ob das Glück sich eigentlich besonders gern an die Fersen der Schönen heftete, oder ob Schönheit bereits das Glück war, das alles andere an die rechte Stelle im Schicksalsrad rückte. Nur eines war gewiss, an Signor Bruno hätte sich ihre hübsche Schwester vermutlich ebenso die Zähne ausgebissen, und all ihre Schönheit hätte ihr vermutlich höchstens einen Platz an seiner Seite eingebracht. Und wer würde das schon wollen? Nein, die Frauen Venedigs saßen alle im gleichen Boot, wurden alle auf die ein oder andere Weise unterschätzt. Sie würde weitermachen, das war sie den belächelten Frauen Venedigs schuldig. Und sie schuldete es sich selbst. Doch zunächst einmal brauchte sie eine Stärkung, wenn sie nicht mitten im Getümmel ohnmächtig werden wollte. Ein wenig Zeit blieb ja noch.

Die bàcari lockten sie. Wenn die Piazza der Lieblingsort

der Touristen war, erfüllten die kleinen Seitenlokale in den Nebenstraßen denselben Zweck für die Einheimischen. Es waren urige Stehweinstuben, die sich im Gassengewühl der angrenzenden großen Plätze versteckten und den Angehörigen der Arbeiterschicht für die Dauer ihres Besuchs das warme Zuhause ersetzten. Sie lief am Al Volto vorbei, wo ihr Vater vor etlichen Zeiten Hausverbot erhalten hatte, nachdem sie als Zehnjährige während seines Kartenspiels die Weinetiketten von der Wand gezupft hatte. Die Familie Volpato kehrte deswegen lieber regelmäßig in der Cantina Do Mori ein, einem gemütlichen Lokal mit Kesseln, die von der Decke hingen, und Weinregalen, so weit das Auge reichte. In einer Glasvitrine oberhalb des Tresens lagerten für gewöhnlich die cicchetti, kleine belegte Brote, die den ganzen Tag über angeboten wurden. Beim Gedanken an eingelegte Sardinen, marinierten Pulpo, überbackene Miesmuscheln und Röstbrotscheiben mit Salami und Artischocke zog sich Oriettas Magen freudig zusammen. In ihrem Pompadour befanden sich genügend Lire, um einen ganzen Teller zu bestellen und mindestens einen Roten dazu zu trinken. Hatte sie nicht etwas Trost und Stärkung verdient? O ja, das hatte sie.

Doch der Ärger oder besser gesagt ihre Fehlentscheidungen schienen sie heute zu verfolgen. Denn kaum hatte sie sich unter den Lokalen, die sich am Canal Grande verlockend aufreihten, eines ausgesucht, hörte sie, wie ein Gondoliere, von der Fährstelle nur ein paar Schritte zu ihrer Linken, für die Fahrt zum Markusplatz das Dreifache von dem verlangte, was man als Einheimischer zahlte – und da konnte sie nicht anders, als stehen zu bleiben. Der Fahrgast regte sich zu Recht auf, und irgendetwas in seiner Stimme ließ sie verharren und weiter zuhören.

Er hatte ihr den Rücken zugewandt. Sein schwarzer Umhang tanzte sanft im Wind und verriet ihr nicht, woher er stammte, doch der Sprechweise entnahm sie, dass er nicht aus Venedig sein konnte. Nicht, dass er grammatikalische Fehler gemacht oder ungebräuchliches Vokabular verwendet hätte. Vielmehr war es der Klang der weiten Welt, den sie herauszuhören glaubte. Wie er die Wörter auf einer unerwarteten Silbe betonte, und wie sich seine Sprachmelodie vom venezianischen Dialekt unterschied …

Das warme Timbre in seiner Stimme brachte die Luft zum Schwingen, doch leider sorgte es zugleich auch dafür, dass er vom Gondoliere nicht ernst genommen wurde: zu sanft, zu behutsam, zu freundlich.

Kurzerhand entschloss sich Orietta, sich in die Diskussion der beiden einzumischen, ihr Temperament, das Giovanni schon so oft als Kratzbürstigkeit bezeichnete, kam ihr dabei zugute. »Drei Lire?«, fragte sie und schlüpfte an die Seite des Fahrgasts. Jetzt, da sie ihm so nah war, umfing sie ein Duft, der ihr Fernweh geradezu vervielfachte – eine Ode an den Orient mit Akzenten aus Zedernholz und Patchouli. Aus dem Augenwinkel sah sie, dass er ihr das Gesicht zuwandte. Leider lag es verborgen hinter einer weißen Karnevalsmaske, und so wandte sie ihre Aufmerksamkeit wieder ganz dem Gondoliere zu.

»Drei Lire«, wiederholte sie kühl. »Das ist das Dreifache von dem, was eine Nachtfahrt kosten würde – und die sind schon unanständig teuer. Sie müssen ja eine Gondel aus Gold besitzen!«

»Sie ist tatsächlich sehr kostbar.« Der Gondoliere wusste so gut wie sie, dass ihm nicht mehr als achtzig Centesimi zustanden, trotzdem besaß er die Dreistigkeit, die Karnevalsfestivitäten als Grund vorzuschieben. »Zur Feier des Tages möchten sich alle eine kleine Fahrt leisten. Wie heißt es so schön? Die Nachfrage bestimmt das Angebot, und gerade, meine Verehrteste, kann ich mich vor Anfragen kaum retten. Aber Sie sind doch sicher in der Lage, jeden Preis zu bezahlen, nicht wahr? Allein Ihr Kostüm muss leicht das Zehnfache von dem gekostet haben, was ein bescheidener Gondoliere fordert …« Und damit ließ er seine Augen unverschämt über ihren Körper wandern – angefangen bei ihrem dramatischen Hut über ihren kaum vorhandenen, aber straff hochgeschnürten Busen, bis hinunter zu ihrem ausladenden Rocksaum und wieder zurück.

Der Mann musste sie für eine Närrin halten, die sich als Adelige kostümiert hatte, oder er wollte sie einfach aus der Reserve locken. *Es ist kein Kostüm!*, hätte Orietta ihm gerne entgegengebrüllt, doch wenn er auf glühende Wangen gehofft hatte, würde er vergebens warten. Sie setzte gerade zu einer trockenen Erwiderung an, als der Fremde sie sacht an der Schulter berührte und wieder das Wort für sich selbst übernahm.

»Schon gut«, raunte er ihr zu. »Ich finde eine andere Gondel.«

Orietta verzog das Gesicht. Warum nur wählte er von all den ungünstigen Antwortmöglichkeiten dieser Welt ausgerechnet die schlechteste? Bevor er auf die Idee kam, sich noch tiefer hineinzureiten, trat Orietta ihrem Nebenmann beherzt auf den Fuß, doch das heisere Lachen des Gondolieres bestätigte, was Orietta bereits geahnt hatte: Der Besucher würde keine andere Gondel finden. In ganz Venedig gab es insgesamt noch fünfhundert aktive Gondeln, und ihre Besitzer waren wie eine eingeschworene Gemeinschaft, die sich gegenseitig kannte und beschützte. Niemals würde der eine dem anderen die Kunden wegnehmen. Winkte der Fremde einen zweiten Ruderer heran, würde dieser ihm aus Rücksicht auf seinen Kollegen bloß einen noch höheren Preis nennen.

Der Fremde nahm ihren Fußtritt mit einem Räuspern hin. Ihren Wink hatte er offensichtlich nicht verstanden, erneut hob er zum Sprechen an, doch Orietta war nicht so unvorsichtig, ihm noch einmal die Verhandlungen zu überlassen.

»Sie sprachen von Angebot und Nachfrage. Welchen Preis würden Sie denn einer Zunfttochter vorschlagen?«, fragte sie den Gondoliere, in der Hoffnung, dass er ihr entgegenkäme, wenn sie auf den Geist der alten scuole pochte. Seit Napoleons kurzer Machtübernahme gab es zwar keine offiziellen Zünfte und Gilden mehr, doch insgeheim lebte das Gefühl der Zusammengehörigkeit weiter, denn sie alle zählten zur Arbeiterklasse, den popolani, die stolz darauf waren, sich ihren Lebensunterhalt mit den Händen zu verdienen. Niemand aus der Zunft wollte es sich mit einem anderen Mitglied verscherzen, geschweige denn dessen Tochter beleidigen.

»Kommt auf die Zunft an …«, erwiderte der Gondoliere zögernd. Mit den Fingern an der Krempe seines Strohhuts nestelnd, schien er zu rätseln, wo er sie unterbringen sollte.

Orietta hielt ihm strahlend ihr Handgelenk mit dem Armband aus Glasperlen unter die Nase. Er drehte es prüfend im Sonnenlicht.

»Glasbläser, soso, eine Volpato.« Er hielt inne und betrachtete sie voller Missgunst. »Na, dann sind Sie doch sicher einem Adeligen versprochen und können gehörig was springen lassen.«

Verflixt! Er gehörte ausgerechnet zu den Genossen, die ihre Zunftbrüder mit den angeseheneren Handwerken beneideten.

Orietta konnte nichts dafür, dass Glasbläserfamilien die Möglichkeit des sozialen Aufstiegs in die Wiege gelegt wurde und diese daher als Einzige ihre Töchter an Adelige verheiraten durften, doch das zwischen den Zeilen mitschwingende »Zunftverräter« setzte ihr dennoch zu und brannte ihr nun doch die Schamesröte auf die Wangen.

»Fahren wir nun, Signorina Volpato?«, fragte der Gondoliere selbstgefällig, gab ihr das Armband zurück und nannte ihr eine etwas bescheidenere Version eines immer noch horrenden Preises. »Oder kann sich eine bekannte Glasbläserei wie die Ihrer Familie keine geringfügigen Ausgaben wie diese leisten?«

Geringfügig. Orietta schluckte. Von wegen geringfügig! Das würde die teuerste Fahrt ihres Lebens werden. Und er verhöhnte sie nur, weil er wusste, dass ihr keine andere Wahl blieb, als zuzustimmen, jetzt, wo er ihren Familiennamen kannte. Wenn sie nun ging, würde sie morgen auf dem Campo San Bernardo nachlesen können, wie hoch der Schuldenberg war, auf dem ihre Familie angeblich saß.

»Sie werden das nicht tun«, sagte der Fremde, als Orietta zwei Lire aus ihrem Portemonnaie pflückte und sie dem Gondoliere reichte. »Ich bin gut zu Fuß unterwegs. Überlassen wir die Fahrt anderen, glücklicheren Passanten, die nicht wegen ihrer Herkunft über den Tisch gezogen werden.« Er bot ihr den Arm.

Doch das anfängliche Verhandlungsgeplänkel zwischen dem Gondoliere und ihr war mittlerweile zu etwas Persönlichem geworden. Es ging nicht mehr nur darum, einen stadtfremden Neuling vor Wucherpreisen zu bewahren, nun stand die Ehre ihrer Familie auf dem Spiel.

»Ach, wissen Sie, meine Schuhe drücken mich, und bei all dem Trubel bin ich mit der Gondel schneller. Wenn Sie laufen möchten, gerne. Ich für meinen Teil werde jetzt in dieses Boot steigen.« Mit diesen Worten raffte sie ihren Rock und machte sich ans Besteigen der Gondel. Nach ihrer selbstbewussten Aussage und überhaupt ihrer forschen Art erwartete sie, dass der Fremde erleichtert kehrtmachen würde, doch stattdessen streckte er ihr die Hand entgegen und half ihr, den Fuß in die schwankende Gondel zu setzen.

»Wenn das so ist, bleibt mir nichts anderes übrig, als Sie zu begleiten«, sagte er.

»Gut, dann kommen Sie, ich habe nicht den ganzen Tag Zeit.« Doch trotz all der Ärgernisse heute musste sie dabei lächeln.

»Könnten Sie ein Stück rücken?«, fragte er freundlich, als er ebenfalls eingestiegen war. Die weiße schnabelartige Maske des Pestilenz-Arztes, die er vor dem Gesicht trug, wandte sich ihr zu. Nicht einmal seine Ohren lagen frei, stattdessen schien sein gesamter Körper wie aus schwarzem Stoff gemodelt. Gerade wollte sie vorschlagen, dass er sich einfach auf eine der anderen Bänke setzen sollte statt neben sie – schließlich ragte ihr Kleid über beide Seitenwände der Gondel hinaus –, doch da nahm er zu ihrer Rechten Platz und drückte dabei mit seinem Schenkel ihren Unterrock ein. Orietta blieb der Mund offen stehen, und gerade als sie ihre Begleitung fragen wollte, ob ihm die unschickliche Nähe nicht bewusst war, nahm er für eine Sekunde die Maske zur Seite und lächelte ihr zu. Ein kurzer Moment, in dem Orietta einen Blick auf die kantige Kieferlinie und volle Lippen erhaschte, ein flüchtiger Augenblick, in dem ihr Herz ein wenig schneller schlug – aber dann hatte er die Maske auch schon wieder aufgezogen.

»Ich kann mich selbstverständlich auch nach vorne setzen, wenn Ihnen das lieber ist, Signorina Volpato. Doch dann könnten wir unsere spannende Unterhaltung gar nicht fortführen …«

Verlegen schlang Orietta ihren Rock enger um sich und kommandierte den Gondoliere, der auf dem Heck hinter ihnen Stellung bezogen hatte, eilig vorwärts. Er stieß sich mit dem Fuß von der Kanalwand ab und schickte ihr Boot auf die Reise. Im nächsten Moment steckten sie im dichten Gondelverkehr. Wenige Meter vor ihnen, unter dem Bogen der Rialtobrücke staute es sich. Die metallenen Spitzen zweier Gondeln hatten sich ineinander verhakt. Die Gondolieri lachten und warfen sich ein paar Sticheleien zu, bevor sie das nötige Manöver einleiteten, um sich voneinander zu lösen. Vielleicht hatten sie es auf die kleine Begegnung angelegt, eine willkommene Unterbrechung, die es ihnen erlaubte, kurz zu pausieren und mit einem alten Freund zu plaudern.

»Die meisten legen erst am Rosenmontag ein Kostüm an. Warum sind Sie schon vollständig verkleidet?«, fragte Orietta wie nebenbei, während sie darauf wartete, dass die Fahrt weiterging. Wenn sie den Mann mit der Maske nicht ansah, konnte sie so tun, als würde sie nicht die Körperwärme wahrnehmen, die von ihm abstrahlte wie von einem Bettwärmer.

»Wer sagt, dass das nicht mein Alltagsgewand ist?«

»Der Umstand, dass die letzte Pestepidemie bereits vor ungefähr zweihundert Jahren endete?«

Er lachte. »Vielleicht wollte ich einfach die Gelegenheit nutzen, für kurze Zeit als Einheimischer durchzugehen und mich nicht für meine Erscheinung über den Tisch ziehen lassen zu müssen.«

Orietta schmunzelte. »Das hat wohl nicht geklappt.«

»Hat nicht geklappt«, wiederholte er amüsiert.

»Und wo möchten Sie hin, wenn ich fragen darf?«

Er zuckte mit den Achseln. »Vorhin wollte ich zur Piazza. Aber nun, mit Ihnen in dieser Gondel, steht mir der Sinn nach einer Rundfahrt.«

Seine eindeutige Schmeichelei brachte sie ebenso sehr aus dem Konzept, wie sie sie misstrauisch machte, denn als Schwester von Flavia war sie nicht gerade häufig mit solchen Komplimenten konfrontiert. Trotzdem konnte sie nicht leugnen, dass es auch sie ein wenig reizte, seine Bekanntschaft zu machen. Außerdem hatte Orietta die Fahrtkosten nicht seinetwegen übernommen, auch wenn ihr beherztes Eingreifen wie eine Interessensbekundung gewirkt haben mochte. Himmel, wahrscheinlich glaubte er, sie wolle seine Bekanntschaft machen.

»Eine Rundfahrt? Dann verpassen Sie ja das Spektakel …«, erwiderte sie ausweichend. »Die Ankunft einer international bekannten Salondame wird auf dem Markusplatz erwartet. Das weiß ich aus sicherer Quelle.« *Zumindest halbwegs sicher.*

»Klingt so, als wären Sie gern dort.« Er neigte sich zu ihr, und mit jedem Millimeter, den er näher rückte, schien die mit rotem Samt ausgeschlagene Bank um zehn Zentimeter kürzer zu werden. »War das Ihre ursprüngliche Destination? Oder wollten Sie doch woandershin?«

»Piazza San Marco ist schon richtig«, erwiderte sie äußerlich gefasst. »Aber mittlerweile scheint es verlockender, mich Ihrer Rundfahrt anzuschließen. Ich hatte für einen Tag genug Enttäuschungen.«

Die dunklen Augen hinter der Schnabelmaske, das Einzige, was sie von seinem Gesicht erkennen konnte, blitzten auf. Sie konnte das Lachen in seiner Stimme hören. »Was lässt Sie vermuten, Sibilla Veridiani wäre eine weitere Enttäuschung?«

Eigentlich hatte sie ja nicht die Salondame per se gemeint, sondern die Sache mit der Ballkarte, aber aus einem Impuls heraus – und weil sie gerade wenig Lust auf eine ehrliche Antwort hatte –, entschied sie sich, sein kleines Spiel mitzuspielen. »Nun, die Gnädige hat sich bereits ordentlich verspätet. Um Jahre, wenn Sie mich fragen. Wie alt ist die Dame? Vierzig? Und während all der Zeit hat sie es von Rom aus noch kein einziges Mal nach Venedig geschafft? Karneval hin oder her – das ist mehr als enttäuschend, sondern geradezu kriminell.«

Er ließ seinem Lachen freien Lauf. Warm und wohlklingend war es, wie Regen auf nackter Haut. »Ich stimme Ihnen zu, wahrlich ein Verbrechen!«, rief er. »Wir sollten ihr zur Strafe den Zutritt verwehren.«

Orietta hob den Zeigefinger. »Eine gerechte Strafe vielleicht, aber kein guter Einfall. Sibilla Veridianis Anwesenheit liefert der Stadt Aufmerksamkeit aus allen Teilen Europas. Allein das Gerücht ihrer Ankunft hat neben dem Karneval den Reiseverkehr ordentlich angekurbelt. Und der wiederum hält unsere Wirtschaft am Laufen.«

»So schnell wendet sich das Blatt.« Er pfiff beeindruckt durch die Zähne. »Was tun Sie eigentlich in dieser Gondel? Sie könnten Juristin sein!«

Diesmal zuckte auch um Oriettas Lippen ein kleines Lächeln. Wer hätte das gedacht? Ein wenig Unsinn mit einem Fremden zu reden, um den Sorgen des Alltags zu entfliehen, amüsierte sie, und während ihr im Gespräch mit den meisten Menschen früher oder später langweilig wurde, wollte sie nicht, dass diese Konversation allzu bald endete. »Ich wäre vielleicht wirklich eine überzeugende Anwältin, doch leider ist Frauen in diesen Breitengraden der Zugang zu höherer Bildung immer noch verwehrt. Ich weiß nicht, wie es anderswo aussieht.« Sie achtete genau auf seine Reaktion. Ein Versteifen des Rückens, die leichte Justierung der Sitzposition …

Doch nichts dergleichen. Er hörte ihr genauso entspannt zu wie zu Anfang; wenn, dann hatte er sich ihr noch weiter zugeneigt.

»Rechtswissenschaften wären also das Fach Ihrer Wahl?«, fragte er, ohne eine Wertung darin mitschwingen zu lassen, aber auch ohne auf ihre versteckte Gegenfrage nach seiner Herkunft einzugehen.

Orietta stockte kurz und musste sich eingestehen, dass sie sich nie wirklich mit einer hypothetischen Studienwahl befasst hatte. Sogar für eine Träumerin wie sie schien dies zu abwegig. Jedenfalls hatte sie bisher noch nie jemand – nicht ihre Geschwister, nicht ihre Eltern – danach gefragt.

»Ökonomie«, hörte sie sich sagen, und lauschte dem Klang des Wortes für einen Moment sehnsüchtig nach.

»Ah, Sie haben eine Faszination für den schnöden Mammon? Das hätte ich nicht erraten.«

Obwohl die Maske keinerlei Mimik zeigte, meinte sie, einen Hauch von Missbilligung in seinem Blick zu registrieren. Augenblicklich spürte sie wieder das Gewicht ihres pompösen Kleides und vor allem des blamablen Lampenschirmhutes auf sich lasten.

»Meine Mutter hat diese Monstrosität ausgesucht.« Sie deutete an sich hinab. »Ich hätte nie ein halbes Vermögen für ein paar Lagen Stoff verschleudert. Nur damit Sie es wissen.« Er antwortete nicht. Die Sekunde der Stille genügte, um sie tiefer auf den Pfad der Selbstverteidigung zu leiten. Aus irgendeinem Grund sollte er nicht denken, dass sie eine verschwendungssüchtige, geistlose Person war. »Es ist das aufgearbeitete Kleid einer Aristokratin. Meine Mutter glaubt, es könne den einen oder anderen Verehrer anziehen.« Und als immer noch keine Reaktion kam, fuhr sie hastig fort: »Außerdem kann man mit dem schnöden Mammon etwas Bleibendes erschaffen, Hunderte von Büchern erwerben oder Länder bereisen. Ökonomie wäre also nicht die verkehrteste Wahl, doch die habe ich ja ohnehin nicht, die Wahl …« Und dann biss sie sich auf die Lippen, in der Hoffnung, dass ihr Mundwerk nun einfach Ruhe geben würde und sie sich nicht noch weiter um Kopf und Kragen redete. Der Fremde musste sie für vorlaut, zerstreut und völlig hoffnungslos halten. Und warum sagte er jetzt überhaupt nichts mehr hinter seiner abweisenden Maske?

Orietta blickte auf den Kanal, um sich zu sammeln.

»War es denn bislang erfolgreich, Ihr Kleid?« Seine Stimme erklang plötzlich so nah neben ihr, dass sie erschrocken herumfuhr und ihm dabei die Dekoration ihres Hutes ins Gesicht schlug. Die Fäden ihrer seidenen Pfauenfedern wirbelten über die glatte Maske, und er schob sie so beiläufig beiseite, als würde er eine aufgeplusterte Henne zurück in ihren Stall stupsen.

Warum stellte er ihr so eine Frage? Sie wusste die unterschwellige Note darin nicht zu deuten. Verwirrt packte sie ihren zusammengefalteten Flanierschirm fester, der quer über ihrem Schoss lag, und räusperte sich. »Offensichtlich war ich erfolgreich, säßen *Sie* sonst mit mir in der Gondel?« Du liebe Güte, was erzählte sie da nur?

Er seufzte. »Sie gefallen mir, Signorina Volpato. Aber genau genommen habe ich schon lange, bevor Sie aufgetaucht sind, mit dem Gondoliere verhandelt.« Sein leises Lachen drang wie Kaminwärme unter ihre Haut.

»Nun, wenn Sie *das* Verhandeln nennen möchten?« Jetzt war sie es, die lachen musste.

»Touché! Aber Sie haben recht, gegen Ihre Verhandlungskünste, übrigens auch die Ihres rechten Fußes, ist jeder Mann machtlos.«

»Die Freude an Wortgefechten liegt mir eben im Blut. Ein Tag in meinem Zuhause, und Sie würden die Notwendigkeit dafür verstehen. Übrigens auch die Fußtritte«, erwiderte sie und lächelte ihn dabei entschuldigend an.

»Oh, da lobe ich mir doch meinen Status als Einzelkind. Sie sind wahrlich zu bemitleiden.«

»Ihr Mitleid dürfen Sie gerne behalten. Ich vermute eher, Sie könnten meines gebrauchen. Wer hat für Sie Schmiere gestanden, wenn Sie sich an der Süßigkeitenschublade vergriffen haben? Wer hat andere Kinder ins Gebüsch geschubst, wenn man Ihnen das Spielzeug weggenommen hatte?« Und weil Karneval war und diese Begegnung Orietta in eine seltsam beschwingte Stimmung versetzte, ergänzte sie hinter vorgehaltener Hand: »Und wer ist mit Ihnen bei Nacht durch all die verborgenen Gärten und Gassen Venedigs geschlichen?«

»Verflucht! Meine Eltern haben mich um meine Kindheit gebracht!« Er kapitulierte mit einer theatralischen Geste. Sein gespielter Zorn war herrlich amüsant, und zum wiederholten Mal wünschte sich Orietta, er würde, wenn er schon nicht die Maske noch einmal abnahm, wenigstens die weißen Handschuhe abstreifen und ihr all die kleinen Risse und Fältchen zeigen, die Sonne und Wind in seine Haut gegraben hatten. Sie konnte nicht einmal sein Alter erraten, und je länger sie versuchte, sich die Momentaufnahme von vorhin wieder ins Gedächtnis zu rufen, desto diffuser wurde das Bild. Er hatte eine Unbefangenheit an sich, die sie bisher in Gegenwart eines Mannes nie erlebt hatte, und wenn sie ehrlich war, flehte etwas in ihr förmlich darum, mehr über ihn zu erfahren. Doch da der Karneval eine Zeit der Illusionen und verschwommenen

Identitäten war, besaß sie kein Recht, ihn auszufragen, ganz gleich, wie sehr es ihr missfiel, dass ihre Wege sich in Kürze wieder trennen würden.

»Vielleicht können Sie es mir irgendwann beibringen? Mit Worten zu fechten, meine ich.« Er klang amüsiert.

»Ach, ich fürchte, Sie sind ein hoffnungsloser Fall, so ganz ohne Geschwister und die nötige Übung … Wenden Sie sich lieber einem harmloseren Interessengebiet zu.«

»Wie dem hier?«, fragte er und strich dabei über ihr Glasperlenarmband. Falls ihnen jemand vom Ufer aus zusah, musste man sie für verliebte Turteltauben halten. Verwirrt fragte sie sich, warum sie seine Nähe überhaupt zuließ, und betete zugleich darum, dass niemand sie erkannte. Erst der missglückte Antrag im Amt, dann der Disput mit dem Gondoliere und nun das hier. Eigentlich waren doch eher Flavia und Jacopo die Unruhestifter der Familie.

»Volpato. Eine Glasbläsertochter also … Wie fühlt es sich an, zu einer Familie zu gehören, die solche Meisterwerke erschafft? Deren Kunst in der halben Stadt bekannt ist?«

Sie antwortete nicht. Für einen Moment spürte sie überdeutlich seine Finger, die immer noch über ihr Armband streichelten, als wollten sie sich die Beschaffenheit der Perlen und der darunterliegenden Haut einprägen. Vielleicht würde er sich in ein paar Tagen nach ihr auf die Suche begeben, sie auf Murano ausfindig machen, falls ihm ihre zufällige Begegnung nicht mehr aus dem Sinn gegangen wäre … Doch das war Unsinn – warum sollte er? Sie war bloß ein kleiner Funke in einer Welt voller Feuerwerke. Und selbst wenn er nach ihr suchte, würde er früher oder später erkennen, dass er auch eine Flavia haben konnte, wenn er wollte.

»Hat es Ihnen die Sprache verschlagen, Signorina Volpato?«

Er wanderte mit der Hand vor bis zu ihren Fingerspitzen, stupste dagegen. »Ich fing gerade an, Sie für Ihre Schlagfertigkeit zu bewundern.«

»Tut mir leid, ich war in Gedanken«, sagte sie, und unter dem Vorwand, sich eine Haarsträhne aus dem Gesicht streifen zu müssen, unterbrach sie die zarte Verbindung, die sich zwischen ihnen aufgebaut hatte.

»Noch nie wurde mir auf derart charmante Weise mitgeteilt, dass ich langweilig bin«, entgegnete er, nur gespielt beleidigt, und zog sich ebenfalls von ihr zurück, offenbar um die richtige Balance zwischen aufdringlicher Nähe und höflicher Distanz wiederherzustellen. »Aber schon gut, Schluss mit den biederen Fragen. Ich überlasse gern Ihnen das Feld. Erzählen Sie mir aus Ihrem Leben … alles, was Sie möchten.«

»Nun, ich verrichte unnütze Dinge für unseren Betrieb, weil man mir die wirklich wichtigen Angelegenheiten nicht zutraut.« Er schüttelte ungläubig den Kopf, und sie fuhr zufrieden fort: »In der restlichen Zeit beschäftige ich mich mit Literatur, und ab und an schreibe ich sinnlose Liebesbriefe.«

»Liebesbriefe? Dann schwärmen Sie für jemanden?«

Erleichtert, dass weder Spott noch Unverständnis in seiner Frage mitschwangen, erwiderte sie: »Nein. Aber die jungen Damen aus der Nachbarschaft verzehren sich nach meinem kleinen Bruder. Ich helfe ihnen, ihre Empfindungen in Worte zu fassen, und sorge dafür, dass die Briefchen in der richtigen Jackentasche landen. Ich mache also nicht nur zweckdienlich Gebrauch von meinen Talenten, sondern bessere dabei auch noch meine Finanzen auf.«

»Sie verlangen Geld für Ihre Briefe?« Die Gondel kippte bedrohlich, als er in vorgeblicher Empörung aufsprang. Wie die Schauspieler im Theater übertrieb er seine Rolle, um sie zum

Lachen zu bringen. Nicht einmal der Gondoliere klang wütend, als er ihn ermahnte, das Boot nicht zum Kentern zu bringen.

»Auch Schriftstellerinnen müssen essen! Was erwarten Sie?«, verteidigte sich Orietta glucksend und komplimentierte ihn mit einer Geste zurück auf die Sitzbank. Als er neben sie plumpste, knarzte das Holz, und der Gondoliere stieß ein gequältes »Mamma mia« aus.

»Schreiben Sie denn auch im Namen verzweifelter Junggesellen?«

»Warum? Möchten Sie mich beauftragen?« Sie vermied es, ihm direkt in die Augen zu sehen, denn er hatte sich ihr noch mehr zugewandt. »Dann bräuchte ich Ihre Adresse, außerdem eine Probe Ihrer Handschrift, um sie zu imitieren. Männer sind keine Schönschreiber.«

Er legte lachend den Kopf in den Nacken und rückte seine Maske am Schnabel zurecht. In der Erwartung, er würde sie sich noch einmal vom Gesicht ziehen, wurde ihr Körper ganz starr. Doch nichts geschah.

»Vielleicht muss ich tatsächlich noch auf Ihre Dienste zurückgreifen, Signorina Volpato. Wer weiß, was der Karneval noch alles für mich bereithält. Während der Saison residiere ich im Hotel Palazzo Stern, nicht prunkvoll genug für die Elite der Stadt, aber doch annehmbar für all die Balzacs und die Rimbauds dieser Welt. Kennen Sie es?«

Natürlich kannte sie das Palazzo Stern. Es war gleich um die Ecke, nicht mehr als achthundert Meter von der Rialtobrücke entfernt. Ihre Familie hatte Giovannis Gesellenprüfung auf der Restaurantterrasse gefeiert, direkt am Wasser unter dem Sternenhimmel, mit fünfzig geladenen Gästen und einem gemieteten Streichquartett. Die Haushaltskasse war danach zwar monatelang im Minus gewesen, doch es hatte sich gelohnt, für eine Weile auf unnötige Ausgaben zu verzichten. Giovanni war in die Gemeinschaft aufgenommen worden und zog bereits nach einem Jahr regelmäßig Aufträge an Land. Orietta hatte damals schon nicht genug kriegen können von den Künstlern und Freigeistern, die um sie herum an den Tischen speisten und so ganz anders auftraten als die durchschnittlichen Venezianer.

»Venedig ist also nicht Ihr fester Wohnsitz?«, fragte sie. »Das hätte ich mir denken können. Mir war schon beim Einsteigen in die Gondel klar, dass Sie kein Venezianer sein können, so galant, wie Sie mir die Hand hingehalten haben.«

»Dann kann die klassische Schnabelmaske Sie also gar nicht täuschen?«

»Kein bisschen.« Und eigentlich ergab es auch keinen Sinn, dass er sie noch länger aufbehielt. *Nimm sie doch endlich ab*, flehte sie in Gedanken, doch statt ihre Bitte zu erhören, fixierte er das Kanalufer, an dem sie gemächlich entlangtrieben.

»Ich habe lange hier gelebt, aber anscheinend meinen venezianischen Esprit verloren. Vor zwei Jahren zog es mich dann nach Rom.«

»Und nun sind Sie zurück?« Merda! *Weshalb* sind Sie zurück?, hatte sie fragen wollen. Seine Nähe bewirkte, dass sie wie eine Klatschbase über seinen Familienstand nachdachte. Einzig der Umstand, dass er Handschuhe trug, hielt sie davon ab, auf seinen Ringfinger zu schielen.

»Den Sommer über. Und danach, wer weiß?« Seine dunklen Augen blitzten auf und schenkten ihr einen Blick, der bis auf den Grund ihrer Seele zu dringen schien.

»Manche Dinge darf man getrost dem Schicksal überlassen«, erwiderte sie atemlos, weil sie dem Ausdruck in seinen Augen nicht mehr standhielt.

Er nickte und ließ so die Unterhaltung mit einer nachdenklichen Note enden.

Orietta ertrug es grundsätzlich nur selten, wenn jemand in ihrer Gesellschaft verstummte. Doch in diesem Fall passierte etwas Unerwartetes: Das Schweigen ließ sich nicht nur aushalten, es war sogar … angenehm. Und während das Paddel mit seinem einschläfernden Rhythmus ins Wasser tauchte und wieder daraus hervorbrach, begann sie die Stille als vertraut zu empfinden, als etwas, das sie beide verband, statt Mauern zu errichten. Das Schweigen zwischen ihnen dehnte sich aus, langsam, wie der Nebel in den Novembermonaten, wenn er seinen Schleier über Venedig breitete. Viel zu schnell waren sie an ihrem Ziel angekommen.

Als die Gondel an der Piazzetta anlegte, verstopfte ein Menschenauflauf den Landungssteg und zerstörte mit einem Schlag den Kokon, der sich gerade um sie gesponnen hatte. Die Leute streckten ihnen die Arme entgegen, um sie aus dem Boot zu ziehen, und rasch wie Körner, die durch eine Sanduhr rieselten, füllte sich die Gondel wieder. Hundertmal mehr Beinpaare und Reifröcke als am Morgen trieben nun über die Piazzetta.

»Das ist eine gute Zeit für Taschendiebe«, sagte ihr Begleiter laut über den Lärm der Blaskapellen hinweg. »Werden Sie abgeholt?«

Sie musste über seine Sorge lächeln. Und noch mehr darüber, wie unvorbereitet das samtige Timbre seiner Stimme sie nach dem gemeinsamen Schweigen wieder traf.

»Leider erwartet mich kein Empfangskomitee.« Sie wog ihren Schirm in der Hand. »Aber der hier wird mich schon beschützen.«

»Ich begleite Sie.«

Nun gut. Ihr Blick huschte zu ihrer Schmuckuhr, flog über das Menschengewimmel, und plötzlich kehrte die Vorfreude, die sie den ganzen Morgen angetrieben hatte, mit voller Wucht zurück. *16 Uhr!* Ehe sie den dargebotenen Arm ihrer Bekanntschaft ergreifen und sich bei ihm unterhaken konnte, jagte ein Strom Kinder zwischen ihnen hindurch und brachte Orietta ins Taumeln. Mit einem Mal trieben sie und der Fremde im Gedränge immer weiter auseinander. Während er versuchte, wieder zu ihr aufzuschließen, rief er ihr zu, sie solle ihren Pompadour überprüfen.

»Alles da!« Sie schwenkte ihren Samtbeutel durch die Luft wie zum Zeichen, dass sie sich problemlos allein verteidigen konnte, dann bemühte sie sich ihrerseits, ihn zu erreichen, doch es war einfach kein Durchkommen. Orietta hatte gerade begriffen, dass sie sich wohl entscheiden musste – entweder für den Auftritt von Sibilla Veridiani oder für einen vernünftigen Abschied von ihrer Bekanntschaft –, doch da tauchte er endgültig in der Flut der Passanten unter. Fanfaren, Rasseln und Trommeln – ein ganzes Karnevalsorchester ergoss sich mitten in die Menschenansammlung. Eine Ansage wie aus einem offenen Sprachrohr zerriss die Luft und wiederholte gebetsmühlenartig: »Sibilla Veridiani, salve e benvenuta a Venezia! Sibilla Veridiani …«

»Ich muss leider weiter«, rief Orietta in der Hoffnung, dass er sie noch irgendwie hören konnte. Vielleicht würde er sich wenigstens ihren Familiennamen merken, wenn sie schon seinen nicht erfahren hatte. Gerade als sie sich abwandte, um mit Tausenden anderen zum Platz zu strömen, blitzte das Weiß der Schnabelmaske zwischen zwei Köpfen auf, auf einmal wieder ein ganzes Stück näher. Frisch angespornt, schlängelte sie sich unter Einsatz ihrer Ellbogen an den Umstehenden vorbei auf die Maske zu. Obwohl sie nicht wusste, warum ein Teil von ihr darauf bestand, diesem flüchtigen Bekannten Lebewohl zu sagen, konnte sie sich auch nicht dazu bringen abzudrehen. Ein letzter Versuch – wenn sie ihn jetzt nicht fand, würde sie aufgeben und mit gerafften Röcken zum Markusplatz eilen.

»Signorina Volpato!« Seine Stimme erreichte sie, ehe sie seine Gestalt ausgemacht hatte.

Als er schließlich endlich wieder vor ihr stand, sagte sie: »Orietta. Ich heiße Orietta.« Sie hörte selbst, wie atemlos sie klang.

»Salem Effendi.« Er schüttelte ihr die Hand, statt ihr in allgemein üblicher Galanterie den Handrücken zu küssen. Die Geste fühlte sich an wie das Schließen eines Pakts und entsprach eher dem Verhaltenskodex unter Männern, was Orietta aus irgendeinem Grund freute. Mit jeder Sekunde, die sie hier standen, verpasste sie etwas von der sehnlichst erwarteten Parade, das wussten sie beide, doch aus irgendeinem Grund verharrten sie an Ort und Stelle.

»Es war schön, Sie kennenzulernen, aber ich darf Sie nicht länger hier festhalten …«, sagte er.

»Ja.« Ihre Lider flatterten. »Leben Sie wohl, Salem.« Seinen Vornamen auszusprechen, fühlte sich unerhört intim an, aber schien der Situation dennoch nicht unangemessen.

»Sie ebenfalls, Orietta. Und vielen Dank für die Fahrt. Ich bin Ihnen etwas schuldig.«

Sie winkte ab und verstaute seinen Namen zusammen mit der ganzen Begegnung in einer geistigen Truhe, deren Schloss sie sich versprach, erst wieder aufschnappen zu lassen, wenn sie ihre Mission beendet hatte.

»Auf bald?«, fragte er.

»Auf bald«, erwiderte sie, und dann warf sie sich ins Getümmel.

Sowohl nach vorn als auch seitwärts versperrten ihr die anderen Zuschauer die Sicht, sodass sie die vorbeifahrenden Karnevalswagen zwar hörte, aber nicht sah. Orietta musste sich eingestehen, dass sie den Zustrom an Menschen unterschätzt hatte und ihre Versuche, in die erste Reihe zu gelangen, besser aufgab, um stattdessen nach ihrer Familie Ausschau zu halten. So wie sie ihre Mutter und die Schwester kannte, hatten die beiden sich an den Rand der Menschentraube geflüchtet, um dem Schieben und Zerren zu entgehen. Und vielleicht hatte Flavia auch gleich einen netten jungen Mann dazu überredet, ihnen zwei Stühle zu bringen, auf die sie sich stellen und von wo aus sie das Spektakel bequem überblicken konnten.

Zudem musste man sich fragen, wie es bei diesem Auflauf zugehen sollte, dass die umjubelte Sibilla Veridiani eine Karte in die Menge warf, ohne dass es zu Verletzten kam. Also schlängelte sich Orietta durch das Chaos, bis sie abseits vom Zentrum des Platzes inmitten einer zehnköpfigen Gruppe Heranwachsender ihren Platz auf einer Hebebühne fand, auf der am Morgen wohl ein Orchester gespielt hatte. Inzwischen war der rote Stoffboden vollständig von Fußabdrücken verdreckt. Wie kleine Soldaten verteidigten die Jungen ihren kostbaren Ausguck gegen Fremde und halfen ihr nur deshalb hinauf, weil sie ihr Armband zerriss und ihnen im Gegenzug die Glasperlen anbot. Nun endlich sah sie das Fußvolk, das die Parade anführte.

Jongleure standen einander auf den Schultern und hielten acht Bälle gleichzeitig in der Luft, während sie sich vorwärtsbewegten. Als Pfauen verkleidete Tänzerinnen führten eine

Nummer mit Reifen, Bändern und lebenden Affen auf. Und zwischen all dem Trubel schritten Marschkapellen voran und heizten die Stimmung immer weiter an. Doch am meisten überwältigten Orietta die fahrenden Wagen, die als Flotte aus nachgebauten Gondeln majestätisch über den Platz zu schweben schienen. Schwarz gestrichene Holzpaneele bildeten die gebogene Form nach, schlanke Fahnenmasten reichten von der Stehfläche hoch in den Himmel und hielten das Gewicht daran auf- und abkletternder Narren. Zwischen all den Akrobaten, die auf den Geländern umherturnten und Kunststücke vollführten, zuckte Oriettas Blick orientierungslos umher, bis sie mit einem Mal die einheitlich kostümierte Entourage von Sibilla Veridiani ausmachen konnte. Das Gefolge hatte sich im Herzen des Zuges auf einem eigenen Wagen gesammelt und stand, die Hände auf der Brüstung, vollkommen still. Hinter den weißen Masken blickten die Augen erhaben von oben auf die Menge herab. In ihrer Mitte saß die Salonnière auf einem Thron, der einer Königin würdig gewesen wäre. Das weite Gewand, aus dem nur ihr Kopf herauszuschauen schien, schimmerte golden und reflektierte das Licht. Ihr mittig gescheiteltes dunkles Haar war zu einem strengen Knoten im Nacken gefasst, und auf ihrem Haupt trug sie tatsächlich eine Krone, die mindestens fünfzig Zentimeter in die Höhe ragte und keinen Zweifel an der Wichtigkeit ihrer Trägerin ließ. Und in jener Stadt, wo sonst beim geringsten Anlass von Blasphemie gesprochen wurde, jubelten nun alle einer als Päpstin verkleideten Salonlöwin zu. Diese Frau durfte sich wirklich alles erlauben. *Wie aufregend!*

Sosehr Orietta diesen Moment auch herbeigesehnt hatte, erkannte sie doch jetzt, wie wenig sie in der Lage gewesen war, sich Sibilla Veridianis Wirkung auf die Massen vorzustellen.

Die Salondame bewegte die strengsten Gemüter und entlockte selbst dem missmutigsten Griesgram ein Lächeln. Sie war nicht bloß eine bekannte Adelige, die in die Stadt einzog, sondern der reife Apfel der Versuchung – und die Venezianer bissen beherzt zu.

Von der allgemeinen Euphorie ergriffen, steckte Orietta sich zwei Finger in den Mund und pfiff laut. Die Jungsbande um sie herum stimmte ein, und gemeinsam klatschten und johlten sie, bis Sibilla Veridiani ihre Rede begann, in der sie sich und ihren Literaturzirkel vorstellte. Der ganze, zuvor so turbulente Platz verstummte auf einen Schlag, und alles stand still. Orietta lauschte den aufregenden Worten und ließ den Blick über die gebannte Menschenmenge schweifen, denn jetzt, wo niemand mehr die Hand in die Höhe reckte, hatte sie eine gute Chance, Flavias blonden Schopf im Publikum auszumachen.

So schwer es ihr auch fiel, ihr Idol aus den Augen zu lassen, sie wandte sich von der Szenerie ab. Damenhut für Damenhut, Zylinder für Zylinder, begann sie von außen nach innen und von vorne nach hinten die Reihen zu durchforsten, bis sie Flavia endlich entdeckt hatte. Sie stieß einem der Jungen in die Seite, damit er ihr von der Bühne half, und warf ihm mit einem Augenzwinkern die restlichen Perlen zu, dann tauchte sie wieder in die Masse ein. Diesmal schlüpfte sie rasch und mit viel weniger Anstrengung als vorher hindurch. Statt abgedrängt zu werden, wurde sie eher noch angeschoben, denn solange die Veridiani sprach, wollte sich niemand mit der kurzen Störung, die Orietta verursachte, befassen.

Sie war wie die Fliege am Auge einer Kuh – in einem Moment da, im nächsten schon wieder weg.

»Flavia!« Sie drehte ihre Schwester an der Schulter zu sich

herum. Diese hob schon drohend ihre Beuteltasche, den Mund zu einer Schimpftirade aufgerissen, als sie plötzlich erkannte, dass es Orietta war, die sie so grob gepackt hatte, und kein ungewollter Verehrer. Sofort verrauchte ihr Zorn, und Belustigung zupfte an den stets nach oben weisenden Mundwinkeln.

»Da bist du ja wieder! Hat alles geklappt?«, fragte Flavia. »Ist die Stadtverwaltung noch intakt?« Und ihr Blick schien hinzuzufügen: *Oder hast du die Palazzi samt ihrer Beamten in Flammen aufgehen lassen?*

Orietta wünschte, sie hätte bessere Nachrichten für ihre Schwester, doch dazu war jetzt keine Zeit. Stattdessen platzte sie mit dem viel dringlicheren Thema heraus: »Die Karte. Ich befürchte, sie wird gar nicht ins Publikum geworfen!«

»Sondern?« Flavia schüttelte leicht den Kopf, doch da verkündete die Veridiani es auch schon selbst: »Die Karte liegt im Wahrzeichen Venedigs versteckt.«

Gehetzt starrten sie einander an.

»Was soll das bedeuten, im Wahrzeichen Venedigs? Ich dachte, sie würde die Karte wie ein Bonbon in die Menge schmeißen? Stand das nicht auf dem Aushang?« Flavia war ernsthaft verwirrt.

»Ja, das stimmt«, erwiderte Orietta. »Aber da waren noch mehr angepinnte Zettel, nur dachte ich gestern im Rausch der Aufregung, sie wären unwichtig. Ich habe mich ausschließlich auf die Mitteilung über Sibilla Veridiani konzentriert.« Sie seufzte, und Flavia ließ den Kopf hängen.

»Nicht schmollen, Kinder, überlegen wir lieber, was das Wahrzeichen Venedigs sein könnte«, sagte ihre Mutter, die sich nun ebenfalls einschaltete.

Anders als erwartet flankierten die Dal Corsos sie nicht länger. Auch in der Nähe standen sie nicht. Merkwürdig, sie waren gar nicht mehr da! Oriettas mulmiges Gefühl bezüglich der Karte verdreifachte sich.

»Der Dogenpalast«, riet Flavia wild drauf los.

»Gondeln.« Orietta steuerte zwar eine Spekulation bei, war jedoch mit ihren Gedanken wieder bei den Zetteln im Schaukasten. Die Mitteilung über Veridianis Ankunft war halb von einem anderen Schnipsel verdeckt gewesen. Was hatte noch darauf gestanden?

Nun schlug sich ihre Mutter ganz undamenhaft gegen die Stirn: »Glas natürlich!«

Flavia riss entsetzt die Augen auf. »Meint ihr, die Karte befindet sich auf Murano?«

»Wer ist das Wahrzeichen der Stadt, wenn nicht *wir*?«

Nein, zu kompliziert. Auch wenn ihre Mutter das Familienhandwerk für die Lebensader Venedigs hielt, würde eine Salondame vom Festland das sicher anders sehen. Sie schickte doch nicht die halbe Stadt für eine Schnitzeljagd über den Kanal, das nähme ihr ja jegliche Möglichkeit, der Schatzsuche beizuwohnen.

»Wir sollten uns in Bewegung setzen«, sagte Orietta. »Der Platz leert sich bereits.« Sie hingegen standen immer noch wie einzementiert zusammen.

»Ich fahre nach Murano.« Ihre Mutter tat so, als hätte sie das Rätsel gelöst, also ließ Orietta sie ziehen.

»Und wo soll ich suchen?« Flavia folgte Orietta im Stechschritt zu den Arkaden der Prokuratien.

»Erklär mich bitte nicht verrückt, aber auf einem der Zettel am Campo stand: *Im Casino Venier spielen sie am Donnerstag mit besonderen Karten.* Ich halte das für einen Hinweis.« Siedend heiß war ihr gerade alles wieder eingefallen.

»Du denkst, damit ist die Einladungskarte gemeint? Aber

vielleicht werden heute auch einfach nur andere Decks ausgeteilt, kunstvolle Spezialanfertigungen zu Ehren des Karnevals? Was, wenn du mit deiner Vermutung falschliegst?«

»Herrgott, dann weiß ich es auch nicht! Aber wir sollten zumindest nachschauen, oder besser: *Ich* sollte nachschauen!« Orietta kratzte sich an der Stelle unter dem Kinn, wo ihr Hutband saß und die Haut schon seit Stunden juckte, dann zerrte sie die Schleife auseinander und riss sich das Gebilde vom Kopf. Obwohl die Versuchung groß war, sich des Monstrums einfach in einem der Kanäle zu entledigen, klemmte sie sich den Hut unter die Achsel und schleppte ihn mit.

Als sie nun beherzt gegen die Tür des Casinos hämmerte und ihr ein Auge durch den Türspion entgegenspähte, fühlte sie sich sofort in dem Entschluss bestärkt, dass sie Flavia unmöglich mit gutem Gewissen ins Casino Venier spazieren lassen konnte. Wenn jemand ging, dann sie selbst.

»Soll ich deinen Hut halten?«, fragte Flavia, und Orietta drückte ihn ihr in die Hand. »Allerdings kann ich Hüte halten und gleichzeitig gehen, wusstest du das? Dich hineinzubegleiten wäre also kein Umstand.«

Orietta lächelte gequält. »Das ist es nicht. Als ältere Schwester sehe ich es einfach als meine Pflicht, dich vor dem Bild, das dich da drinnen erwartet, zu beschützen. Sie nennen es zwar *die literarischen Salons Venedigs*, aber in Wirklichkeit ist es der Treffpunkt für schlüpfrige Begegnungen und maßlose Saufgelage. Das willst du nicht sehen.« Auch Orietta begab sich nur ungern dorthin, wo die Leute halbnackt tanzten, über das Theater schwadronierten, und auf oberflächlichem Niveau die Philosophien diskutierten, die von Frankreich herüberschwappten. Und wo ihre Brüder immer öfter dem Reiz des Glücksspiels erlagen. Aber ihr blieb keine andere Wahl. Mit einem gut gemeinten »Beeil dich« schickte Flavia sie hinein, und als sie einander nach einer Weile draußen wieder gegenüberstanden, war ihr Gesicht so hoffnungsfroh, dass Orietta es kaum wagte, ihr den Irrtum einzugestehen. Betreten schüttelte sie den Kopf.

»Merda!«, fluchte ihre Schwester. »Und was nun? Suchen wir weiter? Wo könnte sie sonst sein?«

Orietta schwirrte der Schädel. Sie zwang sich, die Augen zu schließen und tief durchzuatmen. »Wo sind eigentlich die Dal Corsos? Wir könnten ein wenig Mithilfe gebrauchen. Aber es scheint ganz so, als hätten sie die Parade verpasst.«

Flavia zuckte mit der Schulter. »Donna Clarissima musste sich nach dem Engelsflug wegen plötzlicher Übelkeit verabschieden. Die Erinnerung an ihren umgekommenen Vorfahren machte ihr angeblich zu schaffen, und Prudentia war so selbstlos, ihre Mutter zu begleiten. Frag mich nicht, wohin Natalina und Amalia verschwunden sind.«

»Der Engelsflug«, zischte Orietta und ergriff die Schultern ihrer Schwester. Plötzlich rasteten die losen Stücke ineinander ein und formten ein sinnvolles Ganzes. »Er ist hinaufgeklettert und hat die Karte ins Glockenzimmer gelegt.«

Flavia warf ihr einen halb belustigten, halb besorgten Blick zu. »In welchem Wahn du dich gerade auch immer befindest, wir sollten wirklich über realistischere Ablageorte nachdenken.«

»Der Campanile«, beharrte Orietta. »Komm mit, ich erkläre es dir!«

Die Suche nach der Ballkarte hatte die ganze Stadt in Aufregung versetzt. Menschen rannten durch die Gassen, um möglichst schnell alle Sehenswürdigkeiten Venedigs abzuklappern.

Und obwohl Orietta es sich gewünscht hätte, waren sie nicht die Einzigen, die in der Loggia am Fuße des Campanile in den Aufzug stiegen und die hundert Meter nach oben fuhren – Damen aller sozialen Schichten sowie vereinzelte Herren hielten sich die Seite oder lehnten sich keuchend gegen die Aufzugwände. Als es endlich so weit war, dass sie das Turmzimmer betreten konnten, kamen ihnen schon enttäuschte Gesichter entgegen. Aber davon wollte Orietta sich noch nicht entmutigen lassen.

Dicht über ihren Köpfen schwang der schwere Klöppel der Glocken, und Orietta duckte sich, während sie die Ecken abging, die Finger ins Gemäuer stieß und die rauen Wände nach einem lockeren Stein abtastete. Beim Hereinkommen war ihr Blick bereits erfolglos über den Boden geschweift, nun wurde sie auch in den Fensterrahmen nicht fündig. Erst als einige ihrer Mitstreiterinnen seufzend aufgaben, ließ auch sie die Schultern hängen.

»Ich weiß nicht, ob das als Einladung zählt, aber ich habe eine Feder gefunden«, flüsterte Flavia ihr ins Ohr und sah sich hektisch um, ob sie beobachtet wurden.

»Wahrscheinlich von den Tauben«, murmelte Orietta.

»Die hier ist aber lila!« Plüschig und so lang wie ihr Unterarm, schien die Feder Teil der Dekoration eines Damenhutes zu sein. Einige der Anwesenden konnten sie verloren haben, Orietta selbst meinte purpurfarbene Federn in ihrem Gesteck sowie in dem der Dal-Corso-Töchter, zumindest dem von Prudentia, bemerkt zu haben. Der Gedanke, dass sie vor ihnen hierhergefunden und die Karte an sich genommen hatte, lag im Bereich des Möglichen, auch wenn Orietta ihr diese Raffinesse eigentlich nicht zutraute. Nicht einmal sie selbst war bei »Wahrzeichen Venedigs« sogleich auf den Glockenturm gekommen, andererseits hatte sie sich auch von dem Zettel im Schaukasten fehlleiten lassen. Nun, nachdem sie im Casino gewesen war, konnte sie bezeugen, dass dort *nicht* mit besonderen Karten gespielt wurde – der Schankmeister hatte keine Ahnung gehabt, wovon sie überhaupt redete.

Die dringlichste Frage, abgesehen von dem irreführenden Zettel, blieb jedoch, warum Prudentia nicht auf den Hinweis angesprungen war. Hatte sie nicht ebenso vor dem offiziellen Karnevalsbeginn im Schaukasten nach Neuigkeiten bezüglich Veridiani gesucht? Sonst war sie doch immer die Erste, die über alle neuen Gerüchte Bescheid wusste. Aber wahrscheinlich hatte sie den Hinweis gar nicht als solchen erkannt. Falls sie wirklich die Karte ergattert hatte, dann vielleicht durch eine Freundin aus der Oberschicht, die ihr das Versteck verraten hatte.

Mit einem Mal, während Flavia noch immer die Feder zwischen den Fingern drehte und wendete, erschloss sich Orietta die Lösung: Der falsche Hinweis im Schaukasten musste von den Dal Corsos dorthin gehängt worden sein! Und statt ihre Kenntnis vom wahren Versteck der Karte mit der Nachbarschaft zu teilen, hatten sie eine falsche Fährte gelegt, um auch ja alle Mitstreiterinnen auszustechen, die ihnen gefährlich werden konnten. Orietta wusste nicht, was sie von der List halten sollte. Zwischen der Frage, wie sie Flavia mitteilen sollte, dass ihre beste Freundin sie hereingelegt hatte, und der Erkenntnis, dass es ohnehin keine Rolle spielte, weil ihre Schwester vermutlich als Prudentias Begleitung ausgewählt werden würde, kam Orietta zu dem Schluss, es für den Moment gut sein zu lassen. »Wenigstens haben wir es versucht«, sagte sie matt, nahm ihrer Schwester die Feder ab und steckte sie ihr in den Hut.

»Ich hätte es uns gegönnt«, schmollte Flavia. »Jetzt, wo die Chance verstrichen ist, wäre ich doch sehr gerne zum Ball gegangen. Denk nur an die üppigen Kostüme, das königliche Büfett, die Tänze!«

»Die illustre Gesellschaft«, seufzte Orietta und wandte sich zu einer der Bogenfensterfronten, die zu allen Seiten hin in das Glockengeschoss eingelassen waren. Flavia folgte ihr, und gemeinsam trösteten sie sich mit einem Ausblick, wie sie ihn nie zuvor gesehen hatten: ein Venedig ohne Kanäle. Lediglich die roten Dächer der Altstadt drängten sich von hier oben Ziegel für Ziegel aneinander, wie hungrige Kätzchen an den Bauch ihrer Mutter. So weit in den Wolken, auf dem höchsten Gebäude Venedigs, erlaubte sich Orietta endlich einmal zu verschnaufen und die Geschehnisse, die sie hierher gebracht hatten, Revue passieren zu lassen.

Was für ein Tag!

Als Flavia ihr Kinn auf die Schulter ihrer Schwester stützte und ihre Finger mit Oriettas verschränkte, waren sie für eine Weile nicht mehr die Handwerkstöchter, die eine gute Partie machen mussten, sondern bloß zwei Schwestern, die sich von einem spannenden Abenteuer erholten.

Viel zu schnell ertönten die renghiera und die mezza terza gemeinsam, um die siebzehnte Stunde einzuläuten, und Orietta und Flavia stürmten, die Hände auf ihre Ohren gepresst, aus dem Zimmer, um eine Erfahrung, aber auch um einen unangenehmen Verdacht reicher.

Ob sich dieser bestätigte, würde der nächste Tag zeigen.

Kapitel 6

Die Enttäuschung traf Orietta mit voller Wucht zu Hause, als ihre Mutter, die bereits am Fenster auf sie beide wartete, nicht glauben wollte, dass ihre älteste Tochter mit leeren Taschen zurückgekehrt war. Erst nachdem die auf links gedrehten Pompadours bestätigten, dass sie die Karte nicht irgendwo verbarg, um später mit der freudigen Nachricht herauszuplatzen, schien ihre Mutter es zu begreifen. Eine Hand auf die Brust gepresst, suchte sie mit der anderen in der Luft nach Halt, und obwohl sie niemandem Vorwürfe machte, war es später nicht ihr üblicher liebevoller Gute-Nacht-Gruß, der Orietta hinauf in ihr Zimmer begleitete, sondern die Bestürzung auf ihrem Gesicht, die sie nicht rasch genug hatte kaschieren können.

Wie von unsichtbarer Hand getrieben, räumte Orietta Schubladen und Wandverstecke leer, bis sie all die alten Schriftstücke gefunden hatte, die von ihren Träumen zeugten, wie es wohl wäre, Mitglied im literarischen Zirkel der Veridiani zu sein. Neben einer philosophischen Gedankensammlung, politisch angehauchten Essays und tiefgründigen Tagebucheinträgen fand sie unter den Unterlagen auch einen Stoß Papiere, der ihre Pläne zur Umsatzsteigerung enthielt und die sie vorgehabt hatte, dem Vater in einer günstigen Stunde zu zeigen. Nun zerknüllte sie alles und riss die Blätter eins nach dem anderen in winzig kleine Fetzen. Obwohl sie körperlich erschöpft war, tat sie im Bett noch lange kein Auge zu, weil die Eindrücke des Tages sie einfach nicht loslassen mochten.

Am Morgen nach dem Misserfolg auf dem Campanile fiel es Orietta schwer, aus den Federn zu kommen. Ihre Auseinandersetzung mit Signor Bruno, die verpasste Chance auf die Karte, ihre zufällige Begegnung mit Salem, den sie vermutlich nie wiedersehen würde – all das machte ihr schlechte Laune und fesselte sie förmlich ans Bett. Geflissentlich ignorierte sie den üblichen Krach, den ihre Familie am Frühstückstisch veranstaltete, und verkroch sich tiefer unter die Decke, bis sie wieder eingeschlafen war. Als sie schließlich am späten Mittag vom grellen Tageslicht geweckt aus dem Zimmer stolperte, stieß ihr Fuß gegen einen mit Käse, Speck, Ei und Tomaten beladenen Frühstücksteller. Im Henkel der ebenfalls dort wartenden Kaffeetasse steckte eine zusammengerollte Notiz – von Giovanni, wie sie überrascht registrierte.

Der Laden braucht dich heute. Vielleicht kannst du unserem lieben Onkel noch ein paar Verkaufstricks beibringen, während ich mit den Kindern des Ospedale della Pièta eine Führung durch die Werkstatt mache. – Gio.

Sie starrte die hingekritzelten Zeilen an, als entstammten die Worte einer noch unentdeckten Sprache. Noch nie hatte ihr Bruder sie um Hilfe gebeten und ihr erst recht kein Frühstück zubereitet. An die Stelle der Niedergeschlagenheit, die sie so lange im Bett gehalten hatte, trat freudige Wärme. Auch wenn Giovanni seine Bitte als Aufforderung formuliert hatte und diese Nachricht auf den ersten Blick wenig mitfühlend erschien, erkannte Orietta darin deutlich die Fürsorge ihres großen Bruders. Der Speck log nicht. Er hatte ihr diese Notiz dagelassen, weil er sich um sie sorgte. Sicher hatte Flavia ihm von der misslungenen Jagd nach der Karte erzählt, und weil er Orietta besser kannte als die meisten anderen, gab er ihr etwas zu tun, damit sie nicht in ihrem Selbstmitleid versank. Und natürlich funktionierte es.

Orietta kleidete sich in Windeseile zwischen halb gekauten Bissen und großen Schlucken erkalteten Kaffees an. Unten begegnete ihr niemand außer die Wohnzimmermöbel, die abgerückt von der Wand darauf harrten, dass ihre Mutter zurückkehrte und dahinter Staub wischte. Zwei Gardinen trockneten ausgebreitet über den Stühlen, während der Rest halb heruntergerissen vor den Fenstern baumelte. In den Schlafzimmern ihrer Geschwister standen mit Sicherheit die Matratzen hochkant zum Auslüften. Und ein Blick in die Küche bestätigte, dass sich sämtliche Geschirrteile, die sie besaßen, auf dem Abtropfgitter neben der Spüle befanden. Es stank nach Essig und Silberpolitur, gemischt mit dem süßen Duft nach geschmolzenem Zucker. Ein Brocken Karamell hatte sich in der Pfanne festgebissen und würde sich im Leben nicht mehr herauslösen lassen.

Arme Mamma. Sie traf die verlorene Chance wohl am meisten.

Orietta war kurz davor, ihr wie selbstverständlich zur Hand zu gehen, als ihr plötzlich einfiel, woher die Neigung, negative Gefühle mit blinder Arbeitswut zu kompensieren, mit der Giovanni sie so zuverlässig aus dem Zimmer gelockt hatte, eigentlich stammte. Und so überließ sie es der Mutter, sich an dem Zuckerbrocken in der Pfanne auszutoben, und kümmerte sich stattdessen darum, ihren Privatunterricht für den Tag abzusagen. In die bequemen Schnürstiefel mit dem flachen Absatz geschlüpft, auf denen sie es stundenlang ohne Fußschmerzen aushielt, ging sie wenig später in den Laden, wo allein schon die am Verkaufstresen lehnende Gestalt ihres Onkels genügte, um ihren gewohnten Elan wieder heraufzubeschwören.

Ihr Onkel Agostino freute sich über ihren ungeplanten Besuch, auch wenn er nicht so recht zu wissen schien, was er nun mit ihr anfangen sollte. Sie begrüßte ihn mit zwei Küsschen links und rechts, er fragte sie auf Französisch nach ihrem Befinden, als wollte er überprüfen, ob sie auch fleißig Lernfortschritte machte, verhehlte dabei aber nicht, dass er seine eigenen Kenntnisse bloß vorschützte. Im Gegenteil, sein dicker venezianischer Akzent und das schelmische Lächeln wiesen ihn als den Witzbold aus, der er von Natur aus war. Hielten sich Kunden in der Nähe auf, spielte er hingegen stets den ernsten, fachmännischen Verkäufer. Es hatte lange Zeit gedauert, bis Orietta ihn so weit hatte, dass er sie tatsächlich mitarbeiten ließ. Bevor er sie mit einer neuen Aufgabe betraute, kniff er immer wieder prüfend ein Auge zu, als müsste er gut abwägen, ob sie überhaupt dazu in der Lage war, seine Anforderungen zu erfüllen.

»Räum das mal dorthin, bitte«, sagte er nun und beugte sich über das dicke Buch mit den Bestellungen. Gemeint war eine Schaufenstervase, die ein Kunde zum Tresen geschleppt hatte, um zu verdeutlichen, welche Auftragsarbeit er sich von Jacopo wünschte.

Obwohl Orietta die Anweisungen allmählich auf die

Nerven fielen – schließlich erkannte sie von allein, welche Arbeiten wann anfielen –, hatte sie ihren Onkel zu gern, um ihm nicht die Handgriffe und kleinen Laufwege abzunehmen, also machte sie sich nützlich. In ihren Armen steckte mehr Kraft als in denen von Don Agostino. Die vielen Jahre an den Öfen sowie eine Handvoll kleinerer und größerer Schicksalsschläge hatten ihn vorzeitig altern lassen. Er war zwar jünger als ihr Vater, hatte aber im Gegensatz zu ihm keine Ehefrau, die ihm den Haushalt abnahm. Seine einzige und wahre Liebe, Maria, war einst samt Säugling im Kindsbett gestorben, und seitdem hatte er nie wieder eine Heirat, geschweige denn Nachwuchs in Erwägung gezogen.

Orietta prüfte verstohlen, ob er ihr beim Staubwischen zusah, und als das nicht der Fall war, legte sie den Wedel beiseite und stellte eines der Schmuckkästchen, die weiter hinten im Laden auf einem Tischchen versauerten, neben die Vasen vorne ins Schaufenster, wo Papierschlangen, Konfetti und Masken den Karnevalsgeist beschworen. Jetzt, zur Saison, würden die kristallenen Ohrringe, Broschen und Colliers, die man so gut zu Kostümen kombinieren konnte, reißenden Absatz finden. Orietta fragte sich, warum ihr Onkel nicht selbst darauf gekommen war.

Von ihrem Arrangement überzeugt, holte sie weitere Schatullen und drapierte sie in der Auslage, doch dann ließ die erregte Stimme eines wütenden Kunden sie innehalten. Am Kassentresen lauschte Don Agostino konzentriert der Beschwerde, während er mit dem Finger die Risse im Glas der mitgebrachten Urne nachfuhr. Die dunklen, sich ausdehnenden Flecken unter seinen Achseln verrieten seine unterschwellige Hilflosigkeit. Kein Wunder – unzufriedene oder gar wütende Kunden sah dieses Geschäft eigentlich nie. Mit einer

Schaufenstervase in der Hand schob Orietta sich näher heran, um besser hören zu können, worum es ging.

»Wann haben Sie die gekauft?«, fragte ihr Onkel gerade und kratzte sich an der hohen Denkerstirn, die unter dem Licht der Deckenlüster verräterisch glänzte.

»Vor drei Monaten.«

»Warum kommen Sie erst jetzt?«

»Die Urne wurde uns geliefert. Aus Angst, dass sie Schaden nehmen könnte, haben wir sie bis zu ihrem Einsatz in der Verpackung gelassen, nur um festzustellen, dass das teure Ding von Anfang an einen Sprung hatte. Wie sollen wir unseren Pepe beisetzen, wenn das Gefäß fehlt?« Die Stimme des Mannes kippte mit einem Mal. Plötzlich schlug er mit der Faust auf den Tresen und warf der Vetreria Volpato Schlampigkeit vor. Sein Gezeter versetzte den ganzen Laden in Aufruhr, und Kunden, die still und leise vor sich hin gebummelt hatten, stellten nun ihre ausgespähten Glasobjekte zurück und flohen ins Freie.

»Ich erwarte, dass der Schaden innerhalb der nächsten Stunde behoben ist! Pepes Einäscherung ist bereits morgen.«

Orietta biss sich auf die Lippe. Die Art, wie er über den Verstorbenen sprach, weckte in ihr den Eindruck, es müsse sich um ein kleines Kind handeln. Sein Schicksal ging ihr nahe, dennoch wusste selbst sie – und sie beherrschte nicht die nötige Kenntnis über verschiedene Glastechniken –, dass der Riss höchstwahrscheinlich irreparabel war.

»Den Schaden beheben?« Ihr Onkel schüttelte den Kopf. »Unmöglich. Wir können Ihnen die Urne aber mit einem fast identischen Exemplar ersetzen.«

»Ausgeschlossen. Es muss genau diese Urne sein. Meine Frau hat sie ausgewählt, und Pepe war ihr Ein und Alles.« Der Mann stützte sich mit beiden Händen auf den Tresen, wie um seinen Worten mehr Nachdruck zu verleihen. »Schmelzen Sie das Glas ein, und fertigen Sie das gute Stück gefälligst von Neuem an!«

Ihr Onkel musste schlucken, und auch Orietta wusste nicht, ob sich die Forderung des Kunden umsetzen ließ, doch falls dem so war, würde der Vorgang wahrscheinlich den ganzen Tag dauern, je nachdem, welcher Volpato sich an die Arbeit machte. Die zehn Garzonetti, die hauptsächlich ihrem Vater zuarbeiteten waren am schnellsten. Sie trainierten neben der Arbeit gemeinsam als Rudermannschaft und agierten auch am Arbeitsplatz als eingespielte Truppe. Jeder Helfer wusste exakt, welches Werkzeug er wann wohin legen sollte, wem er aus dem Weg treten und wem beherzt unter die Arme greifen musste. Sie erhitzten das Glas im Ofen gestaffelt vor und reichten ihrem Maestro die langen Stäbe abwechselnd an, sodass dieser auf seinem scagno sitzend mehrere Objekte gleichzeitig modellieren konnte.

Fatto alla prima, nannte man das.

Oriettas Vater erhitzte seine kleineren Arbeiten nur einmal im Brennofen, bevor er sie fertigstellte, nicht in mehreren Durchgängen wie die meisten anderen. Er benötigte auch weniger Testläufe als Giovanni und sparte dadurch wertvolle Zeit. Leider – oder glücklicherweise, je nachdem von welcher Seite aus man es betrachtete – hatte seine Leistung einen beträchtlichen Haken: Emilio Volpatos Produkte spielten in einer Preisklasse, die sich nur die Reichen leisten konnten, daher quollen seine Regale am Ende eines Monats über, während die von Jacopo restlos ausverkauft waren.

Im Akkord modellierte ihr kleiner Bruder bis zum Mittag die schnell verkäuflichen, simpleren Artikel wie Glasperlen, Briefbeschwerer und Kerzenuntersetzer, bevor er nach einer ausgedehnten Pause in den späten Abendstunden erneut loslegte und seine Magie an den Unikaten wirkte. Niemand durfte ihm zuschauen, wenn er im Rahmen eines neuen Auftrags wieder an einem Einzelstück werkelte und seiner Kreation Leben einhauchte. Orietta wusste nicht einmal, ob er wenigstens einen eigenen Garzonetto dafür hatte, der ihm bei der Herstellung half, oder ob er wirklich die ganze Arbeit allein machte, doch es gab Phasen, während derer er sich für den Schaffensprozess so sehr zurückzog, dass keiner ihn mehr zu Gesicht bekam. Nur Flavias Gesellschaft, die ihm spätabends sein Essen brachte, duldete er.

Ihre Eltern zogen ihn damit auf, dass er wohl neben den Öfen schlief, aber Orietta vermutete, dass er sich ein kleines Zimmer im Nebengebäude gemietet hatte, wo er fernab vom Familientrubel seinen Schlaf nachholen, und – wer wusste es schon – vielleicht auch Damenbesuch empfangen konnte. Kurz gesagt, es würde sich nicht für die Familie rentieren, die Urne noch einmal neu herzustellen; ihnen war besser damit geholfen, wenn der Kunde sich einfach aus dem gegenwärtigen Bestand ein neues Modell aussuchte.

Um die Autorität ihres Onkels vor dem Kunden nicht zu untergraben, mischte sich Orietta nicht offen ein, sondern gab von den Schaufenstern aus hektisch Handzeichen. Doch solange Don Agostino die Unterseite des ramponierten Stücks studierte, schien er sie nicht zu bemerken. Als er die eingravierten Initialen gefunden hatte, murmelte er verwundert: »Jacopo«, und Orietta fuhr innerlich zusammen. Natürlich wussten sie alle, dass irgendwann der Tag hatte kommen müssen, an dem eine von Jacos Arbeiten die Käufer enttäuschte, doch dass es schon so bald war, hätte sich niemand auch nur träumen lassen.

Nun hielt sie es nicht mehr aus und wanderte unauffällig mit der abgestaubten Schaufenstervase in den Händen zum Verkaufstresen hinüber. Dass die zusammengezogenen Brauen ihres Onkels ihr bedeuteten, schleunigst wieder in den Hintergrund zu treten, störte sie dabei herzlich wenig. Sie stellte die Vase neben der Kasse ab, stupste dabei absichtlich den Kunden mit dem Ellbogen an und tat so, als würde sie erst jetzt seiner Anwesenheit gewahr. »Verzeihung«, flötete sie. »Ich war so vertieft ...«

Die schwellende Ader auf der Stirn ihres Onkels warnte sie davor, den Bogen ja nicht zu überspannen. Unter seiner Führung war der Kunde noch König – Orietta kannte die alte Leier zu Genüge –, doch für sie galt das Prinzip des gegenseitigen Respekts. Sie war stets zuvorkommend, allerdings nur so lange, wie ein Kunde nicht am guten Ruf ihres kleinen Bruders kratzte.

»Ich wollte Sie keineswegs unterbrechen! Oh, ist das ein Riss?« Sie zeigte auf die Urne, um die sich alles drehte.

»Gut erkannt.« Grimmig zupfte der Herr seine Weste gerade, und Orietta beschloss, seiner Wut ein Ventil zu geben, ihn auskühlen zu lassen wie ein frisch geblasenes Glasobjekt.

»Die Lieferanten rasen mit ihren Lastenwagen aber auch über das Pflaster«, schimpfte sie. »Als wären sie die Eisenbahn von Mestre!«

»Meine Rede! Man sollte meinen, eine gute Glaserei wüsste ihre Produkte bruchsicher zu transportieren!«

Sie seufzte und nickte zustimmend. »Aber bei den holperigen Straßen ist es nicht immer leicht, nicht wahr? Gut, dass die Vetreria Volpato bereits ein neues Transportverfahren entwickelt hat. Darf ich?« Nachdem er ihr mit einer Handbewegung sein Einverständnis erteilt hatte, fuhr sie mit dem

Daumen über den angeknacksten Rand der ansonsten makellosen Urne. »Ihre Frau hat sie ausgewählt?« Noch bevor er sich fragen konnte, ob sie das Gespräch belauscht hatte, setzte sie hinzu: »Natürlich, sie muss um die exzellente Qualität der Volpato-Produkte wissen. Ich verstehe genau, warum sie sich für dieses Modell entschieden hat. Es ist wirklich außergewöhnlich.«

Der Mann schluckte betroffen, und als hätte er es nicht vorhin schon gesagt, wiederholte er: »Pepe war ihr Ein und Alles. Sie wollte etwas ganz Besonderes für ihn.«

»Nun, Sie scheinen ebenfalls einen erlesenen Geschmack zu besitzen, und schließlich sollte Pepe, Ihr …« Sie machte eine Pause und blickte den Herrn aufmunternd an, der ihr Signal dankenswerterweise aufgriff.

»Hund«, ergänzte er, und seine Augen füllten sich mit Tränen. »Unser kleiner Streuner.«

Santa Maria, Pepe war ein *Hund*? Aber gut, die Venezianer liebten ihre Hunde – das war kein Geheimnis. Hauptsache, sie konnte ihn umstimmen.

»Genau. Ihr Pepe sollte nicht in einer reparierten Vase beigesetzt werden«, verkündete sie, doch erst, als er zögerlich nickte, ging sie aufs Ganze und warf den Köder aus: »Sie haben Glück, denn die Vase, die Ihre Frau erwählt hat, ist nicht das einzige Prunkstück in unserem prächtigen Sortiment.« Innerhalb eines Atemzugs wechselte sie so subtil von der Beobachterin zur Verkäuferin, dass der Kunde es gar nicht merkte.

Ihr Onkel dagegen registrierte es sofort und atmete hörbar auf. Seitlich neben dem Tresen zeigte er, sodass nur Orietta es sah, mit seinen Fingern ein »gut gemacht«.

Beflügelt von seinem Lob, fuhr sie fort: »Vielleicht ist das Ganze sogar ein Wink des Schicksals, denn die meisten Urnen, die Sie hier im Geschäft sehen, wurden vom Glasmeister selbst geschaffen, dem ehrenwerten Don Emilio. Sind sie nicht noch viel schöner geraten als die alte? Sehen Sie nur hier!« Sie lotste ihn zum Verkaufsregal ihres Vaters. »Bestattungsurne: dunkelrot, 24-Karat Goldflecken, mit Graffito-Technik ins Glas eingearbeitet.«

»Wohl wahr, die ist tatsächlich edel.« Kaum hatte er die Hand nach dem Modell ausgestreckt, lenkte sie seine Aufmerksamkeit auf ein anderes Stück, zwei Regalfächer tiefer. Gemeinsam gingen sie in die Hocke, um es zu betrachten. »Ah«, entfuhr es ihm. »Überragend!«

Orietta lächelte stolz. »Und das Beste: Sie können sie gleich mitnehmen!«

In die Auswahl vertieft, murmelte er, dass er diese Kostbarkeit doch nicht bis zum Sestiere San Marco schleppen könne, woraufhin Don Agostino wortlos herantrat und eine handliche Transportschachtel mit Tragegriff neben ihn auf den Boden stellte. Doch der Kunde schien noch zu schwanken, also gab Orietta ihm einen weiteren Schubs in die richtige Richtung, indem sie eine Urne heraushob, die sein Herz garantiert zum Stillstand bringen würde: ihr teuerstes Stück und damit leider auch unleugbar ein Ladenhüter. Im Licht funkelte das violette und türkisfarbene Kristall so strahlend, dass man beinahe die Engel singen hörte, und jeder noch so kleine Goldpartikel darin schimmerte wie das Wasser der Lagune, wenn sich die ersten Sonnenstrahlen frühmorgens auf der Oberfläche brachen.

»Das ist sie!« Von ihrer Demonstration ganz hingerissen, nahm der Kunde das Kunstwerk an sich. Er dankte ihr, versprach die Vetreria und ganz besonders die Unikate im Laden weiterzuempfehlen und unterzeichnete bei ihrem Onkel an der Kasse den Kaufvertrag. Die Differenz der alten Urne wurde mit der Summe der neuen verrechnet, man schüttelte sich die Hände zum Abschluss, und schon hatten sie aus einem drohenden Verlust einen neuerlichen Gewinn geschlagen.

Nachdem der Kunde hinaus war, sackten sie beide auf dem nächstbesten Möbelstück zusammen, Don Agostino entließ das laute Lachen, das ihm während des Reklamationsgesprächs abhandengekommen war, und sagte: »Gutes Mädchen!«

Während sich Orietta auf den Weg zur Werkstatt machte, um Giovanni die fehlerhafte Urne zu bringen, konnte sie nicht umhin zu denken, wie grandios sein Plan, sie zu trösten, doch aufgegangen war. Dank ihm hatte sie bis zum frühen Abend kaum mehr an die Karte gedacht und auch nicht daran, was es bedeutete, dass Prudentia sie vermutlich alle getäuscht hatte. Beschwingt legte sie einen Zwischenhalt bei der Bäckerei ein, um ihm eine Tüte Karnevalsgebäck mitzubringen: hauchdünn gewellte, knusprige Teigstreifen, in Venedig als galani bekannt, und dazu köstliche mit Puderzucker bestreute Krapfen – frittelle. Die hatte er sich redlich verdient!

Orietta schlüpfte, die beschädigte Urne in einem Karton an sich gepresst, durch die Tür und nickte zum Gruß, als sich ihr die Köpfe einiger Hilfsarbeiter zudrehten. Wärme schlug ihr entgegen, trockener Staub bildete Lichtsäulen vor den Fenstern, und neben dem durchdringenden Klopfen der Zangen, das ertönte, wenn sie auf andere metallische Werkzeuge trafen, hörte sie die derben Sprüche der Arbeiter. Ihr Vater war ganz in den Schaffensprozess vertieft und nahm keinerlei Notiz von ihr. Zwischen dicken, überdimensionalen Handschuhen aus feuerfestem Material hielt er das tajòl, ein Messer mit quadratischer Spitze, das aussah wie ein Schaber. Damit formte er den glühenden Klumpen aus Glasmasse. Dieser saß hellorange an der Spitze des eineinhalb Meter langen Metallrohrs, das von einem Assistenten präzise in Reichweite gehalten wurde: der canna, die unter Eingeweihten nur »das Eisen« genannt wurde; jeder, der es anders betitelte, machte sich lächerlich.

Wie immer gebannt von dem Anblick blieb Orietta stehen, bis Giovanni sie vom anderen Ende der Halle her bemerkte und die Hand hob. Es beeindruckte sie, dass er offenbar zu jedem Zeitpunkt den Eingang im Auge behielt, als wäre er der Wächter eines kostbaren Schatzes, der nur wenigen Auserwählten den Zutritt zu seiner Höhle erlaubte. Anders als sonst, wenn er konzentriert mit dem Eisen hantierte, schien er nun, umringt von einer Schar Kinder, regelrecht gelöst.

Die Waisen aus dem Ospedale della Pièta.

In seiner Notiz heute Morgen hatte er erwähnt, dass er mit ihnen eine Besichtigungstour durch die Werkstatt machen würde. Diese schien sich mittlerweile dem Ende zuzuneigen. Seine feuerfesten Handschuhe trug er schon nicht mehr, nur noch die knöchellange Lederschürze. Gerade ließ er ein kleines Glaspferd reihum gehen, das er, wie ihr Vater früher vor Publikum, um die Weihnachtszeit herum zu Vorführungszwecken kreiert hatte, und die Kinder schickten es vorsichtig wie ein gerade geschlüpftes Küken von einem Handteller zum nächsten weiter.

Orietta stellte ihren Karton ebenso vorsichtig ab, nahm die mit Fettflecken gespickten Papiertüten heraus und schüttelte sie in seine Richtung. Leider würde das Süßgebäck nicht für alle reichen, da sie bei ihrem Einkauf die Kinder nicht bedacht hatte. Aber nun gut, dann mussten die Herren eben lernen, was es bedeutete zu teilen. Ihr Bruder machte es vor. Er setzte seinen Vortrag über die Herausforderungen der Glas-Modellage aus, brachte die Kleinen dazu, Orietta höflich Guten Tag zu sagen, und riss anschließend die frittelle in Hälften, um sie gerecht zu verteilen.

Wie seine Wangen sich hoben und sein ganzes Gesicht aufleuchtete, während er den Mädchen und Jungs dabei zusah, wie sie sich über die Süßigkeiten hermachten. In solchen Momenten konnte Orietta nicht verstehen, warum, abgesehen von Prudentia, nicht mehr ledige Frauen für ihn schwärmten. Er war groß, klug und kinderlieb, außerdem auf diese ungekünstelte Art gut aussehend, die nicht vom Müßiggang, sondern von viel harter Arbeit stammte. Mit seiner kräftigen Statur, den sehnigen Unterarmen und dem breiten Brustkorb konnte er geradezu Furcht einflößend wirken, doch dann wiederum spreizte sich ein Netz aus Lachfältchen um seine Augenwinkel, drückten sich Grübchen länglich in seine Wangen, wenn er sich wirklich über etwas amüsierte – und das kam häufiger vor, als man glauben mochte. Aber vielleicht war ihr Bruder auch einfach noch nicht für eine weitere lebenslange Verpflichtung bereit.

Nachdem er die Kinder versorgt wusste, wanderte er mit seinem eigenen Anteil in der Hand zu Orietta und hielt ihr den restlichen Krapfen vor den Mund. »Das letzte Stück«, sagte er, »beiß zu.«

»Ich habe heute schon reichhaltig gefrühstückt. Die frittelle sind für dich.«

»So wie ich dich kenne, hattest du selbst noch keins davon, und ich weiß, wie sehr du dieses Gebäck liebst.«

Sie gab nach und nahm das Stück an.

»War gestern viel los auf der Piazza?« Während sie kaute, leckte er den überschüssigen Zucker ab, der an seinen Fingern haftete.

Orietta zuckte mit den Schultern. »Du hast nichts verpasst.«

Er legte den Kopf schräg. »Flavia sagte, ihr hättet die Karte beinahe gehabt. Wer ist meinen schlauen Schwestern zuvorgekommen? Mit rechten Dingen kann das doch unmöglich zugegangen sein!«

»Ach, ich habe mir schon genug den Kopf darüber zerbrochen. Jemand aus der Nachbarschaft, schätze ich. Genaueres werden wir vermutlich früher erfahren, als uns lieb ist.« Bisher hatte sie den Gedanken an einen Besuch auf dem Campo San Bernardo gescheut, wo die Sensation sicherlich schon hinausposaunt wurde – warum auch dort vorbeischauen? Sie war mittlerweile davon überzeugt, dass die Dal Corsos ihnen übel mitgespielt hatten, und abgesehen davon, würde spätestens bis zum Abendessen einer aus der Familie den Gang machen.

»Und was willst du jetzt tun?«

Oriettas Blick schweifte durch die Halle, doch diese Verzögerungstaktik ließ ihr Bruder nicht gelten. Er stieß mit seiner Stiefelspitze gegen ihre. »Ich nehme an, du hast eine Idee? Du hast doch immer einen Plan. Du bist das Mädchen mit den Plänen. Ist dir etwas wichtig, setzt du alle Hebel in Bewegung, um es auch zu bekommen, und wenn ich eins aus eigener leidiger Erfahrung weiß, dann, dass du dich nicht so schnell geschlagen gibst.«

Ein wenig auf der Hut und gleichzeitig auch gerührt betrachtete sie Giovanni und ertappte sich dabei, wie sie sich wieder die alten Zeiten herbeiwünschte, die frühen Jugendjahre, als noch Leichtigkeit ihren Umgang prägte und die Gespräche mit ihrem großen Bruder nicht so schwierig, nicht voller offener Vorwürfe und unausgesprochener Ängste gewesen waren. Jetzt gerade, nach seinem Zuspruch, merkte sie vor allem, wie dankbar sie für ihn war.

Sie umschlang ihren Oberkörper und wippte auf den Ballen. »Wer sagt denn, dass mir ein Maskenball wichtig wäre?«

»Nicht irgendein Maskenball natürlich. Aber wenn er von einer gewissen Salondame ausgerichtet wird, für die ganz Venedig schwärmt, dann vermutlich schon. Im *Corriere della Sera* heißt es über sie, sie sei die Inspiration einer ganzen Generation junger Frauen. Was tut sie eigentlich so inspirierendes? Wenn es sogar meine kleine Schwester beeindruckt, muss es wohl etwas von Bedeutung sein.«

»Sie verleiht ihren tiefsten Interessen Ausdruck und wagt es, sie selbst zu sein.«

»Mit anderen Worten: Sie verschleudert das Vermögen ihres Ehemannes für pathetische Tanzabende.«

Orietta stöhnte auf. Wenn sie für einen kurzen Moment geglaubt hatte, ihr Bruder wäre doch kein überheblicher Klotz geworden, musste sie ihre Annahme wohl revidieren. »Bekanntermaßen stärkt die Teilnahme an ihren Soireen das eigene Ansehen, was man von deinen Abenden im Casino nicht gerade behaupten kann.«

Giovanni neigte sich mit einem entspannten, selbstbewussten Lächeln zu ihr. »Füllen sie einem denn auch die Taschen?«

»Als ob du immer gewinnen würdest!«

»Ich gewinne so lange, wie es erforderlich ist. Jeder Centesimo fließt in den Betrieb zurück. Vendramin, Venier und bald … Volpato! Uns trennen noch vielleicht fünf Jahre von einem eigenen Palazzo am Canal Grande. Ohne meine Risikobereitschaft würden wir alle krumme Rücken kriegen vor lauter Arbeit, und der Prachtbau bliebe trotzdem noch lange weit entfernt.«

Orietta musste schmunzeln bei der Inbrunst, die aus seinen braunen Augen sprühte. Ihr Bruder war in der Familie dafür bekannt, den Erfolg des Betriebs an der Prestigeträchtigkeit seiner eigenen Errungenschaften zu messen, doch wenn er so über die alten repräsentativen Adelshäuser sprach, hörte Orietta keinen Geltungsdrang heraus, bloß eine tiefe Sehnsucht. Vielleicht war dies *sein* großer Traum? Und vielleicht glaubte er wahrhaftig, der Verwirklichung dieses Traums mit regelmäßigen Gewinnen im Casino auf die Sprünge helfen zu können.

Bloß wenn Giovanni gar kein Trunkenbold war, sondern insgeheim der Ritter in glänzender Rüstung, zu was machte das dann sie? Zur neidischen Stiefschwester?

»Und was, wenn du dich mal verschätzt?«, fragte sie. »Es heißt schließlich nicht umsonst Glücksspiel.«

»Das Glück ist dem hold, der es sucht. Du kannst mir vertrauen.«

Einen intensiven Moment lang blickten sie sich an, und Orietta wollte ihm so gerne sagen, dass sie ihm aus ganzem Herzen vertraute, doch dafür hallte ihre jüngste Streiterei noch zu sehr in ihr nach. Was sie wirklich fühlte und was sie bereit war, ihm über ihre Gefühle mitzuteilen, waren zwei verschiedene Paar Schuhe. Natürlich würde er nichts tun, was die Zukunft der Familie gefährdete, und dennoch …

»Hier, die Urne hat einen Sprung«, sagte sie und streckte ihm zum abrupten Themenwechsel den Reklamationsgegenstand entgegen.

Zu ihrem Bericht von dem wütenden Kunden und ihrer geschickten Verkaufsstrategie lachte er leise, die Urne klemmte er sich unter den Arm. »Siehst du, du findest für jedes Problem eine Lösung. Du hast nicht nur Pläne, du kommst auch auf Ideen, auf die sonst keiner so schnell kommt, fast so wie damals Angelo Barovier. Solange der

Maskenball nicht stattgefunden hat, hast du ihn auch nicht verpasst. Und irgendwas sagt mir, dass du dir schon Einlass verschaffen wirst.«

Er schlenderte wieder zu den Kindern zurück, die angefangen hatten, sich zu langweilen, und nun auf eigene Faust die Halle erkundeten, sodass Giovanni sie an die Sicherheitsvorschriften erinnern musste.

»Morgen bringe ich einen Krapfen nur für dich mit!«, rief Orietta ihm nach, und das nicht nur, weil er sie mit dem größten Glasmeister aller Zeiten verglichen hatte. Im Weggehen wandte Giovanni sich noch einmal zu ihr um, tippte sich mit dem Zeigefinger an die Schläfe, wie um auszudrücken, dass er sich ihr Versprechen merken würde, dann scharte er die Kinder mit der Frage, wer denn ein wohl gehütetes Geheimnis wissen wolle, wieder mühelos um sich und kehrte zu seinem Vortrag über Glaskunst zurück.

* * *

Orietta hatte ihre Aufgaben für den Tag erfüllt, und zu Hause wartete nur das Abendessen auf sie, doch Giovannis Überzeugung, sie würde die Karte schon noch erlangen, trieb sie um. Wie sagte er so oft, wenn etwas zu Bruch ging? *Eine Vase kann in tausend Einzelteile zerspringen und dennoch mit Geduld und einer geschickten Hand wieder geklebt werden.* Sie war doch so nah dran gewesen! Es passte gar nicht zu ihr, dass sie beim ersten Rückschlag gleich aufgab, davon durfte sie sich einfach nicht entmutigen lassen.

Ja, vielleicht war es irrsinnig, an einer verlorenen Karte festzuhalten. Doch was, wenn es noch eine zweite Möglichkeit gäbe, an die ersehnte Einladung zu kommen? Wenn sie wirklich versuchte, wie Barovier zu sein, und einen Weg beschritt, den außer ihr kein anderer zu beschreiten wagte?

Eine dumpfe Ahnung, Fragmente einer Unterhaltung, die Erinnerung an Salem Effendi – ein klein wenig von allem dirigierte sie zum Hotel Palazzo Stern. Angesichts ihres Wagemuts wurde ihr fast ein wenig schwindelig, auf jeden Fall wusste sie nun, was zu tun war, und ebenso aufgeregt wie entschlossen betrat sie nach einem kurzen Fußmarsch durch die Gassen das Foyer.

Hinter ihr fiel der rote, mit goldenen Ornamenten bestickte Vorhang lautlos zu, den sie beherzt mit beiden Armen geteilt hatte. Er verbarg die Eingangstür, als wäre sie das Portal zu einer anderen Welt, die sich nun in all ihrer Pracht vor ihr entfaltete. Zwischen der von Balken gestützten Decke, die niedrig über ihrem Kopf verlief, den in Anthrazit getünchten Wänden und den Raumtrennern aus goldenen Gittern – auf dem roten Teppich, der sich bis zur Rezeption ausrollte, kam sie sich vor wie eine Bäckerin, die in eine Ballettaufführung gestolpert war: gänzlich fehl am Platz. Bei Giovannis Gesellenfeier damals hatte ihr, wie sie nun erkannte, lediglich die Familie den nötigen Rückhalt gegeben, sich frei zu bewegen. Mit Flavia an einem Arm und Jacopo am anderen, war es, als hätte sie Flügel, die sie über allem schweben ließen. Nun, ohne ihre Geschwister völlig auf sich allein gestellt, zuckte sie zusammen, als sich der Rezeptionist hinter seinem halbrunden Tresen aufrichtete und von sich aus die Klingel betätigte, die ihr entgangen war. Orietta war zu lange regungslos davor stehen geblieben.

»Sie wünschen?«, fragte er.

Jetzt oder nie! Mit einer Hochnäsigkeit, die sie gar nicht von sich kannte, erwiderte sie: »Was wohl? Ich bin in Ihrem Haus zum Diner verabredet. Wenn mich einer der untätigen Kellner zu Tisch geleiten würde? Meine Zeit ist begrenzt. Ach, und bitte einen schönen Platz, damit wir uns nicht missverstehen. Das wäre alles, vielen Dank.«

Und tatsächlich, ohne viel Aufhebens überantwortete sie der verblüffte Rezeptionist an einen livrierten Kellner, der sie in den Innenbereich führte. Zwischen Rauchschwaden, Kerzenschein und unter dem schummrigen Licht einer roten Tischleuchte, nahm Orietta Platz. Es dauerte einen Moment, bis sie begriff, dass die Wein trinkenden Herren am Nebentisch zwei Französinnen mit Kurzhaarschnitt waren. Eine las aus einem selbstgebundenen Buch, dessen Seiten halb aus dem Einband hingen. Auf dem vergilbten Deckel stand handschriftlich: Das Verdienst der Frauen. Warum Frauen würdiger und vollkommener sind als Männer – von Moderata Fonte.

Die Balzacs und Rimbauds dieser Welt, hatte Salem Effendi gesagt. Konnte es sein, dass er sich gerade ebenfalls im Speisesaal des Hotels befand? Eine flüchtige Prüfung der anwesenden Herren verlief ins Leere. Sie kannte weder sein Gesicht noch seinen Körperbau gut genug, hatte allenfalls seine Größe als Anhaltspunkt. Und nicht einmal diese ließ sich abgleichen, solange niemand aufstand, und Orietta konnte die männliche Gästeschar wohl kaum der Reihe nach dazu auffordern, sich von ihren Sesseln zu erheben.

Der Ober trat an ihren Tisch und brachte die Speisekarte. Statt *jetzt oder nie* hieß es nun *alles oder nichts*, und vielleicht war dies ja Oriettas Art von Glückspiel, ihre Pokerrunde, bei der sie nun am Zug war und vollen Einsatz riskieren musste. Gewinnen, das konnte nicht nur ihr Bruder.

Mit vornehmem Desinteresse und noch während sie das Menü sichtete, sagte sie: »Zum Essen erwarte ich eine Dame, die in Ihrem Hotel nächtigt – Sibilla Veridiani. Bringen Sie bitte vorab ihr Lieblingsgetränk und für mich ein Glas Prosecco, den besten auf der Karte.«

»Madame.« Er notierte ihre Worte auf einem Block.

Oriettas Puls schoss in die Höhe. Klappte es? Nur mit Mühe wahrte sie die Contenance. Ohne sich ihre Nervosität anhören zu lassen, setzte sie hinzu: »Keine Vorspeise, zum Hauptgang das Lammkarree für uns beide. Und schauen Sie doch bitte, wo sie bleibt, nicht, dass sie es vergessen hat.« Um ihre Vorstellung abzurunden, wedelte Orietta mit der Hand dezent den Qualm beiseite, der sich unter der niedrigen Raumdecke staute und sie umschloss wie ein dünner Strumpf das nackte Bein. Der Ober musterte sie mit einer gewissen Skepsis, und diesmal schrieb er nichts auf seinen Block. Was in ihren Gedanken plausibel geklungen hatte, verunsicherte sie nun.

Was, wenn sie sich im Hotel geirrt hatte? Oder die Veridiani einer dieser irrwitzigen Fastenkuren frönte und spätabends nicht speiste? Hatte Salem Effendi einfach bloß Dinge erzählt, von denen er wusste, sie würden sich in den Ohren einer wissensdurstigen jungen Frau gut anhören?

Herr im Himmel, bitte lass ihn kein Lügner sein.

Orietta zwang sich, dem prüfenden Blick des Obers standzuhalten, und schwieg so lange, bis es schließlich er war, der die Augen niederschlug. Mit einem »Sehr wohl, Signorina« presste er sich die Menükarte an die Brust und machte sich davon. Was nun geschah, lag außerhalb ihrer Kontrolle. Entweder er verständigte das Aufsichtspersonal, oder er brachte tatsächlich Sibilla Veridiani an ihren Tisch. Orietta wusste nicht, welcher Ausgang sie mehr in Aufruhr versetzte. Ein Tumult an Gefühlen wirbelte durch ihren Magen und erhitzte ihn wie zu hastig getrunkene Festtagsbrause.

Als die Getränke kamen, genehmigte sie sich einen großen Schluck von ihrem Prosecco und schnupperte verstohlen an dem breiten, dickwandigen Glas, welches das merkwürdig aussehende Lieblingsgetränk von Sibilla Veridiani beinhalten musste. Ein kleiner silberfarbener Löffel steckte in einem Würfelzucker, dieser wiederum löste sich in der honigbraunen scharfen Flüssigkeit auf, die Orietta als Hochprozentigen – wahrscheinlich Whiskey – identifizierte. *Wie aufregend!*

Bis aufs Äußerste gespannt wartete sie und krallte sich an der Sessellehne fest, um in ihrem Glücksrausch nicht hinauszukippen. Mit geschlossenen Augen lauschte sie dem Gespräch der Studentinnen am Nebentisch, suchte irgendeinen Anknüpfungspunkt, doch sie konnte dem schnellen, teils undeutlichen Französisch nicht folgen. Moderata Fonte, notierte sie sich im Geiste. *Das Verdienst der Frauen.*

Und dann sah Orietta sie.

Sibilla Veridiani erschien im Türrahmen und überblickte den Raum, als wäre sie der Campanile, der verirrten Schiffen auf hoher See Orientierung bot. Alle wandten sich ihrem Licht zu. Doch während die Mehrheit der Gäste gelassen sitzen blieb, das Glas nonchalant zum Prosit erhoben, fuhr Orietta unwillkürlich von ihrem Sessel auf, die zitternde Hand zum Gruß erhoben. Sie kannte den Blick, der über ihre Gestalt glitt. Diesen Ausdruck hatte ihre Mutter gehabt, wenn sie entgegen ihrer Anweisung während der Nachmittagsruhe von ihrer vierzehnjährigen Tochter geweckt worden war, mit der Bitte, den nächsten ihrer Meinung nach überflüssigen Essay zu redigieren.

Sibilla Veridiani sprach kurz mit dem Ober, und dann schlenderte sie auf Orietta zu, erhaben wie eine wertvolle Palastgondel, die nur an Feiertagen durch die Lagune zog. Ihre Haare klemmten nicht in einer gesellschaftsfähigen Hochsteckfrisur, der geradlinige, schlanke Körper steckte in einem engen Säulenrock. Statt eines Jäckchens mit Schößchen und bezogenen Knöpfen – wenn sie schon kein Korsett angelegt hatte – trug sie ein weißes, übergroßes Hemd, das wirkte, als hätte sie es einem ihrer vielen Verehrer gestohlen. Sie hatte es oben flüchtig in den Bund gesteckt, ein Zipfel blitzte provokant hervor. Das war nicht das Bild der pompösen Salondame, das die Venezianer auf dem Markusplatz bejubelt hatten. Diese Aufmachung entsprach der Privatperson Veridiani. Donna Sibilla. Einer Frau, die sich nicht anpasste.

Sie strich sich die dunkelbraune Strähne, die aus ihrem lockeren, im Nacken gebundenen Chignon gefallen war, hinter das Ohr und setzte sich entspannt an den Tisch. Dann probierte sie von ihrem Getränk, sagte: »Wie aufmerksam« und lächelte. Orietta hatte kaum zurückgelächelt, da änderte sich mit einem Schlag die Stimmung.

»Sie sind mutig, wer immer Sie sind. Das gefällt mir«, sagte die Veridiani. »Aber ich mag es nicht, wenn man mit mir spielt. Was wollen Sie von mir? Sie haben eine Minute. Dann bin ich weg.«

Sich der Aufmerksamkeit, die ihr von allen Seiten wegen der Salondame zuteilwurde, plötzlich überdeutlich bewusst, vergaß Orietta, was sie eigentlich hatte sagen wollen, und platzte mit dem Erstbesten heraus, das ihr durch den Kopf schoss: »Ganz Venedig fiebert Ihrem Maskenball entgegen! Sie können sich gar nicht vorstellen, wie viel es der Stadt bedeutet, wie viel es *mir* bedeutet, dass Sie hier sind.«

Die Veridiani musterte sie gelangweilt. »Sie sind also nur ein Mädchen, das auf einen Ball will, um einen Ehemann zu finden. Wie spektakulär.« Mit einem Zug leerte sie ihr Glas und stand auf.

»Nein! Warten Sie! Es geht nicht um den Ball, ich will keinen Ehemann, ich will für mich selbst sprechen und denken.« Der Literaturkreis, lauter gleichgesinnte Intellektuelle – das war es, wonach es Orietta verlangte, das war es, was Sibilla Veridiani repräsentierte. Das zeigte ihre Aufmachung hier, das zeigte ihre Hotelwahl. Der Rest, der Prunk, der Auftritt, all das war nur etwas, das sie tat, weil es dazugehörte, ihren Ruf mehrte, ihr Auskommen sicherte. Doch es langweilte sie.

Leicht stotternd, aber voller Hingabe zitierte Orietta Madame de Staël, die französische Revolutionärin, weithin bekannt als die Frau, die Napoleon die Stirn geboten hatte. »Besser ist es, Frauen als Sklavinnen einzuschließen, weder ihren Geist noch ihre Einbildungskraft zu erregen, als sie in die Welt einzuführen, ohne ihre Fähigkeiten zu entwickeln und ihnen dann das Glück zu verweigern, nach dem sich ihre Fähigkeiten sehnen.« Zunächst leise, war Oriettas Stimme immer kräftiger geworden, und nun presste sie die Lippen aufeinander und wagte nicht zu atmen. Suchte nach irgendeiner Regung in Veridianis kühlem Blick.

»Ein hübscher Versuch. Aber noch bin ich nicht überzeugt«, lautete die Antwort.

Schon näherte sich der Ober, offenbar mit dem Vorschlag, Orietta hinauszubegleiten.

Sie seufzte. Es verletzte sie nicht, hinausgeworfen zu werden – mit einem unglücklichen Ausgang der Dinge hatte sie schließlich gerechnet –, es war vielmehr die Erkenntnis, dass sich der Funke, von dem sie so fest geglaubt hatte, dass er zwischen Veridiani und ihr überspringen würde, nicht einmal ansatzweise entfacht hatte. Es genügte eben nicht, dieselben Ideologien zu vertreten und dieselben Schriftstellerinnen zu lesen wie ihr Vorbild. Ihnen beiden blieben offenbar nicht einmal dieselben Zitate im Gedächtnis.

Orietta gab auf. Sie forschte nicht länger in der Miene der Salondame nach Resonanz, sondern arrangierte sich mit ihrem Schicksal, als der ausgestreckte Arm des Obers ihr den Weg zur Tür wies.

Doch wider Erwarten gab die Veridiani ihm in letzter Sekunde ein Zeichen und setzte sich noch einmal hin. Seelenruhig zog sie ein Päckchen Zigaretten aus ihrer mitgeführten Handtasche, welche mehr einem Briefkuvert ähnelte als einem Pompadour, und steckte sich einen Glimmstängel an. »Ich werde jetzt eine rauchen«, sagte sie. »Und solange die Zigarette brennt, dürfen Sie mich unterhalten.«

Wie vieles, was Frauen Vergnügen verschaffte, war das Rauchen gesellschaftlich verpönt, und Orietta hatte es noch nie versucht. Weil sie ihren Fingern dennoch etwas zu tun geben wollte, umklammerte sie ihren Prosecco, während sie nach dem richtigen Kompliment fischte. »Das Ansehen, das Sie sich erarbeitet haben, ist unvergleichlich. Ihr Ruf eilt Ihnen voraus. Und gerade, wenn man glaubt, zu wissen, wie Sie denken, überraschen Sie die Welt mit einer neuen, nie da gewesenen Sensation.«

Sibilla Veridiani stützte angeödet ihr Kinn in die Hand. »Schätzchen, erzähl mir etwas, das ich noch nicht weiß, etwas über dich.«

Dass sie nun plötzlich nicht mehr gesiezt wurde, beunruhigte Orietta, als wäre es der Beweis, dass sie gerade in der Achtung der Salondame rapide gesunken war. Überdies schien sie vergessen zu haben, wofür ein Paar Beine gut war. Wippte man wie verrückt damit, so wie sie es gerade tat? Oder hielt man sie still?

»Ich spreche mehrere Fremdsprachen.« Warum hatte sie das gesagt? Das war doch völlig unwichtig!

Veridiani quittierte ihre Aussage mit einem amüsierten Lächeln.

»Mein Vater ist ein renommierter Glasbläser.«

»Und du?«

»Ich bin seine Tochter.« Orietta lachte nervös.

Veridiani blies mehrere Kringel in die Luft, bevor sie einen langen Seufzer ausstieß. »Gut denn, warum bist du wirklich hier?«

»Eine Einladung zu Ihrem Maskenball wäre offen gestanden traumhaft. Aber denken Sie bitte nicht, dass ich einen Ehemann suche. Es geht mir um *Ihre* Gesellschaft. Ihre Bekanntschaft …«

Nun lachte die Salondame laut auf. »Und warum sollte mich umgekehrt deine Gesellschaft bereichern?« Sie sah Orietta an und drückte langsam die Zigarette aus, die sie anders als angekündigt nur bis zur Hälfte geraucht hatte. Die Sekunden dehnten sich zu Stunden.

Doch Orietta fiel einfach nichts Vernünftiges ein.

Veridiani lächelte, fast ein wenig mitleidig, dann erhob sie sich erneut.

Orietta wusste, dass sie die Salondame nun nicht mehr vom Gehen abhalten konnte, aber sie durfte das Gespräch auch nicht einfach so enden lassen. Wenn sie sich schon so früh voneinander verabschieden mussten, wollte Orietta ihrem Idol wenigstens mit einer Kostprobe ihres wahren Ichs in Erinnerung bleiben. »Nicht überzeugt«, wiederholte sie mit fester Stimme und stand ebenfalls auf. »Das habe ich in anderer

Form schon einmal gehört. Nur stammte es da von einem archaischen Stadtbeamten, der mich nach meinem Gatten fragte, statt sich mit meinem Antrag zum Arbeitsrecht für Frauen zu befassen. Dass besagter Gatte gar nicht existierte, war genug Anlass für ihn, mich hinauszuwerfen. Ich schwor ihm, wiederzukommen, genau wie ich jetzt Ihnen verspreche, dass ich nicht aufhören werde, feministische Literatur zu studieren und meinen Horizont zu erweitern. Ich *werde* meinen Platz in Ihrem literarischen Zirkel bekommen. Vielleicht nicht heute, vielleicht nicht morgen, aber irgendwann gewiss.«

Um sie her begannen die Restaurantgäste gedämpft zu tuscheln, eine der beiden Tischnachbarinnen fächelte sich mit dem Moderata-Fonte-Buch Luft zu, die andere nickte Orietta respektvoll zu, und sie selbst ertrug kaum den Stolz, der heftig in ihr aufwallte.

Schweigen. Ein langer Blick tanzte zwischen ihnen. Dann sagte Veridiani: »Wir werden sehen.« In einer flüchtigen Bewegung drückte sie noch Oriettas Hand, bevor sie genauso souverän aus dem Restaurant schlenderte, wie sie zuvor hereingekommen war.

Orietta, die sich nach dem Händedruck völlig verdutzt wieder gesetzt hatte, verrenkte sich den Hals, um ihr nachzusehen, und hätte der Ober ihr nicht zehn Minuten später mitgeteilt, dass für die Rechnung gesorgt sei und dass das Lammkarree nicht mehr kommen würde, da die Veridiani bereits gegessen hatte und abends ohnehin bloß einen Teller Obst zu ordern pflegte, hätte sie das Gespräch für bloße Einbildung gehalten. Als wäre es nur ein Traum gewesen. Fassungslos blieb Orietta mit ihren eigenen Gedanken zurück.

Sie hatte endlich mit ihrem Idol gesprochen, auch wenn dieses Gespräch in vollkommen anderen Bahnen verlaufen war als gedacht und ihr in Bezug auf den Maskenball wohl nichts nützen würde. Aber wenigstens konnte sie nun mit gutem Gewissen von sich behaupten, dass sie wirklich *alles* versucht hatte – und außerdem sagte ihr ein diffuses Gefühl, dass Giovanni trotz des fruchtlosen Ausgangs stolz auf sie sein würde.

Kapitel 7

Benommen machte sich Orietta auf den Heimweg. Das Hotel Palazzo Stern ragte wie der Berg, an dem sie gescheitert war, hinter ihr auf, und die geschmückte Fassade wirkte in der abendlichen Dunkelheit ausgesprochen friedlich, als würden all die im Tageslicht glänzenden Banner, Wimpel und Papierschlangen nun schlafen. Seltsamerweise zerfleischte sie sich nicht mit Selbstvorwürfen. Mit dem Wissen, dass sie mutig gewesen und über sich selbst hinausgewachsen war, konnte sie sich verzeihen. Nur weil es heute nicht gelungen war, die Veridiani zu beeindrucken, bedeutete das nicht, dass es ihr nie gelingen würde.

Orietta hoffte, Flavia und ihre Mutter würden das genauso sehen, wenn sie ihnen von ihrem Erlebnis erzählte. Obwohl sie immer noch ohne Karte dastand, konnte sie nun wenigstens von sich behaupten, mit ihrem Idol am selben Tisch gesessen zu haben. Sibilla Veridiani kannte ihren Namen, und vielleicht würde sie ihn einige Male gedankenverloren vor sich hinsagen, bevor sie ihn für immer vergaß – das musste doch als kleiner Sieg zählen.

Zu Hause angelangt, war Orietta verdutzt, dass ihre Familie

noch nicht gegessen hatte. Schon im Treppenaufgang duftete es nach fettigem Braten, gewürzt mit Rosmarin und Thymian, nach jenem knusprigen Teigmantel, den nur ihre Mutter mit dem perfekten Bräunungsgrad hinbekam, doch die gedeckte Tafel lag unberührt da. Hinter der Küchentür lehnte noch immer das in Laken eingeschlagene Familienporträt an der Wand. Solange es noch in Arbeit war, hängte ihre Mutter es ab, wenn Gäste kamen, damit sie niemandem frühzeitig die Überraschung verdarb. Zweifelsohne plante sie für die Enthüllung des fertigen Bildes eine Feier, zu der sie die ganze Nachbarschaft einladen würde. Orietta kümmerte es meistens gar nicht, dass das Gemälde nur ihretwegen nicht fertiggestellt werden konnte, weil sie immer eine Ausrede fand, dem Künstler nicht Modell stehen zu müssen. Doch nun, da sie den Stoff zurückschlug und die leere Stelle sah neben der vollendeten wunderschönen Flavia, dem stolzen Vater, ihren zwei Brüdern, der Mutter – da fühlte sie sich von der Lücke, die sie auf der Leinwand hinterließ, plötzlich getroffen. Das wirkte, als wüsste sie als Einzige aus der Familie nicht, wer sie sein wollte.

Ein schallendes Gelächter von Frauenstimmen tönte aus dem Wohnzimmer und verriet Orietta, dass sie Besuch hatten. Sie ließ von dem Porträt ab, atmete einmal tief durch und trat dann beschwingt ein. Donna Clarissima belegte mit ihren Töchtern die Sitzmöbel. Wo niemand saß, türmte sich in verschieden hohen Haufen der Inhalt eines ganzen Kleiderschranks. Es schien, als hätte Orietta mit ihrem Verdacht zur Karte und deren Versteck richtiggelegen. Denn dies war offenbar Prudentias Stoffauswahl für den Maskenball.

Schweigend ließ Orietta die Stimmung auf sich wirken. Ihre Mutter inspizierte akribisch die Stoffberge und zog immer wieder einmal ein Stück fließendes Material hervor, um es Prudentia vor die Brust zu halten. Ihre saure Miene deutete darauf hin, dass sie ahnte, mit welchen Mitteln die Dal-Corso-Tochter vor allen anderen ans Ziel gelangt war.

Flavia schien sich hingegen keine Gedanken darüber gemacht zu haben oder zumindest nicht nachtragend zu sein, so friedlich, wie sie auf dem Boden kauerte – den niedrigen Kaffeetisch als Unterlage, unzählige Skizzenblätter vor sich – und gedankenverloren vor sich hin malte. Ihre Striche formten bei näherer Betrachtung die Umrisse eines Ballkleides. Als würde sie Prudentia mit ihren fantasievollen Entwürfen bei der Findung des richtigen Schnitts helfen wollen.

Beherzt trat Orietta zu ihrer Schwester, fasste sie an der Schulter und versuchte in ihren Augen zu lesen, ob sie wusste, dass Prudentia sie an der Nase herumgeführt hatte. Das tat sie wohl. Aber sie hegte deswegen keinen Groll gegen ihre Freundin. Ihr Achselzucken verriet, dass sie ihre Niederlage längst akzeptiert hatte. Und irgendwie konnte Orietta ihr den Gleichmut auch nicht verübeln, immerhin standen für Flavia als beste Freundin von Prudentia die Chancen mehr als gut, zu ihrer Ballbegleitung auserkoren zu werden.

»Deine Schwester ist beschäftigt, lenk sie nicht ab, komm lieber her!« Donna Clarissima breitete freudestrahlend die Arme aus. »Es gibt etwas zu feiern!«

»Eine Verlobung?« Orietta ging zu ihr und beugte sich widerwillig hinab, damit Donna Clarissima sie kurz und erstickend an ihren ausladenden Busen pressen konnte.

»Keine Verlobung, Dummerchen! Doch nicht während des Karnevals! Nein, es ist eine wundervolle Fügung des Schicksals, ein Geschenk Go…«

»Prudentia hat die Karte«, verkündete Oriettas Mutter trocken und schnitt ihrer lieben Freundin damit das Wort ab, was ihr sichtlich Genugtuung verschaffte. Wer Angelica Volpato nur flüchtig kannte, musste ihren Ton wohl für heiter halten. Ihre Töchter jedoch erfassten mühelos all die verborgenen Fußnoten, die in dem Satz mitschwangen: *Prudentia war zuerst am Fundort. Wie konnte sie vor dir dort sein? Ich dachte, du bist so raffiniert. Warum zahlen wir ein Vermögen für deine Ausbildung, wenn du dich nicht gegen eine simple Dal Corso durchsetzen kannst?*

Das war zumindest das, was Orietta im ersten Moment heraushörte. Doch wenn sie das Augenrollen ihrer Mutter in Donna Clarissimas Richtung korrekt einordnete, dann gab diese gar nicht ihr, sondern der Glasbläsergattin die Schuld. Ihre Mutter hatte sich tatsächlich längst zusammengereimt, dass die Dal Corsos nur dank einer List gesiegt hatten – einer List, die sie schamlos als *Geschenk Gottes* betitelten. Und mit jedem selbstzufriedenen Glucksen ihrer Freundin verdüsterte sich die Miene von Donna Angelica ein Stück mehr.

Nun musterte Orietta Prudentia auf ihrem improvisierten Podest, das nicht rund und ausladend war wie in einer Schneiderei, sondern lediglich ein einfacher Holztritt. Sie verhielt sich auffallend still und wich allen Blicken aus, als wäre ihr die ganze Angelegenheit unangenehm. Orietta begriff es nicht. Prudentias Schwestern, die Zwillinge, hüpften mit Stoffbahnen vor dem Standspiegel herum, als wären sie die Auserwählten, ihre Mutter plapperte in einer Tour von dem großen Segen, der ihnen zuteilwurde – und die Gesegnete selbst schwieg? Das wirkte ja fast so, als hätte sie ein schlechtes Gewissen …

»Oh, sie hat die Karte, wie aufregend«, rang sich Orietta ab.

»Aber das ist noch nicht alles!«

»Nicht?« Orietta suchte inzwischen mit den Augen die Sektflasche, die zu den gefüllten Gläsern auf dem Tisch gehörte, denn bei der Anstrengung, die ihr mit der Anprobe bevorstand, würde die kleine Pfütze nicht reichen. Und dass sie sich nicht einfach davonstehlen konnte, war auch klar, denn ihre Mutter hängte ihr bereits das Maßband um den Hals.

»Sie darf in Begleitung erscheinen!« Wieder kam ihre Mutter der Freundin zuvor, nur klang sie diesmal wirklich erfreut und vor allem hoffnungsvoll. Aquamarinfarbener Brokat mit goldener Stickerei wurde durch einen fuchsiafarbenen Stoff ersetzt und wanderte unter Prudentias Kinn. »Hast du dir schon Gedanken gemacht, wen du mitnimmst, Kind?«

»Mich natürlich!« Amalia fuhr herum, wo sie soeben noch vor dem Spiegel posiert hatte.

»Nein, das wäre unfair deiner Zwillingsschwester gegenüber«, wischte Donna Clarissima den Ausruf fort, und Natalina verschränkte zufrieden die Arme vor der Brust – bis ihr klar wurde, dass sie dann ebenfalls nicht auserwählt werden würde. Offenbar hatten die beiden sich schon zu Hause ausgiebig über dieses Thema gestritten und keine Siegerin küren können. »Es muss doch eher jemand sein, der ihr mit Weisheit und Erfahrung zur Seite stehen kann«, sinnierte Donna Clarissima.

Orietta sah, wie Flavia kurz den Kopf vom Blatt hob, ein belustigtes Grinsen auf den Lippen. *Viel Vergnügen mit deiner Mutter auf dem Ball*, schien sie in Prudentias Richtung zu denken, und Prudentia quittierte die unausgesprochene Botschaft mit einem gequälten Lächeln.

»Ich überlege noch«, sagte sie hastig. Und während die Mütter an ihr herumzupften, wand sie sich auf dem Podest, als hätte man sie mit dem Versprechen auf ein angenehmes Bad in den Zuber gelockt und dann einen Eimer kaltes Wasser über ihrem Kopf ausgegossen.

Obwohl Orietta immer noch wütend auf sie war, empfand sie nun auch ein kleines bisschen Mitleid. Die Sektflasche, die sie auf dem Boden neben dem Tischbein entdeckt hatte, in der einen Hand, ein Glas in der anderen, trat sie dicht vor Prudentia, um ihr einzuschenken. Und hoppla, da war sie doch glatt gestolpert und hatte ihr das Prickelwasser in den Ausschnitt geschüttet.

Prudentia kreischte, die Zwillinge kicherten, und Donna Clarissima rief nach Tüchern, die Flavia holen sollte. Doch Orietta kam ihrer Schwester zuvor. Sie entschuldigte sich überschwänglich, erklärte, dass es sinnvoller sei, wenn Prudentia ein neues, trockenes Unterkleid anzog, und bot, da ihre schlanken Figuren einander ähnelten, auch gleich an, ein solches zu stiften. Unter dem misstrauischen Blick der Mütter, einem besorgten von Flavia und dem hämischen der Zwillinge verschwanden sie in Oriettas Zimmer.

»Das hast du doch absichtlich gemacht!«, platzte Prudentia sofort heraus, kaum dass sie allein waren.

»Dafür hast du geschummelt! Mit der Karte. Du wusstest, wo sie liegen würde.«

Sie funkelten einander einen verbissenen Moment lang an, dann knickte Prudentia ein. »Ja und, dann wusste ich es eben. Ich habe einen Hinweis von einer Freundin aus guten Kreisen erhalten. Ist das ein Verbrechen?«

Orietta lachte bitter auf. »Das nicht. Aber andere auf eine falsche Fährte zu locken, erscheint mir durchaus sträflich.« Wenn sie geglaubt hatte, die Glasbläsertochter würde bei dieser Anschuldigung erröten, hatte sie sich getäuscht. Prudentia blinzelte nur, als wäre sie nun völlig durcheinander.

»Wovon, zum Henker, sprichst du?«

»Na, der Hinweis am Campo.« Orietta malte Gänsefüßchen in die Luft. »*Im Casino Venier spielen sie am Donnerstag mit besonderen Karten.* Von wegen! Du wusstest, wie ich die Botschaft deuten würde. Und als die Veridiani verkündet hat, dass die Karte gar nicht geworfen würde, sondern versteckt worden sei, warst du schon längst oben auf dem Campanile und hast dir ins Fäustchen gelacht.«

Prudentia riss die Augen auf. Dann wanderte sie steif wie ein Automat zum Bett und ließ sich auf die Tagesdecke plumpsen. »Sie hat es mir als kleinen Vorsprung verkauft, den ich dir gegenüber hätte. Ich weiß, wie schlau du bist, und ich dachte, es wäre nur fair, wenn ich ein wenig Starthilfe habe«, flüsterte sie. »Aber das?« Nun suchte sie Oriettas Blick. »Du musst mir glauben, ich wusste nicht, dass meine Mutter einen falschen Hinweis ins Spiel bringen würde. Als ich die Erste im Glockenturm war, konnte ich mein Glück gar nicht fassen. Die ganze Zeit hatte ich Angst, du wärst auf einem anderen Weg an die Information gekommen, nachdem du dich während des Engelflugs davongestohlen hast.«

Also hatte Donna Clarissima das Ganze allein eingefädelt. Orietta fasste sich an die Stirn. Ironischerweise sorgte die neue Erkenntnis nicht für Wut – bloß für Erstaunen und einen Hauch von Respekt. Unter der Fassade des Klatschweibs steckte wohl doch eine überlegte Geschäftsfrau.

Es überraschte Orietta nicht, dass ihre Tochter nun nach einer Anwandlung von Schwäche postwendend zur alten Vernunft zurückfand: »Ich gebe zu, es ist nicht rosig gelaufen. Aber nun ist es eben geschehen.« Prudentia klopfte neben sich auf die Decke und setzte ein aufmunterndes Gesicht auf. »Wenn es dich tröstet, ich gehe nicht hin, um einen Ehemann zu finden. Mein Herz ist bereits vergeben. Wir können uns beide denken, an wen.«

»Dann verzichte doch auf den Ball!«

»Meine Mutter würde mich köpfen.«

Oder vierteilen, dachte Orietta, je nachdem, welche Geschichte Donna Clarissima hinterher besser als Sensation aufbauschen konnte. »Entscheide dich wenigstens selbstständig, wen du mitnimmst«, sagte sie. »Keiner zweifelt daran, dass es Flavia sein wird.«

»Oh, nein, sie darf mich nicht begleiten. Sie ist zu schön. Neben ihr wirke ich … einfältig.« Prudentia schloss die Augen, als könnte sie selbst nicht glauben, was sie gerade geäußert hatte. »Und meine Mutter wäre eine Katastrophe! Sie würde mich sofort mit dem nächstbesten reichen und hässlichen Kerl verkuppeln wollen. Aber vielleicht wäre das gar nicht einmal das Schlechteste …« Wieder sah sie Orietta direkt an. »Sag du es mir, schätzt dein Bruder den Wettkampf? Andernfalls wüsste ich nämlich nicht, was ich mit einer Handvoll Verehrer anfangen soll.«

Orietta überging die Frage nach ihrem Bruder. Weniger aus Rücksicht als aus Empörung. »Aber Flavia freut sich unglaublich auf den Ball! Du kannst sie nicht *nicht* mitnehmen. Und wer käme sonst überhaupt infrage?«

»Ehrlich gesagt, hatte ich an dich gedacht.«

»An *mich*?« Oriettas Puls, der nach all der Aufregung endlich zur Ruhe gekommen war, rauschte ihr erneut in den Ohren. Was sie sich so sehr gewünscht hatte, lag plötzlich zum Greifen nah vor ihr, und wieder konnte sie nicht die Hand danach ausstrecken, es sei denn auf Kosten ihrer Schwester. Sie selbst war der Veridiani ja bereits näher gekommen, als sie sich je hatte erträumen lassen, Flavia hatte die interessante Frau nur aus der Entfernung bewundern können. Während es venezianischen Müttern beim Maskenball darum ging, ihre

Töchter auf dem Heiratsmarkt zu präsentieren, so sehnte sich ihre Schwester nach den Kostümen und der Umarmung der illustren Gesellschaft. Das konnte und wollte sie Flavia nicht wegnehmen. Abgesehen davon, dachte Orietta gar nicht daran, das Mauerblümchen zu mimen, nur damit Prudentia neben ihr umso mehr glänzen konnte.

»Ein nettes Angebot, aber ich passe.«

Prudentia blies die Wangen auf, als läge ihr etwas Gemeines auf der Zunge, doch dann sagte sie bloß: »Wenn die Maus satt ist, schmeckt das Mehl bitter, und das Brot ist nichts wert. Lass es mich wissen, falls du deine Meinung änderst.« Und damit stand sie auf, öffnete Oriettas Schrank und zerrte ein frisches Unterkleid heraus, in das sie zügig schlüpfte.

Orietta presste die Lippen zusammen. Sie würde mit Sicherheit nicht weich werden.

Zurück im Wohnzimmer, schwang Donna Clarissima gerade eine Rede darüber, wie viel Kombinationsgabe es gebraucht habe, um das Rätsel der Veridiani zu lösen. Doch dann wiederum verwundere es sie nicht, dass ausgerechnet Prudentia als Erste auf die Lösung gekommen war, denn bereits deren Großtante mütterlicherseits sei ja unglaublich gewitzt gewesen.

Niemand hörte ihr noch zu. Oriettas Mutter wickelte den nächsten Stoffballen ab, und die Zwillinge hatten sich zu Flavia gesetzt, um ihr beim Zeichnen über die Schulter zu schauen. Flavia selbst hatte die Lippen geöffnet, als wäre sie in ihre Gedanken vertieft und gar nicht mehr anwesend, sondern weit, weit weg. Vielleicht entwarf sie gerade nicht nur Abendroben für Prudentia, sondern skizzierte auch gerade ihr eigenes Traumkleid. Und da wusste Orietta, dass sie richtig gehandelt hatte.

»Zeig mal her«, sagte sie sanft, doch Flavias Antwort ging

in der Ankunft des Garzonetto unter, der, ohne anzuklopfen, hereinpolterte und Oriettas Namen brüllte.

Donna Clarissima erholte sich als Erste. Wie ein fleischgewordener Paravent plusterte sie sich vor ihrer Tochter auf und schirmte sie vor den Augen des Eindringlings ab. »Santa Maria, hier ziehen sich Damen um!«

Marcello, der inmitten des Zimmers stehen geblieben war, wich keinen Millimeter zurück. Sein Brustkorb hob und senkte sich schwer, als wäre er den ganzen Weg gerannt. Die kühle Nachtluft hatte sich feucht auf seinem Gesicht niedergeschlagen, und er wischte sie achtlos mit dem Handrücken fort. Während sein Blick gehetzt umherirrte, registrierte er weder Prudentias nackte Schultern, um die Natalina, die sofort vom Kaffeetisch hochgeschossen war, eine Stola warf, noch bemerkte er einen anderen Teil ihres behelfsmäßig verhüllten Körpers. Wenn er sich bemühte, an Donna Clarissima vorbeizuspähen, dann nur weil er Orietta unter den Frauen suchte. Als er sie nach wenigen Sekunden ausgemacht hatte, atmete er sichtbar auf. Erst jetzt wagte er einen kurzen Blick auf Flavia, die ebenfalls aufgesprungen war und ihre Zeichnungen an sich raffte, als wären sie eine Schachtel Pralinen. Ein paar davon segelten zu Boden, und Orietta erhaschte einen Blick auf eine ganze Kulisse, die sich dort auf dem Papier zeigte und sie unwillkürlich zum Lächeln brachte: eine Frau im Ballkleid mittig im Raum, über ihrem Kopf ein fein ausgeführter Kronleuchter, der die charakteristische Volpato-Handschrift trug. Stände Marcello nicht derart aufgewühlt im Zimmer, hätte Orietta sich die Zeit genommen, die Skizze eingehend zu betrachten. Ihre Schwester besaß wirklich Talent!

Marcello nickte Flavia zu, wie man eine Brotkrume von der Tischkante fegte, instinktiv, aber flüchtig, dann besann er sich seiner Manieren, grüßte die Ehefrau seines Arbeitgebers zuerst und arbeitete sich dann dem Alter entsprechend bis zu den Jüngsten vor. »Guten Abend«, sagten Natalina und Amalia brav im Chor, vermutlich um Donna Clarissima nicht zu blamieren.

»Buonasera, Marcello.« Oriettas Mutter trat vor. »Ist in der Werkstatt alles in Ordnung?«

»Alles bestens.« Seine aderigen Hände kneteten die Schirmmütze, die er sich vor den Bauch drückte und die alle Garzonetti als Bestandteil ihrer Arbeitskleidung trugen.

»Wie geht es deiner Frau? Den Kindern?«

»Bestens, bestens.« Er bemühte sich nicht länger um einen neutralen Gesichtsausdruck. Der Notfall, der ihn hergeführt hatte, schien größer als seine Angst, einen schlechten Eindruck zu hinterlassen. »Verzeihen Sie, Signora Angelica, aber darf ich Signorina Orietta bitte kurz mitnehmen? Es ist eine dringliche Angelegenheit!«

»*Mitnehmen*?« Donna Clarissima schnaubte. »Das ist hier keine Heiratsvermittlung! Angelica, wenn du erlaubst?« Sie zog sich den Schmuck von ihren Fingern. Eine Warnung an Marcello, sich nun schleunigst aus der Schusslinie zu bringen, wenn ihm seine Ohrläppchen lieb waren. Dass sie die Garzonetti gern züchtigte, indem sie ihnen die Ohren lang zog, war unter den Männern weithin bekannt.

Rasch schritt Orietta ein, bevor ihre Mutter in die Verlegenheit geriet, sich zwischen ihrer Freundin und einem langjährigen Mitarbeiter ihres Mannes entscheiden zu müssen. Er hätte sich nicht hergewagt, wenn sein Anliegen nicht äußerst dringend wäre.

»Donna Clarissima hat nicht unrecht, wenn sie sagt …«, wandte nun die Mutter ein, doch Orietta unterbrach sie.

»Bin gleich wieder da!« Mit einem sanften Stoß schickte sie Marcello vorwärts und eilte ihm hinterher. »Scusi Mamma!«

Und während sich Natalina und Amalia bereits wieder an die Kleiderauswahl machten, warf ihre Mutter bloß die Hände in die Luft. So sah Kapitulation aus.

* * *

Marcello lief hastig voraus und ignorierte Oriettas Fragen. Alles, was sie aus ihm herausbekam, war, dass er sie für die Einzige hielt, die noch helfen könne.

»Es tut mir so leid«, murmelte er, während er in die nächste dunkle Gasse bog. »Ich hätte früher kommen sollen. Dachte wohl, ich könnte selbst das Schlimmste verhindern.«

»Marcello, *was* wolltest du verhindern?« Je weiter sie sich vom Stadtkern Muranos entfernten, desto mulmiger wurde ihr. »Schwebt jemand in Gefahr?«

»Wir alle!«, stieß er aus und blieb kurz stehen. Während er, die Hände auf die Oberschenkel gestützt, wie ein Dampfschiff schnaufte, nutzte auch Orietta die unverhoffte Pause, um wieder zu Atem zu kommen.

»Was kann ich tun?«, fragte sie.

»Ihn zur Vernunft bringen!«

»Ich? Wen?«

»Glaub mir, das ist eine Orietta-Sache!«

Sofort hatte sie ein Bild von Giovanni im Kopf, wie er sich wegen irgendeiner Kleinigkeit mit einem Zunftbruder prügelte. Dabei musste nicht einmal er derjenige sein, der den Streit angefangen hatte, vielleicht – das schien Orietta sogar wahrscheinlicher – verteidigte er nur einen seiner Freunde. Und je weiter Marcello und sie liefen, je mehr er sich um Kopf und Kragen redete und doch nichts preisgab, desto mehr verstärkte sich das schreckliche Bild.

»Vielleicht ist es noch nicht zu spät«, sagte er zu sich selbst, drückte das Tor zu einem Hinterhof auf und schlüpfte hindurch. Dann tastete er sich mit einer Hand an der Hauswand einen schmalen Durchgang entlang.

»Zu spät wofür?« Orietta huschte ihm hinterher. Auch sie streckte die Hand aus, doch der kalte, feuchte Stein ließ sie zurückzucken, stumm fluchend schwor sie sich, dass sie das nächste Mal, wenn sie wieder nachts unterwegs war, an eine Leuchte denken würde. Als auch noch ihre Stiefel am Ende des Durchgangs bei der Abzweigung ins Schlittern gerieten und sie beinahe ausglitt, herrschte sie Marcello an. »Nun warte doch mal!«

»Wenn wir da sind! Komm schon, komm! Jede Sekunde zählt!« Er lief zu ihr zurück und packte sie am Arm. Kopf an Kopf bewältigten sie die restliche Strecke und nach wohl nicht einmal zehn Minuten, die sich für Orietta wie eine Ewigkeit anfühlten, fanden sie sich vor einer gut frequentierten Kaschemme wieder, deren Namen sie in der Werkstatt schon oft zum Feierabend von den Arbeitern gehört hatte. Nicht ganz das Casino Venier, dafür fehlte die intellektuelle Kundschaft, doch in seiner Popularität stand das L'Averno dem stadtbekannten venezianischen Salon in nichts nach.

Der Name bedeutete »Unterwelt« und hatte sich als reiner Männertreff auf Murano etabliert. Dies war der Ort, dem entnervte Ehefrauen dankten, weil er ihnen in den Abendstunden und an den Wochenenden ein wenig Zeit für sich schenkte. Es war aber auch jene Art von Spielhölle, die man, einmal betreten, nie wieder richtig verließ. Die im L'Averno gemachten Schulden verfolgten einen bis ins Grab, so hieß es.

Orietta beschlich ein fürchterliches Gefühl, doch noch klammerte sie sich an harmlose Erklärungen. Aus dem Inneren des rot getünchten Gebäudes drang ein Lärmpegel, der sich wie Wellen im Boden bis zu Oriettas Stiefelspitzen ausbreitete, als Marcello die schwere Tür aufzog.

»Als du mich geholt hast, dachte ich, ich sollte vielleicht einen Buchhaltungsfehler ausbügeln!« Sie musste schreien, um sich verständlich zu machen, und duckte sich in seinen Schatten. »Nicht ein verlaustes Kartenspiel gewinnen, so gut bin ich bei Weitem nicht.«

»Du sollst auch nicht spielen – im Gegenteil«, erwiderte er. Nun, wo sie den strengen Augen der Mütter entkommen waren, duzte er sie, wie er es immer mit Kollegen tat, die er mochte. Sie fühlte sich entsprechend geehrt. »Du bist hier als Stimme der Vernunft, du bist ja die Einzige, auf die er vielleicht hört.«

»Santa Maria, welcher von beiden? Sag schon!«

Doch Marcello zeigte bloß stumm und noch ein wenig atemlos auf den Tisch, vor dem sie zum Stehen gekommen waren. Wegen des Gedränges, das hier am dichtesten schien, sah sie zunächst nichts als Hinterköpfe. Marcello schob sich nun hindurch und schnitt in die Reihen wie eine glühende Schere, dabei zog er Orietta so behutsam er konnte hinter sich her. Skeptische Blicke streiften sie – eine Frau war hier wahrhaftig eine Ausnahmeerscheinung –, doch niemand hielt sie auf, und dann waren sie auch schon durch. Das Bild, das sich Orietta bot, wurde ihrer Vorstellung von Unterwelt bis ins letzte schmutzige Detail gerecht. Um eine mit grünem Stoff bezogene runde Platte gruppierte sich ein Pulk grölender Männer. Manche rammten sich zwei Finger zwischen die Zähne und pfiffen wild durch die Gegend, nun auch in ihre

Richtung, andere waren damit beschäftigt, sich einen halben Liter Bier in den Rachen zu schütten. Die Ausdünstungen aller Anwesenden sammelten sich in Tropfen an den Glasscheiben, in Schweißrändern unter ihren Achseln, in nicht identifizierbaren Pfützen auf dem Boden. Während Orietta fieberhaft den Tisch nach ihren Brüdern absuchte, zog sie ein parfümiertes Stofftaschentuch aus ihrem Pompadour und drückte es sich gegen die Nase. Dann, als sie ihre zwei Brüder unter den Spielern erkannte, ließ sie es wieder sinken. Sie wusste ja, dass die beiden regelmäßig spielten, und auch, dass es dabei nicht gerade zimperlich zugehen musste. Giovannis Anblick genügte allerdings, um ihren Herzschlag zu beschleunigen und ihre dunkle Vorahnung zu nähren.

Marcello schien es ähnlich zu gehen. Er sagte nur matt: »Zu spät!«

Moment, zu spät wofür?, wollte sie fragen, doch da brachte ein Kerl in Hemd und Hosenträger die Runde mit nur zwei Worten zum Schweigen. »Die Papiere«, sagte er und wirkte dabei in etwa so gesetzeskonform wie der Fusel, der in zerkratzten Flaschen unter dem Tisch von Hand zu Hand wanderte.

Glücksspiel war in Venedig erlaubt, musste jedoch von ausgebildeten Croupiers angeleitet werden. Diese Zusammenkunft hier stank nach haushohen Einsätzen und illegal platzierten Wetten.

»Die Besitzurkunde!«, bellte der Mann, und diesmal fixierte er Giovanni dabei.

Keiner rührte sich. Ihr Bruder hielt seinen Humpen Bier so fest umfasst, dass sein Bizeps unter dem weißen Hemd hervortrat. Schweißperlen glitzerten an seiner Schläfe. An den Karten, die aufgedeckt vor ihm lagen, konnte Orietta ablesen, dass er bereits aus dem Spiel war. Sie musterte Jacopo, der ebenfalls ein aufgedecktes Blatt Karten vor sich hatte. Er hing schlaff am Tisch, eine Brille, wie Orietta sie von ihm kannte, jedoch nie zuvor bei irgendjemandem sonst gesehen hatte, mit grün eingefärbten Gläsern statt klaren, saß schief auf seinem Nasenrücken. Die Idee, wertvolle Muranoglastechnik mit der Banalität eines Kartenspiels zu verbinden, um sich einen Vorteil zu verschaffen, konnte natürlich nur ihm einfallen. Unter dem dumpfen Licht der Wandleuchten blieben seine Augen hinter der Brille vollkommen verschattet, vorausgesetzt, sie saß gerade. Niemand hätte so aus seinem Blick Schlüsse über sein Blatt ziehen können, er hingegen konnte die Gesichtsausdrücke seiner Gegner in Ruhe studieren.

Wieso hatte ihm das nicht den Sieg eingebracht? Denn er wirkte keineswegs siegreich. Jacopos schlaffe Haltung sprach vielmehr von völliger Hoffnungslosigkeit und Giovannis Starre von tiefer Furcht.

»Was geht hier vor sich?«, krächzte sie, und als Marcello nichts erwiderte, fasste sie nach ihm. Marcellos Schulter versteifte sich unter ihrem erbarmungslosen Griff, doch er wandte sich ihr nicht zu. »Marcello!« Jetzt schüttelte sie ihn.

Nun hörte er sie, doch seine Erwiderung ging in dem Tumult unter, der am Tisch losbrach. Der Spielleiter, der vorhin nach den Papieren verlangt hatte, beugte sich über Jaco und riss ihn am Kragen vom Stuhl. Seine freie Faust holte bereits aus. Er würde ihren kleinen Bruder schlagen. Um Himmels willen! Orietta rammte die Ellbogen in die Rücken, die sie von Giovanni trennten, und wühlte sich zu ihm durch. Er schien sie gar nicht wahrzunehmen. Seine glasigen Augen starrten auf den Kartenhaufen, den bereits jemand wieder zusammenschob.

»Gio!« Sie schüttelte ihn. »Hörst du mich? Tu was! Unser kleiner Bruder steckt in Schwierigkeiten!« Hastig prüfte sie mit einem Blick über die Schulter die Lage.

Jacopos Finger schlossen sich soeben um die Kehle seines Angreifers, der ihn nun ebenfalls würgte. Hinter ihm schoben weitere Männer die Stühle beiseite und krempelten die eigenen Ärmel hoch.

Für einen Moment glaubte Orietta, in dem brüllenden Chaos das Bewusstsein zu verlieren; dass sie nicht wusste, was vorging, machte sie fast wahnsinnig. Noch einmal schüttelte sie ihren großen Bruder, doch der blickte nur weiter starr in seinen Bierkrug oder auch weit über den Canal Grande. Da verpasste sie ihm eine schallende Ohrfeige.

»Orietta.« Giovannis Gesichtszüge entgleisten, als er in die Realität zurückkehrte. Er strich sich über die Lider, vergrub die Finger fahrig in den Haaren, als wollte er sie wie Rettich samt Wurzeln herausziehen. »Was machst du hier?«

»Ich versuche gerade, eine Prügelei zu verhindern«, fauchte sie. »Und jetzt rette Jaco! Danach reden wir.«

Wider Erwarten löste er den Konflikt ohne den Einsatz seiner Fäuste. Sobald er die Stimme erhob, wichen die Umstehenden vor ihm zurück. Einer riss den Kerl mit den Hosenträgern von Jacopo weg. Orietta stufte ihn aufgrund der optischen Ähnlichkeit – fliehendes Kinn, Höckernase – als Verwandten ein. Ein Cousin, wenn nicht sogar der Bruder. »Lass diesen Jungen. Klär das lieber mit dem da. Er ist, soweit ich weiß, ihr Erstgeborener.«

Papiere, Urkunde, Erstgeborener – all das gefiel Orietta ganz und gar nicht. Wie betäubt schob sie ihre Hand in Jacopos, der bereits eine ordentliche Abreibung bekommen hatte und aus der Nase blutete. Unter seinem einen Auge bildete sich ein Veilchen. Noch während sie ein Taschentuch auf den blutenden Strom drückte, kam Bewegung in die Kneipe, denn Giovanni hatte lautstark gefordert, die Angelegenheit draußen vor der Tür zu klären, und ein Trupp aus gewalthungrigen Raufbolden und Betrunkenen marschierte ihm grölend hinterher. Auch Orietta wollte vor die Tür. Um keinen Preis durfte sie das folgende Gespräch verpassen, doch gleichzeitig musste sie ihren kleinen Bruder bewachen, und der rührte sich nicht von der Stelle. Er war so bleich, dass er jeden Moment ohnmächtig werden konnte, und wenn er unbeaufsichtigt in der Spelunke blieb, würde er vermutlich am nächsten Tag, um einige Münzen leichter, in der Gosse aufwachen.

»Jaco, wir müssen gehen«, sagte sie sanft, aber entschlossen.

Noch immer sträubte er sich. »Ich kann noch gewinnen. Lass mich nur das Spiel beenden.« Er lallte und schwankte. Das Tuch, das sie ihm gegeben hatte, ließ er fallen. Rasch hob sie es auf und wischte noch einmal seine Nase damit sauber. Mit den Fingerknöcheln verharrte sie kurz an seiner Wange, die von dem langen Tag, erst in der Werkstatt und nun in der Kneipe, spürbar stoppelig geworden war.

Nun, wo es drinnen ruhiger geworden war, weil sich all die lauten Betrunkenen draußen aufhielten und alle Besonnenen an den Tischen geblieben waren, nutzte Orietta den Moment, um von Angesicht zu Angesicht mit Jacopo zu reden. Wie er da so vor ihr stand, geschlagen und kaum noch aufrecht, zerriss es ihr das Herz. »Was ist passiert?«, fragte sie ruhig.

Er verschluckte sich an der Luft und schluchzte auf. »Wir haben getrunken, wir haben gewonnen. Spiel für Spiel haben wir gewonnen. Meine Glückssträhne wollte einfach nicht abreißen.«

Orietta hakte sich bei ihm unter und bugsierte ihn langsam

auf den Ausgang zu. Jäher Zorn auf Giovanni erfasste sie. Er war hier gewesen, mit seinem kleinen Bruder, und er hatte nicht auf ihn aufgepasst.

»Erzähl weiter«, ermutigte sie Jaco, der sich mit vollem Gewicht auf sie stützte, als wäre sie sein Gehstock.

Tatsächlich bemühte er sich, die nächsten Sätze einigermaßen verständlich herauszubringen. »Riccardo meinte: alles oder nichts. Der Hundesohn hat seinen Palazzo eingesetzt.« Ihr Bruder hielt an, schwankte. Orietta brachte es nicht über sich, ihn weiterzuzerren, also schlang sie ihm bloß die Arme um die Mitte und hielt ihn aufrecht. »Ein Palazzo am Wasser«, hauchte er. Seine Stimme brach. »Er träumt doch schon so lange davon …«

Sie nickte und spürte Tränen jetzt auch in ihren eigenen Augen. Denn nun wusste sie, was geschehen war und warum. All ihre bösen Vorahnungen und Gedanken hatten sich bewahrheitet: Die Volpatos hatten keinen Palazzo, den sie ihrerseits setzen konnten, um in der finalen Runde mitzugehen. Sie hatten nur die Glaswerkstatt. Ein Schauder überkam sie und ließ sie nicht mehr los.

»Was habe ich getan?« Tränen strömten ihrem kleinen Bruder von Kinn. Noch nie zuvor hatte sie ihn so heftig weinen gesehen, vor lauter Zeugen, in ihrem Beisein.

Sie konnte nicht antworten. Stumm stieß sie mit einem Arm die Tür ins Freie auf, mit der anderen schob sie Jacopo an die frische Luft. Sobald sie der Kneipe entronnen waren, lehnte sie ihn an die Wand und beschwor ihn, nicht wegzulaufen. An dem dumpfen Geräusch in ihrem Rücken, als sie sich abwandte, erkannte sie, dass er zu Boden geplumpst war. Besser so.

»Gio?« Orietta sah sich um, entdeckte die Menschentraube und dahinter ihren älteren Bruder. Mit wenigen Schritten war sie bei ihm. Den Handschlag, den er und Riccardo miteinander austauschten, bekam sie gerade noch mit. Blankes Entsetzen zuckte durch ihre Glieder.

Das Gesicht ihres Bruders spiegelte Gefühle wider, die sie noch nie an ihm gesehen hatte und die ihr große Angst machten. In bitterem Ton wies er mit der Hand auf sie, dann auf den Mann und sagte: »Riccardo. Meine Schwester. Sie muss zwar überall dabei sein, erscheint aber leider immer zu spät.« Zynismus umhüllte ihn schwärzer als die tiefste Finsternis, und Orietta fürchtete, dass sie, wenn sie ihn jetzt verlor, nie wieder zu ihm durchdringen würde.

»Gio …«, keuchte sie.

»Hmm.« Riccardo saugte gierig an seinem Glimmstängel und musterte sie von oben bis unten, dann brummte er. Was für ein grässlicher Kerl. Bevor sie wusste, wie ihr geschah, zog er sie an der schmalen Taille heran. »Dich behalte ich am besten, bis dein Bruder mir eure Urkunde aushändigt.«

Orietta begann sofort, sich zu wehren, doch er presste sie mit dem freien Arm hart an sich. Hilfe suchend zuckte ihr Blick zu Giovanni. Er, der wirkte, als könnte er bei der kleinsten Unannehmlichkeit aus der Haut fahren und Schläge austeilen, die einem den Schädel zertrümmerten, war im Grunde ein friedliebender Mann. Er brauchte das Gefühl von Überlegenheit nicht, das mit einem am Boden liegenden Gegner einherging, und während der ganzen Auseinandersetzung hatte er von seiner beträchtlichen Körperkraft auch keinen Gebrauch gemacht. Doch jetzt stürzte er mit erhobener Faust los.

»Nimm deine Griffel von ihr!« Er zögerte keine Sekunde und schlug Riccardo die Zigarette aus dem Mund.

Bevor die beiden die Chance hatten, sich ineinander zu verkeilen, mit Orietta eingeklemmt zwischen sich, trat sie ihrem

Angreifer auf den Fuß, drehte sich in seinem nicht mehr ganz so eisernen Griff und rammte ihm das Knie ins Gemächt. Mit einem Grunzen krümmte er sich.

»Ihr Versager! Ihr Narren! Jede Abmachung braucht eine Sicherheit«, presste Riccardo die Worte wütend hervor.

Giovanni hob nur den Arm, und Orietta schlüpfte, ohne dass er ein Wort sagen musste, an seine Brust, wo er sie sicher vor Riccardo abschirmte.

»Ihr habt einander verdient, elendes Bläser-Pack! Werdet euch gegenseitig 'ne schöne Stütze in der Gosse sein!« Röchelnd richtete Riccardo sich wieder auf und spuckte Orietta vor die Füße.

Giovanni forschte eindringlich in ihren Augen, ob sie in Ordnung war, dann schob er sie sanft beiseite und baute sich noch einmal bedrohlich vor Riccardo auf. Er packte ihn grob im Nacken und zwang ihn in die Senkrechte, bis sie Stirn an Stirn standen. »Ich sag dir was, du hast *mein* Ehrenwort, und du kannst es dir ganz tief hinten reinschieben. Sicher genug, oder braucht es noch mehr?« Wieder hob er die Faust, und Orietta hielt den Atem an. Als dann der befürchtete Kampf nicht entbrannte und Riccardo bloß leise lachte, hätten fast die Beine unter ihr nachgegeben. Riccardo verschwand, und auch der Rest der Meute, der zwar zugeschaut, sich aber herausgehalten hatte, zog wie auf ein geheimes Signal hin grölend über die Straßen davon oder trollte sich wieder ins Casino.

Zurück blieben nur Orietta, ihre Brüder und die vollendeten Tatsachen.

»Sag mir bitte, du hast ihm nicht die Werkstatt versprochen. Das kannst du nicht getan haben!«

»Nur als Pfand, bis wir die Schulden beglichen haben.

Ein wenig Zeit konnte ich uns noch erkaufen.« Seufzend setzte Giovanni sich neben sie aufs Pflaster, die Kälte schien er nicht einmal zu bemerken. Er streckte die Beine aus, stützte sich nach hinten mit den Händen ab und schaute in den Himmel. Leise Tränen liefen ihm über die Wangen.

Orietta schluckte und musste zweimal ansetzen, bevor ihr die Stimme wieder gehorchte. »Wie lange haben wir?«

»Ein bisschen noch.«

Das konnte doch nicht wahr sein! »Mach eine messbare Zeitangabe draus!«

»Drei Monate.«

Orietta atmete zitternd aus. »Santa Maria … Warum hast du Jaco bloß nicht aufgehalten?«

Giovanni schwieg. Er klaubte die weggeschlagene Zigarette aus dem Dreck und fischte in seiner Hosentasche nach Zündhölzern.

»Du warst doch dort!« Nun schrie sie ihn an. »Warum hast du das zugelassen?«

Doch Giovanni sagte lange nichts. Starrte nur abwechselnd auf den harten Boden und hinaus in die Weite des schwarzen Himmels. Als Orietta dachte, sie würden auf ewig hier so sitzen und dem Rauschen in ihren Ohren lauschen, ertönte doch noch einmal seine Stimme. »Es ist noch nicht zu spät. Du kannst aufstehen und gehen. Wenn die Familie fragt, warst du nie hier. Es ist allein meine Schuld«, erwiderte er ruhig. »Außerdem muss dich die Angelegenheit gar nicht kümmern. Es war ohnehin nie deine Werkstatt, nie dein Geschäft, und das wäre es auch nie geworden. Für dich hat sich eigentlich nichts geändert.«

»Wie *kannst* du das sagen!« In ihr bebte plötzlich eine Kraft, die nach außen drängte, die sich in einem ohrenbetäubenden

Schrei entladen und alles um sie niederreißen wollte. Die Bitterkeit nach ihrem Besuch auf dem Amt, die Verwirrung bei ihrem Abschied von Salem, die Enttäuschung wegen der verlorenen Karte. Die Wut! Doch heraus kamen nicht einmal Tränen.

Sie stand auf. Zu gerne wäre sie trotz allem wieder an Giovannis Brust geflüchtet, wie vorhin, so wie sich Jacopo zuvor an sie geklammert hatte, doch Riccardo war fort und von ihm ging keine Gefahr mehr aus, also hob ihr Bruder auch nicht den Arm. Nun war er nur noch ihr selbst ernannter Vormund, die eine Schranke in ihrem Leben, die sie nicht überwand und die lächelnd ihre größten Träume zermalmte. Ja, sie beide waren zwar Geschwister – aber manchmal war es, als würden sie verschiedene Sprachen sprechen.

»Hör auf damit! Hör endlich auf, mir zu sagen, was mich zu kümmern hat und was nicht!«

Die Glut an seiner Zigarette leuchtete auf, während sie die Worte hervorpresste. Er inhalierte tief, sah an ihr vorbei.

»Dir ist klar, dass er *mich* geholt hat?« Sie trat zwischen ihn und die Aussicht. »Nicht Mamma, nicht Flavia, mich! Weil ich die einzige Vernünftige in diesem Irrenhaus bin! Hast du dich mal gefragt, warum Flavia und ich nähen lernen mussten, während Jaco und du Holzfiguren schnitzen durftet?«

»Damit ihr gerüstet seid, die ganzen Röcke zu stopfen, die ihr in euren Schränken hortet?«, fragte er tonlos.

»Oh, nein! Damit wir die Fetzen zusammenflicken können, die ihr Männer ständig hinterlasst! Wenn ihr einen ganzen Tageslohn im Casino verprasst, bin ich diejenige, die Mammas Sahnebonbons von der Einkaufsliste streicht! *Ich* sehe zu, dass am Ende des Monats die Bilanz stimmt!«

»Tja, und dennoch ist es *mein* Name, der neben dem von Vater auf der Besitzurkunde steht.«

Sie lachte freudlos. »Nun, in dieser Tatsache liegt wenigstens noch Hoffnung. Jacopo hat die Werkstatt verspielt, nicht du«, kehrte sie zum eigentlichen Thema zurück, und tatsächlich beschlich sie kurz das tröstliche Gefühl, doch noch einen Ausweg aus diesem Unglück finden zu können. »Er hat einen Einsatz geboten, über den er rechtlich nicht verfügen kann. Die Abmachung ist damit nichtig. Sie muss es sein. Wir sollten einen Juristen bemühen.«

»Hat Jaco das behauptet? Dass er es war?« Giovanni schüttelte den Kopf und lachte trocken. »Der Hornochse. Er weiß, ihr verzeiht ihm schneller als mir.«

Oriettas letzter Hoffnungsfunke erlosch. Doch wenigstens starb damit auch das trübe Bild ihres kleinen Bruders, das sich nach seinem Geständnis in ihrem Kopf eingenistet hatte. Jacopo traf keine Schuld. Natürlich nicht! Er hatte bloß im Namen des Familienfriedens den Kopf hinhalten wollen. »Du bist abscheulich«, spie sie aus.

»Ich weiß.« Und das machte ihn nur noch abscheulicher.

Sie wandte sich zum Gehen. »Wie war das? Du gewinnst, solange es erforderlich ist?« Der Spott troff ihr förmlich von den Lippen, und endlich – endlich! – sah er sie an.

Keine Reue, nicht einmal Zorn, nur pure Leere begegnete ihr in seinem Blick. »Ich hab mich wohl geirrt«, sagte er. Eine nähere Erklärung gönnte er ihr nicht, doch sie wusste, dass mehr dahinterstecken musste. Vielleicht hatte er sein Fernweh nie ganz überwunden. Vielleicht wollte er das Handwerk, das ihn an Murano fesselte, einfach loswerden. Oder, und das traf aller Wahrscheinlichkeit nach am ehesten zu, Giovanni hatte tatsächlich einfach eine grotesk hohe Meinung von sich und deshalb diesen unverzeihlichen Fehler begangen, den sie nun alle teuer würden bezahlen müssen.

Kapitel 8

Obwohl sie ihn kaum in ihrer Nähe ertrug, ging sie auf dem Heimweg neben Giovanni her, weil er Jacopo trug. Erst hatte er ihn bloß gestützt, dann mit sich geschleift und ihn sich schließlich, für die letzte Hälfte des Weges, wie einen nassen Sack über die Schulter geworfen. Abgesehen von dem sporadisch aufflackernden Wehklagen ihres kleinen Bruders herrschte Stille zwischen ihnen. Beide hingen sie ihren finsteren Gedanken nach, die sich immerzu um die eigene Achse drehten. Und sie hatte am Morgen noch gedacht, ihre Probleme wären ein verpasster Maskenball und der Umstand, dass sie nicht Teil der Geschäftsführung werden konnte. Dabei gab es jetzt bald gar kein Geschäft mehr …

Bevor sie die Wohnungstür öffnete, zögerte sie. Noch einmal prüfte sie, ob es nicht doch eine Lösung gab, irgendeine Möglichkeit, wie sie die Wette für nichtig erklären konnte. Wenn Giovanni in Wirklichkeit alles zu verschulden hatte, warum wollte er dann nicht wenigstens so tun, als wäre die Sache auf Jacopos Mist gewachsen? Sein Wort stände gegen das von Riccardo, die meisten Zeugen waren sicher voll wie eine Haubitze gewesen, und niemand würde sich allzu genau daran erinnern, welcher Bruder in der letzten Runde sein Blatt offengelegt hatte. Aber nein, Giovanni stellte Jacopo bloß behutsam ab, legte den Finger an die Lippen und bedeutete ihr, zuerst hineinzugehen.

Wenn er glaubte, dass sie gegenüber den Eltern schweigen würde … Doch da riss ihre Mutter im Nachthemd schon die Wohnungstür auf und verlangte so laut, dass es die ganze Nachbarschaft wecken würde, zu erfahren, was passiert war und wer Hand an ihren Sohn gelegt hatte. Oriettas Blick ließ sie verstummen. Eilig scheuchte sie ihre Kinder ins Haus, schloss die Tür, und erst dann setzte sie erneut an. »Herr im Himmel, wo seid ihr nur hineingeraten?«

»Gib ihn uns«, sagte Orietta an Giovanni gewandt, packte Jacos rechten Arm und legte ihn sich über die Schulter, ihre Mutter ergriff instinktiv den linken.

»Ich kann ihn hochtragen«, sagte Giovanni.

»Nein. Du hast schon genug getan.«

Ihre Mutter, die den Sinn hinter Oriettas Worten nicht verstand, wollte ihren Ältesten hinüberschicken zu Onkel Agostino, der wiederum einen Laufburschen zur Werkstatt beordern sollte, um den Vater zu holen. Als sie jedoch bemerkte, wie sehr seine Knie zitterten, winkte sie wieder ab. »Ich erledige das selbst. Du, ruh dich im Wohnzimmer aus. Wir sprechen uns, wenn alle da sind.« In ohrenbetäubender Lautstärke brüllte sie: »Flaviaaaa!«

Orietta sah Giovanni ins Wohnzimmer schlurfen, selbst kaum noch in der Lage, aufrecht zu gehen, nur dass ihn nicht der Alkohol, sondern seine tief empfundene Schuld niederdrückte. Oben legte sie Jacopo mithilfe der Mutter in sein Bett. Schuhe, Jacke und Hemd waren schnell ausgezogen, die Hose ließ er sich in einem Anflug von kindlichem Trotz nicht abstreifen. Er wehrte auch den kalten Waschlappen ab, den Orietta samt Schüssel beschafft hatte.

»Schsch … mein Schatz, du brabbelst Unfug«, sagte die Mutter, während sie seine rudernden Hände einfing und Orietta es zumindest schaffte, sein Gesicht einer kurzen Reinigung zu unterziehen.

»Mir ist schlecht!«

»Warte, wir bringen dich zum Klosett«, sagte Orietta, doch es war schon zu spät, er erbrach sich in die Wasserschüssel. Tapfer hielt sie die Keramik mit beiden Händen fest, während ihr Bruder würgte. Sie tauschte einen sorgenvollen Blick mit der Mutter. Wo blieb bloß Flavia? Nun rief sie selbst nach der Schwester, und es war ihr gleich, dass irgendein Nachbar demonstrativ die Fensterläden zuknallte. Jacopo hatte wieder begonnen zu weinen.

»Was ist denn los?« Flavia rauschte verschlafen zur Tür herein, doch dann erfasste sie rasch die Situation. Sie flatterte an die Seite ihres Zwillings und strich ihm das Haar aus der Stirn. Mit ihrem steten Blick beruhigte sie ihn so weit, dass die Tränen versiegten.

»Ich habe alles kaputt gemacht«, schluchzte er. »Alles kaputt.«

»Still.« Sie drückte ihn an sich und wiegte sich mit ihm vor und zurück.

Ihre Mutter signalisierte, dass sie sich nun auf den Weg machen würde, schließlich musste immer noch dem Vater Bescheid gegeben werden. »Ich laufe jetzt zur Werkstatt und hole ihn. Das geht am schnellsten.«

Orietta und Flavia nickten. Allein mit ihrem Bruder im Zimmer, der sich nun von Flavia aus der Hose und hinein in seine Nachtkleidung helfen ließ, erfasste Orietta erneut das

Grauen. Vor ihrer Mutter hatte sie stark sein wollen, doch nun konnte sie das Zittern nicht mehr unterdrücken. »Ich mache ihm einen Tee«, sagte sie schwach, doch eher war es so, dass sie selbst etwas Wärmendes brauchte, an dem sie sich festhalten konnte.

Noch bevor sie aus der Tür war, hatte ihre Schwester die Decke um Jacopo festgesteckt und er die Lider geschlossen. »Ich komme runter, sobald er eingeschlafen ist.«

Orietta nickte, allzu lange würde es nicht dauern. Und während sie selbst die Treppe nahm, sehnte auch sie sich nach Schlaf. Sie wollte die Augen schließen und erst aufwachen, wenn dieser Albtraum vorbei war.

Es verstrich einige Zeit, bis wirklich die ganze Familie im Wohnzimmer versammelt war. Giovanni, der vorhin einfach auf dem Sofa in sich zusammengesackt war, sprang auf und begann, unruhig hin und her zu wandern, als die Eltern im Türrahmen erschienen. Flavia blieb sitzen, ein Kissen mit Troddeln auf dem Schoß, in das sie die Finger vergraben hatte. Und Orietta fasste ihre Mutter bei den Händen und geleitete sie zu Flavia.

»Warum wurde ich nach Hause gerufen?«, sagte der Vater ungehalten und deutete mit dem Kinn in Giovannis Richtung. »Damit ich euch zusehe, wie ihr im Kreis lauft?«

»Das ist es nicht. Setz dich, Emilio.« Ihre Mutter klopfte neben sich. Sobald ihr Ehemann der Aufforderung nachgekommen war, musterte sie mit wachsamer Miene ihre Kinder, als würde sie bereits die Wahrheit ahnen. Bemerkte sie, wie Orietta ständig Tränen hinunterschluckte? Oder vermittelte ihr die für Giovanni so eigenartige Rastlosigkeit ein schlechtes Gefühl? Irgendetwas hatte ihr jedenfalls verraten, dass sich die

Nachrichten sitzend besser verdauen ließen. Mit einem leichten Zwicken in den Arm hielt sie ihren Ehemann davon ab, wieder aufzustehen.

»Dann raus mit der Sprache!«, forderte er. Als ihm niemand antwortete, schien er aus Jacopos Fehlen zu schließen, dass sein Jüngster für den Aufruhr verantwortlich war. »Welcher Zunftstochter hat er nun wieder das Herz gebrochen?«

Viel länger konnte Giovanni sein Schweigen nicht ausdehnen. Emilio Volpato würde einfach wieder in seinen Mantel schlüpfen und zur Werkstatt zurückkehren, wo er offensichtlich noch mit einer wichtigen Auftragsarbeit beschäftigt war.

Wenn ihr Bruder sich nicht binnen der nächsten zwei Minuten erklärte, blieb Orietta nichts anderes übrig, als die Funktion der Botin zu übernehmen. Doch auch sie wollte es aus Giovannis Mund hören, brauchte die eindeutige Gewissheit, dass er für seinen Fehler geradestehen würde. »Es geht nicht um Jaco«, platzte sie unvermittelt heraus, als sie die Stille und die Blicke von Flavia und ihren Eltern nicht mehr ertrug. Dann wandte sie sich an ihren großen Bruder, der sie so maßlos enttäuscht hatte. »Oder, Gio?«

Alle Augen richteten sich auf ihn, und niemand wagte es zu sprechen. Er stand nun in der Mitte des Wohnzimmers, ganz starr, die Handflächen wie zum Gebet aneinandergelegt und gegen die Stirn gepresst. Für einen Moment war bloß sein schwerer Atem zu hören, während seine Brust sich hektisch bewegte. Dann schlug die Stunde der Wahrheit, und als schließlich seine Stimme zögerlich ertönte, zerriss es Orietta das Herz, es ihn tatsächlich sagen zu hören: »Ich habe die Werkstatt verspielt.«

Schweigen füllte die Fugen und Ritzen, legte sich bleiern über das ganze Haus. Immer noch rührte sich niemand.

»Verpfändet.«

Flavia war die Erste, die zu sich kam. »So ein Unsinn!« Sie warf ihr Kissen nach ihm. »Worum geht es wirklich?«

Doch er hob bloß die Hand, als wäre er nicht mehr dazu in der Lage, sie mit Worten um Ruhe zu bitten. Und nun wusste jeder, dass er nicht scherzte. Mutter und Vater schossen gleichzeitig vom Sofa hoch, klammerten sich aneinander wie die verschlungenen Stränge eines Taus. Wurde einer von ihnen schwach, würde das ganze Seil reißen.

»Ist das … ist das wahr?« Schon ergriff Flavia, bleich und mit vor Schreck aufgerissenen Augen, Oriettas Hände. »Was bedeutet verpfändet? Haben wir keinen Betrieb mehr? Was ist mit unseren Arbeitern? Den Materialien? Die Öfen überlassen wir niemanden!« Innerhalb eines Atemzuges redete sie sich in Rage, während erste Tränen über ihre Wangen rollten.

»Ich überlege mir was«, murmelte Orietta, doch ihre Schwester hatte bereits von ihr abgelassen.

Ihr Vater marschierte kopfschüttelnd auf Giovanni zu, fasste ihn bei den Schultern, blickte auf und forschte in den traurigen teebraunen Augen nach der Lüge. »Du hast den Betrieb *nicht* verspielt, oder, mein Sohn? Das hast du nicht!« Dann schüttelte er ihn. »Stronzo! Cazzone! Wie hoch ist die Auslösesumme?« Ein wahrer Hagelsturm an Beschimpfungen ging auf Giovanni nieder. Doch er wehrte sich nicht, ließ sich einfach nur schubsen und beleidigen.

Mit Tränen in den Augen ächzte er: »Papà, bitte vergib mir!«

»Was, vergeben! Dai, salti del ponte!« Im nächsten Moment verpasste er Giovanni eine schallende Ohrfeige.

Ihre Mutter schluchzte laut auf und ging dazwischen. Der Anblick, wie Giovannis Kopf zur Seite flog, die finstere Bitte, er solle sich doch von einer Brücke stürzen – all das brannte sich in Oriettas Kopf wie eine Spur aus rot glühendem Glas, fraß sich in ihre Seele.

»Hab Erbarmen mit ihm!« Sie stolperte zu ihrem Bruder, stellte sich an seine Seite und dem Vater gegenüber.

Der fluchte. »Erbarmen?« Plötzlich sank er mit einem Griff ans Herz auf die Knie.

»Emilio, Emilio!« Die Mutter nahm ihn beim Arm, zerrte an ihm, um ihm wieder aufzuhelfen, doch es bedurfte zusätzlich Giovannis Hilfe, bis er wieder stand.

»Fass mich nicht an!«, brüllte er seinen Sohn an, doch gleichzeitig zog er ihn in eine grobe Umarmung, die seine Worte Lügen strafte. Sie hielten einander fest, als wollten sie sich gegenseitig zermalmen, so verzweifelt, so mutlos.

Eine Weile atmeten, weinten und schluchzten sie alle, jeder für sich. Flavia am anderen Ende des Zimmers, wo sie sich fassungslos an die Wand drückte, ihre Mutter wieder auf dem Sofa, Orietta immer noch neben ihrem Bruder stehend.

Dann irgendwann sagte Giovanni mit monotoner Stimme: »Ich lege doppelte Schichten ein. Dreifache.«

»Das wird nicht reichen!«

»Wenn Jaco mehr Unikate herstellt, nur noch teure Lüster …«, schlug ihre Mutter vor. Flavia sprang ihr bei: »Spiegel und Kronleuchter für das Königshaus!«

»Und warum sollten die Herrscher dieses Landes plötzlich ausgerechnet bei uns einkaufen?«, erwiderte Giovanni, als wäre sein kurzes Aufflackern von Hoffnung und Tatendrang nichts als eine kurze Unterbrechung der Resignation gewesen, die ihn nun wieder verschlang. »Die wissen nicht mal von unserer Existenz.«

Er hatte schon aufgegeben, und vielleicht war das von allem das Schlimmste, doch wie immer brachte es in Orietta auch eine kleine trotzige Stimme zum Klingen. Aufgeben war keine Option – nie. Solange sie nicht am Boden liegen blieben, war es nicht vorbei.

»Dann müssen wir uns sichtbar machen!« Sie blickte in die verzweifelten Gesichter ihrer Familie. Im Geiste begann sie erste Ideen zu sammeln. Sie brauchten neue Investoren, jemand mit Kontakten in die obere Riege.

»Was, wenn wir die Zunft um Hilfe bitten?«, fragte Flavia. Hektische rote Flecken kletterten ihren Hals empor. »Wenn alle zusammenschmeißen, treiben wir die Summe auf.«

»Willst du uns vor aller Welt blamieren?«

»Nein Mamma, aber …«

Ihre Mutter übertönte sie: »Vielleicht ist jetzt eher der Moment gekommen, Prudentia als Schwiegertochter willkommen zu heißen.«

Giovanni öffnete den Mund, schloss ihn wieder, blickte zum Vater, zur Mutter, wieder zum Vater. »Tut mir das nicht an«, stöhnte er heiser. Das nackte Entsetzen in seiner Stimme erschreckte Orietta. Einerseits waren sie durch seinen Alleingang erst in diese missliche Lage gekommen, und war es da nicht gerecht, dass er zum Wohle aller ein Opfer brachte? Andererseits … Sie liebte ihren Bruder, trotz allem, und er liebte Prudentia nicht. Sie ihn wiederum schon. Das war keine Lösung. Es war grausam.

Und wie konnten sie weiterhin als glückliche Familie bestehen, wenn sie den Betrieb auf Giovannis Kosten retteten?

»Angelica, das sind unsere größten Rivalen«, erinnerte ihr Vater so entsetzt, als hätte seine Ehefrau ihm nahegelegt, flüssiges Blei zu trinken.

»Aber sie kennen das Handwerk. Ihre Produktpalette ist erfolgreich.«

»Ja, weil sie Massenware herstellen! Immer die gleiche Flasche in tausendfacher Ausfertigung.«

Flavia ging zu ihm und zog seinen Arm um ihre Schultern. »Sie fertigen auch kunstvolle Wandmosaike«, sagte sie. »Papà, Prudentia ist mit Töchtern der Elite befreundet. Wenn wir ihr ihren Herzenswunsch erfüllen und sie mit Giovanni verheiraten, brauchen wir nur ein Wort zu sagen, und sie wird einen Kontakt für uns herstellen. Sie ist meine Freundin.«

»Vielleicht überschätzt du deine Freundschaft zu Prudentia auch!« Orietta konnte nicht zulassen, dass dieser absurde Einfall Wurzeln im Geiste ihres Vaters schlug.

»Was meinst du damit?«

»Nichts, nur dass du nicht zu sehr auf sie setzen solltest.«

Flavia verlor die Beherrschung. Rote Flecken leuchteten nun auch auf ihren Wangen, als sie schrie: »*Warum* sagst du so was!? Los! Mach den Mund auf!«

»Weil sie dich nicht mit zum Ball mitnehmen wollte, aus Angst, du könntest für sie hinderlich sein. Deswegen.«

»Das glaube ich nicht«, hauchte Flavia.

»Du bist eben naiv. Nur ein Glück, dass du so gut aussiehst.«

»Mädchen …«, mahnte ihre Mutter.

Doch Flavia war bereits aus dem Zimmer gestürmt.

»Wem schulden wir das Geld?«, fragte ihr Vater schließlich, die Tränenspuren glänzten noch auf seinen eingefallen Wangen. Er nahm das Whiskeyglas entgegen, das Giovanni eingegossen hatte und ihm nun hinstreckte.

Die Augen ihres Bruders waren mindestens genauso rot, nun stießen sie miteinander an. »Riccardo Carpenteri«, sagte er.

»Eine Tischlerbande.« Ihr Vater legte den Kopf in den Nacken und leerte sein Glas in einem Zug. »Sie können mit der Werkstatt überhaupt nichts anfangen. Die werden unsere Besitzurkunde nehmen und an den Höchstbietenden verschachern. An unsere Rivalen!«

»Die Dal Corsos sind nicht unsere Rivalen«, warf ihre Mutter ein. »Ich werde mit Clarissima sprechen.«

»Nicht ohne meine Erlaubnis!«

»Glaubst du wirklich, du könntest mir irgendwas verbieten? Da hast du dich aber getäuscht, mein Lieber. Ich werde nicht zusehen, wie unsere Existenzgrundlage deinem Stolz geopfert wird.«

Orietta wurde schwindelig bei dem ganzen Hin und Her. Italien durfte gerne wieder in einzelne Provinzen zerfallen, wenn bloß ihre Eltern zusammenhielten und die Familie nicht zerbrach. »Niemand wird hier verheiratet«, sagte sie schwach. »Es besteht immer noch die Möglichkeit, das Geld rechtzeitig aufzutreiben.«

Ihre Mutter klopfte ihr im Weggehen auf die Schulter, als wollte sie sagen: *Träum weiter, Kind!* Mit einem letzten enttäuschten Blick auf Giovanni entzog sie sich der Diskussion.

»Du wirst sie nicht heiraten«, wiederholte ihr Vater, nachdem die Mutter gegangen war, aber es wirkte nicht glaubwürdig, als sagte er es einfach nur, um das letzte Wort zu haben. »Eher geh ich ins Grab, das heißt, wenn ich heute Nacht nicht ohnehin an gebrochenem Herzen sterbe.« Damit folgte er seiner Frau.

Giovanni starrte in seinen Whiskey. Zum ersten Mal in der Geschichte ihres Familienlebens hielt er den Mund und blickte stur in sein Glas, bis sie alle draußen waren. Doch als Orietta beim Verlassen des Raums noch einmal zurückblickte, sah sie seinen gebeugten Rücken von Schluchzern beben.

* * *

Der nächste Morgen legte die Schäden offen, die bei dem Streit am Vorabend entstanden waren. Nachdem Orietta laut ausgesprochen hatte, dass sie die Hochzeit für grausam hielt, tänzelten ihre Mutter und sie umeinander herum wie Fremde. Wenn sich ein Wortwechsel nicht vermeiden ließ, kam keiner von ihnen über ein »Das Salz, bitte« oder »Danke« hinaus, was nicht zuletzt daran lag, dass alle, die gegen eine Hochzeit zwischen Prudentia und Giovanni stimmten, in einen Topf gesteckt wurden, der in Donna Angelicas Haus nichts zu suchen hatte.

So verlief die Trennlinie zwischen ihrer Mutter, Flavia und Jacopo auf der einen Seite, und Orietta, dem Vater und Giovanni auf der anderen. Dabei lag nichts ferner von der Wahrheit als diese Einteilung. Orietta hatte schließlich nicht offiziell eine Seite gewählt und sich gegen ihre Mutter entschieden. Doch sie hielt die erzwungene Eheschließung für ein Verbrechen, und wenn das bedeutete, dass sie deshalb zum feindlichen Lager gehörte, dann musste sie diesen Vorwurf wohl hinnehmen. Ihr Bruder wollte Prudentia nicht heiraten, und kein Druckmittel der Welt würde ihn je dazu zwingen können.

Da ihre Mutter das nicht einsehen wollte, hatte Orietta beschlossen, ihr für diesen Tag aus dem Weg zu gehen. Gleichzeitig wusste sie nichts mit sich anzufangen. Seit Stunden saß sie neben Jacopo im Wohnzimmer und versuchte, den Lernstoff nachzuarbeiten, den sie gestern links liegen gelassen hatte. Ihr Bruder erbrach sich erneut geräuschvoll in die Schüssel, mit der im Arm er eingeschlafen war und die er nun überall mit sich herumschleppte. An die Geschehnisse im Casino erinnerte er sich nur lückenhaft, wie eine vorsichtige Befragung ihrerseits ergeben hatte. Sie hatte es begreifen wollen. Den Grund verstehen, warum Giovanni sie alle dem Ruin überantwortet hatte. Doch ihr kleiner Bruder riss bloß die Augen auf, als er von den monströsen Schulden erfuhr. »So etwas tut er nicht«, flüsterte er immer wieder. »Nein, so was würde er nie tun.«

»Schsch, versuch etwas zu schlafen«, sagte sie und legte ihm die Hand auf den Arm.

Doch er runzelte ungläubig die Stirn. »Gio hatte nie ein Problem, aufzuhören, wenn das Glück am lautesten rief. Ich dagegen …« Wieder quollen ihm Tränen aus den sonst vor Leben nur so sprühenden braunen Augen. Es war grauenvoll, ihm bei dieser Selbstzerfleischung zuzusehen, und weil sie selbst ihre Gedanken dringend in hellere Regionen wandern lassen musste, erzählte sie Jaco von ihrer Begegnung mit Sibilla Veridiani. Sie schmückte alle Details noch etwas aus, machte ihre kleinen Bemerkungen in der Rückschau noch ein wenig naiver und amüsanter, in der Hoffnung, dass ihre Schilderungen ihn zunächst ablenken und dann einschläfern würden.

»Willst du einen Tee?«, fragte sie irgendwann, lange nachdem sie ihre Erzählung beendet und er immer noch nicht angefangen hatte zu schnarchen.

»Bitte schön.« Flavia war soeben eingetreten und drückte ihrem Zwilling einen von zwei dampfenden Bechern in die Hand. Orietta hatte sie keinen mitgebracht. Im Gegenteil, sie strafte sie mit Nichtbeachtung.

»Hör zu, was ich gestern gesagt habe, tut mir leid.«

»Das macht es nicht ungeschehen«, erwiderte Flavia.

»Ich verstehe, dass du mir böse bist. Prudentia ist deine beste Freundin, und ich hätte sie nicht vor aller Ohren schlechtmachen dürfen.« Orietta ließ von ihren Lernunterlagen ab, die sie halbherzig studiert hatte.

»Aber?«

»Kein Aber. Sie weiß, dass du nicht auf einen Maskenball angewiesen bist, während ich von einer solchen Veranstaltung schon eher profitieren könnte. Und deine Schönheit schüchtert uns alle hin und wieder ein. Das macht sie noch lange nicht zur schlechten Freundin.«

Jaco gab Würgegeräusche von sich, die danach klangen, als helfe er bewusst nach, doch wenigstens entlockten sie Flavia ein winziges Lächeln.

Orietta senkte die Stimme. »Ich glaube Prudentia im Übrigen, dass sie nichts von dem falschen Hinweis im Schaukasten wusste. Ihre Mutter hat das alles eingefädelt, um uns und andere Konkurrentinnen auszustechen.«

»Ja, das passt zu Donna Clarissima.« Flavia wirkte erleichtert.

»He, warum fangt ihr an zu flüstern? Ich will mithören!«, murrte Jaco.

Doch sie reagierten nicht darauf, denn unten vermeldete das Schlagen der Tür, dass Giovanni und ihr Vater von ihrem Besuch bei Riccardo Carpenteri zurückgekehrt waren. Und natürlich wollten sie lieber die Neuigkeiten hören.

Auch ihre Mutter tauchte beim Klang der Männerstimmen aus der Küche auf, in der sie sich den ganzen Morgen über verschanzt hatte. Rot geschwollene Lider, eine bekleckerte Schürze und Reste von Mehl im Haar – sie war nur ein Schatten ihrer selbst. Bei der Frage, wie es gelaufen war, hielt sie sich am Türrahmen fest. Oriettas Vater schüttelte betroffen den Kopf. Bei allen Anwesenden schienen die Schultern gleichzeitig nach unten zu sacken, doch ihre Mutter straffte sich kurz darauf und richtete sich auf. »Flavia, bitte besorg Pflaumen vom Markt. Die mag Donna Clarissima am liebsten in ihrem Kuchen. Und du«, sie deutete mit dem Kinn auf

Giovanni, »zieh dir was Ordentliches an.« Sie beherrschte sich noch genug, um die Küchentür leise hinter sich zu schließen, das darauffolgende Klirren von Keramikgeschirr unterstrich jedoch ihren wahren Gemütszustand.

»Den Öfen reicht eine alte Hose!«, rief Oriettas Vater ihr nach. Leiser setzte er hinzu: »Du bleibst so, wie du bist.«

Giovanni widersprach nicht, doch so zwischen den Stühlen fühlte er sich sichtlich unwohl. Man hätte meinen können, seine Schuhspitzen gäben ihm einen Panoramablick über Venedig, so wie er sie neuerdings ständig inspizierte.

Orietta war erneut enttäuscht. Von allen möglichen Arten, mit dieser Krise umzugehen, hätte sie nicht geglaubt, dass er den Weg der Untätigkeit wählen würde. Wo waren sein Wille, der Biss, sein vorbildlicher Kampfgeist? Neben der Angst, womöglich den Familienbetrieb zu verlieren, schmerzte Giovannis Lethargie am meisten. Es war, als hätte sie ihren großen Bruder all die Jahre für den Falschen gehalten. Als hätte sie ihm einen Respekt zuteilwerden lassen, den er gar nicht verdiente. »Bring das in Ordnung«, zischte sie, bevor er sich gemeinsam mit dem Vater wieder zurück an die Brennöfen begab. Ihren eigenen Nachmittag verbrachte sie mit Onkel Agostino im Laden, auch wenn niemand sie darum gebeten hatte.

Sie konnte den Verkaufserfolg vom Vortag zwar nicht wiederholen, da Don Agostino um die Kunden herumschwirrte und die Kundschaft lieber der Expertise eines ehemaligen Bläsers lauschten als ihrer. Dafür entstaubte sie die Oberflächen und brachte das Lager auf Vordermann. Nachdem sie gemeinsam die wertvollsten Artikel weggeschlossen hatten, rief er sie noch einmal zum Kassentresen.

»Habe ich was übersehen?« Die Bestelllisten waren geprüft, Rechnungen verschickt, und Quittungen abgeheftet.

»Ja, das hier.« Ihr Onkel zog einen Brief aus der obersten Schublade. »Kam heute Morgen rein. Ist an dich adressiert. Ohne Absender.«

Sofort dachte sie an Salem Effendi und schalt sich prompt eine Närrin, weil allein sein Name eine deutliche Reaktion in ihrem Bauch auslöste. Unter den neugierigen Blicken ihres Onkels brach sie das Wachssiegel. Damit sie nicht in den Verdacht geriet, etwas zu verbergen, las sie den Brief vor seinen Augen. Er war mit nur einer Zeile beschrieben:

In gespannter Erwartung.

Oriettas Herz setzte einen Schlag aus. Die Karte, die dem Umschlag beilag, war mit Sibilla Veridianis Unterschrift gezeichnet und lud sie offiziell zum Maskenball. Darauf standen außerdem alle wichtigen Eckdaten zu Datum, Ort und Zeit.

»Mädchen, mach langsam!«, rief ihr Onkel noch, doch Orietta war zu überwältigt, um langsam zu machen.

Sie raste die Treppen zum Wohnbereich hoch, wo Jacopo immer noch auf dem Sofa lag. »Wo ist Flavia? Und Mamma?« Er kam nicht dazu, zu antworten, sie fand die zwei rasch in der Küche, wie sie gemeinsam an dem Kuchen herumpickten, der eigentlich für Donna Clarissimas Bewirtung gedacht gewesen war. Ihre Mutter nippte abwechselnd von ihrer heißen Milch, kaute ihren Kuchen und schnäuzte sich in ein Taschentuch. Beide aßen sie mit den Fingern.

Mit klopfendem Herzen langte Orietta bei ihnen an und musste sich bremsen, um nicht sofort mit der Neuigkeit herauszuplatzen. Sie konnte es nicht fassen. Sie hatte es geschafft! Sie hatte Sibilla Veridiani überzeugt. Und sie war für ihren Mut belohnt worden – ein größeres Geschenk hätte sie im

Moment gar nicht erhalten können. »Hat Donna Clarissima keine Zeit gefunden?«, fragte sie und reichte Mutter und Schwester Gabeln aus der Besteckschublade.

Flavia antwortete mit vollem Mund: »Mamma hat sie gar nicht eingeladen.«

»Aber sag Papà nichts davon! Und auch nicht Giovanni.« Ihre Mutter richtete die Gabel gegen sie wie eine Lanze. Offenbar sah sie in Orietta immer noch die Unterstützerin des Feindes. »Offiziell war Donna Clarissima hier und hat sich die Finger nach meinem Kuchen geleckt – und nach meinem Sohn.« Dann steckte sie sich ein großes Stück Kuchen in den Mund und schloss die Augen. »Strafe muss sein!«

Ein Schwall Liebe, wie Orietta ihn schon lange nicht mehr für ihre Mutter empfunden hatte, übermannte sie. »Verlass dich auf mich.« Übermütig hockte sie sich mit an den Tisch und zückte dann die Karte, ohne Trommelwirbel oder Ankündigung, einfach so. Der Versuch einer Erklärung ging im Gekreische ihrer Familie unter. Wie ein Hexengespann fassten sie sich an den Schultern und hüpften im Kreis, nachdem sie die Karte untersucht und sich von ihrer Echtheit überzeugt hatten.

»Wie hast du das gemacht?«, quietschte Flavia.

»Na, mit Köpfchen!«, antwortete ihre Mutter und drückte Orietta einen feuchten Schmatzer auf die Wange.

»Das bedeutet, wir gehen zusammen?«

Orietta nickte verschmitzt und drückte ihre Schwester fest an sich, als diese ihr unvermittelt um den Hals fiel.

»Halt, nicht so eilig!«, rief Angelica. »Kümmere du dich lieber darum, weiterhin Prudentias Begleitung zu werden. Ich führe unsere Ori dann in die feine Gesellschaft ein.«

»Unsinn!« Noch während ihre Mutter sich selbst beklatschte, tauchte Jacopo im Türrahmen auf wie ein fahler Don Quijote. »Natürlich komme *ich* mit!«

»Du bist krank!«

»Bis dahin nicht mehr.«

»Trunkenheit ist keine Krankheit, sondern ein Zustand«, belehrte Flavia ihre Mutter. Und während sich die drei trotz aller Schwierigkeiten, die vor ihnen lagen, noch ein wenig weiter neckten, atmete Orietta tief aus.

Sie hatte bei einer umschwärmten und bis in oberste Kreise geschätzten Salondame Eindruck hinterlassen. Und während sie das dachte, fiel ihr wieder ein, was Flavia gestern zu ihrem Vater über Prudentia und deren Verbindungen gesagt hatte. Natürlich! Was, wenn ihre Bekanntschaft mit Sibilla Veridiani enger wurde und sie sich vielleicht sogar öfter trafen? Was, wenn Orietta nicht nur Teil ihres Zirkels wurde, sondern auch ihre Freundschaft errang? Plötzlich betrachtete sie den Maskenball mit ganz anderen Augen. Dies war nicht bloß die Gelegenheit, sich einen lang ersehnten Traum zu erfüllen, sondern auch ihre Chance, den Betrieb zu retten. Vermutlich die einzige, die sie noch hatten.

Kapitel 9

Was die Volpato-Frauen im Kreis hatte tanzen lassen, entlockte Vater und Bruder einen Monat später bloß noch einen müden Blick. Gemeinsam brüteten sie eine Woche vor dem angesetzten Maskenball schweigsam über dem Ersparten, das sie der Münze nach sortiert auf dem Küchentisch aufgetürmt hatten, wie die Herrin des Hauses es verlangt hatte. Während Oriettas Mutter ihnen beim Zählen zusah und Jaco weitere Verstecke im Haus abgraste, versuchte Orietta möglichst sachlich darzulegen, warum für den Maskenball neue Kleider benötigt wurden und warum sie nicht länger zögern durften, diese bei der Schneiderei in Auftrag zu geben. Dabei wusste sie, wenn sie ehrlich war, selbst nicht so recht, ob die Geldanlage nicht doch eher einen Luxus als eine Notwendigkeit darstellte. Und Flavias flatterhafte Argumente, die sich um Modebewusstsein und um das Fin de Siècle drehten, waren ihr dabei auch keine große Hilfe. Gerade als Oriettas Standfestigkeit bei dem erneut ausgestoßenen Schnauben des Vaters zu bröckeln begann, mischte sich ihre Mutter ein. Zumindest eine Weile lang hatte sie den Mund gehalten und das Feld ihren Töchtern überlassen – das rechnete Orietta ihr in diesem

Moment hoch an –, auch wenn es ihr von Anfang an in den Fingern gekribbelt haben musste, die Diskussion mit gewohnt fester Hand zu leiten.

»Emilio, sei vernünftig.« Ihre Mutter trat um den Tisch und löste die vor der Brust gekreuzten Arme ihres Mannes. »Wie sieht das denn aus, wenn wir unsere Töchter in Lumpen zum gesellschaftlichen Ereignis des Jahres schicken?«

»Haben ihre Kleider etwa Flicken?« Ihr Vater ließ seine Hand von den schlanken Fingern seiner Gattin einfangen. Sie begann, sanfte Kreise über die verhornte Innenfläche zu ziehen, als wollte sie die momentane Stärke ihres Einflusses testen. Doch wo derlei zarte Berührungen sonst ein Lächeln auf seine Lippen zauberten, blieben die Mundwinkel heute unbewegt, der Blick starr auf den Geldstapel gerichtet.

»Die Alltagskleider sind in Ordnung. Aber eine Abendgarderobe? Die besitzen sie gar nicht. Und fang jetzt bitte nicht mit ihren Karnevalskostümen an. Die ganze Stadt hat sie darin schon gesehen.«

»Ich kann deine Besorgnis verstehen.« Es war Giovanni, der ehrlich verblüfft aufblickte. »Aber *Lumpen*, Mutter? Weißt du eigentlich, wovon du da sprichst? Ein Besuch in der Zeche, bloß ein Streifzug durch die dortigen Gassen, dann wüsstest du, was Lumpen sind. Meine Schwestern *schwimmen* in Kleidern.«

»Und fragwürdigen Hüten«, rief Jacopo von der Tür aus. In der Hand schwenkte er einen prall gefüllten Strumpf aus schwarzer durchbrochener Strickerei, der bis zum Oberschenkel reichte und sicher nicht ihm gehörte. Flavia kreischte auf. In Windeseile war sie bei ihm und der Strumpf wieder in ihrem Besitz. Ihre Miene drückte Schuldbewusstsein aus, weil sie der Familie ihr kleines Vermögen offenbar verschwiegen hatte, während sie gleichzeitig nach neuen Kleidern krähte. Die hinter dem Rücken verborgenen Hände machten unmissverständlich klar, dass sie ihren Schatz nicht so einfach herausrücken würde.

Ihr Vater starrte sie lange sprachlos an, dann zwickte er sich in die Nasenwurzel. Der dabei ausgestoßene Seufzer war vermutlich bis zum Campo zu hören. »Wenn dieser Ball euch so wichtig ist, wie Mamma sagt, meinst du nicht, dass du dann auch einen kleinen Beitrag dazu leisten könntest, tesoro?« Es fiel ihm sichtlich schwer, Flavia nach Geld zu fragen. Als jüngste Tochter lasteten auf ihr ganz andere Erwartungen, solche, die nichts mit körperlicher oder geistiger Anstrengung zu tun hatten. Flavia galt als Aushängeschild der Familie. Um den Volpatos Glanz zu verleihen, reichte es, dass sie da war und strahlte. Ihr Vater bat sie gewiss nicht leichtfertig darum, ihr Angespartes herauszugeben, doch die derzeitige Lage ließ ihm kaum eine andere Wahl.

Auf Flavias Hals bildeten sich rote Flecken. Mit jedem Atemzug, den sie dort stand, die Blicke der ganzen Familie auf sich gerichtet, wurden es mehr. Falls sie verstanden haben sollte, wie viel Stolz die Worte ihren Vater gekostet haben mussten, so zeigte sie es nicht.

»Wie hast du das alles eigentlich angespart?«, fragte Giovanni und machte ein paar Schritte auf sie zu. Dann hielt er unvermittelt inne und wandte sich ab, als hätte er es sich plötzlich anders überlegt. »Egal, du brauchst nicht zu antworten. Woher du das Geld hast, ist deine Angelegenheit. Die viel wichtigere Frage lautet: Wann wolltest du uns darüber informieren? Bevor oder *nachdem* wir ein Zimmer untervermietet hätten, um dir die gewünschte Ausstattung für den Ball zu ermöglichen?«

Flavia öffnete den Mund, während ihre Augen von einem zum anderen sprangen. »Ich hätte es schon nicht für mich selbst ausgegeben. Im Gegenteil.« Mehr sagte sie nicht, doch ihr Blick, der vorwurfsvoll an Jacopo hängen blieb, sprach Bände. Er zuckte unbeeindruckt mit den Achseln und schlüpfte in die Lücke zwischen Vater und Bruder an den Tisch. Damit war klar, wessen Interessen er in diesem Konflikt vertreten würde – Flavias jedenfalls nicht. Zu gering war wohl seine eigene Wertschätzung gegenüber den modischen Spielereien der venezianischen Gesellschaft, die selten länger als eine Saison lang aktuell blieben und anschließend von noch teureren Moden abgelöst wurden. Wenn er Geld verprasste, dann wenigstens für Genussgüter: ein im Fass gereifter Tropfen Wein, feinster Tabak, echter Bohnenkaffee.

Sogar das heiterste Volpato-Kind hatte verstanden, wie ernst ihre Lage war.

Während sich die Zwillinge weiterhin quer durch den Raum mit ihren Blicken erdolchten, schüttelte Orietta ihre eigene Verwirrung über Flavias Ersparnisse ab und deutete auf den Tisch. »Wie viel ist es denn, zusammengerechnet?«

»Genug, um euch in angemessenen Stoff zu kleiden«, antwortete ihre Mutter prompt, und bevor ihr jemand das Wort entziehen konnte, ergänzte sie: »Der Ball findet nicht zum reinen Vergnügen statt, sondern gibt unverheirateten jungen Damen wie euch die Möglichkeit, sich gut situierten Junggesellen zu präsentieren. In dem Maße, wie sich eure Tanzkarte füllt, wächst auch die Liste eurer Verehrer.«

Orietta runzelte die Stirn. Ihr war, als wäre die Unterhaltung auf einen unerwarteten, abschüssigen Weg geraten.

Auch Giovanni schluckte den Köder nicht. »Hat Flavia nicht schon genug Verehrer?«

Ihre Mutter zückte ihren eingeklappten Fächer. »Wenn ich von gut situierten Junggesellen rede, meine ich: hochwohlgeborene, adelige, von blauem Geblüt.« Bei jedem weiteren Attribut hieb sie mit dem Fächer gegen die Tischkante, als wollte sie ihrem Sohn die Bedeutung ihrer Worte einprügeln. »Wenn Flavia vermögend heiratet, könnte das all unsere Angelegenheiten regeln.«

Die Familie schwieg. Während Jacopos Miene abzulesen war, dass er die Überlegungen der Mutter teilte, zuckte an Giovannis Schläfe ein Muskel. Er wusste nur zu gut, wie es sich anfühlte, als schnelle Lösung in Betracht gezogen zu werden, denn seine eigene Hochzeit war immer noch nicht ganz vom Tisch. Emilio hingegen hatte voller Interesse die Brauen gehoben. Wo er über Giovannis Zukunft nicht verhandeln wollte, schien er Hochzeitsplänen für seine Tochter gegenüber schon offener. Es war schließlich Flavias erschrockener Ausdruck – ein Spiegel vonOriettas eigener Stimmung, wenn es um das Thema Heiraten ging –, der Orietta dazu veranlasste, schleunigst zu widersprechen. »Du machst einen Denkfehler, Mamma. Für Flavia müssten wir eine gehörige Mitgift aufbringen.«

»Müssten wir das?«, erwiderte ihr Vater und blickte in die Runde. »Töchter von Glasbläsern dürfen nicht umsonst in den Adelsstand einheiraten. Flavia würde unsere wertvollsten Kreationen mit in die Ehe bringen. Mit ihr wäre eine enge Verbindung zum gewinnbringendsten Handwerk Venedigs hergestellt. Welches Adelshaus sollte daran kein Interesse haben – selbst ohne Mitgift?«

Mit blutleeren Lippen stürzte Flavia an den Tisch und kippte ihren Strumpf kopfüber aus, als wollte sie sagen: *Nehmt das Geld, nehmt alles, solange ihr mir nur meine Freiheit lasst!*

Aber das war nicht richtig, dachte Orietta aufgebracht. Flavias Zukunft sollte in dieser Angelegenheit gar nicht zur Debatte stehen und sie nicht ihre Ersparnisse opfern müssen! Wobei Orietta sich bei Letzterem nicht ganz so sicher war; schließlich mussten sie in dieser Notlage wirklich alle zusammenhalten. Über Ersteres allerdings musste sie nicht lange nachdenken. »Ich glaube es nicht!« Sie schnaubte empört. »Erst war wochenlang von Gios Vermählung mit Prudentia die Rede, und nun ist es auf einmal Flavia, die vorteilhaft heiraten soll?«

»Warum nicht einfach beide?«, erwiderte ihre Mutter herausfordernd, während Jaco auf einen Wink von ihr begann, die aus Flavias Strumpf gepurzelten Münzen zu ordnen.

Orietta deutete auf ihre Geschwister. Sie hätte nicht zu sagen gewusst, wer gequälter aussah, Flavia oder Giovanni. »Schau dir ihre Gesichter an! Du versetzt sie in Angst und Schrecken!« Ganz offensichtlich wollte keiner von beiden die eigene Freiheit für eine überstürzte Eheschließung aufgeben. Keiner für die Zukunft des Betriebs den Kopf hinhalten. Doch Giovanni *würde* es tun, das erkannte sie nun an dem entschlossenen Heben seines Kinns. Er würde es tun, bevor Flavia es tun musste.

»Genug«, sagte er heiser, doch Orietta ließ ihn nicht aussprechen.

Sosehr sie ihn auch für den Schlamassel, in dem sie steckten, verantwortlich machte, sie konnte nicht zulassen, dass er nach erfolgreichem Widerstand jetzt dem Druck nachgab. Vier Wochen hatte er gemeinsam mit dem Vater ihrer Mutter die Stirn geboten, er würde noch eine weitere schaffen. Orietta brauchte nur ein wenig mehr Zeit, nur die Möglichkeit, auf dem Maskenball erneut mit Sibilla Veridiani zu sprechen, und sie hätte einen Ausweg aus den Schulden gefunden. Dessen war sie sich sicher.

»Ich bin die ältere«, sagte sie, nachdem die erste Aufregung abgeklungen war. Mutig blickte sie zu ihrem Vater. »Erst muss ja wohl *ich* unter der Haube sein, bevor Flavia an die Reihe kommt.« Dann wandte sie sich an ihre Mutter. »Das hast *du* uns von Kindesbeinen an gepredigt.«

Jacopo pfiff durch die Zähne, denn genau das hatte ihre Mutter ihnen tatsächlich eingebläut.

»Angelica?«, sagte ihr Vater angespannt.

Den leisen Vorwurf, dass ihre Mutter sich die Regeln drehte, wie sie sie gerade brauchte, hatte er durchaus vernommen. Wenn jetzt keine gute Rechtfertigung für ihren Meinungsumschwung folgte, hätte Donna Angelica seine Zustimmung schneller verloren, als sie sich Luft zufächeln konnte. Kurz schien es hinter ihrer Stirn zu rattern. Ob es die Angst war, ihre Glaubwürdigkeit zu verlieren oder der harte Gegenwind von Orietta, mit dem sie wohl nicht gerechnet hatte – jedenfalls breitete sich auf ihren Lippen ein versöhnliches Lächeln aus und sie ruderte zurück.

»Natürlich, Ori. Dir gebührt das Vorrecht.« Ihre Augen blitzten. »Gut, dass du uns alle daran erinnerst. Umso mehr heißt es nun, in eine ansehnliche Ausstattung für *dich* zu investieren. Ich dachte an Keulenärmel bis zum Ellbogen, dazu ein mit Glasperlen besticktes Mieder. Emilio, was hältst du von …«

Und wieder einmal war ihre Mutter über Umwege an ihr Ziel gelangt. Denn Orietta hatte zwar ihre Schwester vor einer überstürzten Hochzeit bewahrt, war dafür aber selbst aufs Schafott getreten. Ob sie es für unnötigen Luxus hielt oder nicht, nun blieb ihr keine andere Wahl mehr, als für den

Maskenball ein sündhaft teures Kleid in Auftrag zu geben, das die Erwartungen der gehobenen Gesellschaft und die ihrer Mutter erfüllen, wenn nicht sogar übertreffen würde.

Das Atelier Masin, die Schneiderei, zu der ihre Mutter sie geschickt hatte, versteckte sich mit seinem zu mickrig geratenen Schaufenster in der größten Einkaufsstraße Venedigs, der Strada Nuova, gelegen im Sestiere Cannaregio, jenem Stadtteil, der für seinen Gestank verschrien war und dennoch Besucher von überallher anzog. Ein Ort, an dem sowohl das Gedränge der überlaufenen Piazza zu finden war als auch die Ruhe Muranos. Hier, im ursprünglichsten Viertel Venedigs, wo die Umgebung einst nur aus Schilf und Kanal bestanden hatte, waren die meisten Einheimischen wohnhaft, entweder weil sie hier geboren worden waren und sich nie weggesehnt hatten, oder weil sie an den Mauern der großen weiten Welt zerschellt waren und ihnen nichts weiter blieb, als zurück in den tröstenden Mutterschoß zu flüchten. Die an der Strada Nuova Beheimateten galten, ob Mann oder Frau, von allen Venezianern als am hartgesottensten. Und wie es die ruppige Cannaregio-Art war, fegte Orietta gleich ein Schrubber brüsk zwischen die Füße, kaum dass sie neben ihrer Schwester, mit Präsentkorb und Sonnenschirm ausgerüstet, das Fundament am Kanalufer betreten hatte, um an den aufgereihten Ladengeschäften entlangzuflanieren.

»Augen auf und aufgepasst, cavolo!« Die vornübergebeugte Frau im fleckigen Alltagskleid mit hochgekrempelten Ärmeln kommentierte Oriettas Stolpern mit einem Zungenschnalzen, bevor sie den Borstenkopf erneut zackig vorstieß, um auch die letzten bunten Papierfetzen von den Pflastersteinen vor ihrer Haustür zu entfernen, die irgendwelche Kostümierte am

Mittag während einer der letzten Paraden mit einem freudigen »Viva il carnevale« in die Luft geworfen haben mussten.

»Oh! Guten Tag Signora Boscolo«, rief Flavia vergnügt, während sie die Röcke raffte und dem Schrubber mit einem Hüpfer auswich. »Was macht die Kundschaft? Gäste aus aller Herren Länder?« Orietta raunte sie ins Ohr: »Soll ich der Länge nach hinfallen und ihr die Arztkosten in Rechnung stellen? Die tut ja so, als würde ihr die Strada gehören.«

»Untersteh dich!«, zischte Orietta zurück. »Bei unserem Glück verstauchst du dir bloß den Knöchel, und ich muss mit Mamma zum Maskenball.«

»Was Prudentia überlebt, überlebst du schon lange.«

Orietta gab einen unwilligen Laut von sich. In Wirklichkeit ahnte sie, dass die Anwesenheit ihrer Mutter im Gegensatz zu der Prudentias sogar einen Vorteil darstellen mochte, schließlich war Angelica Volpato eine Meisterin im Kontakteknüpfen, und Orietta bekam jetzt schon Magenschmerzen, wenn sie an all die fremden Begegnungen dachte, für die sie sich nicht gewappnet fühlte. Doch das war nicht der Moment, das Glück der Familie auf die Probe zu stellen, also zog sie Flavia weiter.

»Gäste? Das sind allesamt reihernde Schluckspechte!«, wetterte Signora Boscolo ihnen hinterher, den Stiel ihres Schrubbers gen Himmel gerichtet. Mit einem Kopfschütteln widmete sie sich wieder dem Bürgersteig. Ihre vom Straßenlärm halb verschluckte Schlussbemerkung wehte ihnen nach: »Grüßt mir die Mutter!«

Und plötzlich erinnerte sich Orietta an lang gezogene Ohrläppchen und aderige Hände, nie unter Damenhandschuhen verborgen. Für ihre Gaststätte hatte Signora Boscolo im letzten Jahr einen Schwung Gläser von der Vetreria Volpato erstanden, die sie angeblich in einem abschließbaren Schrank hütete und, so tuschelte man, nur für reich aussehende Touristen herausholte, die sie ausnehmen konnte. Dann berechnete sie den dreifachen Preis für einen Krug Bier und beteuerte, dass nirgends sonst aus so kostbarem und vor allem echtem Muranoglas getrunken würde wie hier, auf der Strada Nuova, in ihrer Gaststätte – was, wie die meisten Beteuerungen von Geschäftsleuten, natürlich frei erfunden war.

Das geräuschvolle Treiben auf der Einkaufsstraße holte Orietta wieder ein und führte ihr vor Augen, aus welchem Grund sie in erster Linie hier war: um ein Kleid für den Maskenball von Sibilla Veridiani in Auftrag zu geben.

»Wir sollten Mamma keine Grüße bestellen«, sagte Flavia, nachdem sie sich ein wenig entfernt hatten. »Sie würde sich bloß genötigt fühlen, die Boscolo zum Tee einzuladen, und das, obwohl ihr Terminbuch für die kommenden Wochen bereits gefüllt ist.« Es stimmte, nun, da der Ball näher rückte, verabredete sie sich wie von Sinnen, als könnte die Nachricht von der Einladungskarte – wenn sie diese bloß weit genug verbreitete – die ersten, noch vereinzelten Gerüchte über den drohenden finanziellen Ruin abwenden. Denn solange ganz Murano, und am besten noch halb Venedig, über *dies* sprach, kam schließlich niemand auf die Idee, nach *jenem* zu fragen. Orietta wunderte sich insgeheim, warum das Gerede nicht schon längst losgegangen war. Den Carpenteris musste es doch unter den Nägeln brennen, allen mitzuteilen, wer ihnen da einen Batzen Geld schuldete.

»Ich sage nichts«, versprach sie ihrer Schwester nachdenklich und steuerte auf den Zeitungsjungen zu, der ein paar Schritte entfernt auf einer einfachen Bretterkiste stand, mit dem Morgenblatt winkte und aus dem Gedächtnis die Schlagzeilen zitierte.

Mehrere Packen dünner Heftchen schichteten sich zu seinen Füßen, einige Seiten flatterten in der Meeresbrise, die nur noch als laues Lüftchen bei ihnen in der Einkaufsstraße ankam, nachdem sie über die Dächer der sechs Stockwerke hohen Häuser hinweggefegt war und sich anschließend in den Gassen und Gängen verfangen hatte. Ihre Schwester erhob keinen Einspruch, als Orietta zwanzig Centesimi auf seine ausgestreckte Handfläche legte und anschließend die erstandene Zeitung aufklappte, obwohl sie sich im Moment solche Ablenkungen eigentlich gar nicht leisten konnten. Flavia ließ nicht einmal einen spitzen Kommentar darüber fallen, dass Orietta das Geld lieber in eine zusätzliche Blumenapplikation an ihrem zukünftigen Ballkleid hätte investieren sollen, statt in ein Reklameblatt. Mehr noch, während Orietta beim Studieren der ersten Doppelseite beinahe das Gehen vergaß, reckte sie neben ihr den Hals und gab ihr mit einem erwartungsvollen: »Wonach suchen wir?« zu verstehen, dass sie den Zeitungskauf als Bestandteil eines größeren Plans betrachtete – eines Plans, der noch gar nicht in seiner Gänze in Oriettas Kopf existierte, ihre Familie aber aus der misslichen Lage befreien sollte. Natürlich wurde angenommen, dass sie fortwährend gedanklich daran tüftelte, selbst bei einem fröhlichen Einkaufsbummel.

Wie gerne hätte sie in der Haut der Passanten gesteckt, die in belanglosen Gesprächen aufgingen und ausgiebig die Schaufenster betrachten konnten, statt die Artikel darin bloß flüchtig zur Kenntnis zu nehmen. Aber sie war nun einmal nicht zum Vergnügen hier.

»Mamma hat ihre Drohung wahrgemacht«, sagte sie entsetzt, nachdem sie auf die Annonce gestoßen war, nach der sie gesucht hatte. Es reichte ihrer Mutter nicht, dass die Nachricht von der Einladungskarte im Gerüchtekasten prangte – nein, jeder Bürger Venedigs sollte von Oriettas Glück erfahren. In der Hinsicht glich ihre Mutter der schwatzhaften Donna Clarissima. Ihrer Meinung nach wurde etwas erst dann real, wenn jeder einzelne Venezianer per Zeitung davon erfahren hatte. Man baute seinen Ruf nicht aus, indem man sich auf die Bekanntheit und die Qualität seiner Produkte verließ. Wer länger als für ein kurzes Leuchtfeuer in aller Munde sein wollte, musste einen Kult um die eigene Person entfachen, und der erste Schritt dorthin bestand darin, Orietta namentlich im Zusammenhang mit der exklusiven Einladung zu erwähnen.

Flavia grinste. »Papà hat nicht glücklich ausgesehen, als er das Geld gezählt hat. Für eine plakative Zeitungsannonce aufkommen zu müssen, dürfte ihm ebenso missfallen, wie uns maßgeschneiderte Kleider zu kaufen.« Rasch riss sie Orietta die Zeitung weg und las leise vor, während sie weiter vorwärtsschritt: *»Ausnahmeregelung für Glasbläsertochter. Nach einer zufälligen Begegnung mit Sibilla Veridiani soll die überaus intelligente Signorina Orietta Volpato die berühmte Salondame derart von sich überzeugt haben, dass sie auf dem Postweg unverhofft die letzte Einladungskarte zum anstehenden Maskenball della Veridiani erhielt. Murano kann sein großes Glück kaum fassen.«*

»Dass sie immer gleich die ganze Insel mit hineinziehen muss«, murmelte Orietta und strich sich mit der Schulter verstohlen über die prickelnden Wangen. Gerade noch rechtzeitig zog sie Flavia beiseite, bevor diese mit einem Laternenpfahl kollidierte. Ihre Schwester schien sich des abgewendeten Aufpralls gar nicht bewusst und fragte mit leuchtenden Augen: »War es denn wirklich so, wie Mamma sagt? Du hast die Veridiani *völlig von dir überzeugt?* Oder ist das wieder eine ihrer typischen Übertreibungen? Erzähl es mir noch einmal haarklein.« Und obwohl Orietta die Geschichte in den letzten paar Wochen bereits zigmal wiedergegeben hatte, ließ sie sich auf dem Weg zum Damenausstatter, zwischen verkaufstüchtigen Zeitungsjungen und schrubbenden Anwohnerinnen, erneut dazu hinreißen, jenen Erinnerungsmomenten nachzuspüren, die sie zunächst für sich behalten hatte.

Das wild klopfende Herz und die grässlichen Ängste, die sie zwischendurch ausgestanden hatte, sparte sie dabei allerdings weiterhin aus. »Ich glaube nicht, dass ich sie *überzeugt* habe, vielmehr habe ich sie wohl irritiert«, sagte sie leise. »Mein zugegeben dreister Versuch hat ihr eine Abwechslung zu ihrem Alltagstrott geboten. Das muss ihr im Nachhinein gefallen haben. Ich habe sie für kurze Zeit unterhalten, und das hatte sie ja verlangt.«

»Ja, und zwar so gut unterhalten, dass sie es wieder erleben will.« Flavia gluckste. »Dann sollten wir, wie Mamma sagt, wirklich dafür sorgen, dass du ihr am Mittwoch mit deiner Kleiderwahl imponierst.« Sie rollte die Zeitung zusammen und klemmte sie sich unter den Arm. »Wenn wir noch länger trödeln, hat Signor Masin bald Mittagspause, und wir können sehen, wo wir mit unseren Wünschen bleiben.«

»Hast du die Skizzen?«

Ihre Schwester klopfte auf ihren Pompadour. »Du die Bestechungskekse?«

Orietta lächelte und hob den Korb. Während es in Murano zum guten Ton gehörte, ein Ladengeschäft das erste Mal mit einem Mitbringsel zu betreten, konnte das in Cannaregio angesichts der Fülle an Läden nicht die Regel sein. Trotzdem – oder vielleicht gerade deshalb – hatte die Mutter ihnen selbst gebackene Süßigkeiten eingepackt, schließlich konnte es nicht schaden, mit einer höflichen Geste aus der Masse der

Käuferinnen herauszustechen, die laut der Mutter bloß in einer Tour forderten, meckerten und nie ein angemessenes Dankeschön übrighatten.

Als sie endlich am Atelier Masin angekommen waren, verschwand Flavias Hand rasch im Korb. Mit vollen Wangen und einem entschuldigenden Grinsen auf den Lippen folgte sie Orietta ins Innere, wo zwischen Staubsäulen und bis zur Decke getürmten Stoffballen Maßbänder auf den Tischen lagen und Ankleidepuppen halb entblößt im Raum standen. Signor Masin – zumindest nahm Orietta an, dass der kleine adrette Westenträger der Ladeninhaber war – stand neben einem Tisch mit Nähwerkzeug und riss gerade eine Bahn Baumwolle an der mit Kreide markierten Linie entzwei.

»Buongiorno«, sagte sie, nachdem die Glocke am Eingang verstummt war. »Orietta und Flavia Volpato. Unsere Mutter hat uns angemeldet?« Mit einem Tritt gegen den Fuß forderte sie ihre Schwester auf, endlich den Keksklumpen herunterzuschlucken und Signor Masin angemessen zu begrüßen. Natürlich kam bloß ein Stoß in die Seite zurück und ein mit vollem Mund gemurmeltes »Bomschorno«.

Signor Masin begrüßte sie mit einer sanften Neigung seines Kopfes und der freundlichen Frage nach dem Wohlergehen ihrer Mutter. Sobald er gesprochen hatte, traten Gehilfen wie Ameisen aus allen Ladenecken. Ein Junge mit verschwitzter Stirn und einer Zahnlücke zwischen den Schneidezähnen kroch unter dem weitschwingenden Rock eines Ballkleids hervor, in das ein anderer, der Adoleszenz längst entwachsen, gerade Stecknadeln versenkte. Hinten links, wo sich die Umkleiden befanden, schob ein älterer, noch kleinerer Herr den roten Brokatvorhang beiseite und merkte hellhörig auf, so wie Nonna, wenn sie beim Nachmittagstee plötzlich meinte, die

Türglocke vernommen zu haben. Und an der Rückwand der Ladenfläche, hinter dem Tresen, schoss ein Junge auf, dessen Hautton und Gesichtszüge von der Üppigkeit des fernen Afrikas kündeten. Er tippte sich an die Stirn, wo ein schmal gewickeltes rotes Tuch saß, dessen Knoten und Zipfel seitlich am Nacken herabhingen. Sein schwarzes Haar wuchs in winzigen glänzenden Löckchen daraus empor. Ein höflicher Gruß, dann schlug er das Kassenbuch auf und verharrte mit seinem suchenden Finger auf ihren Namen. »Volpato. Hier ist es. Die Damen wünschen Abendgarderobe für den Maskenball in Auftrag zu geben. Wie gut, dass heute Morgen eine neue Stofflieferung angekommen ist. Gold-Lamé für die Ärmel? Würde das den Damen gefallen?«

»Herzlichen Dank für deine selbstlose Beratung, Doucet.« Masin lächelte in der Art, wie es ein gutmütiger Großvater tun würde. »Aber die Damen haben sicher eigene Vorstellungen. Geh und bügle die geknitterten Stoffe auf.«

»Er darf bleiben! Das heißt, wenn er möchte«, rief Orietta und streckte dem Damenausstatter im gleichen Atemzug das Bestechungsgebäck hin, das er mit hochgezogenen Brauen und einem anschließenden Kopfnicken akzeptierte. Auf sein Fingerschnipsen hin nahm sich einer der Jungs des Präsentkorbs an. War sie zunächst über die Menge an Arbeitern überrascht gewesen, die in dem kleinen Laden ihren Tätigkeiten nachgingen, ohne dass man viel davon bemerkte, zupfte an ihren Mundwinkeln nun ein breites Lächeln. »Ich würde mich gern von ihm beraten lassen. Natürlich nur, wenn Kapazitäten frei sind.« Sein französisch klingender Name hatte ihre Neugier geweckt. Aber es stand ihr nicht zu, ihn nach seiner genauen Herkunft zu befragen, nur weil sein Hautton aus der Masse herausstach. Und erst recht durfte sie nicht annehmen, dass er kein geborener Italiener war. Sie trat zaghaft vor bis an den Verkaufstresen und bemühte sich, den Namen des Jungen so wiederzugeben, wie sie ihn gehört hatte. »Doucet? Was würdest du einer heillos überlasteten und dennoch entschlossenen Glasbläsertochter empfehlen, die noch nie auf einem Ball war?«

»Tanzunterricht.« Er zog den Kopf ein, während alles schallend lachte, doch die Rüge für seinen Spruch blieb aus.

Während sich die anderen Mitarbeiter gegenseitig anstießen, schirmte Signor Masin mit seiner Hand beschämt die Augen ab, als wollte er sagen: *Von mir hat er das nicht.* Oriettas ebenso freche Schwester liebte schlagfertige Bemerkungen und deutete als Zeichen ihrer Zustimmung auf den schmunzelnden Doucet. Orietta selbst hätte am liebsten nach einer Rolle Garn gegriffen und sie nach Flavia geworfen. Doch wo sie recht hatten …

Inmitten all den dringlichen Angelegenheiten, die es gerade zu regeln galt, hatte Orietta den Gedanken an Gesellschaftstänze weit von sich geschoben. Doch leider würden auf dem Ball gewiss keine Volkstänze wie die ihr so vertraute Tarantella getanzt werden. Flavia und sie würden, wenn sie die Schritte nicht schnell lernten, am Rande des Prunksaals stehen und den Adelstöchtern beim Herumwirbeln zusehen müssen. Andererseits bot das ja auch die Gelegenheit, einmal mehr mit gewissen Leuten ins Gespräch zu kommen. Orietta konnte sich zumindest nicht vorstellen, dass sich die Veridiani zum Paartanz auffordern ließ. Sie war seit einigen Jahren Witwe, und über ihr gegenwärtiges Liebesleben schien so gut wie nichts bekannt.

»Ich sehe Sie in zartrosa Seidensatin oder Chiffon«, beantwortete Doucet schließlich ihre Frage und trat um den Verkaufstresen herum.

»Und die Ärmel?«

»Keine Ärmel.«

Orietta entspannte ihre Brauen wieder, die sich misstrauisch zusammengezogen hatten. Sie hatte zwar nicht wirklich geglaubt, dass ihr der Schneiderlehrling die gängige Mode überstülpen würde, aber es tat gut, die eigenen Ansichten wenigstens einmal kurz überprüft zu haben.

Keine Ärmel. Ihre Mutter würde die Hände über dem Kopf zusammenschlagen! Es war perfekt.

»Und worin siehst du *mich*?«, fragte Flavia, die es nicht gewohnt war, dass man sich zuerst einer anderen Person im Raum zuwandte.

»Um Sie kümmert sich der Meister höchstpersönlich«, schaltete sich nun Signor Masin ein. Einer Ankleidepuppe warf er die zwei Stoffbahnen, die er immer noch in der Hand hielt, über die Schulter und bot Flavia seinen Arm. Höflich geleitete er sie zu dem einzigen Sitzplatz in der Schneiderei, der einer Dame ihres Kalibers angemessen war: dem prunkvollen Thronsessel hinter dem Schreibtisch. Wo nämlich alle anderen Stühle in Kleiderbergen, Maßbändern und Fadenrollen ertranken, war sein Polster leer. Flavia nahm Platz und kreuzte elegant die Beine. Kurz musterte sie Blatt und Kohlestift, die auf der Schreibunterlage ausgelegt wurden, dann lehnte sie sich vor, als Masin zu skizzieren begann, und platzierte schließlich ihre eigenen Zeichnungen daneben. In einem einzigen begeisterten Wortschwall schilderte sie ihm, welche Ideen sie für den Rock hatte und wie der Ausschnitt ausfallen sollte, um ihr volles Dekolleté zu betonen. Orietta konnte sie unbesorgt der Obhut des Schneiders überlassen. Wenn ab jetzt jemand Schutz benötigte, dann das Nervenkostüm von Signor Masin. Mit einem Lächeln wandte sie sich von den beiden ab und dem Lehrling zu.

Für ihre Besprechung schlug Doucet vor, sich ins Hinterzimmer zurückzuziehen, wo sie sich die Beschaffenheit der Stoffe nicht vorstellen mussten, sondern mit einem Handgriff erfühlen konnten.

Fliederfarbener Damast kühlte mit seiner glatten Oberfläche ihre Fingerspitzen, sobald sie ihre Handschuhe abgelegt hatte und darüberfuhr. Als sie vor den Standspiegel gestellt wurde und Doucet ihr probeweise einen Meter Stoff vor den Leib hielt, kitzelte feinste champagnerfarbene Seide ihre nackten Unterarme.

»Samtiges Haar, so schwarz wie der sternenlose Nachthimmel.« Er griff nach einer anderen Bahn, diesmal in Altrosa. »Ihnen steht gewiss jede Farbe.« Er bedeutete ihr, den Stoff selbst festzuhalten, trat von ihr weg und tippte sich mit dem Zeigefinger gegen die zusammengepressten Lippen. »Nein, pardon. Diese nicht. Damit sehen Sie aus wie ein eingestaubter Vorhang.«

Und während die Höflichkeit aus ihrem Gelächter schwand und durch echte Unbekümmertheit ersetzt wurde, tasteten sie sich an die richtige Farbfamilie heran. Alles im Spektrum von Blütenrosa bis Muschelweiß ließ Oriettas Teint grau wirken. Dabei waren Pastellfarben, wie Doucet sie unterrichtete, der letzte Schrei und würden es auch noch eine Zeit lang bleiben – so lange, bis die Pariser Modehäuser ihre Meinung änderten.

»Paris ist meine Muse«, sagte er, während er sich suchend an den Regalen entlanghangelte und Stoffballen hervorzog, nur um sie nach kurzer Musterung wieder zurück an ihren Platz zu stopfen. Er sprach von der Stadt wie von einer Geliebten. »Irgendwann möchte ich dorthin zurück. Aber erst, wenn ich wirklich groß bin.« Am Glanz in seinen Augen erkannte sie, dass er weder seine Körpergröße noch sein Alter meinte. »Haben Sie auch eine Muse, Signorina Volpato?«

Sie verschränkte die Arme vor der Brust. »Ach, ich bin nicht künstlerisch begabt.«

»Warum denken Sie das?« Suchend drehte er sich einmal im Kreis, bevor er sich auf einen Haufen loser Stoffproben stürzte, die unter einem Stapel Akten und Mappen hervorlugten. Während sie über einer Antwort grübelte, ordnete er sie wie einen Regenbogen nebeneinander an.

»Es gibt nichts Schönes, das ich mit meinen Händen erschaffen kann.«

»Schöpferischsein beginnt nicht bei den Händen.« Er zog den eingeklappten Zollstock aus seinem Gürtel und tippte sich damit gegen die Schläfe. »Sondern hier.«

Köpfchen besaß sie, aber ihr schien, als meinte er noch etwas anderes, das sich nicht so einfach benennen ließ. Träume? Ihre Vorstellungskraft? Aus einer Eingebung heraus sagte sie: »Wie wäre es mit Grün?«

»Das würde die Lebendigkeit Ihrer maronenbraunen Augen aufgreifen … Doch ich dachte an etwas noch Schwungvolleres.«

Sie rieb sich verlegen das Handgelenk. *Maronenbraun.* Was sie stets als langweilig empfunden hatte, hielt Doucet für *lebendig.* Für etwas, das unterstrichen werden sollte. »Hast du denn so etwas Schwungvolles auf Lager?«

Sein Gesicht leuchtete auf. »Es gäbe ein gewisses Risiko …«

»Ich bin abenteuerlustig.«

»Sie wären das Seepferdchen unter den Fischen.«

Nun lächelte sie. »Lieber bilde ich eine Klasse für mich, als mich dem Schwarm unterzuordnen.«

»Eher stromaufwärts schwimmen, als sich flussabwärts

treiben lassen, hm?« Er erwiderte ihr Lächeln, dehnte seine Finger und klatschte in die Hände. »Dann an die Arbeit! Das hier wird nicht nur eine Robe, wir erschaffen gemeinsam ein Meisterwerk.«

Und zu ihrer eigenen Verwunderung hatte Orietta keinen Zweifel daran.

Kapitel 10

Zurück an der Anlegestelle Murano Museo im Zentrum Muranos streiften Orietta und Flavia auf der Fondamenta Marco Giustinian an zahlreichen Glasgeschäften mit ihren im Wind flatternden Markisen vorbei. Das ausgelassene Lachen, zu dem sie sich immer wieder hinreißen ließen, hallte ihnen in die Gassen voraus, und unter gegenseitigen Ermahnungen, wenigstens zwischen den Wohnhäusern leise zu sein, blickten sie zu grünen Fensterläden und bepflanzten Blumenkästen hinauf, huschten unter winzigen Gitterbalkonen und gespannten Wäscheleinen hindurch. Erst als sie auf dem Campo San Donato standen, einem der fünf weitläufigen Plätze Muranos, wagten sie es, ihr Gespräch über den bevorstehenden Ball und ihre in Auftrag gegebenen Kleider in voller Begeisterung wiederaufzunehmen.

»Ich möchte noch nicht heim«, sagte Flavia und schlüpfte mit dem Arm aus Oriettas Ellbeuge. Der unausgesprochene Vorschlag, sich zu den Touristen zu gesellen, die bereits zuhauf in den Außenbereichen der Osterien saßen und die Aussicht auf die wenige Schritte entfernte Basilica dei San Maria e Donato genossen, brachte Orietta dazu, schleunigst wieder den Arm ihrer Schwester zu ergreifen. Es reichte, dass sie diese Kirche jeden Sonntag zum Gottesdienst aufsuchten, sie mussten sich nicht auch noch zum Vergnügen in ihrer Nähe aufhalten.

»Ich mache uns zu Hause einen feinen Tee«, schlug Orietta vor.

Anders als in Venedig gab es auf Murano nämlich keine prächtigen Kaffeehäuser, in die man einkehren konnte. Die bàcari dagegen, wo man sich in Venedig schon zur Mittagszeit auf ein Glas Wein traf, gab es auch hier an allen Ecken. Und auch die Casinos, die am Morgen noch dalagen wie verlassene Geistergeschäfte, wurden spätestens in der Nacht zu belebten Treffpunkten.

Flavia zuckte mit der Schulter. »Tee gerne, aber nachher. Jetzt gerade zieht es mich zum Gerüchte-Schaukasten. Berichte Mamma schon mal von unserem Erfolg beim Schneider. Bis dann!« Flavia küsste Orietta rasch auf beide Wangen. Ihr überstürzter Abgang hatte etwas von einer Flucht, und obwohl sie sich auf dem Nachhauseweg schon über ihre Kleider ausgetauscht hatten, wollte Orietta sie noch nicht gehen lassen.

»Warte, ich komme mit!«

Ihre Schwester blieb abrupt stehen. »Nicht nötig, ich serviere dir später die Neuigkeiten brühwarm, falls es welche gibt.«

Orietta dachte an Carpenteri und daran, wie er ihrer Familie gewünscht hatte, sie sollten alle in der Gosse landen – an seinen eisenharten Griff um ihre Taille.

Dich behalte ich am besten, bis dein Bruder mir eure Urkunde aushändigt.

»Ich begleite dich«, wiederholte sie ernst.

Flavia legte mit einem Lächeln den Kopf schief. »Danke, dass du mich vor Mamma und Papà verteidigt hast, als es um dieses leidige Hochzeitsthema ging. Du musst mir aber nicht in jeder Situation das Händchen halten. Den Gang zum Schaukasten schaffe ich gerade noch allein.« An ihrem Protest war etwas dran, und hätten sie sich nicht den ganzen Tag über schon so blendend verstanden, hätte Orietta auch nicht das Gefühl gehabt, ihre Schwester versuche sie abzuschütteln. Aber so drängte sich ihr der Verdacht auf, dass Flavia entweder wieder eine Verabredung verheimlichte oder Prudentia irgendwo auf sie wartete, denn während Orietta den Verrat der anderen Glasbläsertochter immer noch nicht ganz verdaut hatte, hatte ihre Schwester der Freundin vollauf verziehen. Doch ihren noch immer bestehenden Groll würde Orietta diesmal für sich behalten, schließlich wollte sie Flavia nicht erneut kränken.

»Willst du mich etwa loswerden?«, fragte sie daher scherzhaft.

Aber statt mit einem spitzen Spruch zu kontern, lenkte Flavia nun doch ein, was Orietta überaus seltsam vorkam. Sie plauderten, bis sie den Kasten erreicht hatten, allerdings war es diese Art von Unterhaltung, bei der man spürte, dass der Gesprächspartner nur mit halbem Ohr zuhörte. Flavia wirkte, als würde sie bei jedem gesprochenen Satz gedanklich das Einmaleins aufzählen. Während sie darauf warteten, dass sich die Leute, die bereits dort standen, endlich an den neuen Gerüchten sattgesehen hatten, sagte Orietta gewollt zusammenhanglos: »Und deshalb habe ich mir überlegt, ins Kloster einzutreten …«

Wie befürchtet, folgte darauf kein entsetzter Aufschrei, denn Flavia war mit den Gedanken tatsächlich längst woanders.

»Oh, so eine lange Warteschlange, ich sollte lieber los und Jaco das Abendessen bringen!«, erwiderte sie hohl, als läse sie aus einem Theaterstück vor, und vielleicht war es ja nicht das Einmaleins, sondern dieser Satz gewesen, den sie sich während ihrer Plauderei still vorgebetet hatte, um ihn nun möglichst natürlich herausbringen zu können. Bloß, dass nichts daran Orietta natürlich erschien.

»Du brauchst ihm kein Essen zu bringen. Seine Arbeitszeiten haben sich geändert. Hast du es nicht gehört?«

Irritiert begann ihre Schwester zu blinzeln.

»Er soll nicht mehr die halbe Nacht in aller Abgeschiedenheit an seinen Unikaten arbeiten, sondern von morgens bis abends, so wie alle anderen. Papà möchte ihm seine zwei besten Garzonetti zur Seite stellen, um die Herstellung zu beschleunigen.«

Bei dieser Nachricht erbleichte Flavia, und Orietta musterte sie verwundert. Als würde sie über einen hohen Balken balancieren, schwankte Flavia auf der Stelle, ihre Hände suchten fahrig Halt in der Luft. »Stammt die Idee wirklich von Papà?« Genau wie ihre Mutter ließ er dem Wunderkind sonst seine Marotten durchgehen. »Jaco hat den Neuerungen doch wohl nicht zugestimmt?«

»Was ist denn mit dir?« Als Orietta keine Antwort bekam, fuhr sie fort: »Bleibt ihm denn eine Wahl? Hier geht es nicht mehr um seine persönlichen Vorlieben, sondern um Profit.«

»Also warst du das.« Flavias Blick verfinsterte sich. »Du hast Papà diesen Floh ins Ohr gesetzt.«

Orietta seufzte nachsichtig. Sie wusste um das besondere Band, das Flavia und Jacopo teilten, und hatte schon lange aufgehört, es persönlich zu nehmen. »Ich kann mir vorstellen, dass das unserem Brüderchen gehörig gegen den Strich geht, aber mit Helfern ist er nun mal schneller. Und seiner Gesundheit tut es sicherlich auch gut, wenn er nicht ständig die Nacht zum Tag macht.«

»Die Nacht befeuert seine Fantasie!«, setzte Flavia noch einmal an, aber ein stummer Blick von Orietta ließ sie begreifen, dass diese ihre Meinung nicht ändern würde. Dennoch schüttelte sie missbilligend den Kopf. »Wie kannst du nur immer glauben zu wissen, was das Beste für alle ist?«

»Flavia …«

»Nein! Das geht zu weit, Ori. Du kannst nicht Glas blasen, und du hattest kein Recht, dich in Jacopos Arbeit einzumischen.« Grimmig verzog sie den Mund, bevor sie mit einem hingespuckten »Was weißt *du* schon von Kunst?« aus dem Menschenauflauf ausbrach. Ihre Schulter rammte im Vorbeigehen die von Orietta, doch wo Flavia normalerweise eilig für eine Entschuldigung umgekehrt wäre, schloss sich nun beinahe nahtlos hinter ihr die Lücke. Eine junge Dame, vielleicht so alt wie sie, füllte sofort die leere Stelle und verrenkte den Hals, um einen Blick auf die angehefteten Zettel zu erhaschen.

Noch ganz verblüfft von dem unerwarteten Wutausbruch ihrer kleinen Schwester wandte sich Orietta ab und rückte noch einen Schritt an den Kasten vor. Dank ihrer Größe konnte sie über die meisten Köpfe hinwegspähen, und musste nicht unmittelbar in erster Reihe stehen, um die neuen Aushänge zu lesen. Neben der üblichen Warnung, der Campanile würde bald einstürzen, wenn man weiterhin Scharen von Touristen mit dem Aufzug in den Glockenturm beförderte, fand sie auf dem handschriftlichen Blättchen ihren eigenen Namen zusammen mit dem von Sibilla Veridiani. Beides nebeneinander zu sehen, löste eine seltsame Zufriedenheit in ihr aus, die den durch Flavia entfachten Gefühlstumult kurzzeitig übertönte. Das unverkennbare schnörkelige Schriftbild rang ihr ein Lächeln ab. Wenn sie nur an ihre Mutter dachte, die sich wahrscheinlich in der Dunkelheit hergeschlichen hatte … Dann wanderten ihre Augen zum nächsten Blatt, und was darauf stand, ließ sie erstarren. Es war eine gedruckte Verlobungsanzeige mit eigenhändiger Grußzeile:

Prudentia Maria Dal Corso
Giovanni Erardo Volpato
beehren sich, ihre Verlobung anzuzeigen.
Den Glücklichen ist viel Freude zu wünschen.

Datiert auf den heutigen Tag. Ihre Hausadresse war für Grußkarten und Geschenke angegeben, doch Orietta zog es zuerst in die Calle Dietro gli Orti 12.

Wenn man vom Campo aus nach Süden Richtung Ramo S. Bernardo ging, musste man zunächst links abbiegen, rechts die Calle Angelo dal Mistro nehmen und anschließend die Riva Longa ansteuern, wo man über die Brücke Ponte Longo schon bald die Fondamenta da Mula erreichte, und von dort war es bis zur Werkstatt nur noch ein Katzensprung. Der Weg nahm gerade einmal zwölf Minuten in Anspruch. Wenn man so davonstürmte wie Flavia eben, bewältigte man die Strecke auch in sechs. Und wenn man vor Unglauben und Wut schäumte, weil die eigene Mutter irrsinnige Alleingänge unternahm, erreichte man die Werkstatt vielleicht sogar in unter zwei Minuten.

Orietta wusste nicht, ob sie selbst gelaufen, galoppiert oder geflogen war – jedenfalls fand sie sich kurz darauf keuchend vor ihrem Vater ein, die Fäuste in die Hüften gestemmt.

»Orietta!« Er war eindeutig überrascht. Wahrscheinlich hatte er erwartet, der Besuch in der Schneiderei würde sich bis in die späten Abendstunden hinziehen. Er kannte seine Tochter: In Geschäftsangelegenheiten mochte sie entscheidungsfreudig sein, aber wenn es um das Vergnügen ging, war sie zaghaft und wankelmütig und damit ganz anders als ihre Mutter.

Sie küsste ihn auf beide Wangen, dann übergab sie ihm wortlos den Zettel. Die Anzeige hatte sie am Campo unter den verdutzten Blicken der Umstehenden einfach abgerissen. Das stellte zwar einen kleinen Skandal für sich dar, doch erstens wollte Orietta nicht, dass noch mehr Leute auf die Verlobung aufmerksam wurden, und zweitens musste ihr Vater die Worte schwarz auf weiß sehen, damit er ihr glaubte.

Lautlos las er die Zeilen, dann fuhr er sich mit der Hand über den Mund. Seinen Garzonetto Marcello, der ihn mit dem einsatzbereiten Eisen umschwirrte, verjagte er mit einer Handbewegung – an das Formen von glühenden Glasklumpen war jetzt nicht zu denken. Das Gedruckte wurde ein weiteres Mal und diesmal ganz genau gelesen, dann feuerte ihr Vater das zerknüllte Papier in den nächstbesten Brennofen. Obwohl die Ader an seinem Hals angeschwollen war, lächelte er schwach, als wollte er ausdrücken: keine Anzeige, keine Verlobung.

Orietta presste die Lippen zusammen. Nur weil das Papier zu Asche zerfallen war, konnte man das Gleiche nicht auch von der Nachricht selbst behaupten, die sich sicher bereits in den Köpfen der Zunftfamilien und der Nachbarschaft festgesetzt hatte.

Doch das glaubte ihr Vater auch gar nicht. »Deine Mamma bereitet diesen Tag schon seit Längerem vor«, sagte er resigniert. »Ich konnte sie nicht davon abbringen. Und du solltest machen, dass du nach Hause kommst. Das Fest ist schon in vollem Gange.«

***

Orietta beeilte sich. Trotz ihrer dringenden Bitte, sie zu begleiten, hielt ihr Vater in der Werkstatt die Stellung. Er müsse aufholen, was durch die Abwesenheit seiner Söhne liegen geblieben war. Als Orietta ihn fragte, wo denn Jacopo sei, sagte er bloß: »Krank«, doch an seinem mürrischen Tonfall erkannte sie, dass es seiner Meinung nach eher eine Malaise war als eine ernst zu nehmende Krankheit.

Während sie darüber nachdachte, was wohl in ihrem kleinen Bruder vor sich ging, ob er wirklich krank war oder lieber an dem Fest teilnahm, statt zu arbeiten, steuerte sie auf ihren Garten hinter dem Haus zu. Die grüne Oase war wie die Seite in einem Poesiealbum: einladend, kompakt, und mit zig Erinnerungen gefüllt. Der runde Brunnen in der Mitte hatte beim Versteckenspielen viele Male als Anschlag gedient, und hinten in der unebenen Ziegelmauer, wo im Sommer Gras und Büsche wucherten, hatte Giovanni mit seinem ersten Taschenmesser ihre Wachstumssprünge ins Gemäuer geritzt. Orietta ahnte, dass ihre Mutter, falls sie sich wirklich dazu erdreistete, das Fest auszurichten, das genau hier tun würde. Die Luft war zwar im März eigentlich noch nicht warm genug, um sich viele Stunden am Stück draußen aufzuhalten, doch drinnen war es noch kälter. Abgesehen davon, würde ihre Mutter keine dreckigen Fußabdrücke dulden, ganz zu schweigen von herumschnüffelnden Nachbarn, die ihre Nasen in jedes Zimmer steckten. Außerdem wärmten Likör, Weinbrand und Prosecco die frierenden Glieder von innen.

Während das Fest vor Oriettas Augen entstand, begann ihr

das Blut wieder in den Ohren zu rauschen. Die leise Akkordeonmusik war schon aus der Ferne zu vernehmen, und mit jedem Schritt, den sie auf den Garten zumachte, war sie besser und schließlich in voller Lautstärke zu hören – noch bevor die Festgesellschaft in Sicht kam.

Über zahlreiche Hüte und Zylinder hinweg suchten Oriettas Augen nach ihrer Mutter und streiften dabei allerhand bekannte Gesichter. Um einen züngelnden Feuerkorb schließlich scharten sich die vier Dal-Corso-Damen mit dem Familienoberhaupt und einzigen Mann in der Familie, Don Benvenuto – und mittendrin standen Oriettas eigene Mutter, Jacopo und Flavia.

»Ist das zu glauben? Eine Verlobung zur Karnevalszeit?«, krähte Donna Clarissima mit rotem Gesicht und Stolz in der Stimme, woraufhin alle ihr Glas erhoben. Anschließend fuhr sie damit fort, die Runde mit einer ihrer fesselnden Anekdoten zu unterhalten. Die in der Nähe Stehenden lauschten ihr, bis auf Jacopo, der Natalina und Amalia zu deren Verzückung rechts und links im Arm hielt. Für einen Kranken gab er eine reichlich flotte Figur ab, befand Orietta, die innerlich schäumte. Der Vater musste Doppelschichten einlegen, damit seine Söhne sich amüsieren konnten – sein jüngster zumindest. Von Giovanni war keine Spur zu sehen.

Mit einem steifen Lächeln, das womöglich mehr einer Grimasse glich, schlüpfte Orietta unter die Gäste, noch bevor ihre Mutter sie bemerken konnte. Während sie durch den Garten streifte, ließ sie ihren Blick schweifen. Dort gruppierten sich die Nachbarn und flüchtigen Bekannten in einem größeren Gesprächskreis, lachend, gestikulierend, aber immer mit einem Auge auf der Gastgeberin, als hofften sie, dass es bald eine Willkommensrede gab, die ihnen erklärte, wie es überhaupt zu dieser Blitzverlobung gekommen war. Auch im hinteren Teil des Gartens hatte sich ihr Bruder, anders als erwartet, nicht bei den alten Männern unter dem einsamen Laubbaum verkrochen, wo man abseits von der Gesellschaft auf Klappstühlen um einen runden Terrassentisch saß und sich mit Würfeln und Knobelbecher die Zeit vertrieb. Ohne sie eines Blickes zu würdigen, marschierte sie an den Alten vorbei, bis sie die enge Außentreppe erreichte. Diese führte seitlich an der Hauswand nach oben und ermöglichte so, wie bei jedem venezianischen Haus, das sich in Wohnbereich und Ladenlokal aufteilte, einen zweiten Zugang zur Wohnung. Auf der anderen, nicht zum Garten weisenden Seite des Gebäudes, gab es zwei verglaste Vorbauten, die über den Kanal schauten. Orietta fürchtete bereits, an der Mauer umkehren zu müssen, die das Grundstück begrenzte und so viele ihrer Kindheitserinnerungen im Gestein trug, da ertönte hinter ihr ein hoher Pfiff.

Giovanni saß von den Hängelaternen beschienen auf dem obersten Treppenabsatz, ein Bein angewinkelt, den Oberkörper vorgebeugt, einen Arm aufs Knie gestützt. Er nickte ihr auffordernd zu, nachdem sie herumgewirbelt war und ihn ins Auge gefasst hatte, also stieg sie zu ihm hinauf.

Sie öffnete schon den Mund, um ihn zu fragen, wie um Himmels willen er diesem Affentheater auf seine Kosten nur hatte zustimmen können, dann bemerkte sie seinen Gesichtsausdruck und sagte nur: »Hier versteckst du dich also. Und ich dachte schon, du hättest dich vor lauter Angst in den Kanal gestürzt.«

»Dafür schwimme ich zu gut.«

»Ich weiß«, seufzte sie und setzte sich neben ihn. »Du hast es mir schließlich beigebracht.«

»Außerdem macht man darüber keine Scherze.«

Auch das wusste sie.

Als wäre sie gar nicht anwesend, starrte er ins Nichts – so erschöpft und geschlagen, wie sie ihn selbst nach dem härtesten Arbeitstag noch nicht gesehen hatte. Selbst im Profil wirkte er, als wäre er vor einem wilden Tier geflohen und hätte sich gerade noch so in Sicherheit bringen können.

»Gio, was tust du hier draußen?«

»Ich musste … etwas Abstand gewinnen«, sagte er und musterte sie kurz. Dann, als fiele beim Anblick ihrer forschenden Miene eine allerletzte Schutzmauer, lehnte er den Kopf an die Wand und schloss die Augen. Nun war er wieder ihr Bruder, und all die Sorge, die er im Beisein seiner Eltern unter Verschluss hielt, furchte sich hier, in der Abgeschiedenheit des Gartens, tief in seine Stirn. »Unten trinken sie auf mein Wohl, und ich sitze hier oben und bemitleide mich selbst.«

Orietta streckte die Beine aus und glättete ihren Rock. »Ich wünschte, es wäre ein Scherz, aber sie feiern gerade wirklich deine Verlobung mit Prudentia. Warum jetzt, nachdem du dich so lange gewehrt hast?«

»Mamma hat mir nahegelegt, darüber nachzudenken, ob ich den Dingen nicht einfach ihren natürlichen Lauf lassen sollte«, sagte er schwach.

»Aber das ist nicht der natürliche Lauf!« Orietta schnappte nach Luft. »Ohne Mammas Einwirken gäbe es gar keine *Dinge*!«

Er seufzte. »Prudentia ist eine ledige Dame, und sie ist so gut wie jede andere. Wir haben ganz andere Probleme.« Und als Orietta ihn indigniert musterte, fügte er leiser hinzu: »*Abgesehen* von den Schulden.«

Orietta runzelte die Stirn. »Was meinst du?«

»Jaco ist verletzt. Bei der Prügelei im Casino hat wohl seine Hand gelitten. Erst dachte er, es würde sich mit ein wenig Ruhe von selbst legen. Aber nun …« Er schwieg kurz. »Er wird nicht skulpturieren können. Wenn wir Pech haben, für eine verdammt lange Zeit nicht. Und ohne seine Unikate …«

Orietta schlug sich die Hand vor den Mund. »Heilige …«

Giovanni brummte, dann rieb er sich mit beiden Händen über das Gesicht. Ein dunkler Bartschatten bedeckte seinen Kiefer, rote Adern trübten seine Augen. Er gehörte in die Federn, nicht auf eine Feier, und schon gar nicht auf eine, die seinen persönlichen Untergang begoss. »Nun gut, die Pflicht ruft.«

Als er aufstehen wollte, hielt sie ihn am Arm zurück. »Warte, nicht so schnell. Lass mich erst überlegen!«

»Das kann nicht durch Überlegen gelöst werden. Ich habe alle Varianten durchgespielt. Ganz gleich, wie ich entscheide, eine Partei wird das Nachsehen haben. Besser, das bin ich – nicht du oder Vater oder Prudentia.«

Und sosehr Orietta ihm widersprechen wollte, erkannte sie doch, wie sinnlos das Ganze eigentlich war. Selbst wenn sie unabhängig von Jacos Verletzung weitermachten, wie viel konnten sie schon sparen? Um die ganze Summe aufzubringen, fehlte ihnen schlicht die Zeit. Ein Monat der Frist war bereits verstrichen.

Aber die Veridiani, der Ball … dort würde Orietta eine echte Chance haben, mit zahlungswilligen Kunden in Verbindung zu treten, und zwar von der Warte einer geschätzten Bekannten aus, der man zuhörte, wenn sie zwischen Baccalà Mantecato und Panna Cotta beiläufig vom Geschäft ihres Vaters schwärmte. Doch egal, wie sie es drehte und wendete, auch das Knüpfen solcher Beziehungen brauchte seine Zeit. Vielleicht sollte sie sich einfach geschlagen geben.

»Du sorgst dich um *ihre* Gefühle?«, fragte sie schließlich, um Giovanni an die Gleichgültigkeit, wenn nicht gar Abneigung zu erinnern, die er so oft beteuert hatte für Prudentia zu hegen.

Er zog die Brauen zusammen. »Sie verdient es nicht, schlecht behandelt zu werden. Keine Frau tut das.«

Während sie gerade noch hatte aufgeben wollen, erwachte plötzlich wieder die Wut in ihr. »Dann setz dich zur Wehr! Lass das nicht mit dir – mit *euch* – machen. Das letzte Wort ist noch nicht gesprochen. Willst du Mamma etwa damit durchkommen lassen?«

»Ori, bitte, hör auf, mich aufzuwiegeln!« Er erhob sich, nahm zwei Stufen, dann hielt er inne und krampfte die Finger um das Geländer, bevor sie mit einem Mal müde erschlafften. »Ich habe es bereits akzeptiert. Und das solltest du auch.«

»Aber …« Orietta stellte sich ihm mit ausgebreiteten Armen in den Weg, er schlüpfte unter der Barriere hindurch. »Gut! Dann geh doch runter und beweise, dass du es akzeptiert hast!«, rief sie ihm erbost nach. »Los, küss deine Zukünftige vor allen Leuten!«

Sprachlos starrte er sie über die Schulter hinweg an, und eine zarte Röte erblühte auf seinen Wangen, dem Nasenrücken, seiner Stirn. Seine Brust hob und senkte sich einmal, dann straffte er mit einem Ruck die Schultern und stieg weiter hinab.

Orietta folgte ihm eilig. Er würde doch nicht wirklich …?

Bei der Gästeschar angelangt, nahm er Prudentia das Sektglas aus den Fingern. Ein dicker Juwel, der Verlobungsring der Familie, blitzte bei der Bewegung auf, und Orietta zuckte bei diesem Anblick zusammen. Wann hatte er ihr den übergestreift? Hatte er es überhaupt getan? Oder war das auch das Werk ihrer Mutter? Als sein Blick darauf fiel, gerieten seine Bewegungen ins Stocken – also war es tatsächlich Mamma gewesen.

Giovanni schien genauso entsetzt, wie Orietta sich fühlte, dennoch machte er mit seiner kleinen Vorführung weiter, seinem Beweis, dass er *die Dinge akzeptiert hatte*. Orietta hörte ihren eigenen Puls unangenehm in den Ohren dröhnen, als ein Raunen durch die Reihen lief. Ihr Magen rebellierte, ihre Finger wurden klamm – das durfte doch alles nicht sein! Aber nun konnte sie nicht mehr einschreiten.

»Liebe Gäste, seht her, das glückliche Paar«, rief ihre Mutter beseelt, nachdem Donna Clarissima, die neben ihr wachte, sie mit dem Ellbogen auf Giovanni aufmerksam gemacht hatte. Orietta spürte kalte Enttäuschung über sich hinwegspülen. Vor noch gar nicht allzu langer Zeit hatten sie, die Volpato-Frauen, zusammen den für Donna Clarissima bestimmten Kuchen vertilgt, weil Oriettas unverhoffte Einladung zum Maskenball ihnen den Glauben daran zurückgegeben hatte, dass sie es gemeinsam schaffen würden, auch ohne die Dal Corsos und die finanzielle Entlastung, die eine Verbindung der beiden Familien versprach. Und nun war all das plötzlich vom Tisch? Natürlich kannte Orietta den Wankelmut ihrer Mutter, doch das hier, das fühlte sich an wie Verrat.

Vorwurfsvoll starrte sie sie an, während der Applaus aufbrandete und die Dal Corsos am lautesten klatschten. Die Hände ihrer Mutter schlugen nur einmal zusammen, bevor ihr Beifall erstarb und sie die Finger ineinander verschränkte und wie zum Stoßgebet mit geschlossenen Augen die Lippen dagegenpresste.

Giovanni zog derweil Prudentias Gesicht zwischen seine Hände, so vorsichtig und zart, als wüsste er gar nicht recht, wo er sie anfassen sollte. Sie schob ihre eigenen Hände darüber, und der Ring blitzte auf. Beide hielten sie die Berührung, während Jacopo von weiter hinten johlte, jemand auf zwei Fingern pfiff und ein allgegenwärtiges Seufzen die Luft erfüllte. *Gott, sie trägt den Familienring!*

Giovanni starrte Prudentia an, sie blickte zu ihm auf. Millimeter für Millimeter bog sie den Hals langsam zurück, schloss erwartungsvoll die Augen, hob das Kinn. Alles hielt den Atem an, die anwesenden Mütter triumphierten. Und dann …

Dann plötzlich ließ Giovanni von seiner Zukünftigen ab, verzog wie unter Schmerzen das Gesicht und wandte sich ab. Steif und ungelenk, mit einem Ausdruck des Grauens auf dem Gesicht, schritt er davon. Das erwartungsvolle Raunen verkümmerte zu betretenem Schweigen.

Ihre Mutter überwand den Schock als Erste. Sie gab dem Akkordeonspieler ein Zeichen, das nächste Stück anzustimmen, und rief mit gekünstelter Fröhlichkeit: »Recht hat er, der zukünftige Bräutigam, auf diesen Kuss müssen wir alle noch warten. Und so lange: Tanzt, esst, amüsiert euch!«

Während sie selbst die wie vom Donner gerührte Prudentia zur Seite nahm und gestenreich auf sie einredete, begannen auch die Gäste sich wieder zu unterhalten.

Orietta verließ das Fest, zutiefst verwirrt über das, was sich soeben abgespielt hatte. Ihre Mutter mimte die stolze zukünftige Schwiegermutter, obwohl ihr Gesichtsausdruck das Gegenteil behauptete, und ihr selbstsicherer Bruder, der nie sein Wort brach und versprochen hatte, ihr seine Entschlossenheit zu dieser Verbindung zu beweisen, hatte sich … in sich selbst getäuscht. Obwohl so viel davon abhing, hatte er sein eigenes Herz nicht verraten können. Und zum ersten Mal seit der verhängnisvollen Nacht im Casino stellte sich Orietta die Frage, ob *sie* es wohl könnte – ihr Herz verraten. Ob sie in der Not dazu bereit wäre, ihre eigene Zukunft gegen die des Betriebs einzutauschen? Sie hoffte inständig, dass sich noch ein paar Möglichkeiten auftun würden, bevor ihr am Ende nur noch die Beantwortung dieser einen Frage blieb.

Kapitel 11

Die letzten Tage vor dem Maskenball schmolzen dahin wie Glas, das man stundenlang im Brennofen erhitzt und in mehreren Durchgängen modelliert hatte. Am Ende war die Familie ein einziger glühender Klumpen, dessen Bestandteile Orietta nicht mehr voneinander unterscheiden konnte.

Da waren die Gesellschafterin und ihr Helfer gewesen, die Flavia, Prudentia und Orietta mit mehr Strenge als Nachsicht in die Künste des Paartanzes eingewiesen hatten. Donna Clarissima hatte sie bestellt und großzügigerweise aus eigener Tasche bezahlt, nachdem Oriettas Mutter schweren Herzens Flavia zu Oriettas Begleitung ernannt hatte. Doch während sie sich mit deren Versprechen, ihr alles haarklein zu erzählen, zufriedengegeben hatte, wäre es Donna Clarissima gar nicht erst in den Sinn gekommen, ihrer Tochter eine gleichaltrige Freundin mitzuschicken. Zumal ihre eisern unter Verschluss gehaltene und ihrer Behauptung nach *sensationelle* Robe bereits angefertigt und auf Prudentias Farben abgestimmt war.

Da bereits Oriettas Mutter nach der ersten Anprobe verlangt hatte, Orietta möge »diese rote Sünde von einem Kleid« zu ihrem Erschaffer zurückbringen, durften Vater und Brüder den Stoff vorsichtshalber nicht zu Gesicht bekommen. Zum Glück war mit der Zeit, auch weil Orietta ihre Mutter gebeten hatte, die passenden Glasperlen auszusuchen, eine Art Gewöhnungseffekt eingetreten, je öfter die Mutter die Perlen zum Abgleich an den Stoff gehalten hatte. So hatte sie irgendwann begonnen, ganz offen die feine Verarbeitung und den extravaganten Schnitt zu bewundern. Und obwohl Orietta nie der Typ gewesen war, sich gern zu präsentieren, hatte sie sich bestimmt ein Dutzend Mal in dem Kleid vor dem Spiegel gedreht und immer wieder aufs Neue über die atemberaubende Verwandlung gestaunt, die es ihr bescherte. Dennoch flatterten ihr die Nerven, wenn sie an die bevorstehende Ballnacht dachte und an die Gefahr, dort zu versagen. Besonders, wo es nun buchstäblich um alles ging, nicht mehr nur um ihre eigene Person. Weder Flavia noch ihre Mutter konnten ermessen, wie sehr sie sich bei all ihrer Vorfreude fürchtete. Höchstens Donna Clarissima schien eine vage Ahnung von dem Fegefeuer zu haben, das sie durchschritt, denn ab und zu strich sie ihr mit einem Ausdruck übers Haar, der so etwas wie Mitgefühl verriet.

Ganz allgemein zeigte sich die Nachbarin seit der Verlobungsfeier von einer warmen, geradezu fürsorglichen Seite. Sei es, weil sie sich am Ziel ihrer Träume wähnte oder weil sie Giovannis Einwilligung dem guten Einfluss von Oriettas Mutter zuschrieb. Tatsache war, dass sie Angelica Volpato und ihren Töchtern in den Tagen vor dem Ball jeden Wunsch von den Augen ablas. Dass Giovanni mitten in der Feier getürmt war, brachte sie kein einziges Mal zur Sprache, denn solange ihre Tochter das Familienerbstück der Volpatos am Ringfinger trug, bestand ja offensichtlich kein Grund zur Sorge. Solange dies für alle klar war, war auch sie zufrieden.

Anstandslos begab sie sich in die Rolle der guten Schwiegermutter und ließ ihre Kontakte spielen, um ihnen allen beim stadtbekannten Maskenbildner Tadiello einen Termin zu beschaffen, nachdem die eigenen Bemühungen der Volpatos darum vergebens geblieben waren. Auf Nachfrage tat sie ihren kleinen Coup als reinen Freundschaftsdienst ab, doch Orietta hatte bei der Besprechung ihrer eigenen Maske in den Verkaufsräumen des Maskengeschäfts das Gerüst für ein deckenhohes Wandmosaik bemerkt. Die ersten quadratischen Glassteine aus dem Hause Dal Corso waren bereits gesetzt. Befragte man Donna Clarissima zu dem Auftrag, überging sie die unentgeltliche Arbeit ihres Gatten mit einem Lächeln. Und erwähnte jemand, wie müde Don Benvenuto aussah, entgegnete sie bloß, dass Augenringe der Schmuck der Fleißigen seien und Kaffeeringe auf dem Küchentisch jener der Faulen.

Angelica Volpato indes hatte es sich zur Aufgabe gemacht, den Tagesablauf eines jeden Familienmitglieds zu reglementieren: acht Stunden Schlaf, regelmäßige Pausen, mindestens drei Mahlzeiten – um ihre Taktung kam niemand herum. Ihre Töchter strafte sie sogar mit einem Nachmittagsarrest, bei dem diese zu ruhen und das eigene Zimmer nicht zu verlassen hatten. Orietta wusste nicht, was ihre Schwester von dem aufgezwungenen Schönheitsschlaf hielt, denn sie zuckte zu allem bloß mit der Schulter und ging längeren Gesprächen aus dem Weg, aber es war schwer vorstellbar, dass sie die Ruhezeiten wirklich einhielt.

Während Orietta die Nase in französischer Literatur vergrub, auf der Suche nach zitierwürdigen Stellen, hörte sie von nebenan öfter ein gleichmäßiges Trampeln, das an den Dreivierteltakt eines Wiener Walzers erinnerte. Und nachts, wenn alle ihre Lichter schon längst gelöscht hatten, meinte sie des

Öfteren ein Knarzen von der Treppe zu vernehmen – die Bestätigung, dass Flavia sich wieder einmal davongemacht hatte.

An diesem Morgen, dem Tag des Maskenballs, hatte sich Orietta in den Stunden vor Sonnenaufgang auf die Lauer gelegt. Kerzen, ein gutes Buch und wiedererhitzter Kaffee vom Nachmittag hielten sie erfolgreich wach, doch es war nicht Flavia, die an ihr vorbeihuschte – zumindest nicht allein: Neben ihr schlich Jacopo, einen Arm um die Taille seiner Zwillingsschwester geschlungen, als müsste er sie stützen. Sie selbst hielt den rechten Arm gegen den Bauch gepresst. Es war zu dunkel, um zu erkennen, welcher Körperteil genau ihr wehtat – der Arm oder ihr Bauch, aber ihre sonst so weichen Gesichtszüge waren vor Schmerz verzerrt.

»Flavia!« Orietta stürzte aus der Tür, bevor die beiden an ihrem Zimmer vorbei waren. Zur Antwort erhielt sie ein gedämpftes, aber bestimmtes Nein, das sie auf der Stelle stocken ließ.

Nein, du musst dich nicht sorgen.

Nein, wir wollen keine Hilfe von dir.

Nein, wir brauchen deine Einmischung nicht.

»Wartet …« Orietta schüttelte den Schmerz der Zurückweisung ab und hastete ihnen nach, doch Flavias Tür schlug ihr vor der Nase zu und öffnete sich auch auf mehrmaliges Klopfen nicht mehr.

Das folgende Frühstück ging still vonstatten, obwohl Donna Clarissima mit ihren Töchtern anwesend war und die Frau bekanntlich selten den Mund hielt. Doch auch sie musste die in der Luft liegenden Spannungen spüren. Flavia und Jacopo sprachen nicht mehr mit Orietta, Orietta nicht mit ihrer Mutter, und Prudentia selbst ignorierte alles und jeden bis auf ihre

Suppentasse. Vermutlich hatten Natalina und Amalia sie einmal zu oft mit Giovannis Abgang aufgezogen – was die beiden allerdings nicht davon abhielt, immer wieder einmal die Beobachtung ihrer älteren Schwester zu unterbrechen und gemeinsam loszuprusten. Während sie sich mokierten, musterte Orietta verstohlen ihre eigene Schwester. Sie suchte nach Anzeichen jener Schmerzen, die Flavia gestern Nacht empfunden hatte und wegen derer sie vor Oriettas Augen in die Knie gegangen wäre, hätte Jaco sie nicht gestützt. Doch ihre Stirn war glatt, der Oberkörper nicht gekrümmt, und ihre Wortmeldungen klangen unbeschwert wie eh und je. Orietta blieb nichts anderes übrig, als den Schwächeanfall ihrer Schwester auf Bauchkrämpfe zu schieben, denn welche Frau kannte sie nicht, die einmal im Monat auftretende Pein? Und gerade, als sie glaubte, sie hätten das qualvolle Beisammensein überstanden, bei dem jeder von jedem ignoriert wurde, stürmte Giovanni mit der nächsten Hiobsbotschaft herein: »In die Werkstatt wurde eingebrochen.«

»Himmel, was noch alles!« Ihre Mutter, die bereits den Tisch abräumte, drückte der neben ihr stehenden Natalina das überschwappende Milchkännchen in die Hand und raffte ihre Röcke, doch Giovanni winkte ab. »Bleib bitte hier. Der Anblick ist womöglich zu viel für deine Nerven.«

»Aber sicher nicht für meine!« Donna Clarissima fuhr vom Tisch auf, als wären sie bereits eine Familie und die Belange der Volpatos auch die ihren.

»Schsch!«, sagte Orietta. »Lasst ihn aussprechen.«

Doch er schien gar nicht mehr berichten zu wollen. Stattdessen suchte er ihren Blick und fragte knapp: »Begleitest du mich?«

Sie musste nicht darüber nachdenken, ihr hatte bereits der gleiche Vorschlag auf den Lippen gebrannt.

»Ich will es auch sehen!« Flavia trat um Prudentia herum, welche bei Giovannis Erscheinen zwar vom Stuhl aufgeschossen war, den Kopf aber nun stumm gesenkt hielt, als könnte sie den Anblick ihres Verlobten nicht ertragen.

»Ich ebenfalls!«, rief Jacopo.

»Nein, das ist was Ernstes, keine vergnügliche Exkursion zu eurer Erheiterung.«

»Und wer sagt, dass wir uns erheitern wollen? Orietta ist hier nicht die Einzige, die sich mit ernsten Angelegenheiten befassen kann!« Flavia versteifte die zuvor locker zu ihren Seiten hängenden Arme, die so früh am Morgen schon in Satinhandschuhen steckten, zweifellos ein Anzeichen ihrer Vorfreude auf den Ball.

So wie Orietta ihre Schwester kannte, wollte sich diese jetzt nicht wirklich um die Nöte der Werkstatt kümmern, sondern sich eher einer ausgiebigen Toilette widmen: das Haar ondulieren und die opulente Robe aufbügeln, die schon vor Tagen angeliefert worden war und auf Geheiß der Mutter bis zu ihrem Einsatz im Kleidersack verweilen musste. Aber vielleicht brauchte sie noch mehr als das Herausputzen für den Ball die Gewissheit, von Giovanni ernst genommen zu werden. Sie war schon zurückgeblieben, als sich die Krise im Casino ereignet hatte. Ein zweites Mal schien sie sich nicht übergehen lassen zu wollen.

»Es ist der Familienbetrieb und nicht die Giovanni-und-Orietta-Werkstatt«, sagte Flavia jetzt. »Wenn etwas gestohlen wurde, dann ja wohl Jacopos Arbeiten. Seine Unikate sind am wertvollsten.« Mit einem Blick auf ihren Zwilling schloss sie: »Wir kommen mit.«

Giovannis Kiefer zuckte, doch statt sie weiter aufzuhalten, sagte er nur: »Gestohlen? Beschädigt trifft es wohl eher.«

Und während des kurzen Weges bis zur Calle Dietro gli Orti stellten sie alle abwechselnd Mutmaßungen darüber an, wie sich der Einbruch wohl zugetragen haben mochte.

»Ist wirklich alles zertrümmert?«, fragte Jacopo. »Oder nur meine Stücke?«

»Warum? Verdächtigst du eine der Damen, die du am laufenden Band verschmähst?«, hakte Orietta ein.

»Immerhin habe ich überhaupt einen Verdacht.«

»Bloß weil du nicht weißt, wo die Prioritäten eines Geschäftsmannes liegen.« Giovanni verpasste ihm einen halbherzigen Schlag in den Nacken. »Wir müssen den Schaden einschätzen, bevor wir nach einem Schuldigen suchen. Das ist das Wichtigste.«

»Und während wir das tun«, kommentierte Flavia, »ist der Schuldige bereits über alle Berge.«

»Oder *die* Schuldige.« Orietta streifte Jacopo mit einem missbilligenden Blick.

»Niemand ist über alle Berge. Nicht, wenn es jemand aus der Glasbläserzunft war.« Dass die Angehörigen dieser Vereinigung die Insel nicht dauerhaft verlassen durften, brauchte Giovanni nicht eigens auszusprechen. Sie alle hatten mit der Ausnahmeregelung zu leben gelernt, und längst nicht alle von ihnen haderten damit so wie er. Orietta bezweifelte, dass Jacopo jemals freiwillig ein Schiff in die Ferne besteigen würde – es sei denn, der Landungssteg mündete direkt in einer jener amerikanischen Gentlemen's Clubs, die sich in Übersee wohl gerade größter Popularität erfreuten, sich hier in Venedig aber noch nicht durchgesetzt hatten, anders als die literarischen Salons.

»In all den Jahren wurden wir noch nie überfallen«, bemerkte Flavia niedergeschlagen.

Orietta tastete nach ihrer Hand, um sie tröstlich zu drücken, doch ihre Schwester zuckte vor der Berührung zurück. Und Orietta fiel wieder ein, wie sie sich in der Nacht schützend den Arm gegen die Mitte gepresst hatte …

Nicht zu wissen, ob Flavias ausweichendes Verhalten von den Schmerzen der vergangenen Nacht herrührte oder doch von etwas anderem, setzte Orietta zu. Vielleicht hatten Bauchkrämpfe gar nichts damit zu tun, sondern sie war gestürzt? Womöglich hatte sie sich in eine handfeste Auseinandersetzung verwickeln lassen. Obwohl es absurd schien, formte sich in Oriettas Kopf das Bild einer rotwangigen Flavia, die ins Casino rauschte und einen gewissen Carpenteri ohrfeigte. Nein, keine Ohrfeige, sie würde ihm vielmehr mitten auf die Nase boxen.

Carpenteri.

Orietta hütete sich, voreilige Schlüsse zu ziehen, doch als keine fünf Meter vom Eingang bereits die ersten Glasscherben unter ihren Stiefel knirschten, war der Name offenbar auch ihren Geschwistern durch den Kopf gegangen.

»Ich bringe ihn um!«, brüllte Jacopo, während er die verlassene Werkstatt ablief und dabei vereinzelt Scherben aufhob, als wollte er überprüfen, ob noch etwas zu retten war.

»Und ich assistiere dir dabei«, krächzte Flavia. Sie fasste nichts an, stand nur still in der Mitte der Halle wie eine von Masins Anziehpuppen, während sich ihre umherirrenden Augen mit Tränen füllten. »Wo ist denn nur Papà?«

Auch Orietta hatte erwartet, ihn – wenn nicht verzweifelt, so doch in jedem Fall wütend – auf seinem scagno inmitten der Trümmer vorzufinden; immerhin war er der Maestro der Vetreria!

»Ich habe ihn in die Kneipe geschickt«, sagte Giovanni

matt. Statt sich mit Erklärungen oder Racheschwüren aufzuhalten, steuerte er die Lagerbestände und anschließend das kleine Schreibzimmer an, den Rückzugsort ihres Vaters. Orietta folgte ihm auf dem Fuß.

»War er in sehr schlimmer Verfassung? Musstest du ihn deswegen wegschicken?«, fragte sie, sobald sie sich außer Hörweite befanden und das zertrümmerte Lager ihnen ein schrecklicheres Bild bot, als sie es sich in ihren finstersten Albträumen hätten ausmalen können.

So kleidete sich also der Ruin: in funkelnde Splitter und bunte Farbschlieren. Sämtliche Vasen, Kronleuchter, Spiegel – alles war zerschlagen. Selbst die Regale hatten sie auseinandergehauen. Die Böden und Seitenwände bildeten einen grotesken Bretterhaufen, dem nur noch fehlte, dass eine schlaffe Hand darunter hervorlugte.

Orietta musste mehrmals schlucken, bevor sie ein Wort hervorbrachte. »Gio, ist Papà zu Schaden gekommen?«

»Nein, er …«, Giovanni strich sich mit den Fingerspitzen über den Hals, als scheute er die Erinnerung. »Er hat mich vollkommen ruhig begrüßt.«

»Begrüßt? Seid ihr denn nicht gemeinsam zu eurer Schicht angetreten?«

»Er war schon hier. Jacos Verletzung … seitdem fängt er früher an.« Und dehnte die Arbeit wohl jeden Tag um eine Stunde länger aus.

»Und warum war er so ruhig?« Die Schärfe trat von allein in ihre Stimme, doch gerade, als sie dachte, dass sie sich albern aufführte, raunte Giovanni ihr zu: »Dasselbe frage ich mich auch.«

Konnte es sein, dass es gar keinen Einbruch gegeben hatte? Die Nacht im Casino hatte Orietta für die Körpersprache ihres Bruders sensibilisiert, und weil sie damals seine Starre treffend als Furcht eingeordnet hatte, gelang es ihr, auch jetzt die verborgene, echte Empfindung unter seiner Gelassenheit zu entdecken: seinen endlos tiefen Schmerz.

»Sicher hatte er zu viel getrunken«, versicherte sie ihm sanft, um ihm über seine Enttäuschung hinwegzuhelfen. Trunkenheit war noch immer eine bessere Erklärung als der wahre Grund. »Die Verlobung hat ihn verärgert.«

»Also ist es meine Schuld. Schon wieder.« In Giovannis Feststellung lag kein Spielraum für eine Frage, kein Vorwurf, außer an sich selbst.

»Nein, das wollte ich damit nicht andeuten.«

Er lächelte freudlos, wie er es auch nach der Auseinandersetzung mit Carpenteri gemacht hatte, und Orietta hasste es, dass er sich in diesem Moment, dem Moment größter Verletzlichkeit, instinktiv wieder vor ihr verschloss. Als sie seine Schulter drücken wollte, wich er ihr aus und trat an ihr vorbei. Zurück in der Halle, hatte er längst wieder die Attitüde des Familienoberhaupts übergestreift.

»Flavia, fang bitte an, die Scherben zusammenzukehren. Orietta, Onkel Agostino soll das Buch mit den Bestellungen herbringen und mit seiner alten Arbeitsschürze anrücken, ansonsten findet er hier eine. Jaco …« Er atmete schwer aus. »Du kommst mit mir. Die Zeit der Geheimnistuerei ist vorbei. Ich erwarte, dass du mir alles zur Anfertigung deiner Unikate verrätst. Wir werden fortan zusammenarbeiten, du der Kopf, ich deine fähigen Hände.«

Was sich in Oriettas Ohren nach einem vernünftigen Schlachtplan anhörte, schien ihren jüngeren Geschwistern ganz und gar nicht zu gefallen. Flavias Mine verdüsterte sich, und Jacopo versuchte es wie üblich mit Humor – er wankte mit zur Abwehr erhobenen Händen rückwärts, von seinem Bruder weg. »Tut mir leid, aber das bleibt Betriebsgeheimnis«, erklärte er grinsend – allerdings verriet die Art, wie er sich die Lippen befeuchtete, seine Nervosität. Und als er mit der schelmischen Ausrede nicht durchkam, sagte er: »Papà hat mir seine besten Garzonetti gegeben. Behalt du deine Hände mal schön bei dir.«

Wo Giovanni sonst über die zweideutige Anspielung zumindest geschmunzelt hätte, blieb er nun ernst. »Vergiss, was Papà dir gesagt oder gegeben hat. Der heutige Tag ist der Beweis, dass er nicht länger imstande ist, unsere Familienprobleme auf die bestmögliche Weise zu lösen.«

»Warum? Weil er deinem Wunsch entsprochen hat und in die Kneipe verschwunden ist?«, begehrte Flavia auf. »Oder war es vielleicht eher ein Befehl? So wie du all deine Wünsche an uns stets in Befehle verpackst. Kehr doch selbst auf! Ich werde auf einem Maskenball erwartet – und wage es nicht, noch einen elenden Scherz über unsere Garderobe zu machen, denn wir alle wissen, dass Ori und ich dort auch nichts anderes versuchen werden als ihr an euren Öfen: unser Erbe zu retten, mit allen Mitteln, die uns zur Verfügung stehen!« Ihr Wink mit dem Kinn bedeutete Jacopo, vielleicht sogar Orietta, ihr zu folgen. Doch während ihr kleiner Bruder der Aufforderung eilig und mit unverhohlener Erleichterung nachkam, setzten sich Oriettas Beine nicht in Bewegung, verharrten zwischen den Fronten, genau wie ihr Herz.

»Sie sind jung«, nahm sie sie in Schutz, obwohl statt einer Entschuldigung eher ein Kopfschütteln angebracht gewesen wäre.

»Dann belassen wir sie besser in ihrem naiven Zustand, aufwachen werden sie von allein.« Und als Giovanni sich von ihr abwandte, war es, als befänden sie sich plötzlich auf zwei gegenüberliegenden Ufern eines ausgetrockneten Kanals.

* * *

Anstatt loszueilen, um ihren Onkel zu holen, wie ihr Bruder sie gebeten hatte, besorgte sich Orietta zunächst einmal Besen, Handfeger und Kehrblech. Sie brachte es einfach nicht fertig, ihn in all der Verwüstung, die höchstwahrscheinlich ihr eigener Vater angerichtet hatte, und mit dem bitteren Nachgeschmack von Flavias Worten allein zu lassen. Denn bei all dem Wetteifer um die Betriebsführung, der sie immer wieder dazu zwang, ihre Fähigkeiten miteinander zu messen, gab es etwas, das Giovanni und sie beide gleichermaßen besaßen: das Talent, sich an allem selbst die Schuld zu geben.

Vielleicht war er ihr in dem Bereich heute zum ersten Mal eine Nasenlänge voraus – so wie er während des Aufräumens ächzte und hin und wieder innehielt, als wüsste er nicht, ob es sich noch lohnte, an gleicher Stelle weiterzumachen, oder ob er lieber woanders anpacken sollte. Und obwohl sie sich darauf geeinigt hatten, dass er die Regale wiederaufbauen und Orietta kehren würde, hockte er nun neben ihr und verlangte nach dem Handfeger.

»Ach, jetzt, wo ich alles zu ordentlichen kleinen Häuflein zusammengetragen habe, willst du mir die Arbeit abnehmen?«, stichelte sie, allerdings nur, um ihm vielleicht doch noch ein Lächeln zu entlocken, und überließ ihm die Gerätschaften.

»Du sollst dich nur nicht versehentlich schneiden vor deinem großen Tag, dem – *gesellschaftlichen Ereignis des Jahres*«, schnaubte ihr Bruder mit einem schmalen Grinsen. Die Scherben krachten in den bereitstehenden Eimer, den Orietta von Häufchen zu Häufchen geschoben hatte, dann machte er sich an die nächste Fuhre. »Deine Salondame wird dich für unbeholfen halten. Und Leuten, die nicht ihren eigenen Körper zu steuern wissen, bringt man kein Vertrauen entgegen, geschweige denn, dass man sie mit lauter wichtigen Persönlichkeiten an einen Tisch platziert. Du *willst* doch mitreden, oder?«

Orietta zeigte ihm ihre Handflächen und die unversehrten Fingerspitzen. »Ich bin vorsichtig. Das bin ich immer.« Mit einem Griff stibitzte sie ihm den Feger wieder. »Und du feuerst jetzt besser die Öfen an, wenn du dich schon vor den Regalen drückst. Das Geschäft muss weitergehen, auf, auf.«

Er hob noch ein paar größere Bruchstücke mit den Fingern auf, schnitt sich prompt selbst und schleuderte das scharfkantige Überbleibsel von sich.

Das war das Problem, wenn zwei Menschen in der Klemme versuchten, sich mit Humor vor den darunter brodelnden Themen zu drücken. Man wusste nie, wann man danebengriff oder der Druck auf dem Kessel doch zu groß wurde.

Giovanni stöhnte und saugte an dem Schnitt, dann wandte er sich wieder an Orietta. »Ich schätze deine Anwesenheit heute Morgen in der Werkstatt sehr, liebe Schwester, besonders, wo du ja sonst im Zweifelsfall eher den Zwillingen zur Seite stehst. Aber die Befehle erteile hier immer noch *ich*. Du hast Flavia schließlich gehört.«

Orietta verdrehte die Augen. Gleich würde er ihr erläutern, dass er schon längst vorgehabt hatte, die Öfen in Gang zu setzen. Und tatsächlich …

»Ohne Garzonetti brauche ich nicht anzufeuern, obwohl ich das selbstverständlich als Nächstes vorgehabt hätte. Papà hat, wie es scheint, alle nach Hause geschickt – hoffentlich bevor jemand das Trauerspiel zu sehen bekommen hat.«

»Feuere sie trotzdem an.« Sie hielt Ausschau nach einem Tuch, und als sie nichts in Reichweite fand, drückte sie behutsam ihren Rockzipfel auf seinen blutenden Finger. Er schenkte ihr einen finsteren Blick, ehe er schmerzvoll das Gesicht verzog.

»Nur ein winziger Schnitt«, sagte sie. Noch etwas sanfter fügte sie hinzu: »Ich kann nicht alles machen – aufkehren, dich verarzten und den Ofen anschmeißen. Wir können nur weiter vorwärtsgehen, du voran, ich dicht an deiner Seite.«

Während sie die Böden blank putzte, widmete er sich seiner Arbeitsroutine, brachte die Werkzeuge in Position und bereitete die Glasmasse vor. Als der erste Klumpen aus dem Ofen gezogen werden musste, verschränkte er spöttisch die Arme vor der Brust. »Und nun? Reiche ich dir das Eisen an, und du formst? Oder möchtest doch eher du, ohne Schutzkleidung wohlgemerkt, vor den höllisch heißen Ofen treten und die Schmelze betreuen?«

Sie schnaubte, wanderte zu der Reihe Haken an der Wand, wo die Kluft der Glasbläser hing, und schlüpfte in die Lederschürze mitsamt der dicken Backhandschuhe.

»Orietta, das war ein Scherz.« Plötzlich sah er gar nicht mehr so herablassend aus, eher besorgt. »Ich kann dich das nicht machen lassen.«

»Weshalb? Weil Frauen kein Glas blasen dürfen?«, fragte sie lächelnd. »Würdest du bitte beiseitetreten?«

Er klemmte die Finger fest unter die Achseln und nahm einen breitbeinigen Stand ein. »Hat dir dein kleiner Sieg nicht gereicht?«

Obwohl sie sich nicht dafür schämen musste, bei der Verlobungsfeier seine wahren – nämlich nicht vorhandenen – Gefühle für Prudentia offengelegt zu haben, spürte sie nun doch eine gewisse Hitze in ihre Wangen steigen. Der Brennofen. Sie stand näher davor als an allen anderen Tagen, die sie bisher in der Glaswerkstatt zugebracht hatte.

»Das ist keine weitere Herausforderung zum Duell«, sagte sie. »Ich möchte einfach meinen Bruder bei der Arbeit unterstützen.«

Seine teebraunen Augen funkelten. »Du bist den Anforderungen nicht gewachsen.« Bevor sie ihn unterbrechen konnte, ergänzte er: »Und das erwartet auch niemand von dir. Lass mich meine Aufgaben erledigen, und widme du dich deinen. Noch vor ein paar Tagen war es dein größtes Anliegen, diese Einladungskarte zu ergattern. Und jetzt wirst du wenige Stunden vor dem Ball größenwahnsinnig? Das passt nicht zu dir.«

»Größenwahn hast du mir schon immer vorgeworfen.« Sie griff um ihn herum und packte die weit aus dem Einschub des Ofens ragende Stange. Blitzartig waren seine Hände neben ihren und verhinderten, dass sie am Eisen ziehen konnte. »Lass los«, grollte er, in seinen Augen spiegelten sich gleichermaßen Furcht und Überrumpelung.

»Nun stell dich nicht so an!« Sie legte mehr Kraft in ihren Zug und stolperte ein wenig zurück, als er allmählich nachgab.

Offenbar dämmerte ihm, dass sie sich beide verletzen würden, wenn er sie weiter aufhielt. Mit einem Fluch nahm er die Hände weg. »Langsam«, warnte er sie. »Gleichmäßig, kleine Schritte.« Aus den Augenwinkeln nahm sie einen Schatten wahr, der sie hektisch umkreiste. Und sie hatte gedacht, ihre Mutter sei die einzige Glucke in der Familie.

»Wie hoch soll ich es halten?«, fragte sie, weil ihr allmählich aufging, dass sie keinen blassen Schimmer von dem Ablauf hatte. Gleichzeitig ärgerte sie sich über die Anstrengung in ihrer Stimme, die dem herausfordernden Gewicht der Stange geschuldet war. Ihre Arme spannten, als wären sie an einem Haken unter der Decke befestigt.

»Wenige Zentimeter vor den Mund«, erwiderte Giovanni.

»Soll ich reinpusten?« Darauf bedacht, die Balance zu halten, begann sie auszuscheren, denn der glühende Pfropfen am Ende des Rohrs wurde sekündlich schwerer und zog sie vorwärts und hinunter.

»Setz dich erst mal hin.«

Sie spürte Giovannis Griff an den Schultern, der sie vom Ofen wegsteuerte und auf eine der Werkbänke drückte. Für einen Moment um Zentner erleichtert, kehrte all die Schwere zurück, sobald sie das Eisen auf seine Anweisung hin drehte, und nun musste sie mit doppeltem Kraftaufwand dagegenhalten.

»Einen steten Luftstrom hineingeben.« Er zückte sein tajòl und setzte es vorsichtig an.

Oriettas Lippen bebten und fühlten sich bald seltsam taub an. An ihren Schläfen prickelten die ersten Vorboten von Schweiß. Aber sie wollte das hier bewältigen, wollte ihm und sich ihre Nützlichkeit beweisen.

»Kannst du es noch halten?«, fragte er misstrauisch.

»Mhm.« Ihre Schultern brannten, genau wie ihre Arme und die Finger, die sich in den dicken Handschuhen um das Rohr klammerten wie Klauen.

Hielt sie die canna überhaupt noch? Wie konnte es sein, dass das Eisen noch nicht zu Boden gescheppert war? Mittlerweile hatte sie den Eindruck, in Watte zu greifen.

»Orietta …«, warnte er sie erneut, doch dieses Mal hörte sie aus seinem Murmeln eine gewisse Zufriedenheit heraus – und dann fing er tatsächlich an zu skulpturieren.

Mit den Augen folgte sie, während sie sich bemühte, den verlangten gleichmäßigen Luftstrom von sich zu geben, seinen geschickten Bewegungen an der Glasmasse, deren vormals rundliche Form einer neuen Struktur wich. Fasziniert, ja geradezu verzaubert, wünschte sie sich, ewig zuschauen zu dürfen, und zugleich betete sie, er wäre bald fertig und würde die Modellage endlich zum Aushärten in den Kühlofen bringen. Doch nachdem weitere schweißtreibende Momente verstrichen waren, ohne dass er sie aus ihrem Dienst entließ, und auch ihr Stolz es ihr nicht gestattete aufzugeben, brachte Oriettas Körper das Ganze zu einem Ende. Das Rohr noch immer zitternd vor dem Mund, konnte sie bloß noch ein abgehetztes Jaulen ausstoßen, bevor die canna ihr entglitt und die an der Spitze sitzende Skulptur auf dem Steinboden zerplatzte.

Brava.

Kapitel 12

Wer noch nie Gondeln bei Nacht auf dem schwarzen Wasser hatte dahingleiten sehen, konnte sich die Anmut der erleuchteten Boote nur schwer vorstellen, die wie ein Schwarm herabfallender Sterne auf den Palazzo Zenobio zustrebten, und Orietta bedauerte es zutiefst, diesen magischen Moment nicht mit ihrer Mutter teilen zu können.

Mamma hatte ihnen beim Abschied noch eilig unzählige Anregungen zum sogenannten *vorteilhaften Benehmen in der feinen Gesellschaft* mitgeteilt und wäre, einen Fuß in der Gondel, den anderen auf dem Landungssteg, beinahe mit einem Spagat im Kanal gelandet, hätte der Gondoliere ihr nicht einen rettenden Schubs Richtung Ufer verpasst. Dort hatte sie gelacht, sich energisch über die Wangen gewischt und ihnen mit einem Taschentuch nachgewunken.

Vielleicht hätte tatsächlich sie hier an Oriettas Stelle auf der Bank neben Flavia sitzen sollen, gekleidet in ein aufsehenerregendes karmesinrotes Ballkleid. Orietta hätte ihr die Ablenkung nach all den Sorgen, die seit dem »Einbruch« hinzugekommen waren, wirklich gegönnt. Der ungeschickte Versuch, Glas zu blasen, hatte Orietta nur allzu deutlich klargemacht, wo ihre eigenen Begabungen lagen – jedenfalls nicht in der Nähe irgendeines Brennofens. Doch wenigstens wusste sie nun, dass es am Ende manchmal klüger war, um Hilfe zu bitten, als einen Haufen Scherben zu riskieren. Sie wollte den Betrieb schließlich nicht aus Stolz retten, sondern für ihre Familie.

Ihre Schwester hätte eigentlich aufgeregt plappern müssen, aber sie schwieg hartnäckig. Sie schien ihnen die Einmischung in Jacos Arbeitszeiten immer noch nicht verziehen zu haben. Womöglich störte es sie auch, dass Orietta wie die langweilige ältere Schwester, die sie war, mit Giovanni die Werkstatt aufgeräumt hatte, statt ihm wegen seines Befehlstons zu grollen.

»Du siehst fabelhaft aus«, sagte Orietta und beugte sich vor, um Flavia dort zu drücken, wo sie unter dem ausladenden Keulenärmel ihre Schulter vermutete. In der Gondel saßen die beiden, die Oberkörper zueinandergebeugt, auf den zwei sich gegenüberstehenden Stühlen an der Bootsseite, etwa eine Schrittlänge voneinander entfernt. »Das wollte ich dir zu Hause schon sagen. Aber du warst so sehr in deine Vorbereitung und später ins Gespräch mit Prudentia vertieft, da wollte ich nicht stören.«

Nach einem Moment seufzte Flavia tief auf. »Du störst nie – könntest du gar nicht, selbst wenn ich es seit Tagen so aussehen lasse.«

Manchmal waren die besten Antworten doch die unerwarteten. Bloß ein kleiner Satz, und Orietta fühlte sich dazu ermutigt, sanft nach dem Arm ihrer Schwester zu fassen. So, wie sie es sich am Campanile schon ausgemalt hatten, würden sie in wenigen Minuten tanzen, verschiedene Köstlichkeiten probieren und sich eine ganze Nacht lang herrlich amüsieren. Und vielleicht stand ihnen und dem Familienbetrieb auch endlich einmal das Glück zur Seite.

Flavia zuckte unter der, zugegeben etwas plötzlichen Berührung weg. Ihr kleiner Aufschrei rief sofort Donna Clarissima auf den Plan. Neben Prudentia auf dem gepolsterten Doppelsitz zu Füßen des Gondoliere thronend, lehnte sie sich rasch wie ein Wachhund nach vorn, um Orietta und Flavia mit einer Handbewegung auseinanderzuscheuchen, und erst nachdem die beiden wieder artig die Hände im Schoß gefaltet hatten, ließ sie sich gegen die Lehne zurücksinken.

»Entschuldige«, sagte Orietta an ihre Schwester gewandt. Flavias Schmerzen hatte sie ganz vergessen. Doch nun, aus gegebenem Anlass und weil es im Moment ohnehin kein anderes Gesprächsthema gab, entschied sie, dem Geheimnis auf den Grund gehen. »Du hast dich offenbar verletzt. Wie ist das passiert?« Dass Flavia sogleich erstarrte, bestärkte sie nur darin fortzufahren. »Dein rechter Arm schmerzt doch. Das habe ich in der Nacht schon bemerkt, als du mit Jacopo ins Zimmer geschlichen bist. Wo wart ihr?« Sie rutschte an den äußersten Rand der Sitzfläche, beugte sich erneut vor und senkte die Stimme, damit die Dal Corsos, die ebenfalls begonnen hatten, miteinander zu plaudern, die Antwort nicht mitbekamen.

Doch Flavia schrie ein zweites Mal mit schmerzverzerrter Miene auf, noch lauter als zuvor. Dabei hatte Orietta sie nicht einmal ansatzweise berührt. Dieser schäbige Trick stammte aus ihrer Kindheit. Und immer noch verschaffte er demjenigen, der ihn anwandte, in Streitereien die Oberhand.

»Werdet ihr wohl aufhören zu zanken?« Donna Clarissima holte mahnend mit dem zusammengeklappten Fächer aus, als wäre er ein Rohrstock und sie beide die ungehorsamen

Schülerinnen. »Ich habe eurer Mamma versprochen, heute Nacht auf euch aufzupassen.« Ihre Augen verengten sich, und nach einem kurzen Moment des Überlegens fügte sie milder hinzu: »Habt ihr etwa die Geschichte meiner Großtante Sara vergessen, die beinahe einen Prinzen geheiratet hätte, jedoch ihren Ruf zerstörte, indem sie …«

»Natürlich erinnern sich die beiden.« Prudentia, die während der bisherigen Fahrt schweigend dagesessen hatte, zog ihre Mutter am Ballonärmel, als Zeichen, den Vortrag über die vorgebliche Tragödie abzubrechen. »Wie war das eigentlich noch gleich mit unserem Großonkel Geronimo und seiner Teilnahme an dieser absurden Wette? Wie schnell wollten sie die Welt umrunden? In achtzig Tagen?«

Prompt stürzte sich ihre Mutter in die Berichterstattung einer Reise, die sich nie wirklich in ihrer Familie zugetragen hatte, sondern dem Kopf eines französischen Schriftstellers entsprungen war.

Mit einem vor ihrer Mutter verborgenen Augenrollen und einem ergebenen Seufzer wandte sich Prudentia seitwärts und musterte die vorbeiziehenden Palazzi, deren Betrachtung sich schließlich auch Donna Clarissima hingab.

Flavia und Orietta unterdrückten das in ihnen aufsteigende Gelächter, aus Angst, erneut die Aufmerksamkeit ihrer Anstandsdame zu erregen. Als sie sich endlich wieder gefasst und sich vergewissert hatten, dass die Dal Corsos nicht auf sie achteten, rollte Flavia ihren langen Handschuh ab, um einen weißen Verband zu enthüllen, der ihren verletzten Arm vom Handgelenk bis zum Ellbogen umschlang. »Ich habe mich böse verbrannt«, gestand sie und bedeckte den Arm sofort wieder.

»Beim Kochen?« Orietta verspürte den irrationalen Drang, die Mullbinde zu entfernen und sich ein genaueres Bild von der Wunde zu machen. Nervös strich sie sich stattdessen eine Locke hinters Ohr. »Seit wann stehst du freiwillig hinter dem Herd?«

»Nicht hinterm Herd, am *Ofen*«, flüsterte Flavia zögerlich. Unwillkürlich hatte Orietta das Bild eines Auflaufs vor Augen, der beim Herausziehen über den Rand der Form schwappte, doch dann sprach ihre Schwester weiter und versetzte ihr einen noch größeren Schrecken: »Ich wollte Jaco helfen, weil ich der Meinung war, wenn wir als Verbund funktionieren, könnte er seinen ursprünglichen Arbeitsrhythmus behalten.«

»Oh, Flavia, du Schaf!« Orietta wusste nicht, ob sie weinen oder ihre gutmütige Schwester ausschimpfen sollte, bis ihr einfiel, dass sie die Letzte war, die sich über diese Art von Hilfsbereitschaft mokieren durfte. Wäre die Verletzung nicht gewesen, hätte sie ihre Schwester umarmt. »Wirklich, es tut mir so leid, dass ich Papà diesen Floh ins Ohr gesetzt habe«, flüsterte sie reumütig. Auch wenn der Floh nach wie vor seine Berechtigung hatte, zumindest was Jacopo betraf, aber das hütete sie sich auszusprechen.

»Und mir tut es leid, dich so lange ignoriert zu haben, obwohl du es wie immer nur gut mit uns meintest.«

Orietta war gerührt, gleichzeitig traute sie dem Braten noch nicht. »Und das sagst du auch nicht nur, weil wir schwer bekleidet in einer Gondel sitzen und du Angst hast, kopfüber im Kanal zu landen, wenn du mir nicht nach dem Mund redest?«

»Du würdest mich hineinstoßen?« Flavia tat empört.

»Möglich.«

»Wegen einer ausbleibenden Entschuldigung?«

»Ach, meine Liebe, für noch viel weniger.«

Nun musste sie lachen, und auch Orietta stimmte mit ein.

»Frieden?«

»Frieden«, erwiderte Flavia und zog, als wären ihr hinter der kunstvollen Karnevalsmaske die Tränen gekommen, geräuschvoll die Nase hoch. »Nur noch einmal zur Sicherheit, du bist nicht wütend, dass ich mit Jaco … Glas geblasen habe?« Sie sprach so leise, dass Orietta sie kaum verstand.

»Nein.«

»Wenigstens besorgt?«

Orietta verschränkte die Arme, als müsste sie kurz überlegen, und zog eine übertrieben skeptische Miene.

»Ich spreche davon, dass *ich* es geblasen habe. Traditionen und Verbote … unser Vater würde vor Zorn platzen, wenn er davon erführe …«

Orietta hielt noch für einen Moment die Lippen zu einem ernsten Strich zusammengepresst, nur um sie dann zu einem milden Lächeln zu entspannen und ihre Schwester endlich aus der Folter zu entlassen. »Um ehrlich zu sein, habe ich eine ähnliche Geschichte zu berichten.«

»*Was?!*« Es war das lauteste leise Zischen, das Orietta je gehört hatte. »*Du* hast Glas geblasen?«

»Schsch … Ja, habe ich, gemeinsam mit Gio.«

»Das hat er nicht wirklich erlaubt …«

»Sagen wir, er fühlte sich gezwungen, es zu erlauben.« Sie rückte ihre eigene Maske gerade, die Colombina, die ihr bis über die Brauen reichte und einen kleinen Teil des Nasenrückens bedeckte. »Genau genommen kam *er* in die Not, mir zu assistieren. Andernfalls säße ich jetzt ebenfalls mit einem Verband hier.«

»Hast du dich so ungeschickt angestellt?«

Orietta scheute sich nicht zuzugeben, dass sie kläglich versagt hatte, auch wenn sie gewöhnlich in allen Bereichen, denen sie sich widmete, Perfektion anstrebte. »Es stellte sich heraus, das Handwerk liegt mir nicht, und ich habe dem Scherbenhaufen nur weitere Bruchstücke hinzugefügt.«

Flavia biss sich auf die Lippe. »Lass mich raten: Nach Gios Gebrüll hast du freiwillig die Flucht ergriffen?«

Orietta zwinkerte ihr zu, schwieg aber. Was sie nicht sagte, war, dass er sie keineswegs getadelt, sondern wortlos in den Arm genommen hatte, und dass sie bei der Kraft, die in seinem Griff gelegen hatte, nicht gewusst hatte, ob er sie tröstete – oder sie ihn.

»Die Damen Dal Corso und Volpato«, sagte Donna Clarissima am Einlass, nachdem sie den Anlegesteg verlassen und die vier flachen Stufen genommen hatten, die dem dreigeteilten Portal des Palazzo vorgelagert waren. Mit einem vornehmen Nicken schritt sie hindurch, noch ehe das Kontrollpersonal ihren Namen auf der Liste gefunden hatte. Prudentia schwebte unter dem Geschimpfe der Wartenden mit hindurch – den Arm ihrer Mutter bei sich untergehakt, blieb ihr keine große Wahl. Ihr gequälter Blick zurück über die Schulter verdeutlichte jedoch, dass sie die Räumlichkeiten lieber mit ihrer besten Freundin betreten hätte.

Bereits von draußen konnte man vernehmen, wie der Palazzo vor angeregter Konversation nur so summte. In den Zeitungen hieß es, nicht nur der italienische Adel würde sich heute Abend hier versammeln, auch Gräfinnen und Grafen der nahen und nicht ganz so nahen Nachbarländer hätten bereits ihr Kommen bestätigt. Namhafte Künstler und Literaten aus England, Deutschland, Frankreich und Spanien, dazu Regierungsbeamte und Vertreter des Militärs – alle unter einem Dach vereint. Jeder, der in der Welt etwas galt oder sich auf dem besten Weg dazu befand, beehrte für die nächsten Stunden den Palazzo Zenobio. Und ausgerechnet von der kleinen Insel Murano, für die man offiziell nur eine einzige Karte vorgesehen hatte, waren es schlussendlich vier Frauen, die es geschafft hatten, das einmalige Spektakel mitzuerleben.

Orietta hatte nie schönere Streichmusik gehört als jene, die aus den offenen Flügeltüren zu ihnen nach draußen drang. Und als sie vorrückten und sie über zahllose Köpfe hinweg einen Blick auf den Empfang im Eingang erhaschen konnte, musste sie sich kräftig zusammenreißen, um nicht schon wieder Flavias Arm zu packen. »Orietta Volpato mit Schwester«, sagte sie betont ruhig, als ihr ein livrierter Herr das Gesicht zuwandte. Zu seinem barocken Ensemble mit langer Jacke, Kniehose und Strümpfen trug er die zanni, eine der klassischen Halbmasken in Schnabelform, der seit dem Mittelalter nicht nur äußerlich etwas Düsteres anhaftete – angeblich sollte einst der Tod höchstpersönlich damit maskiert sein Unwesen in Venedig getrieben haben.

Nun, heutzutage glaubte natürlich niemand mehr an einen leibhaftigen Sensenmann, und aus der zanni hatte sich eine neue Maske entwickelt: die des allseits beliebten Pestarztes, die mit ihrem ausgeprägteren, nach unten gebogenen Schnabel nicht nur einen Teil, sondern das ganze Gesicht bedeckte.

Es war die Maske von Salem.

Doch Oriettas Herz, in das ein jäher Stich fuhr, spürte schnell, dass ein anderer Mann dahintersteckte. Salem hätte sich bei der Erwähnung ihres Namens sofort aufgerichtet, sie begrüßt, vielleicht sogar im Übermut fest an sich gezogen. Er war es nicht, und die Ungewissheit, ob er sich überhaupt auf dem Fest befand, begann an ihr zu nagen.

»Ich glaube, der Herr hat dich nicht gehört«, raunte Flavia

ihr zu, drauf und dran, wie Donna Clarissima an den vor ihnen Wartenden vorbeizuziehen.

»Dann gedulden wir uns noch ein wenig.« Orietta erntete zwar ein Augenrollen für ihre Erwiderung, doch sie würde den Teufel tun und einen Affront riskieren, indem sie sich wie Donna Clarissima am Kontrollpersonal vorbeimogelte. Lieber harrte sie geduldig aus, auch wenn dies bei der stetig wachsenden Anzahl eintreffender Gäste, die sich nicht ordnungsgemäß anstellten, gut und gerne noch einige Stunden in Anspruch nehmen mochte.

»Wir hätten uns an Donna Clarissima hängen sollen«, protestierte ihre Schwester nach weiteren zehn Minuten Warterei, den Ellbogen des gesunden Armes ausfahrend, um ihnen die nächststehenden Drängler vom Hals zu halten.

»Um uns gleich am Einlass zu blamieren? Hier haben die Wände Ohren.« Und außerdem ein Dutzend gut funktionierender Augen. Orietta wollte, dass alles seinen geordneten Lauf nahm, und der Erfolg gab ihr recht.

Denn sobald sie es nach einer halben Ewigkeit hinein geschafft hatten, man ihnen die Mäntel abgenommen und je eine Tanzkarte ausgehändigt hatte, auf der die anstehenden Tänze der Reihenfolge nach aufgelistet waren, hefteten sich alle Blicke auf sie. Genau wie Orietta und Flavia trugen die meisten Masken, und bei all den ihr zugewandten Köpfen fragte sich Orietta, ob die Leute Flavias Schönheit wohl durch ihre Katzenmaske erkannten, die nur den Mund freiließ und daher ihre roten Lippen umso mehr betonte – oder ob die Aufmerksamkeit zum ersten Mal vielleicht sogar ihr selbst galt? Ihr und diesem sagenhaften roten, ärmellosen Kleid, das seinesgleichen suchte. Zwischen all den Pudertönen stach es so unverschämt hervor, dass man gar nicht anders konnte, als hinzustarren. Hüte schienen überstürzt gezückt zu werden, Fächer bei ihrer Ankunft in doppelter Geschwindigkeit zu fächeln und Gespräche mit einem Schlag zu verstummen.

Was für ein unbekanntes und ganz und gar berauschendes Gefühl!

»Ohne Ärmel … unglaublich!«, entfuhr es der Trägerin einer bauta, als Orietta und Flavia diese passierten. Ihre silberne Vollmaske ging nahtlos in den blassblauen Kragen über. Von Kopf bis Fuß eingekleidet oblag ihre wahre Identität der Fantasie. »Aber doch wirkungsvoll … geradezu atemberaubend!«, bemerkte ihr Begleiter, der in der Herrenausführung desselben Kostüms steckte, mit verhülltem Gesicht, Umhang und Dreispitz auf dem Kopf. Wie um den Schwestern zu applaudieren, pochte er mehrmals rasch mit seinem Zepter auf den Boden, und Orietta war froh, dass durch die Colombina, die sie trug, wenn schon nicht ihre glühenden Wangen, so doch wenigstens ihre Augen halbwegs verborgen waren.

»Wir erregen Aufsehen«, murmelte Flavia, als hätte Orietta das nicht selbst schon registriert. Im Gegensatz zu ihrer Schwester, die sich immer mehr in sich zurückzuziehen schien, je tiefer sie in die Schar aus Kostümierten eintauchten, atmete Orietta bei jeder neuen Entdeckung, die sie in der überbordenden Raumdekoration machte, ein Stückchen weiter auf. Ein unbeschreibliches Staunen hatte sie erfasst, wie sie es zuletzt als Kind gefühlt hatte.

Dort war der Stand eines Fotografen, der willige Neuankömmlinge vor einem Wandgemälde ablichtete, hier ein wanderndes Quartett, das von Ecke zu Ecke zog, um im Hintergrund zu musizieren. Die ausladende, mit rotem Teppich bezogene Treppe, die sich an der linken Wand emporschlängelte, war bereits so verstopft, dass es weder auf- noch abwärts ging.

Dazu war der Lärm enorm. Die Besucher, die ihren Gondeln noch in würdevollem Schweigen entstiegen waren, schnatterten nun wie die Gänse, während sie sich miteinander bekannt machten, probeweise eine Tanzhaltung einnahmen, eine Drehung vollführten und anschließend den Dienern die Sektgläser von den Tabletts rissen, um unter lautem Gelächter und Ausrufen miteinander anzustoßen.

Man spürte, alle hier waren wie benebelt und berauscht von dem Glück, zu den Auserwählten zu gehören, zu den oberen Zehntausend. Eine Erregung, die die gesamte Ballgesellschaft vibrieren ließ.

»Es ist so viel prächtiger, als ich dachte«, hauchte Orietta. *Ich bin prächtiger.* Und dank ihres begnadeten Modisten Doucet fühlte sie sich mit der neuen Aufmerksamkeit, die man ihr widmete, weniger unwohl als befürchtet. Ihre schulterfreie Robe machte sie in der Tat zur Attraktion des Abends – die zarten Volantträger, die ihre Oberarme umspielten anstelle der aufgeplusterten Ärmel, wie ihre Mutter sie sich gewünscht hatte, der von der Norm abweichende Schnitt des Bustiers. Sie war damit nicht nur schön, sondern fiel auch aus dem Rahmen, war mehr sie selbst, und dieses Gefühl war noch besser, als nur ein wenig glänzen zu können.

Während Flavia und Orietta sich, einem behäbigen Wasserlauf gleich, ihren Weg durch die plaudernde Gesellschaft suchten, wanderten die Blicke an ihr hinunter, fixierten aber fast immer ihren Schulterbereich, ihre Haut, die, nur von einem Hauch roter Seide bedeckt, auf skandalöse Weise an den Schultern und Oberarmen sowie vom Hals abwärts bis zum Dekolleté frei lag. Ihr leicht irisierender Hautton schimmerte hell und verlockend durch den transparenten Stoff. Mehrere Schichten unterfütterter Seide bauschten den Glockenrock und ließen es aussehen, als würde Orietta über brennende Gischt wandeln.

»Seltsam, wie sehr eine Verkleidung uns verändert«, stellte Flavia ernüchtert fest. »Wirklich niemand ist zu erkennen. Wüsste ich nicht, dass du es bist, würde ich dich glatt für eine andere halten.« Sie schlug ihren Fächer auf und vertrieb die warme Luft, die sich unter ihrer katzenförmigen Maske staute. Orietta prüfte mit den Fingern den Sitz ihrer eigenen, die sich, aus Pappmaché gefertigt, wie ein Schmetterling über die obere Gesichtshälfte breitete, und eine aufwändige, Licht einfangende Glasverzierung aufwies. Vor dem Verlassen des Hauses hatte sie ihre dunklen, sonst so vertrauten Augen nicht im Spiegel erkannt. Und ihr schwarzes Haar, heute kunstvoll onduliert, ergoss sich zum ersten Mal während einer Feierlichkeit in voller Länge über ihren Rücken. Nur der vordere Teil war aus dem Gesicht gekämmt und halb hochgesteckt, was ebenfalls weder den Modeempfehlungen der Zeit entsprach noch ihrer eigenen Gewohnheit – selbst zum Schlafen fasste sie es, nach dem Vorbild der Mutter, entweder zu einem französischen Zopf zusammen oder drehte es zu einem hochsitzenden Knoten ein. Aber für den Ball hatte Doucet etwas Gewagteres empfohlen. Und wer hätte es gedacht, der Karneval schenkte ihr bereits jetzt mehr Freiheit, als sie in all den zwanzig Jahren ihres privilegierten Daseins als Glasbläsertochter erlebt hatte.

Nun verstand sie endlich, warum Napoleon in den Feierlichkeiten eine solche Gefahr gesehen hatte, dass er das Fest gleich ganz verboten hatte. Denn wenn niemand mit Bestimmtheit zu sagen wusste, wer hinter einer Verkleidung steckte, konnte auch niemand einen anderen anhand seines Äußeren verurteilen. Gut möglich, dass sich unter dem Harlekin, der ihr am Empfang den Mantel abgenommen hatte, ein Prinz verbarg. Wahrscheinlich war sie bereits einer Adelstochter auf den Saum getreten. Und vielleicht, nur vielleicht, gehörte der Pestilenzarzt, der gerade oben von der Galerie aus zu ihr herunterblickte, jener unwissenden Riege von Menschen an, die ihr Karnevalskostüm ein zweites Mal trugen.

Salem war ihr wie jemand erschienen, der durchaus zweimal dasselbe Kostüm tragen würde, ja, sogar unzählige Male, solange es wirklich etwas war, das seinen Gefallen fand.

»Ist nicht gerade das aufregend? Das Abgeben der eigenen Geschichte?«, erwiderte Orietta geistesabwesend, während sie einen Atemzug lang den sie durchbohrenden Blick hielt, bevor sie peinlich berührt wegschaute. Flavia wich unter Murren zur Seite aus, um ein entgegenkommendes Paar durchzulassen: zwei Händchen haltende Leute – der Statur nach Herren – mit je einer lachenden und einer weinenden Volto-Maske. Diese echten Gefühlsausdrücken nachempfundenen weißen Gesichter hatte sie bei Veridianis Einzug in die Stadt zuhauf auf der Piazza bemerkt, doch ganz gleich, wie oft sie ihnen begegnete, der Anblick entlockte ihr jedes Mal wieder eine Regung. Gerade das ungleiche Gespann aus Glückskind und Pechvogel brachte sie nun zum Lächeln, was für ihre Schwester allerdings wohl nicht galt.

»Ich mag meine Geschichte, und ich gebe sie nicht ab«, knüpfte Flavia trotzig an den Gesprächsfaden an, während sie die Schleppe ihres Kleides mit einem Ruck an sich zog, als wären die beiden volti absichtlich darübergetrampelt. »Lass uns beten, dass es bald zwölf schlägt und wir die Masken endlich ablegen dürfen.«

Wie unterschiedlich sie das Maskengebot auffassten. Während eine von ihnen ein Privileg verlor, das sie wie selbstverständlich durchs Leben getragen hatte, gewann die andere damit etwas Kostbares hinzu.

»Oh, ganz sicher nicht.« Orietta staunte innerlich, als ihr ohne Weiteres Platz gemacht wurde, sobald sie sich einer Stelle näherte, wo kaum ein Durchkommen war. »Lieber bin ich die hundertste winzige Blüte im Millefioriglas statt das riesige Büschel Unkraut im Blumenbeet – so wie sonst.«

Flavia schnaubte. »Heute bist du wohl eher die majestätische Lilie. Masins Atelier hat wahrlich mit allen Mittel getrickst.« Und noch während Orietta gedanklich nachvollzog, ob in der dahingesagten Bemerkung Neid gelegen hatte, platzte ihre Schwester mit einer Neuigkeit heraus, so arglos und munter, wie man Flavia Volpato kannte: »Apropos Masin! Er hat mich gefragt, ob ich ihm Modell stehe.«

»Weshalb? Sind ihm die Puppen ausgegangen?«

»Sehr amüsant.« Flavia langte mit dem Fächer nach ihrer Schulter, wie um sie für die prompte Retourkutsche zu bestrafen – doch sie verfehlte. »Er möchte mich für seinen Ausstellungsraum.«

Zum Putzen? Die Frage lag Orietta bereits auf der Zunge. Doch sie wollte aus einer harmlosen Neckerei keinen Streit machen, also sagte sie stattdessen belustigt: »Ausstellungsraum? Sprechen wir jetzt von dem Bereich zwischen Eingangstür und Tresen? Wahlweise ginge auch das Hinterzimmer, dort türmen sich zwar die Stoffballen, doch es bleibt immerhin genug Fußraum, um sich um die eigene Achse zu drehen.«

»Neidische Kuh!« Flavia hieb noch einmal mit dem Fächer nach ihr – und diesmal traf sie.

Orietta rieb sich die Stelle. Sie hätte gedacht, bei den wenigen Malen zur Anprobe neben den Stoffballen, Staubsäulen und Textilhaufen bereits alles gesehen zu haben, doch dem war wohl nicht so. Ausstellung klang nach etwas, das Platz erforderte, wohin man ein Publikum einlud und wofür man genügend freie Sitzplätze bereitstellen musste. Etwas Großes, das Masins kleines Atelier auf der Strada Nuova mitnichten bieten konnte. Sofort regte sich Misstrauen in ihr. »Was genau sollst du dort tun? Doch wohl nicht aufräumen.«

Kaum hatte sie es ausgesprochen, versicherte ihr der Blick der Schwester, dass keine zehn Pferde sie dazu bekommen würden, für jemand anderen zu putzen, wo sie zu Hause schon jeder körperlichen Betätigung im Haushalt mit Bravour aus dem Weg ging.

»Warum denke ich gerade an Aktmalerei?«, fragte Orietta in plötzlicher Alarmbereitschaft.

»Wer weiß! Unterdrückte Sehnsüchte?«

»Flavia!« Orietta musste den Blick abwenden, um nicht etwas Unpassendes zu tun, wie beispielsweise vor Scham in die Knie zu gehen. Hilflos wandte sie sich wieder der Galerie oben zu … wo Il Medico della Peste leider bereits das Weite gesucht hatte. Der unmittelbare dumpfe Stich der Enttäuschung irritierte sie. Warum dachte sie überhaupt darüber nach, ob *er* hier sein mochte? Er suchte sicher nicht nach einer guten Partie. Wo er doch nicht einmal wusste, ob er das nächste Jahr in Rom oder Venedig verbringen würde. Statt weiter Ausschau nach ihm zu halten, sollte sie lieber allmählich die Gastgeberin ausfindig machen und sich für ihre Einladung bedanken. Das wäre zumindest vernünftig. Allein zum Vergnügen waren sie wahrlich nicht da – aber vielleicht konnte sie sich dieser schönen Illusion doch noch ein paar Momente lang hingeben.

»Nein, meine Liebe, man will mich weder als Dienstmagd noch als Aktmodell verpflichten. Vielmehr soll ich auf Masins Modenschau laufen!« Flavia faltete schwärmerisch die Hände über dem Herz. »Die erste Modenschau Italiens. Kannst du das glauben? Ich werde in ein Dutzend Kleider schlüpfen und sie der ganzen Stadt vorführen.«

Orietta musste sich zwingen, mit demselben Interesse wie zuvor zur Unterhaltung zurückzukehren, deren Ausgangspunkt sie seltsamerweise bereits vergessen hatte. »Und ich werde da sein, um dir zu applaudieren!« Obwohl sie bezweifelte, dass ihre Mutter ihren Segen zu dem Vorhaben geben würde, bemühte sie sich, aufrichtige Freude für ihre Schwester zu empfinden. Von einem Modisten auserkoren zu werden, der einzigartige Roben entwarf, war in der Tat etwas Besonderes.

Doch viel zu schnell verflüchtigte sich das Strahlen, das Flavia ihr zugeworfen hatte. »Meine Gage fließt natürlich zurück in den Betrieb«, sagte sie hastig.

»Still, kein Wort mehr darüber.« Orietta wollte nicht, dass diese Sorge den bisher fabelhaften Abend überschattete. Grübeln würde sie schon noch genug für sie beide, schließlich war sie diejenige mit den Plänen und den einstudierten Zitaten. Wenigstens solange sie die Veridiani nicht entdeckt hatte, blieb ihnen noch ein wenig Zeit, um sich zu amüsieren und aufzufallen, ohne erkannt zu werden. Wäre die stetig wachsende Aufregung nicht gewesen, hätte Orietta den ersten Teil des Abends tatsächlich genießen können. Doch nachdem die Portale zugeschlagen waren und eine Veridiani-Imitatorin die Begrüßungsrede verhunzt hatte mit viel zu vielen Füllwörtern und unkoordinierten Handgesten, rebellierte Oriettas Magen, als hätte sie entweder seit Monaten gehungert oder die Nahrung eines ganzen Jahres auf einmal verschlungen. In einem Moment war ihr fürchterlich übel, im nächsten empfand sie ein angenehmes Kribbeln. Und irgendeine unerklärliche

Besessenheit zwang sie dazu, sich immer wieder umzublicken, in der irrsinnigen Hoffnung, auf ein bekanntes Paar brauner Augen zu treffen, oder aber sie wirbelte herum, weil sie meinte, die Stimme der Veridiani vernommen zu haben. Ihre Nerven tanzten heute auf ihrem ganz eigenen Ball, wie es schien.

»Wir sind hier, um wunderschöne Erinnerungen zu sammeln«, verkündete sie, womit die leidige Diskussion um die ausstehenden Schulden hoffentlich für die Nacht begraben war. Zur Sicherheit lenkte sie das Thema auf etwas, das *immer* Flavias Interesse weckte. »Oh, sieh nur, ein fliegendes Büfett!« An den Kellner gerichtet, flötete sie: »Darf ich? Herzlichen Dank!« Mit einem Handgriff nahm sie nicht ein, sondern gleich zwei Hors d'œuvre von der Platte, die der Pantalone in seinen fähigen Händen über ihren Kopf hinwegbalancierte.

»Für mich bitte auch!«

Auf Flavias Ruf hin kehrte der Pantalone um und deutete mit übertriebener Gestik an, ihr den Rest der Häppchen bei Bedarf auch in das Abendtäschchen zu leeren. Orietta und Flavia lachten. Die Situation war umso komödiantischer, da die Männerfigur in den roten Strümpfen, mit dem roten Wams und dem langen schwarzen Mantelcape im Theater klassischerweise für einen ebenso geizigen wie reichen, aber kränklichen Kaufmann im hohen Alter stand, der ganz sicher nicht gerne seine Schätze teilte.

»Eins reicht. Sie müssen doch mit Ihrem Hab und Gut haushalten«, meinte Flavia und klopfte ihm gegen die Brust, und Orietta staunte über ihre geringe Scheu, den Fremden zu berühren. Zu Beginn des Abends noch deutlich verhalten, schien sie nun aufzutauen. Vielleicht hatte der Alkohol ihr aber auch ein wenig die Schmerzen genommen.

Der Pantalone verneigte sich tief vor ihnen beiden, und als

er wieder hochkam, verabschiedete er sich noch einmal gesondert von Orietta – mit einem unvermittelten Kuss auf den Handrücken. Ihr stockte der Atem.

»Karneval – und der Irrsinn zieht ein«, sagte Flavia zur Erklärung und knuffte sie, noch bevor sie sich wieder ganz gesammelt hatte. »Sieh es ihm nach. Er leidet doch schon sein ganzes Leben an schrecklichem Geiz.«

Orietta nestelte an ihren Fingern herum.

»Niemand hat's gesehen. Du brauchst dich nicht zu genieren. Seine Lippen haben nur den Handschuh berührt.«

»Ich geniere mich nicht!«

»Du wirst aber ganz rot – soweit ich das von den unbedeckten Stellen deines Gesichts her beurteilen kann.«

»Das ist bloß der Seidenkragen.«

Flavia machte eine demonstrative Pause, dann sagte sie trocken: »In dem Fall wirst du gerade zum Seidenkragen. Kann es sein, dass du noch nie eine Verabredung hattest, meine liebe Schwester?« Und mit der ausstehenden Antwort auf diese Frage mischten sie sich unter die Gäste, als wäre nichts weiter passiert.

* * *

Vor dem Ball hatte Oriettas großer Zwiespalt in der Vorstellung bestanden, entweder am Rande stehen und zuschauen zu müssen, wie die Damen der Aristokratie über das Parkett wirbelten, wenn sie selbst nicht endlich die Schrittfolge lernte, *oder* mit der Kenntnis der richtigen Schritte im Tanzgemenge mitzumischen, aber dafür nicht die Gelegenheit zum intellektuellen Austausch zu finden. Doch jetzt, wo sie die Tanzenden eine Zeit lang beobachtet hatte und selbst mehrere Male zur Polka aufgefordert worden war – bisher ohne einzuwilligen –, fiel ihr die Wahl zwischen den Möglichkeiten, Mitglied der Tanzkolonne oder Ausgestoßene am Rande zu sein, ziemlich leicht. Hätte sie in der Zeit zurückspringen können und hätte sich ihr noch einmal die Entscheidung geboten, wäre sie nicht wieder zu den Übungsstunden angetreten. Denn das Tanzen war ganz offensichtlich viel weniger glamourös und viel blamabler, als sie es sich in ihren düstersten Träumen hätte ausmalen können. All dieses Tamtam – allein schon jedes Mal, wenn ihr ein Kavalier auffordernd die weiß behandschuhte Hand hinstreckte und sie der Höflichkeit halber vor ihm einen Knicks andeutete. Noch alberner war bloß noch, dass sie sich, sobald es brenzlig wurde, von Flavia mit Ausflüchten aushelfen ließ.

Das Repertoire reichte von der klassischen Magenverstimmung bis hin zum Ohnmachtsanfall, und immer bot sich Orietta dadurch ein schneller Ausweg. Wenn Flavia, den Handrücken gegen die Stirn gepresst, zu Boden sank und Orietta ihr zur Hilfe eilte, gaben die Herren auf. Äußerte sie hingegen, was sie wirklich empfand, nämlich eine große Abscheu davor, sich in eine der vier langen Kolonnen einreihen zu müssen, die den Saal quer durchzogen und dessen Tanzpaare auf den Punkt einstudiert aufeinander zuschritten, sich kreuzten und den Platz wechselten, wurde sie höchstens noch stärker bedrängt. Doch sie war keine Puppe, die auf ihren Einsatz im Marionettentheater wartete und die man nur an der Strippe ziehen brauchte, damit sie sich bewegte. Vielmehr wollte Orietta selbst die Strippen ziehen. Das hatte sie schon immer gewollt.

Als das Orchester das nächste Stück anspielte, eine Quadrille en carrée, und sie daraufhin von einem weiteren Anwärter umschwärmt wurde, erklärte Flavia dem Maskierten, noch bevor er das erste Kompliment platziert hatte, dass ihre

Schwester wegen einer Verbrühung des Fußes für den Rest des Abends passen müsse. Mit einem Blick abwärts, der auf seinem beschwerlichen Weg hin zu Oriettas Stiefelspitzen auf Höhe ihres Busens hängen blieb, empfahl er sich schließlich und suchte zerknirscht das Weite. Nachdem sie nun wieder ihre Ruhe hatten, schnaubte Flavia: »Im Karneval sind die üblichen Verhältnisse wahrlich auf den Kopf gestellt. Da soll Mamma mich noch einmal fragen, warum ich keinen Ehemann finde. Na, wenn sich jeder so leicht abwimmeln lässt … Hätte nicht zumindest einer auf die Idee kommen können, *mich* an deiner Stelle aufzufordern?«

Orietta stupste sie in die Seite. »Deine schamlosen Ausreden haben ihnen das Selbstvertrauen genommen.«

»Und dir wohl gleich mit. Was ist los? Du bist doch sonst nicht um Worte verlegen, aber einen simplen Tanz abzulehnen fällt dir schwer?«

»Ich habe eben die Herausforderung des höfischen Interagierens unterschätzt. Wenn ich dankend ablehne, wird das bloß als Zeichen interpretiert, es noch vehementer zu versuchen.«

»Ja, weil es den Herren der Schöpfung nicht in den Sinn kommt, du könntest dein Kleid für *dich* tragen. Du hast es natürlich an, um *ihnen* zu imponieren.« Flavia verdrehte die Augen, als wäre nun auch sie der Nachsicht müde, die man als Frau Männern gegenüber stets walten lassen musste. Behutsam betastete sie ihren Arm. »Meine Schmerzen werden wieder stärker. Vielleicht ist es gar nicht so schlecht, dass mich keiner auffordert. Ich könnte die Tanzhaltung wahrscheinlich gar nicht einnehmen, selbst wenn ich wollte.«

Orietta schaute sich nach einer stillen Ecke um, in die sie sich zurückziehen konnten. »Möchtest du dich setzen? Es wäre für mich in Ordnung, wenn wir den Rest des Abends sitzend verbringen würden.« *Oder diskutierend.* Doch unter all den Maskierungen hatte sie die Veridiani noch immer nicht ausgemacht, geschweige denn jene Gesprächsrunden mit Substanz gefunden, in denen es um französische Literatur ging statt um die steigenden Preise am Rialtomarkt.

Auf eigene Faust die Menschen aufzuspüren, die ihrem Betrieb mit einer großzügigen Sonderbestellung weiterhelfen konnten, gelang ihr ebenfalls nicht, schließlich musste man erst einmal von jemandem, der schon Bestandteil der gehobenen Gesellschaft war, in ebendiese eingeführt werden. Orietta konnte nicht einfach den Leuten auf die Schulter tippen und ihnen anbieten, ihr Teezimmer mit Kronleuchtern aus Glas zu dekorieren. Zumindest traute sie sich diese Form von draufgängerischem Kundenfang nicht zu.

»Sollen wir im Garten ein bisschen Luft schnappen?«, fragte sie schließlich.

»Natürlich, weil sich dort ja auch weniger Junggesellen tummeln, die es auf deine Tanzkarte abgesehen haben«, entgegnete Flavia sarkastisch, setzte sich aber in Bewegung.

»Welche Karte?« Orietta riss das gestärkte Papierchen in Fetzen und machte sich mit einem Grinsen gemeinsam mit ihrer Schwester durch die wirbelnden Massen auf den Weg nach draußen.

Kapitel 13

Oriettas Erkundungsdrang navigierte sie in gerader Linie durch den beleuchteten Außenbereich, vorbei an den Möglichkeiten zum Verweilen, die sich ihr alle zwei Schritte boten. Aus verschiedenen Richtungen wurde sie mit donna rossa gerufen – *rote Dame*, und Hände wischten durch die Luft als freundliche Aufforderung, der laufenden Unterhaltung doch beizutreten. Orietta lehnte jedes Mal mit einem höflichen Kopfnicken ab. Sosehr ihr all die Beachtung auch schmeichelte – sie wusste, dass sie ihren Kurs ohne Abweichungen beibehalten musste. Ihre Schwester benötigte eine Pause, am besten an der frischen Luft, und welcher Ort war besser dazu geeignet als die stille Ecke, die der fünfteilige Paravent nebst bepflanzten Kübeln und brennenden Laternen abseits vom Trubel bildete? Hinter den dünnen Wänden im Chinoiserie-Stil würden sie nicht nur Ruhe, sondern mit Glück auch ein wenig Klarheit finden.

Für Orietta war es nach all den hoffnungsvollen Plänen an der Zeit, sich damit auseinanderzusetzen, dass sie die Salondame heute Nacht sehr wahrscheinlich nicht mehr sprechen würde – was auch hieß, sich damit abzufinden, ihre einmalige Chance endgültig verschenkt zu haben. Aber kein Wunder! Seit sie hier war, hatte sie kaum etwas anderes getan, als den Ballsaal zu bestaunen, sich vor den Tänzen zu drücken und bei jeder Gelegenheit Häppchen vom fliegenden Büfett zu stibitzen.

»Da ist Prudentia!« Flavia machte sich von ihr los und schoss davon, noch ehe Orietta den Sinneswandel nachvollzogen hatte. Den schmerzenden Arm unauffällig an den Körper gepresst, begrüßte ihre Schwester die Freundin, ohne sich die Einschränkung anmerken zu lassen.

So viel zum Thema Luftschnappen.

Orietta folgte ihr zu dem kleinen Grüppchen und unterzog dabei die einzelnen Leute einer raschen Begutachtung. Dort fächelte sich Donna Clarissima inmitten einer Handvoll herausgeputzter Champagnertrinkerinnen Luft zu, ohne – was Orietta nicht für möglich gehalten hätte – auch nur ein Wort zu sagen. Es war Prudentia, der alle aufmerksam zuhörten und wohlwollend dabei zusahen, wie sie mit einem Schulterkniff hier, einem warmen Lächeln dort, durch die Unterhaltung steuerte, als wäre sie selbst die glorreiche Gastgeberin.

Mit den rosa gepuderten Perücken, die wie mehrstöckige Torten in die Höhe ragten, passten die Dal Corsos in die Umgebung wie Möwen in einen Hafen. Bei jeder Bewegung schwangen ihre mit violettem Taft bezogenen Reifröcke vornehm umher und schillerten unter dem schummrigen Licht der Laternen wie das Mondlicht auf dem Canal Grande. Und zum ersten Mal verstand Orietta ihren Vater und sein ewiges Geschimpfe, dass die Dal Corsos falsche Glasbläser seien.

Diese Familie hatte sich nicht Generation für Generation aus Glut, Schweiß und Asche geschält wie die Ahnen der Volpatos. Sie hatten nicht das Handwerk von der Pike auf erlernt, was doch, wie jeder wusste, nun einmal ein absolutes Qualitätsmerkmal war. Prudentias Vater, ein vermögender Jurist, war vor einigen Jahren mit den nötigen Mitteln gesegnet gewesen, eine Glasfabrik aufkaufen zu können. Seitdem unterhielt er sie gewinnbringend mit dem Schwerpunkt auf der Serienproduktion und ohne den Anspruch, echte Meisterwerke zu erschaffen. Es steckte kein Tropfen Herzblut in seiner Arbeit.

Nicht nach Murano, sondern *hier* gehörten die Dal Corsos hin, in die Welt der Bürokraten und Staatsdiener, in die Paläste der noblen Elite. Und falls ihre Mutter doch nicht von ihrer Busenfreundin Donna Clarissima auf hintergründige Weise erpresst wurde, war dies vielleicht der wahre Grund, warum sie nun doch wieder auf die Hochzeit zwischen Prudentia und Giovanni pochte: das zum Greifen nahe Prestige, das mit der Verbindung einherging und das ihre Mutter schon immer begehrt hatte. Vielleicht reichten Verbindungen in die Elite eben doch aus, um den Sohn zu verheiraten, selbst wenn es ihr im Herzen leidtat.

Was sie im Gegensatz zu Oriettas Vater und nun auch Orietta selbst eben leider nicht verstand: Die Dal Corsos mochten zwar täglich Glas herstellen, doch von Haus aus gehörten sie einer anderen Gesellschaftsschicht an als die Volpatos, nämlich der nicht arbeitenden Klasse. In ihnen steckten daher ganz andere Werte und Traditionen – Verhaltensweisen, die Orietta nicht beherrschte, die Prudentia aber mit vollkommener Natürlichkeit von der Hand gingen.

Die Erkenntnis ihrer unüberwindbaren Gegensätze vor Augen, hätte Orietta ihre Schwester am liebsten weggezerrt und ihr gesagt, dass sich die gleichen Leute, die sie gerade herzlich begrüßten, später über sie lustig machen würden, sobald sie wieder unter sich wären. Doch Flavia verharrte an der Seite ihrer Freundin und streckte dem Frackträger, der bei ihnen stand, dem Hahn im Korb, die Hand hin. Orietta sah mehr seinen Rücken als sein Profil, aber der kurze Blick, den sie erhaschte, genügte, um ihre Atmung zu beschleunigen.

Es war der Pestilenz-Doktor. Salem!

Aus der Nähe wirkte er deutlich kleiner und schmächtiger, als sie ihn von ihrer Gondelfahrt in Erinnerung hatte. Und auch vorhin auf der Galerie hatte er eindrucksvoller gewirkt. Aber war es nicht immer so mit Erinnerungen? Sie schmälerten die Defizite einer Person und überhöhten ihre Vorzüge, verankerten sich so im Kopf, wie man sich selbst wünschte, den Menschen im Gedächtnis zu behalten. Dabei wusste sie gar nichts über Salem. Sie hatte bisher nicht einmal wirklich sein Gesicht gesehen. Umso besser, dass sie sich heute beide maskiert und damit auf Augenhöhe gegenübertraten. Sie würde sich einen kurzen Wortwechsel mit ihm erlauben und sich vergewissern, dass er sie noch nicht vergessen hatte.

»... so gut, wie Sie das Tanzbein schwingen«, sagte Prudentia gerade zu ihm und brach mitten im Lachen ab, als Orietta sie gut gelaunt begrüßte. Sie schien Oriettas gegenwärtige Erscheinung nicht mit ihrer alltäglichen Erscheinung zusammenzubringen und hatte sie in der Gondel schon abwechselnd heimlich beobachtet oder gänzlich ignoriert. Fragend glitt ihr Blick zu Flavia, und schließlich rang sie sich ein Kompliment ab. Ihre Maske mit dem purpurfarbenen Federbusch an der Stirn verhüllte zwar ihre Miene, doch ihre plötzliche Zurückhaltung sprach Bände, und ohne Orietta ihrem Gesprächspartner vorzustellen, knüpfte sie an die vorherige Unterhaltung an.

Salem allerdings wandte sich mit dem Körper ganz Orietta

zu. Und diese eine Bewegung reichte, um den Turm, der sich schon den ganzen Abend in ihrem Bauch aufgebaut hatte, mit Getöse zum Einsturz zu bringen. Funken sprühend krachte er in sich zusammen und riss ihren Magen mit in die Tiefe.

»Buonasera«, sagte sie als Erste und hasste sich sofort für ihre Voreiligkeit und die viel zu zarte Stimme, die ihre Kehle hervorbrachte. Er antwortete nicht, ergriff bloß ihre Hand und deutete die flüchtige Berührung seiner Lippen an. Kein fester Händedruck wie bei ihrer Verabschiedung auf dem Markusplatz, nicht mal ein echter Handkuss. Wo der Pantalone sie mit seiner Geste hatte erröten lassen, verspürte sie nun nach diesem lauwarmen Empfang den spitzen Stich der Zurückweisung. Dabei hatte Salem alles richtig gemacht und sie dem Rahmen entsprechend begrüßt. Es war ihre eigene Schuld, dass sie mehr erwartet hatte. Oder hatte er sie vielleicht gar nicht erkannt? Die Möglichkeit bestand, trübte allerdings den Eindruck instinktiver Vertrautheit, den sie bei ihrer Gondelfahrt zu gewinnen geglaubt hatte.

Denn ein irrationaler Teil in Orietta wünschte sich, dass Salem sie selbst mit geschlossenen Augen aus einer Menschenansammlung herausfischen konnte.

»Wir wollten uns gerade dem nächsten Tanz hingeben«, sagte Prudentia, und ihre Hand landete auf seinem Unterarm.

Sie abzuschütteln, wäre unhöflich gewesen, also wagte Orietta nicht zu hoffen, dass er die Berührung postwendend unterband, doch er hätte sich zumindest ein wenig unter ihrem Griff versteifen können. Salem hingegen wirkte, als amüsierte ihn Prudentias Anhänglichkeit.

Von allen Gästen auf diesem Ball musste er ausgerechnet an sie geraten, und dem Anschein nach genoss er die Begegnung sogar. Vielleicht war es aber auch Oriettas aufkeimende

Irritation, die ihm gefiel, denn ohne ein Wort schob er seine Hand über Prudentias und ließ sie dort ruhen, den Blick weiterhin auf Orietta gerichtet. Als wollte er sie eifersüchtig machen.

Plötzlich wusste sie nicht mehr, ob er es war, der zuerst ihre Hand zur Begrüßung ergriffen und an die Lippen geführt hatte oder ob sie ihm mit ihrer Aufdringlichkeit die Geste nicht doch eher abgerungen hatte. Was geschah gerade mit ihr? In Windeseile verlor sie die Fähigkeit, stringent zu denken.

»Viel Vergnügen beim Tanz«, presste sie hervor, gedanklich bereits einen plausiblen Vorwand suchend, der es ihr erlaubte, sich der Runde zu entziehen. Aber den brauchte sie gar nicht, wie sich herausstellte.

»Werden wir haben«, sagte Prudentia zögerlich, als wäre sie ähnlich verwirrt wie Orietta. Doch dann ließ sie sie ziehen. Viel zu aufgewühlt, um darauf zu bestehen, dass Flavia ihr folgte, schritt Orietta davon, um Würde bemüht, bloß noch den Paravent im Sinn, hinter dessen Wänden sie sich verkriechen konnte.

In der Abgeschiedenheit angekommen, schloss sie die Augen und zwang ihren Atem zur Ruhe. Was war da nur passiert? Warum hatte sie derart die Fassung verloren? Immer noch aufgebracht, richtete sie ihre Maske und sah sich vorsichtig um.

Sie hatte Gesellschaft. Besser gesagt, war sie in ein abseits stattfindendes Treffen von ein paar, zum größten Teil unmaskierten jungen Leuten geplatzt. Fast erschien es ihr, als fände hier in aller Abgeschiedenheit ein zweiter Ball neben dem eigentlichen statt, nur mit deutlich weniger, deutlich unaufgeregterem Publikum. Statt sich wie miteinander konkurrierende Pfauen aufzuplustern, sich Luft zuzufächeln und überdreht zu lachen, saß die Gruppe rauchend auf Polsterstühlen und Liegesesseln und unterhielt sich entspannt miteinander, völlig unbeeindruckt von dem rauschenden Fest, das nur wenige Schritte entfernt von ihnen tobte. Diejenigen, die ihre Masken ins Haar hochgeschoben oder ganz abgelegt hatten, verzogen in überraschtem Interesse das Gesicht, sobald sie Orietta entdeckten, so, als würden sie die unverhoffte Abwechslung nur allzu gerne willkommen heißen.

Orietta blieb wie angewurzelt stehen, die Blicke von allen Seiten schienen auf ihrer Haut zu kitzeln. Nach drei herrlichen Stunden der Anonymität fühlte sich selbst der flüchtigste Blickkontakt intim an. Offenbar musste sie sich erst wieder daran gewöhnen, so offen in den Mienen anderer Gäste lesen und ihnen unvermittelt ansehen zu können, was sie von ihr hielten.

Was sie allerdings noch mehr verblüffte als die verfrühte Demaskierung der Gruppe, war das in der Gesprächsrunde beinahe herrschende Gleichgewicht zwischen weiblichen und männlichen Diskussionsteilnehmern. In dem Moment, als Orietta dazustieß, sich aber noch halb hinter dem Sichtschuss verborgen hielt, legte gerade eine der Frauen ihre Meinung dar, und niemand fuhr ihr über den Mund oder stellte den Wert ihrer Aussagen infrage. Mit dem Elan ihrer Jugend – bei den vollen Wangen und der glatten Haut konnte sie nicht älter als achtzehn sein – sprang sie vom Schoß ihres Begleiters auf und erklärte der Runde, warum die totale Entscheidungsfreiheit eines Menschen gleichzeitig den Verlust seiner Glückseligkeit darstellte. »Im Grunde unseres Herzens wollen wir uns nicht entscheiden. Ein, zwei Wahlmöglichkeiten reichen aus, um uns das Gefühl zu vermitteln, das Leben unter Kontrolle zu haben. Doch sind diese aus irgendeinem Grund unbegrenzt, kapituliert unser Verstand, und wir verlieren die Fähigkeit, überhaupt eine Entscheidung zu treffen.«

Ihre Gegenspielerin klatschte vor Belustigung, ein besseres Argument bereits auf den Lippen. Anhand dieser Reaktion, welche auch die andere sofort zum Schmunzeln brachte, beschloss Orietta, dass es sich um zwei Damen handeln musste, die sich schon häufiger in Wortgefechten duelliert hatten, es vielleicht sogar liebten, sich miteinander zu messen. »Und das, meine Damen und Herren«, verkündete nun die Belustigte, »ist die wissenschaftlich nicht fundierte Erklärung für Colettes exorbitanten Männerverbrauch.« Zur Unterstreichung stand sie auf und ließ anzüglich ihre Hüften kreisen, wofür sie Lacher, zustimmende Pfiffe und Beifall erntete.

Die sogenannte Colette ließ die Bemerkung nicht auf sich sitzen, verdrängte ihre Gegenspielerin spitzbübisch mit dem Ellbogen von der improvisierten Bühne, die sich aus den kreisförmig angeordneten Sitzplätzen ergeben hatte, und wandte sich selbst wieder an die Gruppe: »Für den Wellensittich im Käfig reicht der Himmel bloß ein paar Gitterstäbe weit. Doch für die Taube auf dem Dach … ist er unendlich.«

»Du meinst wohl eher die Bordsteinschwalbe!«, rief einer der vier anwesenden Männer, ein karottenroter Vollbart mit englischem Akzent, und Oriettas Körper spannte sich ungewollt an. Niemand hatte ihn um seine Einschätzung gebeten. Und auch wenn seine Kundgabe rätselhafterweise brüllende Lacher erzielte: Orietta amüsierte er nicht. Offenbar konnte sie sich noch so weit von der Gesellschaft entfernen – die Geringschätzung von Frauen folgte ihr überall hin. Oder war sie gerade nur zu nervös, um solche Dinge mit Humor nehmen zu können?

»Du meinst wohl diesen berühmten Flügelschlag der Schwalbe?«, erwiderte Colette unschuldig, seinen Spruch aufgreifend, dann deuteten zwei schnelle Vorwärtsstöße ihres Beckens eine Szene an, die Orietta augenblicklich erröten ließ.

Ebenso wie den Mann, von dem der dreiste Spruch gekommen war. Gut gelöst, dachte Orietta mit heißen Wangen. Sie hätte nicht den Mut besessen, seinen Kommentar auf diese befreite Weise ad absurdum zu führen.

»Ein wahres Naturtalent!«, rief eine der anderen Frauen und erhob das Glas. In der Luft prosteten sich alle gegenseitig zu, nur Orietta blieb still. Zu gut kannte sie die Momente, in denen man bloß vorgab, einer Beleidigung gegenüber gleichgültig zu sein, weil für sich selbst einzustehen nur noch mehr Demütigung verursacht hätte. Bei Salems und Prudentias Anblick war es ihr zumindest so ergangen.

»Aber, aber, meine Schöne, wir haben Publikum.« Der Mann, auf dessen Schoß Colette zuvor gesessen hatte, bekam sie am Rock zu fassen und zog sie ein Stück zu sich. Der schimmernde Ehering an seinem Finger ebenso wie das milde Lächeln auf seinen Lippen verrieten, dass seine Maßregelung keine wirkliche war. Colette drehte zum ersten Mal den Kopf zu Orietta, und diese hatte Mühe, sie nicht anzustarren. All die bittersüße Schönheit schien geradezu auf sie einzustürzen: das Muttermal unter dem rechten Auge, die schweren Lider, das Melancholische um den feinen Mund. Colette wirkte dabei nicht etwa traurig, sie wirkte vorwurfsvoll, mit Lippen, die sie ohne jede Regung geschlossen hielt. Kein Zusammenpressen, kein Verziehen, nicht das geringste Zucken. So, als hätte die Welt all das Ungesagte, was sich dahinter verbarg, nicht verdient. Noch nicht jedenfalls.

Im nächsten Moment traf es Orietta mit der Wucht eines herabsausenden Hammers: Dies war der literarische Zirkel der Veridiani!

Aufregung flutete ihre Sinne und strömte ihr durch sämtliche Adern. Colette indes nahm sie gemächlich in Augenschein, nicht unbedingt erfreut über die Störung. Außenstehende hatten hinter dem Paravent nichts zu suchen, vermittelte ihr dunkler Blick. Dennoch war Orietta hier. Und wenn es nach ihr ging, würde sie auch die restliche Nacht in diesem Kreis verbringen, unter den jungen denkenden Köpfen eines sich verändernden Europas. Doch der Anspannung nach zu urteilen, die sich zwischen ihnen ausbreitete, musste sie sich dieses Privileg wohl erst noch verdienen.

Santa Maria, steh mir bei.

»Eine Bordsteinschwalbe also?«, sagte sie mutig, nicht sicher, ob es ihre Entdeckung war, die sie beflügelte, oder ob sie die Überlegene nur spielte, so wie sie schon den ganzen bisherigen Abend in einer fremden Rolle zugebracht hatte. Für den Hauch einer Sekunde fasste sie jeden einzelnen Diskussionsteilnehmer ins Auge, bis sie bei dem Herrn, der die Beleidigung ausgesprochen hatte, verharrte. »Aus Ihrem Mund klang die Bezeichnung … so herablassend. Vielleicht unterscheiden wir uns in unserer Natur, aber ich bin lieber die Schwalbe, die in den Wolken kreist, als der Sittich, der nie gelernt hat, seine Flügel auszubreiten.« Mit der Andeutung eines verkümmerten Flügelschlags, das eher dem aufgeregten Flattern eines Huhns glich, verlieh sie ihrer Bemerkung den nötigen Unterton – und brachte ganz nebenbei die Gruppe zum Johlen.

»Hat diese rote Teufelin mich soeben engstirnig genannt?« Er sprang entrüstet auf und wandte sich zu seinem Nebenmann, der ihn, statt Trost zu spenden, in den Schwitzkasten nahm. »Wer ist sie?«, stieß er halb lachend, halb schnaufend aus.

»Gute Frage, George. Deine erste gute seit Ewigkeiten.« Colette schlenderte auf Orietta zu und vollführte vor ihr eine tiefe Verbeugung. Nicht, um ihr die Ehre zu erweisen, eher spöttisch, als wäre dies tatsächlich eine Theaterbühne und Orietta die zahlende Zuschauerin. »Die Dame des Abends, seht an! Willkommen, Madame.« Die Spitzen ihrer gelockten Haare reichten bis knapp unter die Ohrläppchen und wippten noch, als sie sich schon wieder aufgerichtet hatte. Mit einem unverkennbaren französischen Akzent erklärte sie: »Ich bin Colette, deine Vorgängerin. Einst beklatscht und gefeiert …«

»Und jetzt nur noch Ehefrau!«, rief der rothaarige Brite und zeigte auf Colettes Begleiter, welcher demonstrativ mit dem Ringfinger wackelte.

Sein Ausdruck von Stolz ließ Orietta darauf schließen, dass der Mann glücklich mit Colette verheiratet war. Und auch Colette, die sich immer noch unbeeindruckt gab, warf ihrem Gatten einen kurzen Blick zu, bevor sie Oriettas Namen verlangte.

»Signorina Volpato.«

Colette ließ die Hand rotieren, als erwartete sie sich noch einiges mehr an Auskünften, die Orietta ihr jedoch aus irgendeinem Grund nicht so einfach geben wollte. Also fügte sie bloß trocken hinzu: »Wie Sie sagten, die Dame des Abends.«

Leises Gelächter brandete auf, während Colette sie niederstarrte. Normalerweise wäre Orietta bei dieser Reaktion postwendend auf die Vorderseite des Sichtschutzes geflohen, um sich der ungewohnten Situation zu entziehen, doch nun straffte sie die Schultern und stellte sich mit allem, was ihr provokanter Aufzug hergab, zur Schau. Sie warf ihr langes Haar über die Schulter zurück und deutete einen ironischen Knicks an.

»Und der Vorname?«, fragte Colette, während sie begann,

einen Kreis um Orietta zu beschreiten und sie von allen Seiten einer genauen Musterung zu unterziehen. »Gibt es keinen?«

»Unzählige, soweit ich weiß, wenn auch ›Maria‹ in dieser Gegend wohl am häufigsten vorkommt.« Wieder hatte sie die Lacher auf ihrer Seite.

»Maria also … Das gefällt mir. Die Heilige im sündhaften Kleid.« Und als wäre die strenge Prüfung damit beendet, brach Colettes verschlossene Miene auf. Mit einem Grinsen fuhr sie mit dem Finger über die spitzen Ausläufer von Oriettas Schmetterlingsmaske. »Darf ich?«

Natürlich, Orietta hätte sich schon längst selbst ihrer Verkleidung entledigen sollen, doch eine alte unbestimmte Angst hatte sie bisher davon abgehalten.

»Du möchtest dich doch zu uns gesellen?« Colette sah sich auffordernd um, bis alle aus der Runde, die noch eine Maske getragen hatten, diese abnahmen. »Wir haben hier keine Geheimnisse.«

»Das Leben selbst ist ein Geheimnis«, erwiderte Orietta nervös.

»Und wir treffen uns regelmäßig, um es zu erkunden.«

Was Colette nicht aussprach, war: *Wenn du zu uns gehören möchtest, musst du dich auch unseren Bedingungen unterwerfen.* Und warum auch nicht? Jede Gemeinschaft hatte ihre eigenen Regeln. Einerseits wollte Orietta zu keiner Gruppe gehören, die ihr den eigenen Willen raubte, andererseits wusste sie, dass es nicht um ihr Äußeres ging, sondern um die Bereitschaft, hier und jetzt Teil von etwas zu werden.

Sie schluckte einmal, dann sagte sie: »Ich bin Orietta.« Mit einem Handgriff löste sie die Schleife an ihrem Hinterkopf und hielt einen Atemzug später die glassteinbesetzte Colombina in der Hand. Am liebsten hätte sie die Augen zugekniffen und sich tot gestellt. Doch da musste sie nun durch, ganz gleich, ob jemand beginnen würde, zu tuscheln oder ob sich Gesichter voller Enttäuschung verzogen. Sie war nun einmal nicht die rote Dame, die sündhafte Maria. Sie war Orietta Volpato, und so sah Orietta Volpato eben aus.

Doch ihre Befürchtungen wurden nicht erfüllt, im Gegenteil. »Buonasera, buonasera!« Freundliche Begrüßungen schallten ihr entgegen. Auch ohne dass jemand aufstand, um ihr einen Kuss auf die Hand zu hauchen, wurde sie mit Wärme und Herzlichkeit in den Kreis aufgenommen. Zusätzlich zu allem, was sie jetzt schon an dem Zirkel mochte, war es genau diese Ungezwungenheit, die ihr gefiel. Frei reden zu können, ohne eine Zurechtweisung fürchten zu müssen, wie herrlich sich das anfühlen musste! Orietta sah sich bereits für die Sache kämpfend in einem Salon neben Sibilla Veridiani sitzen, und Begeisterung überkam sie.

»Hier ist noch was frei.« Ein gut aussehender Herr mit schwarzem gescheiteltem Haar und gezwirbeltem Schnurrbart bot ihr sein Knie an. Aus Ermangelung anderer Sitzmöglichkeiten ging Orietta zu ihm, doch statt sich auf seinen Schoß zu setzen, scheuchte sie ihn auf und nahm seinen Platz ein. Übermütig zog sie ihm das Rotweinglas aus der Hand.

»Erst mein Stuhl, jetzt auch noch mein Wein?« Er fasste sich theatralisch an die Stirn und blickte sich Hilfe suchend um.

»Du wirst es überleben, Robert.« Colette verwehrte ihm mit einer wegwerfenden Handbewegung die Unterstützung, die er unter seinen Freunden suchte, und er antwortete: »Für dich von nun an: De Montesquiou!« Alles lachte. Orietta vermutete, dass er seinen Namen in erster Linie für sie, die Neue nannte, weil er bereits jetzt so bedeutend war, dass sie ihn sich besser gleich einprägte.

»Ästhet, Aristokrat, Literat«, rundete er seine Vorstellung prompt ab, bevor er das Wort wieder an Colette richtete. »Und du, meine Liebe, bist ein Monstrum! Schreib *das* in deine Bücher. Stehst hier, bemühst dich um die Aufmerksamkeit einer Fremden und lässt darüber deinen teuersten Freund verdursten.«

»Oje, wer sagt es ihm endlich?«, erklang es von der Seite. Orietta machte den Sprecher zu ihrer Linken, auf der Chaiselongue lümmelnd, ausfindig. Ebenso wie Montesquiou mit Scheitelfrisur und Schnauzbart ausgestattet, nur mit runderen Wangen und einem weniger hochnäsigem Flair, nickte er ihr zu und stellte sich als Marcel Proust vor.

»Sagt mir *was*?«, entgegnete De Montesquiou.

Dass Sie nicht Colettes teuerster Freund sind, ergänzte Orietta im Kopf, was Proust mit einem Schmunzeln angedeutet hatte. Gespannt wartete sie auf Montesquious Reaktion. Er jedoch ließ sich lediglich von Colettes Gegenspielerin, einer reifen Frau, die sich als Léontine Lippmann vorstellte, das halb leere Champagnerglas reichen, und schüttelte sich, bevor er daran nippte, als wäre er nur knapp einem Unglück entgangen. In dem Moment war Orietta wahrscheinlich die Einzige, die wahrnahm, dass er ihr belustigt zuzwinkerte, denn schon entwickelten sich Nebengespräche, und plötzlich waren es nur noch Colette, Montesquiou, Proust und Orietta, die an der Unterhaltung beteiligt waren.

»Es gibt diesen Ahnen, D'Artagnan, auf den er sich immer wieder beruft, als wäre das etwas Besonderes«, sagte Proust spöttisch.

»Ach, halt den Mund und überlass das Reden denjenigen, die es können!«

»Also auf keinen Fall dir?«

Orietta lachte und spürte, wie sich etwas in ihr auf wunderbare Weise entspannte. Wie einfach es plötzlich war, sich zugehörig zu fühlen. Wie schnell sie in dem kleinen Kreis Anschluss gefunden hatte. Und während sich alle, die noch nicht zu Wort gekommen waren, nach und nach mit Namen vorstellten und ironische Bemerkungen über die anderen Gruppenmitglieder fallen ließen, betrachtete Orietta mit wachsender Euphorie das Kollektiv aus Schriftstellern und Kunstschaffenden, denen sie da in die Arme gestolpert war, während sie sie vorher überall so verzweifelt gesucht hatte.

»Wo steckt eigentlich Sibilla?«, wagte sie irgendwann zu fragen, lange nachdem die Vorstellungsrunde abgeschlossen war und jemand an die Debatte über die Bedeutung von Freiheit, die Colette zu Beginn geführt hatte, anknüpfte.

»Es ist kurz vor zwölf. Sie wird jeden Moment hier sein.«

»Weil dann überall die Masken fallen?«, fragte Orietta.

»Genau.« Colette, die mittlerweile wieder den Schoß ihres Mannes belagerte, stieß genüsslich einen Kringel Rauch aus. »Sie hat ihre Methoden, unerkannt zu bleiben. Denn sobald sie sich offenbart, muss sie wieder die Gastgeberin spielen und hat keine Minute mehr für sich. Verkleidet kann sie die Gäste belauschen und von ihrer ungeschönten Seite kennenlernen.« Sie warf Orietta einen vielsagenden Blick zu. »Nicht, dass das erstrebenswert wäre.«

Orietta entschied, Colettes Redseligkeit zu nutzen. »Und wenn der Ball vorbei ist, trefft ihr euch morgen an Ort und Stelle zum Tee?«

»Einmal in der Woche ist üblich.«

»Sicher kann man nicht nach Lust und Laune dazustoßen?« Orietta schlug die Zigarette, die Proust an sie weiterreichen wollte, freundlich aus, und lehnte sich, um Diskretion bemüht, näher zu Colette. »Der Eintritt erfordert, so nehme ich an, eine Einladungskarte?«

»Ist das eine offizielle Bewerbung?«

Ertappt biss Orietta sich auf die Innenseite ihrer Wange, dennoch zwang sie sich, ruhig zu bleiben. »Würdest du sie annehmen?«

»Würde ich.« Colette lächelte, und Orietta hielt entzückt den Atem an, doch mit einem Achselzucken war die kurze Freude schon wieder dahin. »Leider entscheide ich das nicht. Die Salondame selbst muss dich vorschlagen und als Mitglied verzeichnen lassen. Viel Glück dabei.«

»Klingt ja nach einem Ding der Unmöglichkeit.«

»In den letzten zwei Jahren hat sie kein neues Mitglied zugelassen. Die Art von Inspiration, nach der sie so dringend sucht, scheint nicht mehr zu existieren.«

Orietta musste schlucken. Wo sie geglaubt hatte, sie könne die Veridiani mit einem klug gewählten Zitat für sich gewinnen, sollte sie sich nun offenbar mit einer Idealvorstellung messen, der bisher niemand gerecht werden konnte. Großartig.

»Irgendwelche Ratschläge?«

Colette dachte nach. »Vielleicht könnte jemand ein gutes Wort für dich einlegen.«

Orietta rutschte auf ihrem Stuhl vor. Sie wollte nicht zu viel in die Andeutung hineininterpretieren, doch wenn sie richtig gehört hatte, bot Colette gerade an, ihr Zugang zu verschaffen, also fragte sie: »Angenommen, jemand würde das tun. Wie könnte ich diesen Jemand für seine Mühen entschädigen?« Doch darauf erfuhr sie keine Antwort mehr, denn plötzlich geriet die Gruppe in Bewegung, und alle schossen von ihren Plätzen auf.

»Da ist sie ja!«

Orietta erhob sich ebenfalls und erstarrte, als sie in den Neuankömmlingen den Pestdoktor und den Pantalone erkannte.

Salem …

Innerlich verwünschte sie sich, weil ihr erster Gedanke schon wieder *ihm* gegolten hatte. Dann jagte Scham wie ein Strahl heißes Öl durch ihre Adern, als ihr klar wurde, wen die Pantalone-Verkleidung verbergen musste. Ihre Gedanken schlugen Purzelbäume, während sie versuchte zu begreifen, wie ihr bei der kurzen Begegnung mit dem Handkuss bloß entgangen sein konnte, dass Sibilla Veridiani vor ihr stand. Mit einem so drastischen Rollentausch hatte Orietta schlicht nicht gerechnet. Niemals hätte sie sich träumen lassen, dass die Gastgeberin ihren eigenen Ball von der Warte eines Kellners aus verfolgen würde. Doch nach kurzer Überlegung schien es ihr doch zu der Salondame zu passen, schließlich war sie für ihre ungewöhnlichen Auftritte und Überraschungen bekannt.

Nachdem Orietta diesen Umstand verdaut hatte, versuchte sie zu verstehen, wie Salem dazu kam, plötzlich mit der Salondame am Arm vorbeizuspazieren. Hatte Prudentias Gesellschaft ihn so schnell gelangweilt? Oder war er einer jener Junggesellen, die bloß nach sozialem Aufstieg strebten? War er vielleicht selbst viel bedeutender, als sie geahnt hatte?

Bevor ihre Knie nachgeben konnten, fasste sie sich ein Herz, marschierte entschlossen auf das Gespann zu und ergriff die Hand des Pantalone. »Buonasera! Orietta Volpato, Sie erinnern sich? Es ist mir eine Ehre, hier sein zu dürfen. Ich kann Ihnen gar nicht genug für die Einladungskarte danken. Grazie mille!« Ein verstohlener Seitenblick zum Pestarzt ließ ihr Herz einen Schlag aussetzen. Obwohl die anderen Zirkelmitglieder ihn umringten und überschwänglich auf ihn einredeten, beobachtete er sie – Orietta. Seine offensichtliche Verwunderung berauschte sie. Also hatte er sie vorhin im Gespräch mit Prudentia wirklich nicht erkannt. Und so befriedigend sich dieser kleine Triumph anfühlte, würde es ihr noch mehr Genugtuung verschaffen, wenn sie Salem ein bisschen zappeln ließ, bevor sie ihn zur Kenntnis nahm. Also ignorierte sie ihn und gab sich mit der Salondame vertrauter, als sie es eigentlich war.

»Darf ich?« Sie hielt der Veridiani den Arm hin und hoffte, niemand würde sehen, wie ihre Finger vor Anspannung bebten. »Spazieren wir ein Stück.« Die Dame hakte sich amüsiert unter. »Den ganzen Abend fiebere ich schon auf unser Gespräch hin«, sagte Orietta. »Ich möchte es mir nicht länger entgehen lassen. Dort hinten scheint es ruhig zu sein.« Der beschwingte Gleichschritt der Salondame und ihr erstaunlich fester Griff ermutigten sie zum Weiterplappern. »Es ist Mitternacht, man sagt, da fallen die Masken. Erweisen Sie mir die Ehre?« Auf ein Nicken streckte sie sich, und nahm zitternd die Schleife in die Hand.

Und gerade, als sie sich über Sibillas Statur wunderte, die sie um einen halben Kopf überragte und von Schulter zu Schulter mehr Raum einnahm als in Oriettas Erinnerung, fiel die Maske und offenbarte ihr … ein schmerzhaft attraktives Männergesicht.

Kapitel 14

Orietta.« Sein warmer Atem streifte ihr Gesicht, während er einfach nur dastand und ernst auf sie herabblickte. Ihre Arme waren auf Höhe seines Kopfes erstarrt, dann endlich kam sie zur Besinnung und ließ sie langsam sinken. Nicht sicher, ob sie ihren eigenen Augen trauen durfte, wich sie einen Schritt zurück. Dann noch einen und noch einen, schließlich drehte sie sich um und vergrub die Finger in ihrem Rock.

Sie raffte ihn, als wollte sie davonlaufen. Aber etwas hielt sie davon ab. Wenn *er* hinter dem Kostüm des Pantalone steckte, dann musste Sibilla Veridiani der Pestdoktor sein. Dann war *sie* diejenige, die mit Prudentia getanzt hatte, und *er* derjenige, der Oriettas Handrücken geküsst hatte. *Seine* Lippen hatten sich in der zartesten und gleichzeitig intensivsten Berührung gegen ihre Haut gepresst. Und er war es gewesen, der ihr die Schamesröte auf die Wangen gezaubert hatte. *Santa Maria!*

Die Erinnerung daran brannte sich in ihre Hand wie ein heißer Stempel.

Zwischen den tausend Fragen, die ihr durch den Kopf wirbelten, war es allerdings Salems auf sie zustrebende Körperwärme, die ihre Aufmerksamkeit fesselte. Sobald er dicht hinter ihr stand und mit den Fingerspitzen ihre nackte Schulter streifte, jagte ihr ein Schauder über den Rücken. Ihre Sturheit, die sie womöglich größtenteils von ihrem Vater geerbt hatte, verbot ihr, sich augenblicklich zu ihm umzudrehen, gleichzeitig wünschte sie nichts mehr, als sich in einer ausgiebigen Betrachtung seines Gesichts zu verlieren.

»Verzeihung, falls ich dich erschreckt habe«, sagte er mit seiner samtigen Stimme und ließ alle Förmlichkeit fallen. »Es war einfach zu amüsant, dich im Dunkeln tappen zu sehen. Wenn auch, das gebe ich gerne zu, äußerst unangebracht.«

Während der Lärm der Feiernden und die Geräusche des Windes zu einer einzigen dumpfen Kulisse im Hintergrund verschmolzen, brachten seine Worte die Luft um sie zum Schwingen. Erstaunlicherweise war das Gefühl von Nähe seit ihrem letzten Treffen noch stärker geworden, und Orietta konnte nicht anders, als sich ganz auf ihn zu konzentrieren.

»Du weißt, wer ich bin, oder?«, hakte er nach, leiser nun, als würde er selbst daran zweifeln.

Für Oriettas Verhältnisse wäre es geradezu barbarisch gewesen, ihn noch länger auf die Folter zu spannen. Außerdem sehnte sie sich danach, ihn endlich anzusehen. Entschlossen drehte sie sich um.

Er stand so nah, dass ihre Haarspitzen für einen Moment gegen seine Brust schlugen, bevor er unter verlegenem Räuspern etwas zurückwich. Nicht ganz auf den Höflichkeitsabstand von einer Armlänge, aber immerhin hatte sie nun die Möglichkeit, ihm beim Sprechen in die Augen zu schauen, statt darüber nachzudenken, wie gleichmäßig sich seine Brust hob und senkte. Oder darüber, dass bei Konversationen zwischen gesellschaftlich hochgestellten Männern und unverheirateten Frauen der Etikette nach immer eine dritte Person anwesend sein musste. Zu schnell ließen sich sonst vermögende Junggesellen von mittellosen, jungen Damen in kompromittierende Situationen bringen – so sagte man. In Oriettas Fall hätte eine Anstandsdame tatsächlich *sie* zurückhalten müssen, denn wie schon in der Gondel war sie kaum dazu in der Lage, Salem etwas abzuschlagen. Ein hungriges Sehnen lauerte in ihr, das nur in seiner Gegenwart erwachte und darauf brannte auszuprobieren, wie weit Salem gehen würde, wenn sie ihn ermutigte.

Es war sein Blick, der sie anzog und bannte, als hätte auch er tagelang nur darauf hingefiebert. Doch wenn das stimmte, warum hatte er sie dann nicht gesucht? Mit ihrem Nachnamen und dem Wissen, dass sie der Glasbläserzunft angehörte, hätte er sie leicht auf Murano ausfindig machen können.

Aber vielleicht hatte er das sogar getan … Sie konnte es nicht mit Sicherheit ausschließen, denn sie hatte ja keine Ahnung davon gehabt, wie er aussah. Nun allerdings kannte sie sein Gesicht, und ihr Gefühl sagte ihr, dass er sie nicht aus der Ferne beobachtet hatte – ein Gesicht wie seines hätte sie nicht vergessen.

All ihre Verwirrung ballte sich plötzlich zu Wut und entlud sich in einem einzigen bitteren Vorwurf: »Wer du bist? Augenscheinlich nicht die Person, für die ich dich gehalten hatte.« Und diese Antwort hatte so viele Facetten wie eine geschliffene Glasperle.

Zu Beginn des Abends hatte sie den Pantalone nicht als Salem erkannt, genauso wenig, wie sie in Salem selbst damals in der Gondel ein Mitglied des literarischen Zirkels der Veridiani erkannt hatte. Und nun, wo er vor ihr stand, wusste sie nicht, ob dieser gut aussehende Unmaskierte dieselbe Person war wie jener Mann auf der Piazza, der ihr voller Respekt zum Abschied die Hand geschüttelt und mit seinem ganzen Auftreten in ihr den Wunsch auf ein baldiges Wiedersehen geweckt hatte. Er sah so anders aus, als seine Worte ihn damals hatten wirken lassen, so maskulin und rau, ganz und gar nicht dem Bild entsprechend, das sie von Intellektuellen oder generell Vertretern der oberen Gesellschaftsschicht hatte.

Dank seines stoppeligen Kiefers und den locker nach hinten gestrichenen schwarzen Haaren besaß er mehr Ähnlichkeit mit einem gewöhnlichen Hafenarbeiter als mit jenen Mittelscheitel tragenden Gentlemen aus Veridianis Zirkel – und Orietta gefiel diese Abweichung von der Norm, so sehr sie dieser Gedanke auch ärgerte. Schließlich hatte er ihr in der Gondel den unbedarften Niemand vorgespielt, doch seine Anwesenheit auf dem Maskenball sowie der gesellschaftliche Einfluss seines Umgangs deckten auf, dass auch er eine hochrangige Persönlichkeit sein musste.

Und sie? Was würde er von ihr halten, wenn er von der Notlage ihrer Familie wüsste?

Orietta biss die Zähne zusammen. Salem hatte sie zu seiner eigenen Erheiterung an der Nase herumgeführt, und sie war darauf hereingefallen. »Gratulation. Du hast mich erfolgreich glauben lassen, ich hätte es mit einem verträumten Vagabunden zu tun, dabei bist du eher – was? Ein angesehener Kunsthistoriker? Ein bedeutender Politiker? Oder doch bloß Papàs verwöhnter Sprössling, der so viel Geld in der Tasche hat, dass er nichts mit sich anzufangen weiß und auf Maskenbällen sein Unwesen treiben muss?«

Salem, der sie ernst anschaute, schöpfte, nachdem sie geendet hatte, gemeinsam mit ihr neuen Atem, als hätte er für die Dauer ihrer Ansprache tatsächlich die Luft angehalten.

»Fertig?«

»Fertig.«

»Sicher?«

»Sicher.«

»Schade. Ich hätte noch Kapazitäten für einen zweiten Gefühlsausbruch gehabt.« Er bot ihr grinsend das Ohr. »Nur zu, noch ist das Trommelfell intakt.«

Orietta schloss perplex den Mund. Hatte sie Salem etwa angeschrien? Nein, sie hatte bloß laut und deutlich ihren Standpunkt dargelegt, wie man es nun einmal als gute Rednerin machte. Nur warum musste sie dann so verlegen den Blick abwenden? Und warum widersprach sein mildes Lächeln seinen Worten, als würde er ihren Ausbruch für völlig berechtigt halten?

»Es gibt unter uns Literaten dafür Wettbewerbe, wusstest du das?«, sagte er und lenkte damit ihren Blick zu sich zurück. »Derjenige, der am längsten ohne Unterbrechung reden kann, erhält ein Fass Wein.« Die Anspielung führte ihr wieder vor Augen, warum er die kleine Rüge verdient hatte – und warum sie, selbst wenn sie ihn angeherrscht hatte, genau den richtigen Ton angeschlagen hatte. »Soll ich dich als Kandidatin anmelden? Ich glaube, du würdest dich ganz wunderbar machen.«

»Wenn ich dafür deine Bewerbung im Theater einreichen darf? Dort suchen sie laufend überzeugende Schauspieler. Als Naturtalent könntest du mühelos den aufrichtigen, aber ziellosen Fremden mimen. Und du würdest sogar noch dafür bezahlt!«

Salem krümmte sich dramatisch, als hätte ihn der Schuss einer Pistole getroffen. Natürlich besaß er zusätzlich die Frechheit, sich leidend die Hände auf die Brust zu pressen, bevor das verschmitzte Lächeln wieder zum Vorschein kam.

»Karneval, du erinnerst dich?«, fragte er. »Die ganze Saison dreht sich darum, in andere Rollen zu schlüpfen. Und du warst, wenn ich mich recht erinnere«, seine Stimme senkte sich zu einem Raunen, »auch nicht ganz ehrlich mit mir.« Unvermittelt streckte er die Finger nach ihrer Schulter aus, ergriff den Hängeträger ihres Kleides und schob ihn hoch, zurück an seinen Platz. Doch sobald er losließ, rutschte das Trägerchen in gemächlicher und recht sinnlicher Manier wieder ihren Arm hinab – ganz so wie von ihrem Modisten beabsichtigt.

Salem schaute wortlos der Bewegung zu, auch Orietta selbst konnte sich nicht davon lösen. Schließlich fanden sich ihre Augen wieder, und plötzlich war die Atmosphäre zwischen ihnen eine andere. Aus der beiläufigen Geste hatte sich etwas unerwartet Intimes entwickelt. Etwas, das bei Salem zu einem plötzlichen Hustenanfall führte und Orietta veranlasste, sich rasch auf einen Punkt in der Ferne zu konzentrieren, während ihr Verstand nach einem zusammenhängenden Satz fischte, wenigstens *einem*. Doch vergebens. Sie öffnete den Mund, und nichts außer einem seltsamen Ton drang heraus, gleichzeitig setzte Salem zu einer Bemerkung an, verstummte aber, um ihr den Vortritt zu lassen.

»Wir sprachen über Ehrlichkeit«, sagte sie, nachdem sie sich etwas gesammelt hatte. »Inwiefern war ich nicht ganz ehrlich zu dir?«

»Du hast behauptet, du machst dir nichts aus schönen Kleidern. Aber nun … sieh dich an.« Sein Blick kehrte zu ihr zurück, wanderte über sie wie süßer klebriger Honig, den man mit bloßem Finger dem Glas entnahm, nur um ihn genüsslich abzulecken – und irgendwie hatte es so geklungen, als hätte er nicht ihr Kleid schön genannt, sondern sie.

»Was ich über mich preisgeben habe – all das entsprach der Wahrheit. Aber bei dir habe ich den Eindruck, du hast die wichtigsten Stellen ausgelassen …«

»Beispielsweise meine Mitgliedschaft in Veridianis literarischem Zirkel?«

Als sie nickte, schien die Wärme, die sich in seinem Blick ausgebreitet hatte, abrupt zu erkalten, bis seine dunklen Augen das unerklärliche Interesse, das er ihr seit der ersten Begegnung entgegenbrachte, verloren hatten. Ihr war, als hätte sich die Sonne hinter dichte Wolken verzogen.

»Wir hatten gemeinsam über Veridianis Ankunft gelästert. Ich dachte …« Sie brach ab und zog die Brauen zusammen. Ihre Annahmen waren wohl eben nur das gewesen – Annahmen.

»Sibilla ist ein humorvoller Mensch«, sagte er. »Sie weiß einen guten Witz zu schätzen. Wäre sie mit uns in der Gondel gewesen, hätte sie gewiss gelacht.«

Orietta verschränkte die Arme vor der Brust. »Du wusstest aber, dass ich sie unbedingt sehen wollte, oder? Hast du auch geahnt, warum?«

Die Muskeln an seinem Kiefer zuckten, während er seine Antwort wählte. »Du machst mir also einen Vorwurf daraus, dass ich Zugang zur Einladungskarte besaß und sie dir nicht auf dem Silbertablett präsentiert habe? Wolltest du es dir so leicht machen?«

Obwohl seine Worte den Kern trafen, klangen sie aus seinem Mund einfach nur falsch, fast, als hätte Orietta Salem lediglich ausnutzen wollen. »Leicht?! Ich habe mir eine Blöße gegeben, um an sie heranzukommen«, schnappte sie in Erinnerung an ihren drohenden Rauswurf aus dem Hotel Palazzo Stern.

»Eine Blöße? Wortwörtlich?« Diesmal wirkten sein Lachen und die anzügliche Anspielung gezwungen, so, als brodelte unter seiner vorgeschützten Heiterkeit eine ganz andere Emotion.

Orietta gab sich Mühe, die Funken wegzublinzeln, die am Rande ihres Blickfelds aufstoben, doch Unglaube und Enttäuschung ergriffen von ihr Besitz. »Man hätte mich beinahe des Restaurants verwiesen. Vor den Augen des versammelten Publikums aus einem Grand Hotel geworfen! In der Zunft meiner Eltern bedeutet ein tadelloser Ruf alles.«

»Glaub mir, den Restaurantgästen und allen anderen, die sich dort ein Menü leisten können, sind deine Eltern völlig egal.«

Was sollte das nun wieder heißen? Dass ihre Eltern in den Augen der Gesellschaft nicht zählten? Und abgesehen davon: Um die Karte zu bekommen, hatte sie sich mit der besten Freundin ihrer Schwester angelegt, sich beinahe auch mit Flavia entzweit. Was wusste Salem schon von den Strapazen, die es erfordert hatte, zu Veridianis Maskenball eingeladen zu werden? Und trotzdem wiegelte er, ohne mit der Wimper zu zucken, ihre Einwände ab. Er, der einzige Sohn höchstwahrscheinlich gut situierter Diplomaten, der kein einziges Mal in seinem Leben wirklicher Sorge ausgesetzt gewesen war – falls die Angaben zu seiner Kindheit überhaupt stimmten und er wirklich keine Geschwister hatte.

Mittlerweile konnte Orietta nicht mehr unterscheiden, was von dem Gespräch in der Gondel zu einer möglichen Rolle gehört hatte und was zu seiner echten Biografie. Sie wollte es auch nicht mehr herausfinden. Der Salem, den sie gehofft hatte wiederzutreffen, war eine Illusion gewesen, zugegeben eine unglaublich attraktive, aber hier und jetzt gab es wichtigere Aufgaben, als sich mit ihm über ein vergangenes Gespräch in einem Boot zu streiten. Hinter dem Paravent unterhielt sich immer noch die Salondame mit ihrem Zirkel, mit Leuten, deren Sympathien Orietta bereits für sich gewonnen hatte. Sie brauchte Salem nicht, um sich Zutritt zu dieser exklusiven Gemeinschaft zu verschaffen. Und sie hätte ihn auch nie so gesehen, als reinen Türöffner, selbst dann nicht, wenn er ihr dort in der Gondel seine Freundschaft zur Veridiani enthüllt hätte. Es hätte vielmehr etwas anderes Entscheidendes geändert: Sie hätte ihm noch vertraut.

»Ich gehe zurück zur Gruppe«, sagte sie, ohne auf seine Bemerkung zu ihren Eltern einzugehen.

»Warte!«

Bevor sie einen Schritt in die Nacht gemacht hatte, war er schon an ihrer Seite. »Es tut mir leid. Ich wollte dich nicht kränken. Es ist nur … Zugegeben, ich war nicht gerade begeistert von der Möglichkeit, dich als neues Mitglied im Zirkel zu haben.«

»Und warum nicht?«

Seine Brust hob und senkte sich schwer. »Das kannst du dir sicher denken.«

Ja, das konnte sie. Nach allem, was sie in den letzten Tagen aus Männermündern in Bezug auf das geistige Vermögen von Frauen gehört hatte, konnte sie sehr gut einschätzen, wie seine Meinung über sie lautete. Sie hatte bloß nicht wahrhaben wollen, dass er einer von dieser Sorte war. Kommentarlos schritt sie davon.

»Oder vielleicht auch nicht – Orietta, hör doch bitte zu!«, rief er ihr nach. »Ich habe deshalb nichts gesagt, weil ich davon überzeugt war, dass du, egal, was du vorhattest, es auch allein schaffen würdest. Und dass das einer Frau wie dir auch wichtig ist. Ich wusste, ich würde dir hier heute wiederbegegnen … zumindest habe ich es mir gewünscht, und irgendwie hat mich die Befürchtung, es könnte nicht so sein … belebt.« Er rieb sich über das Gesicht. »Bevor ich dich kennengelernt habe, hat bei mir die Eintönigkeit regiert. Nichts konnte lange genug mein Interesse wecken. Und ja, vielleicht habe ich geahnt, dass du dich zu Veridianis literarischem Zirkel hingezogen fühltest. Du bist eine bemerkenswerte Frau und hast jedes Recht, deinen Platz in unserer Mitte einzufordern. Doch ich …«

Sie blieb stehen. Im Widerspruch zu ihrem Verstand, der sie weitertreiben wollte, lauschte sie angespannt Salems Atem, während er nach den richtigen Worten suchte. »Vielleicht«, er war ihr nachgeeilt und ergriff jetzt ihre beiden Hände, ohne dass sie ihn davon hätte abhalten können, »verflucht, vielleicht habe ich einfach gehofft, dich wie ein süßes Geheimnis noch eine Weile für mich behalten zu können.«

Orietta erstarrte. »Für dich zu behalten? Ich bin kein Gegenstand, den man besitzen und vor anderen verstecken kann.«

»Nein, so meinte ich das auch nicht …«

»Wie dann?«

Er blickte sie flehend an. »Ich dachte, die Aussicht auf weitere Gespräche mit mir würden dich … nun ja, den Zirkel für eine Weile vergessen lassen.«

Verärgert schüttelte sie ihn ab. »Und *ich* dachte, Männer hätten endlich einmal gelernt, dass ihre ewige Kontrollsucht im Leben einer Frau nichts zu suchen hat. Mein Streben nach intellektuellem Austausch ist keine Anwandlung, die wegen einer einzigen vergnüglichen Gondelfahrt vergeht.«

»Das habe ich nicht gesagt.« Er neigte sich näher, mit gewölbten Brauen und gefurchter Stirn, als würde ihn eine unausgesprochene Frage quälen. »Aber *nur eine Gondelfahrt*, Orietta? Wirklich?«

Zwei schwere Atemzüge lang standen sie einander bloß gegenüber, beide auf eine Weise verletzt, die der andere offenbar nicht verstand.

»Ich wünsche dir noch einen schönen Abend, Salem«, sagte sie, denn zu bleiben, hatte keinen Sinn, nicht, wenn seine Worte bereits in ihrem Kopf zu arbeiten begannen und dort Chaos anrichteten.

Mit einem Stechen in der Kehle schritt sie zurück zum Paravent, wo Sibilla Veridiani sie, umringt von ihrem Zirkel, mit erhobenem Glas in ihrer Mitte willkommen hieß.

* * *

Die letzte Stunde der Ballnacht gestaltete sich endlich wie von Orietta ersehnt, nachdem so vieles an diesem Abend so entsetzlich schiefgegangen war. Angefangen bei ihrer Unfähigkeit, die Salondame auszumachen, über die Erkenntnis von Prudentias angeborener gesellschaftlicher – und Orietta heillos überlegenen – Stellung bis hin zu ihrer unseligen Wiederbegegnung mit Salem. Jetzt, wo sie dem Gemisch aus Rasierwasser und erhitzter Männerhaut entschwunden war, sah sie mit zunehmender Klarheit, dass sie womöglich überreagiert hatte.

Was auch immer sie in der Gondel in ihm gesehen hatte, war nun nicht mehr vorhanden, und sie musste sich von ihrer Illusion verabschieden.

Orietta fand sich schneller, als sie gedacht hätte, wieder im Kreis aus Literaten aufgenommen. Es dauerte nicht lange, bis sie diejenige war, die das nächste Thema anschnitt, wenn auch die Anwesenheit ihres Idols ein unsichtbares Hindernis schuf, das ihren Redefluss hemmte. Diskutiert wurde über alles, solange es die nötige Tiefe besaß.

Was machte den Menschen zum Individuum? Und was bildete seinen Charakter wohl mehr – Praxis oder Theorie? Obwohl Orietta für ihre Wortmeldungen durchaus Zustimmung einheimste, stellte sie nach einiger Zeit mit Demut fest, dass sie auf den meisten Gebieten weniger bewandert war als die Zirkelmitglieder. Ihr mangelte es an Lebenserfahrung und dem konkreten Wissen, das man sich nur aneignen konnte, wenn man abseits des befestigten Pfads wandelte.

Sie hatte noch nie etwas allein unternommen oder gar etwas nur für sich getan. Immer waren die Familie oder zumindest Flavia in ihrem Hinterkopf präsent gewesen. Nur was sagte das über sie aus? Colettes Definition nach durfte sie sich eigentlich gar nicht als Individuum bezeichnen, sondern war vielmehr eine Gefangene der Gesellschaft. Denn nahm man ihr die Familie und den Titel der Glasbläser weg, was blieb dann noch von ihr? Wofür stand sie dann noch? Und wofür wollte sie überhaupt stehen?

Auf der Suche nach Antworten auf die existenziellen Fragen, die sich ihr hier stellten, folgte Orietta der Unterhaltung bald nur noch als schweigende Zuhörerin, bis Sibilla Veridiani, die selbst kaum Anteil genommen hatte, die Diskutierfreude ihrer Gruppe zähmte und auf leichtere Inhalte lenkte. Immer wenn der Gesprächsstrom abzureißen drohte, zwei sich ernsthaft in die Haare bekamen oder Montesquiou einen Lobgesang auf die eigene Person anstimmte, griff sie ein. Ansonsten schrieb sie in das kleine schwarze Notizbuch, das sie mit sich führte und das Orietta zunächst für eine Requisite des Pestdoktorkostüms gehalten hatte.

Wenn die Salondame dann ihre gemachten Notizen studierte, studierte Orietta *sie*, beobachtete aufmerksam, wie sie sprach, und prägte sich ihre Manierismen ein, als könnte eine solche Analyse aufklären, worin die große Popularität der Veridiani begründet lag. Und tatsächlich kristallisierte sich mit der Zeit für ihr Verhalten eine Art Muster heraus: Missfiel Sibilla Veridiani eine Äußerung, wandte sie das Gesicht vom Sprechenden ab und steckte sich eine Zigarette an. Teilte sie dagegen eine Meinung, klatschte sie begeistert in die Hände und verlangte amüsiert, dass ihr Wein nachgeschenkt wurde. Hin und wieder stupste sie Orietta ermutigend mit der Schulter an, sich erneut an der Runde zu beteiligen, doch die Befangenheit aufgrund ihrer dürftigen Lebenserfahrung verbot Orietta, sich erneut der direkten Konfrontation zu stellen. Lieber prägte sie sich ein, nach welcher Rhetorik die Salondame Gegenargumente aushebelte, Aussagen ihrer versteckten Logikfehler überführte und schließlich jede Streitfrage für sich entschied. Zwischendurch war sie von Veridianis Ausstrahlung immer wieder so gefangen, dass sie den Moment verpasste, in dem Salem sich erneut der Gruppe anschloss.

Obwohl neben Orietta noch ein Platz frei gewesen wäre, hatte er sich auf den Stuhl gesetzt, der am weitesten von ihr entfernt war. Als sie ihn zufällig anblickte, besprach er sich gerade unter vier Augen mit Léontine, und Orietta überschlug schnaubend die Beine und umfasste ihre Knie, entschlossen, sich ganz Veridianis Ausführungen zum Thema »Förderliche Korrespondenzen« zu widmen.

»Pflegst du eine Brieffreundschaft, Orietta?«, fragte die Salondame schließlich mit einem anspornenden Lächeln und bot ihr damit erneut die Gelegenheit, sich wieder einzubringen, doch zu ihrem eigenen Bedauern musste Orietta verneinen. Es gab keine andere Literaturinteressierte, mit der sie sich regelmäßig austauschte. Und ohnehin war ihr die Suche nach einer solchen intellektuellen Bereicherung bisher noch gar nicht in den Sinn gekommen.

»Verzeihung, man hat mir gesagt, du würdest mit großer Leidenschaft Briefe schreiben«, ruderte die Veridiani zurück, als die Bestätigung ausblieb.

Die kalte Asche eines erloschenen Brennofens goss sich über Orietta aus, als ihr klar wurde, woher die Salondame diese Information haben musste, und nun konnte sie auch nicht länger Salems Anwesenheit ignorieren. Er sah schon in ihre Richtung, bevor sie ihn mit dem Blick aufspießen konnte. Doch anstatt sich schuldbewusst abzuwenden oder zumindest betroffen zu schlucken, hoben sich seine Brust und Schultern weiterhin in ruhigem Takt. Seine Gelassenheit weckte in ihr das Bedürfnis, ihn kräftig zu schütteln. Oder nein, am liebsten würde sie die kleinen roten Knöpfe seines albernen Pantalone-Kostüms einzeln aus der Leiste reißen. Und dann … Ja, was dann? Mit heißen Wangen und ohne den Mut, sich selbst die wahrheitsgemäße Antwort zu geben, krümmte sie wütend die Zehen in ihren Schuhen, während Salem zu lächeln begann.

»Ich schreibe Briefe, ja«, sagte sie, weil sie ihr Verhältnis zur Salondame nicht gleich zu Beginn mit einer vermeidbaren Lüge belasten wollte. »Leider nichts Erwähnenswertes.«

»Liebesbriefe für zahlende Kunden, habe ich gehört.«

Für zahlende …? Herrgott! Verlegenheit rötete Oriettas Nacken und legte sich heiß auf ihre Ohren. Dieser verdammte Salem! Ihre Stimme konnte kaum das dröhnende Rauschen in ihrem Kopf übertönen, als sie schließlich zugab: »Es ist ein Nachbarschaftsdienst, wenn man so will. Ein unbedeutender Zeitvertreib.«

Spott wäre das Mindeste gewesen, womit sie gerechnet hätte, stattdessen stieß Sibilla Veridiani ihr Glas gegen Oriettas und rief laut aus: »L'art pour l'art! Die Kunst um der schönen Kunst willen. Diese Einstellung lobe ich mir.«

»Wir alle haben mit Liebesbriefen angefangen«, versicherte Colette. »Hauptsache: schreiben. Für uns Frauen ist das beinahe die einzige Möglichkeit, uns schriftstellerisch zu entfalten.«

Montesquiou applaudierte symbolisch. »Und wir Männer genießen den gefühlsgeladenen Blick, den unsere hochgeschätzten Brieffreundinnen auf unsere Abhandlungen und Romanmanuskripte haben.«

Léontine, die offenbar gemeint war, verneigte sich zufrieden.

»Übrigens nicht nur die Damen widmen sich der Liebe. Salem schreibt ebenfalls Gedichte, die ans Herz gehen ... und tiefer«, sagte Colette wieder, noch nicht bereit, die Aufmerksamkeit der Gruppe wieder aufzugeben. Die Zweideutigkeit veranlasste ihren Ehemann dazu, die Arme um ihren Bauch zu schlingen, bevor sie veranschaulichen konnte, wo dieses »tiefer« genau lag.

Offenbar sprach sie von erotischen Texten. Orietta hatte schon immer Romane lesen wollen, die in Kategorien abseits des Unterrichtsstoffes fielen und für die sie jemanden bestechen musste, damit er sie ihr beschaffte. Beim Gedanken daran, dass Salem sich mit verruchten Themen beschäftigte, vielleicht selbst sogar Anstößiges schrieb, presste sie die Schenkel zusammen, um das dazwischen aufsteigende Ziehen zu vertreiben.

»Irrelevant!« George ergriff das Wort und riss sie aus ihren Gedanken. »Salem wagt es sowieso nicht, zu veröffentlichen. Also lasst ihn uns nicht loben, sondern antreiben.«

»Mir fehlt der 23. Februar.«

»Wegen *eines* läppischen Tages schließt du nicht ab?« Montesquiou lachte schallend.

Salem antwortete sich selbst, ohne Colette, Veridiani oder sonst irgendwen aus der Gruppe anzusehen: »Es ist eine kalendarische Sammlung über das Vergehen der Zeit.«

»Na, dann nimm einen Spruch doppelt auf! Die meisten Leser sind nach der Hälfte der Lektüre ohnehin so betäubt, dass sie deinen kleinen Fauxpas nicht bemerken werden.«

Aus dem Augenwinkel bemerkte Orietta, dass Salem Montesquious Lachen erwiderte, doch sein Grinsen verflüchtigte sich so schnell, wie es gekommen war. »Wer sein Schiff nie dem Ozean ausgesetzt hat, weiß nicht, ob es dem Sturm standhält«, sagte er und hob den Kopf. Seine Blickrichtung verriet, wem seine kleine Weisheit gewidmet war, und Orietta veränderte wie ertappt ihre Sitzhaltung.

»Da hast du deinen Februar-Spruch«, sagte die Veridiani und klatschte.

Der Rest pflichtete ihr bei, nur Orietta fühlte sich herausgefordert, der Äußerung etwas entgegenzusetzen. »Und wer sein Schiff in den Sturm hinausgeleitet, ohne es vorher auf Schäden zu überprüfen, wird zwangsläufig untergehen«, sagte sie, an die Kante ihres Stuhls gerutscht.

»Erst Briefe und nun Poesie.« Veridiani erhob sich, mit einer Handbewegung gab sie Orietta zu verstehen, es ihr gleichzutun. »Magst du uns etwas Eigenes vortragen?«

Mehr Gesichter, als sie auf einen Blick erfassen konnte, starrten sie nun an. Doch unter all den ihr zugewandten Gesichtern war es Salems erwartungsvolle Miene, die Oriettas für den Ernstfall einstudierten Zitate ausradierte. Und ohnehin war sie nach etwas Eigenem gefragt worden, nicht nach den wiedergekäuten Ideen etablierter Denkerinnen. Damit hatte sie nicht gerechnet und konnte dementsprechend auch nichts vorweisen.

»Orietta?«

»Ich …« Im Geiste stand sie vor einer abgrundtiefen Leere, während sie äußerlich die Hände rang.

Veridiani gestand ihr einen Moment zu, um sich zu sammeln, dann noch einen, und schließlich, als aus einer Denkpause peinliche Stille wurde, wandte sie sich ab, glättete ihre Stirn und setzte ein unbeschwertes Lächeln auf. »Ich würde meine poetischen Schätze auch nicht mit jeder dahergelaufenen Truppe teilen.«

Wie auf Kommando lachte alles, und Orietta fand sich ebenso erlöst wie beschämt in Sibillas tröstlichem Schatten wieder. Immerhin wagte es so niemand, den kleinen Aussetzer zu thematisieren.

Als einige Zeit später die letzten Laternen gelöscht wurden und sich die Terrasse geleert hatte, zerstreute sich auch der Zirkel hinein in den Festsaal auf der Suche nach Bekannten, die man noch nicht gesprochen hatte und die nun im Begriff waren zu gehen.

Nachdenklich blickte Orietta Salems Rücken hinterher, während sie selbst der Veridiani auf eine lange Verabschiedungstour durch den Saal folgte. Hände wurden geschüttelt, Namen ausgetauscht und das Wort »Glasbläsertochter« so oft von der Salondame in den Mund genommen, dass es irgendwann ganz seltsam in Oriettas Ohren klang. Außerdem hätte sie wahrlich einen Notizblock gebraucht, um sich all die hochrangigen Persönlichkeiten, die ihr vorgestellt wurden, zu merken.

»Da ist meine Schwester«, stieß sie schließlich mit mehr

Erleichterung aus, als sie angesichts der großen Möglichkeiten, die sich ihr boten, hätte verspüren sollen. Doch der Morgen graute bereits, ihre Fußsohlen standen in Flammen, und ihr Magen fühlte sich leer und gleichzeitig verknotet an. Beim Anblick von Flavias rot verschmiertem Mund und der achtlos vom Handgelenk baumelnden Maske, überkam sie der heftige Drang, in ihre Arme zu flüchten und zu weinen.

»Flavia, wie schön. Hast du den Abend genossen?«, fragte die Veridiani, und anders als die meisten Leute ließ sie sich bei der Gelegenheit nicht zu einem Kompliment über ihr Äußeres hinreißen, sondern richtete bloß ein paar austauschbare Abschiedsworte an Flavia. Diese bedankte sich und bemängelte, als hätte sie die unterschwellige Gleichgültigkeit erkannt, im gleichen Atemzug die Auswahl der Tänze. Man sei hier schließlich in Venedig, und da hätte zwischendurch eine Tarantella aufs Parkett gehört.

»Ist das so?« Die Veridiani lächelte, doch es war ein mattes Verziehen der Lippen, ohne echte Empfindung. Den Dal Corsos, die begierig danebenstanden, nickte sie zum Abschied bloß zu. Dann wandte sie sich an Orietta, und ihre Augen leuchteten wieder auf. »Es war mir eine Freude.« Wie schon im Restaurant berührte sie sie an der Hand. »Wenn dein tägliches Programm es zulässt, wäre es mir ein Vergnügen, dich am Donnerstagnachmittag in meinem Salon zu begrüßen.«

Ein Ruck durchfuhr Orietta, und noch bevor sie sich überglücklich bedanken konnte, schnappte Prudentia nach Luft.

Donna Clarissima, die ihr einen mahnenden Schlag gegen die Schulter verpasst hatte, faltete die Hände hinter dem Rücken und milderte ihre eigene empörte Miene zu einem scheinheiligen Lächeln. »Wie wunderbar! Orietta wird dort sein«, sagte sie, als wäre sie, wie sie schon auf dem Hinweg behauptet hatte, zur Aufsicht befugt und als würde ihr nun die Entscheidung obliegen. Dabei wollte sie sich in Wahrheit nur wichtigmachen. »Übrigens, meine Tochter Prudentia …«

»Ist nicht erwünscht.«

Alle verstummten. Doch Sibilla Veridiani ließ sich nicht erschüttern, weder von der um sich greifenden Sprachlosigkeit noch von Prudentias bebender Unterlippe. Unbeirrt schrieb sie Adresse und Uhrzeit in ihr Notizbuch, riss die Seite heraus und drückte sie Orietta in die Hand.

»Die Plätze in einem Salon sind natürlich begrenzt. Das macht nichts«, sagte Donna Clarissima, als wäre sie noch immer im Spiel, und nickte verständnisvoll, obwohl sie doch wissen musste, dass eine so scharfsinnige Frau wie die Veridiani ihre Scharade längst durchschaut hatte. Möglicherweise ging es ihr aber auch gar nicht um Glaubwürdigkeit, sondern nur um diese eine Sekunde, in der die Veridiani ihr zuhörte, diese winzige Schonfrist, bei der sie in ihren Rock fassen und ihre Visitenkarte zücken konnte. Hatte sie das etwa schon den ganzen Abend getan? Die Kontaktdaten ihres Betriebs verteilt wie die Karnevalsleute bunte Papierschnipsel, während Orietta nicht einmal auf die *Idee* gekommen war, Karten zu ebendiesem Zweck zu beschriften?

»Hiermit lade ich Sie, Signora Veridiani, herzlich in unsere Glaswerkstatt nach Murano ein. Handgefertigtes, unsagbar kostbares Glas wartet darauf, von Ihnen – und nur Ihnen – begutachtet zu werden.« Sie senkte vertraulich die Stimme. »Im Gegensatz zu anderen«, ihr Blick glitt missbilligend zu Orietta, »öffnen wir unsere Tore nicht für Besichtigungstouren. Sie wären also die erste und einzige Besucherin, die je die Vetreria Dal Corso von innen gesehen hätte. Ist das nicht ein Anreiz?«

Kapitel 15

Die Nachricht des anstehenden Besuchs der Veridiani überrollte Murano wie ein Erdbeben. Natürlich hing die Ankündigung im Schaukasten, noch bevor die Familie beratschlagt hatte, wie sie mit den neuesten Entwicklungen umgehen würden. Jacopo machte Orietta Vorwürfe, weil sie tatenlos zugesehen hatte, wie die Dal Corsos sie übervorteilten. Flavia dagegen versicherte ihr, dass es nicht ihre Schuld war, weil Prudentia sich den ganzen Abend schon vorzüglich mit der Veridiani verstanden hatte und es ohnehin irgendwann zu diesem Besuch gekommen wäre. Giovanni schabte sich übers Kinn, wo aus seinem Dreitagebart mittlerweile ein Zehntageteppich geworden war, und schwieg.

»Wenn diese Frau so angesehen ist, wie alle behaupten, hätte sie als Erstes in *unsere* Werkstatt kommen müssen«, knurrte Oriettas Vater, während er unruhig durch den Laden wanderte und seinem Bruder Don Agostino, der mit Jacopo gerade die besten Glasarbeiten für das Schaufenster auswählte, im Weg umging. »Stattdessen wird sie diesen Betrüger Dal Corso besuchen und damit zwangsläufig das Interesse an Muranoglaskunst verlieren.«

»Spätestens, wenn sie all die Flaschen sieht«, bestätigte ihre Mutter, und ihr Augenzwinkern deutete an, dass nicht nur die Produkte der Dal Corsos gemeint waren, sondern vor allem ihre Arbeiter. Der Schalk saß der Herrin des Hauses wohl heute fest im Nacken, denn wo andere Grund zur Sorge sahen, hatte sie wie immer eine verborgene Gelegenheit aufgespürt.

Eine gefeierte Salondame auf Murano – näher würde Italiens Prominenz dem Geschäft der Volpatos vielleicht nie kommen. Und obwohl sie nicht explizit darüber gesprochen hatten, teilte Orietta den Gedanken ihrer Mutter. Seit der genaue Tag des Besuchs im Schaukasten hing, überlegte sie fieberhaft, wie auch ihre Familie davon profitieren konnte.

»Flaschen, jawohl!«

Flavia musste sich das Lachen verkneifen, als ihr Vater das Stichwort aufgriff und die nächsten zehn Minuten über die Serienproduktion der Rivalen schimpfte. Jacopo stimmte in die Hetze mit ein. Er war müde von der Schlepperei, mit der er sich ohnehin nur halbherzig beschäftigt hatte, weil seine Hand noch schmerzte, also zeigte er bloß noch auf die Vasen und Kronleuchter, und Don Agostino wuchtete sie sodann gemeinsam mit Giovanni an die gewünschte Stelle.

»Wie wär's, wenn du mal mit anpackst?«, fragte Orietta in milder schwesterlicher Strenge und half den beiden, den neuesten achtarmigen Kristallleuchter unter der Decke anzubringen.

Jaco winkte mit dem Verband, den er der gräulichen Farbe nach zu urteilen schon mehrere Tage nicht gewechselt hatte.

»Deine Hand wird nicht schneller heilen, wenn du die Wunden verdrecken lässt.« Und leiser, damit die Eltern es nicht hörten, sagte sie: »Nimm dir ein Beispiel an Flavia!«

Mit ihrer Blessur war sie zwar auch nicht für körperliche

Arbeit zu gebrauchen, aber immerhin hatte sich schon neue Haut über ihrer Verbrennung gebildet, und wenn sie sie weiter mit Ölen pflegte, würde in ein paar Tagen bloß noch ein glänzendes Mal zu sehen sein.

Jacopo rutschte angriffslustig vom Kassentresen. »Sag du mir nicht, was ich zu tun habe. Schließlich hast du das mit der Veridiani vermasselt.« Mit dem Finger zupfte er an seiner Unterlippe und schüttelte dazu den Kopf. Flavia rief er zu: »Wie konnte sie bloß gegen Prudentia verlieren?«

Flavia, die gerade einem Kunden am Eingang erklärte, dass sie außerplanmäßig geschlossen hatten und erst am Nachmittag wieder öffnen würden, drehte sich mit empört ausgebreiteten Händen zu ihm um. In ihrer Miene lag die Aufforderung, endlich den Mund zu halten.

Doch schließlich war es wie immer Giovanni, der ein Machtwort sprach. »Orietta hat alles richtig gemacht. Und damit basta.« Seine Augen waren zur Decke gerichtet, während er angestrengt am Seil zog und den Kronleuchter in die Höhe beförderte. »Sie ist zum Salon eingeladen, oder etwa nicht? Das war ihr Ziel, und das hat sie erreicht.«

»Kein Ziel mit besonders viel Weitblick, wenn du mich fragst.«

»Es fragt dich aber niemand, Jaco.«

Und keiner fügte dem etwas hinzu, weil sich alle dasselbe dachten: Nicht Orietta fehlte es an Weitblick, eher einem anderen Familienmitglied. Doch das war eine Unterhaltung, die nicht für Giovannis Ohren bestimmt war, ganz zu schweigen von den Ohren der Kunden.

Orietta sah zu Boden. Obwohl sie ihrem älteren Bruder dankbar war, dass er sie vor allen verteidigte, konnte sie es nicht ertragen, dass Giovanni nun aus allen Ecken angestarrt wurde. Aber so war es jetzt jedes Mal, wenn ein Fehler zur Sprache kam – unweigerlich rückte Gio auf die Anklagebank. Und auch wenn ihn nie jemand offen kritisierte, wog das Ungesagte so schwer, dass nur allzu oft jemand aus der Familie versteinert oder schluchzend den Raum verlassen musste.

»Wo wir beim Thema Weitblick sind.« Ihr Vater stemmte die Fäuste in die Hüfte. »Einer geht da jetzt rüber und nimmt Prudentia den Ring ab. Pronto! Es reicht schon, dass die uns die lukrativsten Kunden abspenstig machen. Unsere Familienerbstücke kriegen sie nicht.«

»Ich erledige das«, sagte Orietta im selben Moment, da Giovanni den Glasleuchter mit einem kräftigen Ruck aus ihren Händen nach oben hievte.

Offenbar gefiel ihm ihr Vorschlag nicht, genauso wenig wie ihn die Unterhaltung an sich begeisterte, aber er wusste wohl auch, dass er gegen ihre Entscheidung machtlos war. Auf dem Verlobungsfest hatte er bewiesen, dass er es nicht über sich brachte, zur Tat zu schreiten. Orietta dagegen hatte nichts zu verlieren. Und die Art, wie sich die Dal Corsos mühelos in die gehobene Gesellschaft einfädelten, während sie sich das richtige Betragen irgendwo abschauen musste, wurmte sie noch immer.

Benvenuto Dal Corso konnte von heute auf morgen entscheiden, das Eisen niederzulegen und wieder als Jurist zu arbeiten. Oriettas Vater konnte das nicht.

Sie wusste, ihr Bruder würde verkümmern, wenn er den Erwartungen einer solchen Familie bis an sein Lebensende ausgesetzt war. Sie wusste, die Dal Corsos würden ihm täglich vor Augen führen, wie unwürdig er im Grunde für ihre Tochter war und dass sie ihn nur akzeptierten, weil seine Herkunft ihre traditionsarme Glaswerkstatt legitimierte. Sie würden ihn bloß benutzen.

»Und wenn du schon dort bist«, murmelte ihr Vater, packte sie sanft im Nacken und drückte aufmunternd zu, wie er es schon oft bei Giovanni getan hatte und wie es seine Art war zu sagen, dass sie sein vollstes Vertrauen genoss, »es spricht nichts dagegen, mit dem Ellbogen die eine oder andere Glasflasche aus dem Regal zu fegen. Versehentlich natürlich.« Er zwinkerte, und Orietta schubste ihn halbherzig weg. Aber selbstverständlich würde sie es versuchen.

Draußen hielt ihre Mutter sie auf. »Du darfst unter keinen Umständen diese Verlobung lösen, hörst du?«, sagte sie eindringlich, und Orietta wankte einen Moment unter dem festen Griff an ihren Schultern.

Nach der Feier hatte es sie schier zerrissen, weil sie sich offenbar so in ihrer Mutter getäuscht hatte. Eine ganze Liste von Vorwürfen hatte sie erstellt, die sie ihr bei nächster Gelegenheit an den Kopf werfen wollte. Bisher hatte sie geschwiegen, denn der damit verbundene Schmerz war zu groß gewesen. Doch damit war es nun vorbei. Sie holte tief Luft. »Als wir zusammen den Kuchen, der ursprünglich für Donna Clarissima bestimmt war, gegessen haben, dachte ich, die Hochzeit wäre damit vom Tisch. Wie konntest du nur, Mamma?«

»Ach, Schätzchen …« Ihre Mutter fuhr mit dem Daumen unter ihr Kinn und hob es an. »Das Gleiche dachte ich doch auch. Ich habe es mir zumindest gewünscht. Aber jetzt, wo unsere Unikate zertrümmert sind und Jaco nicht vernünftig arbeiten kann … Da wird es langsam egal, was ich mir selbst wünsche. Ich muss meine Familie beschützen, und was sollen wir denn tun?«

Tränen wallten in Oriettas Kehle auf, doch sie unterdrückte mit aller Macht ein Schluchzen. »Wie kannst du das bloß mit deinem Gewissen vereinbaren?«

»Indem ich mir vor Augen führe, dass das Opfer *eines* Kindes die Zukunft der anderen drei sichert.« Ihre Mutter schaute traurig zur Seite. »Dein Vater und ich wollten immer etwas Bleibendes schaffen, von dem noch unsere Enkelkinder zehren können. Du weißt nicht, wie schwer es ist, euch allen gleichermaßen gerecht zu werden.«

Orietta blinzelte. Plötzlich sah sie ihre Mutter in einem neuen Licht. Sie war gar nicht diese perfekte Heldin, die Haushalt, Ehe und Erziehung mit links bewältigte. Auch sie hatte Sorgen, Schwächen und ja, auch ein gehöriges Maß an Selbstsucht. Angelica Volpato war, wie Orietta feststellte, nur ein Mensch. Natürlich. Aber ihr Bruder eben auch.

»Gio ist stark, nicht unzerbrechlich«, flüsterte Orietta.

Ihre Mutter seufzte. »Und dennoch erfüllt er stets seine Pflicht.« Mit einem weichen Blick auf ihre Tochter wechselte sie das Thema. »Was ich dir noch sagen wollte und wofür mir bisher die Zeit fehlte: Ich bin unglaublich stolz auf dich. Du hast Flavias Berichten nach auf dem Maskenball geglänzt und allen die Schau gestohlen!« Sie umarmte Orietta fest. »Nicht nur auf Gio, auch auf dich ist immer Verlass. Du bist die einzige Volpato, die mich noch nie enttäuscht hat, und das schließt auch mich selbst mit ein … Jetzt husch, geh rüber, und sag den Dal Corsos, der Ring muss zur Reinigung!«

Orietta fühlte sich noch warm von mütterlicher Anerkennung durchströmt, als mit einem Mal Giovanni im Türrahmen erschien. Er musste den Kopf einziehen, um nicht gegen das herabhängende Windspiel zu stoßen.

»War noch was?«, sagte ihre Mutter nun wieder in gewohnt schroffem Ton. »Orietta geht allein zu Prudentia. Dich brauchen wir im Laden.«

»Ich hatte auch nicht vor, sie zu begleiten. Nur auf ein Wort, Ori.« Er trat beiseite und bat die Mutter mit einer Handbewegung wieder in den Laden.

Sie stieß ein unzufriedenes Schnauben aus, ließ ihm aber seinen Willen und schlug die Tür hinter sich zu. Damit war auch die in der Luft liegende Spannung verschwunden. Zwischen Orietta und ihrem Bruder wirkte alles ruhig, vielleicht sogar eine Spur hoffnungsvoll.

»Hier, für dich.« Giovanni legte Orietta eine Glasskulptur in die Hand. Kein Pferd oder Herz, sondern eine winzige Feder mit langem Kiel, wie man sie manchmal noch zum Schreiben verwendete. Überrascht fuhr sie mit dem Finger die Mulden und Erhebungen nach.

»Oh, für mich?«, fragte sie überrascht. »Was bedeutet sie denn?«

»Was auch immer du in ihr siehst.«

Orietta gefiel der Gedanke an einen Glücksbringer, der äußerlich an einen Gebrauchsgegenstand erinnerte und dessen wahren Wert nur sie selbst kannte. »Danke«, erwiderte sie mit belegter Stimme. »Das ist sehr aufmerksam von dir. Welche Figur haben die anderen bekommen?«

»Jacopo eine Rute, Flavia einen Spiegel und Mutter einen Kochlöffel.«

Sie nickte ernst, seine Wahl ergab Sinn, auch wenn sie den Kochlöffel für frech hielt.

Doch dann schloss er lachend ihre Finger um das Geschenk und schob die andere Hand darüber. »Ich habe nur etwas für *dich* gemacht. Die anderen gehen leer aus.«

Sie hob die Brauen.

»Es ist aus der Glasmasse, die du auf dem Eisen hattest, weißt du noch?« Er rieb sich über den Schopf und wich ihrem forschenden Blick aus. »Ich habe die Scherben eingesammelt, erhitzt und neu modelliert.«

Nun fehlten ihr die Worte. So eine nette und sogar bedeutsame Geste – das kannte sie seit ihrer frühesten Jugend nicht mehr von ihm. »Warum?«, stieß sie verblüfft aus. *Und warum jetzt?*

»Du hast sie dir verdient. Ich wollte sie dir überreichen, für den Fall, dass du bei deiner Salondame erfolgreich bist. Und das warst du.«

Sie errötete. »Nicht zu einhundert Prozent erfolgreich. Laut Jaco habe ich kläglich gegen Prudentia versagt.«

»Jacopo ist noch ein Kind. Und wer behauptet, dass es immer hundert Prozent sein müssen? Einundfünfzig reichen, um die Waage zu kippen. Einundfünfzig.« Und mit einem Schubs vorwärts überließ er sie ihrer Aufgabe.

Obwohl Murano so klein war, dass man die Insel innerhalb einer halben Stunde ablaufen konnte, verfügte sie über mehrere Anlegestellen. Orietta konnte nur raten, wo Sibilla Veridiani ankommen würde, doch ihr Instinkt trieb sie zur Station Murano Museo am Glasmuseum, wo tagsüber im Zwanzig-Minuten-Takt ein Vaporetto hielt und nun bereits Tücher geschwenkt und Willkommensschilder gereckt wurden.

»Da ist Orietta Volpato!«, tönte es ihr entgegen. Um sie bildete sich rasch eine Menschentraube aus neugierigen Leuten, die offenbar glaubten, sie könnte ihnen die Frage nach Veridianis Ankunft beantworten. Als sie aus ihr weder eine Zeitangabe noch irgendwelche Geheimnisse über die Salondame herausbekamen, wandten sich die meisten wieder ab, doch zwei Mädchen folgten ihr stur und bettelten um eine Schilderung der Ereignisse auf dem Maskenball. Und was konnte Orietta schon tun? Die Wege waren zu kurz, um die beiden abzuschütteln, außerdem erinnerten sie sie an eine frühere Version ihrer selbst, als auch sie noch wie ein Schwamm jedes Detail aus der Welt außerhalb von Murano in sich aufgesogen hatte. Als der Kontakt zu den angesehenen Persönlichkeiten des Landes nichts weiter war als der unerreichbare Traum eines wissbegierigen Mädchens. Und vielleicht träumte sie diesen Traum ja immer noch …

Wäre es nicht wunderbar, wenn ihr Wille, abseits der gewohnten Wege zu wandeln, auch andere junge Frauen zum Aufbruch inspirierte?

Mit schmerzenden Wangen vom vielen Lächeln betrat Orietta, nachdem sie die Mädchen endlich verabschiedet hatte, die Werkstatt der Dal Corsos und rief nach Prudentia. Es erstaunte sie, wie sehr sich die Werkstatt auf den ersten Blick von der ihrer Familie unterschied. Den »neuen« Glasbläsern war ein Betrieb in Museumsnähe beschieden, sodass Besucher, die auf die Insel kamen und etwas über die Geschichte der Glaskunst erfahren wollten, gleich nebenan bei den Dal Corsos ein Souvenir erwerben konnten. Und nur für den Fall, dass sie die Glaserei trotz Markisenaufschrift verfehlten, prangte in massiven Goldlettern der Familienname in einer Steinplatte auf dem Boden vor dem Eingang. Es war das Versprechen von Luxus und Extravaganz an eine exklusive Kundschaft – ein Versprechen, das sich drinnen zu Oriettas Verwunderung allerdings nicht ganz erfüllte.

Die Dal Corsos hatten zwar für die Karnevalssaison dekoriert, aber auf eine reduzierte, für Murano ganz untypische Weise. Wo die Schaufenster der Volpatos vor Verkaufsartikeln schier zu platzen drohten, stand bei ihnen lediglich rechts und links jeweils eine große Vase, und auf Beistelltischen im Flur weitere fast beliebig wirkende Objekte. Orietta erblickte einen einsamen Kronleuchter und zehn langweilige Spiegel, von denen einer gerade eben angebracht wurde. Weil es kaum etwas Interessantes zu sehen gab, hielt sie auf den Teil des Ladens zu, der ihrer Vermutung nach in die Werkstatt führen würde.

Hinter den Verkaufsräumen versperrte eine Stahltür den Zugang zu den Arbeitsräumen. Besuchern standen sie, wie schon Donna Clarissima großspurig behauptet hatte, zu keinem Zeitpunkt offen, und tatsächlich wusste Orietta von niemandem, der schon einmal drinnen gewesen wäre. Die Dal Corsos taten so, als versteckten sie dort Kühe, die Gold statt Milch gaben, was Orietta geradezu albern fand.

Wer nichts Besonderes hat, macht sich besonders. Das hätte ihre Nonna dazu gesagt. Und Orietta fragte sich, ob wenigstens ihre Mutter in all den Nachmittagsstunden, die sie mit ihrer Freundin verbrachte, schon einmal einen Blick hinein hatte werfen können.

Nachdem der einzige Mitarbeiter im Laden Orietta bemerkt hatte und sie ihn darum gebeten hatte, Prudentia zu sprechen, brüllte er zunächst nach der ältesten Tochter des Hauses, bevor er den Spiegel schief hängen ließ und persönlich nachsehen ging, wo sie blieb. Endlich allein, fuhr Orietta mit der Hand über die majestätische Stahltür.

Geld spricht nicht, sondern flüstert. Auch einer der Sprüche ihres Vaters. Und offenbar lag er damit richtig, denn wie ihr soeben klar wurde, sollte die Einrichtung der Dal Corsos ihren Reichtum absichtlich verbergen. Vielleicht, um Diebstählen vorzubeugen, vielleicht auch um il malocchio, den bösen Blick, abzuwenden – klar war jedenfalls, dass sie über ein großes Vermögen verfügten. Und da die Familie keine verschwenderischen Söhne hatte, die ihre Einnahmen wieder verspielten, sicherte das Geld ihre Zukunft – ohne männlichen Stammhalter nur leider nicht das Handwerk. In ihrer Welt aus Begünstigungen und Sonderbehandlungen war dies vielleicht so etwas wie die ausgleichende Gerechtigkeit, von der Aristoteles in seiner Ethik gesprochen hatte. Orietta wünschte das Unglück, den größten Wunsch versagt zu bekommen, zwar keinem an den Hals, doch sie konnte die Ironie, die ihre beiden Familien verband, auch nicht leugnen. Die einen hatten genug Söhne, aber nicht das nötige Geld, den anderen mangelte es zwar nicht an Lire, dafür an männlichen Nachkommen.

Sie warf einen Blick über ihre Schulter und weil der Mitarbeiter bislang nicht zurückgekehrt war, fasste sie gerade die Stahlgriffe mit beiden Händen – als sie der Schwung der sich öffnenden Türen vorwärtsriss. Donna Clarissima, die von der anderen Seite gezogen hatte, fing ihren Sturz mit dem Busen ab und richtete sie an den Schultern wieder auf.

»Na, na, nicht so hastig, Mädchen«, sagte sie, und dann, nach kurzer Betrachtung: »Orietta, Liebes, was machst du hier?«

»Mamma schickt mich zu Prudentia.«

»Weswegen?« Donna Clarissima dirigierte sie vor sich her, ohne dass Orietta an ihr vorbei zu den Öfen spähen konnte.

Als Nächstes plumpste sie auch schon auf einen himmelweichen Polstersessel, der roch, als wäre er eben erst mit Wäscheparfum eingesprüht worden. Jetzt, wo es an der Zeit war, den Ring zurückzuverlangen, wäre sie am liebsten vollständig darin versunken. Denn wie überbrachte man möglichst taktvoll eine schmerzliche Nachricht? Sie musste auf dem schmalen Grat zwischen *Nur eine kleine Unannehmlichkeit* und *Hier habt ihr eure Lektion* balancieren, was ihr nach dem aufwühlenden Gespräch mit ihrer Mutter gar nicht so leicht fiel. »Wir brauchen den Ring wieder«, sagte sie wie geplant, bis sie der Anblick der hereinkommenden Prudentia wieder entmutigte. »Er benötigt eine dringende Reinigung.«

»Wenn es nur das ist …« Donna Clarissima atmete erleichtert auf und winkte ihre Tochter heran, die wie auf Wolken, in Wirklichkeit aber in einem mehrlagigen weißen Tageskleid herbeischwebte. Trug sie seit der Verlobung eigentlich nur noch Weiß? Orietta musterte sie von oben bis unten. Widerwillig musste sie zugeben, dass die rot betupften Lippen und Wangen ihr gut zu Gesicht standen.

»Na, dann lasse ich euch beide mal allein. Ich habe eine Besichtigung vorzubereiten.« Donna Clarissima drehte sich im Weggehen noch einmal halb um. »Spaziert doch ein Stück am Wasser entlang. Die Luft ist heute herrlich.«

Prudentia dankte ihr für die Empfehlung, entkräftete den Vorschlag ihrer Mutter aber sofort, sobald diese außer Sichtweite war. »Sie hat bloß Angst, du könntest für Signora Veridiani zur Ablenkung werden. Ich meine …«, sie rollte die Augen, »bei unseren Glaskreationen ist doch wohl klar, wohin der Blick der Salondame als Erstes fällt.«

Orietta schloss sich dem spöttischen Lachen verhalten an, fühlte sich im Herzen aber auf eine Art von Prudentias Mutter wahrgenommen, wie sie es bisher nur bei der Salondame und deren Literaturzirkel empfunden hatte. Es war, als besäße sie seit dem Kontakt zu Sibilla Veridiani eine ganz eigene Strahlkraft. Und dass Prudentia so giftig auf die Angst ihrer Mutter reagierte, bestätigte nur ihren Verdacht. Von der Veridiani ins Gesicht gesagt zu bekommen, dass sie einen nicht in ihrem Salon wünschte, musste furchtbar schmerzen. Auf gewisse Weise konnte Orietta Prudentias unschöne Art, mit der Zurückweisung umzugehen, nur zu gut verstehen.

»Nach was für Kriterien habt ihr entschieden, welche Stücke ihr präsentieren wollt?«, fragte sie freundlich, um in unverfänglichere Gewässer zu steuern.

Prudentia löste den Blick von ihrem Verlobungsring, den sie immer wieder versonnen betrachtet hatte, und zuckte mit der Schulter. »Das ist Papàs Sache.« Ihr Ton wechselte von desinteressiert zu überschwänglich. »Die ersten Entwürfe für mein Brautkleid sind da. Willst du sie sehen?«

»Oh, sicher.« Ein wenig überrumpelt ließ sich Orietta auf die Füße ziehen. »Bei welchem Atelier hast du es in Auftrag gegeben?«

»Masin. Sein Lehrling Doucet soll ja so begnadet sein.«

Orietta blieb die Luft weg. Natürlich wusste sie, dass der Damenausstatter ständig Aufträge annahm, doch dass ausgerechnet auch Prudentia von ihm eingekleidet werden sollte, zerstörte den Zauber ihres eigenen Ballkleides. Nun würde er das kleine Wunder, das er und sie gemeinsam geschaffen hatten, mit seiner neuen Kundin wiederholen, und Orietta hätte nichts mehr außer die Erinnerung an einen Abend, an dem sie zum ersten – und vermutlich einzigen – Mal in ihrem Leben in den Augen aller Anwesenden etwas Besonderes gewesen war.

»Weißt du was, zeig sie mir ein anderes Mal. Ich muss mich heute etwas beeilen.«

»Unsinn, in einer Minute habe ich sie geholt.«

»Konzentrieren wir uns lieber auf den Ring!« Orietta blieb stehen, und wenn sie barsch klang, dann nur, weil sie sich alle Mühe gab, ihren wachsenden Groll im Zaum zu halten.

»Ach, weißt du, vielleicht lasse ich ihn einfach selbst reinigen«, entgegnete Prudentia. »Ihr spart euch die Kosten, und ich muss nicht länger als nötig ohne ihn auskommen.« Sie strich zärtlich mit dem Daumen darüber, und Orietta wagte es kaum, sich vorzustellen, wie oft sie das schon unbewusst oder bewusst getan hatte.

Mit einem Räuspern streckte sie die Hand aus. »Mamma besteht darauf. Als Familie des Bräutigams müssen wir unseren Pflichten nachkommen.«

Prudentias Gegenwehr schwankte. Schon im Begriff, den Ring abzuziehen, änderte sie in letzter Sekunde doch noch ihre Meinung und ballte die Hand zur Faust. »Erst brauche ich etwas, das ich anstelle des Rings bei mir tragen kann. Gio hat dir doch sicher einen Platzhalter mitgegeben.«

»Tatsächlich hat er das. Er gab mir folgende Worte mit …« Orietta hüstelte kurz und kam sich in dem Moment schäbig vor, doch jetzt konnte sie sich nicht mehr bremsen und rezitierte einen Vers, den sie regelmäßig in ihren Auftragsliebesbriefen verwendete: *Da, wo du bist, will ich bleiben, denn dort schlägt mein Herz.* »Du sollst dir die Zeile jeden Morgen vor dem Schlafengehen und als Erstes nach dem Aufstehen vorsagen«, sagte sie.

Prudentias Miene verdüsterte sich. Wenn sie den falschen Braten schon zuvor gerochen hatte, war sie nun davon überzeugt, dass Orietta log. »Gio verabscheut Poesie«, spie sie aus, offenbar nicht minder davon angeekelt. Und das war neu.

Bei der Intensität, mit der Prudentia ihren Bruder anschmachtete, hatte Orietta geglaubt, sie wäre eine hoffnungslose Romantikerin.

»Weißt du, er markiert den harten Mann nur«, sagte Orietta leichthin. Den Stoß in die Rippen, der sie in der nächsten Sekunde traf, hatte sie nicht kommen sehen, aber vermutlich verdient. Dennoch verlor sie allmählich die Geduld mit Prudentia. Nicht mehr lange, und die Wahrheit würde einfach aus ihr herausplatzen, und dann wäre diese scheußliche Verlobung mit sofortiger Wirkung hinfällig.

Doch da kündigte die Ladenglocke neuen Besuch an, und ihr blieb nichts anderes, als rasch zu handeln. »Hier hast du dein Andenken!« Sie drückte Prudentia eilig die Glasfeder, die sie von Giovanni bekommen hatte, in die Hand. »Und jetzt gib mir den Ring!«

Sie bekam ihn ohne weiteren Widerstand überreicht. Doch bereits in dem Moment, in dem der funkelnde Glaskörper in Prudentias Kleidtasche verschwand, bereute Orietta den Tausch.

»Signora Veridiani!« Donna Clarissima hatte das Glockenspiel gehört und kam nun mit ausgebreiteten Armen herangerauscht. Prudentia huschte an die Seite ihrer Mutter und ließ Orietta stehen, als wäre sie ein altes Spielzeug, das begonnen hatte, sie zu langweilen.

So schnell verlor Giovannis Eheversprechen also an Wert.

Aber wer konnte es Prudentia verübeln? Die Salondame in der eigenen Werkstatt willkommen zu heißen, stellte eine Besonderheit dar, die noch tage-, wenn nicht sogar monatelang in den Gassen Muranos das Tagesgespräch bestimmen würde. Zudem wäre das die vielleicht erste sensationelle Anekdote aus Donna Clarissimas Mund, die auf der reinen Wahrheit beruhen würde. Und irgendwie erleichterte es Orietta auch, dass sich Prudentia doch noch für anderes begeistern konnte als nur für ihren Bruder.

Während cicchetti und Getränke herbeigeschafft wurden, stahl sich Orietta mit flatterndem Magen zum Ausgang. Aus allen Teilen der Werkstatt strömte nun ein Empfangskomitee herbei und scharte sich unter lauten »Buongiorno«-Rufen um den hohen Besuch. Natürlich wäre auch sie am liebsten stehen geblieben, hätte Sibilla Veridiani begrüßt und ihren Worten gelauscht, sie einfach reden gehört. Ganz gleichgültig, ob es um Poesie, den Salon oder ganz alltägliche Banalitäten ging. Im Austausch mit der Salondame ließ sich jedem Thema etwas Interessantes abgewinnen. Nur sie hatte das Talent, Blickwinkel einzunehmen, die von anderen unbeachtet blieben. Nur sie stellte Fragen, die sich in den Köpfen der meisten gar nicht erst formten.

Zu guter Letzt an der Tür angelangt, brachte es Orietta aber doch nicht fertig zu verschwinden, ohne ihrem Vorbild wenigstens einen guten Tag gewünscht zu haben. Denn als sie sich kurz umdrehte, bemerkte sie, dass Sibilla Veridiani über die Köpfe ihrer Bewunderer hinweg ihren Blick suchte – und dem darin liegenden, erwartungsvollen Aufleuchten konnte sie sich einfach nicht entziehen.

In ein paar Schritten war sie bei ihr, da die Salondame ebenfalls auf sie zustrebte, und wurde zur Begrüßung auf beide Wangen geküsst. »Orietta! Was für eine gelungene Überraschung!«

»Signora Veridiani.«

Die Dal Corsos und ihre Mitarbeiter verstummten. Natürlich – Sibilla Veridiani war nicht nur eine Erscheinung für sich, sie war die Sonne, die jeden ungeschliffenen Edelstein in ihrer Nähe zum Funkeln brachte. Und Orietta wollte der wertvolle Stein sein, der von dieser Frau seine Form erhielt und erst durch ihre Strahlkraft zum wahren Schmuckstück erhoben wurde.

»Du darfst Sibilla sagen«, flüsterte ihr die Salondame ins Ohr, bevor sie sich wieder den Gastgebern zuwandte und zwei kleine Gläser Rotwein für sie beide vom Tablett nahm.

»Unsere Signorina wollte bedauerlicherweise gerade gehen«,

sagte Donna Clarissima, schnappte Orietta das Glas vor der Nase weg und trank selbst davon. »Grüße an die liebe Mamma. Wir sehen uns morgen in alter Frische.«

Deutlicher hätte sie sich nicht ausdrücken können, und Orietta blieb nichts, als die Niederlage mit Würde einzustecken.

Freundlich, aber knapp verabschiedete sie sich von den Dal Corsos und schließlich mit Küsschen rechts und links von der Veridiani.

»Du willst dir doch nicht wirklich die Besichtigung entgehen lassen?« Sibilla Veridiani schenkte Orietta einen vielsagenden Blick, bevor sie ihr den Arm um die Taille schlang und sie nahe bei sich hielt. »Ich würde mich über ein wenig geistreiche Gesellschaft freuen.« Und obwohl Prudentia sich sofort lächelnd anbot, wurde in dem Moment wohl selbst Donna Clarissima klar, dass ihr hochgeschätzter Besuch nicht auf Orietta verzichten würde.

»Also gut, mir nach«, stieß sie durch die zusammengebissenen Zähne aus und öffnete mit beiden Armen das Portal zu ihrer Werkstatt.

Kapitel 16

Wie interessant, noch mehr Flaschen.«

Nach einem dreißigminütigen Rundgang ließ die Veridiani ihren Blick über die Regale schweifen, ohne die Auslage näher zu kommentieren. Was man ihr zur Begutachtung unter die Nase hielt, hatte sie anfangs noch abgenickt, doch gegen Ende gelang ihr selbst das nicht mehr. Gleichgültigkeit strömte ihr aus jeder einzelnen Pore, bis selbst Orietta sich wünschte, die Führung möge endlich ein Ende nehmen.

»Ich war in Böhmen, dort gibt es wunderschöne geschliffene Kristallgläser«, sagte Veridiani. »Dinge, die man sich in die Vitrine stellen und stundenlang bestaunen will, nicht lediglich verwenden.« Und damit reichte sie das Exemplar einer schlichten blauen Flasche an Prudentia weiter, während sie sich wenig Mühe gab, ihr Gähnen zu unterdrücken. »Womit rühmt sich Muranoglas denn genau?«

»Nun, mit seiner Unverwechselbarkeit«, sagte Donna Clarissima stolz. Orietta verzichtete auf die Anmerkung, dass nahe den Alpen bereits Glas à la façon de Venise hergestellt wurde und dass selbst Kennern die Unterscheidung schwerfiel. Im Kopf eigene Beschreibungen für das einzigartige Glas der Insel suchend, folgte sie Donna Clarissima mit dem Rest der Gruppe zu den Öfen, wo Don Benvenuto herumhantierte und nun von seiner Ehefrau das Zeichen erhielt, schleunigst mit der Vorstellung zu beginnen. Ohne hinzusehen, ließ er einhändig das lange Eisen mit dem aufsitzenden Glaskörper in der Öffnung rotieren, während er den Prozess in einem monotonen Vortrag erläuterte. Oriettas Aufmerksamkeit richtete sich auf den Ofen. Aus der Ferne betrachtet, war das Feuer im Inneren nur ein hellorangefarben glühender Schein, doch dem Fauchen und Krachen nach zu urteilen, an das sie sich erinnerte und das man nur hörte, wenn man dicht danebenstand, glich es eher einem gierigen Schlund, der seine Beute verschlang. Don Benvenuto zog das Eisen wieder heraus und schlurfte zu seiner Werkbank, wo er die canna über die metallverstärkte Armlehne rollte und gleichzeitig das dehnbare Glas mit der Zange in Form zupfte. Als er seinen Glasbecher vollendet hatte, legte er ein Stück Papier hinein. Es dauerte keine Sekunde, bis es in Flammen aufging.

»Das, Signora Veridiani, ist unnachahmliche Handwerkskunst«, sagte Donna Clarissima und stimmte einen ekstatischen Applaus an. Die Hände nahm sie erst wieder herunter, nachdem ihr Ehemann sich bereits dreimal verbeugt hatte und die Veridiani ihm ebenfalls Beifall gezollt hatte.

Das war zu erwarten gewesen. Zuschauer liebten den Überraschungseffekt und klatschten jedes Mal während Giovannis Demonstrationen, wenn er denselben Effekt vorführte und die Stichflamme emporschoss.

Don Benvenuto fuhr mit seinem Redeschwall fort. »Wie steht es mit unserem Platz an der Sonne? Wann erlangt Italien endlich neue Kolonien?«, fragte er. »Ihr Sohn ist doch beim Militär?«

Mit einem Schlag wich die Freude aus Sibilla Veridianis Gesicht. Donna Clarissima indes spitzte interessiert die Ohren, denn ihr war das Tabu, das ihr Mann gerade brach, völlig entgangen. Selbst Orietta, die sich nicht ansatzweise über das Kriegsgeschehen in Eritrea informiert fühlte, da ihr der Zugang zu entsprechenden Zeitungsberichten fehlte, verabscheute die Kolonialpolitik Italiens in Afrika. Wenn die Salondame auch nur ein klein wenig dem Bild entsprach, das sich Orietta von ihr gemacht hatte, verurteilte diese die gewaltsame Aneignung eines fremden Landes und wollte ganz sicher nicht, dass jemand, und sei es nur ein Glasbläser auf einer kleinen Insel, ihren Sohn mit dem menschenverachtenden Unterfangen der Expansion in Verbindung brachte.

»Mein Sohn erholt sich von einer Verletzung, die er sich beim Reiten zugezogen hat. Vielen Dank der Nachfrage«, antwortete Veridiani kühl, bevor sie sich abrupt gen Ausgang wandte.

Der kleine Besichtigungstrupp, bestehend aus den Dal Corsos und Orietta, eilte ihr hinterher. Im Flur, zwischen den wenigen Beistelltischen mit Glasflaschen und -kelchen, setzte Don Benvenuto, der offensichtlich als Anwalt nie gelernt hatte, die Menschen einzuschätzen, stur sein Gesprächsthema fort.

»Er hat sich während der Offensive auf Kassala verletzt?«, fragte er, und die Veridiani hielt inne, als könnte sie es schier nicht glauben, dass Signor Dal Corso die Frechheit besaß, das Thema weiter zu forcieren. Ihr Blick vereiste so schnell, dass sogar Donna Clarissima aus ihrer Verblendung erwachte und ihrem Mann diskret in die Seite stieß, der sich wiederum beleidigt und deutlich weniger diskret die Stelle rieb.

»Nun, deshalb haben wir auf dem Maskenball wohl nicht seine Bekanntschaft gemacht«, warf Prudentia rasch ein, um die entstandene Anspannung zu vertreiben, erreichte damit aber das Gegenteil, denn ihre Mutter stürzte sich auf die Erklärung wie auf ein Stück Torte.

»Oh, das ließe sich dann ja noch ändern. Ist Ihr Sohn denn gerade auf der Suche?«

»Seit fünf Jahren verheiratet, aber kinderlos«, zischte Prudentia, was den Verdacht nahelegte, dass sie vor dem Maskenball eine umfassende Recherche über die wichtigsten Persönlichkeiten der gehobenen Gesellschaft angestellt hatte. Oder vielleicht hatte sie sich ihr Wissen auch beiläufig im Gespräch mit ihren adeligen Freundinnen angeeignet. Flavia betonte schließlich immer wieder, dass Prudentias Kontakte bis in die obersten Ränge reichten, da schnappte sie sicherlich allerhand Klatsch und Tratsch auf.

»Fünf Jahre und immer noch keine Kinder? Das erinnert mich an eine Geschichte, die meinem Cousin zweiten Grades zugestoßen ist …«

Doch bevor Donna Clarissima eine weitere zusammengezimmerte Legende aus ihrem Fundus der Fantasie hervorziehen und die Salondame noch weiter in Verlegenheit bringen konnte, stieß Orietta rasch das nächststehende Glasexponat um. Unter Klirren zersprang es in alle Richtungen und setzte dem peinlichen Gespräch abrupt ein Ende.

»Ich habe genug gesehen«, sagte die Veridiani, während Don Benvenuto Orietta anherrschte, Prudentia einen Besen holen ging und Donna Clarissima sich vor den Ausgang schob, als könnte sie so das Ende der Vorstellung hinauszögern.

»Aber es wartet noch ein einzigartiges Wandmosaik auf Sie! Das haben wir uns für den Schluss aufgehoben.«

»Wenn es dem Maß an Einzigartigkeit entspricht, das Ihre Flaschen aufweisen, kann ich getrost darauf verzichten.« Der

Blick der Salondame strich kalt über die Dal Corsos. »Und wenn das *alles* war, was Murano zu bieten hat, beziehe ich meine Gläser künftig lieber weiter aus Böhmen.«

Donna Clarissima zuckte zusammen, und auch Orietta durchfuhr ein Schrecken. Nein! Sie durfte nicht zulassen, dass die unsensible Art der Dal Corsos den guten Ruf beschädigte, den sich die Handwerkskunst über Jahrhunderte erarbeitet hatte.

»Aber nein, das war längst nicht alles!«, stieß sie atemlos hervor, und dabei kümmerte es sie wenig, dass Donna Clarissima erbleichte. »Bei uns, in der Vetreria Volpato, gibt es echte Unikate zu sehen. Wirkliche Muraner Glaskunst!« Ihr Herz klopfte in der Angst, den Bogen nun endgültig überspannt zu haben. Das war garantiert nicht mehr der geeignete Zeitpunkt.

Doch Sibillas Züge hellten sich auf, und mit einem letzten Blick auf die geschwätzigen Dal Corsos bot sie Orietta den Arm: »Dann zeig sie mir, meine Liebe!« Und mit einem berauschenden Gefühl des Triumphs und dem Ring zurück in ihrer Tasche führte Orietta die Salondame zum Laden ihrer Familie, und jeder Schritt ließ sie ein Stückchen höher über dem Boden schweben.

* * *

Doch ihre Euphorie hielt nicht lange vor. Während des kurzen Wegs zum Laden zweifelte sie erneut daran, ob sie richtig gehandelt hatte. Was, wenn die Glaskunst ihrer Familie der Salondame ebenfalls nur ein müdes Lächeln entlockte? Wäre Orietta dann immer noch im Salon willkommen? Und was, wenn die Unikate Eindruck machten, ihre Familie sich aber danebenbenahm? Ihr Vater hielt nichts von Salongesellschaften, und ihre Mutter war wie Donna Clarissima allzu sehr auf eine gute Partie für mindestens eine ihrer Töchter fixiert. Jacopo schwang zwar zu Hause große Reden, genierte sich jedoch vor Fremden, seine eigene Glaskunst zu loben. Und Giovanni? So nervös die bevorstehenden Reaktionen ihrer einzelnen Familienmitglieder Orietta auch machten, im Grunde war es seine Reaktion, die sie wirklich fürchtete.

Sie hatte keine Bedenken, was seine Zuvorkommenheit gegenüber Gästen betraf, aber sie sorgte sich, Giovanni könnte ihre Bewunderung für die Salondame nach einem Kennenlernen neu bewerten. Jetzt, wo sie sich in der Krise wieder so gut unterstützten, einander Mut zusprachen und sich kleine Aufmerksamkeiten zukommen ließen, wäre es schrecklich, wenn er den Respekt vor ihr verlöre und Oriettas kleine Schwärmerei belächeln würde, nur weil er in Sibilla Veridiani nicht die eindrucksvolle Frau sah, die sie für Orietta darstellte. Mit der Hoffnung, dass sich die beiden mögen würden, bat sie Sibilla Veridiani in die vor Kristall nur so blitzende Vetreria … wo allerdings nicht alle die Prominenz erkannten und als solche empfingen.

So war ihr Vater zwar als Erster an der Tür, aber wie sich herausstellte, bloß um Orietta nach dem Ring zu fragen. Ihre Begleitung, die er wie eine gewöhnliche Kundin begrüßte, verwies er mit einem knappen »Kundschaft!« an seine Mitarbeiter, an Oriettas Onkel oder ihre Brüder, je nachdem, wessen Pflichtgefühl gerade am schnellsten die Oberhand über die bequeme Ecke im Hinterzimmer gewann, wo man zwischen Verkaufsgesprächen gerne mal mit hochgelegten Füßen auf den Paletten saß.

Orietta liebte ihren Onkel dafür, dass er im Herzen nie ganz aufgehört hatte, Kind zu sein, doch nun atmete sie erleichtert auf, weil Flavia ihn auf der Ladenfläche überholte und flötete: »Ich kümmere mich schon darum!« Die Professionalität in Person, fasste sie die Veridiani unaufdringlich am Ellbogen und führte sie herum, ohne dass Orietta darum bitten musste, und als sie schließlich den Rest der Familie herbeirief, klang es nicht sensationslüstern, sondern völlig natürlich.

Da Orietta Flavia die Besichtigung offenbar guten Gewissens überlassen konnte, entspannte sie sich. Sobald sie mit ihrem Vater ungestört war, überreichte sie ihm den Ring. »Die werden ihn wiederhaben wollen. Spätestens wenn ihnen aufgeht, dass der Zeitrahmen für eine Reinigung höchstens ein paar Tage umfasst – und sie das gute Stück immer noch nicht zurückhaben.«

Er machte ein unbeeindrucktes Gesicht, das Orietta allerdings mit der Nachricht von der zerschmetterten Flasche zu kurieren wusste. Obwohl nicht vollkommen zufrieden, ließ er das Thema fürs Erste auf sich beruhen und hakte nun auch nach, welchen Besuch sie ihm da mitgebracht hätte.

»Oh, das ist die Salondame, die auf dem Markusplatz für ein Spektakel gesorgt hat.«

Vergessen waren die Rivalen. Ihr Vater wurde blass, als er feststellte, dass Flavia die Führung übernommen hatte, wo doch nur Jacopo, Giovanni oder der Onkel über die nötige Expertise verfügten. Von Oriettas Beteuerung, ihre Schwester habe alles im Griff, ließ er sich nicht besänftigen. »Ich hole deine Mutter.«

Es vergingen kaum fünf Minuten, dann erschienen ihre Eltern gemeinsam auf der Bildfläche. Er trug seinen Sonntagsanzug und sie eines jener Kleider, die nach dem Kauf bis zum richtigen Anlass in der Schachtel blieben und dann höchstens einmal pro Jahr zum Einsatz kamen.

Sie sahen hinreißend aus, so eng beieinander, die Arme untergehakt, und ihr Anblick erfüllte Orietta mit kindlichem Stolz. Ihren Geschwistern schien es ähnlich zu gehen. Jacopo wackelte mit den Augenbrauen, Flavia strahlte bis über beide Ohren, und Giovanni rieb sich, leise in sich hinein lächelnd, den Nacken. Er war irgendwann zur Besichtigung dazugestoßen, hatte Flavias Autorität jedoch nicht untergraben, sondern sich wortlos im Hintergrund gehalten. Nachdem sich die Eltern mit der Salondame offiziell bekannt gemacht hatten, wechselte auch er ein paar Sätze mit ihr, die ihr das ein oder andere Lachen bescherten.

»Ich hoffe, ihr amüsiert euch nicht über mich«, sagte Orietta heiter und gesellte sich endlich dazu. »Mein Bruder liebt es, blamable Anekdoten aus unserer Kindheit zu erzählen …«

»Wozu sich der Vergangenheit bedienen, wenn die Gegenwart doch genug Stoff bietet?«, entgegnete er verschmitzt, klopfte ihr auf die Schulter und wandte sich zum Gehen. Doch Orietta hielt ihn zurück, denn sie wollte gern zu dritt ein wenig plaudern. Natürlich drehte sich das anschließende Gespräch vorrangig um die Besonderheiten der Volpato-Glaskunst, die Flavia der Veridiani schmackhaft gemacht hatte.

Doch dann legte Giovanni den Kopf schief und wechselte unvermittelt das Thema. »Warum ausgerechnet meine Schwester?«

Orietta warf ihm einen Seitenblick zu, ohne seinen Gesichtsausdruck deuten zu können.

Sibilla lächelte feinsinnig. »Sie erinnert mich an mein früheres Ich.«

»Also möchten Sie sich durch sie noch einmal verwirklichen? Verlorene Träume wieder ausgraben und einen zweiten

Frühling erleben?« Giovannis charmantes Lächeln milderte die Direktheit seiner Fragen ab.

Orietta wäre fast eingeschritten, zögerte jedoch, weil sie mindestens genauso auf die Antwort brannte wie ihr Bruder.

»Ich sehe in ihr ein Potenzial, das mit der richtigen Förderung auf internationalem Niveau bleibenden Eindruck hinterlassen könnte.« Sibilla zuckte die Achsel. »Vorausgesetzt, Sie lassen sie gehen ...«

»Nicht in eine ungewisse Zukunft.«

Nun stieg Orietta ihm doch auf den Fuß. Er schlang dafür den Arm um ihre Taille und zog sie zu sich heran.

»Sie können sie nicht aufhalten, oder?«, sagte die Veridiani, und ein erprobtes Lächeln umspielte ihre Lippen. Sie führte diese Art von Unterhaltung eindeutig nicht zum ersten Mal. Vielleicht hatte sie sich auch gegen Colettes Eltern durchgesetzt oder Léontines Bruder überzeugen müssen? Orietta wusste es nicht, sie hoffte bloß, dass die Salondame dieses Duell gegen Giovanni gewann.

»Niemand kann Orietta aufhalten. Es hat aber auch noch nie einer wirklich versucht. Mir hingegen liegen unmögliche Herausforderungen.«

»Genau wie Ihrer Schwester.« Sibilla lächelte ungerührt und wechselte ihrerseits das Thema. »Wo bekomme ich nun eine Liste dieser wunderbaren Kronleuchter her? Meiner Sommerresidenz fehlt es an Glanz.«

Orietta konnte aufatmen, und als sich der Tag schließlich dem Ende zuneigte, die Veridiani eine spektakulär große Bestellung aufgegeben und längst ein Vaporetto zurück in die Stadt genommen hatte, waren alle zufrieden. Nur Orietta hätte Giovanni für seinen brüderlichen Beschützerinstinkt am liebsten den Kopf gewaschen.

Doch er wehrte sie lachend ab. »Du kannst mit ihr Tee trinken und Ideen austauschen, doch du solltest ihr nicht vertrauen.«

Sie stemmte die Hände in die Hüften. »Und warum? Bloß, weil du es nicht tust?«

»Sie sieht dich als Verlängerung ihres Arms. Und ein Körperteil, meine liebe Schwester, wird leider nie Autonomie besitzen, egal, wie sehr man es wertschätzt.«

Kapitel 17

Wenngleich Orietta versuchte, Giovannis Worte zu vergessen, quälten sie sie wie der Missklang einer schiefen Violine immer dann, wenn sie zum Nachdenken kam.

Ihr Bruder vertraute Sibilla nicht, trotz all der Großzügigkeit, die sie den Volpatos erst durch die Einladung zum Maskenball, dann mit der Besichtigung der Vetreria und schließlich mit ihrer Bestellung erwiesen hatte. Und der Grund dafür lag auf der Hand.

Bis zu dem Zeitpunkt, da es um Oriettas Zukunft gegangen war, hatten sich Giovanni und die Salondame angeregt unterhalten, doch Sibillas Sätze über Potenzial auf internationalem Niveau hatten seinen Beschützerinstinkt geweckt, als könnte man jedem, der Oriettas Können so hoch bewertete, nur Misstrauen entgegenbringen. Dabei missfiel ihm ohne Zweifel bloß die Vorstellung seiner sich frei entfaltenden, ohnehin schon mit ihm konkurrierenden Schwester, die Aussicht, sie könnte wirklich etwas erreichen, ihn vielleicht sogar übertrumpfen, wenn nur jemand Bedeutendes so sehr an sie glaubte wie der Vater all die Jahre an ihn.

Wenn Giovanni meinte, dass seine Warnung Orietta den

Salon verleiden, sie gar davon fernhalten würde, dann irrte er sich. Im Gegenteil, er hatte ihre Bemühungen um eine offizielle Aufnahme in den Zirkel nur noch befeuert.

Die ersten Stunden des kaum eine Woche später stattfindenden Salontreffens glichen für Orietta einem Balanceakt; sie versuchte sich einerseits an einem fremden Ort wohlzufühlen, andererseits sich nach außen den Anschein zu geben, an etwas sehr Wichtigem zu arbeiten. In einem leer stehenden Palazzo in Santa Croce hatte Sibilla ein Zimmer im Zwischengeschoss gemietet, einen einzigen spartanischen Raum mit einem Tisch, drei Kerzenständern und weniger Sesseln als anwesenden Personen. Während der Maskenball durch sein fleißiges Servierpersonal und die Häppchen geglänzt hatte, kümmerte sich hier nun Léontine um den Tee. Zu essen gab es lediglich die Naschereien, die von den Zirkelmitgliedern selbst mitgebracht wurden. Butterkekse, die sich Shortbread nannten, von George, Karamellbonbons aus Colettes Hosentasche und getrocknete Früchte mit Mandelkernen, die Salem, Montesquious stolzen Angaben nach, in ihrer beider Namen spendiert hatte. Salem selbst war nicht – oder nicht mehr – zugegen, was Orietta nach ihrer Auseinandersetzung hätte erfreuen können und sie doch ein klein wenig verstimmte.

»Hätte ich gewusst, dass etwas Süßes von mir erwartet wird«, sagte sie entschuldigend zur Veridiani, nachdem sie deren Begrüßung mit Luftküsschen erwidert hatte, »wäre ich mit bussolai angetreten.«

Bussolai – jene zu Kringeln geformten zitronig-süßen Butterkekse, deren Name so viel bedeutete wie Loch und die besonders auf Burano beliebt waren. Ihre Nonna backte sie einmal wöchentlich und gab sie Flavia immer für zu Hause mit. Es war genau die Art von kleinem Gastgeschenk, das den

Anstandsregeln ihrer Mutter entsprach. Über ihrer Vorfreude und dem Unfrieden mit Giovanni hatte Orietta ganz vergessen, an eine solche Aufmerksamkeit zu denken.

»Nächstes Mal bist du schlauer«, sagte Sibilla mit einem Zwinkern. Leger in Hose und Hemd gekleidet, steckte sie Orietta eine getrocknete Dattel in den Mund und zog sie zu dem einzigen Regal im Raum, das mit abgewetzten Büchern, klaffenden Lücken und Staub aufwartete. Orietta begann überrumpelt zu kauen und stolperte ihr hinterdrein. Klebrige Süße zog an ihren Zähnen, und sie schloss kurz die Augen, um den nussigen Kern herauszuschmecken. In der Schwärze hinter ihren Lidern formte sich Salems Abbild, wie er dicht vor ihr stand und mit dem Daumen über ihre Unterlippe fuhr. Sie öffnete den Mund und … Erschrocken riss sie die Augen wieder auf.

Sibillas Kurzbeschreibung der Bücher im Regal war einfach an ihr vorbeigerauscht. Die Frage, ob Salem vielleicht bald wiederkehren würde, überlagerte jede neue Information. Falls er sich herwagte, würde sie ihn mit Nichtbeachtung strafen, dafür, dass er ihre Teilnahme am Zirkel so augenscheinlich missbilligte. Und vermutlich würde er sie genauso ignorieren. Nachdem sie ihn auf dem Ball hatte stehen lassen, würde auch er sich nicht gerade freuen, sie wiederzusehen.

»Bevor du die anderen begrüßt«, sagte Sibilla gerade, »eine kleine Vorwarnung: Es wird ein langer Abend. Ist für deine Rückkehr nach Hause gesorgt?«

»Natürlich.« Denn wie immer würde sie den Wasserbus nehmen.

»Aber du bist ohne Begleitung gekommen.«

Orietta schüttelte den Moment der Verblüffung ab. Hatte Sibilla aus dem Fenster etwa ihre Ankunft beobachtet? Orietta gab sich sogar dem Gedanken hin, Sibilla könnte ihre Ankunft ungeduldig herbeigesehnt haben. »Ich lege die Strecke seit einigen Jahren allein zurück, auch bei Dunkelheit, wenn es sein muss. Eine Begleitung ist nicht nötig.«

Ihre neue Freundin überging scheinbar ihre Erklärung und zog ein Buch aus dem Regal, dass sich als Sammelwerk französischer Fabeln herausstellte. »La Fontaine gefällig?«, fragte sie, und Orietta nickte bloß, weil ihr der Name zwar vage bekannt vorkam, sie im Grunde aber jede Lektüre begierig akzeptiert hätte, die ihre neue Schirmherrin vorschlug.

»Ich werde meinen Sohn anweisen, dich nachher zurückzubegleiten«, sagte Sibilla beiläufig, während sie eine mit Eselsohr markierte Stelle aufblätterte, *Conseil tenu par le rats – der Rat der Ratten.*

»Das ist wirklich sehr umsichtig, aber keinesfalls nötig. Bitte keine Umstände.«

Sibilla hob eine Augenbraue, und kurz graute es Orietta vor dem ersten Streit zwischen ihnen, der über sie hereinbrechen würde, wenn sie weiter auf ihrer Meinung beharrte. Aber dann sagte sie nur: »Wie du möchtest.« Und mit diesen Worten und dem Buch in der Hand wurde Orietta freundlich, aber bestimmt zu Colette komplementiert, die – wie Sibilla und Léontine in Hosen – im Schneidersitz auf dem Boden saß und schrieb. Ihr Ehemann war nirgends zu entdecken, dafür befand sich auf dem einzigen Sessel im Zimmer Montesquiou und am zweiten Fenster am Tisch über einer Zeitung brütend der rothaarige George. Salems Fehlen wurde Orietta, nachdem sie alle Zirkelmitglieder begrüßt hatte, erneut mit aller Deutlichkeit bewusst. Wäre er hier, würde er dann am Regal stehen und die Buchrücken mit dem Finger entlangfahren, auf der Suche nach einem lesenswerten Exemplar? Oder wäre er in das Verfassen eines Briefes vertieft wie Montesquiou?

Plötzlich wünschte sie sich, seine Handschrift zu sehen. Es gab keinen öffentlichen und zugleich so persönlichen Teil eines Menschen wie die eigene Handschrift. Orietta erkundete nur zu gerne, welche Charakterzüge sie verriet. Erst als Sibilla sie ansprach, wurde ihr bewusst, dass sie sich erneut in Gedanken an Salem verloren hatte.

»Dir gefällt es hier nicht, ohne den ganzen Pomp und die Annehmlichkeiten«, stellte Sibilla fest, die ihre betrübte Miene offenbar falsch deutete. In ihrer Stimme lag ein kleiner Tadel, vermutlich weil Orietta sich noch immer nicht niedergelassen hatte, um die Fabel zu studieren.

»Um ehrlich zu sein, bin ich erleichtert über die Einfachheit. Ich hatte schon Angst, ich würde an einem Bankettisch sitzen müssen und mich mit dem Griff nach der falschen Gabel blamieren.«

Colette hob den Kopf und lachte. »Zu früh gefreut, das kommt schon noch. Unsere Treffen gliedern sich immer in zwei Teile. Zu Anfang ist es nur der innere Zirkel, der sich bespricht, und zum Abendessen wechseln wir dann in den Palazzo zurück, um unsere geistreichen Gäste willkommen zu heißen. Fünf-Gänge-Menüs sind die Regel!«

»Ein Abendessen, bei dem du dich ein paar ausgewählten Kunstliebhabern vorstellen kannst«, raunte Sibilla Orietta zu, und der Schrecken, der sie bei der Erwähnung des Menüs durchfahren hatte, dehnte sich zu einem Kribbeln in ihrem Bauch aus.

Verblüfft musterte sie ihr Idol, ihre Augen zweifellos ein einziges Fragezeichen.

Sibilla lachte. »Es ist nicht schwer zu erkennen, dass du um das Fortkommen eures Betriebs mindestens ebenso besorgt bist wie um das Weiterentwickeln deines eigenen Horizonts.« Und da Orietta sie weiter sprachlos anstarrte, während sie nervös mit dem Glasperlenarmband an ihrem Handgelenk spielte, fügte sie hinzu: »Es lohnt sich in vielerlei Hinsicht, Teil meines Zirkels zu sein, und ich mag dich, Orietta!« Sie lächelte.

Orietta durchflutete eine Welle von Stolz und Glück, wie sie sie selten zuvor empfunden hatte. Sie hatte es also wirklich geschafft! Sie hatte die Salondame nicht nur kennengelernt, sondern genoss auch noch ihr Vertrauen und ihre Gunst. Flüchtig dachte sie an Giovanni, der dieses Vertrauen so selbstgefällig infrage gestellt hatte, und dazu noch den Charakter dieser wunderbaren Frau angezweifelt hatte. Aber nun war sie es, Orietta, die mit der Unterstützung dieser Frau seinen Fehler gutmachen und ihre Familie retten konnte.

»Danke, Sibilla«, sagte sie ergriffen und erhielt ein zartes Echo zurück, als sie die Hand der Salondame drückte. Dann trennten sich ihre Finger, und Orietta hockte sich neben Léontine, die anders als sie keine Anleitung brauchte, um sich sinnvoll zu beschäftigen.

Einen Tee in der Hand, schaute sie für einen knappen Gruß von ihrem Stoß Papiere auf, bevor sie damit fortfuhr, einzelne Passagen des vorliegenden Manuskripts mit dem Bleistift anzustreichen.

»Könntest du mir einen Stift borgen?« Denn natürlich hatte Orietta in ihrer Aufregung auch daran nicht gedacht.

Léontine lächelte. »Was sagt man dazu, reichlich unprofessionell, selbst für einen Neuling. Scheint, als hätte dich unsere Salonnière nicht ordentlich vorbereitet.« Ihr leises Lachen verschleierte, was sie eigentlich ausdrücken wollte.

Hatte sie gescherzt, Orietta gerügt oder sie beiläufig zur Vorsicht gemahnt? Es war nicht zu sagen. Mit einem Knacks brach Léontine ihren Stift entzwei und reichte das kürzere

Ende an Orietta weiter. »Keine Kekse oder Früchte, nichts Süßes – frisch gebackenes Brot, dafür schwärme ich«, sagte sie, und Orietta machte sich eine gedankliche Notiz, bevor sie sich beide wieder ihren Angelegenheiten widmeten.

Bald darauf war die Fabel analysiert und die verborgene Moral entschlüsselt.

»Gelöst?«, fragte Sibilla mit einem Lächeln, als Orietta stolz wie ein Kind zu ihr kam.

»Schwätzer gibt es auf der Welt viele, aber entschlossene Menschen, die ihren Worten Taten folgen lassen, recht wenige«, sagte sie.

»Exakt.« Rauch ringelte sich zwischen ihren Köpfen empor bei dem letzten Zug, den Sibilla von ihrer Zigarette nahm, bevor sie sie an der Tischkante ausdrückte. »Die Integrität einer Person lässt sich folglich an ihrem Willen zur Durchführung messen. Es reicht nicht bloß, Pläne zu schmieden, *umsetzen* muss man sie.« Und Orietta spürte, dass dies vielleicht dieses Merkmal war, das ihre neue Freundin im Hotel Palazzo Stern in ihr gesehen hatte und das ihr die Karte eingebracht hatte. »Welche Pläne hegst du, Orietta? In Bezug auf dich selbst, auf deine Familie, deinen Familienstand?«

Orietta hielt den vorgeblich offenen, in Wirklichkeit jedoch forschenden Blick, knetete dabei das kleine Büchlein mit den Fabeln zwischen den Händen und fingerte am Einband herum. »Eine florierende Glaswerkstatt mit Kunden aus aller Herren Länder, einen Platz im literarischen Zirkel und gewiss irgendwann, wenn die Zeit dafür reif ist, einen liebenden Ehemann und lärmenden Nachwuchs.«

»Klingt nach einer entschlossenen Frau.«

Oriettas Lächeln vertiefte sich. »Was muss ich tun, um aufgenommen zu werden?«

Sibilla warf amüsiert den Knopf in den Nacken. »Du bist immer so herrlich unverblümt, und deshalb verdienst du auch eine Antwort: Zunächst solltest du einmal die Hierarchie deiner Wünsche korrigieren. An erster Stelle steht dein persönliches Ziel – der Zirkel, dann kommt lange nichts und schließlich die Familienangelegenheiten.«

Aus ihrem Mund klang es so einfach, doch in Wirklichkeit war alles schrecklich kompliziert. »Ich wünschte, es wäre so simpel, aber meine Familie ist auf mich angewiesen.« Mit einem Flüstern und in dem dumpfen Wissen, dass sie gerade zu viel von sich preisgab, spezifizierte sie: »Wir brauchen Verkäufe. Und zwar eine Menge, um die Werkstatt zu halten.«

Sibilla nickte verständnisvoll, fast konnte man den Eindruck gewinnen, sie sei über alles bereits im Bilde, dann zog sie Orietta ohne Umschweife in ihre Arme. »Du wirst dich vor zahlkräftigen Käufern nicht retten können, wenn du an meiner Seite bleibst und aufmerksam von mir lernst. Dafür sorge ich. Und was den Zirkel betrifft: Ich bin keine Despotin. Über deinen Eintritt wird selbstverständlich demokratisch entschieden. Mein Votum hast du, aber du brauchst alle Stimmen.«

Sofort hatte Orietta wieder Salems Worte im Kopf, wie er ihr sagte, dass er sie nicht in seinem Kreis haben wollte.

Sie musste ihn dringend sprechen und das geraderücken. Doch es wurde Abend, bis er endlich wieder zu der Gruppe stieß.

* * *

Der Fußmarsch vom Salon in Santa Croce zum Bankett in Dorsoduro würde voraussichtlich nicht mehr als eine Viertelstunde in Anspruch nehmen, da die beiden Stadtteile aneinandergrenzten und über kleine Brücken wie die Ponte Foscarini miteinander verbunden waren. Gemeinsam aufgebrochen, verstreute sich die Gruppe bald in den kleinen Gassen und Seitenwegen, bei denen jeder seine eigene bevorzugte Route einschlug. Oft waren es nur wenige Schritte um unterschiedliche Ecken, bis man erneut demselben Weg folgte, doch manchmal traf man erst am Zielort wieder aufeinander.

Salem, mit dem Orietta seit seiner Ankunft nicht gesprochen hatte, weil Montesquiou ihn postwendend in Beschlag genommen hatte, fiel weit hinter den anderen zurück. Orietta konnte nicht sagen, ob er absichtlich trödelte oder ob ihn das glitzernde Wellenspiel auf dem Kanal ablenkte. Das Wasser zitterte im Schein der Laternen und blitzte in der Entfernung am Ende jener Gassen auf, die wie die Tasten einer Klaviatur von der Uferlinie wegführten. Sie beide folgten mit einigem Abstand dem gleichen, parallel zum Kanal verlaufenden Weg. Allzu oft wagte sie es nicht, sich nach Salem umzuschauen, aus Angst, er würde den Pfad verlassen, wenn er merkte, dass sie auf ihn wartete, doch aus ihrem anfangs flotten Gang war schon längst ein Schlendern geworden. An manchen dicht an dicht stehenden Häuserwänden legte sie einen Halt ein, vorgeblich, um die einen Spaltbreit geöffneten und doch mit schweren Vorhängen abgedeckten Fenster zu bewundern, aus deren Blumenkästen Petunien sprossen, die selbst in der Nacht wie kleine weiße Wolken am Himmel leuchteten.

Die sich abkühlende Luft biss ihr in Wangen und Ohren, und während sie wieder einmal innehielt, hinaufstarrte und hoffte, dass Salem sie endlich eingeholt hätte, legte sie sich die passenden Worte zurecht. In ihrem Hinterkopf pochte die Mahnung, dass ihr eigentliches Ziel im Warmen lag und sie die Geduld der Bankettgäste nicht überstrapazieren durfte. Dann wiederum hatte die Veridiani sie entschlossen genannt und ihr auch zu verstehen gegeben, dass sie, wenn sie aufgenommen werden wollte, auf Stimmenfang gehen sollte. Und das tat sie hiermit. Denn während Orietta sich des Einverständnisses der anderen Zirkelmitglieder recht sicher war, musste sie wohl ausgerechnet bei Salem noch Überzeugungsarbeit leisten. Zugegeben, sie wäre lieber dreimal kopfüber in den Canal Grande getaucht, als vor ihm auf die Knie zu fallen, aber vielleicht ging es ja auch irgendwie anders.

Sein vorbeitreibender Zederndụft ließ sie den Kopf drehen. Bevor er an ihr vorübergehen konnte, ohne sie angesprochen zu haben, sprang sie zu ihm und hängte sich in seinen Arm. Salem stieß ein überraschtes Ächzen aus, als wäre er mit seiner Aufmerksamkeit ganz woanders gewesen und hätte tatsächlich keine Notiz von ihr genommen.

Dann war er also nicht in der Hoffnung zurückgeblieben, sie möge dasselbe tun.

»Guten Abend, Orietta«, sagte er, ohne sie anzusehen und ohne ihr Aufschluss darüber zu geben, ob er sich freute oder ob sie ihn gerade belästigte.

Standhaft ertrug sie seine Nichtbeachtung und kam gleich zur Sache: »Ich möchte in den Zirkel, und deine Stimme ist die entscheidende. Was kostet mich dein Einverständnis?«

Seine Schultern hoben und senkten sich einmal schwer. »Auch schön, dich zu sehen. Wie war dein Tag bisher? Hat das Salontreffen – das erste in deinem Leben – all deine Erwartungen übertroffen?«

Die Dringlichkeit, die sie eben noch verspürt hatte, zerstob, und machte Platz für eine unangenehme Mischung aus Scham und dem altbekannten Gefühl, immer allzu schnell voranzupreschen. Er hatte recht. Nur weil er ihr etwas vorenthielt, das sie begehrte, bedeutete das nicht, dass sie ihn unfreundlich behandeln musste. Und im Grunde ihres Herzens wollte sie ihm auch nicht mit Kaltschnäuzigkeit begegnen. Es war nur … In seiner Gegenwart fühlte sie sich so unerträglich verletzlich, und mit einem harten Panzer konnte sie sich wenigstens die Angst vor Zurückweisung besser vom Leib halten.

»Ich habe jede Minute davon geliebt«, sagte sie schließlich, und nun, beim zweiten Anlauf, klang sie schon so sanft, wie sie sich ihm gegenüber fühlte. Auch ihr Gesicht entspannte sich. »Ich durfte Fabeln interpretieren.«

»Ah, die Fabeln.« Er lächelte. »Die wurden mir damals auch gegeben.«

»*Der Rat der Ratten*?«

»*La Cour du Lion* – Der Hof des Löwen. Eine Geschichte über die Vorteile von Unverbindlichkeit.«

»Ich glaube eher an starke Meinungen und Rückgrat«, schnaubte sie.

»Weil du noch nicht lange genug der Oberschicht ausgesetzt warst. Sobald du im Diskurs mit jemandem stehst, der ein höheres Ansehen als du genießt, sind sowohl ehrliche Worte als auch Schmeicheleien angebracht, um dich in der Elite zu behaupten. Es kommt auf die richtige Mischung aus Versprechen und Unverbindlichkeit an.« Er bewegte seinen Arm, bis sie losließ, nur um sofort ihre freie Hand einzufangen und sie verschränkt mit seiner zurück in seine Manteltasche gleiten zu lassen.

»Du musst mich nicht wärmen.« Sie wand sich unter seinem Griff, vor allem, weil sie das Gefühl hatte, die Berührung zwar zu wollen, sie sich aber nicht gestatten zu dürfen. Durch ihre Handschuhe spürte sie seine Wärme, die zarten Kreise, die sein Daumen auf ihrem Handrücken zog, und das Herz schlug ihr bis zum Hals, angetrieben von einem verbotenen

Wunsch, den sie geübt vor sich selbst zu verbergen wusste. Und dennoch … Manchmal, wenn Flavia ihr von heimlichen Küssen in verschlossenen Lagerhallen berichtete, von Körpern, die sich verschwitzt aneinanderpressten, sehnte auch sie sich nach der Berührung von Haut auf Haut und Lippen auf Lippen.

Sie war nicht gänzlich unberührt, ebenso wie die meisten Töchter, die auf der Insel aufgewachsen waren und ihre Kindheit zwischen der Mitarbeit im Geschäft der Eltern und dem Erkunden der Nachbarschaft verbracht hatten, zwischen dem Vaterunser in der Kirche und all den kleinen Sünden des Alltags. Zusammenstöße mit Jungs hatten sich ergeben, bei Mädchen, die als hübsch galten, wahrscheinlich häufiger als bei ihr. Doch auch Orietta war ein paar wenige Male in die Schatten einer Gasse gezogen und geküsst worden, nur hatte ihr Herz dabei nie so getrommelt, wie es das jetzt tat, unter Salems sanfter Berührung. Als er sie schließlich wie gefordert aus seinem Griff entließ, dehnte sie die Finger, unschlüssig, was sie nun damit anfangen sollte. Mit ihrem Dickkopf hatte sie etwas Wunderschönes in etwas Nutzloses verwandelt.

»Hör zu, es tut mir leid«, sagte er und blieb stehen. Seine Augen fanden ihre, doch sobald sich eine Verbindung zwischen ihnen aufgebaut hatte und Orietta ihm von Nahem in die Augen sah, geriet er ins Stocken. Er brauchte einen tiefen Atemzug, um sich zu fangen. »Meine Selbstsucht hat unserem Kennenlernen in der Gondel den Zauber genommen, das weiß ich jetzt. Ich war so überzeugt davon, deine Wünsche würden sich mit meinen decken, dass ich mir nicht die Mühe gemacht habe, dich danach zu fragen – und das hast du nicht verdient.« Echte Reue trat in seinen Blick. »Aber die Hoffnung, wir könnten uns fernab von alldem treffen, nur wir beide, durch all die verborgenen Gärten und Gassen Venedigs schlendern und Gespräche führen, die für niemanden außer uns Sinn ergeben, diese Hoffnung, du könntest das alles genauso sehr wollen wie ich, hat mich nicht losgelassen.«

Sie sah nach unten und musterte ihre Stiefelspitzen. »Warum treffen wir uns dann nicht allein *und* in der Gruppe?«

»Weil ich dich nicht mehr anschauen könnte, ohne dass mich meine Wangen hiernach verrieten …« Seine Hand schob sich in ihren Nacken und fasste dicht über dem Haaransatz zu, während seine Stirn gegen ihre sank. Oriettas Kopfhaut begann zu prickeln wie unter einem Schmerz, der sie spüren ließ, dass sie am Leben war, hier mit Salem, in diesem gestohlenen Moment, den sie einer herrlichen Zukunft entliehen hatten. Einer Zukunft, die nie die ihre sein würde.

»Wenn uns jemand sieht … das könnte uns beide in Verruf bringen«, flüsterte sie.

Kommentarlos schob er sie mit dem Körper in den Schatten einer Gasse, die sich wie eine unausweichliche Umarmung zu beiden Seiten um ihre Schultern schloss. Als sie glaubte, Salem würde sie als Nächstes flach gegen die Wand pressen, ließ er sich stattdessen selbst mit dem Rücken dagegenfallen. Mit einem Ruck zog er Orietta zu sich, bis ihre Brust an seiner lag. Als ihr Mund gegen seinen warmen Hals stieß, murmelte er heiser: »Wenn das so ist, dann bitte, Orietta, bring mich in Verruf!«

Sie wagte es kaum, das Gesicht zu ihm zu heben, aus Angst, darin dieselbe Hitze zu finden wie in seiner Stimme – wie in ihr selbst. Himmel, sie wollte ihn küssen! Alle Anstandsregeln über Bord werfen, die sie sich selbst gesetzt hatte und die ihr die Familie auferlegte. Aber sie durfte es nicht.

Ihre Wange fuhr über sein Kinn, rieb sich an den kratzigen

Bartstoppeln, während ihre Lippen nach seinen suchten, ihre Finger sich in seinen Mantelkragen gruben. Er rührte sich nicht, als fürchtete er, er könnte sie verlieren, wenn er ihr nur das kleinste bisschen entgegenkam. Doch ihr selbst verriet ihr dröhnender Puls, dass sie längst die Grenze überschritten hatte, an der eine Umkehr noch möglich gewesen war.

Sie sog seinen Duft nach Tabak, Parfum und Nachtfrische ein, und dann endlich schwebte ihr Mund dicht über seinem, entriss seiner Kehle ein unterdrücktes Stöhnen, bevor sie ihre Lippen fest auf seine drückte. Und als wäre ein Bann zwischen ihnen gebrochen, stieß er sich vorwärts und kippte mit ihr an die gegenüberliegende Wand.

Die Kälte des Gemäuers drang durch den Stoff ihres Kleides und kroch ihren Rücken hinauf. Salem schloss sie in seine Arme und küsste sie tiefer, verlangender. Ein Schwindel erfasste sie und trug sie fort, während sie einander fest umschlungen hielten und unter Küssen immer wieder von der Wand wegtaumelten und damit kollidierten.

Orietta atmete seinen Atem und Salem den ihren, doch sie wollte mehr von ihm.

Berühre mich!

Und als seine Hände immer noch nicht ihren Rücken hinabwanderten, schickte sie die ihren als deutliche Aufforderung zu seiner Taille, wo sie das Hemd aus dem Hosenbund rissen, darunterfuhren und seine Haut streichelten. Doch wegen ihrer Handschuhe spürte sie nicht genug, also wanderte sie tiefer und krallte ihre Finger in seinen Hintern.

Salem lehnte sich ihrer Berührung entgegen, kam jedoch viel zu schnell wieder zur Vernunft und schob ihre Hände mit einem leisen Lächeln fort von sich. »Ich laufe dir nicht weg. Obwohl ich es vielleicht sollte …«

Sie wich ein wenig zurück und versuchte sich wieder zu sammeln. Eine vage Scham nagte an ihr, weil sie ihm ihre Leidenschaft so offen gezeigt hatte.

»Du hast recht, das Bankett«, sagte sie und strich sich die Haarsträhnen hinter das Ohr, die der wilde Kuss aus ihrem Flechtzopf gezaust hatte. »Wir sollten zurück. Ich darf Sibilla nicht warten lassen.«

Unglaube kräuselte seine Stirn. »Du denkst nach … nach diesem Kuss immer noch an den Zirkel? Dann entschuldige ich mich hiermit und gelobe Besserung.«

Orietta musste lachen, ergriff seine Hand und führte ihn aus der Gasse, zurück auf ihren ursprünglichen Weg. Doch als er den Kanal erblickte, zog er sie Richtung Ufer.

»Bist du wirklich sicher, dass wir zum Bankett wollen? Lass uns lieber eine Gondel kapern und sehen, wohin sie uns treibt«, sagte er, und in dem Moment spürte Orietta die Kälte, die ihr in die Adern kroch.

Hatte er ihre Hingabe wirklich als Entscheidung *für* ihn und *gegen* den Salon missverstanden? Dabei hatte sie ihn nicht deshalb geküsst, um ihre Wahl zu besiegeln. Sie wollte immer noch beides, die Mitgliedschaft im Zirkel *und* Salem. Und hatte gedacht, sein Kuss bedeutete, dass er sie verstanden hatte und unterstützen würde. Doch jetzt schien es ihr offensichtlicher denn je, dass er sie aus seinen Kreisen fernhalten wollte. Und während sie ihn ansah, so atemberaubend schön, kamen ihr der ganze Kuss und alles, was er über sie gesagt hatte, wie eine Täuschung vor. Als würde hinter dem Ganzen etwas anderes stecken. Und tatsächlich, war es nicht eigentlich ausgeschlossen, dass jemand wie er sich ernsthaft für jemanden wie sie interessierte? Er mochte so einiges spüren, aber Liebe war es gewiss nicht.

»Du würdest dich nicht wirklich zu mir bekennen, richtig?«

Erneut brannte ein Feuer in ihrer Brust, doch es war ein anderes als noch vor einigen Minuten. »Hast du Angst, ich nehme dir etwas weg, wenn ich mit deinen Freunden Zeit verbringe?« So wie ihr Bruder Angst hatte, sie könnte ihm doch irgendwann die Unternehmensführung streitig machen. »Ich möchte zu *euch* gehören, zu den Literaten.«

»Nicht bloß zu mir …«, schloss Salem und blinzelte.

»Nicht ausschließlich. Nicht, wenn es auf Kosten meiner persönlichen Entfaltung geht.«

Schweigend standen sie voreinander, atmend, zitternd, wo sie gerade noch vor Verlangen geglüht hatten. Schließlich sagte er: »Du bist eine starke Frau, Orietta. Unermesslich viel stärker als ich. Verzeih, natürlich gebe ich dir meine Stimme.« Und damit nahm sein Gesicht einen Ausdruck an, den sie bei ihm noch nie gesehen hatte, bildete eine undurchsichtige Fassade wie Glas, das zwar oberflächlich noch zusammenhielt, innerlich aber in tausend Teile gesplittert war.

»Salem?«, hauchte sie, in dem dilettantischen Versuch, den Schaden wieder ungeschehen zu machen.

Stumm legte er ihr den Arm um die Schultern, zog sie an sich und küsste ihre Schläfe. Ohne noch ein Wort zu sagen, schlug er mit ihr den kürzesten Weg zum Palazzo ein. Und als das Gebäude in Sicht kam, brachte er endgültig Abstand zwischen sie und platzierte ihre Hand, wie es sich gehörte, höflich auf seinen Arm.

* * *

Veridianis Gäste waren immer noch über den ganzen Speisesaal verteilt und in Unterhaltungen vertieft, als Orietta nach dem strammen Marsch, den sie mit Salem auf den letzten Metern zum Palazzo Zenobio hingelegt hatte, kurzatmig dazustieß.

Er gab ihren Arm frei, wünschte ihr einen angenehmen Abend und ließ sie stehen, bevor jemand ihr Zuspätkommen bemerkte oder, schlimmer noch, die Tatsache, dass sie *gemeinsam* zu spät gekommen waren. Und obwohl sich an seinem respektvollen Umgang mit ihr nichts geändert hatte, fühlten sich seine Berührungen nun anders an, war das Loslassen eines Arms plötzlich keine störende Notwendigkeit mehr, sondern eine herbeigesehnte Entlastung, und sosehr sie es auch bestreiten wollte, in Salems Abschiedsworten hatte etwas Endgültiges gelegen.

Oriettas Lippen spannten vor Trockenheit, doch in der Öffentlichkeit konnte sie nicht zu dem kleinen Döschen in ihrem Pompadour greifen und eine Schicht Fett auflegen. Und um ehrlich zu sein, wollte sie auch gar nicht das Gefühl vertreiben, das Salems Mund auf ihrem hinterlassen hatte. Denn vielleicht war es das erste und letzte Mal, dass sie einander so nahegekommen waren. Selbstverständlich würde es sich nicht vermeiden lassen, dass sich ihre Wege innerhalb des Zirkels kreuzten, doch ganz sicher würden sie einander beim nächsten Aufeinandertreffen auf anderer Ebene begegnen.

Orietta zwang ihren Blick von Salem weg. Mit gestrafften Schultern steuerte sie das Grüppchen um Veridiani an, wo sie freudig begrüßt und nahtlos in das Gespräch integriert wurde. Es ging um die zu erwartenden Temperaturen im Sommer und die noch nicht ausfindig gemachten Ferienlandsitze. Orietta verbuchte das Gespräch als eine Art Marktplatzgeschwätz, wie man es am Obststand mit Bekannten abhielt, während man zusah, wie der Händler die Orangen abwog. Aber es war keine Konversation, die sie mitfiebern ließ, und zu ihrer eigenen Verwunderung kämpfte sie nach weniger als einer halben Stunde bereits mit dem ersten Schub Gleichgültigkeit. Alles erschien ihr verlockender, als ihre Meinung zu den mildesten Regionen und schönsten Strandabschnitten Italiens beizusteuern. Lieber wanderte sie ziellos durchs Speisezimmer.

Am liebsten allerdings wäre sie zurück an Salems Seite geschlüpft, wo sie ihm erklärt hätte, wie ihre Worte von vorhin gemeint gewesen waren, nämlich als Verteidigung ihrer Werte und nicht als gezielter Schlag gegen ihn.

»In Einrichtungsfragen scheint mir Signorina Volpato äußerst bewandert«, sagte die Veridiani, nachdem sie Orietta der Runde als ältere Tochter eines Muranoglasbläsers vorgestellt hatte. Ein grauhaariger Offizier in Uniform, der seine auffallend junge Ehefrau wie ein Handtäschchen am Arm spazieren trug, strich sich über den Schnauzbart, nach einem passenden Scherz suchend, den er anbringen konnte, um sie zu erheitern. Orietta hatte jedoch mit Einrichtungsfragen nichts zu schaffen, und zunächst wusste sie auch gar nicht, warum ihr Name überhaupt ins Spiel gebracht worden war – konnte die Salondame sie nicht einfach still lächelnd an der Runde teilnehmen lassen? –, aber dann erinnerte sie sich daran, dass dies ihre Aufnahmeprüfung darstellte, also äußerte sie sich vage und in der Art, wie ihre Mutter unangenehme Situation handhabte. Das Wichtigste war, die Konversation am Leben zu erhalten.

»Das Schaffen eines stilvolles Ambientes will gelernt sein«, sagte sie, blickte sich demonstrativ um und lobte die Ausstattung. Mit seinem roten Teppich, den goldenen Ornamenttapeten und schweren Vorhängen mutete das Speisezimmer majestätisch an, doch mit der festlichen Atmosphäre des Maskenballs hatte es nichts mehr gemein, und man sah den polierten Oberflächen und unbenutzten Sitzflächen an, dass die Veridiani nicht wirklich hier residierte. Sie nutzte den Ort lediglich als Bühne, wo sie sich mit Bällen und Banketten in

Szene setzen konnte. Ihr eigentliches Leben spielte sich nach wie vor in den schlichten, gemieteten Salonzimmern ab, wo sie nach Herzenslust rauchen und debattieren konnte.

Orietta bewunderte den Spagat, den sie zwischen Einfachheit und Extravaganz hinzulegen wusste. Auch jetzt begleitete statt eines ganzen Streichquartetts nur ein einzelner Klavierspieler das Geschehen mit zarter Musik, hatte sich die opulente Blumendekoration auf drei Rosensträußen entlang der gedeckten Tafel verringert, ohne dass es kümmerlich wirkte.

»Eine Frage an die Spezialistin, wenn es gestattet ist«, sagte der Offizier und zwirbelte seinen Bart, den Blick fest auf Orietta gerichtet. »Würden Sie sagen, zehn Spiegel sind einer zu wenig?« Der General wippte vergnügt auf den Fußballen. »Denn mein liebes Weib möchte mir weismachen, wir bräuchten noch ein Dutzend mehr.« Er lachte schallend, und die Veridiani klapste ihm mit den Handschuhen, die sie locker in einer Hand hielt, gegen die Brust. Sie hatte Hose und Hemd gegen eine smaragdgrüne Abendrobe eingetauscht, doch ihr verstohlenes Zupfen und Zurechtschieben des abstehenden Reifrocks verriet, welchen Kleidungsstil sie bevorzugte. Auch ihr Amüsement war nur gespielt, so gut meinte Orietta sie mittlerweile zu kennen.

Unwillkürlich kam ihr Salems Spruch über Unverbindlichkeit in den Sinn, und sie erkannte, dass auch sie sich vorhin dieser Taktik bedient hatte, genau wie die Veridiani gerade. Bevor sie sich bremsen konnte, verzog sie abfällig das Gesicht und stieß aus: »Niemand braucht mehr als einen Spiegel!«

»Ist das so? Dann muss ich mich meiner Sammlung schleunigst entledigen«, sagte die Veridiani, und mit ihr lachte das Offizierspaar. Doch ihr Kommentar, der Oriettas Worten wohl bloß die Schärfe hatte nehmen sollen, beinhaltete auch eine Spur Spott und stellte Orietta unterschwellig als geizig hin. Oder schlimmer noch: als Kulturbanausin, die keinen Geschmack besaß.

Merkte die Salondame denn nicht, dass sie Orietta mit ihrer Bemerkung gerade keinen Gefallen tat? Zuvor hatte sie, um ihr zu helfen, stets das Thema gewechselt oder einen neuen Anknüpfungspunkt geschaffen, doch nun lachte sie mit der Elite in wissender Eintracht, und Orietta blieb nichts anderes, als ebenfalls zu lächeln.

Erst als der General zu seiner Frau sagte: »Siehst du, selbst die Tochter eines Glasmachers meint, wir haben genug von dem Zeug!«, erkannte sie ihren Fehler und den Grund für Sibillas Spott. Es wäre die geeignete Gelegenheit gewesen, das Geschäft ihrer Familie anzupreisen, vielleicht sogar einen Termin zum Beratungsgespräch zu vereinbaren – aber sie hatte den Moment ungenutzt verstreichen lassen! Und das alles nur, um sich selbst zu beweisen, dass Salem mit seiner Unverbindlichkeit falschlag.

»Falls Sie doch noch nach weiteren Spiegeln suchen«, sagte sie eilig, nachdem bereits das nächste Thema aufgekommen war, »kann ich Ihnen die Vetreria meiner Familie empfehlen: Vetreria Volpato.«

Doch man hörte ihr nicht mehr zu. Der Offizier führte noch seinen Gedanken über Hügellandschaften aus, dann rang er Sibilla das Versprechen ab, für ihn nach geeigneten Sommervillen Ausschau zu halten, bevor er sich mit seiner Frau zum nächsten Grüppchen begab.

»Es tut mir leid.« Orietta verbarg das Gesicht in den Händen, sobald sie mit der Salondame allein war.

»Was genau?«

»Dass ich den Ball, den du mir zugeworfen hast, nicht fangen konnte. Ich habe ihn an mir abprallen lassen.«

»Man kann nicht immer fangen.« Die Veridiani strich sich abwesend über die Kehle, während ihre Augen über die Gäste wanderten. »Wenn du dich bei jemandem entschuldigen möchtest, dann bei dir selbst.« Ihre volle Aufmerksamkeit kehrte zu Orietta zurück. »Weißt du, ich führe den Esel nur zum Wasser, trinken muss er schon selbst.«

Im Anschluss an das Bankettessen, das ohne weitere peinliche Malheure verlaufen war, aber auch ohne dass Orietta noch einmal das Geschäft der Familie hätte ins Spiel bringen können, stand die Veridiani zu einer Ankündigung auf. Alle Gesichter wandten sich ihr binnen einer halben Minute zu. Sie wartete, bis auch das letzte Gemurmel verklungen war, bevor sie sich für die Teilnahme am Salon bedankte und an jeden Gast nacheinander ein paar wertschätzende Worte richtete. Den Zirkelmitgliedern wurde applaudiert wie einem Theaterensemble, das sich am Bühnenrand aufgereiht vor dem Publikum verbeugte, besonders Colette schien bleibenden Eindruck hinterlassen zu haben. Salem, der neben ihr saß, zollte ihr Beifall, während Jubelpfiffe ertönten, als wollte er auch den Teil der Huldigung, der seiner eigenen Person galt, an sie abgeben. Oriettas Magen zog sich bei dieser natürlichen Demonstration seiner Bescheidenheit schmerzhaft zusammen.

»Und nun bleibt mir nicht mehr viel zu sagen, außer dass heute Abend ein neues Zirkelmitglied seinen Einstand gegeben hat.«

Ein Raunen begleitete die Blicke, die wissend und gleichermaßen erwartungsvoll zu Orietta sprangen, schließlich war sie die Unbekannte, die sich vielleicht ein wenig eigenwillig, aber durchaus bemüht, durch das Bankett manövriert hatte und von der niemand so recht wusste, warum sie eingeladen worden war.

»Orietta, erhebe dich bitte.«

Mit zitternden Knien und der Stuhllehne als Stütze stand sie auf. Nach dem Fauxpas mit dem Offizier hatte sie damit gerechnet, sich mit der Aufnahme noch ein wenig gedulden zu müssen. Die wenigen Male, die Salem und die Veridiani redend beieinandergestanden hatten, hatte sie sich verboten, allzu viel in den Anblick hineinzuinterpretieren. Doch nun brach ihr der Schweiß aus, und ihr ganzer Körper schien unter Anspannung zu stehen wie eine Uhrfeder.

»Es ist mir eine Ehre«, fuhr die Veridiani nun ernst fort, »dir nach entsprechender Probezeit und in Anwesenheit unserer illustren Runde die Kameradschaft und Verbundenheit des Zirkel Veridiani anzubieten. Nimmst du an?«

Orietta versagte die Stimme, und sie musste sich räuspern, bis ein festes »Ja« herauskam. Ihre Sitznachbarn, von denen einer George war, und der andere ein österreichischer Arzt, schüttelten ihr erfreut die Hand. Sie wusste nicht, ob sie an ihrem Platz stehen bleiben sollte, um die Glückwünsche entgegenzunehmen, oder ob die Salondame erwartete, dass sie zu ihr trat, um sich gebührend zu bedanken; sie entschied sich jedenfalls für Letzteres. Mit einer überschwänglichen Umarmung fiel sie ihrer offiziellen neuen Freundin um den Hals. Sibilla klopfte ihr lachend auf den Rücken und schob sie gleich wieder von sich, in einer kurzen Überprüfung, ob ihre Wangen noch vorzeigbar waren oder bereits von Tränen verschmiert. Aber Orietta weinte nicht. Ihr Herz schwoll an vor lauter Dankbarkeit, Stolz und, ja, auch vor Liebe.

»Herzlichen Glückwunsch«, ertönte Salems Stimme hinter ihr, nachdem ihr von ein paar weiteren Mitgliedern gratuliert worden war, und nahtlos wechselte sie in seine ausgebreiteten Arme. Hier, im Rahmen einer bestandenen Aufnahme war die

Berührung in Ordnung, sagte sie sich, und schließlich dauerte sie auch nicht lange. Nach drei Luftküssen und einem geflüsterten Danke ihrerseits zog er sich wieder zurück.

»Dafür nicht«, sagte er.

Dann schloss er für einen Moment die Augen, bevor er sie wieder ansah. »Sibilla wird dich dazu auffordern, dir einen Paten aus der Gruppe zu wählen. Eine Art Mentor, der dich herumführt und dich mit den Erwartungen, die auf dich zukommen, vertraut macht.« Er ließ eine Pause folgen. »Nimm auf keinen Fall mich. Ich bin der Aufgabe nicht gewachsen.«

Und damit trat er zurück hinter die Wartenden, die ihr noch nicht gratuliert hatten.

In ihrer Kehle entbrannte ein Schluchzer, den sie nur mit Mühe unterdrücken konnte. Sie ließ die Umarmungen über sich ergehen, ohne ihr Gewicht zu spüren, ohne überhaupt noch etwas zu spüren. Wie betäubt nahm sie alles bloß noch wie hinter einer dicken Glaswand wahr.

Schließlich wurde Colette gebeten, die Gruppenregeln zu verlesen, und die Veridiani mahnte Orietta, sich jeden der Punkte gut einzuprägen, denn ein Verstoß hätte den Ausschluss aus der Gruppe zur Folge. »Punkt sieben: Die Mitglieder der Gruppe verpflichten sich, auf jedwede amouröse Beziehung und unschickliche Kontakte untereinander zu verzichten. Punkt acht …« Doch da hörte Orietta schon nicht mehr zu. Zielsicher traf ihr Blick auf Salems, der etwas abseits mit Montesquiou dem Geschehen beiwohnte. Sein Kiefer mahlte, und an seinem Hals bildeten sich dicke Stränge ab. Den Schmerz und die bittere Wehmut, die sich auf seinem Gesicht abzeichneten, fühlte nun auch sie.

Deswegen hatte er sie von dem Zirkel fernhalten wollen. Und deswegen hatte er sie so verzweifelt geküsst, in der Hoffnung, sie damit für die richtige Wahl zu gewinnen. Aber sie hatte nicht zugehört, hatte unbeirrt seine Stimme eingefordert, weil das eben die letzte Hürde gewesen war, die noch zwischen ihr und der nächsten Etappe stand. Sie hatte doch nicht gewusst … Oder war es doch richtig gewesen?

Was hatte sie getan? Ihr wurde schwindlig.

»Du hast das Wort, Liebes. Wen wünschst du dir als Paten?« Auf Sibillas Frage hin winkte ihr Montesquiou aus der Ferne zu, die Finger einzeln wie Tentakel hebend. Und Colette deutete, während sie unbeeindruckt einen Schluck Wein nahm, auf ihren eigenen Kopf. Nur Léontine und George verzichteten geflissentlich auf die Eigenwerbung und taten beschäftigt.

Salem. Sie wollte Salem. Aber er hatte schon im Vorhinein abgelehnt.

Und da, obwohl sie die Entscheidung aus tiefster Seele bereute, wusste sie, dass sie sie immer wieder so treffen würde – weil es ihre Pflicht war, weil alles andere für ihre Familie keinen Sinn ergab. Und zum allerersten Mal fühlte sie abgrundtiefen Hass gegen Giovanni, Jaco und ihre Mutter, ihren Vater und Flavia, denn keiner von ihnen war hier, um sie aufzuhalten. Keiner kam her, um ihr die Bürde eines enttäuschten Herzens abzunehmen. Keiner empfand, was sie gerade empfand. Und weil das so war, durfte sie auch nicht unter der Last zusammenbrechen.

In einem ausdruckslosen Ton, der ihr selbst fremd war, sagte sie: »Ich wähle Salem Effendi.«

Kapitel 18

In den kommenden Wochen führte ihr zwangsweise verpflichteter Pate sie in die gehobenen Kreise Venedigs ein. Er begleitete sie höflich, aber distanziert zum Nachmittagstee in die Palazzi am Wasser, ließ sich seinen Widerwillen anderen Leuten gegenüber aber nie anmerken. Gemeinsam nahmen sie Theatereinladungen wahr und studierten in Abgeschiedenheit von den anderen, bevor die Bankette begannen, jene anspruchsvollen Bücher, die Sibilla für sie auf einer Leseliste zusammengefasst hatte. Wenn sie Seite an Seite durch die Gassen gingen, bot er ihr zwar den Arm, vergrub aber nie wieder ihre Hand verschränkt mit seiner in der Manteltasche. Wie befürchtet, hatte er sich emotional von ihr distanziert. Und wenn sie vom Alltag mit ihrer Familie erzählte, wechselte er jedes Mal das Thema und lenkte zurück auf wissenschaftliche Abhandlungen und Manuskripte.

Orietta kam sich vor wie eine Diebin, die ihm die Zeit stahl, und auch wenn die Veridiani ihn entsprechend von seinen anderen Aufgaben im Zirkel freistellte, blieben ihnen morgens und abends nur je zwei Stunden, abhängig davon, welcher Einladung es gerade nachzukommen galt und wie lange diese andauerte. War kein Ende in Sicht, riss er sie auch mittendrin aus Konversationen. Hauptsache, sie erwischten ein Boot, bevor die Nacht anbrach und die Dunkelheit sich mit all ihren verbotenen Möglichkeiten über sie senkte.

Orietta fragte sich, ob Salem sie vielleicht deshalb jedes Mal bis zum Garten hinter ihrem Haus brachte, weil die Veridiani ihn darum gebeten hatte? Eigentlich hoffte sie, dass es seine eigene kleine List war, den Abschied hinauszuzögern, solange es ging. Doch natürlich, das wusste sie, machte sie sich Illusionen. Denn wenn sie nach dem gegenseitigen »Gute Nacht« noch einen weiteren Moment angespannt voreinander verharrten, legte er nie seine Hand an ihr Gesicht oder seine Lippen auf die ihren, wie er es zuvor in der Gasse in Santa Croce gemacht hatte. Sein eisernes Einhalten des Verbots trieb sie allmählich in den Wahnsinn. Bloß nachdem sie sich seinem Wunsch widersetzt und ihn zum Paten gewählt hatte, wagte sie es nicht, eine weitere seiner Grenzen zu überschreiten.

»Was steht heute an?«, fragte sie ihn bei ihrem mittlerweile vierzehnten Treffen an einem frühen Donnerstagnachmittag Anfang April, als er sie an der Piazzetta in Empfang nahm. Mit einem prüfenden Blick zurück auf die Anlegestelle ergriff sie seinen dargebotenen Arm.

Es war merkwürdig. Obwohl keiner aus ihrer Familie ahnte, dass sie sich regelmäßig mit einem Mann traf, beschlich sie seit einigen Tagen das dumpfe Gefühl, ausgespäht zu werden. Aber vielleicht meldete sich nur ihr schlechtes Gewissen, weil sie ihren Eltern und Geschwistern, um die Lüge aufrechtzuerhalten, eine alberne Ausrede nach der anderen auftischte. Mal schob sie einen Termin bei Masin vor, mal besuchte sie angeblich das Grab ihres Nonno auf der nahe gelegenen Insel San Michele. Oft erzählte sie auch einfach, dass die Veridiani ein außerplanmäßiges Salontreffen einberufen hatte und dringend auf ihrer Anwesenheit bestand.

Sie kam damit durch, weil ihre Mitarbeit im Zirkel dem Geschäft bereits regen Zulauf eingebracht hatte. Noch war zwar kein Unikat in Auftrag gegeben worden, aber die Grafen und Gräfinnen des Landes schickten ihre Dienstboten, um das Sortiment zu sichten.

»Heute ist es kein Kaffeekränzchen«, sagte Salem und spazierte mit ihr in Richtung Dogenpalast. »Du hast alle Bücher vor der Frist ausgelesen, und ich dachte, es könnte nicht schaden, neues Material zu besorgen.«

»Das bedeutet, ich warte auf der Piazza, während du in der Bibliothek stöberst?«

Er lachte, und für einen Moment kehrte das Blitzen in seine tiefgründigen Augen zurück. »Türen, die dir zuvor verschlossen waren, stehen dir jetzt sperrangelweit offen. Hast du das noch nicht bemerkt?«

»Du meinst, dank deiner exklusiven Begleitung?«

»Weswegen wohl sonst?« Er fuhr sich mit der freien Hand durch das schwarze dichte Haar und richtete sich auf. Einzelne Strähnen fingen das Sonnenlicht ein und begannen zu glänzen, während er den Gockel markierte.

»Formen sie Wellen, wenn sie nass werden?«

»Die besagten Türen?« Seine Mundwinkel zuckten, doch er verkniff sich das Lachen. »Nun, es sind *Türen*. Die sollten jedem Wetter gewachsen sein.«

»Dein Haar, meinte ich.«

Nun senkte er die Hand wieder und zog die Brauen zusammen.

»Du trägst es nicht gescheitelt, wie die anderen feinen Herren. Und du verwendest auch nicht ansatzweise so viel

Pomade«, ergänzte sie schnell, als könnte das erklären, warum sie sich über den Zustand seiner Haare Gedanken machte.

»Was mache ich noch anders?«, fragte er nach einem kurzen Zögern, in dem die Professionalität der Neugier unterlag.

»Du rauchst nicht unentwegt.«

»Ein teures Laster.« Er zuckte die Achsel. »Was noch?«

»Wenn du trinkst, dann nie so viel, dass es dein Sprachvermögen beeinträchtigt.«

»Worte sind die wertvollste Währung, die wir haben.«

Ihr Herz begann zu klopfen. »Und sobald du denkst, ich merke es nicht, schaust du mich an. So lange, als wolltest du dir jeden Winkel meines Gesichts einprägen.«

Er atmete zitternd aus, studierte dabei den Boden. »Ich beobachte gerne meine Umwelt«, sagte er leise.

»Ach, jetzt degradierst du mich also zur Kulisse? Deine Umwelt …« Sie schüttelte in vorgeschützter Empörung den Kopf.

»Was soll ich denn sonst sagen? Dass deine Gestalt wie ein Leuchtfeuer in meinem Geist ist, zu dem es mich hinzieht, egal, wie sehr ich versuche, dagegenzusteuern?« Er blickte sie an. »Denn genau so verhält es sich. Ich kann nirgends hinschauen, ohne *dich* zu sehen. Selbst, wenn ich meine Augen schließe, bist da immer nur du.«

»Salem, das …« Sie wusste nicht, was sie sagen sollte. Am liebsten hätte sie nie wieder etwas gesagt, wenn er sich dafür nur weiterhin so voller Verlangen nach ihr verzehrte. Erschrocken über ihre dunklen Gedanken wandte sie sich ab. »Würde es helfen zu wissen, dass ich gerne deine Blicke auf mir spüre?«, sagte sie.

»Das würde es zumindest weniger verwerflich machen.« Seine bloßen Finger streiften ihre Hand, nicht viel stärker als ein Flügelschlag, und Orietta spürte Funken ihren Arm hinaufschießen. Zum ersten Mal hatte seine Haut die ihre berührt, weil keiner von ihnen Handschuhe trug. Seit sie sich allein trafen, hatte sie keine mehr angelegt, und auch er hatte vielleicht aus einer ähnlichen Hoffnung heraus auf das Leder verzichtet.

Sie spürte den rauen Widerstand seiner Handflächen, den sie so gut von ihren eigenen kannte. Bei ihr zeugte er von erkletterten Bäumen in der Kindheit, von gemangelten Wäschebergen, verschobenen Ladenmöbeln und zigfach umgeblätterten Seiten. Bei Salem erzählte er vom abgeplatzten Lack einer rostigen Reling, von hin- und hergetragenen Bücherkisten, dem erwartungsvollen Händedruck fremder Menschen und dem Kiel einer ausgereizten Schreibfeder. Für einen winzigen Moment umfasste seine Hand fest die ihre. Doch nicht lang genug – beinahe sofort ließ er wieder los und machte ein paar Schritte von ihr weg.

»Du kannst mit hinein«, sagte er heiser. »In die Bibliothek. Ich habe uns einen Platz im Lesesaal reserviert. Es ist dein gutes Recht, dort zu sein. Und wer deine Berechtigung infrage stellt, wird von mir die passende Antwort erhalten.«

Orietta nickte. Sie wagte es nicht, ihn anzusehen, denn einen Moment, wie sie ihn eben geteilt hatten, durften sie nicht noch einmal zulassen. »Habe ich die Möglichkeit, etwas auszuleihen?«

»So viel ich tragen kann.«

»Und was dir zu schwer wird, übernehme ich?«

»Das klingt nach Zweifeln an meiner Kraft.«

»Es ist bloß die Gewissheit meiner eigenen.« Die Szene von eben energisch beiseiteschiebend, lief sie zu dem pompös eingerahmten Portal mit der geflügelten Löwenstatue über der Tür.

Salem ließ sie staunend die Regale und Reihen entlangwandern, Buchrücken herausziehen und darüberstreichen. Während sie durch ein Exemplar nach dem anderen stöberte, machte er es sich am Tisch bequem, offenbar in die Lektüre eines Buches vertieft, das er selbst mitgebracht hatte.

Und mit einem Mal wurde ihr klar, dass er diesen Besuch nicht wegen ihr, sondern *für* sie arrangiert hatte. *Er* konnte die Bibliothek aufsuchen, wann immer es ihm beliebte. Konnte, wenn es sein musste, täglich Lesestoff besorgen, den er für geeignet hielt. Zweifellos war er schon unzählige Male hier gewesen, sodass ihn der Blick in die Regale kaum noch reizte.

Orietta stellte ihn sich vor, jeden Morgen, immer am selben Platz, die Stirn in die Hand gestützt, auf einen Text konzentriert. Und doch hatte er ihr heute diese Möglichkeit geschenkt, diesen Ausblick auf eine Welt, die sie erst betreten und noch kaum durchwandert hatte.

Sie griff nach dem Werk eines Autors, von dem sie selbst nur durch ihren Bruder Jacopo gehört hatte, besser gesagt, dessen Name in einer Unterhaltung zwischen ihm und Natalina Dal Corso gefallen war. Er hatte sie in irgendeiner Form mit der Kenntnis des Romans gepiesackt, woraufhin sie mit hochrotem Kopf aus dem Garten gestürmt war. Orietta hatte damals zufällig auf der Treppe gesessen und den Schluss eines Gesprächs mit angehört, das bereits im Haus begonnen und sich draußen fortgesetzt hatte. Da ihr der Zusammenhang fehlte und sie nicht wusste, ob Natalina ihn nicht ihrerseits zuvor gepiesackt hatte, fiel ihre Standpauke eher als milde Befragung aus. Er hatte zugegeben, dass ein Buch für die Aufregung verantwortlich gewesen war, doch bis auf den Titel hatte er nichts weiter dazu verraten. *Il Decamerone* von Giovanni Boccaccio.

Als sie ihre Mutter danach ausgehorcht hatte, war ihr ein schmutziger Wischlappen entgegengeflogen, Gio hatte ihr geraten, sich den Mund mit Seife auszuwaschen, während Flavia, so ahnungslos wie sie selbst, bloß mit den Achseln gezuckt hatte. Doch auch wenn Jahre zwischen diesem Vorfall und ihrem Bibliotheksbesuch lagen, erinnerte sich Orietta nun glasklar an den Titel. Sie konnte nicht anders als ihn unter all den Büchern herauszupicken.

Still setzte sie sich Salem gegenüber und schlug die erste Seite auf – eine Erzählsammlung, verfasst bereits im 14. Jahrhundert, wie interessant! Doch je weiter sie las, desto frivoler entwickelten sich die Geschehnisse der ersten Novelle, also sprang sie vor bis zur fünften, in der ein Mann Gärtner im Nonnenkloster wurde und eine Nonne nach der anderen bei ihm lag.

Mit heißem Gesicht klappte sie das Buch zu.

»Nicht fesselnd genug?«, fragte Salem. Als er aufblickte und vom Titel zu ihr sah, stahl sich nach kurzem Erstaunen ein breites Grinsen auf seine Lippen. »Oder gar *zu* fesselnd?«

»Sei still!« Sie stieß das Teufelswerk von sich und verschränkte die Arme vor der Brust.

»Vorsicht.« Er nahm es wieder auf. »Das ist städtisches Eigentum, und wenn du etwas beschädigst, musst du dafür aufkommen.«

Sie schluckte. »Gib es her, ich stelle es wieder zurück an seinen Platz.«

»Nein.« Er setzte sich auf seinem Stuhl zurecht und begann darin zu blättern. »Ich denke, ich nehme es mit nach Hause.«

»Und was willst du damit?«

»Es lesen, mir die guten Stellen merken und sie für dich rezitieren, wann immer du mich darum bittest.« Er senkte die

Stimme. »Und das wird schon sehr bald sein, so rot, wie du gerade geworden bist.«

»Scheusal!« Sie sprang auf und flüchtete in den angrenzenden Raum. Doch während es in ihrer Brust heftig hämmerte und sie kaum zu Atem fand, legte sich auch auf ihre Lippen ein widerwilliges Grinsen.

Bei Sonnenuntergang lieh Salem den kleinen Stapel Bücher aus, den Orietta zusammengestellt hatte, und trug ihn für sie zur Anlegestelle San Marco an der Piazzetta. Da der Platz tagsüber von hektischen Passantenströmen verstopft war, erfasste man erst am frühen Abend die Weite des abgesetzten Teils zwischen Dogenpalast, Biblioteca Marciana und der Lagune. Der Schein der vierarmigen Straßenlaternen spiegelte sich als gelbe Tupfen auf dem Pflaster, während die beleuchteten Bögen der Prokuratien aus der Ferne schimmerten wie eine unendlich lange Kette aus Lichtern. Eine verträumte, von leiser Orchestermusik begleitete Stille prägte die zuvor so lebhafte Atmosphäre, und die wenigen Menschen, die noch unterwegs waren, schlenderten in einvernehmlichem Schweigen umher oder blieben mit einem letzten aufwärts gerichteten Blick stehen, um noch einmal die Pracht der sie umgebenden mächtigen Bauten in sich aufzunehmen. Am Wasserbecken, wo auf heftig schlagenden Wellen blau abgedeckte Gondeln schaukelten und wo sich unter den gespannten »Servizio Gondola«-Bannern schon erste Touristen zu Nachtfahrten anstellten, blieben Salem und Orietta schließlich vor dem Landungssteg stehen. Der leuchtende Himmel hatte sich mit einem Schlag dunkelblau verfärbt und würde innerhalb der nächsten halben Stunde alles in ein geheimnisvolles Schwarz tauchen, bis mit bloßem Auge nicht mehr zu unterscheiden sein würde, wo der Horizont aufhörte und das Wasser begann. Und obwohl sie sich bei Anbruch der Nacht in die Gassen zurückziehen mussten, um nicht von den falschen Leuten bemerkt zu werden, wünschte sich auch Orietta, sie könnte mit Salem in eine Gondel steigen, die Seufzerbrücke durchfahren und die Ewigkeit ihrer Liebe, wie die Legende besagte, mit einem Kuss besiegeln – doch dafür hätten sie sich erst einmal offen zueinander bekennen müssen, und das würde aus den verschiedensten Gründen nicht passieren.

»Was für ein Tag. Ich hätte noch ewig stöbern können«, sagte sie ein wenig wehmütig und kehrte dem Wasser den Rücken. Der auffrischende Wind spielte auf hinreißende Weise mit Salems Haar und half, ihr Bedauern über die anstehende Heimfahrt wenigstens ein bisschen zu mildern.

»Ich bin glücklich, wenn es dir gefallen hat.«

»Das hat es.« Und mit festem Blick in die Augen ihres Mentors fügte sie hinzu: »Danke.«

»Möchtest du wiederkommen?«

»Damit du mich erneut mit dieser schrecklichen Novellen-Sammlung aufziehen kannst?«

Salems Augen blitzten. »Oh, keine Sorge. Dafür brauche ich die Bibliothek nicht.« Er balancierte den Buchstapel auf einer Hand und zog mit einem lässigen Grinsen das *Il Decamerone* aus seiner Manteltasche.

»Ich werde dich ganz sicher nicht daraus vorlesen lassen!«

»Schade.« Er schob es zurück in sein Versteck, doch sein Blick ruhte auf ihr wie ein prickelndes Versprechen.

Mit einem Räuspern löste sie sich aus seinem Bann, schlang die Arme um sich und begann auf den Ballen zu wippen. »Zu einem gelungenen Treffen gehört ein gebührender Abschluss, meinst du nicht?« Sie versuchte, sich das Flattern in ihrer

Magengrube nicht anmerken zu lassen, als seine dunklen Augen wie magnetisch angezogen zu ihrem Mund wanderten. »Ich vermisse die Verpflegung auf Sibillas Studiertreffen. Sie hätte mich nie hungrig nach Hause geschickt.«

Er hob eine Braue. »Es hat vorhin immerhin drei Anläufe gebraucht, dich aus dem Lesesaal zu bekommen.«

»Weil ich in jedem Zustand konzentriert arbeiten kann: hungrig, durstig, müde.« *Verliebt.* »Das bedeutet aber nicht, dass ich ein schönes Abendessen verschmähe.«

»Ich kenne da einen Ort …« Überrumpelt von seinem eigenen Vorschlag schüttelte er ungläubig den Kopf. »Nein, vergiss das wieder. Es war ein langer Tag, und ich rede Unsinn.«

»Klingt nicht nach Unsinn für mich.«

Er sah sich unruhig um, vielleicht in der Hoffnung, dass irgendjemand auf sie zutreten und ablenken möge. Doch unter einer Handvoll Fremder, die sie nicht weiter beachteten, waren sie allein mit sich und ihren widersprüchlichen Gefühlen. »In einer halben Stunde bist du zu Hause. Deine Mamma hat sicher etwas Köstliches für dich aufgehoben.« Seine Stimme klang spröde, als müsste er sich regelrecht dazu zwingen, sie abzuweisen.

»Nicht das, was ich will.« Ihr Blick brannte sich in seinen, während er zwischen den Zeilen las, und sie hoffte, dass er es wagen würde, ihr die richtige Frage zu stellen. *Was willst du denn, Orietta?*

Salem schwieg zunächst. Doch gerade, als sie seine Weigerung mit einem stillen Seufzer akzeptierte, ergriff er ihre Taille und zog sie zu sich heran. »Das hier wird aber kein Rendezvous«, flüsterte er in ihr Ohr. »Nur ein verlängertes Treffen unter Studienkollegen.«

Sie nickte wie betäubt.

»Wir werden uns durch die Gassen schleichen. Vielleicht auch durch ein paar verbotene Gärten. Und du … musst versprechen, mich nicht zu küssen.«

Nun drehte sie den Kopf und starrte ihn empört an. Doch ihr Protest erstarb beim Anblick seiner verführerischen Lippen, die, leicht geöffnet, den ihren so nahe waren. »Versprochen.«

Sie hatte gehofft, dass er sie an den westlichen Rand der Stadt nach Santa Croce bringen würde, wo deutlich weniger Tourismus als in San Marco herrschte und bevorzugt Einheimische wohnten. Hier auf dem Campo San Giacomo dall'Orio schien die Zeit stehen geblieben zu sein: Küchengerüche zogen aus offenen Fenstern, Kinder waren bis in den späten Abend über den ganzen Platz zu hören, und ihre Eltern nahmen in den Stehlokalen ringsum einen Aperitif und schossen mehr als nur einen verirrten Ball zurück, während die älteren Generationen dem Treiben von den Bänken der gleichnamigen Kirche aus zusahen und sich ansonsten in ihren Tratsch vertieften.

Hier, wo nicht weit entfernt einst im Fontego dei Turchi, dem ehemaligen Lagerhaus des Orients, osmanische Händler in einem Palast am Canal Grande Handel getrieben hatten, musste es in den Hinterhöfen immer noch nach Zimt, Kreuzkümmel und Minze duften, wartete der Geschmack von Konstantinopel vielleicht noch auf diejenigen, die sich von ihrer Nase in die richtigen Gassen locken ließen oder sich entsprechend auskannten. Orietta hatte das Viertel schon öfter sporadisch durchstreift, doch nie den Drang verspürt, auch die entlegeneren Winkel zu erkunden. Nun jedoch wollte sie die Gewürze der Welt – Salems Welt – entdecken, und umso glücklicher war sie, als er sie auf die Fondamenta del Gaffaro führte.

Ein Seitenkanal, der Rio del Magazen, begleitete die Straße, die ihren Namen der bekannten venezianischen Adelsfamilie Gaffaro verdankte, und verband mit seiner kleinen Brücke die Sestieri Santa Croce und Dorsoduro. Auf einen Blick erkannte Orietta in den abgegriffenen schwarz angelaufenen Fassaden die Namensschilder von Färbereien und Webereien, Lederwarengeschäften und Papeterien – alles bedeutende venezianische Handwerke, genau wie die Glaskunst ihrer Familie, und obwohl der Gehweg menschenleer war, erfasste sie erneut die Angst, von Bekannten ihrer Familie überrascht zu werden.

»Ist es noch weit?«

Salem blickte sie an. »So großen Hunger?« Trotz seines belustigten Tonfalls entging ihr nicht die Sorge, die sich darin verbarg.

»Nein.« Sie drückte seinen Arm, spürte beim Griff in den harten Bizeps Hitze in ihre Wangen kriechen und ließ rasch wieder los. »Ich muss nur aufpassen, nicht von den falschen Leuten gesehen zu werden.«

»Hier sind keine Mitglieder aus dem Zirkel, uns einmal ausgenommen.« Er langte nach ihrer Hand und platzierte sie wieder auf seinem Arm. »Deshalb eine abgelegene Gasse in Santa Croce und nicht das erstklassige Restaurant, das du eigentlich verdienst.«

»Sehr umsichtig.« Sie zwang sich, ruhig weiterzuatmen und nicht dem Glückstaumel zu erliegen, den seine Berührung in ihr auslöste. »Aber ich dachte an die Zunftbrüder meines Vaters und an andere Handwerker, die mein Gesicht auch im schummrigen Licht einer Straßenlaterne der richtigen Vetreria zuordnen könnten.« Offensichtlich musste sie Salem erst noch verdeutlichen, welche Heiratsmöglichkeiten ihre Abstammung erlaubte und welche ihre Familie die Ehre kosten würden. »Mein Vater denkt, ich heirate irgendwann einen Glasbläser.« Sie lachte gezwungen; Salem stimmte nicht mit ein.

»Ist das nur ein Gedanke … oder eine Vorschrift?«

»Selbst wenn es ein Gesetz wäre, ich lasse mir nichts vorschreiben!«

Er nickte zögerlich. »Ich verstehe nichts von Handwerk.«

»Ein Adeliger wäre genauso gut.«

»Meine Eltern sind Politiker, keine Könige.«

Sie wandte den Blick ab. »Eigentlich rechnet niemand damit, dass ich vor den Altar trete. Diese Hoffnung haben meine Eltern dank meines andauernden Protests schon lange aufgegeben.«

Wo Salem sonst zumindest gelächelt hätte, blieb er nun ernst. »Sie würden dir die Verbindung mit mir verbieten.«

Seine Feststellung ließ sie innerlich zusammenzucken, doch sie wollte sich von dieser bitteren Wahrheit nicht die malerische Stimmung verderben lassen, die sie bei Betreten der Fondamenta del Gaffaro an seiner Seite empfunden hatte. »Achten wir einfach darauf, nicht gesehen zu werden, ja?«

»Zu Ihren Diensten, Signorina.« Er wich ihrem halbherzigen Schlag aus, bevor er sie von hinten umfing und spielerisch vor sich herschob. »Die Treppe hinauf.«

Vom Vordach des verschachtelten Wohnhauses hingen üppig die lilafarbenen Blüten einer Wisteria herunter, und Orietta atmete tiefer ein, als sie durch den Bogengang schritt, welcher der Eingangstür vorgelagert war, und die Stufen an der Seitenwand nahm. Der Duft von gebratenem Lamm und luftigem Brot umhüllte sie.

»Ein verstecktes Restaurant?«

»Eher die bescheidene Küche meines besten Freundes. Aber mit sehr viel Vorstellungskraft können wir so tun, als wäre es eines.«

Taner, besagter Freund, begrüßte sie mit einer Herzlichkeit, die sie ihre Befangenheit als Fremde schnell vergessen ließ. Er hatte zwar nicht mit Besuch gerechnet, doch sobald Salem ihm von Oriettas großem Hunger berichtet hatte, breitete er sämtliches Gemüse, das er aus Schränken und Tontöpfen holte, auf der Arbeitsfläche neben dem Herd aus und begann es nach dem Waschen zu hacken. Orietta streifte wie Salem ihre Schuhe ab, legte ihren Mantel beiseite und wollte sich nützlich machen, doch er nahm ihn wieder auf und zog sie auf die in Blüte stehende Dachterrasse hinaus, wo auf dem Boden ausgebreitete Polster und Decken im Schein vieler kleiner Laternen gemütliche Sitzecken schufen. »Du darfst dich so lange entspannen«, sagte er und schüttelte in ihrem Rücken ein karmesinrotes Kissen mit Troddeln auf.

Sie gab seinem sanften Schubs nach und ließ sich dagegensinken. »Und du?«

»Ich helfe Taner.«

»Aber …«

»Kein Aber.« Bevor sie sich wieder aufrichten konnte, beugte er sich zu ihr hinab und strich mit dem Daumen über ihr Kinn, als hoffte er, dass eine winzige Berührung von ihm genügte, damit sie verstummte und stillhielt. Doch dafür war mehr nötig. Viel mehr. Mindestens ein Kuss. Und als könnte er sich nicht länger gegen das lauernde Verlangen zwischen ihnen wehren, kniete er sich hin und küsste sie zögerlich.

»Ich dachte, ich darf dich nicht küssen?«, sagte sie leise, nachdem er sich von ihr gelöst hatte und – als könnte er sich nicht abwenden – dicht vor ihrem Gesicht verharrte. »Jetzt plötzlich doch ein Rendezvous?«

»Das war bloß ein Willkommen«, murmelte er. »So machen wir das in Konstantinopel.«

»Ach ja? Wir Venezianer küssen zur Begrüßung zweimal.« Schon vergrub sie ihre Finger in seinem Nacken und zog ihn wieder zu sich, und diesmal prallten ihre Münder mit all der Leidenschaft aufeinander, die sie schon den ganzen Tag unterdrückt hatten. Er umschlang sie heftig und vertiefte den Kuss, drückte sie mit dem Gewicht seines Körpers in die Kissen. Das tiefe Stöhnen, das sich dabei seiner Kehle entrang, löste eine geradezu schmerzhafte Begierde in ihr aus. Atemlos wühlte sie mit ihren Fingern durch sein Haar, und mit jedem Aufeinandertreffen ihrer Zungenspitzen wurde ihr Griff fester, verzweifelter, bis sie nicht mehr anders konnte und ihn von sich fortriss. Auch Salem rang nach Luft, öffnete die Augen und starrte mit seinem glühenden Blick tief in ihre Seele.

»Ich mag Venedig.«

Obwohl noch immer alles in ihr brannte, musste sie lächeln. *Sie auch.* »Lässt du mich nun für dich kochen?«

»Ja. Aber vermassle es nicht.«

Sein linker Mundwinkel hob sich, er drückte noch einen Kuss in ihre Handfläche, dann war er auch schon auf den Beinen und zurück in die Küche verschwunden.

* * *

Schon bald hatten sich Oriettas Studiertreffen mit Salem zu einer festen Gewohnheit entwickelt, auf die sie nicht mehr verzichten wollte, und immer öfter endeten sie in heimlichen Verabredungen. Die vergessenen Gassen und Gärten Venedigs waren ihr Unterschlupf geworden. Wie Diebe stahlen sie einander dort jene Küsse, für die man sie in der Öffentlichkeit hart bestrafen würde. Und obwohl sich Orietta danach sehnte, dass mehr zwischen ihnen passierte, unternahm Salem nie den Versuch, sie zu entkleiden – was ihn sogar noch anziehender machte. Solange ihre Zukunft in den Sternen stand, mussten anregende Gespräche und zärtliche Berührungen reichen.

Allein der Gedanke daran, Zeit mit Salem zu verbringen, belebte Oriettas Stimmung, besonders dann, wenn die potenziellen Käufer, mit denen sie auf den Salontreffen noch herzlich geplaudert hatte, wie so oft in den letzten Tagen wieder einmal kurz vor Vertragsunterzeichnung absprangen und ihr Onkel die Namen von der Bestellliste streichen musste. Als Grund wurde entweder die angebliche Launenhaftigkeit der Ehefrau vorgeschoben, oder man gab ungeniert zu, eine günstigere Alternative gefunden zu haben. Und obwohl Orietta den Kunden ihren Meinungsumschwung zugestand, konnte sie sich doch das unstete Verhalten nicht erklären.

Hatte Jacopos Hand bei der Schlägerei so sehr gelitten, dass er nun minderwertige Qualität ablieferte? Mittlerweile waren seine Blessuren geheilt und er wieder ans Werk gegangen, und auch wenn er langsamer produzierte als noch vor ein paar Monaten, hatten seine Unikate den Glanz in die Vetreria zurückgebracht. Auf Giovannis Forderung, er möge ihm endlich seine Geheimnisse verraten, war zunächst keine Reaktion erfolgt. Es hatte der Einmischung ihres Vaters bedurft, bis er ihnen ein seitenlanges Manual vorlegte. Dies entsprach zwar nicht ganz Giovannis Wünschen, war aber etwas, womit er arbeiten konnte. Sein geknurrtes »Ach, so macht er das?« oder »Kein Wunder, dass er immer so lange braucht« klangen ihr jetzt noch in den Ohren. Und wann immer ihr siedend heiß wieder einfiel, dass der Stichtag für die Rückzahlung erneut um eine Woche näher gerückt war, dachte sie an Giovannis beeindruckte Miene zurück, nachdem er das Manual gelesen, zusammengefaltet und in seine Brusttasche gesteckt hatte.

Vielleicht hatten die missglückten Kaufabschlüsse ja eher mit ihrem Onkel zu tun. Während seine saloppe Art in den Osterien und Stehlokalen Muranos gut ankam, stieß sie in geschäftlichen Zusammenhängen womöglich auf Ablehnung. Wenn sie vorsichtig Nachfragen stellte, versicherte er ihr, dass er, ob Bauer oder Graf, jeden gleich behandelte. Eigentlich gefiel ihr das, doch die neue gehobene Klientel mochte anders darüber denken und sich mehr Respekt erwarten. Daher hatte sie seit dem letzten geplatzten Verkauf Flavia gebeten, ihm über die Schulter zu schauen und anschließend von seinem Umgang mit den Kunden zu berichten.

»Es liegt nicht an ihm und auch nicht an unserem Sortiment, sondern daran, dass die von dir vermittelten Kunden gar nicht wirklich vorhaben, etwas zu kaufen«, erklärte ihre Schwester, während sie Orietta half, die Schleife ihrer Abendrobe im Nacken zu binden.

Sie hatten eines von Flavias Kleidern auseinandergeschnitten, enger gemacht und umgemodelt, nachdem die Soiréen immer zahlreicher geworden waren, das Geld für neue Stoffe jedoch immer weniger wurde. Obwohl sich niemand aus dem Zirkel bisher negativ über Orietta geäußert hatte, empfand sie den Druck, zu jedem Ball in einem anderen Aufzug erscheinen zu müssen, denn inzwischen kannte sie viele Gesichter und wurde selbst von den meisten erkannt.

Die Abendgesellschaften schienen nach einem verlässlichen

Schema zu rotieren, und wen sie auf dem einen Bankett vermisste, dem begegnete sie auf dem nächsten. Es war nur eine Frage der Zeit, bis ihre einfallslose Garderobe für Getuschel sorgen würde. Doch solange sie Doucet nicht für neue Kreationen bezahlen konnte, musste sie mit ihren eigenen amateurhaften Schneiderfähigkeiten vorliebnehmen.

»Wie meinst du das: Sie haben nicht vor, etwas zu kaufen? Natürlich haben sie das! Weißt du, wie viele handgeschriebene Visitenkarten ich mittlerweile auf Nachfrage austeile?«

»Das nennt man Höflichkeit. Du bist Veridianis neuer Schützling. Die Leute wollen sich bei dir – und damit bei ihr – beliebt machen.«

Orietta schüttelte den Kopf. »Wenn etwas angeschaut, aber nicht gekauft wird, ist meistens der Preis schuld. Wir sollten die Unikate reduzieren.«

»Und uns unter Wert verkaufen?« Flavia lachte. »Kann es sein, dass dir irgendetwas den Verstand vernebelt? Oder *irgendwer*?« Sie wackelte mit den Brauen und entlockte Orietta einen kleinen Aufschrei.

»Schsch! Wenn Mamma dich hört!«

»Ist es denn nicht wahr?«

»Nein, natürlich nicht.« Orietta steckte das kleine Notizbuch, das sie sich von den Einnahmen aus Veridianis großzügiger Bestellung geleistet hatte, in ihren Pompadour und schlüpfte mit dem Handgelenk durch die Schlaufe. Ihr Vater hatte ihnen allen zur Stärkung der Moral und zum Zeichen, dass es nun aufwärts ging, einen kleinen Anteil spendiert, den sie nach Lust und Laune ausgeben sollten. Während Flavia den ihren gleich zurück in den Sparstrumpf gestopft und ihre Mutter in Porzellan mit Goldrand investiert hatte, wusste Orietta nicht, was ihre Brüder mit dem kleinen

Taschengeld angefangen hatten. Sie hoffte inständig, dass es nicht ins Casino geflossen war.

»Hat der Literaturzirkel denn keine ansprechenden jungen Herren zu bieten?«, fragte Flavia und versperrte ihr mit beiden Armen den Ausgang.

»Liebschaften unter den Mitgliedern sind verboten.«

Ihre Schwester zog einen Schmollmund, bevor sie beiseitetrat und ihr nach unten in die Küche folgte. »Wie unvernünftig. Wo könnte man eine bessere Partie finden als in einem Club für Gleichgesinnte?«

»Es sind nicht meine Regeln, ich halte mich nur daran.«

»Was auch vollkommen in Ordnung ist, wenn dir keiner von den Herren gefällt. Aber falls doch …« Sie stupste Orietta in die Seite. »Dann solltest du dir die Möglichkeit, ihn ohne Einmischung von Mamma näher kennenzulernen, nicht entgehen lassen.«

Orietta wischte ihre Hand fort. »Es gibt keinen *Ihn*. Und ich habe auch keine Zeit, irgendjemanden kennenzulernen.« Verlegen griff sie sich eine vom Mittagessen übrig gebliebene Kante Brot und biss hinein. Ihre Gedanken kreisten ohnehin schon zu oft um Salem und die gemeinsamen Streifzüge durch die Stadt. Sie brauchte nicht zusätzlich noch ihre Schwester, um sich an ihre Sehnsucht nach ihm zu erinnern. Besonders nicht, wo er sich just für den heutigen Ball wegen einer mehrtägigen Auslandsreise nach Brüssel entschuldigt hatte. Denn sosehr sie das Ausbleiben seiner sarkastischen Kommentare auch betrübte, hatte Orietta sich doch vorgenommen, seine Abwesenheit zu nutzen, um sich konzentriert um die Akquise neuer Kunden zu kümmern; und wer in der Vergangenheit unter fadenscheinigem Vorwand wieder abgesprungen war, den würde sie sich erst recht vornehmen.

Zur Dämmerstunde am Palazzo Zenobio angelangt, wurde sie diesmal von Montesquiou und Colette von der Anlegestelle abgeholt, und sie schlenderten gemeinsam hinein, in eine Soiree, deren Größenordnung mit der des Maskenballs vergleichbar war. Obwohl Orietta sich immer noch voller Erwartung ins Getümmel warf, hatte sich ihre anfängliche Nervosität vollständig gelegt. Die abendlichen Tanzveranstaltungen waren keine Sensation mehr für sie, sondern boten ihr nun eine Bühne, um sich mit den reichsten Leuten Italiens bekannt zu machen. Doch bei so vielen internationalen Gästen, wie es heute der Fall war, musste sie zum ersten Mal die Zirkelmitglieder wieder nach den wichtigsten Namen fragen.

»Würdest du mich herumführen?«, fragte sie Montesquiou, weil sie sich ohne Salems Begleitung seltsam unvollständig fühlte und ihr aller Erfahrung nach eher zugehört wurde, wenn sie am Arm eines Mannes zu den Gesprächsrunden stieß.

»Wenn wir Lord Kensington vermeiden können? Ich habe letzte Woche aufs falsche Pferd gesetzt und mich immer noch nicht von seinem Spott erholt.« Er schüttelte sich. »Dabei war ich in erster Linie nur dort, um Madame Hélèvy Gesellschaft zu leisten. Sie dient, wie du weißt, als Inspiration für meine Romanfigur.« Und als er Oriettas spöttischen Blick auffing, fügte er hinzu: »Und ja, ich gebe es zu, vielleicht hege ich für sie darüber hinaus eine kleine Obsession.«

Orietta lachte und ermutigte ihn dazu, sie mit weiteren Anekdoten zu erheitern und über jeden Gast, dem sie begegneten, wenigstens ein paar flüchtige Worte zu verlieren. Als sie in der Raummitte ankamen, wo sich eine riesige Glasskulptur von einem kniehohen Podest drei Meter in die Luft erhob, schnappte er nach Luft. Und nun war es Orietta, die ihm von der Entstehung dieses Meisterwerks berichten konnte, das Sibilla als Teil ihrer Großbestellung kürzlich bei ihnen erworben hatte.

Jacopos unverkennbare Handschrift rang sämtlichen Umstehenden ehrfürchtiges Staunen ab, und auch sie durchfuhr ein Kribbeln, wenn sie das Ergebnis des Talents betrachtete, das in den Händen ihres kleinen Bruders schlummerte.

»Wer sich einen Blickfang dieser Art in die Halle stellen möchte, der sollte nach Murano kommen«, sagte sie feierlich. Schon händigte sie wieder Visitenkarten aus, und auch Montesquiou ließ mit glänzenden Augen eine in seiner Jackett-tasche verschwinden.

»Ein wahres Stück Kunst.« Orietta zuckte zusammen, als sie den Klang dieser Stimme vernahm, die sich ihr – gepaart mit einer großen Demütigung – in ihre Erinnerung eingebrannt hatte. Signor Bruno aus der Stadtverwaltung trat neben sie. »So einen geflügelten Löwen könnte ich mir auch gut auf der Piazza vorstellen.«

Montesquiou musste gespürt haben, wie Orietta sich in Gesellschaft des Beamten versteifte, zumindest entgegnete er an ihrer Stelle spitz: »Eher im Dogenpalast, wo Wind und Wetter dem Glas nichts anhaben können.«

»Das meinte ich ja.«

»Na, worauf warten Sie dann noch? Vor Ihnen steht die Schwester des Künstlers. Sie wird bestimmt den Kontakt für Sie herstellen.«

»Oh, der besteht bereits, glauben Sie mir.« In Brunos aufgesetzt freundlichen Worten lag eine Warnung, die Orietta an ihre Auseinandersetzung in der Stadtverwaltung gemahnte. Er hatte sie damals zwar des Raumes verwiesen, aber sie, wie ihre Anwesenheit auf dem Fest bewies, dennoch nicht aufhalten können. Ein Umstand, der ihn mächtig stören musste. Auf Wegen, die ihm nicht ganz klar sein konnten, hatte sie es geschafft, sich unter die Elite der Stadt zu mischen, und nun hatte er nichts mehr in der Hand, um sie unter Druck zu setzen – außer der Schande, die es über ihren Vater bringen würde, wenn öffentlich wurde, dass sich seine Tochter hinter seinem Rücken für die freie Arbeitswahl der Frau einsetzte.

»Dann haben wir wohl alle demnächst endlich wieder einen Grund, den Dogenpalast zu betreten«, erwiderte Montesquiou trocken und lüftete den Zylinder, bereit, mit Orietta die Runde durch den Saal fortzusetzen, doch Signor Bruno war noch nicht fertig.

»Wie geht es dem Herrn Papà? Man sieht ihn weder beim Kartenspiel, noch kommt er seinen Bestellungen pünktlich nach.« Bruno wies auf mehrere seiner Bekannten hin, die offenbar immer noch ungeduldig auf ihre Vasen und Kronleuchter warteten. »Muss Venedig sich langsam Sorgen machen?«

Orietta dachte an die zertrümmerten Glaswaren in ihrem Lager, unter ihnen etliche, deren Auslieferung durch das Fiasko in Verzug geraten war. Ihr Vater und die Brüder hatten ihr Bestes getan, die Artikel nachzuarbeiten, während sie gleichzeitig an neuen Aufträgen saßen, doch natürlich fiel auf, dass sie derzeit nicht mit der gleichen Pünktlichkeit wie früher glänzten. Wut kroch in ihr hoch – und auch die Furcht, dass die umstehenden Gäste Wind von irgendetwas bekommen könnten, das negative Rückschlüsse auf ihr Geschäft zuließ. Die Aufmerksamkeit, die Signor Bruno auf sie zog, gefiel ihr gar nicht.

Obendrein fuhr er nun mit tönender Stimme fort: »Und

die Brüder? Auch sie sieht man kaum noch im Casino. Während ihre Schwester offenbar von Parkett zu Parkett hüpft.«

»Sie scheinen ja bestens über alles im Bilde zu sein.« Montesquiou schnaubte. »Dabei müsste man annehmen, ein überbezahlter Stadtverwalter hätte bei all seinen wichtigen Aufgaben nicht auch noch die Zeit, sich mit den Privatangelegenheiten anderer Leute zu beschäftigen.«

»Noch sitze ich leider nicht im Stadtrat.« Signor Bruno hielt ihm die Hand hin, um sich zu verabschieden. »Aber ich verspreche Ihnen, wir arbeiten mit höchster Eile daran.« Seine Augen wanderten zu Orietta. »Denn das, was diese Stadt braucht, ist die Rückbesinnung auf unsere alten Werte.«

Er ging, und mit einem »vaffanculo!« wedelte Montesquiou symbolisch die Luft weg, die der Beamte hinterlassen hatte. Und wo sich Orietta sonst deftige Schimpfwörter verkniff, weil sich ein solches Verhalten für Frauen nicht schickte, sagte sie nun ebenso inbrünstig: »Was für ein Schwein.«

Montesquiou führte sie weiter. »Alles gut? Du hast dich gerade kaum geäußert. Ich hoffe, es war in Ordnung, dass ich für dich das Wort ergriffen habe.«

»Danke, mach dir keine Sorgen. Ich habe nur im Rahmen des Balls nicht mit einem solchen Angriff gerechnet.«

»Das war etwas Persönliches, oder?«

Orietta wusste nicht, ob sie ihn in die Vorgeschichte einweihen sollte, doch in der Hoffnung, dass sie nicht zu früh ihr Vertrauen in ihn setzte, tat sie es trotzdem.

»Ich mag dich, Orietta«, sagte er, nachdem sie geendet hatte. »Für deine Courage und deinen Willen, etwas in der Welt zu verändern. Und hiermit hast du dir das Privileg verdient, meinen Freund Gabriel kennenzulernen.« Er senkte die Stimme. »Freund im Sinne von: dauerhafter Lebensgefährte.« Und als wüsste er, dass sie mit den traditionellen Werten ihres Vaters aufgewachsen war, sah er sie abwartend an.

In seinen erhobenen Brauen erkannte sie die Angst vor einer nur allzu bekannten Ablehnung. Doch darauf würde er bei Orietta nicht stoßen. Denn auch wenn ihr die Ehe zwischen Mann und Frau von klein auf als einziges und ideales Lebensmodell eingeprägt worden war, hatte sie schon immer gewusst, dass nicht ein Deckel auf alle Töpfe passte und dass es das wahre Ideal wäre, jeden Menschen für sich selbst entscheiden zu lassen.

Freundschaftlich drückte sie seinen Arm. »Ist er hier? Ich würde ihn zu gerne treffen.«

Ein Strahlen legte sich über Montesquious Gesicht. »Leider nicht. Aber ich lade Salem und dich gerne auf unseren Landsitz nach Treviso ein.«

So gerne sie auf der Stelle zugesagt hätte, wusste sie nicht, wie sie die kleine Reise bei all den Verboten antreten sollte. Außerdem brachte der Gedanke, gemeinsam mit Salem zu verreisen, ihren Magen in Aufruhr, auch wenn Montesquiou Salem natürlich nur als ihren Mentor sah – so hoffte sie zumindest – und ihn wohl deshalb erwähnt hatte. Dennoch haftete der Vorstellung etwas Malerisches an.

»Was für eine bezaubernde Idee. Ich werde es ihm ausrichten«, sagte sie betont gelassen und atmete erleichtert auf, als sie Sibilla in Begleitung eines großen, schlanken Mannes auf sich zukommen sah. Sie bedankte sich für Montesquious Zeit, und er überließ sie mit einer angedeuteten Verbeugung sich selbst. Sibilla schob sich durch die Gästeschar auf sie zu.

»Orietta, darf ich vorstellen? Mein Sohn, Generalleutnant Attilio Veridiani.«

Sie tauschten einen Handschlag, in dem ihrerseits echte Freude, seinerseits allerdings nur höfliches Desinteresse lag. Orietta erinnerte sich an die Bemerkungen von Don Benvenuto über die Kolonialkriege, und sie betrachtete den Mann vor sich mit wachsamen Augen. War das eine Person, die sie wirklich kennenlernen wollte? Andererseits kannte sie nicht die Hintergründe, warum er sich für eine Karriere beim Militär entschieden hatte, und ihn allein wegen seiner Laufbahn zu verurteilen, erschien ihr allzu oberflächlich. Sie wollte schließlich auch nicht wegen ein paar trockener Daten auf dem Papier zurückgewiesen werden.

Nachdem sie das übliche Geplänkel ausgetauscht hatten und er keine Anstalten machte, das Gespräch in Gang zu halten, wollte sie schon weiterziehen, doch Sibilla bat sie zu bleiben. »Vertritt mich hier bitte kurz«, raunte sie ihr zu. »Ich habe etwas mit meiner Schwiegertochter zu besprechen – und zwar allein. Doch das gestaltet sich schwierig, wenn Attilio ständig um sie herumschwirrt. Er mag den Trubel nicht und klammert sich gern an ihren Rockzipfel.«

Orietta lachte leise und willigte ein. Mit wortkargen Männern hatte sie dank ihres Vaters und Giovanni einige Erfahrung, auch wenn sie Konversationen vorzog, die sich für alle Teilnehmer bereichernd gestalteten. Sibillas Sohn würde sie, das ahnte sie, alles aus der Nase ziehen müssen. Aber sie hatte nichts gegen eine kleine Herausforderung, und setzte ein freundliches Lächeln auf.

»Ich habe Sie nie zuvor auf einer der Soireen gesehen«, versuchte sie es auf die lockere Art, nachdem die Veridiani gegangen war. »Nicht ganz Ihre Sache, vermute ich?«

Attilio schnaubte. »Feste sind das Metier meiner Mutter. Ich ziehe es vor, meine eigenen Interessen zu pflegen.«

»Das Militär?« Ihr freundlicher Ton kaschierte ihre Neugier.

»Pflanzen«, erwiderte er trocken.

»Oh, ja, Pflanzen!« Sie versuchte, ihre Verwunderung zu überspielen. »Haben Sie sich schon mit den Blumenarten des Palastgartens vertraut gemacht?«

»Wohl kaum. Wäre ich nicht gezwungen worden, mich heute hier blicken zu lassen, hätte ich keinen Fuß über die Schwelle des Palazzo gesetzt.« Seine schroffe Ablehnung, auch wenn sie, wie sie spürte, nicht ihr galt, irritierte sie dennoch. Was an der Stadt missfiel ihm so sehr, dass er dermaßen sauertöpfisch dreinblickte und sich bei jedem zweiten Satz nach seiner Frau umschaute? Sein Charakter ähnelte so gar nicht dem charismatischen Wesen seiner Mutter, doch auf der anderen Seite hatte er ja deutlich gesagt, dass er nicht freiwillig hergekommen war.

»Wer vermag denn einen so ranghohen Mann wie Sie zu zwingen?«, fragte sie scherzhaft, obwohl ihr klar war, wer das sein musste.

Er bestätigte ihren Verdacht. »Meine Mutter«, sagte er und fügte mit verengten Augen hinzu: »Wie ich höre, stehen auch Sie bereits unter ihrem Scheffel.«

»So würde ich es nicht ausdrücken. Aber ich bin Mitglied in ihrem literarischen Zirkel, das ja.«

»Sie tun so, als wäre Ihre Aufnahme eine Errungenschaft. Ich muss Ihre Freude dämpfen, denn es wird wohl kaum etwas anderes sein als ein weiterer gut platzierter Schachzug meiner Mutter.«

Orietta verlor ihr Lächeln. Dass er so abfällig über den Salon und seine Mutter sprach, entsetzte sie. Abgesehen davon, irrte er sich. All die Zeit, die sie an Sibillas Seite hatte verbringen dürfen, hatte ihre Bekanntschaft zu einer stabilen

Freundschaft vertieft. Sie nannten sich beim Vornamen und redeten, wenn sie allein waren, fast nur über private Themen. Auch der stetige Druck, die Salondame beeindrucken zu müssen, war dem beruhigenden Gefühl gewichen, sie selbst sein zu dürfen und damit völlig zu genügen. Orietta hatte sich während der vielen gemeinsamen Abende, die sie nach den Bankettessen in der Gruppe ausklingen ließen, an dem Kleiderschrank ihrer Freundin bedient und war wie Colette, Léontine und Sibilla selbst bald in bequeme Hemden und Hosen geschlüpft.

»Und was, meinen Sie, ist das erhoffte Ergebnis dieses Schachspiels?«

Er runzelte die Stirn. »Sie sind doch eine kluge Frau, oder? Identifizieren Sie einfach die eine Sache, die nur Sie meiner Mutter geben können. Dann haben Sie Ihre Antwort.«

Orietta dachte an geistig stimulierende Gespräche, an ausgelassenes Gelächter und weingeschwängerten Atem. »Ist es so undenkbar, dass Ihre Mutter mich einfach … mag?«

»Nein, aber seien Sie gewiss: Jeder, der sie heute fürchtet, wurde anfangs von ihr gemocht.«

Nun wurde Oriettas Irritation endgültig zu Unglauben. Dass eine prominente, in der Öffentlichkeit stehende Frau wie Sibilla Neider und Kritiker hatte, war fast selbstverständlich. Doch dass jemand sie fürchten sollte? »Aus Ihnen spricht, so scheint mir, die Verbitterung eines unglücklichen Mannes, Attilio«, sagte Orietta ruhig. »Ich hoffe, Sie finden in der Lagune Erholung und Frieden.« Ein Blick über seine Erscheinung ließ sie grübeln, welche der Blessuren, die von dem seitens Sibilla erwähnten Reitunfall stammten, ihm wohl noch zu schaffen machten. Äußerlich betrachtet, wirkte er aufrecht und unversehrt.

Er blickte auf sie hinunter und verzog die Lippen zu einem kalten Lächeln, als hätte er sehr wohl registriert, dass sie ihn musterte, und als würde er sich kommentarlos umdrehen und gehen, wenn sie es noch ein zweites Mal tat. »Ist es also nicht die Bitte meiner Mutter gewesen, die Sie dazu veranlasst hat, hier mit mir auszuharren und die Zeit totzuschlagen, während Sie sich weiß Gott woanders besser vergnügen könnten?«

Orietta schlang die Arme um den Oberkörper und tat unbeeindruckt. Dabei hatte er den Nagel auf den Kopf getroffen. »Wenn Sie das alles so klar durchschauen, warum sind *Sie* dann geblieben?«

»Weil ich wissen möchte, welchen Plan meine Mutter vor mir verbirgt. Und da sie es für wichtig hält, dass ausgerechnet wir beide uns kennenlernen, muss dieser Plan mit Ihnen verknüpft sein.« Er zuckte mit der Achsel. »Also, lassen Sie uns herausfinden, welche Rolle für Sie vorgesehen ist.«

Obwohl Orietta den Abend durchstand, ohne Sibilla auf die Vorwürfe ihres Sohnes anzusprechen, konnte sie die gesäten Zweifel nicht ganz aus ihrem Kopf vertreiben. Nachdem die letzten Kerzen gelöscht waren und noch bevor sich die Zirkelmitglieder zerstreuten, zog sie Colette beiseite, um sie nach ihrer Meinung zu den Absichten der Salondame zu befragen.

»Mach dir keine Sorgen. Sie mag dich. Zumindest so lange, bis du einen Ehemann findest.« Colette lachte, während sie Orietta schwankend auf die Schulter klopfte. Aus ihr sprach der Wein. »Ich wurde nach der Hochzeit fallen gelassen wie eine heiße Kartoffel. Keine Besuche außerhalb der wöchentlichen Salontreffen, keine Briefe, nicht mal mehr ein Lächeln.«

»Aber du bist immer noch ein fester Teil des Zirkels.« Und Orietta hätte schwören können, dass sie die beiden schon Arm in Arm gesehen hatte.

»Nach außen hin hat es den Anschein, ja.« Colette griff sich ans Herz. »Aber hier drin fühlt es sich an, als würde ich bloß noch geduldet. Wir waren unzertrennlich, bis sich mein Familienstand geändert hat. Zufall? Ich denke nicht.«

»Vielleicht habt ihr euch einfach voneinander entfremdet?«

»Das sicherlich. Aber es blieb uns auch gar nichts anderes übrig. Mein Liebesglück widerte sie an. Kannst du dir vorstellen, wie weh es tut, erleben zu müssen, wie sich Ekel in das Gesicht deiner engsten Vertrauten gräbt, nur weil du die Hand deines Ehemannes hältst? Dass es offenbar dein Glück ist, das sie am meisten stört?«

Orietta fröstelte bei dem Gedanken, dass Flavia gegenüber Salem und ihr das Gleiche empfinden mochte. Aber nein, so war ihre Schwester nicht. Und hätte nicht Oriettas Mitgliedschaft im Zirkel daran gehangen, hätte sie ihr längst von den Studiertreffen und dem damit verbundenen Herzklopfen erzählt. »Aber Sibilla ist so warmherzig, wenn man sie erst einmal kennt. Ich kann mir das kaum vorstellen«, sagte sie ungläubig.

»Dann stell sie doch auf die Probe. Bring zum nächsten Salontreffen einen Verehrer mit und sieh zu, wie ihre Sympathie für dich schwindet.«

»Das ist lächerlich.«

»Warum hast du mich dann nach meiner Meinung gefragt?«

Orietta schüttelte den Kopf. Sie wusste selbst nicht mehr, was sie geritten hatte. »Und warum bist *du* dann nicht aus dem Zirkel ausgestiegen?«

»Fragt eine Motte die andere auf ihrem gemeinsamen euphorischen Flug ins Licht.« Sie lachte heiser und fügte, ehe sie sich abwandte, hinzu: »Bei näherer Betrachtung ist nichts perfekt. Aber solange die Vorteile die Nachteile überwiegen, bleibe ich.«

Kapitel 19

Salem hatte für den Tag seiner Rückkehr die morgendlichen Übungsstunden abgesagt, Orietta dafür aber wissen lassen, dass er sie gerne gegen zwei Uhr nachmittags in der Stadt treffen wollte. Die Notiz war in einem Brief versiegelt in der Vetreria angekommen, und ihr Onkel hatte den Umschlag ungeöffnet an sie weitergereicht, nachdem sie ihm im Laden eine Weile lang ihre Hilfe aufgezwungen hatte.

»Wieder ein Maskenball?« Lächelnd widmete er sich anderen Dingen, um sie in Ruhe lesen zu lassen.

»Viel besser«, erwiderte sie, bevor sie ihren Arbeitstag abrupt für beendet erklärte und nach oben in die Wohnung stürmte. Auf der Treppe prallte sie beinahe mit ihrer Mutter zusammen. Der nach Suppe und Kartoffeln duftende Korb, den sie in der Armbeuge trug, geriet ins Schwanken. Flavia, die danebenstand, gestikulierte hektisch, doch Orietta begriff in der Eile nicht, was sie ihr sagen wollte.

»Hiergeblieben – und mitkommen.« Ihre Mutter fasste sie am Arm und dirigierte sie wieder abwärts.

Die grobe Behandlung deutete darauf hin, dass Orietta in Schwierigkeiten steckte. Bestimmt war daran der kleine Gefallen schuld, um den sie Stefano, Marcellos Neffen, gebeten hatte; dieser Plan war wohl trotz aller Verschwiegenheit ans Tageslicht gekommen.

»Er soll meinen Verehrer nur spielen!«

Ihre Mutter herrschte sie an, still zu sein, während Flavia ihnen, den Rücken zur Straße gewandt, immer wieder vor die Füße lief. »Ich habe die Zettel nicht geschrieben, bloß gesammelt. Das schwöre ich! Es tut mir so leid«, beteuerte sie, doch erst, als sie mit dem Rest der Familie im Pausenraum der Glaswerkstatt standen, erfuhr Orietta, um was es ging.

»Die habe ich heute beim Aufräumen gefunden, in Flavias Kissenbezug.« Ihre Mutter schüttelte einen Stoß Zettel in der erhobenen Faust.

»Was ist das?«, fragte Giovanni, während er die mit Käse überbackenen Brotscheiben aus dem mitgebrachten Korb an Jacopo und den Vater weiterreichte.

»Lügen über Orietta.« Ihre Mutter schäumte vor Wut, als sie einen der kleinen Zettel glättete und vorlas. »*Wie lange gestatten die Volpatos ihrer Tochter noch, mitten in der Nacht am Arm eines Fremden durch Muranos Gassen zu streifen? – Eine besorgte Nachbarin.*«

Jaco lachte und klaubte ebenfalls einen Zettel aus dem Haufen, den er im pathetischen Singsang wie ein Gedicht vortrug. »*Frauen gehören an den Herd, nicht in eine Bibliothek. Das gilt auch für Signorina Volpato.*« Er zerknüllte die Botschaft und warf das Kügelchen im hohen Bogen von sich.

»Hingen die wirklich im Schaukasten?«, fragte Giovanni besorgt.

Flavia nickte, echte Bestürzung in ihren blauen Augen. »Seit sie dem Salon Veridiani beigetreten ist, häufen sich die Gerüchte. Ich habe sie jedes Mal und hoffentlich rechtzeitig abgerissen.«

»Und anschließend wohl gesammelt, statt sie zu verbrennen«, schnaubte ihre Mutter.

Der Vater wischte sich die Stirn mit seinem Ärmel. »Angelica, ich habe dir gesagt, die Nachbarn werden reden, wenn wir sie in diesen Zirkel lassen.«

»Ach, papperlapapp. Das waren nicht die Nachbarn. Hieraus spricht der Neid einer kleinen Schwester.« Zornig wandte sie sich direkt an Flavia. »Seit deiner Geburt mangelt es dir an nichts, schon gar nicht an Aufmerksamkeit. Warum kannst du Orietta nicht auch ein bisschen Glück gönnen?«

Flavias Kinn bebte. »Ich habe diese Gerüchte nicht geschrieben! Wirklich nicht. Sie sollten bloß als Rückversicherung herhalten, falls Orietta mir mal nicht die Wahrheit sagen will.«

»Also wolltest du sie erpressen«, schloss Giovanni. »Noch besser.«

»Ach, Unsinn. Aber seit sie diesem Salon angehört, macht sie aus allem ein Geheimnis und ist kaum noch da! Ich vermisse sie.« Nun war Flavia ernsthaft den Tränen nahe.

»Bloß weil du Langeweile hast, schuldet Orietta dir noch lange keine Auskunft über ihr Leben.« Der ernste Blick, der Orietta aus Giovannis Richtung traf, fügte still hinzu: *Die schuldet sie höchstens mir.*

»Jetzt mach mal halblang, du bist nicht ihr Anwalt«, sagte Jaco.

»Und du nicht Flavias.«

Stille erstickte ihre erhitzten Gemüter wie ein schwerer Teppich. Und während niemand wusste, wo er hinschauen oder wen er anklagen sollte, stieß Orietta leise hervor: »Mamma, wann hast du je Flavias Aufrichtigkeit angezweifelt? Und Papà, warst nicht du es, der sich immer dafür eingesetzt hat, dass ich mich bilde? Und Gio und Jaco, sonst lasst ihr nichts aufeinander kommen. Was ist nur mit euch los? Ein kleiner Vorfall, und ihr wendet euch alle gegeneinander? Wir sind doch eine Familie. Wir müssen zusammenhalten! Feinde haben wir im Moment genug.«

Die Finger ihres Vaters zitterten, als stünde er kurz davor, die Nerven zu verlieren. »Entschuldigt. Ich weiß nicht, wo mir der Kopf steht. Es ist nur … Carpenteri hat mir gestern einen Besuch abgestattet.«

»Das kann nicht sein!« Giovanni beugte sich vor.

»Sehr spät in der Nacht. Du warst schon gegangen. Er wollte die Schulden eintreiben.«

Alle schnappten nach Luft. »Aber das entspricht nicht der Abmachung.« Jaco ballte die Fäuste.

»Doch, mein Junge. Drei Monate sind verstrichen, die Frist ist abgelaufen.«

»Und nun?«

»Für sechs Wochen Verlängerung hat er eine Vase verlangt.« Und bevor das Bedauern aller den Raum füllen konnte, fügte er hinzu: »Ich habe ihm eine ausrangierte gegeben, voller Luftblasen.«

Ihre Mutter zog geräuschvoll die Nase hoch und begann, halb lachend, halb schniefend, ihrem eigenen Kummer Luft zu machen. »Donna Clarissima fragt unentwegt nach dem Ring, und ich kann sie nicht mehr viel länger vertrösten, ohne das Gesicht zu verlieren.«

Giovanni fühlte sich offenbar dazu verpflichtet zu nicken. Doch ihr Geständnis trieb ihm den Schweiß auf die Stirn. Es war, als ständen sie nach all ihren Bemühungen doch wieder ganz am Anfang. Und Orietta fragte sich bedrückt, ob sie damals nicht doch Flavias Rat hätten befolgen und die Dal Corsos um Hilfe bitten sollen. Denn auch wenn sie großartige Dinge in die Wege geleitet hatte, schien es immer noch nicht genug.

»Ich könnte Sibilla nach einem Darlehen fragen«, sagte sie schließlich, eine Idee, aus der Not geboren, die ihr zuvor noch nie gekommen war.

Giovanni brauchte der Familie nicht erst wortreich zu erklären, was er von ihrem Einwurf hielt und dass er der Salondame misstraute. Sein Schnauben sprach Bände. »Wir werden die Schulden innerhalb der Verlängerung auftreiben. Und wenn wir unseren gesamten Hausstand dafür verpfänden müssen.« Er musterte jeden Einzelnen in der Runde mit einem scharfen Blick. »Und so lange kommt jeder verdammt noch mal seinen eigenen Verpflichtungen nach und hält die Nase aus den Angelegenheiten der anderen heraus!«

Später, als die Volpato-Männer wieder an die Öfen gegangen waren und Orietta, Flavia und ihre Mutter die Werkstatt verlassen hatten, kam ihre Mutter, obwohl Orietta selbst gar nicht mehr daran gedacht hatte, auf den Gefallen des Garzonetto zu sprechen. »Was war das eigentlich vorhin? Wer soll deinen Verehrer spielen? Und wozu?«

Orietta erklärte ihr in knappen Worten, dass sie mit Stefanos Hilfe eine Reaktion überprüfen musste, die, je nachdem, wie sie ausfiel, über ihre weitere Vorgehensweise mit der Veridiani entscheiden würde. Und nach Giovannis Machtwort und dem nervenaufreibenden Mittag reichte das glücklicherweise, damit ihre Mutter es dabei bewenden ließ. Flavia dagegen hörte nicht auf, sich zu entschuldigen, und gab erst Ruhe, nachdem Orietta sie mit dem Versprechen, ihr wirklich verziehen zu haben, fest umarmt hatte.

Das nächste Mal schief angesehen wurde sie, als sie mit Stefano, dem Neffen von Garzonetto Marcello, zu ihrem Treffen mit Salem erschien. Er schüttelte dem Neuling zwar die Hand, doch sein irritierter Blick durchbohrte sie.

»Haben dich die Novellen des *Decamerone* auf Ideen gebracht?«, raunte er ihr mit dem Wissen ins Ohr, dass ein Stichwort reichte, um ihren Geist mit Gedanken an verbotene Liebschaften und ausgelebte Leidenschaften zu füllen. Als Salem registrierte, wie ihre Wangen aufglühten, musste er ein Lachen unterdrücken. Auch er erinnerte sich sicher daran, wie sie, wenn er ihr Stück für Stück die Novellen vorlas, anfangs pausenlos dazwischengeredet hatte, weil sie es vor Scham kaum ertrug. Und wie sie am Ende buchstäblich an seinen Lippen gehangen hatte.

»Haben sie dich in Brüssel keine Manieren gelehrt?«, entgegnete sie mit einem kühnen Lächeln.

»Brüssel hat mich nur eines gelehrt …« Sie folgte seinem Blick in die Ferne und zuckte zusammen, als seine Hand plötzlich ihre umfing. »Nämlich wie sehr man einen Menschen vermissen kann.« Dann ließ er sie los und rief jovial: »Stefano, richtig? Kennst du dich in der Stadt aus? Dann lauf doch schon mal vor und zeig uns, wo die Case della Marinaressa liegen.«

Marcellos Neffe, dem neben der schweren Arbeit selten die Zeit blieb, sich in Venedigs Gassen zu vergnügen, preschte auf Oriettas Zeichen hin los.

»Keine unnötigen Abstecher!«, rief sie ihm nach, doch da war sein Kopf schon in dem Meer aus Hüten untergegangen. Zu Salem sagte sie verwundert: »Du interessierst dich für Architektur?«

»Für alles, was uns ein wenig Zeit zu zweit verschafft.«

»Hör sofort auf, so anzüglich zu klingen!«

Er lachte entschuldigend. »So war es nicht gemeint. Aber ich hätte nicht gedacht, dass ich dich heute mit einem Nebenbuhler teilen muss. Dein Cousin?«

»Warum kein echter Verehrer?«, fragte sie in ungewohnt kecker Manier zurück.

»Oh, dich hat deine schwesterliche Warnung, keine Abstecher zu unternehmen, verraten.« Salems Zähne blitzten auf. »Aber während du mir die Konkurrenz auf den Hals hetzt, habe ich dir ein Geschenk aus Brüssel mitgebracht.« Er fasste in die Innentasche seines Mantels und zog ein dünnes kleines Heft hervor. »Es geht um Louise Astons unrechtmäßige Vertreibung aus Berlin. Dies ist ihre Verteidigungsschrift von 1844.« Ein fast scheuer Blick streifte Orietta. »Ich dachte, ihr Lebensweg könnte dich vielleicht interessieren.«

»Und es ist auf Deutsch«, sagte sie beim ersten Durchblättern.

»Was du hervorragend lesen, nur nicht fließend sprechen kannst.«

Sie lächelte voller Anerkennung. »Ich wusste nicht, dass ich das je erwähnt habe.«

»Hast du auch nicht. Aber Sibilla gibt mit deinem Sprachentalent an, als wäre es etwas, das sie entdeckt hat.«

Orietta drehte das Heft zwischen den Fingern. »Ihr redet über mich? Ich hoffe, nur Gutes.«

»Sie wollte wissen, welche Fortschritte du machst und wie lange du noch meine Unterstützung brauchst.«

Für immer.

Orietta räusperte sich. »Was hast du ihr geantwortet?«

»Dass du die bemerkenswerteste Frau bist, die mir je untergekommen ist. Und dass jeder Tag ein neuer Tag ist, an dem ich etwas von *dir* lerne.«

Sie schlug ihm sachte gegen die Brust, also wurde er wieder ernst.

»Ich habe ihr gesagt, dass es mir nicht zusteht, deine Leistung zu beurteilen. Nur du selbst kannst entscheiden, wie lange du mich noch brauchst.« Er schluckte, und ihr Magen begann zu flattern. »Hast du eine Antwort darauf und möchtest du sie mir verraten? Denn ich stehe hier vor dir und vergehe gleich, wenn du mich noch eine Sekunde länger so ansiehst.«

»Ich will nicht, dass es endet«, wisperte sie, den Blick auf den Boden gerichtet.

»Es hat doch noch gar nicht begonnen.« Und mit einem tiefen Seufzer zog er sie in eine lange Umarmung.

Während sie sich an ihm festhielt, fühlten sich einige der Passanten dazu ermutigt, abschätzige Kommentare fallen zu lassen. Doch nicht alle Vorbeigehenden tadelten sie. Zwischen drei gezischten bösen Sätzen fiel auch ein kleines: »Sieh mal, Mamma, ein Liebespaar.«

An Oriettas Wimpernkranz sammelten sich Tränen, die Salem ohne Zweifel zärtlich fortgewischt hätte, wenn er sie entdeckt hätte. Doch sie ließ ihn los und richtete ihren Blick auf den Weg, der vor ihnen lag.

War es wirklich notwendig, dass sie so weitermachten, ewig ihre Gefühle verbergend, immer darauf gefasst, entlarvt zu werden? Sie konnte ihn ja kaum berühren, ohne dass sich sofort jemand darüber ein Urteil bildete. Und wie es schien, war es ihr nicht einmal gestattet, von ihm in die Bibliothek begleitet zu werden, ohne dass gleich das nächste Gerücht im Kasten prangte.

Nein, Orietta musste die Salonregeln mit Sibilla verhandeln. Jetzt, wo sie miteinander befreundet waren, würde sie doch sicher eine Ausnahme machen. Ihre Freundin würde nicht wollen, dass zwei ihrer liebsten Schützlinge wegen einer unsinnigen Bestimmung litten. Um die veralteten Vorstellungen ihres Vaters würde sie sich anschließend kümmern. Aber erst einmal würde sie mithilfe eines kleinen Schauspiels prüfen müssen, wie viel an Colettes Äußerungen dran war.

***

Schon seit einer Weile sah Sibilla Stefano beim Kauen zu. Eine Mischung aus Ekel und Unverständnis verdüsterte ihr Gesicht, während sie schwieg und das Tuch, mit dem sie sich die Mundwinkel tupfte, über ihre Nase schob, um hineinzuatmen, als würde der Neffe des Garzonetto einen üblen Geruch ausdünsten und ihr keine andere Wahl lassen. Orietta überlegte, ob sie selbst auch nur eine leichte Schweißnote wahrgenommen hatte, als er neben ihr auf dem Vaporetto gesessen und vor Vorfreude ihre Schulter gedrückt hatte, doch ihr fiel kein einziger irritierender Moment ein. Den Teller zur Hälfte gefüllt, legte sie, immer noch leicht hungrig, ihr Besteck nieder, nachdem Sibilla aufgehört hatte in ihrem zu picken, und nahm zufrieden zur Kenntnis, dass auch Salem sein Fleisch nicht weiter anrührte. Obwohl es für Neulinge durchaus den gegenteiligen Anschein haben konnte, war ein Fünf-Gänge-Menü nicht dazu gedacht, einen zu sättigen, sondern eher dazu, den Appetit auf erhellende Gespräche und die eine oder andere Tuschelei anzuregen. Nichts stand geistreichen Gesprächen mehr im Weg als ein träger und von zu viel Völlerei beschwerter Geist. Wie Orietta selbst erst durch Salems

Unterweisung hatte lernen müssen, zeugte es von schlechtem Stil, seinen Hunger zu stillen, wenn die Gastgeberin bereits fertig gespeist hatte, genauso wie es sich gehörte, auch noch beim hundertsten Mal mit der Salondame das Glas zu erheben und wenigstens am Wein zu nippen, ganz gleich, ob einem bereits der Schädel schwamm. Doch wo Orietta sonst dem guten Stil zuliebe die Stoffserviette, die sich über ihren Schoß breitete, diskret gefaltet und auf dem Tisch abgelegt hätte, nahm sie diese nun überdeutlich auf und platzierte sie geknüllt auf ihrem Teller, denn Stefano schmatzte weiterhin ungeniert vor sich hin und machte auch keine Anstalten, etwas von dem guten Rind übrig zu lassen.

Salem, der neben Sibilla Platz genommen hatte, Orietta schräg gegenübersaß und ihren Wink sehr wohl verstand, riss stumm den Mund auf und presste sich die Hand auf die Brust, als wäre er tatsächlich schockiert und nicht, wie die Lachfältchen um seine Augen bewiesen, bloß überaus belustigt. Dass der Neffe des Garzonetto sie in Verlegenheit brachte, schien ihn aus irgendeinem Grund zu freuen, und Orietta hätte ihm dafür gern einen Klaps gegen den Arm verpasst, doch Stefano ließ sich nun erst recht gehen. Mit einem Kopfschütteln fischte er Oriettas Serviette aus ihrem Teller und schabte sich die Reste auf seinen. Er spießte so viel Rosmarinkartoffeln und Steak auf, wie eine einzige Gabel tragen konnte, schaufelte sich das Gemisch hinein und vergaß vor lauter Genuss auch noch, den Mund zum Kauen zu schließen. Orietta presste die Lippen zusammen.

»Schmackhaft, nicht wahr?«, fragte Salem mit dem einzigen Interesse, sie in noch tiefere Scham zu stürzen, denn dass die Speisen jede gute Hausmannskost weit überragten, war allen klar.

Orietta hätte ihn erwürgen können. Doch als Stefano in dem nachgeahmten, näselnden Tonfall eines vornehmen Gentlemans – oder dem, was er dafür hielt – antwortete: »Vorzüglich!«, und ihm dabei feine Krümel aus dem Mund sprühten, verließ sie die Kraft.

»Und das ist dein … Verlobter?«, fragte Sibilla, die zuvor auffallend lange geschwiegen hatte, scheinbar wohlwollend. Ihre Aufrichtigkeit war in etwa die gleiche, die man Eltern von lärmenden Kleinkindern spüren ließ, wenn man ihre Sprösslinge lobte, obwohl sie einem mit ihrem Geschrei den letzten Nerv raubten. Aber immerhin bemühte sich die Salondame um Freundlichkeit, und das bedeutete, dass Colettes Theorie ins Wanken geriet.

Orietta löste ihre Finger, die sich in ihrem Schoß verkrampft hatten, und strich ihren Rock glatt. »Er ist nur ein Verehrer, nicht mein Verlobter, und wenn ich mir so seine Tischmanieren anschaue, müsste ich mir das ohnehin noch einmal gut überlegen«, fügte sie, um Scherzhaftigkeit bemüht, hinzu. »Aber jetzt, wo du meine Familie kennst, wollte ich dir auch diesen Teil meines Lebens nicht vorenthalten. Und er ist ja zweifellos sehr attraktiv, nicht? Also, wer weiß? Vielleicht läuten bald die Glocken.«

Salem fuhr sich mit dem Zeigefinger über die Kehle – ein Signal, dass sie nicht so dick auftragen sollte. Und war das Blitzen in seinen dunklen Augen etwa als kurzer Anflug von Eifersucht zu deuten?

Trotz ihrer Angespanntheit begann sie zu grinsen und lehnte ihren Kopf gegen Stefanos, um Salem noch ein wenig mehr aufzubringen. »Wie gefallen wir dir als Paar?«

Obwohl Sibillas Meinung gefragt war, erfüllte Salems Schnauben den Raum. Orietta genoss jede kleine Zuckung seines Kiefers. Sie hatte an einem Feuer schon immer die Glut am meisten geliebt, ihre Eigenschaft, mit den richtigen Mittel angefacht werden zu können, genauso wie die Ungewissheit, ob aus Kohle und Asche eine kontrollierbare Flamme emporzüngeln würde oder doch ein ganzes Inferno.

»Bei einem Paar kommt es nicht darauf an, welche Optik es abgibt«, sagte Salem nun und funkelte sie an. »Sondern darauf, wie sehr zwei Herzen im Gleichklang schlagen.«

Ihr Plan, Sibillas Standpunkt bezüglich Liebesbeziehungen zu überprüfen, hatte ihm von Anfang an nicht behagt. Er verstand nicht, warum sie mit ihrem Cousin diese Scharade aufführte, wo es doch einen echten Verehrer gab, der bloß darauf wartete, sich öffentlich zu ihr zu bekennen. Darüber hatten sie auf dem Weg zu Sibilla diskutiert, und Orietta hatte ihn gebeten, so etwas nie wieder zu sagen, obwohl sie sich nach genau diesen Worten und genau dieser Bestätigung verzehrte. Er hatte versprochen zu schweigen, bis sie so weit war, doch hier, als stiller Zuschauer ihrer Schmierenkomödie, schien sein Wille sekündlich an Kraft einzubüßen.

Ich kann nirgends hinschauen, ohne bloß dich zu sehen. Selbst wenn ich meine Augen schließe, bist dort immer nur du.

Schlugen ihre beiden Herzen im Gleichklang? Hatte er das wirklich ernst gemeint?

Orietta wünschte es sich so sehr. Vielleicht würden ihre Eltern von ihrer Regel ablassen, nur den Sohn eines Glasbläsers als Schwiegersohn zu akzeptieren, wenn sie in Salems Blick lesen könnten, das er sich wahrhaftig für sie entschieden hatte. Oder vielleicht müssten sie und Salem auch gar nicht heiraten. Mit ihm konnte sie sich jede Art des Zusammenseins vorstellen, solange er bloß nicht aufhörte, sie in seinem Herzen zu tragen.

Genau deshalb durfte sie jetzt nicht voreilig handeln.

Wenn Sibilla sie beide aus dem Zirkel warf, konnte Salem sich mit etwas Glück neu orientieren – doch Orietta konnte das nicht. Mittlerweile wusste sie, dass hinter der schillernden Fassade der Reichen und Mächtigen ein Haufen Opportunisten steckte, die ihre Meinung so ausrichteten, wie sich der Wind gerade drehte. Im Moment liebten sie Orietta, weil die Prominenz ihr die Hand hielt. Doch genauso schnell, wie der Salon sie hatte aufsteigen lassen, genauso hart würde er sie wieder zu Boden reißen, wenn sie die Gunst ihrer Förderin verlor.

Also nein, sie konnte Sibilla nicht einfach das Herz über ihre wahren Gefühle für ein anderes Zirkelmitglied offenbaren. Nicht, solange sie nicht wusste, wie ihre Freundin generell zum Thema Liebe und Heirat stand. Wenn sich Colettes Warnung bewahrheitete, würde Sibilla darauf bestehen, dass Orietta sich ohne Ablenkungen auf ihre Studien konzentrierte. Und falls sie ihre Freundin völlig falsch eingeschätzt hatte, würde sie auch verlangen, dass Orietta ungebunden blieb. Egal, wie sehr es sie schmerzte.

Das Rindersteak stieß ihr sauer wieder auf bei dem Gedanken, nach einer Antwort zu bohren, die sie womöglich innerlich zerstören mochte, doch bei allem, was sich dagegen sträubte, musste sie es endlich wissen. Daher ergriff sie kühn Stefanos Hand und verschränkte seine Finger mit ihren, dabei ließ sie Sibilla nicht aus den Augen.

Entgegen allen Befürchtungen hörte diese nicht auf zu lächeln. »Eine junge Liebe, wie spannend. Ich bin froh, dass du dich mir anvertraut hast«, sagte sie.

»Dann stört es dich nicht?«

»Aber meine Liebe, ich bin doch nicht deine Mutter. Warum sollte ich mich daran stören?« Sie lachte laut und läutete das Tischglöckchen, dessen heller Klang den nächsten Gang anforderte. Das vier Mann starke Servierpersonal löste sich von den Wänden neben dem Türbogen, wo es einen freien Blick auf den Tisch hatte, sich jedoch so weit im Hintergrund halten konnte, dass seine Anwesenheit niemanden störte. Mit eingeübter Gleichzeitigkeit beugten sich die Kellner jeweils über einen Gast, um das Geschirr abzuräumen. Und während Orietta sich vom Tisch zurücklehnte, um Platz zu machen, und Salem die Etikette brach, indem er seinen Teller höflich anreichte, jagte Stefano den verbliebenen Resten mit der Gabel nach, bis er auch noch den letzten Happen erhascht hatte.

»Deinem Verehrer scheint es zu schmecken. Ich lasse dir das Rezept aufschreiben, dann kannst du es ihm nach der Hochzeit kochen, sooft er möchte«, sagte Sibilla beschwingt und gab dem Kellner hinter sich ein Zeichen, der umständlich um sie herumgreifen musste, weil sie im Reden offenbar vergaß, ihm angemessen Platz zu verschaffen. Ungerührt fuhr sie fort: »Vor dem Dessert ein Päuschen?« Was nach einem Vorschlag klang, war in Wirklichkeit eine Anweisung und wurde vom Personal auch als solche verstanden. Die Kellner entfernten sich, noch bevor jemand Widerspruch einlegen konnte, und Orietta sagte sich selbst, dass es keinen Grund dafür gab, sich wegen eines aufgeschriebenen Rezepts gedemütigt zu fühlen.

»Kompliment an die Küche.« Stefano sank tiefer in seinen Stuhl. »Das wird Orietta allerdings nie so hinbekommen, auch nicht mit Rezept. Die Gute kann nämlich nicht kochen, dafür steckt sie ihre Nase viel zu gern in Bücher.« Er lachte, vielleicht in der Erinnerung schwelgend, wie Orietta einst als Vierzehnjährige beim Lesen eingeschlafen war, den Lammbraten im Ofen vergessen hatte und ihn anschließend verkohlt an die Garzonetti verfüttert hatte, um ihrer Mutter zu beweisen, dass er sehr wohl noch genießbar war. Orietta selbst erinnerte sich jedenfalls daran, und sie hatte auch noch im Kopf behalten, dass er als Einziger mitgespielt und einen Nachschlag des verbrannten Lamms gefordert hatte.

Ein Schmunzeln zog an ihren Mundwinkeln. Auch wenn er sich peinlich benahm, bemühte er sich wirklich, ihr zu helfen. Er konnte schließlich nichts dafür, dass sich mit dem Erwachsenenalter die Anforderungen geändert hatten. Orietta war nun kein Mädchen mehr, das sich mit ihren Kochkünsten behaupten musste, sondern eine junge Frau, die sich auf so vielen verschiedenen Ebenen beweisen wollte, dass sie bisweilen selbst den Überblick verlor. Er ahnte auch nichts davon, dass es nun Menschen außerhalb ihrer Familie gab, die ihr etwas bedeuteten. Mit einem Mal erschien ihr der Versuch, Sibilla der Missgunst zu überführen, ungerecht, besonders wenn sie Stefano dafür benutzte und ihn Leuten vorführte, die nichts mit seiner Welt gemeinsam hatten.

Sie hätte Colette nicht ohne Weiteres glauben dürfen. Vielleicht fühlte sich ihre Vorgängerin bloß gekränkt, weil Orietta ihr den Rang abgelaufen hatte, säte vielleicht sogar bewusst Misstrauen? Und vielleicht war Attilio, wie seine Biografie schon nahelegte, einfach nur ein vom Krieg verbitterter Mann, der seiner Mutter nun an allem die Schuld zuwies. Oriettas Zweifel, ob Sibilla sie noch mögen würde, wenn sie einen Kavalier mitbrachte, verzogen sich endgültig, als die Salondame ihr verschwörerisch zuzwinkerte. »Man muss nicht jedes Talent beherrschen, solange man weiß, wo die eigenen Stärken und Schwächen liegen.«

Salem ergänzte: »Wobei es durchaus solche gibt, die die Literatur lieben *und* den Kochlöffel schwingen können.« Er spielte auf den Abend an, wo er in Taners Küche für sie Mezze zubereitet hatte, eine Auswahl an Vorspeisen, und mit seinem Lächeln sandte er ihr eine unausgesprochene Einladung: das Versprechen von Händen, die gemeinsam einen Brotteig kneteten, Zucker, den er von ihren Fingerspitzen küssen würde …

Orietta hatte Mühe, nicht zu erröten.

»Weit gefächerte Talente ändern nichts daran, dass man offenbar nicht für das geschaffen ist, was einem schwerfällt«, erwiderte Sibilla und vertrieb damit Oriettas Tagträumerei, in die Salems Andeutung sie verstrickt hatte. »Aber solche und ähnliche Themen erörtern wir besser unter uns. Wir wollen Oriettas Gast doch nicht langweilen.«

»Ach, schon in Ordnung. Wenn ich etwas nicht hören will, geht's zu einem Ohr rein und zum anderen wieder raus. So mach ich das auch in der Werkstatt.«

Orietta und Salem mussten gleichzeitig lachen, während Sibilla sich über die Schläfe strich und fortfuhr, als hätte Stefano nichts gesagt. »Was halten die Herren von einem Spaziergang?«

Salem erhob sich. »Deinem Vorschlag, der in Wirklichkeit nur der klägliche Versuch ist, uns loszuwerden, entnehme ich, dass die Damen uns nicht begleiten werden?«

»Der erste Instinkt täuscht nie«, sagte Sibilla zufrieden und nahm einen Schluck Wein. Orietta bedeutete Stefano, getrost aufzubrechen, während sie Salem mit einem scheuen Nicken signalisierte, dass es in Ordnung war, wenn er sie bei Sibilla zurückließ, weil sie sich der Situation nun gewachsen fühlte.

»Endlich.« Sibilla streckte sich, sobald die Schritte der Männer verklungen waren, und dehnte ihren Nacken. »Vor dir kann ich unbefangen reden.«

Orietta nickte. Von all den Situationen, in die Sibilla sie

bisher mit einbezogen hatte, war ihr ein Gespräch unter vier Augen noch immer am liebsten – die kleinen Momente der Verletzlichkeit, wenn ein aufrichtiges Flüstern mehr wog als ein schlagfertiger Spruch und Gefühle, die sonst in der Tiefe brodelten, ungehemmt an die Oberfläche treten konnten. Mit der Zeit hatte sie bei Sibilla zunehmend eine Geborgenheit empfunden, die sich sonst nur bei Flavia einstellte. Oder die sich auf natürliche Weise eingestellt *hatte*, bevor Orietta dem Salon beigetreten war. Nun trennte ihre Schwester und sie eine Distanz, die sich aus einem vorausschauenden Verschweigen und zugleich der Überzeugung speiste, dass Flavia sie ohnehin nicht verstehen würde. Die gemeinsamen Stunden, in denen sie beide herumalbernd und tratschend durch Murano schlenderten, waren Vergangenheit. Wenn sie sich jetzt trafen, dann immer aus dem Anlass heraus, dass die eine die Hilfe der anderen benötigte oder die Mutter sie in irgendeiner Angelegenheit gemeinsam losgeschickt hatte. Und solange das Geheimnis um Salem zwischen ihnen stand, würde sich daran auch nichts ändern – dabei fehlte die einstige Nähe Orietta sehr.

»Ich hätte nicht gedacht, dass du dir etwas aus Liebe machst«, sagte Sibilla. Ihr Blechetui klapperte, und sie steckte sich eine Zigarette an. »Die Ehe bedeutet, dein Leben in die Hand eines Mannes zu geben. Denk daran.«

»Du warst doch auch einmal verheiratet.« Orietta inspizierte das Blumengesteck und begann die Blütenblätter auseinanderzuzupfen. »Was ist geschehen?«

»Der Tod.«

Orietta schaute auf, bereit, sich für ihre unangebrachte Neugier zu entschuldigen. Doch Sibillas Augen waren nicht etwa glasig geworden bei der Erinnerung an ihren verstorbenen

Ehemann. Sie folgte der Bewegung des Rauchs, der sich Richtung Decke schlängelte, bevor sie sich gelassen Orietta zuwandte. »Sein Tod war mein Neubeginn.«

»Wie lange ist er schon verschieden?«

»Attilio war gerade fünf.« Sie sog einen weiteren Schwall Rauch ein. Der Duft der Intellektuellen nach verbranntem Tabak entfaltete sich schwer zwischen ihnen. »Ist es unmoralisch, Vater und Mutter in einem sein zu wollen?« Sie lächelte still. »Obwohl mir die Aufgaben damals über den Kopf wuchsen, ließ ich nicht zu, dass man ihn mir nahm, ihn in eines dieser Schweizer Internate verfrachtete. Und was wirft er mir heutzutage vor?«

»Dass er seiner Kindheit in einem Schweizer Internat beraubt wurde?« Orietta lächelte, und Sibilla tat es ihr gleich.

»In der Rückschau ist man immer schlauer. Oder zumindest bildet man sich das ein. Ich bereue nichts, denn ich weiß, dass ich alles wieder genauso machen würde.«

Orietta dachte an Salem und den Weg, der vor ihnen lag. Noch konnte sie umkehren. Doch etwas in ihr strebte mit ganzer Macht vorwärts.

»Aber genug Trübsal geblasen. Erzähl mir von Stefano. Wie sehr seid ihr verliebt? Deinen roten Wangen nach zu urteilen, ja ziemlich.« Sibilla klopfte auf den Stuhl neben sich, und Orietta folgte der Einladung. »Welcher Freizeitbeschäftigung geht er nach?«

»Er interessiert sich für Literatur.« Das war natürlich gelogen, doch es gab da einen Aspekt, zu dem sie Sibillas Meinung unbedingt noch abklopfen musste.

»Was liest er denn? Familienblätter?«

»Entwicklungs- und Bildungsromane.«

Sibilla hielt sich mit dem Mittelfinger das Augenlid, als hätte sich ein Sandkorn darunter festgesetzt. »Wage es nicht, mich zu fragen.«

»Aber was wäre, wenn er aufrichtiges Interesse hätte?«

»Keine weiteren Aufnahmen. Wir haben noch alle Hände voll mit dir zu tun. In dir schlummert so viel Potenzial, das geweckt werden will, und bei allem Verständnis für die Verblendungen der Liebe: dass dein Herzblatt keine sinnvolle Ergänzung für unseren Zirkel bedeutet, müsste dir eigentlich klar sein.«

Sibilla hatte nicht das Ausschlusskriterium erwähnt, Zirkelmitglieder dürften in keinem amourösen Verhältnis zueinanderstehen, und Orietta schöpfte leise Hoffnung. Doch die Mahnung, eine Ehe würde ihr zu viel Engagement abverlangen, schreckte sie auf andere, ebenso beunruhigende Weise auf.

»Verheiratet wirst du kaum noch die nötige Zeit finden, ein Buch aufzuschlagen.«

»Und wenn Stefano meine Ambitionen unterstützt?«

»Meine Liebe, das tut er ganz sicher nicht.«

Dass der Garzonetto eher ein Jahr lang auf Fleisch verzichten würde, als freiwillig auch nur eine einzige Gedichtzeile zu interpretieren, ließ sich nicht abstreiten, also lenkte Orietta ein. »Nehmen wir an, ich würde mir stattdessen einen Literaten anlachen. Wäre die Arbeit im Zirkel dann noch denkbar?«

Sibilla beugte sich vor. »So schnell orientierst du dich um? Eben warst du noch himmelhoch jauchzend in deinen Gierschlund verliebt.«

Orietta ließ sich davon nicht irritieren. »Du lenkst ab, meine Liebe. Sag, ein Literat, wäre das denkbar?«

»Liebes, begreifst du denn nicht? Alles ist für die Frauen

in meinem Zirkel möglich. Sie müssen es nur *wollen.*« Und als würde das ihre Aussage unterstreichen, schwenkte sie das Glöckchen und läutete einmal kräftig, damit das Dessert aufgetischt wurde. »Die Panna Cotta vernaschen wir allein. Wenn die Herren zurückkehren, schützen wir irgendeine Ausrede vor und veranstalten unsere eigene kleine Damenrunde. Was meinst du?«

Orietta seufzte, stach den Löffel in die nachgiebige Sahnemasse und ließ den Bissen in ihrem Mund schmelzen. Sie ging zwar nicht gerade euphorisch aus der Unterredung heraus, doch nach allem, was sie gehört hatte, war sie nun sicher, dass Colettes Erlebnisse nur ihre von Neid gefärbte Meinung widerspiegelten. Die Salondame wirkte ehrlich besorgt um Oriettas Wohl und hatte vermutlich mit ihren Vorbehalten der Ehe gegenüber einfach recht. Sie selbst schien das beste Beispiel zu sein, dass wahre Entfaltung nur ohne einen Ehemann denkbar war.

Dann, gerade als sie sich auf einen heiteren Abend mit Sibilla eingestellt hatte, der selbst dann noch weitergehen würde, wenn Salem und Stefano längst gegangen waren, stürmte Generalleutnant Attilio Veridiani durch den Türbogen und fegte in einer einzigen Bewegung die Gläser vom Tisch.

Orietta fuhr mit einem Aufschrei vom Stuhl hoch, und Attilio hob brüsk die Hand. »Verzeihen Sie die Störung, Signorina, dort ist der Ausgang.« In seiner überschäumenden Wut sah er sie gar nicht an, sondern bündelte all seine Sinne auf seine Mutter. Er stützte sich mit beiden Händen auf das Tischtuch und kümmerte sich nicht im Geringsten darum, dass er mit den Fingern in den sich ausbreitenden Rotweinfleck fasste. Ungehalten bellte er: »Wohin hast du sie verbannt?«

»Ich weiß nicht, wovon du sprichst.«

»Antworte mir!« Seine Hand schwebte bedrohlich über der Blumenvase, und Orietta stellte sich automatisch schützend vor Sibilla, doch ihre Freundin erhob sich betont ruhig und schob sie beiseite.

»Nur zu«, sagte Sibilla. »Zertrümmere alles, was mir lieb und teuer ist. Ich habe es im Handumdrehen ersetzt.«

Würde er es wirklich tun, würde er ihr die Vase ins Gesicht schleudern? Er schien kurz davor. Seine Nasenflügel blähten sich, und die nördlich helle Haut glänzte rosafarben wie roher Lachs, als er seine Mutter voller Abscheu musterte. »Du hast sie weggeschickt!«

Sibilla bedachte Orietta mit einem leisen: »Warte kurz«, bevor sie um den Tisch trat und ihrem Sohn die Vase aus der Hand nahm. Er ließ nur widerwillig los, ein Ziehen und Zerren entbrannte, bevor er schließlich nachgab und ein paar Schritte zurückstolperte. Seine akkurate aschblonde Scheitelfrisur und der gepflegte Schnurrbart standen in groteskem Widerspruch zu seinen entfesselten Gefühlen, die er kaum zu kontrollieren wusste.

»Die Anschrift«, verlangte er, sichtlich darum bemüht, seine Atmung zu beruhigen, und Orietta wusste nicht, wie viel länger sie noch dabeistehen und zusehen durfte. Dies war eine Angelegenheit zwischen Sibilla und ihrem Sohn. Eine, die Orietta nichts anging und in die sie nicht involviert werden wollte, auch wenn ihr Attilios Behauptungen über die angeblichen Machtspiele seiner Mutter wieder in den Ohren klangen. Gleichzeitig spürte sie, dass sie nicht tatenlos abwarten konnte, ob Attilio die Beherrschung wiederfand oder vielleicht nicht doch eher die Hand gegen seine eigene Mutter erheben würde. Schließlich war Gewalt oft das erste Mittel, auf das zurückgegriffen wurde, wenn Worte nicht mehr ausreichten. Und er war außerordentlich aufgebracht.

»Lasst uns bitte alle etwas Abstand gewinnen«, sagte Orietta vernünftig, denn sie spürte, dass die Situation ihrer Freundin entglitt. Im Geiste sah sie sich mit Sibilla bereits auf der Terrasse sitzen, eine Zigarette zwischen den zittrigen Fingern, während sie versuchten, den Auslöser für Attilios Ausbruch zu verstehen. Doch keiner der beiden beachtete sie.

Mutter und Sohn hatten sich voreinander aufgebaut, dies schien nicht der erste Wettkampf der beiden zu sein und die Frage, wer seinen Kontrahenten zuerst niedergestarrt hatte, eine bekannte Disziplin.

»Filippa brauchte eine Pause«, sagte Sibilla. »Von dir und dem ganzen Druck, der auf ihr lastet. Du bekommst die Anschrift, jedoch nicht in diesem Zustand.« Sie verschränkte die Arme vor der Brust, während ihr Sohn sie weiter drohend taxierte. »In deinem Zorn stellst du eine Gefahr für die ganze Familie dar.«

»Seit wann ist Filippa für dich Familie?« Er spuckte tatsächlich aus. »Du traktierst sie tagein, tagaus mit Anforderungen und einer Verachtung, der sie, weil sie sich nicht anders zu helfen weiß, entflieht. Deinetwegen hat sie jeden Ball der Saison ausgelassen!« Sein Blick schoss zu Orietta. »Eine durchtriebene Natter ist meine Mutter. *Das* ist das wahre Gesicht der berühmten Salonnière.«

Die Ohrfeige traf ihn mit voller Wucht. Benommen richtete er den Kopf wieder gerade, und während sich ein flammendes Mal auf seiner Wange formte, wich er mit einem dumpfen Ausdruck in den blauen Augen vor seiner Mutter zurück. Ganz gleich, wie alt und stark man wurde, im Angesicht seiner Eltern schrumpfte man am Ende immer wieder zu dem kleinen Bündel, das man als Kind gewesen war.

»Ich … Verzeihung, ich habe mich wohl vergessen.«

Sibilla nickte eisig. »Begreifst du jetzt, warum du deinem Militärtrupp in deiner aktuellen Verfassung nur schaden würdest? Ich behalte dich nicht hier, um dich zu quälen. Und ich schicke Filippa auch nicht weg, um sie zu bestrafen. Deine Unzurechnungsfähigkeit lässt mir nur keine andere Wahl. Solange du dich nicht in den Griff kriegst …«, sie atmete tief ein, »bin ich diejenige, die eure Angelegenheit regelt.«

Attilio sah durch sie hindurch, als nähme er seine Mutter nicht länger wahr, ganz zu schweigen von Orietta oder dem Raum, den er mit seiner Wut erschüttert hatte.

»Was soll ich tun?«, sagte er, in einer schwerfälligen Art, die Orietta verriet, dass die Auseinandersetzungen mit seiner Mutter häufiger – wenn nicht sogar immer – mit dem gleichen Ergebnis endeten, nämlich damit, dass sie ihren Willen bekam und er sich ihren Wünschen beugte.

Sibilla machte eine wegwerfende Handbewegung. »Pflanz meinetwegen einen neuen Rosenstock, damit vergeudest du doch am liebsten deine Zeit.« Dann fasste sie Orietta bei der Hand und zog sie aus dem Speisesaal. »Es tut mir leid, dass du das mit ansehen musstest«, gestand sie und fügte nach einem Moment hinzu: »Hätte ich nachsichtiger mit ihm sein sollen?«

Orietta winkte ab. Nach dem, was sich gerade abgespielt hatte, wollte sie ihrer Freundin die Sorge nehmen und sie nicht noch zusätzlich verunsichern, auch wenn sie der raue Umgangston zwischen den beiden zugegebenermaßen schockiert hatte. Nun kannte sie neben Giovanni tatsächlich eine weitere Person, die nicht in dem Strom aus Veridiani-Bewunderern mitschwamm. Doch das änderte nichts. War es nicht immer so, dass die größte Ablehnung aus dem engsten Familienkreis kam? Nur wer alle Seiten von einem kannte, konnte auch den Finger auf die Schwachstellen legen.

Obwohl die Vorfreude auf ihre kleine Damenrunde, bei der sie sich Wein trinkend und Rücken an Rücken ihre liebsten Verse vorlesen und mit Begeisterung eigene Aphorismen verfassen würden, erloschen war, blieb Orietta. Sie hätte an Sibillas Stelle nach einem Aufruhr dieser Größenordnung auch nicht mit ihren Gedanken allein sein wollen. Gemeinsam überspielten sie also die unausgesprochenen Fragen, die man sich als Unbeteiligte nach Attilios Auftritt unweigerlich stellen musste, und hangelten sich an einer hölzernen Unterhaltung über die Wichtigkeit eines Tagebuchs und die Erkenntnisse, die man im täglichen Schreibprozess über sich selbst gewann, entlang. Sibilla verlor kein Wort mehr über ihren Sohn, Orietta gelobte Gewissenhaftigkeit bei der Führung ihres Journals, und bald hatten sie den ursprünglichen Anlass ihres Treffens, nämlich das Bekanntmachen mitOriettas angeblichem Verehrer, schon wieder völlig vergessen.

Kapitel 20

Früher als üblich nach einem Salon trat Orietta durch den Hinterausgang in die Abenddämmerung. Sie lehnte sich für einen Moment an die Mauer und zog ihren Mantel enger um sich.

Das Personal schien nur darauf gewartet zu haben, dass der letzte Gast ging, üblicherweise legte es die Arbeit nieder, sobald keine Stimmen mehr im Palazzo zu hören waren. Ein Dienstmädchen schlüpfte an Orietta vorbei ins Freie und sog bei ihrem Anblick überrascht die Luft ein, bevor sie sich scheu entschuldigte und den Heimweg antrat. Orietta hatte dort nicht gelauert, um sie zu erschrecken, sondern wollte sich nach dem aufreibenden Tag bloß kurz sammeln. Doch die Schreckhaftigkeit des Mädchens wunderte sie nicht. Ohne das Gelächter aus dem Zwischengeschoss, die lautstarken Debatten und zuweilen schiefen Gesangseinlagen glich die verlassene Halle des Palazzo einer Krypta. Und obwohl sie nie zuvor auf den Gedanken gekommen war, fragte sich Orietta plötzlich, ob dies wohl das Lebensgefühl einer Salondame beschreiben mochte: lebendig gebettet in ein Grab, das sie sich selbst geschaufelt hatte, von der Außenwelt vergessen, sobald die Soiree geendet und der letzte Besuch das Weite gesucht hatte. Oder machte gerade dieses Existieren im Rampenlicht und Vergehen in der Dunkelheit den Reiz einer solchen Lebensweise aus? Im Augenblick hatte Orietta die seltsame Vorstellung, dass sich die Figur der Sibilla Veridiani in Luft auflöste, sobald niemand mehr hinschaute und klatschte.

Sie lehnte den Kopf zurück an die verputzte Fassade und seufzte. Zum ersten Mal verspürte sie nach dem Austausch mit Sibilla nicht das Gefühl, die ganze Welt umarmen zu wollen, sondern eine bleierne Erschöpfung. Wie dem Glaspferdchen die Beine beim Modellieren aus dem biegsamen Leib gezogen wurden, zerrte nun auch eine unsichtbare Kraft an ihr. Sich zum Losgehen anzutreiben, erschien ihr unendlich mühevoll. Zudem meldete sich grollend ihr Hunger zurück, der während des Fünf-Gänge-Menüs nicht vollständig gestillt worden war, und verursachte ihr eine latente Übelkeit. In der Überlegung, ob sie eher die sämige Muschelsuppe ihrer Mutter oder Nonnas süße bussolai brauchte, trat sie in Gedanken vertieft beiseite, als ein weiterer Angestellter den Palazzo verließ. Er führte einen halb gefüllten Jutebeutel mit sich, den er in eine der Aschentonnen entleerte. Was von dem Papier danebenging, blieb auf dem Pflaster liegen, und als der Mann gegangen war und die Schnipsel und Reste sich im Hinterhof verteilten, gab sich Orietta einen Ruck, ging hinüber und las das Gröbste auf. Beschriebene, vielleicht für unzulänglich befundene Seiten fanden sich zwischen aufgerissenen Briefumschlägen und geknickten Visitenkärtchen. Als Orietta eine davon dichter an die Augen hob, stockte ihr der Atem. Dort stand die Adresse ihrer Vetreria, ihr Familienname, die Tinte abgegriffen und verschmiert. Sie ließ die Karte fallen und durchwühlte mit beiden Händen die ganze Tonne. Nicht nur eine,

Dutzende Karten fischte sie auf diese Weise heraus, achtlos weggeworfen wie die Tageszeitung von gestern.

Ihr Magen rebellierte.

»Ich bin hier, falls du nach *mir* suchst.« Salem löste sich aus dem Schatten der Hauswand, und wurde auf der Stelle ernst, als sie ihn nach dem ersten Schrecken weder begrüßte noch ansah, sondern ihm einfach die weggeworfenen Karten hinstreckte.

»Das darf nicht wahr sein.« Es klang nach ehrlicher Anteilnahme, und seine Arme, die sich um sie legten, fühlten sich an wie Trost, dennoch drang nichts davon zu ihr durch.

»Was machst du hier?«, sagte sie schwach.

»Auf dich warten.«

»Du wusstest doch gar nicht, wie lange es dauern würde.«

»Zu lange, das steht fest.« Sein Griff wurde fester, während er seinen Kopf an ihrem Nacken vergrub und seine Brust einen Wall bildete, gegen den sie sich sinken lassen konnte. Einen flüchtigen Moment standen sie so zusammen, dann drückte Orietta ihn weg.

»Ich hätte dich vor der Schnelllebigkeit der Elite warnen sollen. Verzeih mir.«

»Du bist ein schlechter Mentor.«

»Ich weiß.«

Ihre Mundwinkel hoben sich unwillkürlich zu einem Lächeln. »Warum habe ich dich nur ausgewählt?«

»Weil du eine lausige Anwärterin bist.«

»Dann sind wir wohl beide eine Enttäuschung.«

Er neigte sich zu ihr hinunter. »Ich möchte mit niemandem lieber gemeinsam enttäuschend sein.«

Ihr Blick schoss über ihn hinweg, die Fassade des Palazzo hinauf, wo irgendwo hinter halb geschlossenen Fensterläden

Sibilla Veridiani mit der Schreibfeder ihren Tagesablauf in das Journal kratzte, keine größere Sorge im Sinn als den nächsten perfekten Ball.

Orietta konnte einfach nicht länger stillhalten, wenn unter ihr Stück für Stück der Boden einbrach. »Sie ist doch meine Freundin«, sagte sie erstickt.

»Aber natürlich ist sie das.«

Bei seinen Worten brach endlich der Damm, und sie ließ sich weinend von ihm in die Arme nehmen, doch auch diese Umarmung währte nicht lang. Salem hörte die Stimmen am Ende der Gasse zuerst. Seine Hand, die eben noch beruhigend ihren Rücken gestreichelt hatte, erstarrte abrupt. Und noch bevor das Johlen irgendeine sichtbare Gestalt annehmen konnte, hatte er Orietta bereits mit einem geflüsterten »Da kommt jemand!« gewarnt.

Sie horchte auf. »Léontine und George!« Vielleicht hätte es genügt, zwei Schritte auseinanderzutreten und die Freunde wie üblich zu begrüßen. Doch Orietta hatte nicht mehr die Kraft in sich, ihre Gefühle zu verleugnen – gegenüber Salem, in Bezug auf die weggeworfenen Visitenkarten und zu der Frage, was Sibilla mit alldem zu tun hatte. In schierer Panik packte sie seine Hand und lief mit ihm am anderen Ende aus der Gasse. Ihre Absätze knallten über das Pflaster, und die Erschütterung setzte sich bis in ihre Zähne fort.

»He! Wer schleicht hier im Dunkeln herum?«, gellte ihnen Léontines lautes Organ nach. »Bleibt gefälligst stehen!«

»Orietta? Du musst deinen Freund nicht verstecken! Wir beißen nicht«, trällerte George. »He, Orietta!« Sein Kommentar ließ darauf schließen, dass sie durch Colette von Oriettas Vorhaben gehört hatten, glücklicherweise konnten sie Salem im dämmrigen Licht der einsamen Hinterhoflaterne nicht erkennen. Mehrere Abzweigungen später blieb Orietta mit leichtem Seitenstechen stehen und schaute sich gehetzt um.

»Sie sind uns nicht gefolgt«, sagte Salem.

Orietta versuchte ihren Atem zu beruhigen. »Wenn sie fragen, war es Stefano.«

»Sibilla wird ihnen zweifellos alles brühwarm erzählen und sich dabei köstlich amüsieren.«

Orietta schaute ihn vorwurfsvoll an, doch insgeheim ahnte sie, dass er recht hatte.

»Die Visitenkarten im Müll zu finden, bedeutet nicht, dass keine Ausflüge nach Murano geplant wurden oder niemand über einen neuen Kronleuchter nachdenkt«, sagte er schließlich in Anknüpfung an das eigentliche Thema.

Sie biss die Zähne zusammen und schüttelte den Kopf. Für sie ergab endlich alles einen Sinn: die zurückgezogenen Aufträge, die geplatzten Besichtigungstermine, Flavias Aussage, die vermittelten Kunden kämen gar nicht mit der Absicht, etwas zu kaufen. »Die Karten waren gut, solange das Fest rauschte. Sie haben sie mir abgenommen, weil einer damit begonnen hatte und die anderen es nachmachen mussten, um nicht aufzufallen. Keiner von denen interessiert sich wirklich für unser Glas.«

Salem umfing ihre Hand mit seiner und ließ auch dann nicht los, als sie ihn anfauchte, er solle sie wieder in den Palazzo zurückgehen lassen, damit sie Sibilla zur Rede stellen könne. Aber natürlich war sie ihm einen Augenblick später dafür dankbar. Selbst wenn die Salondame die weggeworfenen Karten verschwiegen hatte, dann sicher nur, um Orietta zu schützen.

»Ich weiß nicht, wie ich das meiner Familie erklären soll.«

»Gar nicht.«

»Aber …«

Er betrachtete sie mit seinen quälend schönen Augen, in denen sich wie auf der schwarzen Wasseroberfläche des Kanals der entfernte Schein einer Straßenlaterne spiegelte. Die Dunkelheit verschluckte sein Gesicht beinah, doch ausgerechnet die Augen betonte sie. »Der Erfolg eines gemeinschaftlichen Unternehmens darf nie auf einer einzigen Person lasten. Du bürdest dir zu viel auf.«

»Ich tu das aus Überzeugung.«

»Das weiß ich doch, güzelim«, flüsterte er. »Aber es ist letztendlich nur eine Firma, und wo die eine Konkurs anmeldet, wird eine andere geboren.«

Sie entriss ihm ihre Finger. »Unsere Lebensgrundlage steht auf dem Spiel, das Vermächtnis von *Generationen*. Es ist *nicht* nur eine Firma!«

»Die Rücklagen deiner Eltern sollten …«

Verzweifelt verpasste sie ihm einen Hieb gegen die Brust. »Verstehst du nicht?« Sie stockte. Es *gab* keine Rücklagen. Sie wollte es ihm sagen, musste es ihm offenbaren, doch ihr Stolz verbot es ihr.

»Was versteh ich nicht? Sprich mit mir.«

Dort, wo sie ihm vorher noch einen festen Stoß verpasst hatte, strich sie nun beschwichtigend den Stoff glatt. »Nicht der Rede wert. Ich habe bereits einen Plan.« Sie wandte sich zum Gehen, doch er folgte ihr. Genervt blieb sie stehen. »Niemand zwingt dich, meinen Aufpasser zu spielen!«

»Trotzdem werde ich es weiter tun. So lange, bis *dich* nichts mehr zwingt, deine Liebsten zu schlagen und anzubrüllen.«

»Wer sagt …« Doch da versiegelte schon ein heftiger Kuss ihren Mund.

»Du darfst mich anbrüllen, kratzen und treten, wenn es dir

hilft, deine Erbitterung in Schach zu halten, aber ich werde nicht zulassen, dass du mich wegstößt.« Und wieder küsste er sie, diesmal mit all der Sanftheit, die sie von ihm kannte.

In dieser Nacht erzählte sie Salem von dem Casinobesuch ihrer Brüder, den damit verursachten Schulden und jener Hochzeit, die den Frieden ihrer Familie für immer zu zerrütten drohte. Er ließ sie aussprechen, hörte ihr zu und zog sie in eine Umarmung, wenn ihr die Stimme versagte. Am Ende war er an der gläsernen Barriere angelangt, die Freunde von Geliebten trennte und die er wohl erspürte, jedoch nicht einschlagen, sondern Schritt für Schritt erklimmen wollte. Und auch wenn Orietta sich zu jedem Zeitpunkt nach einer weiteren Berührung seiner Lippen sehnte, wollte auch sie, dass er kletterte, die Hürde aus eigener Kraft überwand, bis er wusste, wer sie tief im Innern war, hinter der Maske der älteren Glasbläsertochter und ihrer Rolle als Debütantin im Salon.

Der Familie gegenüber verschwieg sie die weggeworfenen Karten, und anstatt sich weiter zu grämen, erstellte sie einfach keine mehr. Lieber machte sie sich daran, das Problem ihrer lückenhaften Garderobe zu lösen. Und was Sibilla betraf: Sie würde deren Einfluss nutzen, wenn auch anders, als zu Beginn gedacht. Und während sie aufgehört hatte, die Adresse der Vetreria unter Leuten zu verbreiten, die sie beim Abschied ohnehin schon wieder vergessen hatten, ging sie mit Doucet einen Handel ein, der seine Mode über die Grenzen Venedigs hinaus publik machen sollte. Dazu ließ sie sich bei den Teekleidern und Abendroben, die sie fortan von ihm trug, ein Kleiderschild mit seinem Namen anstatt dem des Ateliers einnähen. Und wenn die Damen der hohen Gesellschaft sie fragten, wer für sie schneiderte, drehte sie sich einfach um und bat um einen Blick in ihren Nacken.

Nach einer Woche dieser neuen Vorgehensweise wurde sie von Sibilla mit düsterem Gesichtsausdruck gemustert, nach einer weiteren von ihr beiseitegenommen und an die finanzielle Lage ihrer Familie erinnert. Schließlich machte sie ihr das, wie sie glauben musste, notwendige Hilfsangebot: »Ich habe einen ganzen Schrank voller Kleider, die bloß darauf warten, ein zweites Mal getragen zu werden …« Doch auch wenn Orietta ihr im Stillen recht darin gab, dass derlei Dinge nicht nach einmaligem Einsatz aussortiert werden sollten, wollte sie nicht länger auf die Großzügigkeit der Salondame angewiesen sein. Von den Schulden der Vetreria sprach sie nur noch knapp und auch nur auf Nachfrage. Stefano wurde ebenfalls nicht wieder erwähnt, und bei der zeitraubenden Routine, der sie zwischen Salontreffen und Banketten folgten, glaubte Orietta ihn schon gänzlich aus Sibillas Gedächtnis vertrieben zu haben. Dennoch blieb sie, was das Thema betraf, wachsam. Einen wirklichen Schaden erlitt Oriettas Vertrauen erst, als sie von Stefanos Einlieferung ins Hospital erfuhr.

* * *

Das Ospedale Civile befand sich in der Scuola Grande di San Marco am nördlichen Rand der Stadt in Cannaregio und war als imposantes Renaissance-Gebäude der einstige Sitz einer karitativen Bruderschaft. Doch wie alle sechs großen Bruderschaften – bis auf die Scuola Grande di San Rocco – wurde sie Anfang des Jahrhunderts unter Napoleon aufgelöst und für andere Zwecke genutzt. Orietta näherte sich im Laufschritt der Tür zum Krankenzimmer 107, vor dem sich ihre Brüder wie

Wachen postiert hatten und dessen genaue Lage ihr bereits am Empfang beschrieben worden war. Die Ausweispapiere steckten unangetastet in ihrem Beutel, nachdem es nur eines Blickes bedurft hatte, bis die Krankenschwester sie ihrer öffentlichen Person zugeordnet hatte. Und diesmal folgte auf ihren Nachnamen auch nicht das wissende »die ältere Glasbläsertochter«, das sie zumindest in Murano jahrelang verfolgt hatte, sondern ein ehrfürchtiges: »Veridianis Schützling«.

»Literatin«, hatte Orietta rasch verbessert, doch da hatte man ihr schon nicht mehr zugehört, stattdessen kam die Frage nach ihrem Anliegen.

»Was ist passiert?«, rief sie ihren Brüdern zu, die gerade eine qualmende Zigarette untereinander hin- und herreichten und sich an dem Husten und Ächzen nicht störten, das aus den Zimmern entlang des Flurs zu ihnen durchdrang.

»Prellungen, zwei gebrochene Rippen und eine Gehirnerschütterung.« Jacopo rollte seinen Nacken. »Das übliche Vergnügen, wenn man fast zu Tode gedroschen wurde. Ein Wunder, dass er noch lebt.«

Orietta keuchte auf und schlug sich die Hand vor den Mund. »Wer hat ihm das angetan? Und warum?« Statt einer Antwort bot Giovanni ihr einen Schluck aus seinem Flachmann an, den sie wie betäubt herunterzwang. »Darf man zu ihm hinein?«

Ihr Bruder nickte, und etwas, das er wohl in ihrem hilflosen Blick sah, bewog ihn dazu, seine Zigarette auf dem Boden auszutreten. »Nur der engste Familien- und Freundeskreis. Flavia ist schon seit einer Ewigkeit drin. Sie hat dein Zimmer nach Büchern durchwühlt, aus denen sie ihm vorlesen kann. Bisher hat er sich nicht beschwert.«

»Und falls er türmen will, passen wir schon auf«, fügte Jaco hinzu, der sich breitbeinig neben Giovanni postiert hatte. In Wirklichkeit wollten ihre beiden Brüder wohl eher sicherstellen, dass ihre Schwester keine ungebetene Gesellschaft bekam. Irgendjemand hatte diesen Angriff auf Stefano verübt, und vielleicht würde dieser Jemand zurückkehren.

»Das ist sehr freundlich von Flavia.« Orietta schluckte schwer, denn auch wenn ihre Schwester die Grundlagen des Lesen und Schreibens erlernt hatte, war es ihr nie leichtgefallen, beim Vorlesen in den richtigen Fluss zu finden. Sie verhaspelte sich oft bei langen Sätzen und überspielte die Pausen, die es brauchte, um von vorne zu beginnen, mit einem liebenswerten »Hoppla, na so was«, doch ihren puterroten Wangen sah man an, dass sie sich schämte. Wenn es um Dialoge ging, intonierte sie dermaßen falsch, dass man sich beim Zuhören fragte, ob Flavia überhaupt verstand, was sie gerade vortrug. Stefano vorzulesen war also eine große, nicht selbstverständliche Geste. Und Orietta fühlte sich schuldig, weil sie selbst nicht daran gedacht hatte, ein Buch mitzunehmen. Offen gestanden war sie gar nicht auf die Idee gekommen, Stefano könnte ein Mittel brauchen, das ihn von seinen Schmerzen ablenkte. Doch vielleicht fiel Flavias beispiellose Fürsorge in dieselbe Kategorie wie Oriettas angeborener Drang, in der Not zur Hilfe zu eilen. So gegensätzlich sie waren, so sehr ergänzten sich ihre Talente.

»Mamma schickt Grüße. Sie wäre gerne mitgekommen, aber jemand muss für Marcello und die Familie kochen, hat sie gesagt.«

»Gut.« Giovanni nickte ernst, und obwohl sein Blick sie in keiner Weise anklagte, entschuldigte sie sich im nächsten Moment wortreich dafür, dass sie selbst es nicht früher her geschafft hatte.

Der frühe Morgen, den sie gemeinsam mit Salem in der Bibliothek studiert hatte, hüllte ihren Verstand noch immer ein wie eine warme Decke, in der sie sich verkriechen wollte. Und für den Nachmittag stand eine Teegesellschaft in den Gärten von Castello an, bei welcher der Zirkel der Veridiani vollzählig erwartet wurde. Stimmen flüsterten von einem bahnbrechenden neuen Projekt, das der Bürgermeister erst einem ausgewählten Kreis und in einigen Monaten dann der ganzen Stadt enthüllen würde.

»Sei froh, dass du noch nicht so lange hier bist wie wir.« Jaco schüttelte seine Beine aus. »Meine Fußsohlen stehen in Flammen, und ich bereue es zutiefst, Amalia Dal Corso die Flasche Wasser, die sie uns vorhin gebracht hat, leer wieder mitgegeben zu haben. Jetzt, wo meine Blase fast platzt, könnte ich das hässliche Ding gut gebrauchen.«

»Draußen gibt es genug Laternenpfähle, die du entweihen könntest«, sagte Giovanni.

»Bin ich ein Hund?«

»Darauf antworte ich lieber nicht.«

Jaco schnaubte und wandte sich in der Absicht, es dem Bruder sogleich heimzuzahlen, an Orietta: »Prudentia hat Gio angeschmachtet, als wäre er der Zuchtbulle auf einer Auktion. Er hat es nicht mitbekommen, weil er zu beschäftigt damit war, die Pflastersteine zu zählen.«

Orietta hörte zwar, was er sagte, doch ihr war weder zum Lachen zumute, noch fand sie es angebracht, ihrerseits auf die Stichelei einzugehen. Sie schimpfte nicht einmal, als Gio dem kleinen Bruder einen Schlag in den Nacken verpasste. »Habt ihr denn niemanden gebeten, euch irgendwann abzulösen?«, fragte sie. In der Zunft gab es über tausend Garzonetti, siebzig davon allein bei den Volpatos beschäftigt, und letztere Zahl würde sich verdoppeln, wenn sie erst einmal die Schulden zurückerstattet hatten und wieder genug Gewinn machten.

Obwohl ihre Frage Giovanni gegolten hatte, war Jaco derjenige, der ihr antwortete. »Als ob die uns ablösen würden. Schwesterchen, die machen insgeheim uns für die Attacke verantwortlich! Frag Stefano, was man ihm zugeraunt hat, als man ihn blutend am Boden zurückließ: Mit den besten Grüßen von Sibilla Veridiani.«

»Das ist nicht wahr!«

»Ach ja? Warst du dabei?«

Orietta blickte Giovanni an, zuerst entsetzt, dann flehend, weil er Jaco sonst nie derartigen Unsinn verbreiten ließ, doch seine Miene war genauso von Hass und Gewissheit gezeichnet wie die ihres jüngeren Bruders, und sie begriff, dass er der Behauptung vorbehaltlos glaubte. Fassungslos zwängte sie sich zwischen den beiden hindurch und flüchtete ins Krankenzimmer, wo eine wütende Flavia empört die Hände hochwarf. »Ach, bequemst du dich auch mal her? Schämen solltest du dich!«, zischte sie ihr leise, aber mit Inbrunst zu.

Weitere Vorwürfe prasselten auf Orietta ein und ließen sich, so schrecklich sie auch klangen, nicht gänzlich abstreiten. Es stimmte, dass Orietta Stefano in den Palazzo geschleppt hatte, und sie war auch diejenige, die ihn darum gebeten hatte, ihren Verehrer zu mimen. Wenn Sibilla tatsächlich einen Schlägertrupp auf ihn gehetzt haben sollte, dann nur ihretwegen. Bloß – das ergab keinen Sinn. Warum hätte ihre Freundin das tun sollen, nachdem sie so souverän auf den vermeintlichen Verehrer reagiert hatte? Nein, Orietta weigerte sich, auch nur eine Sekunde lang daran zu glauben.

»Es tut mir so leid.« Was auch immer passiert war, sie fühlte sich schuldig und war voller Reue.

»Spar dir das, er hört dich sowieso nicht. Er schläft.«

Orietta atmete schwer und wagte es kaum, sich dem Patientenbett zu nähern, doch sie musste den Schaden mit eigenen Augen sehen.

Stefano wachte nicht auf, als sie sich auf der Bettkante niederließ und vorsichtig seine Hand in ihre nahm. Die aufgeplatzte Haut über den Fingerknöcheln zeigte ihr, dass er sich gewehrt hatte. Gut, wenigstens das. Dennoch stand ihr das Bild eines zusammengekauerten jungen Mannes vor Augen, der sich bei jedem Tritt krümmte und noch kleiner machte, und sich vielleicht nichts sehnlicher wünschte, als in den Ritzen der Pflastersteine zu verschwinden wie sein eigenes Blut.

»Was hast du dir davon nur versprochen?« Flavia setzte sich auf die andere Seite und barg Stefanos rechte Hand so zärtlich und behutsam in der ihren, dass Orietta sich von ihren Worten geradezu geohrfeigt fühlte. »Warum musstest du ihn in diesen Salon bringen? Bloß um deinen wahren Liebhaber eifersüchtig zu machen?«

»Wie bitte?«

Flavia musterte sie böse. »Die Zettel stammten wirklich nicht von mir. Ich habe die Gerüchte aus dem Schaukasten entfernt, weil sie dich schlecht dastehen ließen und weil niemand zu wissen braucht, was dein Herz tief im Innern begehrt, aber glaub ja nicht, ich hätte euch nicht ebenfalls zusammen gesehen, dich und diesen Literaten. Er ist doch aus dem Zirkel, oder?«

Orietta fehlten die Worte.

»Ich bin euch gefolgt.« Flavia, die sich mit ihrer Schnüffelei ganz im Recht zu fühlen schien, reckte das Kinn.

»Du hast mich *ausspioniert*?«

»Nenn es die Sorge einer kleinen Schwester. Du hast dich

innerlich so von unserem Zuhause entfernt, ich wollte sicher sein, dass es dir gut geht.« Für einen Moment brach ihre eiserne Miene auf, nur um sich gleich darauf wieder zu verhärten. »Ich verstehe es nicht, Ori. Dein Literat schaut dich an, als wärst du für ihn Sonne, Mond und Sterne – alles zusammen. Und da musst du ihn noch auf die Probe stellen?«

»So war es doch gar nicht.« In einem Strudel aus Scham, Freude über Salems offensichtliche Zuneigung und Schrecken ließ sie Stefano los, sprang auf und begann durch das Zimmer zu streifen. Ihre Unterlippe bebte, und plötzlich kam sie sich unendlich töricht vor. »Es ist ganz anders. Ich musste … ich musste einfach herausfinden, ob Sibilla mich verstoßen würde.«

»Wegen einer Tändelei?«

»Für die Liebe!«

Flavia klappte der Mund auf. Einen schrecklichen Moment lang wirkte sie so erstarrt, dass sie sogar vergaß, weiter Stefanos Hand zu streicheln. Sie hielt einfach still, ohne zu atmen, während sie etwas verstand, das Orietta nicht einmal vor sich selbst formuliert hatte. »Du *liebst* ihn?«

»Nein! Ich … Auf keinen Fall! Ich meine … woher weiß man das überhaupt?« Sie verharrte mitten im Raum, dann vergrub sie plötzlich das Gesicht in den Händen.

Obwohl Flavia noch immer wütend auf sie sein musste, trat sie zu ihr und umarmte sie sanft. »Ach, Ori …«

Ein raues Geräusch drang aus Oriettas Kehle, halb Keuchen, halb Schluchzen. »Verdammt, Flavia. Was mache ich nur? Mamma und Papà würden es nie erlauben. Ein Türke, kein Italiener, und das Handwerk seiner Eltern ist die Politik!«

Flavia löste sich von ihr und versetzte ihr einen kleinen, freundschaftlichen Schubs. »Hast du dich denn je an Verbote gehalten?«

Orietta schüttelte den Kopf und musste in all ihrer Misere tatsächlich ein wenig lachen. Kurz flackerte die alte Zusammengehörigkeit zwischen ihnen auf, das »Einer für alle, alle für einen«-Gefühl aus den Musketier-Romanen. Doch dann besann sie sich auf Stefanos Zustand und wischte sich über die Wangen, die trotz allem trocken geblieben waren.

»Wie heißt er?«, flüsterte Flavia.

»Salem.«

»Nun, man sieht förmlich, dass dein Salem dich genauso begehrt wie du ihn.«

Orietta sah betreten zu Boden. »Ich habe gehofft, dass es so ist. Aber ich will mehr.« Mehr Freundschaft, mehr Tiefe, mehr von allem. Sie wollte, dass er sich in ihr verlor und wiederfand, an ihren harten Kanten zerschellte und entzweibrach, sich in den Mann spaltete, der er gewesen war, bevor er sie kannte, und in jenen, zu dem er heranreifen würde, wenn er an ihrer Seite blieb. »Vielleicht verlange ich zu viel. Und ich habe Angst um die Dinge, die ich für mich begehre. Meine Träume. Liebe, so stark sie auch sein mag, ist nicht alles, was ich mir für dieses Leben wünsche.«

»Man kann im Leben nicht alles haben.« Flavia nestelte an ihrem Kleid herum, mit einem Mal von einer Traurigkeit befallen, als wären Oriettas Sehnsüchte auf sie übergesprungen.

»Das ist mein Fehler«, sagte Orietta. »Ich bilde mir ein, dass ich es könnte.«

Aber vielleicht war es das, woran eine Frau erkannte, dass sie erwachsen geworden war: wenn sie sich von all ihren Bedürfnissen für eines entschied, statt sich daran aufzureiben, jedes einzelne erfüllt zu bekommen.

»Vielleicht solltest du künftig auf den Salon verzichten.« Nun trotzte Flavia wieder ihrem Blick, die Vorwürfe gegen

Sibilla Veridiani hatte sie nicht vergessen, und dies war die logische Konsequenz daraus.

»Sibilla ist unschuldig. Davon bin ich fest überzeugt. Sicher gibt es eine einfache Erklärung für die falschen Grüße, die man Stefano ausgerichtet hat. Ich werde mit ihr reden.«

»Und wenn sie doch die Drahtzieherin ist?« Noch einmal erhob Flavia die Stimme, als Orietta bereits aus der Tür schlüpfte.

»Dann habe ich eine unangenehme Entscheidung zu treffen.«

Kapitel 21

Die weitläufige Parkanlage mit Bäumen, Rasenflächen und Kieswegen verströmte in der warmen Junisonne und der leichten Brise jene Atmosphäre von Erholung, welche die Oberschicht im Sommer verzweifelt suchte. Damen mit Schirmchen flanierten am Arm zugeknöpfter Gentlemen, und Gespräche fanden gerade so an der Schwelle des Hörbaren statt, sodass ungeniert gelästert werden konnte. Das bienenartige Summen – ein schwaches Echo von den überall abgehaltenen Konversationen – schwebte wie der Duft von süßer Orangenlimonade durch die Luft und zog Orietta vorwärts.

Obwohl ihr die meisten Gäste bekannt waren, drehten sich ihre Gesichter rasch weg, sobald ein kurzer Blickkontakt zustande kam – als hätte man sich nicht schon längst gegenseitig erspäht. Das Ganze folgte einer unausgesprochenen Regel, daher nahm Orietta es nicht persönlich. Hier in gehobenen Kreisen winkte einem niemand aus der Ferne zu oder rief den Namen quer durch den Raum, hier wartete man darauf, ordentlich angesprochen und vorgestellt zu werden. Und in dem eingeübten Wissen, wie sich eine Dame angemessen zu verhalten hatte, verschaffte sich Orietta mit charmantem

Geplauder Zugang zu Unterhaltungen, wie es ihr noch ein paar Wochen zuvor nicht möglich gewesen wäre. Es war ein bittersüßer Erfolg, und nichts garantierte, dass er sich fortsetzen würde. Denn ohne die Begleitung der Salondame lautete die Eröffnung an sie fast immer: »Signorina Volpato, schön, Sie hier anzutreffen. Aber ganz allein? Ist die Veridiani verhindert?«, woraufhin sie stets versicherte, dass es sich nur noch um Minuten handeln könne, bis Sibilla einträfe. Das genügte ihren Gesprächspartnern, um erwartungsvoll zu lächeln und sie an ihrer Runde teilhaben zu lassen. Eine Zeit lang war Orietta froh über die Ablenkung, denn Stefanos von Blutergüssen geschwollener Körper flackerte noch immer vor ihren Augen auf, und das müßige Geplauder brachte sie immer wieder auf andere Gedanken. Doch irgendwann wagte sie es, dem Nächsten, der sie mit der Frage nach Sibillas Verbleib empfing, eine gänzlich andere Antwort zu geben, nämlich dass sie zwar ohne den Zirkel gekommen sei, sich aber umso mehr auf ein Gespräch mit Bürgermeister Selvatico freue, für den sie eine große Bewunderung hege.

Und das stimmte tatsächlich. Als Dichter und Verfasser von Komödien genoss er im ganzen Land großes Ansehen und war vor drei Jahren in den Stadtrat gewählt worden, den er seitdem mit seiner fortschrittlichen Denkweise bereicherte. Manche unterstellten ihm Atheismus, weil er die Gebete in der Schule untersagte, andere verschrien ihn als Förderer des Sozialismus, doch Orietta sah vor allem die Wohlfahrtsorganisationen, die er stärkte, sowie die Konzepte für die Entwicklung Venedigs, die er auf den Weg brachte. Seit den letzten Soireen hieß es unter Eingeweihten, er arbeite mit Hochdruck daran, die sogenannte »Kommission für den Bau gesunder und billiger Wohnungen« zu gründen – eine längst überfällige Maßnahme.

Und hatte nicht zuletzt eben das Gerücht, er würde mehr Frauen den Zugang zu Arbeit und Bildung ermöglichen wollen, sie zum Karnevalsbeginn in die Stadtverwaltung gelockt?

Als Orietta nun an seine Seite schlüpfte und er überrascht zusammenfuhr, bevor er seinen Anzug richtete, wusste sie nicht, was sie ritt, ihn auf diese Weise zu bedrängen. Oder vielleicht wusste sie es doch: Es war der quälende Zweifel, ob sie ohne den Rückenwind der berühmten Salondame auch allein zu fliegen vermochte. Doch da der Bürgermeister sie bloß schweigsam beäugte, während der Herr neben ihm, den sie von vorausgegangenen Soireen als den Literaturwissenschaftler Antonio Fradeletto kannte, ihr etwas schlaff die Hand schüttelte, hatte sie das Gefühl, dass Stahlseile ihren Körper umschlangen und sie wohl für immer am Boden halten würden.

»Volpato, richtig?« Fradelettos weißer Schnurrbart bewegte sich unter einem, wie Orietta hoffte, amüsiertem Lächeln. »Die Glasbläserin.« Dass er ihr frei von Spott die Berufsbezeichnung ihres Vaters zuschrieb, kennzeichnete ihn als sensiblen Mann, der das Wohlbefinden seines Gegenüber wichtig nahm. »Das könnte interessant werden«, raunte er dem Bürgermeister zu, ohne sie dabei aus den Augen zu lassen.

»In der Tat.«

»Es wird noch interessanter, wenn Sie mich in Ihre Überlegungen mit einbeziehen.« Orietta, wieder ermutigt, lächelte vielversprechend. Und schon bald hatte sie die Herren so weit, dass sie sie in ihre großen Pläne für die Parkanlage einweihten. Innerhalb der nächsten zwei Jahre sollte auf dem Gelände in Castello der Palazzo dell'Esposizione errichtet werden, ein Bauprojekt, das nach seiner Fertigstellung im zweijährlichen Turnus das Zuhause einer landesweiten Kunstausstellung werden würde.

»Wir sind auf der Suche nach Talenten«, sagte Selvatico. »Maler, Architekten … auch Glasbläser.«

»Es kann nicht schaden, im Gespräch zu bleiben.« Fradeletto nickte zustimmend und lüpfte seinen grauen Zylinder. Orietta deutete eine Verneigung an. Selbstverständlich würde sie ihren Brüdern und dem Vater sofort von der Möglichkeit berichten, auch wenn diese ihr noch keineswegs spruchreif erschien.

Als vom Eingang des Parks leiser Beifall aufbrandete, straffte sie sich und strömte mit den anderen Gästen auf die Quelle der Unruhe zu, die, wie zu erwarten, von keiner Geringeren als Sibilla Veridiani ausgelöst worden war. Der Zirkel ging geschlossen hinter ihr, mit Montesquiou und Salem zu ihren Flanken und George, Léontine und Colette in der Nachhut.

So schnell hatte sich also die Lücke geschlossen, die Oriettas Abwesenheit in den Auftritt der Gruppe hätte reißen müssen. Als Salems samtig braunen Augen auf sie fielen und bei ihrem Anblick aufleuchteten, stellte sie fest, dass sie ihn furchtbar vermisst hatte.

»Sibilla?«, sagte sie leise und fasste nach dem Arm, der so oft schon in ihrer Ellenbeuge gelegen hatte. Doch nun fühlte sich die Berührung verboten an, beinahe wie Verrat, und Orietta zog die Finger zurück, sobald sie die Aufmerksamkeit ihrer Freundin hatte.

»Schätzchen, wo warst du? Du hast keinem Bescheid gesagt.« Sibilla küsste sie flüchtig auf die Wangen, bevor sie andere Schultern packte, gut gelaunte Luftküsse verteilte und sich von allen Seiten Leute näherten, in der Hoffnung, als Nächstes begrüßt zu werden. Hier im Gewühle wäre es ein Leichtes gewesen, Salem von der Masse zu separieren und ein paar leise Worte mit ihm zu wechseln, doch obwohl sich sein Blick in ihre Schläfe brannte, musste sie sich doch auf die Salondame konzentrieren.

»Ich würde dich gerne sprechen. Es ist dringend«, sagte sie, auch wenn sie nicht hoffen durfte, genug Wichtigkeit zu besitzen, um die Routine ihrer Mentorin einfach so zu unterbrechen. Im nächsten Moment streifte jemand ihr Kreuz wie zu einer leisen Aufmunterung. Orietta sah gerade noch Colettes wippende Haarspitzen, bevor diese mit George am Arm davonstolzierte, doch die kleine Geste befeuerte ihre Entschlossenheit. »Sibilla?«

»Orietta, Liebes, für private Unterredungen vereinbart man Termine. Du hättest heute Morgen zu mir kommen sollen. Da hätte ich Zeit für dich gehabt. Aber hier? Du siehst doch, was gerade los ist.« Tatsächlich hatte ihr Einzug Ähnlichkeit mit einer Marienwallfahrt, doch Orietta glaubte keine Sekunde, dass ihr das Spektakel nicht auch gefiel.

»Heute Morgen wusste ich leider noch nicht, dass Stefano verprügelt wurde.«

»Was tut das zur Sache?«

Orietta blinzelte verwirrt, bevor sie sich wieder fing. Sicher hatte die Gefühllosigkeit, die aus diesen Worten sprach, nichts zu sagen und zeigte lediglich, dass keinerlei Verbindung zwischen ihr und dem Vorfall bestand. Sibillas schlechtes Gewissen hätte sie sonst verraten und mindestens kurz zusammenzucken lassen. Die Anspannung wich aus Oriettas Gliedern, und sie streckte die Hand nach der Freundin aus – eine hoffnungsvolle Einladung. »Bitte, komm mit. Ich verspreche, dich nicht länger als nötig vom Geschehen fernzuhalten.«

In der überdachten Gartenlaube, die sich abseits vom Weg auf einer der grünen Raseninseln erhob, zog sich Sibilla seufzend ihren Stuhl zurecht. »Fasse dich bitte kurz, der Bürgermeister wartet.«

Orietta öffnete den Mund, dann schloss sie ihn wieder. Himmel, wo sollte sie beginnen? Da waren Stefano und der Überfall. Dann Sibillas angebliche Grüße …

Mit einem Mal blitzte ein weiterer Gedanke in Oriettas Geist auf, und sie hatte das Gefühl, sämtliches Blut wiche ihr aus dem Kopf. Wieder sah sie die zertrümmerten Vasen im Lager vor sich, die Orietta damals der Verzweiflung ihres Vaters zugeschrieben hatte. Was, wenn in Wirklichkeit für beide Gräueltaten ein und dieselbe Person verantwortlich war?

Nun, es gab keinen schonenden Weg, um einer Freundin das eigene Misstrauen mitzuteilen. »Hast du Stefano deine Männer auf den Hals gehetzt?«

Sibillas Augen weiteten sich, als könnte sie kaum glauben, dass Orietta ihr Kontakte in ein derartiges Milieu unterstellte. Schon ging ihr Griff zu ihrem Blechetui; sie ließ sich Zeit damit, eine Zigarette herauszuholen. Orietta, die wusste, dass dieses Prozedere länger dauern konnte, fuhr mit ihrem Verhör unbeirrt fort.

»Das soll kein Angriff sein, ich zähle nur eins und eins zusammen. Bevor Stefano deine Bekanntschaft geschlossen hat, ist er nie in Prügeleien verwickelt gewesen. Nach dem Besuch im Salon findet man ihn blutüberströmt auf der Straße. Seiner Aussage nach haben ihn die Männer *mit den besten Grüßen von Sibilla Veridiani* liegen lassen.«

Ein Schwall Rauch traf ihr Gesicht. »Schätzchen, ich bin eine Persönlichkeit des öffentlichen Lebens. Meinen Namen kann sich jeder auf die Fahne schreiben. Darüber hinaus, welches Motiv sollte ich haben?«

Plötzlich war es, als hätten sie die Seiten gewechselt. Orietta war nicht mehr die Klägerin, sondern rutschte auf die Anklagebank. Unsicher musterte sie Sibilla und hätte fast die Flinte ins Korn geworfen. Doch sie durfte jetzt nicht die Nerven verlieren. Sie richtete sich auf und fuhr fort: »Du hast ihn zusammenschlagen lassen, um mich dafür zu bestrafen, dass ich schwach genug war, mir einen Verehrer anzulachen. Denn die Liebe ist ein Laster. Ist es nicht so?«

Sibilla lächelte hinter einer Rauchwolke. »Zum Glück verfügen wir alle über einen freien Willen. Es bleibt jedem Individuum selbst überlassen, sich die eigenen Schwächen auszutreiben.«

Orietta erschauderte unwillkürlich. »Weißt du, woran man einen Lügner erkennt?«, wisperte sie, die Stimme mit einem Mal dick von angestauten Tränen. »Er kann selbst die simpelste Frage nicht mit einem klaren Ja oder Nein beantworten, stattdessen versucht er es mit Ablenkung.« Als Sibilla auf diesen Affront hin seelenruhig sitzen blieb, anstatt empört aufzufahren, schwand auch die letzte Hoffnung. Nun stählte sich Orietta innerlich bloß noch für die Wahrheit, die sie in den nächsten Minuten unweigerlich einholen würde.

Sibilla drückte ihre Zigarette auf der Tischplatte aus und fegte den Stummel mit einer nonchalanten Handbewegung zu Boden. Als sie wieder sprach, klang sie wie ausgewechselt. Dahin waren das Säuseln und das Kokettieren. »Brava. Es ist dir gelungen, mich zu durchschauen, wenn auch nur zum Teil.«

Orietta schluckte. Das Blut rauschte in ihren Ohren, als würde sie gleich ohnmächtig werden. »Was habe ich übersehen?«

»Du glaubst, ich tue das alles aus der Verachtung eines Gefühls heraus, das wir alle, mich eingeschlossen, nun einmal zum Leben brauchen. Aber ich hasse die Liebe nicht, Orietta.

Ich hasse bloß, was sie den Menschen wegnimmt – nämlich die Fähigkeit, klar zu denken.«

»Das gibt dir nicht das Recht …«

»In welchem Maße ich von meinen Rechten Gebrauch mache, bestimmst nicht du.« Sibilla schickte ein mildes Lächeln nach, als könnte sie spüren, dass Orietta allmählich die Fassung verlor. »Du brauchtest einen Denkzettel, das ist es, was Stefano zugestoßen ist. Nicht mehr und nicht weniger.«

»Er liegt im Hospital, kaum in der Lage, eigenständig zu atmen, und du sprichst von einem Denkzettel?!«

»Ist er tot? Nein. Er wird sich von seinen Blessuren erholen.«

Orietta begann am ganzen Körper zu zittern. Nie hätte sie geglaubt, dass die Frau, der sie schon so lange nacheiferte, zu einem solchen Verbrechen fähig war. »Warum … warum dieser drastische Weg? Wieso hast du mir nicht einfach deine Bedenken mitgeteilt?«

»Weil sich abstrakte Lektionen noch immer am besten lernen lassen, wenn sie greifbar werden.« Sie zog ein weißes Taschentuch mit gesticktem Rand und ihren Initialen darauf hervor. Orietta zuckte weg, als sie versuchte, ihr damit die Tränen zu trocknen. »Wisch das schon ab. Kopf hoch. Und nun, wo du ein Stückchen weiser in diese Welt blickst, habe ich dir ein lukratives Angebot zu unterbreiten.«

»Eine Entschuldigung ist das Einzige, was mich interessiert.« Orietta schnäuzte sich widerwillig in das Tuch, der Duft ihrer Freundin stach ihr ekelerregend süß in die Nase. Sibilla Veridiani war die Rose im Blumenbouquet, an dessen Dornen man sich die Fingerkuppen aufritzte. Schön aus der Ferne, verletzend aus nächster Nähe. Paradoxerweise wusste Orietta, dass sie den Geruch vermissen würde, wenn er sie nicht mehr täglich umgab.

»Du erinnerst dich an den Disput zwischen mir und meinem Sohn Attilio?«

»Hat er etwa den Fehler begangen, seine Frau tatsächlich zu lieben?«

»Jetzt wirst du unfair.« Sibilla lachte leise, bevor sie wieder ernst wurde. »Nein, für einen Mann stellt die Liebe eine deutlich geringere Bedrohung dar als für uns Frauen. Aber auch Männer haben Probleme und Verpflichtungen. Nach fünf Jahren tollt mir immer noch kein Nachwuchs um die Beine. Und ich muss gestehen, ich hatte die Hoffnung fast aufgegeben.« Sibillas braune Augen funkelten. »Das heißt, bevor ich dich traf.«

»Soll ich in seinem Namen schwülstige Liebesbriefe verfassen? Würde das sein Eheleben wieder in Schwung bringen?« Anders wusste Orietta nicht, welchen Nutzen sie sonst für sein Leben haben sollte.

»Es ist Filippa, seine Frau. Offenbar kann sie keine Kinder empfangen. Nach zig Untersuchungen ist immer noch kein Arzt imstande, ihr zu helfen.« Und zum ersten Mal, seit sie abseits der Parkbesucher miteinander sprachen, stahl sich so etwas wie Furcht in Sibillas unverwüstlichen Blick.

»Das tut mir leid«, sagte Orietta. »Aber ich verstehe immer noch nicht, welche Rolle ich dabei spielen soll.« Unvermittelt fiel ihr ein, dass sie die gleichen Worte benutzt hatte wie Attilio vor nicht allzu langer Zeit. In ihrem Bauch begann es zu rumoren.

»Du könntest ihn zum glücklichsten Mann der Welt machen … und mich zur glücklichsten Frau.«

»Ich bin keine Wunderheilerin …«

Mit einem Wink brachte Sibilla sie zum Schweigen. »Dein Körper strotzt vor Gesundheit, dein Verstand leuchtet vor

Intelligenz, und in nicht einmal vier Monaten hast du es geschafft, eine Reihe wichtiger Persönlichkeiten um den Finger zu wickeln. Genau das wünsche ich mir für mein Enkelkind. Attilio und Filippa würden natürlich verheiratet bleiben und all das müsste hinter geschlossenen Türen vonstatten gehen …« Die Implikation ihrer Worte traf Orietta mit voller Wucht, und der Anflug von Übelkeit, den sie soeben verspürt hatte, verwandelte sich in einen regelrechten Brechreiz.

»Wenn du mein Angebot annimmst und ihm ein Kind schenkst, finde ich dich mit einer Summe ab, von der deine Familie nur träumen kann. Die Schulden wären getilgt, und eurem Betrieb stünden wieder alle Möglichkeiten offen. Lehnst du hingegen ab, denke ich nicht, dass ich deinen Platz im Zirkel noch länger gewährleisten kann. Jeden Tag stellen sich mir junge, ambitionierte Frauen vor, die ihre eigene Mutter verleugnen würden, um unter meine Fittiche schlüpfen zu können.«

»Ich bekomme keine Luft.« Orietta stand auf, blankes Entsetzen in den Knochen, das Gewicht eines Schlaghammers auf der Brust.

»Denk in Ruhe darüber nach. Ich erwarte deine Antwort nicht vor morgen Abend.« Mit einem forschen Klopfen auf den Tisch erhob sich nun auch die Veridiani. Sie wandte sich zum Gehen, hielt jedoch noch einmal inne. »Ach, und Liebes? Kein Wort zu niemandem. Aber das muss ich dir ja nicht sagen, bei all den Geheimnissen, die deine Familie verbirgt.«

»Was? Das kannst du nicht machen!« Orietta setzte ihr nach und tat etwas, was sie vorher nie gewagt hätte: Sie wirbelte ihre einstige Mentorin grob am Arm herum.

Diese riss sich mit einem Ruck los und warf Orietta einen kalten Blick zu. »Ich habe dir soeben das Geschäft deines

Lebens unterbreitet. Nimm dich gefälligst zusammen und hör auf, dich wie eine verzogene, undankbare Göre zu verhalten.« Sie schritt davon, ohne sich nach Orietta umzusehen. »Denk daran, morgen Abend, Orietta. Wenn ich bis dahin nichts von dir gehört habe, werte ich das als ein Nein.«

Orietta blieb zurück. Unter ihr schwankte der Boden, und es gab buchstäblich nichts, woran sie sich festhalten konnte. Keine Warnung der Welt hätte sie auf die schiere Verzweiflung vorbereiten können, die sie jetzt niederwalzte. Was Sibilla Veridiani von ihr verlangte, grenzte an Blasphemie. Sie wollte Gott spielen und zwei Körper zusammenführen, die nichts miteinander zu schaffen hatten. Nur dazu hatte sie sich Oriettas Vertrauen erschlichen, das sie von Anfang an geplant hatte auf grausamste Weise zu verraten.

Voller Bestürzung erkannte Orietta, dass mit diesem Verrat nicht nur eine Freundschaft zerbrochen war, sondern auch die Illusion, dass sie, wenn schon nicht für ihr Äußeres, von den richtigen Leuten doch wenigstens für ihren Intellekt wertgeschätzt werden konnte. Noch schlimmer war: Sie durfte das Geld nicht ausschlagen, denn dann wäre das Schicksal der Vetreria besiegelt.

Am schwersten allerdings wog die Gewissheit, dass der Knebelvertrag Salem und ihr den Todesstoß verpassen würde.

Wie sie es auch drehte und wendete, sie fand keinen Ausweg. Sibilla Veridiani hatte sie in die Falle gelockt, und wie eine Katze die Maus ließ sie sie bloß noch zu ihrer Belustigung zappeln.

Umringt von all den Schirmchen und Hüten – deren Besitzer sie stets im Blick hatten, auch wenn sie auf Nachfrage Gegenteiliges behauptet hätten –, kämpfte Orietta, zurück bei der

Gesellschaft, mit den Tränen. Sie hielt sich wacker, bis Salem seinen Gesprächspartner mitten im Satz stehen ließ und über die Länge eines halben Kornfeldes auf sie zukam. Schnurstracks und fast in Panik drehte sie sich um und verließ den Park. Verborgen hinter dem dichten Blattwerk einer Hecke brach sie endlich schluchzend zusammen. Irgendwann konnte sie sich aufraffen und machte sich, Salems besorgten Gesichtsausdruck noch vor Augen, auf den Heimweg. Dieser Gesichtsausdruck begleitete sie bis nach Murano. Stärkte sie, als sie bei den Dal Corsos an die Haustür klopfte, und tröstete sie, nachdem sie mit einer festen Zusage wieder gegangen war.

Ja, sie hatte das auch für Salem getan, nicht nur für ihre Familie.

Zu Hause lief sie als Erstes dem Maler in die Arme, der, das halbfertige Familienporträt unter die Achsel geklemmt, an ihr vorbeirauschte, als würde er sie nicht kennen. Spätestens, als sie die gepackten Kisten oben am Treppenabsatz bemerkte, ahnte sie, dass sich die Lage im Betrieb zugespitzt hatte.

»Sortierst du aus, oder ziehen wir um?«, sagte sie schwach zu ihrer Mutter, die gerade eine kunstvolle Gaslampe – die von Orietta –, in einen der offen stehenden Kartons steckte.

»Schon zurück? Ich habe vor dem Abendessen gar nicht mit dir gerechnet. Wenn ich ehrlich bin, nicht einmal vor Mitternacht. Oder warst du gar nicht im Park bei diesem ach so wichtigen Treffen?« Ihre Mutter klang abgehetzt und niedergeschlagen.

»Der Bürgermeister plant eine internationale Kunstausstellung.« Damit ging sie an ihrer Mutter vorbei in die Küche, wo sie sich ein Glas Wasser einschenkte, aus dem sie dann doch nicht trank. Natürlich blieb sie nicht lange allein.

»Alles in Ordnung? Du wirkst bedrückt.« Sie prüfte mit

dem Handrücken Oriettas Stirn, eine Angewohnheit, die sie als mütterliche Pflicht auch bei ihren erwachsenen Kindern beibehalten hatte. »War es schlimm im Hospital?«

»Mamma …« Orietta wollte stark sein, doch wie Giovanni damals vor ihr auseinandergebrochen war, splitterte nun auch sie vor ihrer Mutter in winzig kleine Teile. Nur dass sie die Lösung all ihrer Probleme endlich gefunden hatte. »Die Dal Corsos leihen uns das Geld«, schluchzte sie. »Ich hab vorhin mit ihnen gesprochen.«

»*Was?!* Ach, du meine Güte. Das hättest du mit deinem Vater abklären müssen!«

»Kein falscher Stolz mehr. Ich bin es so leid, all die Lügen und Ausflüchte aufrechtzuerhalten. Sie sind unsere engsten Nachbarn, du bist mit Donna Clarissima befreundet, und Prudentia wird Giovannis Frau. Ich habe keine Kraft mehr, um den Lauf der Dinge eigenständig zu steuern.«

»Aber …«

»Sie geben uns die volle Summe nach der Vermählung. Eine Blitzhochzeit zu arrangieren, vielleicht schon für übermorgen, liegt nun in deiner Hand.«

»Orietta, so einfach ist das nicht.«

»Doch«, sagte sie traurig. »Genauso einfach. Ich bin jedenfalls niemand, von dem noch Hilfe zu erwarten ist.« Mit der Fußspitze stupste sie gegen einen Karton. »Die kannst du wieder auspacken. Wir müssen unseren Hausstand nicht mehr verkaufen, glaube ich. Es sei denn, du möchtest das Zeug loswerden.«

»Kind …« Ihre Mutter stöhnte wehmütig, als wüsste sie, dass Oriettas Herz nicht nur vom Verlust einer Freundschaft, sondern auch vor Liebeskummer pulsierte. Grummelnd zog sie Orietta in eine tröstliche Umarmung, bei der sie sich hin-

und herwiegte und »Schsch« murmelte. »Ich mach dir eine Milch mit Zucker. Und danach sprechen wir.«

Orietta erwachte vom Gepolter ihres Bruders. Er musste beim Hereinkommen die Tür ins Schloss geworfen haben und löste gerade vornübergebeugt die Senkel seiner rahmengenähten Lederschuhe von Girotti. Es waren die guten handgefertigten, nicht die für ein breites Publikum erschwingliche industrielle Massenware, die sich in den letzten Jahren großer Popularität erfreute, ungeachtet dessen, dass sie spätestens nach einem Jahr auseinanderfiel. Giovanni holte diese Schnürschuhe nur für wichtige Geschäftstreffen aus dem Schrank, nämlich dann, wenn er zeigen wollte, dass jenes Stilgefühl, das er bei seinen Glaskreationen bewies, auch alle anderen Bereiche seines Lebens beherrschte. Worüber sie früher den Kopf geschüttelt hätte, konnte Orietta nun verstehen. Mittlerweile wusste sie selbst nur zu gut, dass oft schon ein raffiniertes Kleidungsstück ausreichte, um sich Dutzende Privilegien zu verschafften.

»Etwa ein Kronleuchter?«, fragte sie Giovanni, in der Hoffnung, der schicke Aufzug würde auf einen neuen lukrativen Auftrag hindeuten. Sie rappelte sich auf, die Glieder schwer, der Kopf vor Benommenheit summend. Sie wusste noch, dass sie auf dem Sofa gesessen und unter den tröstlichen Worten ihrer Mutter warme Milch getrunken hatte, doch nun lag sie unter einer leichten Decke, im Rücken bequeme Kissen, und versuchte, hinter den zugezogenen Fensterläden vergeblich zu erkennen, ob es noch Tag oder schon Nacht war. Misstrauisch roch sie an ihrem Becher, auch wenn sie gar nicht wusste, ob Schlaftropfen einen bestimmten Geruch absonderten. Derart betäubt hatte sie sich noch nie gefühlt.

»Die Werkstatt ist heute zugeblieben. Niemand war auf

Kundenterminen.« Giovanni griff nach einem Kerzenhalter und leuchtete sich seinen Weg zu ihr. Kleine Lichter in Gläsern waren außerhalb ihrer Reichweite in Regale und auf Kommoden gestellt worden und hatten mit ihrem Flackern das Wohnzimmer in eine gemütliche Höhle verwandelt. Ihre Mutter hatte ihr einen Rückzugsort geschaffen, wo sie kurz ihre Sorgen vergessen konnte, doch obwohl die Erholung bitter nötig gewesen war, ärgerte sich Orietta nun über den schwachen Moment, den sie zugelassen hatte. In der Zeit, die sie vertrödelt hatte, hätte sie Giovanni aufsuchen und ihm von dem Darlehen der Dal Corsos erzählen müssen.

»Was ist mit den Bestellungen, wenn heute niemand gearbeitet hat?«, fragte sie, auch wenn die Antwort keine Rolle mehr spielte. Ihre Zukunft hing nun von anderen Faktoren ab als der pünktlichen Auslieferung einer Vase.

Giovanni setzte sich. »Den Rückstand holen wir so schnell nicht wieder auf. Aber allmählich trudeln größere Aufträge ein, und das ist die Hauptsache.«

»Aufträge wie für einen achtarmigen Kronleuchter?«

Ihre kindliche Beharrlichkeit brachte ihn zum Lächeln. Als sie einst zum ersten Mal gesehen hatte, welche Meisterwerke sich aus Glas modellieren ließen, war ihre Faszination für kunstvolle Lüster erwacht und seither mit jedem neuen Unikat gestiegen. Für Orietta stellten sie die Königsklasse der Glasanfertigung dar, denn obschon recht viele über das nötige handwerkliche Wissen verfügten, besaßen nur wenige das künstlerische Auge dafür. Und ohne jene spezielle Fantasie fehlte den Kronleuchtern der Charakter, der sie von einer rein gewerblichen Arbeit abgrenzte.

»Irgendwann kreiere ich einen dir zu Ehren. Er wird ›Orietta‹ heißen, mindestens fünfzig Kilogramm wiegen und die Eingangshalle des Königshauses schmücken. Gegnern der Frauenbewegung wird er wie zufällig auf den Kopf krachen. Eine Wunderwaffe.«

»Sehr witzig.«

»Sag nicht, ich wüsste dich nicht aufzuheitern.«

Er rieb sich verlegen den Nacken, und Orietta wurde es schwer ums Herz. Wenn er noch nichts von ihrer Einmischung gehört hatte, dann doch zumindest von ihrem Liebeskummer, den sich ihre Mutter irgendwie zusammengereimt haben musste, und bei aller Distanz, die ihre Teilnahme am Salon zwischen ihnen geschaffen hatte, war er nach Hause geeilt, um nach ihr zu sehen. Wie sollte sie ihm bloß beibringen, dass sie den Dal Corsos die rasche Heirat zugesichert hatte?

»Ein englischer Earl möchte das Innendekor seines Herrenhauses einer Umgestaltung unterziehen.« Giovanni war wieder ganz der älteste Sohn und versierte Geschäftsmann. »Es wurde die Ausstattung von mindestens zehn Räumen angefragt. Und die Vetreria Volpato ist ihre erste Wahl.«

»Unfassbar! Herzlichen Glückwunsch.« Orietta strampelte die Decke von ihren Füßen und setzte sich in einen Schneidersitz. »Ich dachte, ihr hättet heute keine Kundentermine wahrgenommen?«

»Haben wir auch nicht, das wartet schon länger im Hintergrund. Die Abwicklung läuft über den Postweg, und daher ist mit den unterschriebenen Dokumenten frühestens in einem Monat zu rechnen. Bis dahin gilt es, die Ruhe zu bewahren. Unser Lord kann jederzeit wieder abspringen.«

»Wird es denn einen Vorschuss geben?«

Giovanni seufzte. »Wenn die Qualität des Probestücks stimmt, erhalten wir eine Anzahlung und bei Lieferung dann den vollen Preis.«

»Und bis die Bestellung verschickt ist, vergehen Monate. Bis dahin ist auch die Fristverlängerung unserer Schulden längst abgelaufen.«

Giovanni gestattete sich einen Moment der Trostlosigkeit, und bei seinem »Was soll's?« begann sie daran zu zweifeln, ob ihre Mutter ihm wirklich nichts über das Arrangement mit den Dal Corsos gesagt hatte. Aber nein, in dem Fall wäre er ihr kaum so freundlich begegnet, denn was sie so lange versucht hatte, ihrer Mutter auszureden, hatte sie nun schließlich selbst bittere Realität werden lassen: seine Vermählung.

Seine Vermählung.

Sie würde stattfinden und ihr Vater würde sie dafür hassen, doch die ablaufende Zeit gab ihr recht. Die einzige andere Möglichkeit wäre gewesen, auf Veridianis absurden Handel einzugehen, und das konnte sie nicht über sich bringen. Niemand aus der Familie konnte wollen, dass sie ihren Körper verkaufte. Eine Ehe dagegen war etwas, das die halbe Welt als taktische Entscheidung oder gesellschaftlichen Aufstieg sah. Wie wichtig war da schon ein Herz …

»Nur zu, was liest du in meiner Zukunft?« In ihre Gedanken versunken, hatte sie, ohne es richtig zu bemerken, seine Hand genommen. Giovanni spähte belustigt in ihren verschmähten Milchbecher und trank die übrig gebliebene Pfütze leer. »Widerlich, ich hatte ein Gemisch mit Cognac erwartet, keine süße Suppe.«

»Die Neigung zum Resteessen wird sich einmal auszahlen, wenn du Kinder hast«, sagte sie mit einem schiefen Lächeln.

»Damit hätte ich dir dann schon mal eine Fähigkeit voraus, weil dein Handlesen, wie du mir gerade beweist, überhaupt nicht funktioniert.«

»Ach nein?« Wie in ihrer Kindheit ging sie auf sein kleines

Spiel ein. »Also gut. Ich sehe eine große Klappe … Starrsinn … und die ungute Eigenschaft, sich für alles und jeden verantwortlich zu fühlen.«

»Sicher, dass das *meine* Hand ist? Hast du dich nicht gerade selbst beschrieben?«

Sie schnaubte, während er lachte, doch dann wurde sie rasch wieder ernst, als Schuldgefühle sie überrollten und den Wunsch verstärkten, ihren Bruder fest an sich zu drücken. Vielleicht war es ihre letzte Möglichkeit dazu? Sobald er wüsste, was sie getan hatte, würde er sie nicht mehr in seiner Nähe haben wollen.

»Hast du mit Mamma gesprochen?«, fragte sie leise.

Sein Blick verriet einen Funken Enttäuschung darüber, dass das Spiel so schnell geendet hatte, und erst als er sich unbehaglich räusperte, dämmerte ihr, dass er genau wie sie wohl versucht hatte, die Aussprache noch eine Weile hinauszuzögern.

»Sie hat mich ohne Angabe von Gründen zu dir geschickt. Aber es klang so, als hättest du etwas verpfuscht.« Der Schalk in seinen Augen flackerte noch einmal schwach auf, bevor er ganz verschwand. »Dein schlimmster Albtraum ist also wahr geworden. Ich darf dir mit Mammas Erlaubnis den Kopf waschen. Also Schwesterchen, was hast du mir zu beichten?«

Oriettas ganzer Körper verspannte sich. Nun gab es kein Zurück mehr. »Ich habe einen Ausweg aus den Schulden gefunden. Nur leider ist der mit einer Bedingung verknüpft.«

»Sollte nicht dein Beitritt in diesen Salon unser Ausweg sein?« Er streckte die Handflächen von sich, wie um sie zu besänftigen. »Versteh mich nicht falsch, durch dich konnten wir vielversprechende Kundenkontakte aufbauen, aber es geschieht eben alles zu langsam.«

Orietta schloss für einen Moment die Augen, um sich zu stählen. »Ich weiß … und weil uns die Zeit fehlt, habe ich mit den Dal Corsos folgende Abmachung getroffen: Du heiratest, so schnell es geht, Prudentia, und sie leihen uns dafür das Geld für die Schulden.«

Giovanni starrte sie an. »Du hast unsere Familienangelegenheiten vor den Dal Corsos breitgetreten? Vor unseren *Konkurrenten*?«

»Wir werden bald eine Familie sein. Du hast selbst gesagt, du hättest dich mit deinem Los abgefunden.«

Er atmete so schwer, als hätte man ein Eisen auf seiner Brust abgesetzt. »Warum handelst du auf eigene Faust? Verdammt, du hättest vorher zu mir kommen müssen! Die Verlobung war doch längst wieder vom Tisch. Wir haben uns den Ring zurückgeholt. Du warst höchstpersönlich dort, um ihn zu holen!«

»Ich … Mir blieb keine Wahl, und du …« Sie schüttelte den Kopf. Auf der Verlobungsfeier hatte er Prudentia nicht einmal küssen können. Niemals hätte er die Entscheidung treffen können, wie sie es nun getan hatte. »Du besitzt nicht den nötigen Abstand, um mit den Dal Corsos zu verhandeln.«

»Aber du, ja?« Er sprang auf. »Was willst du mir damit sagen? Dass ich nicht Manns genug für die Rettung des Betriebs bin?«

Sie setzte sich aufrecht hin. »Stärke hat nichts mit dem Geschlecht zu tun oder dem Alter. Es kommt darauf an, wie viel Schmerz man willens ist, für das Gemeinwohl auf sich zu nehmen.«

»Und du glaubst, ich habe nicht für euch gelitten?«

»Das nennt man Buße tun.« Orietta knetete die Sofakissen. »Schließlich warst du derjenige, der die Werkstatt verspielt hat. Wir haben unser Möglichstes getan, Gio, jeder von uns. Aber bevor alles endgültig in Scherben liegt … Was dachtest du denn, wie das hier ausgeht? Am Ende muss eben einer die Verantwortung tragen. Versteh doch bitte …«

Er stürzte zu ihr, war mit seinem Gesicht plötzlich ganz dicht vor ihrem und entriss ihr das Kissen. »Verantwortung? Du weißt doch gar nicht, was es bedeutet, Verantwortung zu übernehmen! In deinem schlauen Köpfchen malst du dir aus, dass du diejenige bist, auf die sich die Familie verlässt, wenn es hart auf hart kommt, weil du sonst nichts hast, woran du dich klammern kannst. Aber in Wirklichkeit bin ich es, zu dem alle aufblicken. Ich bin es schon immer gewesen. Und egal, was du tust, egal, wie selbstgerecht du auch handelst, du wirst nie meinen Platz einnehmen!« Damit schleuderte er das Kissen auf den Boden.

Orietta war entsetzt vor ihm zurückgewichen. Seine wahre Meinung über sie erschütterte sie, und auch wenn sie seine Verachtung schon immer zu spüren geglaubt hatte, gab ihr die Gewissheit nun den Rest. Gekränktheit wurde innerhalb von Sekunden zu lodernder Wut. »Wenn du nicht wärst, säßen wir doch gar nicht erst in der Klemme! Deine Spiel- und Trinksucht ist die Quelle all unserer Probleme. Nur weil *du* dich nicht im Zaum halten konntest, stehen wir nun vor dem Ruin. Rede du mir also nicht von Verantwortung!« Sie wischte sich eine Haarsträhne vom Mund. »Ich denke, derjenige, der die Schuld an unserer Misere trägt, sollte auch den Anstand besitzen, das nötige Opfer zu bringen. Findest du nicht?«

Seine Miene verfinsterte sich. »So habe ich es bisher nicht gesehen. Aber vielleicht sollte ich mir in Zukunft ein Beispiel an dir nehmen.«

»Was? Wie meinst du das? Wirst du sie heiraten?«, rief sie ihm nach, als er aus dem Wohnzimmer stürmte. Außer sich vor Wut drehte er sich an der Tür noch einmal um und streckte ihr den Mittelfinger hin. Wenn dies ein Ja war, dann das schmerzhafteste, das sie je von einem Menschen bekommen hatte.

Kapitel 22

Orietta erschien vollkommen gerädert zum Frühstück und geriet mitten in eine aufgebrachte Unterhaltung von Flavia, Jacopo und ihrer Mutter, während ihr Vater die Zeitung studierte. Das verräterische Schweigen, das einsetzte, sobald sie den Raum betrat, legte nahe, dass sie sich über Orietta berieten. Gut möglich, dass Giovanni sie über ihren gestrigen Streit in Kenntnis gesetzt hatte. Nach seinem wutentbrannten Abgang war sie keinem aus der Familie mehr begegnet. Sie hatte sich in ihrem Zimmer verschanzt und ihr Journal mit der wortgetreuen Wiedergabe ihrer Auseinandersetzung gefüllt. Das Abendessen hatte sie bewusst ausgelassen, denn auch wenn sie Gio seine Anfeindungen irgendwann verzeihen würde – schließlich war er ihr Bruder –, würde sie diese nicht so schnell vergessen können.

Er hatte einfach einen wunden Punkt bei ihr getroffen.

Baute ihr Interesse an der Geschäftsführung wirklich bloß auf einem letzten verzweifelten Versuch, einen Nutzen für die Familie darzustellen? Wie wäre ihre Entwicklung beispielsweise verlaufen, wenn sie Flavias Schönheit besessen hätte? Oder die Berechtigung ihrer Brüder zur Ausübung des

Handwerks? Hätte sie Giovanni die wichtigste Entscheidung seines Lebens auch dann aufgedrängt, wenn es einen festen Platz in der Familie für sie gegeben hätte?

Am Tisch zwang sie sich, die Kaffeesuppe zu löffeln und den Umstand zu ignorieren, dass ihr Bruder ihretwegen dem Frühstück fernblieb. Seine bis zum Rand gefüllte, nicht mehr dampfende Tasse sagte deutlich, dass sie schon zu ihm kommen musste, wenn sie sich vertragen wollte.

»Wo ist eigentlich dein Bruder?« Ihrem Vater war nicht entgangen, dass ihr spätes Erscheinen irgendwie mit Giovannis Abwesenheit in Verbindung stand.

»Sehe ich aus wie seine Sekretärin?« Orietta stocherte lustlos in ihrem Essen. Alles, was sie anrührte, schmeckte wie Sand, und die forschenden Blicke ihrer Familie machten es nicht besser.

»Siehst Du, o Herr, gegen ihr freches Mundwerk bin ich machtlos.« Ihre Mutter gestikulierte flehend Richtung Decke, als erhoffte sie sich trotz aller Verfehlungen göttlichen Beistand, ihre Geschwister sogen scharf die Luft ein, und über den Rand der Zeitung hinweg musterten sie zwei trübe braune Augen mit einem langen, strafenden Blick. Bei all den Rückschlägen der letzten Zeit brachte ihr Vater an diesem Morgen wohl nicht die Kraft für einen Wortwechsel mit ihr auf. Die Gründe für den Angriff auf Stefano waren ihm sicher zu Ohren gekommen, und insgeheim gab er sich wohl selbst die Schuld daran, weil er es versäumt hatte, seiner Tochter die Salontreffen auszureden. Er wandte sich wieder ab und murmelte: »Jaco, sieh nach, wo Giovanni bleibt. Wir haben viel zu tun.«

Ihre Mutter nickte auffordernd, und Jacopo machte sich murrend davon. Orietta widmete sich trübsinnig wieder ihrem Frühstück.

Als Jaco kurz darauf von der Suche nach Giovanni zurückkehrte, brauchte er einen Moment, um sich zu sammeln. Mit wildem Blick stützte er die Faust in den Türrahmen und konzentrierte sich darauf zu atmen.

»Was ist denn los?«, fragte ihre Mutter und musterte ihn tadelnd.

Jaco schloss die Augen, und als er sie wieder öffnete, waren sie zur allgemeinen Bestürzung mit Tränen gefüllt.

»Er ist weg. Und damit meine ich, er hat seinen Koffer gepackt und ist abgereist.« Zum Beweis öffnete er die Faust und winkte mit einem Zettel, der nichts anderes sein konnte als ein Abschiedsbrief.

Geschirr klirrte, Stuhlbeine schabten über die Terrakottakacheln, und ihre Eltern stolperten beinahe übereinander, als sie auf Jacopo zustürzten. Flavia blieb schockiert am Tisch zurück, wie immer, doch ihre Hand legte sich um Oriettas und quetschte ihre Finger, als wäre dies ein Albtraum, aus dem sie erwachen könnte, wenn sie nur fest genug zudrückte.

Ihre Mutter las zunächst leise, dann laut die hinterlassenen Zeilen vor: »Mit der Hoffnung auf neue Möglichkeiten und im Vertrauen, dass Orietta den Tag retten wird, mache ich mich auf nach Böhmen. Eine Hochzeit wider Willen war noch nie die Lösung. Bitte vergebt mir. In Liebe, Giovanni.« Beim Aussprechen seines Namens versagte ihr die Stimme, und schluchzend reichte sie den Zettel an ihren Mann weiter.

»Seid ihr sicher, dass das kein Scherz ist? Ist das überhaupt seine Handschrift?«

Nun streckte ihr Vater Orietta das Schriftbild zur Prüfung hin. Während sie wie betäubt über die eng gesetzten, nach rechts geneigten Lettern strich, fasste er sich ans Herz. Jaco verkündete, dass er im Casino nach seinem Bruder suchen würde.

Flavia umarmte die weinende Mutter und wirkte völlig geistesabwesend dabei. »Das ist der Fluch der Säulen.« Ihr Blick driftete ins Leere. »Wir sind an Karneval zwischen den zwei Säulen an Land gestiegen, erinnerst du dich? Obwohl wir wussten, dass es Unglück bringt.«

Orietta übertönte die daraufhin anschwellenden Wehklagen ihrer Mutter. »Das hat doch damit nichts zu tun. *Wir* waren es nicht, die unser Erbe im Casino verspielt haben!« Und wie zu sich selbst fügte sie hinzu: »Er ist vor der Verantwortung geflohen. Vor meinem Urteil.« Ein Schrei formte sich in ihrer Kehle, und sie musste heftig schlucken, um ihn unten zu halten. Heftig schleuderte sie seinen Abschiedsbrief zu Boden und zermalmte das Papier unter ihrem Absatz.

»Dein Handel mit den Dal Corsos. Was sollen wir bloß tun? Wir können ihnen nicht verschweigen, dass Giovanni abgereist ist«, klagte ihre Mutter. »Wenn wir die Wahrheit sagen, geben sie uns das Darlehen nicht.« Unablässig tropften ihr Tränen vom Kinn. Nun übernahm der ebenso aufgelöste Vater sie von der immer abwesender wirkenden Flavia und wankte mit seiner Ehefrau zu einem Stuhl. Er drückte sie an den Schultern nach unten und hielt sich selbst an der Lehne fest, um sich vor sie zu kauern. Eine Hand umfasste ihr Knie, während er beschwichtigend auf sie einredete.

»Ich kann Prudentia nie wieder unter die Augen treten.« Flavia ließ sich auf den Stuhl daneben sinken. »Sie hat doch schon ihr wunderschönes Brautkleid in Auftrag gegeben.« Verzweifelt sah sie zu ihrer Schwester auf. »Ori, tu was!«

Als auch die Blicke ihrer Eltern sich auf sie richteten, wurde Orietta mit einem Schlag bewusst, dass sie jetzt in der Tat in Giovannis Fußstapfen getreten war und dass die Verantwortung, nach der sie sich so lange gesehnt hatte, nun wahrlich auf ihren Schultern lastete. Aber sie hatte doch nie gewollt, dass es *so* geschah! Dass er ihretwegen wegging!

»Papà, geh bitte im Bahnhof nachschauen, wie die Züge fahren.«

Prompt stand er auf und straffte sich, und so groß ihre Erleichterung ob seiner Bereitschaft, ihren Anweisungen zu folgen, auch war, erschütterte es sie doch auch, das zu sehen. Denn sein Verhalten zeigte, dass ihr Vater seinen Biss verloren hatte. Viel zu lange schon hatte er sich auf Giovanni als seinen Ersatz verlassen. Insofern war es auch gut, dass Orietta ihn mit der Aufgabe beschäftigte, denn selbst wenn es schon zu spät sein mochte, um Giovanni nachzuspüren, musste er für die Reise nach Böhmen doch zumindest ein Ticket erworben haben. Vielleicht ließ sich seine geplante Route noch nachvollziehen.

Ihre Kehle brannte, als würde sie Flammen atmen, doch davon ließ sie sich nicht aufhalten. »Mamma, könntest du Donna Clarissima zum Tee bitten? Und du, Flavia, fang bitte Jaco ein und bring ihn zur Werkstatt. Die Geschäfte müssen weiterlaufen, auch in Giovannis Abwesenheit. Solange der nicht vor Ort ist, hat Jacopo die Aufsicht …« Sie stockte. In der plötzlichen Erkenntnis, dass ihre Schwester die hoffnungslose Situation besser handhaben würde als ihr kleiner Bruder, korrigierte sie sich: »Nein, *du* hast die Aufsicht, Flavia. Sorge dafür, dass die Öfen laufen, und lass dich zu keinerlei Erklärung nötigen, warum Giovanni nicht da ist. Wir werden schon genug damit zu tun haben, den Schaukasten von Gerüchten freizuhalten.«

»Verstanden.«

Da sie das Gefühl hatte, noch etwas sagen zu müssen, fügte sie hinzu: »Seid unbesorgt, ich werde das regeln. *Ich* lasse euch nicht im Stich. Versprecht mir nur, dass ihr mir verzeihen werdet.«

Ihre Familie gelobte zusammenzuhalten. Als dann endlich alle mit ihrem jeweiligen Auftrag unterwegs waren, ging Orietta in Giovannis Zimmer.

Das glatt gestrichene Bett und der aufgeräumte Fußboden starrten sie an, doch erst der leere Kleiderschrank überzeugte sie davon, dass ihr Bruder wirklich fort war. Nicht ein Hemd hatte er dagelassen, nur diese furchtbaren Abschiedszeilen und auf dem Nachtkästchen seinen Siegelring mit dem Volpato-Emblem und seinen Initialen.

Sie blickte in den ovalen Spiegel, in ihr eigenes leichenblasses Gesicht, schob das Becken vor und hielt sich den Bauch, als wäre sie bereits schwanger. Allein die Vorstellung ängstigte sie mehr, als sie sagen konnte.

»Verflucht, warum hast du mich alleingelassen?« In einem jähen Aufwallen hilfloser Wut schlug sie mit der flachen Hand gegen den Spiegel. »Warum tust du mir das an?«

Aber warum taten sie sich das alles gegenseitig an? Eine Weile lang stand sie nur da, die Stirn an die kühle Fläche gelehnt, während ihr stumme Tränen übers Gesicht strömten, dann richtete sie sich wieder auf. Beim Hinausgehen riegelte sie ab und verstaute den Schlüssel in der Schublade ihres eigenen Nachtkästchens.

Nein, sie konnte Giovanni nicht ersetzen, doch nun war es ihre Aufgabe, die Familie zusammenzuhalten.

* * *

Donna Clarissima erfuhr es als Erste. Ungläubig verlangte sie ein paarmal, Giovanni zu sprechen, bis sie begriff, dass gerade das der springende Punkt war, und blankes Entsetzen in ihre Miene trat.

Orietta schob ihr den Gebäckteller zu, nachdem sie mit gutem Beispiel vorangegangen war und sich einen Zitronenkeks in den Mund gesteckt hatte. »Das muss aber nicht unsere Vereinbarung tangieren«, machte sie einen letzten verzweifelten Versuch.

Donna Clarissima stieß ein hohes Lachen der Empörung aus. »Und ob es das wird!«

»Er wird sicher zurückkehren«, sagte Orietta und hatte selten so gehofft, ihre Worte würden sich bewahrheiten.

Donna Clarissima schnaubte nur. »Pah! Wenn er sich nach Murano zurückwagt, wird ihm die Konzession entzogen.«

»Das können wir nicht wissen.«

»Und von wegen der Ring muss gereinigt werden!« Donna Clarissima warf die Gabel auf den Tisch. »Wie lange plant ihr schon, uns fallen zu lassen?«

Orietta rüstete sich für einen ausgewachsenen Gefühlsausbruch, und da sie höchstens einen auf einmal ertrug, hatte sie auf einem Treffen ohne Prudentia bestanden. Sie wollte den Vorfall wie eine gescheiterte Transaktion behandeln und nicht gleichzeitig der Frau, an deren Demütigung sie mit schuld war, tröstend die Arme hinstrecken. »Donna Clarissima, Giovanni ist jung. Er hat offensichtlich kalte Füße bekommen. Zu keinem Zeitpunkt hatte er im Sinn, seiner Zukünftigen Kummer zu bereiten.«

Ihr Gegenüber wedelte mit der Hand. »Das würde ich dir vielleicht glauben, wenn da nicht noch *zufällig* die Spielschulden wären. Finanzielle Komplikationen bespricht man im Übrigen *vor* einer Verlobung, nicht wenn bereits das Brautkleid geschneidert wurde. Aber das sage ich dir: Auf diesen Kosten bleibe ich sicher nicht allein sitzen.« Sie klatschte in die Hände. »Hol mir deine Eltern her! Ich muss das mit ihnen besprechen.«

»Während der Abwesenheit meines Bruders obliegen die Familiengeschäfte bedauerlicherweise … mir.«

»Was ist mit eurem Jüngsten? Ich will wissen, warum *er* nicht die Geschäfte leitet. Wieso spreche ich hier mit einem Mädchen?«

Oriettas diffuse Angst vor all der neuen Verantwortung wich der altbekannten Mischung aus Trotz und Sturheit. Sie hob das Kinn. »Er produziert, ich leite die Geschäfte. So ist die Aufteilung, und so hat jeder die Zeit, sich auf das zu konzentrieren, was er am besten kann.«

Donna Clarissima überlegte einen Moment, dann sagte sie widerstrebend: »Dein Unternehmergeist hat mir tatsächlich schon immer imponiert.«

»Dann steht unsere Abmachung noch?«

»Tut mir leid, ohne Hochzeit kein Geld«, erwiderte Donna Clarissima in einem Ton, der deutlich machte, dass sie einiges empfand, nur gewiss kein Mitleid mit den Volpatos. »Darüber hinaus sollte euch klar sein, dass ich den Ruf meiner Tochter vor den Augen der Öffentlichkeit wieder reinwaschen muss.«

Orietta wusste, was das bedeutete, und sie wusste auch, dass ihr nichts anderes übrig blieb, als es hinzunehmen. Sie konnte Giovannis Ruf nicht retten, aber vielleicht wenigstens für ihr Geschäft mehr Zeit schinden. »Aber kein Wort über die Schulden. Ich bitte darum.«

»Wo denkst du hin?« Donna Clarissimas Züge wurden für einen kurzen Moment weich. »Wir wollen euch doch nicht zerstören.«

Kapitel 23

Nachdem Orietta sich mit den Dal Corsos an einer Begrenzung des Schadens versucht hatte, fuhr sie in die Stadt, um Salem zu treffen. Die kleineren Wasserwege und Seitengassen, die den Stadtteil Dorsoduro durchzogen, sonderten bei der Wärme einen strengen Geruch ab, der an eine Kloake erinnerte, und Orietta wünschte sich nichts sehnlicher, als dass es endlich regnete. Ein Regen, der den Palazzo der Veridiani fortfegte und Orietta von dem Gespräch befreite, das gegen Abend noch auf sie wartete. Doch genauso wie man das Wetter einfach hinnehmen musste, konnte auch sie den Fortgang der Dinge nicht mehr aufhalten, bloß akzeptieren – und irgendwie das Beste daraus machen.

Im Hotel Palazzo Stern betätigte Orietta am Rezeptionstresen die Klingel und verlangte, ohne sich groß zu erklären, nach Salem. Man sagte ihr, dass er nicht zugegen sei, und fragte, ob sie sich nicht im Restaurant bei einem Champagner die Zeit vertreiben wolle, für Zirkelmitglieder gäbe es immer ein Gläschen Veuve Clicquot frei Haus.

»Von dem Angebot mache ich gern Gebrauch, allerdings bitte auf dem Zimmer.« Sie hatte Protest erwartet, aber Zirkelmitglieder schienen wirklich ungeahnte Privilegien zu genießen. Oder das Personal war von diesen freigeistigen Menschen noch ganz anderes gewöhnt.

Jedenfalls sagte der Rezeptionist nur: »Jawohl, Signorina Volpato.«

Er geleitete sie die Treppe hoch und schloss ihr die 405 auf. Aus dem Umstand, dass es einen Aufzug gab, den er ihr aber offensichtlich vorenthielt, schloss Orietta, dass der Rezeptionist ihren denkwürdigen ersten Besuch im Hotel keineswegs vergessen hatte. Im Zimmer angekommen, bedankte sie sich bei ihm und versetzte der Tür in seinem Rücken einen Schubs. Anschließend wartete sie.

Es konnten nur wenige Minuten gewesen sein, die sie dastand und nicht wagte, sich zu rühren. Obwohl Salem sie mehrere Male zu sich eingeladen hatte, war sie nicht sicher, was er von ihrem unangemeldeten Besuch halten würde. Dies war sein Rückzugsort, ein Teil von sich, den er ihr vielleicht noch nicht hatte zeigen wollen. Dennoch – oder vielleicht sogar *deshalb* – übte der unverfälschte Anblick seines Zimmers größte Faszination auf sie aus.

Auf dem gemachten Bett lag ein aufgeklapptes Buch mit dem Gesicht nach unten, das sich beim Nähertreten als Notizheft herausstellte, auf dem Nachtkästchen fanden sich etliche Bleistifte nebst einer Wasserkaraffe und einem Glas. Sofern sie Tabakgeruch erwartet hatte, wurde sie nun angenehm enttäuscht. Im Zimmer stand zwar die Luft, dennoch schmeckte jeder Atemzug lediglich nach den herben Noten seines Parfums, und wenn sie die Augen schloss, konnte sie sich lebhaft vorstellen, dass er zusammen mit ihr hier war und sein Daumen ihren Kiefer streichelte, bevor er, wie in ihrer liebsten Fantasie, seufzend ihr Gesicht dem seinen entgegenhob.

Beim Klopfen, das ihr Glas Champagner ankündigte, zuckte sie zusammen, und auch als sie bereits daran nippte, raste ihr Herz noch. Sie vertrieb den inneren Drang, sich aufs Bett zu werfen und die Nase in die Kissen zu drücken, und setzte sich stattdessen an den kleinen Tisch mit den zwei Stühlen. Wenn Salem erschien, würde er auf diese Weise ohne Peinlichkeit ihr gegenüber Platz nehmen können, und sie würden sich unverfänglich unterhalten, wie zwei alte Freunde, die sich trafen, um einander Lebewohl zu sagen.

Ein wenig mehr als vier Monate war es her, dass Venedig im Karnevalsfieber gebebt hatte. Vier Monate, die ihr vorkamen wie Tage, in denen sie Salem kennen- und schätzen gelernt hatte, sie Seite an Seite von Bankett zu Bankett spaziert waren und er ihr die Nutzung der Bibliothek ermöglicht hatte. Eine wunderschöne und zugleich schreckliche Zeit, in der die Glaswerkstatt verloren und dann wieder gerettet schien, Orietta in der Stadtverwaltung scheiterte und auf einem Maskenball brillierte. Und obwohl Salem und sie einander von Anfang an nie *nichts* gewesen waren, waren sie sich über die Dauer einer Ballsaison tatsächlich *alles* geworden.

Kurz kam ihr der schreckliche Gedanke, was passieren würde, wenn Salem bis zum Abend nicht auftauchte und sie selbst dann, ohne ihn gesehen zu haben, zu der Veridiani aufbrechen müsste, also klemmte sie das Notizbuch in die Tür, sodass sie einen Spalt offen blieb, und erfragte unten an der Rezeption, ob man wisse, wo Salem hingegangen war. Die Antwort kam postwendend.

»Das Casino ist kein Ort für junge Frauen.« Obschon er sie vorhin aufs Zimmer gelassen hatte, zeigte der Mann hinter dem Tresen nun wieder das verächtliche Gehabe eines Oberkellners, genau wie bei ihrem Gespräch mit der Veridiani, als er Orietta während ihres ersten Besuchs im Hotel Palazzo Stern des Restaurants hatte verweisen wollen. Nun drehte er sich zum Schlüsselbrett und tat so, als suchte er etwas. Eine beachtliche Leistung. In einem Satz hatte er sie gleich zweimal herabgesetzt, einmal für ihr Alter, einmal für ihr Geschlecht, und jetzt kehrte er ihr auch noch den Rücken.

»Sie haben recht. Das Casino ist tatsächlich kein Ort für junge Frauen. Weil dann nämlich zu viel Verstand vor Ort wäre, um aus einer Laune heraus ein ganzes Vermögen zu verspielen.« Sie machte auf dem Absatz kehrt, ohne den genauen Namen des Casinos in Erfahrung zu bringen. »Ich warte auf dem Zimmer. Bitte sagen Sie ihm das.«

Auf dem Weg nach oben beruhigte sie sich wieder. Selbst wenn der arrogante Flegel es vielleicht ungern tat, weil er eine persönliche Antipathie gegen sie hegte, richtete sich sein Widerwillen nicht gegen den Umstand, dass sie als Frau einen Mann allein auf seinem Zimmer treffen wollte. Bei den Mitgliedern des Zirkel war derlei nur zu üblich, und besonders im Hotel Palazzo Stern, das die Bohème zu ihrem geheimen Treffpunkt auserkoren hatte, rümpfte niemand die Nase, wenn eine Literatin, umschwärmt von drei Männern, ihren Cognac genoss und eine Zigarettenspitze zwischen den Fingern hielt.

Zurück in Salems kleinem Reich, machte die Stille Orietta umtriebig. Eigentlich war sie unendlich müde, und wenn sie sich nicht beschäftigt hielt, würde sie irgendwann doch dem Drang nachgeben, sich aufs Bett zu legen. Der Balkon mit Blick auf den Kanal reizte sie nur kurz, schon suchte sie nach einer neuen Beschäftigung, bis sie schließlich Salems Schrank öffnete und über die Hemden und Anzugjacken strich. Sie schlüpfte in die erstbeste hinein, schmiegte sich in den kühlenden

Stoff und betrachtete sich im Spiegel. Tränen stachen in ihrer Kehle bei dem Wissen, was sie hätte haben können und was der Handel mit der Veridiani ihr für immer verwehren würde: eine Chance auf echtes Glück. Ein achtloser Griff in die Taschen brachte sie zum Schluchzen, dort war ihre Visitenkarte, geknickt und ramponiert, aus dem Müll gezogen und zu oft in den Händen gehalten. Sie schaute genauer hin, sah erst jetzt, dass eine Linie den Vornamen ihres Vaters durchstrich und mit Bleistift ein »Orietta« darübergesetzt worden war. Die Welt vor ihren Augen verschwamm, und sie konnte nur noch denken, dass ihr alles recht geschah, weil sie einen so wunderbaren Mann wie Salem gar nicht verdiente. Als er jedoch durch die Tür trat, wusste sie, dass es nicht darum ging, ob sie ihn verdiente, sondern einzig darum, dass er derjenige war, den sie wollte.

»Und das wäre dann Hausfriedensbruch«, sagte er neckend, doch sein Grinsen verblasste, als er sie mit ihrem verheulten Gesicht und in seiner geliehenen Jacke genauer musterte.

»Erzähl mir, was passiert ist.« Er setzte sich aufs Bett und zog sie auf seinen Schoß. Trotz glühender Wangen und wild hämmerndem Herzen ließ sie sich von ihm halten. Und während er ihr die Nähe spendete, nach der sie sich so sehnte, bedeckte sie seinen Hals mit unschuldigen Küssen. Wenn es bedeutete, ihn loslassen zu müssen, wollte sie nicht reden.

»Das hätte eine besondere Art von Besuch werden können, aber ich habe deine Tränen gesehen«, murmelte er. »Und jetzt kann ich dich nicht mehr küssen, ohne mir gleichzeitig Sorgen zu machen, was dir widerfahren ist. Wer war scheußlich zu dir? Wen muss ich auf die Liste setzen? Gib mir eine Sorge ab.« Er sah sie voller Zuneigung an.

Orietta nahm sein Gesicht in die Hände und küsste ihn.

Als sie den Mund öffnete und ihn einließ, ihre Wärme sich mit seiner vermischte, seufzte er. Beinahe wünschte sie sich, er würde sie anheben und sie rücklings mit seinem Gewicht in das Bett drücken. Doch die festen Striche, mit denen er ihre Taille und die Brüste erkundete, mussten genügen. Sie konnte sich keine Schwäche mehr erlauben, sonst würde sie seine Arme nie wieder verlassen. Und nun war es an ihr, das Opfer zu bringen.

»Es geht um die Veridiani«, sagte sie atemlos, aber mit Nachdruck, und seine Hände hielten inne, bevor er sich schließlich ganz zurückzog, die Stirn gerunzelt.

»Vor einem Tag war sie doch noch Sibilla.«

»Die Dinge haben sich geändert.« Sie erhob sich.

Er folgte ihr zum Tisch, entdeckte das Glas Champagner und ließ sich nicht davon abbringen, ihr mindestens ein weiteres zu ordern. Während die Perlenketten aus Bläschen in ihren Gläsern aufstiegen, erzählte sie ihm von Stefanos Krankenhausaufenthalt und den Hintergründen, die dazu geführt hatten. Und wenn Salem noch an der Niedertracht der Salondame gezweifelt hatte, war er spätestens nach der Erwähnung des vorgeschlagenen Handels von deren eiskaltem Kalkül überzeugt und genauso schockiert, wie Orietta es gewesen war.

»Ich hoffe, du hast sie dafür geohrfeigt.« Sein Blick legte nahe, dass er es an ihrer Stelle getan hätte. Dann schüttelte er den Kopf. »Sie kann dich nicht einfach aus dem Zirkel werfen, wenn du dich diesem Verbrechen verweigerst. Das ist Erpressung.«

»Salem, sie kann noch viel Schlimmeres tun. Sie weiß von meinen Schulden. Mit ihrem Einfluss …« Orietta brach ab. Alles, was Carpenteri ihnen angedroht hatte, konnte die Veridiani wahrmachen, nur noch zehnfach schlimmer. »Salem … Ich denke darüber nach, den Handel anzunehmen.«

Er erstarrte. Angst und Unverständnis gruben sich als tiefe Falten in sein Gesicht. »Ausgeschlossen! Es muss eine andere Lösung geben. Wenn ich mich morgen im Casino geschickter anstelle, gewinne ich das Geld, um die Schulden zu begleichen.«

»Nein!« Sie schoss vom Stuhl auf. »Ich will nichts mehr von diesem Ort wissen. Das Casino zerstört Existenzen. Und ich lasse nicht zu, dass du deine für unsere aufs Spiel setzt.«

»Aber ich muss versuchen, euch zu helfen, auch wenn ich bisher nicht das nötige Glück hatte. Der Spieltisch ist für mich die einzige Möglichkeit, schnell an Geld zu kommen. Meine Eltern haben meine Konten eingefroren, solange ich nicht die für mich vorgesehene Diplomatenstelle in Konstantinopel antrete.«

All das hörte Orietta zum ersten Mal. Entgeistert schwenkte sie den Arm durch das Zimmer. »Aber wie …?«

»Sibilla.« Er senkte den Blick, als wäre es ihm peinlich. »Sie ist nicht nur deine Förderin. Die Hälfte des Zirkels mag sie nicht einmal. Colette und Montesquiou bleiben nur wegen des Komforts, der mit ihrer Gunst einhergeht. Mich dagegen hat mit ihr nach all den Jahren wirklich eine Freundschaft verbunden. Zumindest bis zum heutigen Tag.«

»Sie manipuliert dich.«

Er verschränkte instinktiv die Arme vor der Brust. »Was sollte sie davon haben?«

»Irgendetwas, das nur du ihr geben kannst.«

Seine Brauen schoben sich zusammen. »Das kann ich mir nicht vorstellen. Ich wüsste nicht, was das sein soll. Ich kann ihrem Sohn keinen Erben schenken und habe auch sonst keinen großen Nutzen für sie.«

»Dann fühlt sie sich also nicht wieder jung und begehrenswert, wenn du sie mit deinem Charme unterhältst?«

»Du denkst, ich flirte mit ihr?«

»Ist es nicht so?«

»Orietta!«

»Was, Salem? *Was?*« Nun wurde sie laut. »Ich sage dir, dass sie mich erpresst, und dir fällt nichts Besseres ein, als sie gegen mich in Schutz zu nehmen?«

»Die Veridiani soll von mir aus zur Hölle fahren – so wie jeder, der dich bedroht. Ich versuche doch bloß, deine Bereitschaft für diesen Handel zu begreifen.« Seine Finger, die ihr die Haarsträhnen aus der Stirn strichen, zitterten. »Du kannst doch nicht einfach darauf eingehen.«

Sie lachte bitter. »Ich wünschte, du könntest mich aufhalten.«

»Dann hör doch bitte auf mich. Wir waren schon einmal an einem ähnlichen Punkt.« Damals, als es um Oriettas Beitritt zum Salon ging und sie ihre eigene Zukunft einer gemeinsamen vorgezogen hatte. »Ich habe es jeden verdammten Tag seitdem bereut, dass ich dir nicht versichern konnte, wie viel mir an dir liegt. Wenn du es gewusst hättest, wäre deine Wahl vielleicht auf mich gefallen, und wir hätten eine echte Chance gehabt. Vielleicht hätte es ja trotzdem nichts geändert, aber ich wäre abends mit reinem Gewissen schlafen gegangen, weil ich zumindest um dich gekämpft hätte.« Seine Augen suchten in den ihren nach einer Antwort. »Bitte lass mich kämpfen, Orietta. Nur dieses eine Mal.« Dann plötzlich ging er vor ihr auf die Knie, umfasste ihre Hände und sagte: »Vertraust du mir?«

»Ja. Ja, natürlich. Aber was willst du tun?«

»Das, was nötig ist.« Er schien sich zu irgendetwas durchzuringen. »Ich werde ein paar alte Kontakte beleihen und das Geld auftreiben, das verspreche ich dir. Du unterzeichnest währenddessen diesen Handel, um die Veridiani in Sicherheit zu wiegen, danach lösen wir eure Werkstatt aus und verschwinden. Wirst du mit mir gehen und alles hinter dir lassen?«

»Ja«, hauchte sie. Sie fühlte es in jeder Faser.

An der Tür, bevor sie sich trennten und jeder seiner Wege ging, schenkte er ihr ein schiefes Lächeln. »Wünsch mir Glück.«

»Pass auf dich auf.« Und als er schon halb auf dem Flur war, fügte sie hinzu: »Woher weiß ich, dass du es geschafft hast und was ich tun soll?«

»Ich hinterlege dir den Fahrschein in meinem Zimmer.«

»In Ordnung«, flüsterte sie und verabschiedete ihn mit einem sanften Kuss. Und obwohl alles darauf hindeutete, dass sie den Kampf bereits verloren hatten, wollte sie an einen Sieg glauben.

Orietta war entschlossen zum Treffen mit Sibilla Veridiani aufgebrochen, doch als die Salondame ihr die Vereinbarung zum Unterschreiben hinschob, brach ihr der Schweiß aus, und sie ließ die Schreibfeder länger als nötig über dem Papier kreisen, in der Angst, ihre wahren Absichten könnten jeden Moment enttarnt werden. Aber offenbar hatte die Veridiani keinen Verdacht geschöpft.

Als Orietta am späten Abend in das Hotel Palazzo Stern zurückkehrte, fand sie sein Zimmer verlassen vor. Sie fühlte sich miserabel, ihr war trotz der warmen Abendtemperaturen kalt, und sie wollte nichts lieber, als sich in sein Bett zu schmiegen. Sie streifte die Schuhe ab und wollte sich gerade auf den Kissen ausstrecken, da bemerkte sie die Nachricht, die er dort für sie hinterlegt hatte. In dem Umschlag befanden sich eine Notiz mit Instruktionen und ihr Fahrschein für ein Schiff nach Konstantinopel: zweite Klasse, mit Abreise am Folgetag um 16 Uhr.

* * *

»Was machst du in meinem Zimmer?« Flavia war barfuß, trug ihre Schuhe in der Hand und hatte die Mappe mit ihren Zeichnungen unter eine Achsel geklemmt. Über ihre Schulter hinweg spähte Jacopo in den Raum, die rot geäderten Augen waren entweder ein Zeugnis seines immer noch aufgewühlten Gemütszustandes oder aber der fortgeschrittenen Nacht. Es war derselbe Abend, doch bereits völlig dunkel, als die beiden von einem gemeinsamen Ausflug zurückkehrten, für den sie sich weggeschlichen hatten und für den sie sich Orietta gegenüber nicht rechtfertigen wollten.

»Ich glaube, sie hat geweint«, sagte Jaco, schubste seine Zwillingsschwester vorwärts und ergriff die Flucht. »Macht das unter euch aus.«

Flavia legte zögerlich ihre Sachen ab. »Er redet nicht mehr viel seit Giovannis Verschwinden. Ich habe vergeblich versucht, ihn zu trösten.«

»Es fühlt sich so an, als müsste unser großer Bruder jeden Moment um die Ecke kommen, nicht wahr?«, sagte Orietta leise. »Ich wünsche es mir so sehr. Und dann wieder hoffe ich, er lässt sich hier nie mehr blicken.«

»Geht mir genauso.« Flavia schniefte und wischte sich mit dem Arm die Nase. Ihre Verbrennung war zu einer wulstigen Narbe verwachsen, die sie jedem, der danach fragte, stolz ins Gesicht hielt. Orietta musste zugeben, dass sie ihre Schwester unterschätzt und ihr die übergroße Eitelkeit vielleicht sogar nur aus Neid zugeschrieben hatte. Dieser Neid war in den letzten Wochen mit all den Ereignissen verschwunden. An seiner Stelle brannte nun ein unauslöschlicher Beschützerinstinkt gegenüber ihren Geschwistern, der mit jedem Blick, jeder Umarmung stärker zu werden schien.

»Er hätte nicht gehen dürfen.«

Aber weil er es doch getan hatte, und sie Flavia nicht in Kürze dasselbe antun wollte, zumindest nicht, indem sie ihr lediglich einen hastigen Abschiedsbrief hinterließ, setzte sie sich auf Flavias Bett und bat ihre Schwester, sich zu ihr zu gesellen. Dann erzählte sie ihr alles, angefangen von den Schiffstickets und Salems Plänen bis hin zu Veridianis wahren Motiven, sie in den Zirkel aufzunehmen. Flavia hatte still dagesessen und mit angehaltenem Atem gelauscht, doch als Orietta geendet hatte, den Blick voller Fragezeichen und Zerrissenheit, erwachte sie aus ihrer Starre.

»Ich fasse es nicht, dieses Aas!« Flavia sprang auf, an ihrem Hals sprossen hektische, rote Flecken, während sie immer üblere Schimpfworte aneinanderreihte, bis sie bei solchen angekommen war, von denen selbst Orietta als geübte Leserin noch nie gehört hatte.

»Ich hasse sie! Aber … ihr könnt Venedig doch nicht einfach so verlassen.«

»Es gibt für uns keine andere Möglichkeit, zusammen zu sein.«

»Aber was ist mit deinem Studium und deinen Träumen?«

»Ich schätze, ich werde wohl Osmanisch lernen müssen.«

»Und was ist mit uns? Wir brauchen dich doch!« Es brach Orietta das Herz, ihre Schwester so verzweifelt zu sehen, doch Flavia irrte, für ihre Familie würde alles gut ausgehen. Salem würde das Geld für die Schulden beschaffen und solange es ihren Vater und Jaco gab, konnte der Betrieb fortbestehen. Die

Männer würden sich schon wieder berappeln und den Schock verarbeiten. Sie brauchten Orietta gar nicht so dringend.

»Es wird alles gut werden, ich verspreche es dir. Jaco und du, ihr seid die nächste Generation. Macht das Beste daraus.« Es hätte noch so viel mehr zu sagen gegeben, doch wie immer war es nicht die Anzahl der Worte, auf die es ankam, vielmehr war es all das Unausgesprochene, das in Blicken und Berührungen lag und sich nicht anders als mit einem einzigen langen Seufzer vermitteln ließ.

»Erst Gio, und jetzt du.« Flavias Kinn kräuselte sich. »Warum wollt ihr mich bloß alle verlassen?«

»Versprich mir, dass Mamma und Papà fürs Erste nichts erfahren.« Orietta musste sie sanft schütteln, um ihr das Versprechen abzuringen. »Ich brauche einen ordentlichen Vorsprung, hörst du?«

»Wo legt ihr denn ab?« Flavias Brust bebte mittlerweile in einem Schluckauf, der sie beide unwillkürlich zum Lächeln brachte.

»An der Stazione Maritima.«

»Von dort soll man einen guten Blick auf die Stucky-Mühle haben.« Sie sprach von der Molino Stucky, der größten Getreidemühle Italiens, die Tag und Nacht durchgehend mahlte. Mit ihrer schieren Größe und der klotzartigen Bauweise nach dem Vorbild deutscher Speicherhäuser war der rote Koloss ein wahrer Blickfang, und nicht zuletzt *der* wirtschaftliche Erfolg des Jahrzehnts, der für über tausend Venezianer auf einen Schlag Arbeit geschaffen hatte.

Orietta nickte. »Ich werde sie dir in meinem ersten Brief in allen Einzelheiten beschreiben.«

»Bleib nicht für immer fort.«

»Aber nein!«

Sie sahen sich lange an, bis Orietta schließlich den Bann brach. Und mit dem Versprechen, das sie sich selbst gab – nicht länger als ein Jahr wegzubleiben –, erhob sie sich. »Ich habe gehört, die beste Schwester der Welt hilft gerne beim Packen?«

»Wenn sie dafür morgen Frühstück ans Bett kriegt …«

Kapitel 24

Am nächsten Morgen drehte Orietta mit dem ersten Vogelgezwitscher eine Abschiedsrunde durch Murano, wo sie all die Gärten, Plätze und Gassen abklapperte, mit denen sie geliebte Erinnerungen verband. Auf dem Markt kaufte sie von ihrem Taschengeld luftgetrocknete Salami, Brot und Trauben und ließ alles zu einem Proviantpaket schnüren, das sie mit auf die Reise nehmen wollte. Ein Stand mit getrockneten Früchten, Nüssen und einer Lade voll Süßigkeiten verführte sie ebenfalls zum Kauf, nachdem der Händler ihr ein in Sesam gewälztes Dattelbällchen hingestreckt hatte. Die salzige Süße klebte auf ihrer Zunge wie die Hostie, die Gläubige bei der Kommunion empfingen.

Zurück vom Markt, hatte sie nur kurz ihren Proviant verstauen und anschließend der Werkstatt einen letzten Besuch abstatten wollen, doch eine aufgebracht schreiende Menschentraube versperrte ihr den Zutritt zum Haus. Fast wäre ihr der Proviantbeutel entglitten, als rohe Eier und Tomaten links und rechts an ihr vorbeiflogen und auf der Fassade zerplatzten.

»Giovanni Volpato – Ehebrecher«, schrie die Menge.

Mit klammem Herzen bahnte sich Orietta unter kleinlaut

ausgestoßenen Entschuldigungen einen Weg zur Tür. Erst als Jaco Eigelb von der Stirn tropfte, nachdem er sie am Kragen ins Haus gezogen hatte, schlug ihre Stimmung um und verwandelte sich in eine Wut, die sie herumfahren und die Tür geradewegs wieder aufreißen ließ.

»Zieht Leine! Haut ab allesamt!«, schrie sie. Ihr Zeigefinger richtete sich einzeln auf all die bekannten Gesichter. »Alissa, schämst du dich nicht? Vor zwei Monaten sollte ich noch einen Liebesbrief an Giovanni in deinem Namen verfassen. Und du, Luciano, das wie vielte Mal hast du deine Ehefrau schon betrogen?«

»Komm, die sind es nicht wert.« Jaco wagte sich aus der Deckung, zeigte der Menge einmal kurz den Mittelfinger, bevor er sich wieder duckte und Orietta zum Hineingehen drängte.

»Wegen einer anderen hat er Prudentia vor dem Altar stehen lassen!«, kreischte eine Frau. »Ihr solltet euch schämen!«

»Ja! Die armen Dal Corsos!«

»Natürlich, die armen Dal Corsos«, murmelte Orietta, als sie entschieden die Tür hinter sich zuwarf und die Meute aussperrte. Sie wischte die schmierigen Überreste, die an der Innenseite der Tür hafteten, mit einem Lappen weg und versuchte, mit der Schmach ebenso zu verfahren und sie aus ihrem Kopf zu streichen. Gut, dass ihre Eltern, insbesondere ihre Mutter, nicht zu Hause waren. Wahrscheinlich verteidigten sie gerade die Werkstatt gegen eine zweite, Eier werfende Bande. Obwohl Orietta der Gedanke an ihre Mutter heftig ins Wanken brachte, folgte sie tapfer ihrem ursprünglichen Plan: dem Verstauen des Proviants. Von Flavia nahm sie an, dass sie entweder zu Prudentia gegangen war, um die Gemüter zu beruhigen, oder gerade all die dreckigen Gerüchte aus dem Schaukasten riss, die Donna Clarissima zweifellos über Nacht dort platziert hatte. Wenigstens hatte sie Wort gehalten und die Schulden nicht erwähnt, doch ihnen diese Meute auf den Hals zu hetzen, war mehr, als Orietta erwartet hatte.

Jaco gestikulierte immer noch wüst hinter der fleckigen Fensterscheibe, als Orietta wieder aus ihrem Zimmer trat. Kurz kamen ihr Zweifel, ob sie ihren Bruder so aufgebracht alleinlassen konnte, doch dann mahnte sie sich selbst zur Eile. Das Schiff würde um 16 Uhr auslaufen, mit oder ohne sie. Vielleicht war es nun einfach an der Zeit, den Jüngsten seine eigenen Kämpfe austragen zu lassen.

Sie umschlang seinen Rücken und drückte ihn rasch. »Hab dich lieb, kleiner Bruder.«

»Jaja, ich dich auch, aber das ist uns jetzt keine Hilfe.« Sein Gesicht leuchtete auf, ihm war eine Idee gekommen. »Der Abfall von gestern. Er steht noch in der Kammer, weil ich zu faul war, ihn wegzubringen. Hol die Fischköpfe wieder raus. Ich suche nach Gummibändern, um eine Schleuder zu bauen.«

In der Werkstatt, wo sich tatsächlich ihre Eltern versteckt hielten, zögerte Orietta die Minuten bis zum Abschied hinaus. Noch einen Moment länger ihre Stimmen hören, sich Gestik und Mimik genau einprägen. Immer wenn sie dachte, sie wäre bereit, fiel ihr ein neuer Grund ein, um zu bleiben. Die Küsse und Umarmungen, die sie beiden schließlich spendete, hätten ihre Eltern zu jeder anderen Zeit stutzig gemacht. Doch es lagen harte Wochen hinter ihnen allen, und daher beschwerte sich niemand über ein wenig familiäre Zuneigung.

Für Nonna hatte sie Flavia einen Brief mitgegeben, denn bei aller Liebe würde sie es vor Auslaufen des Schiffes nicht mehr nach Burano schaffen. Ihre Schwester hatte versprochen, alles zu erledigen und ihr dann vom Ufer aus zuzuwinken, wenn sie ablegten. Dieser Gedanke sowie die Erleichterung, dass Salem ihr bald das Geld überreichen würde, hielten Orietta auf den Beinen. Jetzt, eine halbe Stunde bevor das Schiffshorn die Abfahrt verkünden würde, suchte sie an der Sammelstelle unter den Fahrgästen mit einem Auge nach einem blonden Schopf, mit dem anderen nach einem schwarzen. Salem entdeckte sie unter den Passagieren zuerst.

»Du hast Verspätung, mein Lieber.«

»Verzeih mir.« Er grüßte sie mit einem festen Kuss auf den Mund, den Blick in die Ferne gerichtet und bemüht, unter den riesigen Schiffen im Hafenbecken ihren Dampfer auszumachen. Fünf Passagierschiffe, eines mächtiger als das andere, lagen mit schwarzem Rumpf und weißen Aufbauten im Wasser. Orietta schätzte das größte auf über vierhundert braccio in der Länge mit einem Tiefgang von mindestens fünfzehn, so imposant, dass es vorne und hinten über den Markusplatz hinausragen würde, wenn man es dort platt aufs Pflaster legen könnte. Kein Wunder, dass die Stadtbewohner schon länger über ein Einlaufverbot in den Canal Grande diskutierten.

»Dass diese Riesen nicht zwischen den Uferseiten stecken bleiben«, sagte sie in schierer Bewunderung. Denn obwohl es die Momente, in denen man eines von ihn durch die Lagune treiben sah, durchaus gab, hatte Orietta selbst noch nie so ein Ungetüm von einem Schiff besteigen dürfen. Nun vollführte ihr Magen vor Aufregung Sprünge. Vielleicht wäre es doch besser gewesen, ihr Testament aufzusetzen. Andererseits: Was hatte sie ihrer Familie schon zu vermachen?

Salems zögerliches Lachen klang nervös; überhaupt wirkte er nicht ganz bei der Sache. Weder hatte er ihr schon gesagt, wie hübsch sie war – immerhin trug sie ihr feinstes Kleid –, noch machte er Anstalten, sie zu beruhigen. Hatte er etwa kalte Füße gekriegt? Nachdem sie sich von allen verabschiedet hatte, konnte sie sich nicht vorstellen, wieder umzukehren.

»Alles wird gut, das sagt mir meine Nase.«

Anders als sonst gelang es ihr nicht, seinen Blick einzufangen. Er führte ihre Finger an die Lippen und streifte sie mit einem Kuss, doch vor seinen Augen spielte sich etwas ab, das nur er sah. »Deine Schwester ist nicht hier.«

»Wenn sie es nicht rechtzeitig schafft, können wir einen Boten losschicken. Sicher hast du das Geld in einer abschließbaren Kassette?« Sie schob den Riemen seines Seesacks von seiner Schulter, um nachzuschauen, doch er hielt sie mit einem Handgriff zurück.

»Das Geld ist nicht da drin.«

»Wo ist es dann?« Und als er bloß beschämt zur Seite schaute, stieß sie aus: »Muss ich mir Sorgen machen? Du kannst mir ja kaum in die Augen sehen.« Und plötzlich befiel sie ein schlimmer Verdacht.

Oh, nein, bitte nicht.

»Was ist los?«, flüsterte sie.

»Ich habe die Summe nicht zusammenbekommen. Das wenige hat gerade für unsere Tickets gereicht.« Aus seiner Hosentasche förderte er zwei Gepäckzettel zutage. »Bring das bitte gut sichtbar an, sonst lassen sie uns nicht in die Kabine.«

Orietta war erstarrt. »Ich kann nicht abreisen, ohne meine Familie versorgt zu wissen. Das Geld war die Voraussetzung …«

»Ich weiß. Das weiß ich doch.« Hektische Küsse betupften ihre Wangen, die Nasenspitze, ihre Stirn. Im Trubel der ein- und ausladenden Schiffe spielten sich unter den anderen Passagieren ähnliche Verabschiedungsszenarien ab, sodass Orietta keinen zweiten Gedanken daran verschwendete, ob Salems Zuneigungsbekundungen Anstoß erregen könnten. »Ich habe überlegt, dass wir ihnen die Summe aus Konstantinopel überweisen, mit der Unterstützung meiner Eltern. Ich werde die Stelle antreten, die sie für mich im Sinn haben, und dann kann ich auch wieder über mein Vermögen verfügen.« Als sie sich nicht regte, ergriff er ihre Hände. »Orietta, bitte! Dein Vater führt doch sicher ein Geschäftskonto. Sie müssen bloß fünf Tage durchhalten – so lange dauert die Überfahrt.«

In fünf Tagen konnte viel passieren. Die Veridiani würde wissen, dass sie gemeinsam mit Salem geflohen war, und über ihre Eltern würde die Hölle hereinbrechen. Orietta sah vor ihrem geistigen Auge bereits die Schlagzeilen vom Ruin des Familienbetriebs. Weder auf Murano noch sonst irgendwo würden sie zukünftig noch Aufträge bekommen.

»Können deine Eltern das Geld nicht blind losschicken? Wenn du ihnen versicherst, dass du unterwegs bist und ihre Bedingungen vor Ort erfüllst.«

Er mahlte mit dem Kiefer, und in seinen Augen blitzte der Schatten einer langen Vergangenheit auf, die sie noch nicht Gelegenheit gehabt hatten, miteinander zu teilen. »Derartige Vereinbarungen erfordern Vertrauen. Ein Vertrauen, das sie mir nicht mehr schenken, seit ich es zum wiederholten Male gebrochen habe.«

Orietta fixierte einen Punkt weit weg, eine Leerstelle, die keine Antworten enthielt, kein Zeichen, ob sie richtig handelte oder alles falsch machte. Was sollte sie nur tun? Sie hatte sich schon einmal in jemandem getäuscht. Würde sie sich am Ende auch in Salem täuschen?

»Orietta, sieh mich an.« Sein langer Blick fesselte sie. »Ich bin so viele Jahre quer durch Europa gezogen, in dem Glauben, das Leben müsse so sein – eine Aneinanderreihung kurzweiliger Zwischenhalte. Doch seit ich dich kenne, weiß ich, dass eine Reise ohne Ziel keinen Sinn macht. Du bist mein Zuhause, Orietta. Und wenn du jetzt einwilligst mitzukommen, verspreche ich dir, dass ich nie aufhören werde, deins zu sein.«

Mit klopfendem Herzen nickte sie. Sie würde es ihrer Schwester in Anbetracht der drängenden Zeit zwar nur knapp erklären können, aber das musste reichen. Wo blieb Flavia nur? Sie murmelte: »Das dauert zu lang. Irgendetwas stimmt da nicht.«

Als hätte sie es damit heraufbeschworen, kam Bewegung in die Passagiere. Wie ein Wurm unter der Erde wühlte sich etwas auf sie zu, das Orietta zunächst nicht mit sich in Verbindung brachte, bis sie mit einem Mal ihren Onkel an der Spitze des Menschenstroms erkannte. Sie keuchte auf. »Weg hier!«

Salem stolperte ihr nach, ohne Fragen zu stellen, doch in welche Richtung sie sich auch wandten, überall entdeckte sie ein bekanntes Gesicht aus ihrer Familie oder dem Betrieb. Schließlich waren es Marcellos Hände, die sie zu fassen kriegten. Er riss sie von Salems Seite.

»Lass sie los!« Salem versetzte ihm einen Stoß, dann wurden auch seine Arme von einem Zunftbruder der Glasbläser nach hinten gerissen und ihm auf den Rücken gedreht. Jaco stand mit ihrem Vater vor ihm und taxierte ihn.

»Wo wolltest du mit meiner Tochter hin? Eh?« Rasend vor Wut drosch ihr Vater ihm die Faust ins Gesicht.

Salem zog und zerrte, um freizukommen, Blut lief ihm ungehindert aus der Nase. Mehr Männer, Garzonetti, ihr Onkel Agostino – alle umzingelten sie jetzt. Und Orietta starrte entsetzt den Rücken ihres Vaters an. Innerlich schrie sie, doch einen Moment lang brachte sie kein Wort heraus.

»Wohin wolltest du sie verschleppen?«, wiederholte ihr kleiner Bruder die Frage von vorhin und rammte Salem das Knie in den Magen.

»Jaco, nein!« Orietta kreischte auf, als zwei weitere Garzonetti Salem traten und schlugen, doch das Gebrüll der Männer erstickte ihren Protest.

»Bring deine Schwester nach Hause.« Jaco ließ von Salem ab, der sofort gekrümmt vornübersackte. Die letzten ausgespienen Worte ihres Vaters machten klar, dass sie hier fertig waren. »Und du elender Hurenbock, scher dich zum Teufel!«

Orietta gebot Jaco mit einem Blick Einhalt. Nun war es Marcello, gegen den sie sich mit Händen und Füßen wehrte, während er darum rang, sie sich über die Schulter zu werfen.

»Orietta!« Salems Ruf gellte ihr hinterher. Krampfhaft wiederholte er immer wieder ihren Namen, genauso, wie sie nach ihm rief. Doch mit jedem braccio, den man sie vom Hafen wegschleifte, hörte sie ihn weniger, bis sie ihn schließlich gar nicht mehr vernahm und auch ihre Stimme, wund und heiser vom Schreien, einbrach.

Marcello hatte sie ein gutes Stück des Weges getragen und dann entschieden, dass er sie ebenso wie die letzten drei Male wieder einfangen würde, wenn sie versuchte wegzulaufen. Inzwischen besaß sie ohnehin keinen Antrieb mehr im Leib – ihre zitternden Knie waren der Beweis. Also ließ er sie los, und sie ging den Rest des Weges eigenständig.

Im Laden angekommen, sprach Orietta mit niemandem, starrte nur zu Boden, bis ihr Vater mit Jaco und Onkel Agostino hereinstürmte und mit grimmiger Miene den Familienrat einberief. Kurzerhand wurden Holzkisten als Sitze aus dem Abstellraum herbeigeschafft. Um Orietta herum formte sich ein Kreis aus anklagend dreinblickenden Gesichtern, und wo sonst ihr Platz zwischen ihrer Mutter und Flavia gewesen wäre, blieb sie nun in der Mitte stehen.

»Sei nicht albern, und setz dich, Kind.«

Es brauchte einen Griff an ihren Ellbogen, bis sie gehorchte und sich auf den ihr zugewiesenen Platz neben Flavia fallen ließ. Mit den Kisten hatte ihr Onkel aus dem Hinterzimmer auch eine Flasche Rotwein mitgebracht.

»Was hat sie sich dabei gedacht? Durchzubrennen mit einem Wildfremden? Hat sie *überhaupt* nachgedacht?« Ihr Vater kam gleich zur Sache.

Jacopo öffnete den Mund und schloss ihn wieder, sich die wilden Vermutungen verkneifend, die er sonst stets anbrachte, um allzu ernste Situationen aufzulösen, denn diese Angelegenheit, das spürte er wohl, war selbst für ihn eine Spur zu ernst.

»Agostino, gieß ein.« Ihre Mutter rutschte zur Stuhlkante vor und hielt ihm mit leicht zitternder Hand ein Glas hin, das sie kommentarlos an Orietta weiterreichte.

Einen Moment barg Orietta es in den Händen und starrte es teilnahmslos an, bevor sie es in einem Ausbruch größter Wut zu Boden schmetterte. Niemand hatte Splitter in die Augen bekommen, doch ihr Vater fluchte ungehalten, und Flavia senkte den Blick. »Wie konntest du mir das antun?«, schluchzte Orietta.

»Ich hatte Angst«, gestand Flavia. »Du wolltest gehen, nachdem schon Gio uns im Stich gelassen hatte, und dann habe ich von Salem und seinem angeblichen Geld den ganzen Tag nichts gehört.«

»Warum hast du mir nicht vertraut?« Ihre Stimme war nur ein Flüstern.

»Du hast der Veridiani vertraut, und schau nur, wozu sie

fähig war. Was, wenn du dich auch in Salem getäuscht hast? Was, wenn seine Motive nicht so ehrenhaft sind, wie du denkst? Was wenn er dich gar nicht lie …«

Doch weiter kam sie nicht, denn Orietta schoss auf, die Lippen bebend vor Zorn. »Wie kannst du nur?« Und dann blickte sie anklagend in die Runde. »Warum könnt ihr mir alle nicht einfach ein einziges Mal vertrauen?«

»Du hattest deine Zeit, um dich in diesem Salon zu beweisen.« Ihr Vater durchbohrte sie mit seinem Blick. »Wir haben dich unterstützt. Und was hat uns das eingebracht? Üble Gerüchte, einen Hospitalaufenthalt und eine Tochter, die mit einem Schwätzer auf und davon will – ihre Familie sitzen lässt!«

Alle schwiegen. Auch Marcello sah sie tief enttäuscht an und schüttelte dann nur den Kopf, bevor er wortlos aus der Vetreria stapfte. Das Windspiel klirrte noch für ein paar unangenehme Momente, nachdem er gegangen war, so heftig hatte er die Tür ins Schloss gedonnert. In jedem anderen Fall wäre ihm jemand nachgelaufen, heute allerdings war der Familienrat wichtiger als alles andere. Onkel Agostino hatte sich schon halb erhoben, setzte sich jedoch wieder mit mahlenden Kiefern, zerrissen zwischen dem Drang, alles hinzuschmeißen oder seiner Nichte noch eine letzte Chance zu gewähren.

»Ori, warum?«, fragte ihre Mutter schließlich.

»Ich liebe ihn«, erwiderte Orietta schlicht.

Ein ungläubiges Raunen fuhr durch den Kreis ihrer Familie, also wiederholte sie es lauter. Und noch einmal, auch wenn keiner von ihnen über ihre wahren Gefühle verdiente Bescheid zu wissen. Nicht, nachdem sie Salem vor ihren Augen zusammengeschlagen und getreten hatten. Sie sagte es für sich. Gravierte damit die Stille, wie ihre Brüder ihre Unikate markierten, um sich aus der Masse abzuheben. Auch sie war anders, anders als ihre Familie, denn die schien ihr im Augenblick keinen Deut besser als die Veridiani. Ihr Blick glitt erneut zu Flavia. »Sie haben ihn festgehalten und auf ihn eingeprügelt! Wolltest du das? Bist du nun zufrieden?«

Ihre Schwester presste sich schockiert die Hand auf den Mund, als wäre nicht genau das von der Einmischung ihres Vaters und des Bruders zu erwarten gewesen.

»Jaco, ist das wahr?«

Der erwiderte finster: »Er hat sich mit Händen und Füßen gewehrt.«

»Weil er ein Recht auf körperliche Unversehrtheit hat – wie jeder von uns! Ihr habt ihn gedemütigt. Und mich!« Orietta dröhnten die Ohren von ihrem eigenen Geschrei, aber sie war noch nicht am Ende. »Wo habt ihr ihn hingejagt, hm? Ist er ohne mich an Bord gegangen?«

Jaco trommelte mit den Fingern auf sein Knie und brachte es nicht fertig, Flavia oder ihr direkt in die Augen zu schauen. »Nirgends haben wir ihn hingejagt. Er hat sich einfach davongemacht. Wenn er sich noch mal hierherwagt, weiß er jedenfalls, was ihm blüht.«

»Ihr *Schweine*!« Sie fand keinen anderen Ausdruck für die Abscheu, die sie überrollte, für die Verzweiflung. »Versucht es ruhig weiter, ihr könnt uns nicht trennen!«

»Aber das müssen wir doch auch gar nicht, richtig?« Ihre Mutter versuchte sie zu umarmen und redete mit sanfter Stimme auf sie ein. »Flavia hat mir alles über die Salondame und ihr Angebot erzählt. Das ist der Grund, warum du Murano verlassen wolltest, nicht wahr? Flavia und ich, wir sind auch Frauen, und glaub mir, wir verstehen dich. Und wenn du es Papà und Jaco in Ruhe erklärst, wirst du sehen, dass sie dich ebenfalls verstehen werden. Und dann finden wir eine Lösung – aber als Familie!«

Orietta schüttelte den Kopf und wand sich aus den Armen ihrer Mutter. Das geheuchelte Verständnis ihrer Mutter widerte sie an. Wenn diese ihre Tochter wirklich verstand, warum hatte sie dann zugelassen, dass Vater und Bruder sie vom Besteigen des Schiffes abhielten? O Himmel, wie konnte es sein, dass in so kurzer Zeit von ihrer geliebten Familie nichts übrig blieb als ein hässlicher Scherbenhaufen!

»Ihr wollt das Angebot hören?« Orietta lachte bitter und umriss für Vater und Bruder den Plan, den die Veridiani ihr unterbreitet hatte – mitsamt den Drohungen und Konsequenzen. Bevor sie endete, versetzte sie ihnen noch einen letzten Hieb: »Ich werde euch das nie verzeihen! Ich hätte euch niemals einfach im Stich gelassen, wir haben uns um alles gekümmert, und Salem hätte euch das Geld zukommen lassen. Er war bereit, *seine* Träume für *diese* Familie zu opfern. Und was habt ihr gemacht? Ihn zum Teufel gejagt – und damit alles, was wir noch hatten! Und statt mich zu retten, habt ihr nun mich geopfert!«

Niemand sagte ein Wort, für endlose Momente war es still, und man hörte nur gelegentlich ein trockenes Schlucken oder ein Schniefen.

»Du musst das nicht tun.« Flavia war es, die schließlich aufstand und nach Oriettas Händen griff, nur um sich eilig wieder zurückzuziehen, als ihre Schwester sie anfunkelte. »Es tut mir so leid, Orietta. Ich mache es wieder gut, ich werde für dich einspringen!«

»Ausgeschlossen.« Ihr Vater stampfte einmal kräftig mit dem Fuß auf. Ausnahmsweise achtete niemand auf ihn.

Orietta schwirrten die Sinne von diesem ebenso unerwarteten wie unfassbaren Vorschlag, und während ihre Mutter für Flavia fortfuhr, schüttelte sie immer wieder fassungslos und mechanisch den Kopf.

»Wir sind das mehrmals durchgegangen«, fuhr diese fort. »Die Salondame kann gar nicht anders, als einzuwilligen. Flavia ist jung, schön und der Sache nicht abgeneigt. Sie hat ein jahrhundertealtes Familienhandwerk im Rücken und ist geradezu prädestiniert für die gehobene Schicht. Vielleicht könnte sie die unfruchtbare Ehefrau ja eines Tages sogar ganz ersetzen?«

»Und was viel wichtiger ist«, fiel nun Flavia wieder ein. »Es gibt niemanden, an den ich mein Herz gebunden habe, und vielleicht ist es nun an mir, dieses Opfer zu bringen.« Flavia versuchte abermals, ihre Hand zu ergreifen. »Lass es mich wiedergutmachen, Ori. Denk an Salem, denk an eure Zukunft.«

Ihr Vater schnaubte, doch wie alle schien auch er zu merken, dass sein schwacher Protest das letzte Aufbäumen vor der Niederlage war. Brummend erhob er sich und schritt zum Tresen, wo er mit der Kasse zu hantieren begann.

»Willst du … willst du das wirklich für mich tun?« Orietta, die ihren Vater komplett ignorierte, studierte die Miene ihrer Schwester. »Schreckt dich denn nicht der Gedanke, ein Kind neun Monate unter dem Herzen zu tragen und dann abgeben zu müssen? Ängstigt dich nicht alles, was davor und danach auf dich wartet?«

Flavia schluckte. »Doch, aber den Betrieb zu verlieren und vor allem dich, schreckt mich viel mehr. Ich habe einen Fehler gemacht.«

Ihre Mutter zog ihre beiden Töchter in eine Umarmung. Auch wenn Orietta sie nun ohne Widerstand über sich ergehen ließ, konnte sie ihrer Schwester trotz deren selbstloser Tat noch nicht vergeben, genauso wenig, wie sie Jaco seine Einmischung verzieh. Immer wieder sah sie, wie er sein Knie in Salems Magen rammte, während dieser aus der Nase blutete und sich würgend krümmte.

»Wir müssen uns jetzt alle zusammenreißen. Danach haben wir noch Jahre, um unsere Wunden zu lecken. Ori, wann und wo kannst du ein Treffen zwischen den beiden arrangieren?« Ganz geschäftsmäßig holte ihre Mutter von der Ladentheke einen Grafitstift und Papier; sie verlor wahrlich keine Zeit.

Orietta brauchte noch einen Moment, ehe sie antworten konnte. »Jeden beliebigen Tag. Auch wenn sich diese Szene am Hafen sicher nicht lange vor der Veridiani geheim halten lässt.«

»Nimmst du mich zur nächsten Teegesellschaft mit?«

»Das würde voraussetzen, dass ich nicht unter Hausarrest gestellt werde.« Kühl musterte sie ihre Mutter, die vorgab, darüber nachzudenken.

»Was meinst du, Emilio?«

»Hausarrest bis zur Jahrhundertwende, wenn es nach mir ginge. Aber was ich denke, wird in meinem eigenen Haus ja geflissentlich ignoriert.«

Onkel Agostino indes richtete sich auf. »Flavia, du bist ein tapferes Mädchen. Orietta noch ein bisschen mehr, also werdet ihr es gemeinsam schaffen. Ich glaube an euch und an diese Familie, und das wird sich auch nicht mehr ändern.« Er hatte nie einen Hehl aus seiner Vorliebe für seine ältere Nichte gemacht, und als er nun die Kisten aufsammelte und zurück ins Hinterzimmer schlurfte, den hageren Körper von Arbeit und Kummer ausgemergelt, meinte Orietta auch zu verstehen, warum.

Sie waren beide die schwarzen Schafe der Familie. Leerstellen, die sich nicht nach Vorschrift, sondern nach eigenem Ermessen füllten. Ihr Onkel hätte nach dem Verlust seiner Frau wieder heiraten können, und genau das, erkannte sie nun, hätte ihr Vater an seiner Stelle auch längst getan. Doch Don Agostino erduldete eher ein Leben in Einsamkeit, als dass er seine große Liebe für eine weniger große beiseiteschob. Tatsächlich hatte auch das – der Wille, an etwas festzuhalten, obwohl man mit der Entscheidung womöglich falschlag – etwas Tapferes an sich.

Am Ende fällte ihre Mutter ein salomonisches Urteil, jedenfalls in ihren eigenen Augen. Orietta durfte das Haus verlassen, allerdings nur für Angelegenheiten, die dem gemeinsamen Vorhaben dienten.

»Bis auf Weiteres bringe ich dich zu allen Salontreffen und hole dich auch wieder ab. Keine geheimen Liebeleien in irgendwelchen Gärten, solange Flavia dich nicht bei diesem Handel ersetzt hat. Und komm mir ja nicht auf die Idee, durch die Stadt zu streifen und nach Salem zu suchen!« Dann seufzte sie, und ihre strenge Miene wurde weicher. »Wenn alles überstanden ist und er sich uns ordentlich vorgestellt hat, dein Salem, bin ich gewillt, einen unvoreingenommenen Blick auf ihn zu werfen.«

Orietta wandte das Gesicht ab. Sie zweifelte daran, dass umgekehrt Salem ihre Familie jemals wieder unvoreingenommen betrachten und sie ihn überhaupt jemals wiedersehen würde. Aber im Moment konnte sie nicht mehr. Sie hatte keine Kraft mehr in sich, und in den Kammern ihres Herzens gingen die Lichter einfach aus.

Kapitel 25

Die nächste größere Zusammenkunft, zu der Orietta einen Gast mitbringen konnte, ohne dass es als merkwürdig auffiel, ergab sich zwei Tage später und führte sie in die Giardini Napoleonici zurück. Nur diesmal versammelten sich die feinen Herrschaften nicht auf den Rasenflächen, sondern entlang des Kanalufers, um den Trainierenden für die im September stattfindende Regatta zuzusehen.

Wie jedes Jahr qualifizierten sich die Teilnehmer in zwei Vorläufen Ende August, doch bereits jetzt pflügten die Ruder im Gleichtakt durchs Wasser, und immer wieder überholten sich die schmalen Gondeln gegenseitig. Das rhythmische Platschen und die Kommandos, die vom Kanal herüberschallten, schufen eine ausgelassene, fast fiebrige Stimmung, und mit dem kalten, gesüßten Pfirsichtee, der vom Servierpersonal verteilt wurde, um allzu empfindliche Seelen vor einem Hitzschlag zu bewahren, erlangte die Veranstaltung fast schon eine Art Feriencharakter.

Damen führten kleine Hunde an Leinen und fächelten sich Luft zu, während ihre männlichen Begleiter Taschentücher zückten, um sich diskret die Stirn zu wischen und ab und an auf Boote zu zeigen, die sie für vielversprechend hielten.

Orietta, die sonst immer Spaß daran gehabt hatte, ihre Favoriten im September anzufeuern, hatte für das Spektakel kaum einen Blick übrig. Während sie als Kinder den Booten bis zum Ziel nachgelaufen waren, legte sie nun nicht einmal mehr gedanklich die Strecke bis zum Ca'Foscari zurück, jenem Endpunkt, wo sich der Wettbewerb entschied und wo das gehobene Publikum auf ihren privaten Booten vom Rande des Canal Grande aus Fahnen schwenkte und sich die Arbeiterschicht im Kontrast dazu auf rar gesäten Tribünen am Ufer stauen musste.

Vor ein paar Jahren, als Jacopo noch vor kindlichem Tatendrang und Ehrgeiz gestrotzt hatte, hatte sie ihn oft zu seinen Übungsstunden begleitet und ihm vom Trockenen aus kluge Ratschläge zugerufen. Er war, auf dem Boot stehend und wie besessen rudernd, am Ende jedes Mal im Wasser gelandet – entweder, weil er den Konkurrenten im Nebenboot Grimassen geschnitten und ein Ruder zwischen die Rippen bekommen hatte oder weil er den zuschauenden Mädchen mit waghalsigen Manövern imponieren wollte. Und weil der Erfolg im Zwei-Mann-Boot, dem sogenannten pupparino, nun einmal davon abhing, wie sehr man sich mit seinem Mannschaftskollegen verstand, war Jacos Karriere schon von Anfang an zum Scheitern verurteilt gewesen. Neben ihm fühlten sich andere Vierzehnjährige leicht übersehen, und niemand genoss es, permanent daran erinnert zu werden, dass der beste Freund bei der Mädchenschar doppelt so viel Begeisterung auslöste wie man selbst.

Ihr Bruder hatte nach zwei Jahren Rudersport die Wettkämpfe aufgegeben; seitdem hatte er sich nie wieder derart für irgendetwas angestrengt. Und Orietta fragte sich heute, ob das Begraben der einen Sache, die man am meisten auf der Welt liebte, vielleicht der Preis war, den man für ein Gefühl der

Zugehörigkeit zu zahlen hatte, und ob sie Flavia diesen Preis wirklich für sich zahlen lassen konnte.

»Muss ich so tun, als würde ich mich mit Mannschaftssport auskennen?« Flavia fing das hellblaue Band ein, das ihrem schräg aufgesetzten Strohhut im auffrischenden Wind nachflatterte wie ein Schmetterling und sie offenbar gehörig im Nacken kitzelte.

»Sei einfach du selbst«, erwiderte Orietta matt.

»Dann darf ich also den athletischen Körperbau der älteren Wettkampfklassen thematisieren?«

Orietta verdrehte entnervt die Augen. »Ich denke nicht, dass der Sohn der Veridiani einer Frau zugetan sein wird, die andere Männer anhimmelt.«

»Gut, dass seine Begeisterung nebensächlich ist.« Flavia kniff die Augen zusammen und blickte in die Ferne. »Feindin im Anmarsch. Schau nur, wie sie daherstolziert. Herrgott, ich hasse sie. Der Mann an ihrem Arm ist allerdings definitiv zu alt, um ihr Sohn zu sein.«

Orietta hätte gerne gesagt, dass sie die Veridiani mittlerweile ebenfalls verabscheute. Doch das hätte nicht gestimmt. Immer noch erreichte sie die Strahlkraft, die von der Salondame ausging, und immer noch schien sie sich darin zu verheddern wie in einem feinmaschigen Netz.

Allein bei dem Wissen, dass sie sich in Reichweite befand, drehte sich Orietta der Magen um, und die Stimme der Salonnière zu hören, löste eine ganze Reihe verwirrender und grässlicher Gefühle aus, die sie förmlich erstickten.

Doch sie musste sich jetzt zusammennehmen. »Das da ist Don Attilio.« Orietta drehte Flavias Schultern um neunzig Grad. »Der Blonde in Uniform.«

»Oh, ich hatte ihn mir schlimmer vorgestellt. Was für eine

Unmenge an Abzeichen.« Ein nervöses Kichern entwischte ihrer Schwester. »Ich hoffe, er hat nichts gegen eine Pazifistin. Sollen wir uns zu ihm gesellen?«

»Nein, erst unterbreiten wir der Veridiani unseren Vorschlag.«

Mit ein wenig Wartezeit und dem richtigen Gespür für eine günstige Gelegenheit fingen sie die Salondame nach ihrem Gang zur öffentlichen Toilette ab. Obwohl Orietta damit gerechnet hatte, zunächst abgewimmelt zu werden – und wenn auch nur, um die Machtverhältnisse klarzustellen –, empfing die Veridiani sie herzlich und tat, als hätten sie einander ewig nicht gesehen und als hätte es diesen Handel, der Oriettas Leben ruinierte, nie gegeben. Auch Flavia wurde geherzt und ohne Umschweife in die nächste Unterhaltung mit einbezogen.

»Dies ist die Schwester meiner jüngsten Literatin. Ein Beispiel dafür, dass Schönheit und Intelligenz nicht immer getrennte Wege gehen müssen.« Die Herren in ihrer Begleitung, vier redselige Universitätsprofessoren aus Padua und Bologna, lachten und gaben sich freundlich, doch in ihren Augen blitzte der Ehrgeiz, die von der Salondame aufgestellte Behauptung zu widerlegen. Eine solche Schönheit, wie sie von Flavia ausging, würde die Menschen wohl immer provozieren.

»Wer ist Ihr Lieblingsdichter, Signorina Volpato?«

Signor Pascoli, Professor der Griechischen und Lateinischen Grammatik sowie der Italienischen Literatur, der mit eigenen Gedichten in der Intellektuellenszene eine gewisse Bekanntheit erlangt hatte, wartete auf eine Antwort. Zu gern hätte Orietta ihr Wissen über seine Biografie per Gedankenübertragung an ihre Schwester übermittelt, denn dann hätte diese mit einem Augenzwinkern *ihn* als ihren Lieblingsdichter nennen können. Auf nichts anderes hatte er schließlich hinausgewollt, der eitle Gockel. Doch überrumpelt, wie Flavia von der

Frage war, riet sie ins Blaue und stotterte etwas von Ovid, der ihr zweifellos als einziger großer Name noch von der Schulzeit im Kopf herumspukte.

»Ovid? Erklären Sie mir, warum.«

»Nun ja«, Flavia streichelte unsicher ihr Hutband, während sie überlegte, »er hat die *Metamorphosen* geschrieben, oder nicht?«

Orietta hielt ihren Blick und nickte ihr unmerklich zu, um ihr zu versichern, dass sie auf dem richtigen Weg war.

»Und was gefällt Ihnen besonders daran?«

Wieder stockte Flavia, man konnte förmlich hören, wie sich die Räder hinter ihrer Stirn immer schneller drehten. »Das Motiv der Verwandlungen.«

Gut gemacht. Heimlich und nur für ihre Schwester sichtbar formte Orietta ein entsprechendes Signal mit der Hand.

»Das mag sein, aber sagen Sie, was denken Sie über die symphonische Struktur der Gesamterzählung?«

Pascoli winkte einen vorbeilaufenden Kellner heran, der dafür sorgte, dass die Damen und Herren ein frisches Glas in die Hand bekamen, bevor er selbst mit leichter Irritation an seinem Ombra nippte. »Nur zu, Sie haben immer noch das Wort …«

Flavia lachte unsicher und stürzte den Pfirsichtee in einem Zug herunter, womöglich um einen ihrer rettenden Hustenanfälle zu inszenieren. Das war die Chance für Orietta einzugreifen. »Du meine Güte, Fragen über Fragen. Dies ist eine vergnügliche Gesellschaft im wunderschönen Venedig, nicht Ihr Hörsaal in Padua.« Sie lachte so ungezwungen wie möglich und berührte den Professor wohlmeinend am Arm. »Meinen Sie nicht, Sie könnten sich hier etwas entspannen, Signor Pascoli?«

Er wandte sich ihr zu. »Genauso wenig wie Sie, würde ich meinen. Ich weiß, dass Ihnen die richtige Antwort schon längst auf den Lippen brennt.« Sein Blick wanderte zu ihrem Mund, flüchtiges Begehren lag darin, und zum ersten Mal spürte Orietta, was damit gemeint war, wenn es unter den Salonmitgliedern hieß, dass Intelligenz attraktiv machte.

»Bedeutet für uns Literaten Entspannung nicht, sich der Diskussion von bedeutenden Texten hinzugeben?«

Die Veridiani, die es zuvor sichtlich genossen hatte, Flavia auf dem Prüfstand zu sehen, dehnte ihren Nacken in einem nur allzu vertrauten Ausdruck des Missfallens. »Erhelle uns mit deinen Theorien, Flavia. Vielleicht magst du uns auch ein passendes Zitat aus den *Metamorphosen* vortragen?«

In der angespannten Erwartung, dass gleich etwas Sensationelles geschehen würde, schien es, als hätte die Runde aufgehört zu atmen. Orietta erinnerte sich an die fast identische Situation, als sie sich elendig vorgeführt vorgekommen war, weil die Salondame sie als stolze Verfasserin von Liebesbriefen hingestellt hatte. Damals hatte sie geglaubt, die Veridiani wolle sie bloß zur Teilnahme am Gespräch ermutigen, doch nun, wo die gleiche Strategie bei Flavia Anwendung fand, identifizierte sie dafür ein deutlich niedrigeres Motiv: verkappte Schadenfreude.

Das Blut rauschte ihr in den Ohren, während sie mit ansehen musste, wie sich über den Hals ihrer Schwester die typischen roten Flecken ausbreiteten. In ihrer Not zog Flavia einmal mehr an dem Hutband, nun so stark, dass der Sitz auf lächerliche Weise verrutschte.

»Das nenne ich mal eine Bildungslücke.« Die Veridiani gluckste hinter vorgehaltener Hand, und alle, die zuvor noch höflich Fassung bewahrt hatten, lachten mit.

Flavia blickte anklagend von einem zum anderen. »Tut mir leid, dass ich es vorziehe, das Leben zu *erfahren*, statt in endlosen Diskussionen darüber zu philosophieren. Vielleicht machen Sie sich einmal *darüber* Gedanken, Signor Pascua. Wenn Sie mich nun entschuldigen möchten?« Ohne ihm Zeit für eine Erwiderung zu lassen, löste sie sich aus der Runde und eilte davon.

»Hat Madame mich absichtlich beim falschen Namen genannt?« Er imitierte mit vorschwingenden Armen und stampfenden Schritten ihren Abgang. »Oder ist er ihr doch so schnell wieder entfallen? Zuzutrauen wäre es ihr.«

»Meine Herren.« Orietta verabschiedete sich mit zusammengebissenen Zähnen und einer tobenden Wut im Bauch, an die Salondame verschwendete sie kein Wort.

Das Vaporetto nach Murano, auf dem Flavia sich wohl befand, lief gerade aus, als Orietta die Piazzetta erreichte. Sie hätte die dreißig Minuten auf den nächsten Wasserbus warten sollen, doch sie sehnte sich nach der Abgeschiedenheit ihres Zimmers und brachte es nicht fertig, mit einem Haufen glücklicher Touristen an der Anlegestelle zu stehen. Ihr Kopf schmerzte von all dem Trubel ringsumher und von der erbarmungslosen Junisonne, aber noch mehr von der Hilflosigkeit, die sie empfunden hatte, als Sibilla Veridiani ihre Schwester gedemütigt hatte. Nach Flavias missglücktem Auftritt durfte man davon ausgehen, dass der Plan mit dem Rollentausch gescheitert war, und darüber hätte Orietta wütend sein sollen, endgültig verzweifelt, doch in ihr breitete sich stattdessen pure Erleichterung aus. Sie wusste, dass sie ihre Schwester vor einem schweren Fehler bewahrt hatte.

Beim Glockenschlag des Campanile zur vollen Stunde ging

ein Ruck durch Orietta. Der Ausguck hoch über den Dächern Venedigs wäre gewiss der richtige Ort, wo sie ihre Gedanken sortieren und das Geschehene verarbeiten konnte. Und statt vor den ohrenbetäubenden Klängen zu fliehen, drängte sie sich an der Schar Hinausströmender vorbei und nahm den Aufzug nach oben. In der Hoffnung, wenigstens einen Moment lang allein zu sein, bevor die nächste Touristengruppe hinauffuhr, schritt sie zu der Turmseite, von wo aus sie einen wunderbar weiten Blick auf das Meer hatte. Solange man unter dem Dach blieb und nicht an die Fenster trat, war es außerdem schattig und relativ kühl.

Orietta krallte ihre Finger in die Vergitterung, bis ihr die Drähte in die Haut schnitten und der körperliche Schmerz den ihres Herzens überlagerte. Und obwohl sie das Kommen und Gehen der neuen Besucher zunächst störte, empfand sie es bald eher als rhythmischen Wellengang – etwas, das um sie herum seinen Lauf nahm und nicht abreißen würde, ob sie es beachtete oder nicht. Also konnte sie sich genauso gut damit abfinden.

Sie wusste nicht, wie lange sie so dastand, doch bei der unerwarteten Berührung, mit der sie an der Schulter herumgedreht wurde, fuhr sie heftig zusammen. Sibilla Veridiani ließ die Hand sinken, doch der Abdruck ihrer Finger blieb an Orietta haften wie eine im Glas eingeschlossene Luftblase, die man erst nach dem Kühlprozess bemerkte und nicht mehr loswurde.

Das kleine Zimmer unter den gigantischen Glocken hatte sich, bis auf ein paar Nachzügler, vollständig geleert, und es herrschte eine angespannte Stille. Die Letzten, die soeben hinaustrabten, liefen sich gegenseitig in die Hacken, um sich die Hälse noch einmal nach der Salondame zu verrenken. Einer unter ihnen, seiner Kleidung nach ein Hafenarbeiter, steckte sich bei seinem Blick zurück eine Handvoll Münzen in die Hosentasche, und bei seinem Grinsen ahnte Orietta, dass er sie für die Veridiani aufgespürt hatte, sie vielleicht schon wochenlang im Auftrag der Salondame beschattete.

War je etwas vor ihr verborgen geblieben? Auf einmal schien es, als hätte sie von Anfang an über Oriettas Pläne Bescheid gewusst, ihre Schwachstellen studiert und bloß den richtigen Zeitpunkt abgepasst, um diese gegen sie zu verwenden und zum eigenen Vorteil einzusetzen.

»Was für ein Zufall«, sagte die Veridiani und lächelte scheinheilig.

Orietta machte sich nicht die Mühe, darauf einzugehen. »Was sollte das? Glaubst du, du kannst mir wehtun, indem du meine Schwester vorführst?«, eröffnete Orietta als Erste das Feuer.

»Und glaubst du, ich durchschaue euer Spiel nicht? Eure erbärmliche Vorstellung, die deine Schwester ins Zentrum meines Interesses rücken soll?« Die Veridiani griff nach ihrem Oberarm. »Bleib gefälligst stehen, wenn ich mit dir rede!«

Orietta riss sich los, immer noch versucht, Abstand zwischen ihre einstige Mentorin und sich zu bringen. »Ist das auch eine Klausel aus dem Vertrag, den ich unterzeichnen musste? Denn wenn nicht, gehe ich, wann und wohin ich will.«

»Orietta, sei nicht naiv!«

»Warum akzeptierst du Flavia nicht als meinen Ersatz?« Ihre Nasenspitze kribbelte, während sie das Kinn hob. Eigentlich wollte sie gar keine Antwort auf ihre Frage hören.

Die Veridiani lächelte verächtlich. »Weil ich kein Interesse an deiner Schwester habe. Es ist *dein* wacher Verstand, den ich für meine Enkelin beanspruche. Schönheit ist vergänglich, aber das hier«, sie tippte sich gegen die Stirn, »ist zwischen zwei Buchdeckel gepresst unvergänglich.«

»Und wenn ich sage, ich kann das nicht?«

»Dann wirst du es lernen. Wie du auch alles andere in den letzten Wochen gelernt hast.«

»Vielleicht bin ich aber das Lernen leid.«

Die Salondame musterte sie kühl. Oriettas innerer Tumult schien sie in ihren Absichten eher noch zu bestärken. »Ach, warum nur muss es immer auf Drohung und Einschüchterung hinauslaufen?« Sie seufzte. »Gleich nach deinem ersten Salon habe ich dir empfohlen, neben ausgewählter Literatur täglich auch die Presse zu verfolgen. Du hast lieber in den Gassen geturtelt, und so ist dir das, was sich die ganze Zeit im Verborgenen abgespielt hat, einfach entgangen.«

»Wovon sprichst du?« Orietta ließ sie nicht aus den Augen, als könnte sie ein weiterer unaufmerksamer Moment die Wahrheit kosten. Dabei gab es noch einiges, was sie dringend erfahren musste. »Hast du den Einbruch in die Werkstatt meiner Familie zu verantworten?«

»Ein kleiner Motivationsschub hat noch nie geschadet.«

»Das war keine klare Antwort!«

Veridiani trat drohend auf sie zu, drängte sie mit ihrer bloßen Präsenz zurück, bis ihr Rücken gegen die Vergitterung des Fensters stieß. Eine irrationale Angst schoss durch Orietta, als der Draht leicht nachgab.

»Ihr habt euch doch von dem Zwischenfall erholt, oder nicht? Für dich war es sogar ein Weckruf: mehr zu leisten, dich mehr anzustrengen, um den einflussreichen Leuten dieser Stadt zu gefallen. Du solltest mir danken.«

»Aber … unser ganzes Lager wurde zerstört. Die Arbeit von Monaten!« Orietta keuchte auf. Fassungslos musste sie mit ansehen, wie die Salondame Genugtuung aus ihren Schilderungen zog, wie sich ihr verächtliches Lächeln in ein berechnendes wandelte. »Wie lange ziehst du schon die Strippen?«

»Meine Gute, wenn du dir *das* nicht denken kannst, solltest du einen Blick hierauf werfen. Du weißt doch noch, was Lesen ist?« Sie zog einen zusammengefalteten Zeitungsausschnitt aus ihrer Beuteltasche und hielt ihn hoch, sodass Orietta förmlich auf den Zehenspitzen danach schnappen musste. »Ich meine, bei all der Verliebtheit, die dir deinen Verstand vernebelt …«

Orietta ignorierte den Spott und begann zu lesen. Allein schon die Schlagzeile schien einen Schleier vor ihren Augen zu bilden, den sie verzweifelt wegblinzeln musste.

CORRIERE DELLA SERA

Juni, 1893

Salon-Sensation

»La Veridiani« steigt in die Glasbranche ein!

Nachdem die international bekannte Salondame, Sibilla Veridiani, während der bereits laufenden Saison ihre Sommerresidenz an den Canal Grande verlegt hatte, erklärte sie nun der Presse, künftig auch am Glaskunsthandwerk teilhaben zu wollen. Eine traditionsträchtige Werkstatt besitze sie schon, weitere seien in Planung. Um welche Vetreria es sich handelte, wollte sie der geneigten Leserschaft allerdings nicht verraten.

Murano darf weiter gespannt bleiben.

»Wer, glaubst du, hat dafür gesorgt, dass Carpenteri und seine Schmierlappen die Füße stillhalten, während sie doch nichts lieber wollten, als euren Namen öffentlich durch den Dreck zu ziehen? Wem, denkst du, ist es zu verdanken, dass sie die Pfändung nicht vollzogen haben, obwohl die Frist bereits abgelaufen ist?«

»Aber … die Verlängerung …«, sagte Orietta benommen. »Mein Vater hat mit Carpenteri gesprochen.«

Die Veridiani lachte leise auf. »Da besaßen die Holzköpfe eure Besitzurkunde längst nicht mehr! Seit unserem ersten Gespräch im Hotel habe ich Nachforschungen über dich angestellt. Über deine Familie, euren Betrieb, die Laster deiner Brüder – man hat mich über alles informiert. Ich hatte im Casino meine Männer. Und nachdem ich Carpenteri klargemacht hatte, dass er mit einem Batzen Geld mehr anzufangen wüsste als mit einem Handwerk, das dem seinen ohnehin nur den Glanz stiehlt, dauerte es nicht lange, bis die Vetreria mir gehörte.« Sie nahm den Zeitungsausschnitt wieder an sich, faltete ihn zusammen und steckte ihn umstandslos in Oriettas Ausschnitt. »Wenn du nicht mit mir zusammenarbeitest, ist euer Betrieb am Ende. Kein Geld der Welt kann dir noch helfen, wenn ich das Grundstück und die Öfen für einen Spottpreis an den Ersten verscherbelt habe, der die Hand hebt. Und mein Instinkt sagt mir, das werden wohl die Dal Corsos sein.«

Und obwohl Orietta bereits am Boden lag, setzte sie noch einmal nach. »Was meinst du, Orietta, wie lange schlägt so ein gebrochenes Elternherz?«

* * *

Bei Anbruch der Nacht schlich sich Orietta ohne wirkliche Hoffnung zum Palazzo Stern.

Sie wusste nicht, ob Salem noch im Hotel logierte oder nach dem Zusammenprall mit dem männlichen Teil ihrer Familie nicht sofort das nächste Schiff nach Konstantinopel bestiegen hatte. Oder vielleicht lag er im selben armseligen Krankenzimmer, in dem sie um Stefano gebangt hatten. Sie konnte nicht wissen, was man noch mit ihm gemacht hatte, nachdem sie von ihm weggezerrt worden war.

Ihr ungestümes Klopfen an der Tür war das einzige Geräusch auf dem Gang. Immerhin erfüllte ihr vehementes Auftreten seinen Zweck: Salem öffnete ihr.

Dort, auf der Schwelle zwischen seinem dunklen Zimmer und dem gespenstisch stillen Flur, verharrten sie sprachlos, von Angesicht zu Angesicht, und fanden nicht den Mut, einander um Verzeihung zu bitten.

Wenn sie doch bloß die Zeit zurückdrehen könnte!

Dann hätte sie damals Salem auf dem Markusplatz nach seinem Namen gefragt und ihn nicht für die Ankunft der Karnevalswagen stehen gelassen. Sie wäre umgekehrt. Wenn sie gewusst hätte, dass es Männer gab, die einen sein ließen, wer man war, hätte sie alles getan, um ihn festzuhalten.

Mit Tränen in den Augen sah sie ihn an.

Sein von Abschürfungen gezeichnetes Gesicht wurde sichtbar, als er aus dem Zimmer trat und die Lücke schloss, die Orietta aus Angst vor Zurückweisung zwischen ihnen offen gelassen hatte.

»Ich war mir nicht sicher, wie lange sie dich einsperren würden«, sagte er. »Aber ich habe gehofft, dass nichts und niemand dich von mir fernhalten könnte.«

Orietta schluchzte auf und warf sich an seine Brust. Er fing sie ächzend auf und umklammerte sie, bis ihr die Luft wegblieb. Und während sich sein Atem heiß in ihren Nacken brannte und ihre Finger Falten in sein Hemd knitterten, stolperten sie ineinander verschlungen zu seinem Bett. Unter ihr gefangen, landete er rücklings darauf, sie immer noch so fest im Arm, als könnte sie sich auflösen, wenn er es nicht tat.

»Verzeihung, ich sollte nicht … du hast Schmerzen.«

»Porco dio, es tut mir leid.« Er klang rau und zittrig, nicht länger Herr seiner Gefühle. »Hätte ich mich bewegen können, wäre ich noch am selben Abend zu dir gekommen. Aber die Hoffnungslosigkeit und die Scham, weil ich ihnen nichts entgegenzusetzen vermochte … Verzeih, dass ich nicht zu dir gekommen bin. Dass ich uns nicht verteidigen konnte. Du bist so viel stärker als ich. Du bist …«

»Ich liebe dich.« Orietta schaute ihn ernst an.

Sein Mund öffnete sich, langsam sickerte die Bedeutung ihrer Worte in seinen Verstand, und gerade als sie glaubte, zu viel preisgegeben zu haben, erwiderte er das Bekenntnis.

»Ich liebe dich auch, Orietta.« Er küsste sie stürmisch. »Ich will niemals jemand anderen lieben als dich.«

Sie schloss die Augen, damit er die Tränen nicht sah, die erneut darin aufstiegen. Tränen der Angst und des sicheren Verlusts.

»Zieh mir das Kleid aus«, sagte sie leise, aber so bestimmt, dass Salem nicht zögerte.

Er löste ihr Haar, fuhr hindurch und holte die Wellen aus ihrem Nacken nach vorn auf ihre Brust. Erst danach widmete er sich der Knopfleiste an ihrem Rücken und entkleidete sie bis auf die Unterhose. Dann küsste er sie erneut, Sehnsucht, Verlangen, Liebe und so viel Schmerz erstickt und bewahrt zwischen ihren aufeinandersinkenden Lippen.

Hitze sammelte sich zwischen ihren Schenkeln, dort, wo sich ihr Schoß in seine Leistengegend drückte, während sie auf ihm saß. Sein Becken bewegte sich unwillkürlich unter ihr, während er mit den Händen ihre Brüste erforschte. Sinnlich saugte er an ihr, neckte sie mit leidenschaftlichen und dann wieder sanften Strichen, bis sie es nicht mehr zu ertragen glaubte.

Zum ersten Mal dachte sie nicht an irgendwelche Argumente, sondern ließ sich einfach von ihren Sinnen und Wünschen treiben. Hungrig knöpfte sie sein Hemd auf, dann wanderten ihre Hände zittrig und zielsicher zugleich zu der sich immer stärker abzeichnenden Wölbung in seinem Schritt.

»Ich kann warten«, sagte er. Seine Hand legte sich flach auf ihre, um ihr Einhalt zu gebieten. Doch sie machte einfach weiter, denn selbst wenn sein Verstand vielleicht dazu imstande war, sich zu gedulden, sein Körper war es ganz sicher nicht.

»Aber *ich* möchte nicht mehr warten.« Auf ihre erste und letzte gemeinsame Nacht. Sie schaute ihn ernst an. »Bitte.«

»Du musst mich nicht bitten. Niemals.« Er saugte ihre Unterlippe zwischen seine Zähne. »Erteil mir nur die Erlaubnis.«

»Salem?«, flüsterte sie atemlos.

»Ja?«

»Mach mich zu der Deinen.«

Der Schweiß war auf ihren Körpern getrocknet, dennoch hielt Orietta ihn noch eine Weile zwischen ihren Schenkeln. Als sie ihn schließlich entließ, glaubte sie, nichts könne das Gefühl seiner nackten Haut auf ihrer ersetzen, nichts auf dieser Welt jemals schöner sein. Ruhig legte er sich hinter sie und zog sie eng an seine Brust, sein Herzschlag dicht auf ihrer Haut, seine Hände auf ihren, und die Wehmut überwältigte sie fast. »Lass uns für immer so bleiben«, murmelte er, eingelullt von einer Trägheit, die auch sie erfasst hatte, die ihre Glieder wohlig warm und schwer machte – und die sie sich nicht leisten konnte. Sie hatte dem Leben abgerungen, was es ihr noch an Glück zu geben hatte. Von nun an würde es nur noch bergab gehen.

»*Für immer* ist ein Luxus, den wir nicht haben.« Ihre Stimme war tonlos.

Der Pfad aus kleinen Küssen, den er ihr von der Schläfe bis in den Nacken aufdrückte, brach unvermittelt ab. »Unsere Fahrscheine galten zwar für ein anderes Schiff, aber mit Glück können wir sie gegen einen geringen Aufpreis umtauschen.«

»Weggehen klingt gut. Du solltest also nicht länger zögern, Salem.«

»Ich spreche von *uns* und du nur von mir? War ich so eine Enttäuschung?« Sie lächelten beide.

Dies waren die Augenblicke voller Intimität und Humor, die Orietta an ihrer Beziehung so liebte. Egal, wie ruppig sie etwas sagte, er versuchte zunächst jeder Aussage etwas Positives oder zumindest einen kleinen Scherz abzugewinnen, bevor er sich in aller Ernsthaftigkeit damit auseinandersetzte. Er war Lebensfreude pur. Und sie hatte ihm nichts zu bieten außer Schmerz und Zerstörung.

Kaum hatte er begriffen, dass dies nicht das neckische Geplänkel nach einer wunderschönen Erfahrung darstellte, setzte er sich auf. Sie folgte seinem Beispiel und überließ ihm das Laken, während sie selbst in ihre Unterwäsche schlüpfte.

»Ich habe eingewilligt. Ich werde in den Palazzo ziehen und Attilio ein Kind schenken.«

Salem sprang aus dem Bett und war mit wenigen Schritten bei ihr. »Was redest du da?« Er fuhr sich hektisch durch das dichte dunkle Haar, das sich nun, wie sie einst gehofft hatte, von seinem Schweiß im Nacken wellte. Sie wandte ihm in stummer Aufforderung, ihr die Knopfleiste zu schließen, den

Rücken zu, und zunächst begann er auch ganz automatisch damit, doch nach wenigen Sekunden fuhr er von ihr zurück, als brächte sie den Tod. »Orietta, *nein*!« Sie ließ zu, dass er sie sanft schüttelte. »Ist dir deine Familie so wichtig, dass du alles andere darüber vergisst? Zähle ich denn gar nicht? Was ist mit dem, was *du* willst? Diesen verfluchten Vertrag – das kannst du nicht wollen. Wir könnten ein zweites Mal versuchen zu fliehen. Meine Eltern würden immer noch das Geld schicken. Du brauchst dich nicht zwischen deiner Familie und unserer Liebe entscheiden.«

Tränen flossen wie von selbst über ihre Wangen. »Es geht nicht mehr nur darum, das Geld aufzutreiben. Die Veridiani hat uns komplett in der Hand und wird nicht eher Ruhe geben, bis sie von mir hat, was sie will. Nämlich diese eine Sache. Also werde ich sie ihr geben.« Mittlerweile fühlte sich das Weinen wie ein fester Bestandteil ihrer Identität an. »Ich habe meine Wahl getroffen. Bitte warte nicht auf mich.«

»Nein, Orietta, tu mir das nicht an! Du darfst dich mir nicht hingeben und mir zeigen, wie wunderschön die Welt sein kann, und mich dann in mein leeres Schicksal entlassen: ein Leben ohne dich.« In seiner Verzweiflung folgte er ihr nackt hinaus bis auf den Gang. Das Laken war von ihm abgefallen, aber er achtete gar nicht darauf.

Sie streckte in abweisender Geste den Arm von sich, ebenso verzweifelt. »Du machst es uns beiden nur schwerer.«

Er verharrte auf der Stelle. »Ich tue alles, was du sagst, aber bitte …«

»Dann los, geh an Bord dieses Schiffes, und fahr ohne mich.«

»Orietta!«

»Fahr und versuch nicht, mich umzustimmen! Bitte, tu das für mich, wenn du mich liebst!«

»Das kannst du nicht von mir verlangen, das nicht. Orietta, ich bitte dich!« In seinen Augen standen Tränen.

»Doch, das muss ich. Fahr!«

Sein Blick klebte an ihr, während sie rückwärts von ihm wegstolperte, die Hand immer noch wie einen Schild gegen ihn erhoben.

Er lief ihr nicht nach. Er suchte sie auch nicht auf und erschien auch, bis sie zu ihren Verpflichtungen antreten musste, nicht mehr im Salon.

Kapitel 26

Der Einzug in den Palazzo fand an einem schwülen Tag Mitte Juli statt. Orietta waren drei Wochen gewährt worden, bevor sie ihr Zuhause verlassen und sich auf ihre neue Aufgabe konzentrieren musste. Der Zirkel bot genügend Möglichkeiten, ihr eine entsprechende Ausrede zu verschaffen, sobald die ersten Anzeichen des Erfolges zu bemerken wären, aber so, wie sie die Veridiani von ihrer echten Seite kennengelernt hatte, würde sie sich jetzt schon vollends aus der Öffentlichkeit zurückziehen müssen. In der dreiwöchigen Schonfrist hatte Orietta sich gedanklich so weit von ihrem alten Leben entfernt, dass sie den Sinn der Bücher, die sie zuvor geliebt hatte, buchstäblich nicht mehr verstand. Ihr alter Traum von Freiheit verschwand hinter einer Schicht Lattimo-Glas, und durch dessen milchigen Schleier nahm sie nichts als vage Umrisse wahr.

Man hatte ihr geraten, keine Wäsche mitzubringen, weil sie im Palazzo alles vorfinden und in ein paar Monaten ohnehin in nichts mehr hineinpassen würde – dennoch steckte in ihrem Gepäck die rote Ballrobe von Doucet sowie eine Art Hausanzug, den Jacopo aus seinem Fundus gekramt und ihr förmlich aufgedrängt hatte. »Dann kannst du nachts mit Hosen schlafen«, hatte er gesagt, und sie hatte genickt, obwohl sie beide wussten, dass auch eine Hose einen entschlossenen Mann mit Absichten nicht von bestimmten Taten abhalten würde. Dann hatte er gezuckt, als wollte er sie zum Abschied umarmen, doch Orietta hatte ihn nur sachte an der Schulter berührt und war zu Flavia getreten, die sich regelrecht an ihr festklammerte. Auch ihre Eltern hatten sich gegenseitig stützen müssen, als Orietta schließlich betont aufrecht durch die Tür gegangen war. Sie hatte sich gewünscht, dass niemand sie zur Anlegestelle begleitete. Und so bestieg sie das Vaporetto allein, mit ihrem Wäschesack über der Schulter und dem, was sie am Leib trug: ihrem Tageskleid, einem Paar guter Schuhe und der Verteidigungsschrift von Louise Aston in ihrem Pompadour.

Venedig erwachte unter einem feurigen Sonnenaufgang, und Orietta wusste, sie würde den Tag ihres Einzugs immer als jenen Tag in Erinnerung behalten, an dem der Himmel für sie geblutet hatte. Als einer der größten der Stadt hob sich der Palazzo Zenobio deutlich von seinen Nebengebäuden ab. Nicht umsonst hatte Sibilla Veridiani ihn als ihre Sommerresidenz auserkoren, und bei keinem der vielen Male, die Orietta durch das Portal geschritten war, hatte der Palast seine Wirkung verfehlt. Doch heute musste sie sich zu tiefen Atemzügen zwingen, sich innerlich antreiben weiterzugehen, ihre klammen Handflächen immer wieder an ihrem Rock abstreifen. Hier, wo sie so oft den Kopf in den Nacken gelegt und das Deckenfresko bewundert hatte, das den Aufstieg der mächtigen Familie Zenobio darstellte, wo sie mit anderen Literaten im Spiegelsaal den umherwirbelnden Paaren die Tanzfläche überlassen hatte, um sich selbst in anregenden Unterhaltungen zu verlieren – wo sie Salems Gesicht zum ersten Mal unverhüllt gesehen hatte, hier übermannte die Angst sie so heftig, dass sie schier keine Luft mehr bekam. Diesen Ort, der ihr einst Erfüllung geschenkt hatte, nun wegen einer in der Not getroffenen Abmachung zu betreten, fühlte sich an wie Verrat – einem Verrat an sich selbst. Doch eher lebte sie mit dem Betrug an sich selbst als mit dem Ruin ihrer ganzen Familie.

»Darf ich Ihnen das abnehmen, Signorina?« Eine ältere Bedienstete, die sie noch nie zuvor gesehen hatte und die sie am Portal empfing, fasste nach ihrem Wäschesack. Wie ein trotziges Kind weigerte sich Orietta, ihn abzugeben.

»Keine Sorge«, sagte die Frau freundlich. »Sie finden alles ausgepackt und aufgebügelt in Ihrem Zimmer wieder.« Auch das überzeugte sie nicht, doch sie war des Streitens müde.

»Dann … vielen Dank.«

»Ach je, Sie klingen ja ganz schwach. Der Kreislauf macht Ihnen Probleme, nicht wahr? Rasch eine kalte Suppe, und dann legen Sie die Beine hoch.« Als Orietta sich nicht rührte, tätschelte die Frau mit den ergrauenden Schläfen und der molligen Figur ihr mütterlich die Hand. Ihr Auftreten erinnerte an einen Staubwedel – flink, gründlich und immer griffbereit, mit einer flötenden Sprechweise, als würde sie ihre Sätze singen. Auf etwas aufmerksam geworden, hielt sie sich nun Oriettas Finger dicht vor die Augen. »Ein schöner Siegelring. So einen aus Glas und Silber hat sich mein Ehemann bis zu seinem Tod gewünscht. Aber welches Emblem hätten sie schon eingravieren sollen? Ein Pferd? Den Stall? Da gefällt mir dieser angedeutete Kronleuchter schon besser.«

»Danke.« Orietta zog ihre Finger zurück.

»Ich stehe Ihnen übrigens für die Dauer Ihres Aufenthalts als Gesellschaftsdame zur Verfügung.«

»Wie soll ich Sie rufen?«

»Cameriera. Und bitte keine falsche Höflichkeit.« Die Cameriera schulterte den Wäschesack um und lächelte. »Wenn man es nicht von zu Hause kennt, ist es schwer, sich daran zu gewöhnen, aber mein Name tut für den Erfolg Ihrer Angelegenheiten hier nichts zur Sache. Ich wurde eingestellt, um Ihnen bei Ihrer Morgentoilette und dem Ankleiden zu helfen.« An den restlichen Fingern zählte sie ab: »Außerdem Sie zu frisieren, beim Essen zu bedienen, in Kleiderfragen zu beraten, auf Festlichkeiten zu begleiten – kurz: auf Sie zu achten und stets mit heiterem Gemüt zu unterhalten.«

»Ich finde mich gut allein zurecht, danke.« Schon gar nicht brauchte sie jemanden *mit heiterem Gemüt.*

»Jetzt mag das noch so sein, aber warten Sie ab, bis Sie Ihre Füße nicht mehr von oben sehen.«

Perplex, dass die Cameriera offenbar in Veridianis Schwangerschaftspläne eingeweiht war, ließ Orietta sich von ihr in den Speisesaal schieben. Einmal mehr fühlte sie sich wie ein Gegenstand, den man hierhin oder dorthin bugsierte, wo immer er eben gerade zu Diensten sein sollte, und das Gefühl, dass offenbar etliche Menschen in diesen Handel und ihre Rolle darin eingeweiht waren, beschämte sie. Auch wenn sie wusste, dass es sie nicht hätte überraschen dürfen.

»Ist die Herrin des Hauses zu sprechen?«, fragte sie matt.

»Sie lässt mitteilen, dass heute Abend Don Attilio Ihr Gastgeber sein wird. Signora Veridiani wird nur noch sporadisch vor Ort sein.«

Orietta sank der Mut noch weiter. Die Cameriera musste sie am Arm greifen, um sie wieder gerade aufzurichten. »Ist der literarischen Zirkel eingeladen?«

»Oh, keine Salontreffen mehr für Sie, meine Liebe. Die

Aufregung ist nicht gut für Ihren Körper, und Ihr Wohlbefinden hat nun oberste Priorität. Kommen Sie, setzen Sie sich, hier ist schon die Suppe. Bevorzugen Sie Zucchini oder Tomate?«

»Tomate.« Doch schon nach ein paar Löffeln zogen sich ihre Wangen von dem sauren Geschmack zusammen, der Geruch erinnerte sie an Erbrochenes, und als ihr wieder bewusst wurde, warum sie ganz allein mit dem Generalleutnant an einem Tisch sitzen und speisen würde, begann die Küche, sich um sie zu drehen. Elende Furcht sammelte sich in ihr. Ein Ruck ging durch sie, und plötzlich war ihr speiübel. Mit einem Sprung schaffte sie es gerade noch zum Spülbecken und übergab sich.

»Sage ich doch: die Aufregung.« Ihre Cameriera schnalzte mit der Zunge, bevor sie wieder zu ihrem heiteren Gemüt zurückfand und Orietta zur Beruhigung den Rücken streichelte.

Als man Orietta, in ein unangenehm enges Abendkleid gestopft, an die gedeckte Tafel geführt hatte, saß Generalleutnant Attilio Veridiani schon dort, hatte die Stirn in die Hand gestützt und ließ mit lästigem Rhythmus eine goldene Taschenuhr auf- und zuschnappen. Orietta wusste nicht, wie sie ihn begrüßen sollte und wie die korrekte Anrede lautete. In ihrer Lage war von »Signor« über »Don« bis hin zum einfachen »Attilio« alles möglich. Sicher war sie sich nur, dass er ebenso wenig hier sein wollte wie sie selbst. Umso mehr überraschte es sie, dass er bei ihrem Anblick freundlich nickte; erst, als die Cameriera zögerte und sie dann acht Plätze weiter von ihm auf einen Stuhl drückte, ging Orietta auf, dass das Nicken nicht ihr gegolten hatte. Er hatte bloß signalisieren wollen, wo man sie platzieren sollte.

»Guten Abend«, sagte sie dumpf, darauf bedacht, nicht gerade jetzt ihren letzten Zusammenstoß im Palazzo Revue passieren zu lassen, als er mit seiner Mutter gestritten und Orietta alles mit angesehen hatte.

»Abend, Orietta.« Ein kühler Blick glitt über sie hinweg. Der eines Mannes, der nicht auf sie gewartet hatte, um sie zu hofieren, sondern um ihre Schwächen auszuloten. »Wer hätte gedacht, dass wir uns in dieser Form noch einmal wiedersehen?«

»Ihre Mutter offenbar.«

»Ich habe Sie gewarnt …« Die Uhr schnappte ein letztes Mal zu, als er sie beiseitelegte und sich dem Silberbesteck zuwandte. »Aber ich schätze, am Ende ist jeder machtlos gegen die Rolle, die ihm vom Schicksal zugeteilt wird.«

»Von einer ›durchtriebenen Natter‹ zum Schicksal. Das nenne ich einen Aufstieg.«

Er lachte tonlos, und kurz ließ auch Orietta sich zu einem traurigen Lächeln hinreißen.

»Sie wissen, wozu Sie hier sind?«

»Um Ihnen die Haft zu erleichtern?« Sie neigte den Kopf weg, als von rechts die Vorspeise aufgetragen wurde und erneut Gallenflüssigkeit in ihr aufstieg.

Wieder brandete sein trockenes Lachen auf, von dem sie nicht wusste, ob es sie verspottete oder ihr beipflichtete. »Ein exzellentes Gedächtnis, bloß eine Spur zu viel Verbissenheit. Hat meine Mutter Ihnen denn jeden Funken Heiterkeit geraubt?«

Orietta schaute in ihren Teller, wo sich Rindercarpaccio mit Rauke zu einem Blütenkelch auffächerte. »Das hat sie wohl.«

Er brummte etwas Unverständliches. Nach kurzer Wartezeit wurde eine Karaffe Whiskey auf den Tisch gestellt.

»Filippa macht ihre erste Reise im Orient-Express. Danach geht sie auf Kur. Sie wird also für eine Weile nicht hier sein.«

Obwohl er ihr die Auskunft nicht schuldete, stellte Orietta fest, dass sie ein wenig aufatmete. Natürlich änderte es nichts an dem Ehebruch und an ihrer schrecklichen Rolle, die sie selbst dabei spielen musste, aber in der Vorstellung, seine Frau säße hilflos im Nebenzimmer und würde alles mitanhören, durchfuhr es sie eiskalt. »Und Ihre Mutter?«

»Ist gesellschaftlich für die nächsten Wochen ›so eingespannt, dass wir ihr die Abwesenheit bitte nachsehen‹.« Er imitierte die Veridiani in Ton und Mimik so gut, dass Orietta ihn bei seiner Einlage mit einem schiefem Lächeln betrachtete. Tatsächlich merkte sie erst, dass sie gerade so etwas wie eine normale Unterhaltung führten, als ihr Teller durch einen neuen ersetzt wurde: den Hauptgang. Wenigstens die Übelkeit war verschwunden, was sie dem Nachlassen der Anspannung zuschrieb und der albernen Hoffnung, hier nicht einen Feind, sondern vielleicht sogar einen Verbündeten sitzen zu haben.

Ein Gedanke, der ihm offensichtlich zur gleichen Zeit gekommen war, denn als er sich ihr zuwandte, lag echte Freundlichkeit in seinem Blick: »Dann sind wir also Zellengenossen, Sie und ich?« Er kostete von seinem Fisch. »Das Haus ist so weitläufig, wissen Sie, wir müssten uns tagelang nicht begegnen, wenn wir nicht wollten.« Sie schöpfte Hoffnung, bis er matt hinzufügte: »Aber wir möchten sicher beide, dass dieser Spuk so schnell wie möglich vorbei ist. Gefangene bleiben Gefangene, auch wenn das Gefängnis einem Palast gleicht.«

»Sie meinen … soll ich später zu Ihnen kommen?« Ihre Finger fühlten sich kraftlos an, und das Besteck entglitt ihr mit einem Klirren.

Er ließ sie nicht aus den Augen, als sie es rasch wieder aufnahm. »Ich richte mich nach Ihnen.«

»Wenn das so ist«, sie erhob sich, »muss ich mich für heute leider entschuldigen, mir ist nicht wohl. Mein Magen scheint der Aufregung des Tages nicht gewachsen zu sein.«

Immer noch musterte er sie, doch langsam wanderte sein stattlicher, gezwirbelter Schnurrbart in die Höhe. Er räusperte sich und stand auf. »Dann wünsche ich eine angenehme Nachtruhe, Orietta.«

»Vielen Dank, ebenso.«

»Und eine baldige Besserung.«

Vergebens versuchte sie das Gefühl abzuschütteln, durchschaut worden zu sein, und eine erneute Woge von Übelkeit brandete in ihr auf. Als sie sich noch einmal umsah, stellte sie fest, dass er ihr nicht nachstarrte. Sie erreichte die Tür und stieg mit wackeligen Beinen die Treppe hoch. Kurz darauf hatte die Cameriera den Baldachin um ihr Bett geschlossen, und sie lag da wie eine Sardine in der Büchse, die Decke bis zur Nasenspitze hochgezogen, doch an Schlaf war nicht zu denken. Lange hielten heiße Tränen sie wach, und am nächsten Tag verlangte sie einen Zimmerschlüssel.

* * *

Der Hinterhof des Palazzo Zenobio besaß die Ausmaße einer kleinen Parkanlage und war schon immer Oriettas liebster Teil des Grundstücks gewesen, auch wenn sie noch längst nicht alles erkundet hatte. Während der Zusammenkünfte des literarischen Zirkels wäre es nie jemandem eingefallen, die hauseigene, ungenutzte Kirche im hinteren Teil des Gartens zu besichtigen, und auch Orietta hatte sich nicht sonderlich dafür interessiert, doch nun, wo sie hinter hohen Mauern eingesperrt war, fürchtete sie, nicht einmal mehr zum Gottesdienst nach Murano zu entkommen. Sibilla Veridiani war es zuzutrauen, dass sie auch in dieser Angelegenheit an alles gedacht hatte und dem Haushalt nun ein Geistlicher zur privaten Verfügung stand.

Am ersten Sonntag seit ihrem Einzug sowie an allen drei nachfolgenden hieß es, sie würden gemeinsam in San Marco der Messe beiwohnen, denn ohne Begleitung durfte Orietta nirgends mehr hin. Die ständige Überwachung jedoch machte sie rasend, und irgendwann platzte ihr der Kragen.

»Ich fahre für den Gottesdienst nach Murano«, sagte sie, sobald sie auf der Piazza standen und die Veridiani sie in Richtung Kirche steuern wollte. In aller Ruhe löste sie ihren Arm aus dem beklemmenden Griff. »Ob du dich mir anschließt, ist deine Entscheidung. Weglaufen werde ich schon nicht.«

»Ich würde dich ohnehin wieder einfangen.« Ihre einstige Mentorin lachte, als hätte sie wirklich einen Scherz gemacht, doch zwischen ihnen beiden gab es schon lange nichts mehr zu lachen.

»Dann hast du nichts dagegen?«

»Ich werde dich begleiten. Und sichergehen, dass dich das inhaltslose Geplauder deiner Schwester nicht ablenkt. Ich nehme an, wir treffen die ganze Bande dort?«

Orietta hätte am liebsten losgebrüllt, stattdessen schluckte sie ihre Abscheu herunter und marschierte wortlos zur Anlegestelle.

Während des Gottesdienstes, zu dem sie verspätet eintrafen, sah sie ihre Familie lediglich aus der Ferne, weil sie neben der Veridiani hoch oben in einer Loge sitzen musste, die Köpfe der *einfachen Leute* – wie die Salondame die Arbeiterschicht nannte – zu ihren Füßen. Ihr Blick driftete immer wieder hinab, in der Hoffnung, ihrer Schwester wenigstens ein tröstendes Lächeln schenken zu können, ein stilles »Mir geht es gut«, doch am Ende war es Flavias nachdrückliches Nicken, das ihr Mut zusprach, durchzuhalten.

Sie erwischten einander beim Hinausgehen, als die Veridiani dank ihrer Popularität vom Priester entdeckt und aufgehalten wurde, ohne sich offenbar gleich wieder entschuldigen zu können. »Wie geht es dir?«, hauchte Flavia im selben Moment, da Orietta ausstieß: »Ist bei euch alles in Ordnung?« Sie verschränkten die Finger und schmiegten kurz die Köpfe aneinander. Unauffällig entfernten sie sich von der Kirche, um den Austausch so lange wie möglich auszudehnen.

Es gab so viel zu besprechen.

Zwei Frauen strichen an ihnen vorüber, und hätten sie nicht ungeniert über Orietta getuschelt, hätte sie die beiden aus dem Augenwinkel gar nicht wahrgenommen. »Da ist ja unsere Glasbläsertochter. In der Stadt macht sie sich rar. Aber Murano hat sie nicht vergessen«, sagte die eine stolz.

»Gerüchten zufolge hat sie vorigen Donnerstag Königin Margheritas Teegesellschaft erheitert.«

»Nein, das haben Sie falsch gehört. Es ist viel besser: Sie hat eine Audienz beim König erhalten!«

Orietta zog Flavia rasch von den Plappermäulern weg. »Gibt es ein Lebenszeichen von Giovanni?«

Flavia schlug den Blick nieder. »Nein.«

»Und die Geschäfte?«

»Laufen weiter. Die Produktion hat sogar angezogen, jetzt, wo die Carpenteris uns nicht mehr im Nacken sitzen und wir den Ruin nicht fürchten müssen. Der Umsatz steigt vor allem dank dir. Wir haben wohlhabende Kunden aus der feinen

Gesellschaft gewonnen. Alle schwärmen sie von ihrer Begegnung mit dir auf den verschiedensten Banketten. Aber nun sag ehrlich, wie geht es *dir*?«

Orietta presste sich den Handrücken gegen den Mund und kämpfte gegen ihre aufwallenden Tränen an. »Ich sterbe einen langsamen Tod da drinnen, Flavia.«

»Hat er dich schon …?«

»Er rührt mich nicht an.« Sie wischte sich mit dem Ärmel über die Nase. »Bis ich ihm mein Einverständnis gegeben habe, nehme ich an.«

»Ein wahrer General«, murmelte Flavia. »Handelt nur auf strengen Befehl.«

Unwillkürlich musste Orietta lachen, auch wenn das Hinauszögern ihres Teils der Vereinbarung eher einen Grund zur Sorge darstellte. Sie wusste genau, dass sie hier ihre körperliche Integrität gegen ihre Freiheit eintauschte, und dass es nur einen Weg gab, in den Schoß ihrer Familie zurückzukehren. Doch sie brachte es einfach nicht über sich, und Nacht für Nacht verschob sie es auf den nächsten Abend, bereits in dem Wissen, dass sie auch dann nicht dazu imstande sein würde. Attilio schien dafür eher dankbar als erbost, aber ihm musste doch ebenso wie ihr klar sein, dass sie dieses Spiel nicht ewig spielen konnten. Im Grunde verlängerten sie nur ihr Leiden. Und obwohl die abendlichen Gespräche mit ihm überraschend angenehm waren, brodelte unter der Oberfläche weiter die eine unerledigte Sache, deretwegen die Cameriera morgens stets ihre Unterhosen kontrollierte, wenn sie die Wäsche einsammelte und dachte, Orietta würde noch schlafen.

»Wie ist die Lage mit Prudentia?«, fragte sie schließlich, da die Gefühle ihrer Schwester in den wenigen Minuten, die sie hatten, nicht zu kurz kommen sollten.

»Wir sprechen nicht miteinander. Aber unter den Glasbläsern steht sie hoch im Kurs. Alle Mütter haben jetzt Mitleid, weil sie von Gio sitzen gelassen wurde, und die Väter wittern endlich eine Chance für ihre Söhne.«

»Dann wird Donna Clarissima sicher den vielversprechendsten Verehrer herauspicken.«

Flavia begann an ihrem Kleid herumzunesteln. »Zumindest scheint sie nicht mehr auf Giovannis Rückkehr zu hoffen.« Seit ihr Bruder durch Donna Clarissimas üble Nachrede auf Murano verschrien war, hatte sich die Nachbarsfamilie entgegen allen Versprechungen doch von ihnen abgewandt; ihre Mutter durfte froh sein, wenn sie auf der Straße noch gegrüßt wurde.

»Dal Corso spielt mit dem Gedanken, eine Fachschule für Glaskunst zu gründen.«

»Ausgerechnet *er*?« Orietta behagte das ebenso wenig wie zweifellos ihrem Vater.

»Sie haben Jaco für Lehrstunden angefragt.« Sofort hob sie die Hand, als wären seitens Orietta aufgeregte Ratschläge zu befürchten. »Natürlich hat er abgelehnt. Aber es wirkt doch, als wäre das ein Angebot zur Versöhnung – und letztlich unsere einzige Möglichkeit, wieder normalen Umgang mit den Dal Corsos zu pflegen.«

»Mamma muss schrecklich leiden«, murmelte Orietta.

»Papà ebenfalls, nur aus anderen Gründen.«

Sie sahen sich lange an, wussten beide nicht, was sie sagen sollten.

»Es sind Briefe für dich gekommen.« Flavia löste sich als Erste aus der Starre und zog ein unglückliches Gesicht. »Hätte ich gewusst, dass ich dich sehe, hätte ich sie mitgebracht. Von deinen Freunden aus dem Literaturkreis.«

Oriettas Hoffnung sank, auch wenn es sie überraschte und ehrlich freute, dass Montesquiou und die anderen, denen man weisgemacht hatte, sie sei auf irgendwelchen Bildungsreisen, sie noch nicht vergessen hatten. Oben allein in ihrem Zimmer zu sitzen, wenn unten Orchestermusik die Halle füllte, war fast noch schlimmer, als überhaupt nichts von der Außenwelt mitzukriegen. Manchmal glaubte sie, die Veridiani würde sich damit amüsieren, sie auch noch auf diese Weise zu quälen. Es war Attilio, der irgendwann ein Machtwort sprach und seiner Mutter drohte, dem Vorhaben seine Mitarbeit zu entziehen, sollte sie sich nicht schnellstens einen anderen Ort für ihre Feste suchen. Der ahnungslosen Öffentlichkeit wurde der daraufhin folgende Umzug der Bankette als Tapetenwechsel verkauft, der neuen Schwung in die Ballsaison bringen sollte.

»Du kannst mir die Briefe einfach nächstes Mal geben«, sagte Orietta mit einem traurigen Lächeln, und weil es nicht mehr lange dauern konnte, bis ihre Gefängniswärterin hinzustieß, verabschiedete sie sich schon jetzt mit einer festen Umarmung von ihrer Schwester.

»Wir werden einen Ausweg finden. Etwas, das wir gegen die Veridiani verwenden können. Und dann muss sie diesen furchtbaren Handel abblasen«, flüsterte Flavia ihr ins Ohr, bevor sie sich wieder zurückzog.

»Ich halte die Augen danach offen«, versprach Orietta, doch sie hatte keinen Anhaltspunkt, ob es überhaupt etwas gab, womit man die Salondame unter Druck setzen konnte.

Angesichts der Trostlosigkeit ihrer Umstände hatte sie das Journalschreiben zwischendurch aufgegeben, doch je mehr Tage ins Land zogen, ohne dass Attilio sie anrührte, desto stärker kehrte das Bedürfnis zurück, sich die Seele zu erleichtern.

An einem Abend im späten August, nachdem sie den ganzen Tag im Garten gesessen und ihm dabei zugesehen hatte, wie er Kübel mit Pflanzen bestückte, ließ sie sich von ihrer Cameriera ein Licht und Schreibutensilien bringen. Wie auf Murano – und ganz anders als im dichten Gassengewirr der Stadt – hörte man hier, in dem von Attilio geschaffenen Pflanzenparadies zwischen griechischen Statuen und Säulen, nur die Zikaden musizieren. Glockenhelles Zirpen wie von einem sanft geschüttelten Tamburin mischte sich in ihre Gedanken. Mit jeder Zeile schien es lauter und deutlicher zu werden.

Mehr als einmal zögerte sie bei der Niederschrift ihres zunehmend gleichen Tagesablaufes und ertappte sich dabei, wie sie einen Brief an Nonna begann, ihre Mutter, Flavia – allerdings nicht an Salem. Der brutale Schmerz, den die Erinnerung an ihn über sie brachte, zwang sie immer noch in die Knie. Es war besser, wenn sie gar keinen Gedanken an ihn zuließ. Ähnlich verhielt es sich mit Giovanni.

Also riss sie sich zusammen und schrieb in ihr Journal, dass sich ihr Appetit, der ihr beim Einzug abhandengekommen war, nun wieder in alter Stärke zurückmeldete. An manchen Tagen verdrückte sie beim Nachmittagstee gleich zwei Stücke Kuchen und musste ihre Gelüste für ein drittes noch im Zaum halten, damit Attilio nicht schlecht von ihr dachte. Sie schrieb ihren Appetit der Langeweile zu und auch dem Kummer. Obwohl sie hier im Palazzo immerhin Bücher hatte und ihrem Intellekt genügend Nahrung geboten wurde, so fehlten ihr doch das Lachen, die Gesellschaft und der Trubel ihrer Familie – und eine Aufgabe in diesem Leben, wenn es schon keine Liebe mehr für sie bereithielt.

»Was machst du?« Attilio schob das Papier, auf dem sie schrieb, beiseite und stellte zwei halb volle Weinkelche auf das Tischchen, die dazugehörige Flasche klemmte unter seiner Achsel.

Sie warf ihm einen ungeduldigen Blick zu. »Ich arbeite.«

»Dann bin ich froh, dir hiermit eine kleine Pause zu verschaffen.« Er überredete sie, wenigstens mit ihm anzustoßen, und weil der Wein nicht so scheußlich war, wie die letzten, die er ausgesucht hatte, behielt sie ihn in der Hand.

»Du bist ja ganz verspannt. Halt mal.« Schon war sie mit beiden Gläsern beladen und er hinter sie gerutscht, um ihre Schultern zu massieren.

Sie zierte sich auffällig genug, um ihm einen Hinweis zu geben. Doch als das nicht genügte, sagte sie in aller Deutlichkeit: »Ich habe Kopfschmerzen.«

»Davon gehen sie weg.« Seine fähigen Finger walkten ihre Muskeln, bis sich tatsächlich eine Erleichterung einstellte. Um sich zu entspannen, war er ihr allerdings zu nah.

»Ich vermisse Filippa«, flüsterte er unvermittelt.

Sein Geständnis rührte sie und machte sie auf eine unangenehme Weise betroffen. Denn auch wenn sie ihm glaubte, dass er sich nach der Gesellschaft seiner Frau sehnte, wusste sie auch, dass sie – Orietta, es war, die dem Wiedersehen im Weg stand.

»Haltet ihr Briefkontakt?«

»Zu riskant, aus demselben Grund, warum du keine Briefe versenden darfst. La Veridiani meint, dadurch könnte etwas nach außen dringen. Ich werde also wohl oder übel noch eine Weile auf Filippa warten müssen.« Seine Lippen streiften ihr Ohr. »Wie lange genau, liegt bei dir.« Er packte fester zu, als Orietta sich unter seinem Griff versteifte, und erst als sie ihm mit dem Ellbogen einen Stoß in den Bauch verpasste, ließ er von ihr ab.

»Verzeihung, aber es fühlte sich so an, als hätte mich etwas gestochen«, sagte sie, um ihren Ausrutscher zu kaschieren.

»Zeig her.« Seine Finger ergründeten die Stelle an ihrer Wade, die sie sich hielt, natürlich, ohne auf eine Ursache zu stoßen. Betreten schwiegen sie sich einen Augenblick lang an, dann sagte er: »Wir sollten reingehen.« Ihre Schreibutensilien rasch eingesammelt, ließ er ihr den Vortritt und folgte ihr anschließend hinein.

Auf der Treppe war er immer noch hinter ihr, und als sich der Weg zu ihren Zimmern gabelte und er nicht zu dem seinen abbog, wusste Orietta, dass heute die Nacht gekommen war, in der es geschehen würde. Nur fühlte sie sich nicht bereit. Sie würde sich nie bereit fühlen.

Und weil das so war, nützte es auch nichts, es noch weiter aufzuschieben. Abgesehen davon durfte sie nicht vergessen, dass die ganze Angelegenheit für Attilio ebenfalls nicht leicht war. Man musste wahrlich kein Meister der Seelenkunde sein, um zu sehen, dass ihm die ganze Angelegenheit kein Vergnügen bereitete. Entgegen der landläufigen Meinung über Männer hatte er nicht nach Oriettas Rock zu gieren begonnen, sobald ihr Zwangsaufenthalt ihm erst einmal freie Bahn verschafft hatte. Nie wanderte seine Hand auf ihren Hintern oder versuchte er gar, sie zu küssen. Bisher war Attilio Veridiani nichts weiter als ein zurückhaltender, oft zynischer, harter Knochen gewesen, mit dem sie sich besser vertrug, als sie anfangs zu wagen gehofft hatte.

»Ich habe heute am Fenster einen Hundertfüßer gesehen, der mir Angst macht. Würdest du ihn beseitigen?« Sie blickte ihm zwischen die Augen, auf jenen Punkt, der, wenn man sich auf ihn konzentrierte, nicht verriet, dass man schummelte.

»Dafür müsste ich nachschauen, ob er noch da ist.«

»Ich sage der Cameriera, sie soll ausreichend Licht machen.«

Als es so hell im Zimmer war, dass er die Ritzen der Fensterläden mit den Fingern abfahren konnte, bezog sie neben ihm Stellung und wartete angespannt.

»Nichts«, sagte er irgendwann.

»Gut.«

Er wischte sich die Hände an der Hose ab, sie wippte auf ihren Fußballen, und aus einer sich andeutenden Übereinstimmung heraus schnellten sie beide mit den Köpfen vor und küssten sich. Ihre Zähne stießen dabei peinlich unkoordiniert aufeinander. Daran, den Mund zu öffnen und seine Zunge einzulassen, war keineswegs zu denken. Zu ihrem Glück versuchte er es auch nicht.

»Ohne Küssen?«, fragte er gedämpft. Sie nickte, was er als Zeichen auffasste, sich zu entkleiden. Doch auch damit stellte er sich bedenklich ungelenk an. »Und du? Brauchst du meine Hilfe?« Bis auf die Unterhose nackt, bot er ihr eine Hand, die sie geflissentlich übersah.

»Ich denke, es könnte reichen, den Rock hochzuschieben.«

»Natürlich.«

Sie standen dicht voreinander und wagten es nicht, einander anzusehen. Nervös löste sie ihr Haar, während seine vorsichtigen Berührungen einen klammen Film auf ihrer Haut hinterließen. Sie konzentrierte sich auf seine Brust, gab sich aber schließlich einen Ruck und blickte tiefer, wo sich, ihrer Erfahrung nach, ein kleines Zelt auftun sollte. Doch nichts. Attilios schlaffer Schritt verunsicherte sie.

»Gefalle ich dir nicht?«

»Du bist eine respektable Frau, Orietta.«

»Filippa ist sicher viel anziehender.« Sie biss sich auf die Lippen, das konnte sie doch besser! Von allen Mitteln, ihn zu verführen, war die Erwähnung seiner Ehefrau das denkbar unpassendste. Aber es half nichts, ohne seinen Einsatz würden sie das hier nicht hinter sich bringen können.

»Sollen wir das Licht löschen?«

Mit einem schiefen Lächeln stieg er über die Kleidung, die sich auf dem Teppichboden wie ein zusammengeharkter Laubhaufen bauschte und setzte sich an ihre Frisierkommode. Dann blickte er sie offen an. »Du bist noch nicht so weit. Und langsam glaube ich, das wirst du auch nie sein.«

Orietta blinzelte. Entsetzen schnürte ihr die Kehle zu.

»Das sollte kein Vorwurf sein. Ich bin es ja selbst nicht. Und vielleicht muss meine Mutter einfach die Tatsache akzeptieren, dass sie kein Enkelkind bekommen wird.«

»Aber ich *muss* den Handel erfüllen!« In ihren Augen stauten sich Verzweiflungstränen.

»Womit droht sie dir?«

Orietta griff sich ins Haar, unsicher, ob sie das preisgeben durfte, doch das Schlimmste war ja bereits eingetreten. Was sollte ihr jetzt noch passieren, wenn sie Attilio reinen Wein einschenkte? Also gab sie sich einen Ruck und erzählte ihm von der Erpressung.

Hinter seiner Stirn schien es mit jedem Wort angestrengter zu arbeiten. »Meine Mutter ist nicht nur wie eine Natter, sie hat auch die Eigenschaften einer schmarotzenden Schlingpflanze, die alles um sich her in eisernem Griff hält. Wenn wir die Wurzeln zurückstutzen, die sie in Venedig geschlagen hat, und sie dem Boden aus Einschüchterungen entreißen, könnten wir auf jemanden stoßen, der ebenso sehnsüchtig darauf gewartet hat, von ihren Ranken befreit zu werden.«

Orietta starrte ihn ungläubig an. »Du möchtest mir helfen, sie zu bedrohen?«

»Ich werde dir helfen, ein Druckmittel zu finden. Den Rest musst du allein bewerkstelligen.« Er legte den Kopf schräg. »Und irgendwie habe ich keinen Zweifel, dass du es schaffst.«

Sie konnte kaum glauben, was er ihr da vorschlug. »Aber ... welche Konsequenzen wird mein Erfolg für dich haben? Und für Filippa?«

»Was auch immer es ist, darum kümmere ich mich.«

Nachdem das geklärt war, veränderte sich die Stimmung zwischen ihnen mit einem Schlag. Aus ihnen beiden wich die Anspannung.

Attilio zwinkerte ihr zu. »Zieh dich übrigens ruhig ganz aus. Es stört mich nicht.«

Sie lachte, und wie um sein Versprechen auf die Probe zu stellen, lockerte sie einen Moment später die Schnüre ihres Mieders. Er betrachtete sie mit all der Neutralität, die sie sich in ihren bisherigen Begegnungen mit Männern stets gewünscht und nie bekommen hatte. Tatsächlich war es genau dieses Wahrgenommenwerden als Mensch – nicht nur als Objekt –, das es ihr erlaubte, endlich loszulassen und sich in seiner Gegenwart vollends wohlzufühlen.

Als Attilio sie fragte, was sie noch auf dem Herzen hatte, erzählte sie ihm daher seltsam losgelöst ihre Geschichte, als wäre es die einer anderen Glasbläsertochter. Namen ließ sie unerwähnt. Sie schienen ohnehin nicht mehr wichtig.

»Also siehst du diesen Mann ebenfalls erst wieder, wenn *das*

Kind auf der Welt ist?«, fragte er ironisch. Mit den Händen hatte er Anführungszeichen in die Luft gemalt.

Orietta wandte den Blick ab, plötzlich wallte der Schmerz wieder in ihr auf. »Selbst dann nicht. Ich habe alles, was zwischen uns war, mit meinem Entschluss zerstört.«

»Der Krieg ist mit einer Niederlage nicht gleich verloren. In der Liebe gilt es viele Schlachten zu schlagen. Ich sage dir: Wenn das hier vorbei ist, wirst du wieder angreifen. Du bist nicht nur eine Glasbläsertochter. In diesem Palazzo musst du vor allem eins sein: eine Kämpferin!«

Orietta horchte auf. Ja, wenn sie gründlich darüber nachdachte, dann war sie das schon ihr halbes Leben lang gewesen.

Kapitel 27

Trotz aller Bemühungen, im Umgang mit der Veridiani besonders wachsam zu sein, kam Orietta ihr nicht auf die Schliche. Es gab keinerlei illegale Aktivitäten oder sonstigen Hinweise, die ihre Erpresserin belasteten, und allmählich zeigte die Verzweiflung spürbare Auswirkungen. Oriettas Schläfen spannten immer häufiger von echten Kopfschmerzen, die sich in der einen oder anderen Weise auch auf ihren Körper übertrugen. Ihre Brüste fühlten sich schwer und fremdartig an, in ihrem Unterleib zog es, und die Konzentration auf Bücher oder auch nur auf ihr Journal ermüdete sie schnell.

Orietta erkannte sich selbst nicht wieder.

Eines Morgens Ende August ließ sich ihre Cameriera mehr Zeit als gewöhnlich, um die Laken zu überprüfen, und als Orietta vorsichtig ein Auge öffnete, wo sie sich sonst schlafend stellte, begegnete ihr ein ernster Blick.

»Einmal im Monat gibt es Tage im Leben einer Frau, die mir meine Arbeit besonders erschweren. Bei dir musste ich mich bisher noch gar nicht anstrengen, um die Wäsche rein zu halten.«

Orietta stützte sich auf die Unterarme und runzelte die

Stirn – nicht, weil ihre Gesellschaftsdame sie zu vertraut ansprach, denn sie mochte mittlerweile den innigen Austausch, der sich zwischen ihnen eingestellt hatte, nein, vielmehr wunderte sie die Feststellung, dass ihre Blutung ausblieb. Bei dem Aufruhr, dem sie über einen so langen Zeitraum ausgesetzt gewesen war, war es ihr zunächst verständlich erschienen, dass ihr Körper ganz durcheinandergeraten war. Doch wenn selbst schon die Cameriera sie darauf ansprach, sollte sie der Sache besser sofort nachgehen. War es denn möglich, dass …?

Salem und seine Berührungen drängten sich in ihren Geist. Doch während sie sonst ausschließlich heftigen Verlustschmerz spürte, breiteten sich nun plötzlich auch Unglauben und vorsichtige Freude aus.

»Du hast dein Bett noch keine Nacht verlassen, um zu tun, was man von dir erwartet«, sagte ihre Cameriera, und ehrliche Verwirrung legte ihre Stirn in Falten. »Ich verstreue vor dem Schlafengehen immer eine Sandspur an deiner Türschwelle. Sie war bisher nie verwischt.«

»Vielen Dank für deine Hingabe«, erwiderte Orietta trocken. »Aber Attilio und ich arbeiten daran. Nachts ist schließlich nicht die einzige Zeit, wo der Storch klappert.«

Überraschenderweise gab ihre Cameriera nach der schwachen Ausrede gleich erleichtert nach, und auch die Veridiani übte bei all den Ausflüchten, die Orietta ihr unentwegt auftischte, wenig Druck auf sie aus.

Im Oktober vereinbarte sie gut gelaunt einen ärztlichen Hausbesuch, um zu überprüfen, wie weit das Vorhaben mittlerweile war. Ein flottes Späßchen begleitete Orietta in die Untersuchung und steigerte sich in dem Moment zu Freudenschreien, als der Arzt der Veridiani gegenüber wiederholte, was er schon Orietta unter vier Augen gesagt hatte.

»Du bist schwanger!« Veridiani riss sie an ihre Brust; dann, sich ihres ungewohnten Gefühlsausbruchs wohl überdeutlich bewusst, strich sie Oriettas Kleid glatt und versetzte ihr einen freundlichen Stups gegen das Kinn. »Ich wusste, dass du es schaffst.«

Damit trat sie an ihr vorbei, um selbst mit dem Arzt zu reden. Und da sie Oriettas Schlafzimmer zum Behandlungszimmer erkoren hatten, blieb Orietta nichts anderes übrig, als sich für die Dauer des Gesprächs woandershin zurückzuziehen.

Nachdem die Tür zugefallen war, sank Orietta im Flur gegen die Wand und schloss die Augen. Ein Strudel aus Empfindungen wirbelte ihre Gedanken durcheinander, brachte sie zum Lächeln, dann wieder zum Schluchzen, und erst, als sie mit der Hand über ihren Bauch strich, begann sie es wirklich zu glauben. Salem und sie erwarteten ein Kind. Der Beweis ihrer Liebe wuchs in ihr, ohne dass sie es gemerkt – oder vielleicht, *obwohl* sie es zu verdrängen gewusst hatte. Denn der Mann, den sie liebte, war nicht hier, ahnte nicht, wie es um sie bestellt war, und Orietta hatte keine Möglichkeit, ihn zu verständigen.

Würde sie das ohne ihn überhaupt durchstehen?

Aufgewühlt lief sie in den Garten, wo sie Attilio anzutreffen hoffte. Sie fand ihn bei seinen Pflanzen, in die Betrachtung eines kränkelnden Rosenstocks vertieft, und ohne darüber nachzudenken, hielt sie ihm von hinten die Augen zu.

»Da Zuneigung in diesem Haus Mangelware ist, tippe ich auf: Orietta.« Er scheuchte ihre Finger von sich und tat so, als müsste er seine Kleidung von Flusen befreien, sobald sie ihn anstrahlte.

»Ich bin guter Hoffnung!«

»Das bin ich auch.« Er vergewisserte sich, dass sie allein waren, dann fügte er hinzu: »Wenn wir meine Mutter wirklich zu Fall bringen möchten, müssen wir in ihr Arbeitszimmer gelangen. Ich habe ihr den Schlüssel entwendet und lasse ihn gerade in einem zwielichtigen Geschäft in Cannaregio kopieren.« Er lachte, und sie stimmte mit ein, auch wenn ihre Freude zu einem großen Teil von anderen Nachrichten herrührte.

»Ich danke dir. Das ist wunderbar, aber ich meinte etwas anderes.« Er hob erwartungsvoll die Brauen, sein Blick bohrte sich förmlich in ihren, also platzte sie damit heraus: »Ich bin schwanger!«

»Grundgütiger.« Er wich wie erschlagen vor ihr zurück. Eine rasche Musterung ihres Bauches ging einem weiteren »Großer Gott« voraus, bis er eine Hand in die Hüfte stemmte, sich mit der anderen an die Stirn fasste und sie aufrichtig beglückwünschte. »Wie, ich meine, wann …« Er verstummte. Dann sagte er: »Verstehe. Können wir es als meins ausgeben? Meinst du, es passt von der Zeit? Orietta, könnte das unser Ausweg sein?«

»Schon.« Ihr Blick verdüsterte sich. Auf dem kurzen Weg in den Garten hatte auch sie bereits an diese Möglichkeit gedacht. Doch das war gewesen, bevor Attilio ihr von dem nachgemachten Schlüssel berichtet hatte. »Es wird keine Ähnlichkeit zwischen euch vorhanden sein.«

Attilio umarmte sie. »Darum kümmern wir uns später. Wann ist die Entbindung?«

»Voraussichtlich Ende Februar, sagt der Arzt.«

»Gut, dein wachsender Bauch wird meine Mutter in Hochstimmung versetzen, und wo Ausgelassenheit herrscht, regiert auch für gewöhnlich die Nachlässigkeit. Sie wird abgelenkt sein. Das ist unsere Chance, Orietta.« Er drückte sie ein zweites Mal überschwänglich, und für einen flüchtigen Moment fühlte sie sich stark und fähig, wieder im Besitz der Kontrolle.

***

Tatsächlich sollte Attilio größtenteils recht behalten. Die Nachricht von Oriettas Empfängnis förderten wieder jene Seiten seiner Mutter zutage, für die sie in der Öffentlichkeit geschätzt und bejubelt wurde. Sie weilte deutlich häufiger im Palazzo, bestand auf einer gemeinsamen Teezeit und brachte Orietta regelmäßig interessanten Lesestoff mit. Nur in einer Sache ließ sie sich nicht erweichen: dem Hausarrest. Die nächsten zwei Wochen verstrichen im immer gleichen ereignislosen Trott, und ohne das Kreuzchen, das sie jeden Morgen im Kalender machte, hätte Orietta schon längst ihr Zeitgefühl verloren.

An einem Sonntag im Oktober fühlte es sich so an, als wäre es das letzte Mal, dass die Veridiani sie zur Messe nach Murano fahren ließ. Oriettas Bauch hatte begonnen, sich zu wölben, und auch wenn die Cameriera ihr bescheinigte, dass sie immer noch eine auffallend schlanke Schwangere war, so würde sich ihr Zustand nicht mehr lange verbergen lassen. Dieses Mal brauchte sie nicht darum zu bitten, unten in der Gemeinde neben ihrer Schwester sitzen zu dürfen. Die Veridiani schlug es selbst vor. Sie rutschte nach Orietta in die Bank, schüttelte ringsum Hände und ließ sich auf den einen oder anderen Wortwechsel ein. Sobald feststand, dass die Salondame auf ihren Ehrenplatz in der Loge verzichtet hatte, kam Bewegung in die Sitzenden. Donna Clarissima wühlte sich mit Prudentia im Schlepptau von vorne zu ihnen durch und schlüpfte in die Bank vor Oriettas, wo sie sich und ihrer Tochter mit einem energischen Schubser ihres Hinterns Raum verschaffte. Und während Prudentia stur das Gesicht zur Kanzel gerichtet hielt, wandte ihre Mutter sich mit einem strahlenden Lächeln um. »Signora Veridiani, wie schön, Sie bei uns begrüßen zu dürfen. Die Glasbläserfrauen veranstalten jeden Sonntag nach der Messe ein Benefiz-Kuchenessen. Sie sind herzlich eingeladen. Genau genommen, werden Sie bereits schmerzlich vermisst, jetzt, wo Sie Teilhaberin von Balbi & Gabbiani sind. Ein Besuch ist längst überfällig. Aber keine Sorge, ich begleite Sie später dorthin und fange den gröbsten Tadel für Sie ab.«

Orietta versteifte sich unter der neuen Information über Veridianis Verbindung zu jenem alteingesessenen Glasbläserbetrieb, in dem es im April noch gebrannt hatte, und hörte deshalb gar nicht, was diese erwiderte. Flavia, die liebevoll ihre Hand hielt, horchte ebenfalls auf. Ihre Mutter, die danebensaß, hatte den Kopf nach Donna Clarissimas Ankunft beleidigt weggedreht, doch es schien, als würden auch ihre Ohren immer spitzer.

»Das sieht Balbi gar nicht ähnlich«, zischte Flavia. »Er hat bisher jeden Geldgeber abgelehnt.« Genau wie alle anderen traditionellen Glasbläserbetriebe.

»Warum wussten wir nichts davon?« Orietta wollte ihrer Schwester keinen Vorwurf machen, doch sie hatte versprochen, sich umzuhören, und dies stank gehörig nach einem Hinweis. »Teilhaberin nach einem Brand. Flavia …«

»Ich bin an der Sache dran.«

Orietta ließ es dabei bewenden und wechselte das Thema. »Noch etwas.« Sie nahm verstohlen Flavias Hand und legte sie auf ihren Bauch. »Salems«, flüsterte sie.

»Himmel, ich glaube es nicht!« Schon schlang Flavia ihr die Arme um den Hals. Die Veridiani interpretierte die Lage auf ihre Art und räusperte sich, auch wenn sie den Aufschrei nicht als das deuten konnte, was er in Wirklichkeit war: die Freude für Orietta und ihren Geliebten – und das winzige Wesen, das ihre Verbindung bezeugte.

»Nicht so auffällig bitte«, zischte Orietta angespannt. Und dann etwas milder: »Erzähl es später Mamma und allen. Ich denke unentwegt an euch.«

»Wir vermissen dich schrecklich.«

Ihre Mutter blickte an Flavia vorbei und nun direkt Orietta an, als hätte sie einen Ruf vernommen. Mit einem weißen Spitzentuch tupfte sie sich die Augenränder, eine Flut unausgesprochener Worte zwischen ihnen, die sich Bahn brechen wollte. Über Flavias Kopf hinweg griff sie nach Oriettas Hand, und als sie ihre Finger miteinander verschränkten, formte ihre Mutter ein lautloses »Ti amo«. *Ich liebe dich.*

Orietta verabschiedete sich nach Ende der Messe mit einer langen Umarmung von den beiden, und der Befürchtung, dass es vorerst das letzte Treffen gewesen sein mochte. Umso höher schlug ihr Herz, als sie am darauffolgenden Sonntag die Gesichter von Flavia, ihrer Mutter und sogar Jacopo in der Basilica di San Marco in Venedig erspähte. Ihr Bruder stieg über Beine hinweg und fegte auf seinem Weg zu Orietta das ein oder andere Gesangbuch herunter, doch das schien ihn nicht weiter zu kümmern. Nachdem er sie in die Arme geschlossen und auf die Schläfe geküsst hatte, wanderte ein winziges Paar gehäkelter Socken in ihre Manteltasche. »Von mir.« Auf ihren von Tränen verhangenen und dennoch skeptischen Blick gab er zu: »Und von Nonna.«

Es sollte tatsächlich bei diesem einen Überraschungsbesuch bleiben, denn wie angenommen ließ die Veridiani sie anschließend gar nicht mehr aus dem Haus. Unter den Teilnehmern der feinen Gesellschaft verbreitete sich die Nachricht, Orietta sei für einen Studienaufenthalt weggefahren; ob nach Berlin oder Paris, vermochte keiner so genau zu sagen, und Orietta konnte sich nur zu gut das geheimnisvolle Lächeln der Salondame vorstellen, das sie für solche Nachfragen parat hatte.

Zu Beginn, als sie die Salondame nur aus der Ferne kannte, hatte sie Sibilla Veridiani geliebt, dann, während ihrer Zeit im Palazzo, hatte sie sie hassen gelernt, und nun, im Februar, wo ihre Niederkunft kurz bevorstand, entschied sie, ihr einstiges Idol nach ihrem Auszug nie wieder zu fürchten.

Neben der Verachtung war kein anderes Gefühl geblieben, das sie noch mit der Salondame verbunden hätte. Einen kleinen Funken Dankbarkeit hatte sie wohl verdient, weil sie Oriettas Familie noch einen einzigen Besuch erlaubt hatte – zu Weihnachten. »Ich bin schließlich kein Monstrum«, hatte sie zu ihr gesagt. »Nur eine Frau mit klaren Zielen.« Das Beunruhigende daran war, dass sie immer noch ihren eigenen Lügen glaubte, nach allem, was sie den Menschen, die ihr am nächsten standen, angetan hatte und nicht aufhören würde anzutun. Summend vor Glück und ohne die Kindsmutter mit einzubeziehen – augenscheinlich sah sie in ihr nur ein willenloses Gefäß –, suchte sie Namen für ihre ungeborene Enkelin heraus. Denn daran, dass es ein Mädchen würde, bestand in ihrer Besessenheit für sie kein Zweifel.

Mit Oriettas wachsendem Bauch wuchs jedoch auch ihre eigene Liebe für das Ungeborene, genau wie die Furcht vor der vereinbarten Trennung. Irgendwann half es einfach nicht mehr, sich an die Etappensiege zu klammern und sich zu freuen, wenn wieder ein Monat geschafft war, der Bauch sich ein bisschen mehr rundete und erste Tritte zu einem regelmäßigen Lebenszeichen geworden waren. Natürlich war das Kind ein Wunder für sich, aber es war auch ihre einzige Verbindung zu Salem, ein Beweis, dass sie das kurze Glück mit ihm nicht nur erträumt hatte. Schon jetzt war dieses Kind alles, was sie wollte und für immer beschützen würde.

Orietta sprach zu ihrem ungeborenen Kind, streichelte es durch die gespannte Bauchdecke und hielt es beim Einschlafen ganz fest, damit sie tagsüber, wenn die Veridiani um sie herumschwirrte, so tun konnte, als wäre ihr das Ganze eine grässliche Last. Und wenn die Traurigkeit sie trotz Attilios aufmerksamer Fürsorge doch übermannte, flüsterte sie Salems Namen, immer wieder, bis der Schmerz verebbte und sie wieder Luft bekam.

Was wirklicher Schmerz bedeutete, sollte sich ihr allerdings mit der ersten Presswehe enthüllen. Als würde eine Axt ihren Unterleib nicht nur spalten, sondern langsam in Stücke wetzen, zerrte es sie auseinander.

Orietta hechelte, wie die Hebamme es mit ihr geübt hatte, hörte auf das gute Zureden der Cameriera, die sie anfeuerte, und dachte bei allem, was sie tat, doch bloß an Salem und ihr gemeinsames Kind. Zwölf Stunden dauerte der Geburtsvorgang, bis am Morgen des 23. Februar ein gesundes Mädchen mit schwarzen Augen und einem kräftigen Schrei ihren Platz in der Welt einforderte.

»Louise«, flüsterte Orietta erschöpft, nachdem ihr das Neugeborene auf die Brust gelegt worden war. Der Name, den die Veridiani ausgewählt hatte, lautete Sophie, was aus dem Griechischen, der Sprache der Philosophen, stammte und »die Weise« bedeutete.

»Er geht zurück auf die heilige Sophia von Mailand – die Schutzpatronin der Witwen und unsere Helferin in Bedrängnis und Not.« Obwohl Orietta es gar nicht hören wollte, fuhr sie damit fort, von der wohlhabenden Witwe zu erzählen, die sich mit ihren drei Töchtern Fides, Spes und Caritas auf nach Rom machte, um den Märtyrertod zu sterben. Glaube, Hoffnung und Wohltätigkeit – waren das die Werte, mit denen sich die Salondame identifizierte, die sie allen Ernstes mit ihrer eigenen Person verband? Diese Überzeugung hätte nicht ferner von der Wahrheit liegen können.

»Für ein bisschen mehr Charme nehmen wir die französische Variante, was meinst du? Damit ist sie unter allen Sofias Venedigs etwas Besonderes – überall in Italien. Sophie Veridiani!«

Orietta schwieg ermattet. Sie wollte keine falschen Erwartungen an einen unbescholtenen Lebensweg knüpfen, sondern ihrer Tochter die Liebe vermitteln, die sie selbst so tief und heilsam von Salem erfahren hatte. Gegenseitiger Respekt und ein selbstbestimmtes Leben – das waren die Werte, mit denen sie aufwachsen sollte. Deshalb »Louise«, in Anlehnung an Louise Aston, und weil es eine Verbindung zu ihrem leiblichen Vater war, vielleicht die einzige, die Orietta ihr je geben konnte. Louise Volpato.

Bald kamen gierige Hände, um ihr das Kind wieder zu entreißen. »Nein!« Eine Urangst verlieh ihr neue Kraft. »Gebt sie mir wieder.«

»Schsch. Sie muss gewogen und versorgt werden.« Die Cameriera schlüpfte an Oriettas Bett, um sie zuzudecken. »Augen zu. Du hast dir die Erholung verdient.«

An der Schwelle zum Schlaf hörte sie gedämpft, wie durch eine Schicht Daunenkissen, Veridianis Jubel von weiter weg, dazwischen Attilio, der mit einem Knall einen Champagner entkorkte und die Geburt seiner ersten und, wie er wusste, einzigen Tochter feierte. Als sie wieder aufwachte, war Louise zurück und immer noch bei ihr, und Sibilla war nicht gekommen, um sie ihr wegzunehmen.

***

Sobald sie sich kräftig genug fühlte, forderte Orietta die Besitzurkunde und das versprochene Abfindungsgeld ein. Nicht weil sie selbst schon gehen wollte, sondern einfach, weil sie den Betrieb ihrer Familie in Sicherheit bringen musste.

»Drei Tage. Ich bin beeindruckt.« Die Veridiani sah ihr beim Stillen zu und kraulte bedächtig den Rücken des Säuglings, mit einem Gurren wie die Tauben auf der Piazza. »Du solltest dir mehr Zeit zugestehen.«

Orietta machte sich nicht länger die Mühe, ihre feuchten Augen zu verbergen. »Mir geht es blendend. Und ich werde dich auch noch nicht verlassen. Aber die Urkunde bei der Geburt – so war es abgemacht.«

»Das ist richtig. Die Tür steht dir dennoch offen. Wir suchen bereits nach einer Amme«, erwiderte die Veridiani freundlich und – endlich einmal – ohne jede Berechnung. Dennoch fühlte Orietta sich von diesen Neuigkeiten erschüttert. Sie konnte und wollte sich nicht vorstellen, ihre Tochter schon jetzt im Stich zu lassen.

Die kleine Louise war die exakte Kopie ihres Vaters, besaß die satte Farbe seiner dunklen Augen, die langen gebogenen Wimpern und das Engelslächeln.

Wer Salem Effendi je begegnet war und irgendwann einmal Louise traf, der würde sich stets an ihn erinnert fühlen. Und dann wäre es wie die Spur Salz, die man nicht in der

Schokolade vermutete, die ihrer Süße aber erst den unverwechselbaren Geschmack verlieh.

»Gut. Ich schicke einen Boten und lasse deinen Vater holen.«

Orietta wandte das Gesicht ab und war froh, als die Veridiani endlich ging.

Nach zwei Stunden, in denen sie Louise in Frieden ansehen und mit kleinen Küssen bedecken konnte, teilte die Cameriera ihr mit, dass Besuch für sie eingetroffen sei, doch statt der Schiebermütze ihres Vaters lugte eine üppige Hutfeder durch den Türspalt. Vor Schreck fuhr Oriettas Hand an die Wiege, die neben ihrem Bett stand, ehe sie erkannte, dass es nicht die Dal-Corso-Frauen waren, die sie heimsuchten, sondern ihre Schwester, die zum Zimmer hereinschaute, ein Blumenbouquet und Pralinen im Arm.

Orietta quietschte und wollte aus dem Bett springen, doch da war Flavia schon bei ihr und bedeutete ihr, sitzen zu bleiben.

»Du bist da … Ist das auch keine Einbildung?« Mit bebender Hand berührte sie die blonde Locke, die kokett aus Flavias Frisur hervorlugte.

Über Flavias Wangen liefen Tränen, dennoch strahlte sie übers ganze Gesicht. »Wie sehr ich dich vermisst habe, Ori! Die letzten Monate waren ein Albtraum! Nicht zu wissen, ob du die Geburt überstehen würdest …«

Ihre feste Umarmung erstickte jedes weitere Wort, und Worte waren auch tatsächlich überflüssig, denn alles, was sie füreinander fühlten und was ihnen keine Trennung je nehmen konnte, spiegelte sich auf ihren tränenüberströmten Gesichtern. Erst, als sie sich voneinander gelöst hatten, dämmerte Orietta die Bedeutung des Umstands, dass Flavia erschienen war und nicht wie angekündigt ihr Vater.

Von plötzlichem Schrecken überwältigt, fragte sie: »Geht es Papà gut?«

Flavia beruhigte sie, erzählte, dass alle wohlauf waren und Jaco den Aufstand geprobt hatte, als es hieß, dass nur eine Person in den Palazzo kommen durfte. »Du fehlst uns allen unendlich.«

Gerührt nahm Orietta die ihr dargebrachten Präsente entgegen. Blumen, Schokolade, sogar ein kleiner Parfumflakon …

»Mein Sparstrumpf. Und ja, ich weiß, du brauchst nichts davon, aber ich wusste einfach nicht, wohin mit meiner Freude und Erleichterung.« Flavia lächelte, als wäre es nichts, und in dem Moment wusste Orietta, dass ihre Schwester keine Kosten und Mühen für sie gescheut hatte. Und dass sie beide jederzeit ihr letztes Hemd füreinander geben würden. »Das hier ist von Doucet«, sagte Flavia, während Orietta an dem Duft schnupperte, und streckte ihr ein weißes Kleidchen hin. »Bring mich bitte nicht um, aber ich habe es vor Monaten bestellt und gesagt, es wäre für eine Freundin. Er wollte mich nicht dafür zahlen lassen, deswegen könnte es sein, dass er etwas ahnt.«

»Das spielt keine Rolle mehr, wir haben den Betrieb zurück, oder?« Zufrieden sah Orietta, wie Flavia auf ihre Manteltasche klopfte, wo der Beleg dafür sicher verstaut war.

»Ich möchte diese Frau nie wiedersehen«, gestand ihre Schwester.

»Und das musst du auch nicht. Aber jemand anders würde gerne deine Bekanntschaft machen.« Sie hob ihr Kind aus der Wiege. »Darf ich vorstellen? Louise Angelica Volpato.«

Flavia nahm ihr den Säugling ab, das Gesicht vor Rührung und Bewunderung ganz weich. »Mamma wird vom Stuhl kippen!« Schon vergrub sie ihre Nase in dem kleinen dunklen Schopf. »Aber mach dich darauf gefasst, dass sie ihre Enkelin

›Luisa‹ rufen wird. Unser kleiner Engel hier erbt schließlich mal ein italienisches Traditionsunternehmen.« Mit aufgerissenen Augen musterte sie ihre Nichte von Neuem. »O Gott, wie ich jetzt wünschte, ich hätte ihn damals gekannt.« Ihre Schultern sanken nach unten. »Er wohnt nicht mehr im Palazzo Stern, weißt du das?«

Orietta hatte es sich schon gedacht. In einem großen Anfall von Sehnsucht hatte sie ihrer Schwester damals vor ihrem Einzug in Veridianis Haus die Adresse gegeben. Wenn er, nachdem sie ihn auf die schlimmste Weise verlassen hatte, noch in Venedig war, dann musste sie es wissen. Doch Flavia hatte ihn bei den kurzen Momenten in der Kirche nie erwähnt.

»Hat er überhaupt eine Ahnung, dass er Vater geworden ist?« Sorge zeichnete sich auf Flavias Gesicht ab, während sie Louise sanft in den Armen schaukelte, und Orietta musste das Thema wechseln, um nicht vor Selbstmitleid zu vergehen.

Wispernd verriet sie ihrer Schwester, dass Attilio im Kampf gegen die Veridiani ihr Verbündeter war, weil auch er sich ein Leben fernab der mütterlichen Kontrolle wünschte, und dass er wie Orietta jemand war, der die Rolle, die ihm die Gesellschaft zudachte, nicht zu erfüllen vermochte. »Niemand zweifelt bisher daran, dass Louise Attilios Kind ist.«

»Und die Vertragsbedingungen wurden erfüllt …«, sinnierte Flavia. »Bald wird die Veridiani sie dir wegnehmen. Das müssen wir unbedingt verhindern.«

»Ich denke Tag und Nacht über einen Ausweg nach, aber es gibt keinen. Ein Druckmittel ist nirgends in Sicht.«

Flavia legte Louise zurück in ihre Wiege und schnaubte kämpferisch. »Dann soll sie doch auf der Werkstatt sitzen bleiben! Ich gebe ihr die Urkunde zurück. Wenn wir als Familie zusammenhalten, schaffen wir es auch, noch mal ganz von vorne anzufangen.«

»Ohne Grundstück, Material und Arbeitskräfte? Wir sind doch nur noch Jaco und Papà und ein paar wenige Garzonetti, die nicht zu den Dal Corsos übergelaufen sind.«

»Nicht ganz.« Flavia hielt den Atem an. »Ich … ich blase jetzt auch Glas.«

»Flavia, die kleine Spielerei, als du dir die Verbrennung zugezogen hast, ist kein Glas blasen …«

»Hör zu, Jacos Arbeiten stammen von mir.« Sie nickte, während Orietta den Sinn ihrer Worte zu verarbeiten begann. »All die Unikate. Es waren schon immer meine.«

Orietta klappte der Mund auf. Sie starrte die blonde Frau an, die vorgab, ihre Schwester zu sein – und in Wirklichkeit das Genie der Familie war. Jetzt, wo sie es ausgesprochen hatte, fügten sich all die kleinen Unstimmigkeiten zusammen: Flavias nächtliche Ausflüge, zu denen sie oft Männerkleidung trug, ihre Verbrennung und vor allem der Zusammenhalt zwischen ihr und Jaco, der seit der Schuldenkrise nur noch fester geworden war.

Flavia musterte sie unsicher. »Bist du böse auf mich?«

»Nein, ich … Das ist ja wundervoll! Ich bin unwahrscheinlich stolz!« Orietta schüttelte verwirrt den Kopf. »Aber wie … Hast du es von Jaco gelernt?«

»Wo er zu faul war, habe ich übernommen. Erst war es nur, um ihm einen Gefallen zu tun, aber dann … Ich bin talentiert, das weiß ich. Mir ist egal, ob Frauen Glas blasen dürfen oder nicht. Dieses Handwerk ist meine Leidenschaft.«

Immer noch fassungslos darüber, was sich jahrelang unbemerkt vor ihrer Nase abgespielt hatte, streifte Orietta Giovannis gläsernen Siegelring von ihrem Daumen. »Dann solltest *du* den tragen.«

Flavia krauste die Stirn. »Mit dem alten Plunder eines Verräters will ich nichts zu tun haben.«

»Er ist immer noch unser Bruder.« Und vielleicht hatte auch er einfach keinen Ausweg mehr aus seiner Lage gesehen und zwischen zwei Arten von Schmerz denjenigen gewählt, mit dem er zumindest weiterleben konnte.

»Ich brauche seinen Ring nicht. Lieber modelliere ich mir einen eigenen – mit *meinen* Initialen.«

»Das hoffe ich, aber nimm ihn trotzdem.« Orietta drückte ihn ihr in die Hand. »Und wenn es nur ist, um ihn Giovanni irgendwann zurückzugeben.«

»Wann soll das denn sein?«

Sie tauschten traurige Blicke, und keine von ihnen wagte es, der anderen oder sich selbst darauf eine Antwort zu geben.

»Ich kann sie nicht weggeben«, sagte Orietta schließlich, beugte sich zur Wiege und umschloss Louises Füßchen, und Flavia wurde ganz still.

»Dann sollten wir deine Flucht planen.«

Nachdem Flavia mit der Besitzurkunde und dem Geld gegangen war, kündigte sich einige Stunden später schon wieder Besuch an. Doch diesmal war es nicht die Cameriera, die Orietta die Mitteilung machte, sondern es war das Rumpeln von Koffern, die eine Treppe hochgehievt wurden, begleitet von Gelächter und Stimmen, die aufgeregt durcheinanderredeten und mit nach oben geisterten.

In Windeseile wühlte sich Orietta aus dem Bett, huschte vor die Frisierkommode und strich sich die Augenbrauen glatt, bevor sie Louise aus der Wiege holte und mit starrem Blick auf die Tür an ihre Brust gepresst hielt. Attilio trat als Erster ein, der gewohnte zynische Zug um seinen Mund schien verschwunden. Er hielt seine Frau bei der Hand, und noch ehe Orietta das kupferfarbene Haar, die kleine adrette Gestalt und Filippas glasige Augen auf sich wirken lassen konnte, zwängte sich eine gut gelaunte Veridiani an den beiden vorbei.

»Sophie, mein Engel«, flötete sie und riss Louise mit einer Selbstverständlichkeit an sich, die Orietta taumeln ließ. »Hier ist jemand, der dich unbedingt kennenlernen möchte.«

Unwillkürlich fragte sich Orietta, was mit ihrer Tochter passierte, wenn sich die jetzt schon so große Ähnlichkeit zu Salem mehr und mehr zeigte. Würden sie das kleine Mädchen dann fallen lassen? Weil es nicht ihr Blut war?

Was sie durchzuckte, als Filippa Veridiani sich vorbeugte, mit der Zunge schnalzte und verzückt zu lächeln begann, waren nicht nur der Schmerz und die Angst einer Mutter, die ihr Kind nicht verlieren wollte, sondern die existenzielle Sorge um das Wohl ihres Kindes. Es war schlichtweg nicht *möglich*, sie hierzulassen.

»Sophie? Ein schöner Name«, sagte Attilios Ehefrau.

Der Kreis der Familie schloss sich um Oriettas Tochter.

»Wir sollten sie rasch an eine Amme gewöhnen.«

Filippa warf Orietta einen flüchtigen Blick zu, in dem Dankbarkeit und auch ein wenig Unverständnis flackerte. Was zuvor wie Kaltschnäuzigkeit gewirkt hatte, enthüllte sich nun als simple Ignoranz. Sie musste glauben, dass die Leihmutterschaft auf freiem Willen beruhte. War das auch die Geschichte, die Sibilla Veridiani sich erzählen musste, um ihre Taten vor sich selbst zu rechtfertigen – oder einfach eine weitere skrupellose Lüge, die sie der Welt auftischte?

Neid durchzuckte Orietta bei dem trauten Bild, das die

kleine Familie mit ihrem Kind abgab, und sie betete, dass Louise schreien möge, so sehr schreien, dass Filippa sich nicht anders zu helfen wüsste, als sie an Orietta zurückzugeben. Doch die kleinen Klagelaute, die Louise von sich gab, steigerten sich nicht zu Gebrüll.

Schließlich war es Attilio, der an seine Ehefrau appellierte, ihrer geschätzten Freundin Zeit für einen vernünftigen Abschied zu geben. »Wir haben fünf Jahre gewartet, welche Rolle spielen da ein, zwei Wochen?« Und an Orietta gewandt sagte er: »Danke, dass du unser Glück auf die schönste Weise vollkommen machst.« Auch er wirkte bereits völlig vernarrt in den kleinen Säugling.

Bei all seinem Dank und der Verbundenheit, die er vielleicht noch für Orietta empfand, schien er jedoch zu vergessen, dass sie für sein Glück ihr eigenes opfern musste. Und *falls* er sich daran erinnerte, dann hatte ihn seine Menschenkenntnis in Bezug auf sie getäuscht. Es lag nicht in Oriettas Natur, ihre Träume zu opfern, für niemanden, und wenn sie es doch aus der Not heraus tun musste, dann sicher nicht für die Veridianis, sondern nur für die Volpatos: ihre eigene Familie, zu der nun auch ihre kleine Tochter gehörte.

Dann endlich schloss Attilio die Tür hinter Filippa und seiner Mutter und tat so, als müsste er sich den Schweiß von der Stirn wischen. »Wenn *ich* das schon anstrengend finde, wie muss es dir dann ergehen?« Er setzte sich zu ihr ans Bett und nahm ihre Hand.

Und obwohl Orietta sich darauf gefasst gemacht hatte, Attilio zu hassen, weil er den Handel nach allem nun doch einfach hinnahm, sich dem Anschein nach sogar mit dem Gedanken, Vater zu sein, angefreundet hatte, spürte sie bloß dieselbe Sympathie zu ihm wie immer. »Es geht mir gut.«

»Wie wäre es, wenn wir daraus *großartig* machen?«

Sie blickte ihn abwartend an, und selbst als er Notizblock und Stift zückte und ihr hinstreckte, verstand sie noch nicht, was er von ihr wollte.

»Der Name deines Geliebten. Schreib ihn mir auf.« Und mit Zuversicht und Güte in der Stimme fügte er hinzu: »Ich mache ihn ausfindig für dich. Mit meinen Kontakten im Militär wird es nicht schwierig sein, auch außerhalb von Italien zu suchen. Dann könnt ihr beide einen Neubeginn wagen. Das ist das Mindeste, was ich für dich tun kann.«

Orietta blinzelte, nicht sicher, was sie dazu sagen sollte. Also nahm sie den Stift und schrieb. »Fangt in Konstantinopel an. Und, Attilio? Vielen Dank!«

Kapitel 28

Niemand ahnte, dass sie ihre Flucht vorbereitete.

Flavia arbeitete emsig daran, ihr einen gefälschten Reisepass zu besorgen, damit sie unter fremdem Namen ein Schiff besteigen und Venedig den Rücken kehren konnte. Ihre tapfere Schwester hatte die genauen Zeiten, wann die nächsten Schiffe nach Konstantinopel auslaufen würden, bereits in einer Tabelle zusammengefasst, und mit Salems Adresse – die Attilio sicher nicht besorgt hätte, wenn er gewusst hätte, dass ein Abschied von Louise damit verbunden war – hoffte Orietta ihren Geliebten in der fremden Stadt auch zu finden. Sie brauchte bloß ein gutes Ablenkungsmanöver, um der Veridiani zu entkommen. In ihrer Vorstellung entschwand sie mit dem Dampfer um 18 Uhr am letzten Samstag im März. Für dieses Datum und diese Uhrzeit hatte sie sich bereits mit Flavia am Hafen verabredet. Komme, was wolle – sie würde mit Louise dort sein, den Reisepass entgegennehmen und ihrer Schwester vorläufig Lebewohl sagen.

Doch bei aller Entschlossenheit ertappte sie sich auch etliche Male dabei, wie sie an ihrem Plan zweifelte. Dann wiederum konnte sie den richtigen Moment kaum abwarten, um mit

Attilios Schlüssel in Veridianis Arbeitszimmer zu schleichen, wo sie fiebrig die Unterlagen durchsuchte.

Sosehr sie auch Salem wiedersehen wollte, so sehr ängstigte sie die einsame Schiffsfahrt – und noch viel mehr die Rache der Veridiani. Sie brauchte ein Druckmittel, das ihre Familie auch dann schützte, wenn sie aufgebrochen war und es selbst nicht mehr konnte. Also suchte sie weiter danach, auch wenn es vergebens schien.

In der zweiten Woche nach Louises Geburt stellte sich nach und nach die nahe Verwandtschaft der Veridianis ein, um ihre Glückwünsche auszusprechen. Ein langwieriges Prozedere setzte sich in Gang, das daraus bestand, auf spät anreisende Gäste zu warten, geistlose Konversation zu führen und gleichzeitig Orietta vor allzu aufmerksamen Beobachtern abzuschirmen. Man verbot ihr, die obere Etage des Hauses zu verlassen, und suchte händeringend nach einer Amme, die neben allen üblichen Voraussetzungen auch die Eigenschaft mitbrachte, zu wissen, wann sie den Mund halten sollte. Denn die Veridiani, die es durch ihren Salon gewohnt war, sich selbst ihre Gesprächspartner auszusuchen, fühlte sich von der Inkompetenz der infrage kommenden Bewerberinnen zunehmend gestört. Und wie alles, was die Salondame anging, gelang ihr auch dieses Vorhaben zügig, und schließlich wurde sie fündig.

»Das Mädchen reist in einer Woche an. Ein guter Zeitpunkt, um über deine Rückkehr in den Salon nachzudenken«, sagte sie eines Abends, nachdem sie müde und mit einer vom Wein schweren Zunge in Oriettas Zimmer gepoltert war. Immer häufiger setzte sie sich unter einem Vorwand mit ihr zusammen und versuchte, an eine längst vergangene Zeit und längst entschwundene Gefühle anzuknüpfen. Und obwohl die Verachtung immer noch in Orietta loderte, machte sie gute

Miene zum bösen Spiel und gab sich freundlich. Ihre Souveränität stieß auf Anklang.

»Gratulation, Sibilla. Und was den Salon betrifft – ich kann es kaum erwarten, unsere Freunde wiederzusehen. Was rede ich da? Am liebsten die ganze Stadt! Wir sollten einen Ball geben.«

»Du hast kaum zugenommen während der Schwangerschaft, und das meiste ist schon wieder herunter. Niemand wird etwas merken«, sinnierte die Veridiani. »Andererseits bedeutet ein Fest auch immer einen großen Aufwand, und jetzt, wo Sophie mich braucht, bin ich mir nicht sicher, ob ich mir die Zeit für eine Tanzveranstaltung überhaupt nehmen will.«

Auch Orietta tat so, als müsse sie ihren Einfall noch einmal gründlich überdenken. »Der Großteil der Planung würde an dir hängen bleiben, das stimmt schon. Vielleicht sollten wir es also lassen. Ich dachte nur …« Sie setzte einen wehmütigen Blick auf. »Ach, nichts. Vergiss es wieder. Ich dachte bloß an damals, an den Spaß, den wir gemeinsam hatten, du, Léontine, die anderen und ich – unsere Gespräche, deine Vision für die Zukunft, der bedeutendste Salon Europas zu werden.«

Die Miene der Veridiani wurde weich. Sie drückte Oriettas Hand, und Orietta bemühte sich redlich, ihre Finger nicht zu versteifen, doch die Salondame ließ ohnehin schon wieder los.

»Was hast du der Öffentlichkeit eigentlich damals über Salems Verbleib erzählt?«, fragte Orietta beiläufig.

»Dass er, wie du, eine Bildungsreise unternimmt.« Die Veridiani zuckte ungerührt mit der Schulter. »Üblich in unseren Kreisen.«

Sie blickten einander lange an, und was Orietta immer mühevoll vor ihr versteckt hatte, ließ sie nun an die Oberfläche sprudeln: ihre Angst, niemals gut genug zu sein und die Gunst der Salondame irgendwann wieder zu verlieren. Aber auch ihre Enttäuschung, nur benutzt worden zu sein. »Du wusstest von Anfang an Bescheid, oder?«

»Glücklicherweise ja. Die Verliebtheit war euch anzusehen.«

»Ich wollte dir gefallen. Das meiste, was ich tat, tat ich für dich. Doch gegen Salems Wirkung war ich machtlos.«

»Ich hatte dich davor gewarnt.« Die Veridiani setzte ihre Maske der Überlegenheit und des Triumphs auf und versäumte es dabei, zwischen den Zeilen zu lesen.

Deshalb entging ihr, was Orietta wirklich sagen wollte: *Du warst mein großes Vorbild. Ich hätte unendlich viel für dich getan. Doch nun tue ich alles nur noch für Louise.*

»Du musst wissen, Salem ist ein Bohemien, der ohnehin nie lange an einem Ort verweilt«, fuhr die Veridiani beschwichtigend fort. »Vor ein paar Monaten ist er abgereist. Nach all den Jahren, in denen ich ihm den Wert eines anderen Lebens zu vermitteln versucht habe, schlägt er nun doch eine Diplomatenlaufbahn ein. Was für eine Schande.«

»Ja, das Leben steckt voller Niederlagen, nicht wahr?«, sagte Orietta.

Zur Antwort erhielt sie eine der berühmten veridianischen Lebensweisheiten, die sie früher so tief beeindruckt hatten, nun aber in ihren Ohren nur wie eine schnöde Wiederholung klangen. »Es heißt eben nicht: Gewinne oder verliere, sondern: Gewinne oder *lerne*. Du hast viel von mir gelernt. Und wenn du es willst und unser kleiner Handel nicht zwischen uns steht, müssen deine Lektionen auch noch nicht zu Ende sein.«

»Dann also doch ein Fest?« Orietta brachte die perfekte Imitation ihrer alten Begeisterung zustande.

»Nur wenn du mir mit der Planung hilfst.« Die Augen der

Veridiani flackerten, als hätte sie jeden Gesprächsausgang erwartet, nur nicht diesen. Die Aussicht, zu alten Zeiten zurückzukehren, schien sie tatsächlich zu berühren.

»Freu dich nicht zu früh. Du wirst mir ein neues Kleid spendieren müssen«, entgegnete Orietta.

»Nichts lieber als das.«

Und damit war es beschlossene Sache.

Das Geld, das die Veridiani ihr für eine neue Garderobe zusteckte, floss in eine Spende für das Ospedale della Pièta, wo die Kinder es dringender benötigten als Orietta. Dennoch stattete sie jetzt, wo sie sich wieder frei bewegen durfte, dem Atelier Masin einen Besuch ab, allerdings nur, um Doucet Lebewohl zu sagen. Murano mied sie aus Angst, dass ihr Auftauchen die Gerüchteküche ankurbeln würde, und wohl auch, weil sie sich selbst nicht ganz traute. Sich von ihrer Familie zu verabschieden, diesmal auf unbestimmte Zeit, schien in Gedanken unendlich leichter, als jeden Einzelnen leibhaftig in den Arm zu nehmen, und wer wusste es schon, vielleicht würde sie es gar nicht mehr übers Herz bringen zu gehen, wenn ihre Mamma in Tränen ausbrach? Wie viele Abschiede konnte ein Mensch schon verkraften?

Am Abend des Tanzballs trug sie ihre alte Karnevalsmaske, die Colombina mit den Glassteinen, und dazu ein neues Kleid, das Doucet ihr geschenkt hatte. Signor Masin selbst war leider nicht anzutreffen gewesen, doch Orietta hatte ihm eine Notiz geschrieben und sie zusammen mit den Briefen für ihre Familie auf seinem Zeichentisch deponiert. Um immerhin eine schmerzliche Angelegenheit leichter, widmete sie sich, als es so weit war, ganz dem Fest.

Sie nahm an Gesprächen teil, aß, lachte und wiegte die

Veridiani mit jedem ausgetauschten Lächeln in Sicherheit. Innerlich jedoch steigerte sich das Grauen darüber, immer noch kein Druckmittel gefunden zu haben.

»Vertrittst du mich kurz hier?«, fragte sie mit einem Nicken auf die Herren des Komitees für die erste internationale Kunstausstellung, Signor Selvatico und Signor Fradeletto, die unter stetem Blickkontakt auf sie zustrebten.

Die Veridiani ahnte wohl, dass es ihre Blase war, wie während der Schwangerschaft, als Orietta alle zwanzig Minuten das Klosett hatte aufsuchen müssen, und sagte: »Ich müsste auch.« Gemeinsam machten sie sich zu den Örtlichkeiten auf, die Veridiani beschwingt, Orietta am Rande der Verzweiflung. Sie hatte auf eine letzte Chance gehofft, das Arbeitszimmer zu durchforsten.

»Bitte halte das kurz.« Die Veridiani reichte ihr mit aller Selbstverständlichkeit den Pompadour und verschwand durch die Tür. Orietta blieb zurück und schätzte sofort ab, ob die Zeit reichen würde, einen kleinen Abstecher zu wagen, doch dann machte sie das schwere Gewicht der Beuteltasche stutzig.

Rasch fasste sie hinein – und da war es: das Notizbuch, das Sibilla Veridiani auf Banketten und Soireen immer bei sich trug, zumindest dann, wenn sie einen Austausch mit ihrem literarischen Zirkel erwartete.

Oriettas Herz pochte wie wild, als sie hineinspähte: philosophische Gedanken, Textstellen, die wie der Beginn eines Romans anmuteten, und ganz hinten in der eingeklebten Tasche lose Zettel, die sie schnell und konzentriert durchging. Was dort geschrieben stand, ließ ihre Knie weich werden. Es waren nicht nur die Pläne der Veridiani zur Zukunft von Venedig, eine detaillierte Strategie, wie sie ihre eigene Macht zu mehren gedachte, indem sie sämtliche Glaswerkstätten aufkaufte, um dann mit dem Monopol auf Glaskunst ihren Eintritt in den Stadtrat zu erzwingen. Nein, hier in diesem kleinen Notizbuch bekannte sich die Veridiani zudem ohne Scham dazu, die Verantwortung für den Brand bei Balbi & Gabbiani zu tragen. Und sie hatte durchaus noch drastischere Mittel für die anderen Glaswerkstätten auf ihrer Liste im Sinn.

Ein Schauder schüttelte Orietta. Sie konnte nicht einfach weiter dastehen und nichts tun, doch wenn sie das ganze Buch an sich nahm, würde die Veridiani es sofort merken. In ihrer Not schob sie die Zettel tief in ihr Korsett. So fühlte sie sich einigermaßen sicher – zumindest wäre sie es so lange, bis sich die Veridiani ihr Notizbuch genauer vornahm. Doch es blieb schlicht keine Zeit für einen besseren Einfall, und als Orietta an der Reihe war und den Pompadour zurückgab, begann sie still zu beten. Die Veridiani griff in den Beutel, doch als sie die vertraute Form ihres Buches darin spürte, zog sie die Hand mit einem Puderdöschen darin wieder zurück. »Könntest du auch gebrauchen, du glänzt.«

Orietta stupste ihr spielerisch gegen den Arm, als wären sie wieder echte Freundinnen, dann schloss sie sich – vorgeblich gelassen – im Klosett ein. Hier mit sich allein malte sie sich die schrecklichsten Szenarien aus: wie sie ihre einstige Mentorin aus dem Weg stoßen würde, falls diese ihr doch auf die Spur gekommen war, und sie notfalls zu Boden schlug. Doch als sie wieder hinaustrat, hatte sich an der Stimmung der Veridiani nichts geändert, und nachdem Orietta sich erfrischt und Puder aufgetragen hatte, schlenderten sie gemeinsam zurück in den Tanzsaal.

Irgendwann danach stand Orietta auf der Empore und blickte auf die Gesellschaft hinunter, auf ihre Feinde und Freunde. Ein letztes Mal wanderten ihre Augen zur Veridiani, ein Nicken erreichte Attilio, der ihr fast leidtat, und dann war es so weit. Der Moment, Louise zu stillen, war gekommen, und als sich die Amme erhob, folgte Orietta ihr ungesehen und überzeugte sie davon, dass es schneller ging, wenn sie es selbst übernahm. Sie hätte gemerkt, dass sich die Situation noch nicht ganz eingespielt hatte und die Amme eine Stunde mit einem Vorgang beschäftigt war, den man auch in der Hälfte der Zeit erledigen konnte. Und natürlich würde die junge Frau, wenn ihr die Anstellung lieb war, die feinen Herrschaften nicht unnötig warten lassen wollen, wo doch jeder wusste, wie ungeduldig die Veridianis waren.

Von Orietta nahm Louise sofort die Brust, und mit der Aussicht auf eine unverhoffte Pause ließ die Amme sich nur allzu gerne wegschicken. Kaum war Orietta im Schlafzimmer allein, ging alles ganz schnell.

Sie band sich Louise in einem Tuch vor den Bauch und verdeckte sie mit dem schwarzen Umhang, der zu den meisten Karnevalskostümen gehörte. Dann holte sie den bereits gepackten Wäschesack unter ihrem Bett hervor und schlich sich durch den Hinterausgang nach draußen. Aus Rücksicht auf den Säugling war das Fest verfrüht gestartet worden, sodass es gerade erst dämmerte und das letzte Schiff noch im Hafen ankerte.

Vor den Landungsbrücken stauten sich die Passagiere. Gehetzt blickte Orietta sich nach ihrer Schwester um, und die Furcht, dass wieder etwas dazwischengekommen sein mochte, dass Flavia sie erneut nicht gehen lassen würde, legte sich schwer auf ihre Brust. Zugleich empfand sie ein bitteres Bedauern darüber, ihren großen Traum aufgeben zu müssen, eines Tages den Familienbetrieb zu leiten. Schwer atmend reihte sie sich unter die anderen Reisenden ein, gewillt, notfalls auch ohne Pass an Bord zu gehen – irgendwie würde sie das Schiffspersonal schon überzeugen. Doch da leuchtete Flavias blonder Schopf in der Menge auf, wie das Blattgold, das sie in ihr Muranoglas einarbeitete und das vor den Augen des Kunden immer genau im richtigen Moment die Sonnenstrahlen einfing. Eilig liefen sie aufeinander zu und klammerten sich heftig aneinander.

»Pass auf die Familie auf, unser Glas, den Betrieb.«

»Und du auf Louise und Salem, auf dich.«

Flavia bedeckte ihr Gesicht mit Küssen und streifte Louise' unter dem Umhang verborgenen Rücken mit der Hand, dann überreichte sie Orietta den Reisepass.

»Ich muss dir auch noch was geben.« Orietta drückte ihrer Schwester die Zettel aus Veridianis Notizbuch in die Hand. »Du musst mir versprechen, das sofort in einem Briefumschlag zu versiegeln und nicht zu lesen, was drinsteht. Ich werde dir bald eine Nachricht schicken, in der ich alles erkläre. Versprich es mir!«

Flavia schwor es bei ihrem Leben und presste ein letztes Mal ihre Stirn gegen Oriettas. Als sie sich trennten, brach sie in Tränen aus. Auch Orietta kämpfte mit sich, doch sie durfte nicht länger zögern, sie musste los.

Mit ihrem gültigen Ticket und dem vorschriftsgemäß angebrachten Gepäckzettel, der noch von Salem damals stammte, passierte sie ohne Weiteres die Sperre, ging an Bord und verschanzte sich mit Louise in ihrer sechs Quadratmeter großen Kabine der ersten Klasse.

Ihr Herz hämmerte vor Aufregung, Furcht und Erleichterung. Und das tat es auch noch, als längst das Schiffshorn erklungen war und sie sich auf offener See befanden.

Während der ersten Nächte tat Orietta kaum ein Auge zu, träumte von der Veridiani und maskierten Gestalten, die ihr Louise wegnehmen wollten, und als bei ihrem Halt in Griechenland Militär zustieg und die Fahrscheine der Passagiere kontrolliert wurden, zitterte sie so stark, dass sie Angst hatte, man würde sie sofort durchschauen und von Bord werfen.

»Vielen Dank, Signora Masin.« Der Gardist faltete die Ausweispapiere zusammen und händigte sie ihr wieder aus. »Man muss schon sagen, Sie haben sich gut gehalten.« Damit verschwand er, und Orietta stürzte zu ihrem Wäschesack auf dem Bett, um Louise daraus zu befreien.

Und während sie sie küsste und herzte, dankte sie Doucet und Signor Masin im Stillen dafür, dass sie ihr so bereitwillig zur Flucht verholfen hatten. Sie vertraute darauf, dass die beiden auch die Briefe, die sie für ihre Familie bei ihnen gelassen hatte, zu den Empfängern weiterleiten würden.

Der Verlust ihrer Familie traf sie hart, und ein kaum erträglicher Schmerz flammte immer wieder ganz unerwartet auf – wenn sie Louise das Mündchen sauber wischte, an Deck vorbeiziehende Wolken beobachtete oder zum hundertsten Mal das Papier mit Salems Adresse betrachtete. Sie dachte darüber nach, was ihre Eltern wohl gerade machten. Zauberte ihr Vater bereits wieder an den Öfen, oder hatte er ganz im Gegenteil vor Trauer das Eisen niedergelegt? Verfluchte er Orietta, wie er Giovanni damals verflucht hatte?

Und ihre Mamma – kümmerte sie sich schon wieder um Einladungen zum Nachmittagstee, oder war sie in Schmerz und Zorn erstarrt? Vielleicht saß sie gerade am Fenster und blickte auf den Kanal, in der Hoffnung, eine Gondel würde vorbeigleiten und ihr Orietta wiederbringen. Jaco musste sicher sein Bestes geben, um sie zu trösten – Jaco, für den vermutlich der einzige tröstliche Gedanke bei dem Ganzen war, dass er noch seine Zwillingsschwester hatte, das wahre Wunderkind der Familie Volpato. Er würde Orietta vermissen, ja, aber so schnell, wie er in den unpassendsten Momenten einen Witz reißen konnte, kam er auch über Kummer hinweg. Zumindest wollte sie das glauben.

Flavia wiederum …

Oriettas Herz verkrampfte sich beim Gedanken an ihre schöne, starke Verbündete, die ihre eigenen Grenzen überschritten hatte, damit Orietta wieder welche für sich ziehen konnte. Ein selbstbestimmtes Leben. Das wünschte sie auch Flavia. Und wenn sie an die herrliche Aufregung zurückdachte, die sie beide mit der Karnevalssaison befallen hatte, wenn in ihrer Erinnerung die Vorfreude auf ihren ersten Maskenball wieder aufstieg und die Hoffnung mit sich brachte, ein kleines Wunder möge den Betrieb retten, dann wusste sie, dass der Trennungsschmerz Flavia nicht für immer niederdrücken würde. Sie würde aus eigener Kraft wieder zu strahlen beginnen, wie die Kronleuchter der Vetreria Volpato – und vielleicht wurden in nicht allzu ferner Zukunft sogar ihre eigenen Initialen für alle sichtbar ins Glas graviert.

Orietta schrieb einen langen Brief an Salem und schüttete ihm ihr Herz aus, ohne etwas zurückzuhalten. Erst danach erlaubte sie sich einen letzten Gedanken an die Menschen, die sie scheitern sehen wollten. Signor Bruno aus der Stadtverwaltung, der sie belächelt hatte, als sie sich für Frauenrechte starkgemacht hatte. Clarissima Dal Corso und Prudentia, die ihr ein Messer in den Rücken gerammt hatten, statt zu ihr und der Familie Volpato zu stehen. Und schließlich Sibilla Veridiani.

Ja, schon bald würde die gefeierte Salondame trinkend und rauchend in ihrem Palast sitzen und in ihrer selbstgeschaffenen

Einsamkeit geistesabwesend einen Brief vom Dienstpersonal entgegennehmen, und dann würden Oriettas Worte sie warnen, besser niemals wieder den Volpatos zu drohen, wenn sie ihre Pläne für Venedig und ihr Verbrechen auf Murano weiterhin nicht gelüftet sehen wollte.

Nach insgesamt fünf Tagen ging Orietta im Morgengrauen von Bord, und als sie die in weißen Nebel gehüllten Minarette sah, von wo aus der Muezzin die Gläubigen zum Gebet rief, während sie, Louise im Arm, auf Salems Anschrift in ihrer Hand blickte, wusste sie, dass sie endlich angekommen war, dass ihr Fernweh sie schon immer zu diesem besonderen Ort gezogen hatte. Nun musste sie nur noch ihr Zuhause finden.

An der Anlegestelle am Bosporus, wo sie von Bord ging, wurde sie mit einer nie erlebten Freundlichkeit überschwemmt, und eine ältere Frau nahm sich ihrer an, als Louise, wie um ihren Vater höchstpersönlich auf sich aufmerksam zu machen, ohrenbetäubend zu brüllen begann. Sie organisierte ihr einen Fahrer, der Orietta zu der Anschrift auf ihrem Zettel fuhr und venezianische Lire als Bezahlung akzeptierte.

Ein weiß gemauertes Haus mit braunen Fensterrahmen aus Holz und einer verschachtelten Front bildete den Abschluss einer kleinen ansteigenden Straße. Es strahlte eine Behaglichkeit aus, die sich dermaßen von den prunkvollen Palazzi am Canal Grande unterschied, dass Orietta die Umgebung kaum mit Salem in Verbindung bringen konnte. Eine irrationale Angst machte ihr weis, an der falschen Adresse zu stehen, doch dann bewegte sich etwas auf dem gusseisernen Balkon, und Oriettas Atem geriet ins Stocken.

Salem war herausgetreten, barfuß, in einem weißen offenen Hemd und einer weiten sandfarbenen Hose. Er legte die

Hände auf das Geländer – noch hatte er sie nicht entdeckt. Doch dann kam der Moment, und was immer er gerade gedacht hatte, was immer ihn hinausgeführt hatte, schien vergessen, und sein ganzer Körper erstarrte. Innerhalb von Sekunden war er unten – bei ihr.

Ohne ein Wort zog er sie an seine Brust, küsste ihre Stirn und wollte sie gar nicht mehr loslassen. Doch da meldete sich Louise, und Salem blickte verwundert nach unten. »Orietta, wie …?«

»Ich habe dir einen Brief geschrieben. Es ist mein erster richtiger Liebesbrief, zum ersten Mal keine Auftragsarbeit, bloß die Wahrheit über meine Gefühle – für dich. Und wenn du es erlaubst, werden noch viele weitere folgen.« Atemlos hatte sie die Worte hervorgestoßen und hielt ihm nun das gerollte Papier hin. Perplex nahm er es entgegen.

»Führst du noch deinen Aphorismen-Kalender? Ist der 23. Februar schon besetzt?«

Verwirrt schüttelte er den Kopf.

»Dann schreib das: Louise Angelica Volpato, meine geliebte Tochter, erblickte an diesem besonderen Tag das Licht der Welt.« Sie streichelte seine Wange und flüsterte: »Wer sein Schiff nie dem Ozean ausgesetzt hat, weiß nicht, ob es dem Sturm standhält.«

»Und wer sein Schiff in den Sturm hinausgeleitet, ohne es vorher auf Schäden zu überprüfen, wird zwangsläufig untergehen«, entgegnete er.

Und was auch immer sie einander noch zu sagen hatten, verlor sich in ihrem Kuss.

Epilog

In der Glaswerkstatt Volpato war es dunkel, nur einer der fünf Öfen brannte, alle Glasbläser und Garzonetti, die hier tagtäglich Kunst erschufen, hatten die Arbeit niedergelegt. Alle bis auf Flavia Volpato. Sie saß neben ihrem Zwilling Jaco auf der Werkbank ihres verschwundenen älteren Bruders und starrte in die geöffnete Klappe, hinter der es hellorange leuchtete. In der Stille hörte sie deutlich das Fauchen, das sonst in den gebrüllten Anweisungen der Männer und ihrem derben Lachen unterging, und fast wünschte sie sich, die Flammen würden zu einer Feuersbrunst anwachsen, alles niederbrennen und mit der Halle auch Jacos Schluchzer verschlingen.

Geistesabwesend streichelte sie ihm über den zuckenden Rücken, wie schon die ganze Zeit, seit sie vom Hafen zurückgekehrt war. Auf seine Bitte hin hatte sie ihm beschrieben, wie es gewesen war, ihrer älteren Schwester ein letztes Mal in die Augen zu sehen, bevor sie an Bord ging; hatte ihm gestanden, dass der Schmerz sie zerrissen hatte und kein Abschiedswort reichte, um den Verlust auszudrücken, der die Familie mit Oriettas Abreise getroffen hatte. All das hatten sie letztes Jahr schon einmal mit Giovanni durchgemacht, doch bekanntlich schlug die zweite Kerbe tiefer ins Holz als die erste. Glas veränderte seine Form nicht nach einem einzigen Bad im Ofen. Immer wieder musste man es hineinhalten, musste man die Glasfritte, die beim oberflächlichen Schmelzen entstand, erneut unter der Hitze wenden, damit sie zerfloss und aus ihr etwas Wertvolles erschaffen werden konnte.

Flavia wusste nicht, ob sie die Kraft für einen Neubeginn hatte. Vielmehr war sie überzeugt davon, dass sie die nicht besaß. Doch ihren weinenden Zwillingsbruder zu trösten, beanspruchte nur die eine Hand, die andere hatte sie immer noch frei, um eine Glaspfeife zu halten.

»Andiamo«, flüsterte sie schließlich, und Jaco setzte sich mühsam auf. Mit dem Ärmel wischte er sich über das Gesicht. »Oder nein, ruh dich noch aus.«

Er zog die Nase hoch und schob ihren Einwand mit einem schiefen Lächeln beiseite. »Lass uns etwas für Orietta machen.«

Sie nickte und schloss die Augen bei dem Klirren, das die vorgefertigten klaren Glassteine von sich gaben, als Jaco sie mit einer Schaufel in den Glühschlund rieseln ließ. Das Feuer knisterte zwischen eintausendfünfhundert und eintausendsechshundert Grad und wärmte ihre Beine noch aus fünf Schritten Entfernung. Nicht lange, und sie würde richtig zu schwitzen beginnen: sobald sie damit begann, die Glasmasse gleichförmig an der Spitze der canna zu halten, das Eisen dabei zu drehen und schließlich hineinzublasen. In einem Ablauf, den sie seit ihrem vierzehnten Lebensjahr eingeübt hatten, zog Jaco die Glaspfeife aus dem Ofen, drückte sie Flavia in die wartenden Hände und griff im selben Schwung nach dem aufgereihten Werkzeug am Ende der Bank. Im selben Moment, da sie sich zwischen den Metallstützen niederließ, die wie Armlehnen aus der Werkbank ragten, ging er in die Hocke, den Blick fest auf den glühenden Glastropfen vor sich gerichtet. Flavia rollte das Eisen mit der linken Hand, mit der rechten nahm sie von Jaco die Zange entgegen und begann zu modellieren, während er schon die Platten bereithielt. Als sie so weit war und den Eisenstab nicht mehr rollte, rieb er sie beidseitig über die Masse an der Spitze, die mittlerweile wie eine Birne geformt war. »Eine Taube?«, fragte er.

»Schöne Idee.« Und gemeinsam suchten sie die Farbpigmente aus, die sie in der Skulptur verewigt sehen wollten.

Später, als die Taube in den feurigen Rot- und Gelbtönen der aufgehenden Sonne im Kühlofen den Festigungsprozess durchlief, holte Jaco etwas aus dem Lager, womit sie anstoßen konnten. Eine Flasche Rotwein befand sich immer in Reichweite, mit ihr wurde sonst das Nachmittagsgebäck hinuntergespült. Der Trick dabei war, gerade nur so viel zu trinken, dass der Inhalt der Flasche eine halbe Ewigkeit hielt. In Wirklichkeit füllte ihr Onkel sie jedes Mal wieder auf. Um anderen das Phänomen zu erklären, behauptete er jedoch, dass nach einem guten Verkaufstag die befana – eine wohltätige Hexe – am Abend vorbeikäme, um sie wieder aufzufüllen, und säßen sie irgendwann einmal auf dem Trockenen und die befana käme nicht, dann wüssten sie, dass ihr Geschäft am Ende war.

»Auf Orietta und unsere Nichte!«, rief Jaco aus und nahm den ersten Schluck, dann reichte er die Flasche an Flavia weiter. Sie tranken schweigend und ohne eigens Gläser dafür zu holen – Ausdruck ihres Kummers und ihrer momentanen Schwäche. In Jacos traurigen Augen schimmerten schon wieder Tränen. »Sieht Louise mir ähnlich?«, fragte er.

»Sie hat deine Mundwinkel.« Flavia demonstrierte mit zwei

Fingern und ihrem eigenen Mund, wie sie stets nach oben zeigten.

Jaco seufzte. »Ich kann nicht glauben, dass Orietta einfach so weg ist.«

Flavia schnaubte leise. »Nichts daran war *einfach*.«

»Ich wünschte, sie hätte uns irgendetwas hinterlassen.«

»Das hat sie.« Flavias Zögern dauerte viel zu lange, um die Angelegenheit wieder abzutun, also holte sie die Zettel hervor, die Orietta ihr gegeben hatte, und die nun wie gewünscht in einem Umschlag versiegelt waren.

»Was steht drin?«

»Eine Botschaft, die wir erst zu Gesicht kriegen werden, wenn der richtige Zeitpunkt gekommen ist.«

»Klingt bedeutsam.« Und sein Blick fügte hinzu: *Wenn es wirklich so wichtig ist, sollten wir es schleunigst lesen.*

Flavia hob die Hand. »Orietta hat mein Wort, und wir werden uns an ihre Bitte halten.«

Jaco nickte schließlich. »Dann lass uns hoffen, dass wir das nicht noch bereuen.«

Beide konnten nicht ahnen, dass zwei Jahre später, als Venedig die erste internationale Kunstausstellung Italiens abhielt, die Umstände Flavia dazu zwingen sollten, das Siegel zu brechen …

ENDE

Danksagung

Die Idee zu diesem Roman kam mir im Rahmen eines Schreibwettbewerbs, bei dem ich letztendlich nie mitgemacht habe. Damals hätte ich mir nie träumen lassen, was für eine große Sache aus so einem flüchtigen Gedanken werden kann. Aber nun schreibe ich bereits an meinem zweiten Roman, und ich muss gestehen, dass es oft sehr herausfordernd ist. Durch die monatelange Recherche und das Erarbeiten einer mitreißenden Geschichte in einem derart umfassenden Setting habe ich mich weiterentwickelt und bin – nicht ohne eine Portion Verzweiflung – wohl über mich hinausgewachsen (alle Pantser werden verstehen, was ich meine). Aber ein Buch ist keine Einzelarbeit, sondern ein Produkt ganz vieler Menschen, und deshalb möchte ich an dieser Stelle meinen Dank äußern.

Zuallererst danke ich meiner Agentin Franziska Hoffmann. Ich bewundere dein (nicht selbstverständliches) Engagement für meine Projekte, dein großes Wissen und deine immer muntere und enthusiastische Art. Du hast an mich geglaubt und mir so vieles ermöglicht! Ich hoffe, dass noch viele gemeinsame Projekte folgen. Danke in dem Zuge an die gesamte

Michael Meller Literary Agency und insbesondere an Niclas Schmoll, der damals einen genauen Blick auf mein Exposé geworfen hat.

Als Nächstes möchte ich meiner großartigen Lektorin beim Heyne-Verlag, Janina Dyballa, danken. Es war eine so spannende Erfahrung für mich, mit dir gemeinsam das Beste aus der Geschichte herauszuholen. Ich danke dir für deine Geduld und dein Verständnis, als es mir mal längere Zeit gesundheitlich schlecht ging und ich nicht so schnell schreiben konnte wie nötig. Vielen Dank für die schöne Zusammenarbeit. Ich kann mir keine bessere Lektorin vorstellen!

Ein großer Dank geht an meine Lektorin Tamara Rapp für die beeindruckende Textredaktion. Da denkt man, jetzt klingt der Satz doch gut genug, und dann kommst du und zeigst einem, wie es noch viel besser geht. Ich verneige mich vor deinem Gespür, was den wörtlichen Ausdruck, die Logik und die Stimmigkeit der Figuren angeht. Es hat mir großen Spaß gemacht, mit dir am Text zu feilen!

Generell möchte ich mich bei allen im Heyne-Verlag bedanken, die an der Umsetzung von *Das Vermächtnis von Murano* beteiligt waren. Seit ich den Wunsch gefasst habe, Autorin zu werden, war Heyne immer mein Traumverlag!

Auch in meinem näheren Umfeld gab es Menschen, ohne die es diese Buchreihe wahrscheinlich nicht geben würde: Olga Krouk, die mich ermutigt und beraten hat, als es darum ging, mich bei meiner Agentur zu bewerben. Du hast immer ein offenes Ohr für mich, und ich kann dir gar nicht sagen, wie dankbar ich dir bin.

Vielen lieben Dank an Carolin Wahl! Seit über zehn Jahren verfolgen wir den gleichen Traum und haben uns dabei nicht aus den Augen verloren. Du bist mir ein Vorbild und eine meiner größten Unterstützerinnen! Ich danke dir für deine Freundschaft.

Ohne ordentliche Schreibmotivation würde ich wahrscheinlich immer noch an der Leseprobe sitzen. Deshalb: Vielen Dank an meine Mädels Michelle und Claudia für den regelmäßigen Austausch, das Beruhigen und das gemeinsame Freuen über Erfolge. Ich bin mir sicher, dass ich auch eure Bücher bald in Händen halten werde. Danke an meine spontan ins Leben gerufene Schreibgruppe, die mir die letzten Monate vor der Deadline ordentlich eingeheizt hat, besonders Ebru, Kessy, Vivien, Jennifer und Anastasia – ihr seid toll!

Ein besonderer Dank geht an Damaris Luhn, die mir sofort mit ihrem Wissen über die Mode des 19. Jahrhunderts zur Seite stand. Du hast mir unheimlich geholfen!

Vielen Dank an Gabi Frese, die mich durch ihre schönen Kronleuchter aus Muranoglas überhaupt auf die Idee gebracht hat, über dieses Handwerk zu schreiben. Danke auch an Tobi: Du hast das Projekt von Anfang an begleitet und mich jeden Tag beim Schreiben unterstützt.

Natürlich möchte ich zu guter Letzt auch meiner Familie und meinen Freunden danken, denen ich so oft abgesagt habe – weil: *muss schreiben* – und die akzeptiert haben, dass ich eben eine nerdige Eigenbrötlerin bin.

Vielen Dank an meine Zwillingsschwester Maureen. Ohne dich gäbe es Oriettas Geschichte gar nicht. Das Exposé ist damals bei einer Flasche Wein entstanden, als wir kichernd auf meinem Bett hockten und gemeinsam ein bisschen herumüberlegt haben, weißt du noch? Danke auch an Zoe, meine kleine Schwester. Du liest alle meine Manuskripte immer als Erste, und das mit großer Begeisterung! Danke Sarina, für deinen positiven Belief und die Bestärkung, dass ich alles schaffen kann. Danke Tabea, für das gemeinsame Begießen von Manuskriptabgaben und dein generelles Interesse an meinem Schreibfortschritt. Mama, dir habe ich das Buch gewidmet: Ohne deine stetige Unterstützung in allen Bereichen hätte ich diese Buchreihe nie schreiben und meinen großen Traum wahr machen können.

Danke für alles! Ich liebe euch!

Und wenn du bis hierher gelesen hast: Vielen Dank auch an dich, liebe/r/* Lesende, dass du zu meinem Buch gegriffen hast und mich auf Social Media supportest.

Ich schreibe zwar, weil es meine Leidenschaft ist und die Geschichten nun mal herauswollen, aber es wäre nicht das Gleiche, wenn auf der anderen Seite niemand auf das nächste Kapitel warten würde.

Vielen, vielen Dank!